圖解山海經

解讀中國神話之源，
認識上古山川地理和奇獸異族

徐 客 編著

序言

蓋古之奇書

　　對於不停奔走在喧囂的鬧市街頭、早已習慣「速食式閱讀」的現代人來說，描寫上古山川地理與人文的《山海經》一書是一片淨土，只要要你駐足凝視，那由詭異文字搭配形象的繪畫，所呈現的畫面別有洞天。

　　《山海經》是中華民族最古老的奇書。關於其作者與成書年代，眾說紛紜。現代學者一般認為，《山海經》的成書非一時、一人所為。古人也把它作為史書來看待，它是中國古代史家的必備參考書，由於該書成書年代久遠，連司馬遷寫《史記》時也認為：「至《禹本紀》，《山海經》所有怪物，余不敢言之也。」

　　《山海經》全書僅三萬一千字，卻記載了古代地理、物產、神話、巫術、宗教、古史、醫藥、民俗、民族等諸多方面的內容，是中外無數讀者公認的一部世界奇書。全書共分十八卷，其中《山經》五卷、《海經》八卷、《大荒經》四卷、《海內經》一卷，記載了一百多個邦國、五百五十座山、三百條水道以及諸多邦國的地理、風土、物產等資訊。

　　《山海經》更是一部極具挑戰性的古書、怪書，無論是中國古時的知識分類，還是現代國際通用的學科性質，都無法將其對號入座。但又不能忽視它的存在或將其據為己有。「它不屬於任何一個學科，卻又同時屬於所有學科。」

　　同時，《山海經》中保存了大量的神話傳說，除了大家都很熟悉的「夸父追日」、「大禹治水」、「精衛填海」等，還有一些相對陌生的，例如：《海外北經》中記載禹殺相柳的神話。然而，在這些神話的背後，我們也不難看出歷史的真實面貌，即古代民族部落之間的殘酷戰爭。

　　此外，《山海經》中有關山脈、河流的記述也十分詳細，所提及的礦物產地就有三百多處，有用礦物達七、八十種，堪稱我國最早的山川河嶽地理書。

　　現代人也會依據個人喜好為《山海經》下定義：有人關注其中的歷史地理學價值，將其稱為一部最古老的地理著作；有人青睞其中有關祭祀先主、神靈的記述，將其稱為一部古代的巫書；有人喜愛其中的神話傳說，將其稱為一部上古神話集。

　　而我們將其定義為：蘊含中華幾千年古文明的上古百科全書。為了便於現代人閱讀，為了讓更多的讀者能夠更透徹地領略《山海經》這本曠世奇書的玄妙之處，我們在詮釋《山海經》原汁原味古文的同時，為你奉上視覺上的饕餮盛宴。本書具有以下四個特點：

● **標題簡練，介紹不失幽默**：每小節標題均是根據本節中最有趣的怪獸或者神仙的特性進行精鍊概括解說，讓你驚奇不斷，歡笑連連。

● **原文詳盡，譯文簡明扼要，注釋清晰**：首次將原文、譯文、注釋三者呈現於同一版面，讓你在第一時間內輕鬆讀懂原文。

● **古版插圖，讓上古動植物與各民族形象躍然紙上**：五百多幅明清手繪圖均以彩色呈現，不僅具有較好的視覺效果，還可以讓你對珍禽異獸有較直觀、全面的了解。

● **古今山川河流位置詳盡考證**：文中出現的山川河流的位置，均有專家鑽研與考證古今地裡位置，讓你的閱讀更具有真實性。

編者謹識

目錄

【第一卷】南山經

【第二卷】 西山經

【第三卷】 北山經

【第四卷】 東山經

【第六卷】 海外南經

【第十七卷】 大荒北經

【第十八卷】 海內經

　　《山海經》是一部內容豐富、風貌奇特的上古絕作內容，內容涉及歷史、地理、民族、宗教、神話、生物、醫學、水利、礦產等各個方面。上圖中的九頭鳥是《山海經》中數千種神異怪獸中的一種，其身上凝聚了古人對荒古時代以及曚昧世界超乎尋常的想像力。

本書內容導航

本節標題
本節中所要探討的主題。

圖表
將本節中所提及的山、川、鳥、獸等列表整理，讓讀者更能一目了然。

原文
選自《山海經》原經文，名家點校。

譯文
以通俗易懂的文字語句，提綱挈領，讓讀者輕鬆理解《山海經》原文。

注釋
對《山海經》原文中的一些詞語，進行相關釋義。

5 從瀤次山到南山
獨腳囊蜚有祥兆

山水名稱	動物	植物	礦物
瀤次山	䰠、囊蜚	梂樹、櫃樹、竹箭	赤銅、嬰垣
時山			水晶石
南山	猛豹、屍鳩		丹砂

（圖解 山海經）

原文

　　又西七十里，曰瀤（ㄏㄨㄞˊ）次之山。漆水出焉，北流注於渭。其上多梂①櫃（ㄍㄨㄟˋ），其下多竹箭，其陰多赤銅②，其陽多嬰垣③之玉。有獸焉，其狀如禺而長臂，善投，其名曰䰠④（ㄒㄧㄠ）。有鳥焉，其狀如梟，人面而一足，曰囊蜚，冬見夏蟄⑤，服之不畏雷。
　　又西百五十里，曰時山，無草木。逐水出焉，北流注於渭，其中多水玉。
　　又西百七十里，曰南山，上多丹粟。丹水出焉，北流注於渭。獸多猛豹，鳥多屍鳩（ㄐㄧㄡ）。

譯文

　　再往西七十里，是瀤次山。漆水發源於此，向北流入渭水。山上有茂密的梂樹和櫃樹，山下有茂密的小竹叢，北坡盛產赤銅，南坡盛產嬰垣之玉。山中有一種野獸，形狀像猿猴而雙臂很長，擅長投擲，叫做䰠。山中還有一種禽鳥，形狀像一般的貓頭鷹，長著人的面孔而只有一隻腳，叫做囊蜚，牠的習性比較特殊，別的動物都是冬眠，而牠卻是夏眠，常常是冬天出現而夏天蟄伏，夏天打雷都不能把牠震醒，把牠的羽毛放在衣服裡就能使人不怕打雷。再往西一百五十里，是時山。山上沒有花草樹木。逐水發源於此，向北流入渭水。水中有很多水晶石。
　　再往西一百七十里，是南山。山上遍布粟粒大小的丹砂。丹水發源於此，向北流入渭水。山中的野獸大多是猛豹。而禽鳥大多就是布穀鳥。

【注釋】

①梂：即梂樹，長得很小，枝條上有刺，紅紫色的果子像王瑠，可以吃。
②赤銅：即黃銅。此處指未經提煉過的天然銅礦石。下同。
③嬰垣：用來製作掛在脖子上的裝飾品。
④䰠：一種野獸，形貌與人相似，古人認為是獼猴。
⑤蟄：動物冬眠時的狀態。

98

山海經異獸考

橐[巷] 明·蔣應鎬圖本

《河圖》中說，獨足鳥是一種祥瑞之鳥，看見牠的人則勇猛強悍，傳說南朝陳快要滅亡的時候，就有一群獨足鳥聚集在殿庭裡，紛紛用嘴喙畫地寫出救國之策的文字，那些獨足鳥就是橐[巷]。

羆 明·蔣應鎬圖本

猛豹 明·蔣應鎬圖本

屍鳩 明·蔣應鎬圖本

異獸	形態	異兆及功效
橐[巷]	形狀像一般的貓頭鷹，長著人的面孔，卻只有一隻腳。	冬天出現而夏天蟄伏，夏天打雷都不能把牠震醒。
羆	形狀像猿猴而雙臂很長。	擅長投擲。

山海經地理考

輸次山	→	今陝西終南山	⋯⋯	位於陝西省藍田縣的終南山，又名太乙山，屬秦嶺山脈中的一段。
漆水	→	今陝西漆水河	⋯⋯	位於陝西省中部偏西北的地方，屬渭河的支流。
時山	→	今終南山山脈	⋯⋯	依據原文推測，自輸次山向西150里依然是終南山的山脈。
南山	→	今首陽山	⋯⋯	①根據里程計算，是首陽山，位於渭源縣東南部。②可能是終南山的簡稱。

【第二卷 西山經】

山海經的基本構成

　　《山海經》是一部充滿神話傳說的最古老的地理書。主要記述古代地理、物產、神話、巫術、宗教等，也包括古史、醫藥、民俗、民族等方面的內容，除此之外還以流水帳的方式記載了一些奇怪的事件。《山海經》全書十八卷，約三萬一千字。可分為兩部分：《山經》和《海經》，也有分為《山經》、《海經》、《荒經》三部分的。《山經》又稱五臧山經，共五卷，《海經》中海外經四卷、海內經四卷、大荒經四卷、海內經一卷。《漢書‧藝文志》則作十三卷，未把大荒經和海內經計算在內。

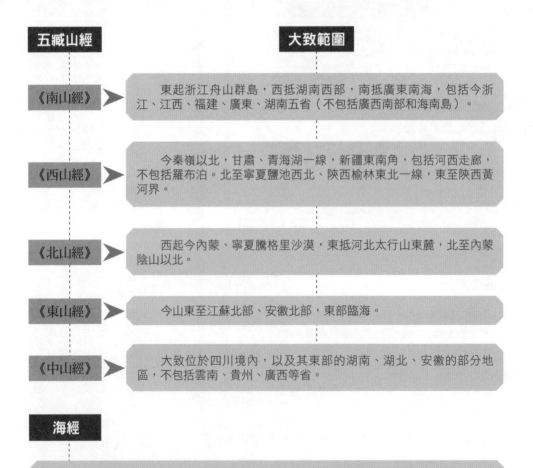

五臧山經

大致範圍

《南山經》 ▶ 東起浙江舟山群島，西抵湖南西部，南抵廣東南海，包括今浙江、江西、福建、廣東、湖南五省（不包括廣西南部和海南島）。

《西山經》 ▶ 今秦嶺以北，甘肅、青海湖一線，新疆東南角，包括河西走廊，不包括羅布泊。北至寧夏鹽池西北、陝西榆林東北一線，東至陝西黃河界。

《北山經》 ▶ 西起今內蒙、寧夏騰格里沙漠，東抵河北太行山東麓，北至內蒙陰山以北。

《東山經》 ▶ 今山東至江蘇北部、安徽北部，東部臨海。

《中山經》 ▶ 大致位於四川境內，以及其東部的湖南、湖北、安徽的部分地區，不包括雲南、貴州、廣西等省。

海經

有一種說法認為，《山海經》中所提到的「海內」、「海外」，並不是指今天的本土與海外。只不過是按照古代的一種地域劃分方法來區分的，即依據距離帝王都城的遠近來劃分。距離近的稱為「海內」，距離遠的稱為「海外」。

古代地域劃分方法

　　五服是古代的一種地域劃分方法，即以王畿為中心，按相等遠近作正方形或圓形邊界，依次劃分區域為甸服、侯服、綏服、要服、荒服，合稱五服。

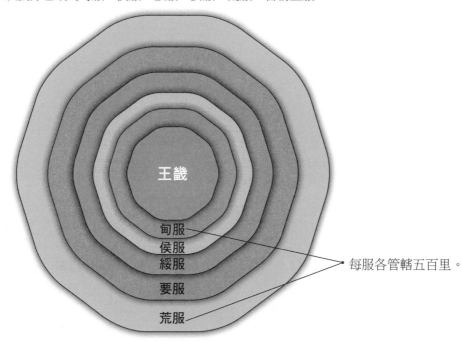

王畿

甸服
侯服
綏服
要服
荒服

每服各管轄五百里。

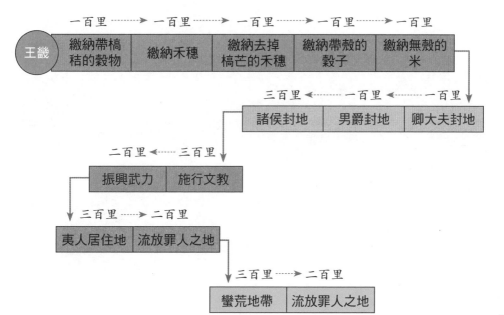

一百里 → 一百里 → 一百里 → 一百里 → 一百里

| 王畿 | 繳納帶槁秸的穀物 | 繳納禾穗 | 繳納去掉槁芒的禾穗 | 繳納帶殼的穀子 | 繳納無殼的米 |

三百里 ← 一百里 ← 一百里

| 諸侯封地 | 男爵封地 | 卿大夫封地 |

二百里 ← 三百里

| 振興武力 | 施行文教 |

三百里 → 二百里

| 夷人居住地 | 流放罪人之地 |

三百里 → 二百里

| 蠻荒地帶 | 流放罪人之地 |

《山海經》中的帝王譜系

　　《山海經》是中外無數讀者公認的一部世界奇書。其中涉及的神話人物成百上千，之間或多或少有些關係。大致可以分為兩大家族：黃帝和炎帝。這兩大家族的人物在《山海經》的神話傳說中占了大部分，此外，還有一個帝俊及他的後代。現在就來為這三大家族做一個家譜：

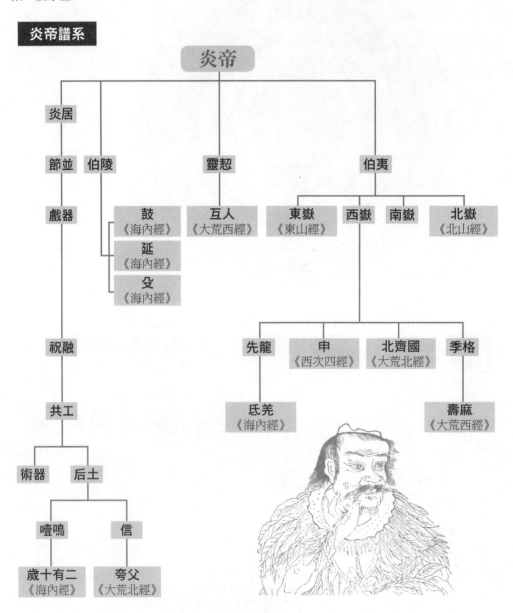

炎帝譜系

炎帝

炎居

節並　伯陵

戲器

鼓《海內經》
延《海內經》
殳《海內經》

靈恝

互人《大荒西經》

伯夷

東嶽《東山經》　西嶽　南嶽　北嶽《北山經》

先龍　申《西次四經》　北齊國《大荒北經》　季格

氐羌《海內經》

壽麻《大荒西經》

祝融

共工

術器　后土

噎鳴　信

歲十有二《海內經》　夸父《大荒北經》

黃帝譜系

黃帝

昌意 — 韓流 — 顓頊

駱明 — 白馬

苗龍 — 祝吾

均始 — 北狄《大荒東經》

禺號 — 禺京《大荒東經》

伯服《大荒南經》　老童　驪頭

禺　炎融　弄明

均國　啟《海內經》　驪頭《大荒北經》　白犬《大荒北經》

祝融　重　黎

太子長琴《大荒西經》

役采

修鞈《大荒南經》

苗民《大荒北經》
淑士《大荒西經》
季禺《大荒南經》
伯服《大荒南經》
三面之人《大荒西經》
叔歇《大荒北經》

伯服《大荒南經》

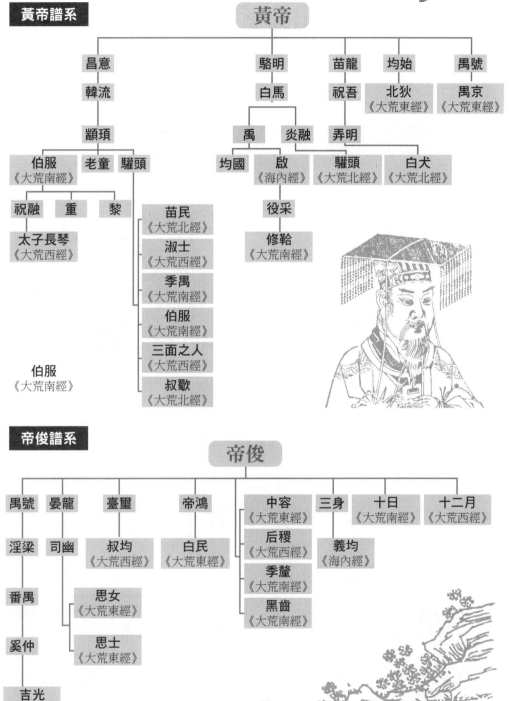

帝俊譜系

帝俊

禺號　晏龍　臺璽　帝鴻　中容《大荒東經》　三身　十日《大荒南經》　十二月《大荒西經》

淫梁　司幽　叔均《大荒西經》　白民《大荒東經》　后稷《大荒西經》　義均《海內經》

番禺　思女《大荒東經》　季釐《大荒南經》

奚仲　思士《大荒東經》　黑齒《大荒南經》

吉光《海內經》

《山海經》之奇

　　《山海經》是一部極具挑戰性的古書、奇書、怪書，同時也是中華民族某些根深蒂固的思想源泉。書中記載遠古的地理風貌、千奇百怪的鳥獸資源、功能各異的花草樹木及各地的風土民俗等。在這裡，我們僅挑選幾例，讓大家先睹為快。

奇山怪水（約403座）

無草木之山（約193座）

《山海經》中有很多山上沒有任何花草樹木，到處是細沙、豐富的金屬礦物和玉石，這樣的山大約有193座。

亶爰山、長右山、瞿父山、夷山、僕勾山、咸陰山、白沙山、狂山、勃垒山、天池山、杜父山、區吳山、漆吳山

鳥鼠同穴山

無獸的山（約160座）

《山海經》中的一些山上植物、礦物都很豐富，獨獨沒有飛禽走獸，有些山甚至連水都沒有，這樣的山大約有160座。

太華山、浮山、時山、大時山、騩山、鈴山、高山、鳥危山、燻吳山、長沙山

列姑射山

怪山（約50座）

《山海經》中還有一些超乎尋常的怪山，例如：洞穴中的水可以依照季節流進流出、鳥鼠同穴等。

南禺山洞穴、列姑射山、鳥鼠同穴山

珍禽異獸（約3310種）

吉祥類（約980種）

《山海經》中有很多象徵吉祥的珍禽異獸，例如：象徵祥和太平的鳳凰、象徵吉祥如意的鸞鳥等，大概有980多種。

鹿蜀、類、灌灌、赤鱬、鳳凰、鸞鳥、鹿、文鰩魚、耳鼠、當康

功用類（約1470種）

窮奇

凶惡類（約860種）

《山海經》中也有很多凶惡類的珍禽異獸，例如：能夠吃人的蠱雕、馬腹等。大約有860種。

巏、蠱雕、土螻、猰、窮奇、窫窳、諸懷、狍鴞、蠪侄、歟雀、獦狚、合窳、馬腹

益類（約780種）

《山海經》中還有很多對人有益的珍禽異獸，例如：可以治耳聾的玄龜、讓人妒忌心消失的類等，大約有780種。

狌狌、玄龜、九尾狐、虎蛟、赤鷩、滑魚、孟槐、何羅魚、黃鳥、鷗

害類（約690種）

《山海經》中還有很多對人有害的珍禽異獸，例如：一出現就會發洪水的長右、一出現就會有很重徭役的狸力等，大約有690種。

長右、猾褢、狸力、肥遺、溪邊、蠻蠻、勝遇、梟獒、顒、蜚、大蛇

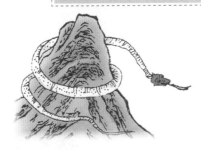

大蛇

彙琵

其他異類（約2300種）

《山海經》中還有很多超乎想像的奇形怪狀的動物，例如：沒有七竅的帝江，像狗、豹紋、牛角的狡等，大概有2300多種。

帝江、狡、窮奇、天狗、人面鴞、水馬、長蛇、天馬、飛鼠

山神（約1260個）

《山海經》中每座山都有自己的山神，而且樣貌各異，祭祀的方法也各不相同，這樣的山神大約有1260多個。

飛獸之神、人面馬身神、陸吾、人面蛇身神、燭池、驕蟲、天愚、熊山神、耕父、強良

奇國異俗（約267種）

以相貌命名（約82種）

《山海經》中記載了許多以獨特相貌來命名的國家，例如：一臂國、三身國等，大約有82個。

長臂國、黑齒國、一臂國、三身國、白民國、軒轅國、白民國、一目國、無腸國

神話人物（約100種）

《山海經》中講解了許多有趣的神話故事，其中所涉及的歷史人物和神話人物就有100多個。

刑天、女丑之屍、蓐收、燭陰、夸父、西王母、冰夷神、舜妻登比氏、魚婦、互人、相顧屍

四蛇

獨特民風（約50種）

《山海經》中記載了古代各式各樣的奇風異俗，例如：女子國、四蛇守陵等，所述大約有50種。

不死民、女兒國、歐絲之野、君子國、帝顓頊與四蛇

四蛇

人文景觀（約20種）

《山海經》中記載了許多古人巧奪天工般的亭臺樓閣，這樣的景觀大約有20處。

帝堯臺、帝嚳臺、帝丹朱臺、帝舜臺、軒轅臺

中華起源（約15種）

《山海經》在敘述歷史的同時，也對文明起源進行了詳盡的記述。

㲒發明了箭靶、番禺發明了船、吉光最早用木頭製作車子、鼓、延發明了鐘、般發明了弓和箭

不死民

奇木異草（約2665種）

益木（約1120種）

《山海經》中有許多功用性的草木，其中有能夠讓人長壽、不生病、子孫滿堂的樹木大約有1120種。

沙棠、迷穀、白咎、莗荔、文莖、黃䕡、杜衡、丹木、苣、欓、植楮、天嬰、雕棠樹

鴟

益草（約885種）

《山海經》中有很許功用性的草木，其中有能夠治心痛病的莗荔、吃了不被迷惑的條草等，大約有885種。

祝餘草、條草、燻草、鬼草、榮草

惡木（約375種）

《山海經》中也有許多對人體有害的木，其中有能夠毒死魚的葶苧、能讓人失去生育能力的黃棘等，大約有375種。

菁蓉、崇吾山無名樹、茇、葶苧、黃棘

惡草（約285種）

《山海經》中也有許多對人體有害的木，其中有能夠毒死老鼠的無條等，大約有285種。

無條、芒草

蠱蛭

古今《山海經》版本的應用

　　關於《山海經》圖畫，今日所見均為明清以後所畫，共有14種刻本，本書引用了其中7個版本中的400多幅圖，並以明代蔣應鎬所繪圖畫為主，其形象生動的畫面可以使讀者對《山海經》中所出現的神仙、怪獸有較直觀、全面地了解。

本書參考古今《山海經》版本

作者	著作	年代	特點
蔣應鎬	《山海經（圖繪全像）》	明萬曆二十五年	屬萬曆金陵派插圖式刻本，共74幅圖，包括神與獸348例。
胡文煥	《山海經圖》	明萬曆二十一年	共133幅圖，合頁連式，右圖左說，無背景。
汪紱	《山海經存》	清光緒二十一年	神與獸共426例，無背景一圖多神或一圖一神的編排格局。
陳夢雷、蔣廷錫	《古今圖書集成·博物彙編·禽蟲典》	清雍正四年	圖像分有背景和無背景。
吳任臣	《山海經廣注》康熙圖本	清康熙六年	共144幅圖，按神、獸、鳥、蟲、異域分五類。
蔣廷錫	《古今圖書集成·博物彙編·神異典》	清	一圖一說，有背景。
陳夢雷	《方輿彙編·邊裔典》	清	共52幅圖，多描繪《海經》中的異國異人。

注：按各版本在本書中所引用的比重排序，本書主要用圖即為明朝蔣應鎬所繪圖本。

主要版本

《山海經》之女床山周邊 明 蔣應鎬圖本

將故事設置在山川湖海、樹木屋宇等環境之中，神、獸、人皆各得其所，是蔣本的重點，而山神又是蔣氏圖本中形象最為豐富的篇章。

《山海經圖》圖本內圖 明・胡文煥

圖說並舉是胡氏圖本的特點，而體態飄逸、線
條流暢的孟槐則代表胡本的繪圖風格。

《山海經存》圖本內圖 清・汪紱

汪紱所繪圖像極為生動傳神，雖是神怪，仍不
失寫實之風；著墨自然，筆力蒼勁，圖像多樣
驚獨特。

《古今圖書集成・博物彙編・禽蟲典》圖本內圖

《禽蟲典》本和《神異典》本的圖像較為相似，最大的不同點可能就
是《禽蟲典》中圖像有的設置背景，而有的沒有背景。

**《山海經廣注》康熙
圖本內圖** 清・吳任臣

該圖本是清代最早的
《山海經》圖本，流傳
非常廣。其形象多源自
胡文煥圖本。

張步天教授的《山海經》考證地圖

因鑽研《山海經》而知名的大陸學者張步天教授在「山海經」研究領域一直享有盛譽，成就頗豐。他經過多年潛心研究，繪製有二十六幅《山經》考察路線圖，和四幅《海經》地理位置圖，不但一一注明每條路線及經文的形成時期，而且根據自己的考證結果，將《山海經》中古山川、古國度的方位在現代地圖中加以詳細標注。

圖畫是《山海經》的靈魂

《山海經》是我國最早的一部有圖有文的經典，圖畫可以說是《山海經》的靈魂，也有人說，《山海經》是先有圖後有文的一部奇書。令人惋惜的是，一些古老的《山海經圖》都亡佚了。但這些曾經存在過的古圖，及出土文物與《山海經》同時代的圖畫，卻開啟了我國古代以圖記事的文化傳統。《山海經》可以說是人類文字出現之初真正意義的讀圖時代。為此，本書特別添加三十幅《山海經》研究專家張步天教授的獨家考據地圖，指明古地址的現代方位。

張步天教授的《山海經》考證地圖

張步天教授認為，《山經》是古人根據西漢之前歷朝歷代人們所走的二十條路線的考察結果而寫成，《海經》則主要來自荒原地區的記聞，據此，張步天教授經過潛心研究繪成三十幅《山海經》考據地圖。

這些古地圖真實可考，本書即收錄了張步天教授所考證的三十張《山海經》地理位置考察路線圖，及十餘張古老山河圖，古樸的色彩、河流山川清晰的走勢，加強《山海經》的遠古氣息和磅礡氣勢。關於《山海經》的成書，歷來說法不一，而禹、伯益所作的說法顯然不可考，張步天教授認為，經中所記山川走向應是前人實地探索、考察的結果，而對考察時沿途所經的地理風貌加以記載所繪製的路線，可能是《山海經》的真正由來之所在。相信對研究古老民族地域、原始山川河流走向及遠古地理情況有著積極意義。在此謹對張步天教授及那些對《山海經》研究做出傑出貢獻的專家、學者致以誠摯的謝意！

《山海經》這部宏大瑰麗的密書能夠破解國人兩千多年來遙遠而神祕的舊夢；尋求根源於荒古時代的影響民族觀念的巨大力量；並解開中國五千年文明的神祕面紗。我們在查閱大量資料及前人研究成果的基礎上，整理編譯了這部神祕瑰奇的古代巨著，試圖探討山海經圖的學術價值及歷史影響，並尋找古老文明所遺留下的文化軌跡，希望對《山海經》的傳播有一定作用。

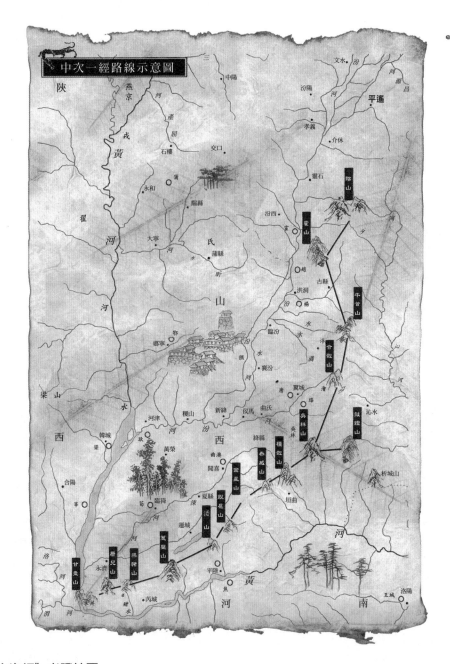

《山海經》考證地圖

張步天教授認為《山經》是古人根據西漢之前歷朝歷代人們所走的二十六條路線的考察結果而寫成，《海經》則主要來自荒遠地區的記聞，據此，張步天教授經過潛心研究繪成三十幅《山海經》考據地圖，這幅「中次一經路線圖」即是其一，清晰地標注了古山川在後世中的方位，使《山海經》變得真實可感。

狌狌（P53）　白猿（P53）　蝮蟲（P55）　旋龜（P55）

怪蛇（P55）　鹿蜀（P55）　鮭（P57）　鵸鵂（P57）

猼訑（P57）　鳥身龍首神（P59）　九尾狐（P59）　灌灌（P59）

赤鱬（P59）　鴸（P65）　長右（P65）　狸力（P65）

猾褢（P65）　鯥魚（P67）　彘（P67）　猭（P69）

蠱雕（P71）　龍身鳥首神（P71）　犀（P77）　瞿如（P77）

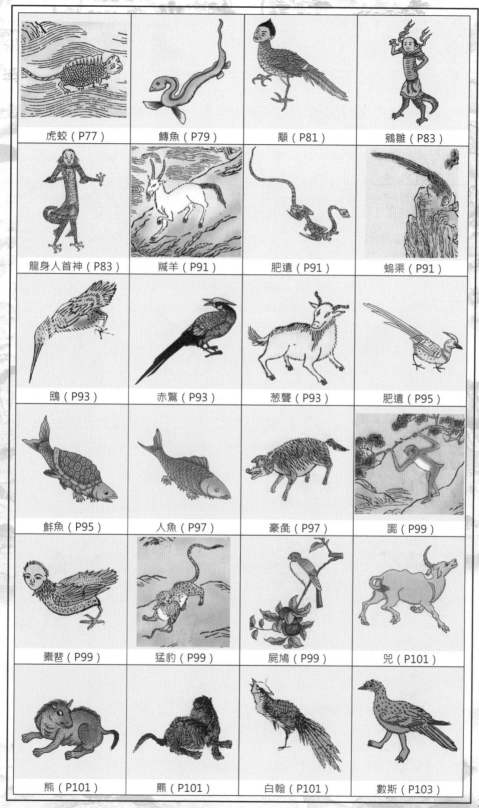

虎蛟（P77）	鱄魚（P79）	顒（P81）	鴸雛（P83）
龍身人首神（P83）	羬羊（P91）	肥遺（P91）	蠵渠（P91）
鴸（P93）	赤鷩（P93）	葱聾（P93）	肥遺（P95）
鮮魚（P95）	人魚（P97）	豪彘（P97）	鼬（P99）
橐蜚（P99）	猛豹（P99）	屍鳩（P99）	兒（P101）
熊（P101）	羆（P101）	白翰（P101）	數斯（P103）

谿邊（P103）	獲如（P103）	櫟（P103）	鸚鵡（P105）
鶹（P105）	㸲（P105）	羭山神（P107）	鳧徯（P115）
鴛鳥（P115）	朱厭（P117）	鹿（P119）	人面馬身（P119）
人面牛身神（P119）	麢（P119）	蠻蠻（P125）	舉父（P125）
文鰩魚（P129）	鼓（P129）	欽鴀（P129）	英招（P131）
山神（P131）	陸吾（P133）	土螻（P133）	欽原（P133）

長乘（P135）	西王母（P135）	狡（P135）	勝遇（P135）
鮷魚（P135）	畢方（P137）	白帝少昊（P137）	猙（P137）
三青鳥（P139）	鴄（P139）	獲狽（P139）	天狗（P139）
讙（P141）	帝江（P141）	蓐收（P141）	鵁鷞（P141）
當扈（P149）	鴞（P151）	神磈（P151）	冉遺（P153）
駮（P153）	蠻蠻（P153）	蠃魚（P155）	窮奇（P155）

鰩魚（P155）　　鴛鮒魚（P155）　　鼠鳥同穴（P155）　　人面鴞（P157）

𩢯湖（P157）　　水馬（P165）　　滑魚（P165）　　鵸鵨（P167）

何羅魚（P167）　　䑏疏（P167）　　鰷魚（P167）　　孟槐（P167）

鮯鮯魚（P169）　　橐駝（P169）　　寓（P169）　　耳鼠（P171）

孟極（P171）　　幽鴳（P171）　　足訾（P173）　　白鵺（P173）

鵁（P173）　　諸犍（P173）　　𦍒牛（P175）　　㹤斯（P175）

那父（P175）	赤鮭（P177）	長蛇（P177）	窫窳（P177）
鰈魚（P179）	諸懷（P179）	鮨魚（P179）	山㺋（P179）
龍龜（P181）	狪（P181）	人面蛇身神（P181）	閭馬（P187）
騂馬（P189）	鴛鵙（P191）	狍鴞（P191）	獨狢（P191）
鸓（P191）	居暨（P191）	鷾（P199）	驒（P199）
鷾鷾（P201）	天馬（P201）	飛鼠（P201）	象蛇（P203）

領胡（P203）	鮯父魚（P203）	酸與（P205）	鴟鴟（P207）
精衛（P209）	黽（P211）	鱯魚（P211）	辣辣（P215）
獂（P217）	罴（P219）	大蛇（P221）	廿神（P221）
十神（P221）	十四神（P221）	箴魚（P229）	鱅鱅魚（P229）
蚩鼠（P229）	從從（P229）	鰔魚（P231）	狪狪（P233）
倏鱅（P233）	人身龍首神（P233）	軨軨（P239）	珠鱉魚（P239）

犰狳（P241）　朱獳（P241）　鴛鴟（P241）　獙獙（P243）

絜鉤（P245）　蠪蛭（P245）　獸身人面神（P245）　狨狨（P245）

鮪（P251）　婜胡（P251）　鱣（P251）　鮯鮯魚（P253）

蟕龜（P253）　人身羊角神（P253）　精精（P253）　猲狙（P259）

鱃魚（P259）　當康（P261）　鮹魚（P261）　薄魚（P261）

蜚（P263）　合窳（P263）　豪魚（P271）　麑（P271）

39

飛魚（P275）　胐（P275）　鳴蛇（P283）　鶹（P283）

化蛇（P285）　蠪蚔（P285）　人面鳥身神（P287）　馬腹（P287）

鵸（P293）　夫諸（P293）　燻池（P293）　武羅（P293）

飛魚（P295）　泰逢（P295）　譍（P301）　犀渠（P301）

獢（P301）　人面獸身神（P305）　𩿨鳥（P311）　驕蟲（P321）

鴒鷚（P321）　脩辟魚（P325）　羬羊（P327）　文文（P335）

天愚（P335）　　山膏（P335）　　三足龜（P337）　　鰰魚（P337）

鰧魚（P337）　　鰤魚（P339）　　豬身人面十六神（P343）　　人面三首神（P343）

蠱圍（P349）　　羬牛（P349）　　文魚（P349）　　計蒙（P351）

鳲（P351）　　麈（P351）　　麂（P351）　　涉蠱（P353）

鳥身人面神（P357）　　鼊（P363）　　夒牛（P363）　　怪蛇（P365）

竊脂（P365）　　狟狼（P365）　　蜼（P367）　　熊山神（P369）

馬身龍首神（P371）	跂踵（P377）	鸓鴒（P379）	龍身人面神（P379）
雍和（P387）	耕父（P387）	青耕（P389）	嬰勺（P389）
獜（P389）	獳（P393）	頡（P393）	狙如（P395）
犰即（P399）	䮝鯀（P401）	梁渠（P401）	彘身人獸神（P403）
聞獜（P403）	於兒（P411）	怪神（P411）	帝之二女（P411）
蟡（P413）	飛蛇（P415）		

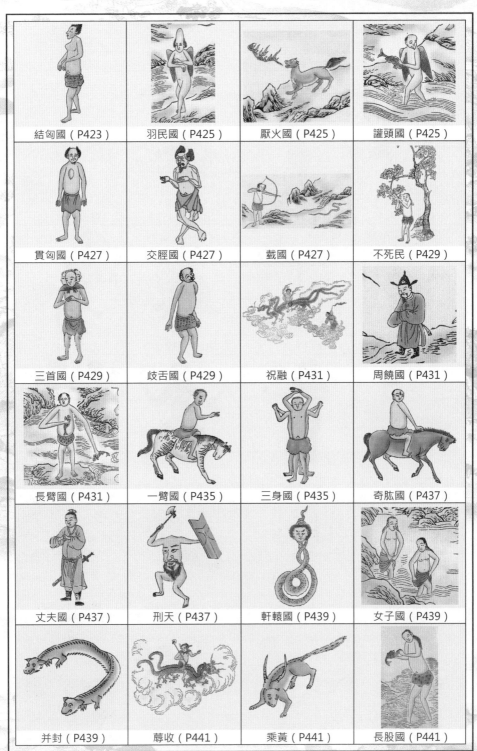

結匈國（P423）　羽民國（P425）　厭火國（P425）　讙頭國（P425）

貫匈國（P427）　交脛國（P427）　載國（P427）　不死民（P429）

三首國（P429）　歧舌國（P429）　祝融（P431）　周饒國（P431）

長臂國（P431）　一臂國（P435）　三身國（P435）　奇肱國（P437）

丈夫國（P437）　刑天（P437）　軒轅國（P439）　女子國（P439）

并封（P439）　蓐收（P441）　乘黃（P441）　長股國（P441）

43

一目國（P445） 柔利國（P445） 相柳（P447） 深目國（P447）

夸父追日（P449） 跂踵國（P451） 禺彊（P453） 羅羅（P453）

駒騄（P453） 駮（P453） 奢比屍（P457） 天吳（P457）

九尾狐（P457） 毛民國（P461） 雨師妾（P461） 梟陽國（P465）

旄馬（P469） 巴蛇吞象（P469） 氐人國（P469） 窫窳（P469）

貳負臣危（P475） 窫窳（P475） 鳳凰（P481） 三頭人與琅玕樹（P481）

樹鳥（P481）	六首蛟（P481）	犬戎國（P485）	吉量（P485）
蜪犬（P487）	鬼國（P487）	袜（P489）	據比屍（P489）
戎（P489）	環狗（P489）	騶吾（P489）	冰夷（P491）
陵魚（P493）	大蟹（P493）	雷神（P499）	四蛇（P503）

第一卷

南山經

《南山經》記錄位於中國南方的一系列山系。

包括《南次一經》、

《南次二經》、

《南次三經》，

共三十九座山。

記錄了以招瑤山、櫃山和

天虞山為首的三列山系的自然風貌、

其間繁衍生息的各種奇奇怪怪的鳥獸，

以及山脈中所蘊藏的各種珍貴礦物。

南次一經

　　《南次一經》主要記載鵲山山系上的動植物及礦物。鵲山山系所處位置大約在今廣東省、福建省一帶。從招瑤山起，一直到箕尾山止，一共十座山，諸山山神沒有神名，形貌均為鳥首龍身。每一座山上的動物也形貌功能各異。例如：有雌雄同體、吃了其肉可消除妒忌心的類；有能吃人而又可避免妖邪毒氣的九尾狐；有長得像斑鳩、味道鮮美的灌灌……

【本圖山川地理分布定位】

【本圖人神怪獸分布定位】

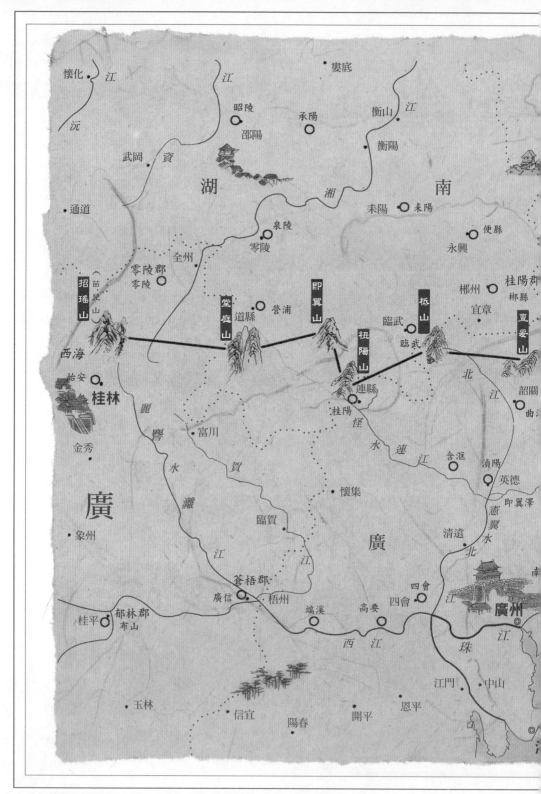

本圖根據張步天教授「《山海經》考察路線圖」繪製，圖中記載了《南次一經》中招瑤山至箕尾山的地理位置，經中所記十座山，實則只有九座。

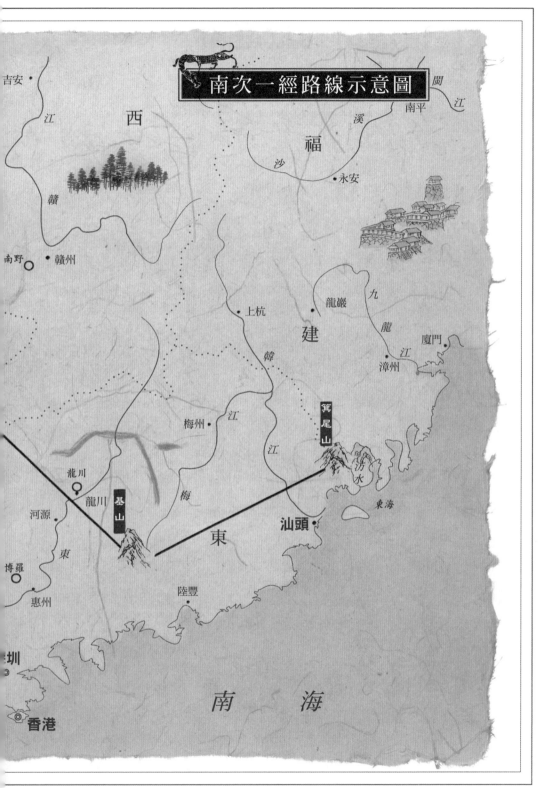

南次一經路線示意圖

吉安

江西

贛

南野○ ●贛州

閩

江

南平

溪

福

沙

永安

龍巖

九

龍

江

廈門

漳州

上杭

建

韓

江

梅州

江

江

箕尾山

汔水

東海

龍川

龍川

基山

河源

東

梅

博羅

惠州

東

汕頭

陸豐

圳

香港

南 海

（此路線形成於西漢早中期）

1 從招瑤山到堂庭山

嗜酒狌狌，能知祖先姓名

山水名稱	動物	植物	礦物
招瑤山	狌狌	桂花樹、祝餘、迷穀	金玉
麗麂水			育沛
堂庭山	白猿	椶木	水玉、黃金

原文

　　南山經之首曰鵲山。其首曰招瑤之山，臨於西海之上，多桂，多金玉①。有草焉，其狀如韭而青華，其名曰祝餘，食之不飢。有木焉，其狀如穀②而黑理，其華四照，其名曰迷穀，佩之不迷。有獸焉，其狀如禺③（ㄩˊ）而白耳，伏行人走，其名曰狌（ㄕㄥ）狌，食之善走。麗麂（ㄐㄧˋ）之水出焉，而西流注於海，其中多育沛④，佩之無瘕⑤（ㄐㄧㄚˇ）疾。

　　又東三百里，曰堂庭之山，多椶（ㄗㄨㄥˇ）木⑥，多白猿，多水玉⑦，多黃金⑧。

譯文

　　南方首列山系叫做鵲山山系。鵲山山系的頭一座山，也是最西邊的一座山，是招瑤山，屹立在西海岸邊，山上生長著許多桂樹，又盛產金屬礦物和玉石。山中有一種草，形狀像韭菜卻開著青色的花朵，名稱是祝餘，人吃了它就不感到飢餓。山中又有一種樹木，形狀像構樹，卻呈現黑色的紋理，它的花開放後發出耀眼光芒，照耀四方，名稱是迷穀，人佩戴它在身上就不會迷失方向。山中還有一種野獸，形狀像猿猴，但長著一雙白色的耳朵，既能匍匐爬行，又能像人一樣直立行走，名稱是狌狌。吃了牠的肉可以使人走得飛快。麗麂水發源於此山，向西流入大海。水中有許多叫做育沛的東西，人把它佩戴在身上就不會生蟲脹病。

　　再往東三百里，是堂庭山，山上生長著茂密的椶木。山中又有許多白猿，還盛產水晶以及豐富的黃金礦石。

【注釋】

① 金玉：這裡指未經過提煉和磨製的天然金屬礦物和玉石。

② 穀：即構樹，是一種非常高大的落葉喬木。

③ 禺：傳說中的一種野獸，長相似獼猴，相比來說大一些，紅眼睛，長尾巴。

④ 育沛：不詳何物。

⑤ 瘕：即現在所說的蠱脹病。

⑥ 椶木：一種喬木，果實像蘋果，果皮紅了就可以吃。

⑦ 水玉：現在所說的水晶，瑩亮如水，堅硬如玉，故稱水玉。

⑧ 黃金：指黃色的金沙，並非純金。

圖解山海經

狌狌 清·《吳友如畫寶》

據說牠們百餘隻為一群，在山谷之中出沒。十分好酒，人們只要在山路上擺上酒，再放一些連起來的草鞋，就能把牠們引出來，一邊相互招引喝酒，一邊將草鞋穿在腳上，而且還能喊出放酒人祖先的名字。等到牠們酒醉後，被連在一起的草鞋套牢，就會被人們逮住。

白猿 明·蔣應鎬圖本

異獸	形態	今名	異兆及功效
狌狌	形狀像猿猴，長有一雙白色耳朵，能匍匐爬行，也能直立行走。	猩猩	吃了牠的肉可以使人走得飛快。
白猿	樣子像猴，手臂粗大有力，腿長，動作敏捷，擅長攀援，其喊叫的聲音聽起來很哀怨。	猿猴	

山海經地理考

鵲山 ┄┄▶ 今南嶺山脈 ┄┄▶	①此山極可能是南嶺山脈，橫跨今廣東、廣西、湖南、江西、貴州等地。②可能是廣西灕江上游的貓兒山，是五嶺之一的越城嶺主峰，因其頂峰形狀似貓而得名。
招瑤山 ▶ 今廣西貓兒山 ▶	貓兒山位於廣西壯族自治區，是南嶺山地的組成部分。
麗麂水 ▶ 今灕江 ▶	發源於貓兒山的灕江，位於廣西，全長426公里。
西海 ▶ 古桂林水澤 ▶	位置約位於廣西桂林附近，該水澤現已湮沒無存。

2 從猨翼山到杻陽山
鳥頭蛇尾的治水神龜

山水名稱	動物	植物	礦物
猨翼山	怪獸、怪魚、蝮蟲、怪蛇	怪木	白玉
杻陽山	鹿蜀		黃金、白銀
怪水	旋龜		

原文

又東三百八十里，曰猨（ㄩㄢˊ）翼之山，其中多怪獸，水多怪魚，多白玉，多蝮（ㄈㄨˋ）蟲，多怪蛇，多怪木，不可以上！

又東三百七十里，曰杻（ㄔㄡˇ）陽之山，其陽多赤金[1]，其陰多白金[2]。有獸焉，其狀如馬而白首，其文如虎，而赤尾，其音如謠[3]，其名曰鹿蜀，佩之宜子孫。怪水出焉，而東流注於憲翼之水。其中多旋龜，其狀如龜而鳥首虺[4]（ㄏㄨㄟˇ）尾，其名曰旋龜，其音如判木，佩之不聾，可以為[5]底[6]。

譯文

堂庭山往東三百八十里，是猨翼山。山上生長著許多怪異的野獸，水中生長著許多怪異的魚，還盛產白玉，有很多蝮蟲，還有很多奇怪的蛇，很多奇怪的樹木，十分險惡，人是上不去的。

猨翼山往東三百七十里，就到了杻陽山。山的南坡盛產黃金，山的北坡盛產白銀。陽山有一種瑞獸，名叫鹿蜀，牠的形狀像馬，白頭、紅尾，全身是老虎的斑紋，鹿蜀的鳴叫像是有人在唱歌。佩戴牠的皮毛，就可以子孫滿堂。怪水從杻陽山發源，向東流去，注入憲翼水。水中有一種叫旋龜的動物，外形像普通的烏龜，卻長著鳥頭和蛇尾。牠的叫聲像敲打破木頭的聲音，佩戴旋龜甲能使人的耳朵不聾，而且牠還可以用來治療腳繭。

【注釋】

①赤金：就是上文所說的黃金，指金礦。

②白金：即白銀，這裡指銀礦石。

③謠：沒有樂器伴奏的歌唱。

④虺：毒蛇。

⑤為：治理、醫治的意思。

⑥底：與「胝」意思相同，俗稱「老繭」。

旋龜 清·畢沅圖本

　　傳說大禹治水時，有兩大神
獸 —— 應龍與旋（玄）龜予以協
助。應龍在前劃地，開鑿水道，將
洪水引入大海。而旋龜背駄息壤，
跟在大禹身後。龜背上的息壤被大
禹分成小塊小塊地投向大地，迅速
生長，很快就將洪水填平了。

怪蛇　明·蔣應鎬圖本

蝮蟲　明·蔣應鎬圖本

鹿蜀　明·蔣應鎬圖本

異獸	形態	異兆及功效
蝮蟲	蝮蟲是蛇的一種，身長三寸，牠的頭只有人的大拇指大小。	
鹿蜀	形狀像馬，白頭紅尾，全身有老虎斑紋，鳴叫聲像是有人在唱歌。	佩戴牠的皮毛，就可以子孫滿堂。
旋龜	外形像普通的烏龜，卻長著鳥頭蛇尾。叫聲像敲打破木頭的聲音。	佩戴旋龜甲能使人的耳朵不聾，而且牠還可以用來治療腳繭。

山海經地理考

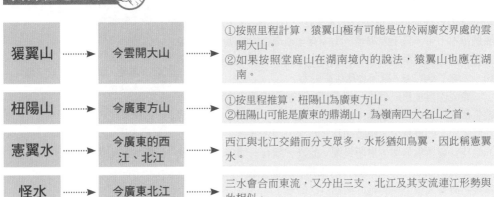

獶翼山	➡	今雲開大山	➡	①按照里程計算，猿翼山極有可能是位於兩廣交界處的雲開大山。 ②如果按照堂庭山在湖南境內的說法，猿翼山也應在湖南。
杻陽山	➡	今廣東方山	➡	①按里程推算，杻陽山為廣東方山。 ②杻陽山可能是廣東的鼎湖山，為嶺南四大名山之首。
憲翼水	➡	今廣東的西江、北江	➡	西江與北江交錯而分支眾多，水形猶如鳥翼，因此稱憲翼水。
怪水	➡	今廣東北江	➡	三水會合而東流，又分出三支，北江及其支流連江形勢與此相似。

3 從柢山到基山
三頭六眼愛打架的鵁䳆

山水名稱	動物	植物	礦物
柢山	鯥		
亶爰山	類		
基山	猼訑、鵁䳆	怪木	玉石

原文

又東三百里柢山，多水，無草木。有魚焉，其狀如牛，陵居，蛇尾有翼，其羽在鮭[1]（ㄑㄩ）下，其音如留牛[2]，其名曰鯥（ㄌㄨˋ），冬死[3]而複生，食之無腫疾。

又東四百里，曰亶（ㄉㄢˇ）爰之山，多水，無草木，不可以上。有獸焉，其狀如狸而有髦，其名曰類[4]，自為牝（ㄆㄧㄣˋ）牡[5]，食者不妒。

又東三百里，曰基山，其陽多玉，其陰多怪木。有獸焉，其狀如羊，九尾四耳，其目在背，名曰猼訑（ㄅㄛ／ ㄧˊ），佩之不畏。有鳥焉，其狀如雞而三首、六目、六足、三翼，其名曰鵁䳆，食之無臥[6]。

譯文

杻陽山再往東三百里，就是柢山，山間有很多河流，山上卻沒有花草樹木。這裡生長著一種怪魚，形狀像牛，棲息在山坡上，長著蛇一樣的尾巴而且肋下生翅，吼叫的聲音像犁牛，叫做鯥，牠冬天蟄伏夏天復甦，吃了牠的肉就能使人不患癰腫疾病。

柢山再往東四百里，就是亶爰山，山間有很多河流，依然是草木不生，且不能攀登。山中有一種奇特的野獸，形狀像野貓卻長著向下垂到眉毛的長頭髮，名叫類。這種野獸雌雄同體，人吃了牠的肉，就不會產生妒忌心。

亶爰山再往東三百里，就是基山，基山南坡盛產玉石，北坡生長著很多奇怪的樹木。山中有一種野獸，形狀像羊，長著九條尾巴、四隻耳朵，眼睛卻長在背上，叫做猼訑，人披上牠的毛皮就會勇氣倍增，無所畏懼。此外，還有一種鳥，長相似雞，卻有三個頭、六隻眼睛、六隻腳、三個翅膀，叫做鵁䳆。據說古時富人買下，將牠的肉給自己的雇工吃，可以使他們不知疲勞且很少休息的工作著。

【注釋】

[1] 鮭：指腋下肋上的那一部分。

[2] 留牛：與後文的「犁牛」相同。

[3] 冬死：指冬蟄，也就是冬眠。是動物對冬季外界不良環境的一種適應。

[4] 類：一種動物的名字。

[5] 牝牡：指陰陽。泛指與陰陽有關的，如雌雄等。牝，雌性；牡，雄性。

[6] 無臥：不知疲勞，很少休息。

明・蔣應鎬圖本

鵸鵌由於三個頭常意見不一致而打架,以至於把自己打得遍體鱗傷。相傳,人若吃了類似這種多眼睛的禽鳥的肉,就可以將牠身上的神靈之氣吸收到自己身上來,就不必閉上眼睛睡覺了。

鯥 明・胡文煥圖本

猼訑 明・蔣應鎬圖本

異獸	形態	異兆及功效
鯥	形狀像牛,棲息在山坡上,長著蛇一樣的尾巴並且肋下生翅,吼叫的聲音像犁牛。	吃了牠的肉就能使人不患癰腫疾病。
類	形狀像野貓卻長著向下垂到眉毛的長頭髮。	雌雄同體,人吃了牠的肉,就不會產生妒忌心。
猼訑	形狀像羊,長著九條尾巴、四隻耳朵,眼睛卻長在背上。	人披上牠的毛皮就會勇氣倍增,無所畏懼。
鵸鵌	長相似雞,卻有三個頭、六隻眼睛、六隻腳、三個翅膀。	人吃了牠,會不知疲勞地工作,而很少休息。

山海經地理考

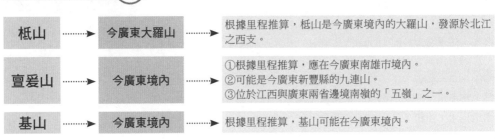

柢山	→	今廣東大羅山	→	根據里程推算,柢山是今廣東境內的大羅山,發源於北江之西支。
亶爰山	→	今廣東境內	→	①根據里程推算,應在今廣東南雄市境內。②可能是今廣東新豐縣的九連山。③位於江西與廣東兩省邊境南嶺的「五嶺」之一。
基山	→	今廣東境內	→	根據里程推算,基山可能在今廣東境內。

4 從青丘山到箕尾山
吼聲如嬰兒啼哭的九尾狐

山水名稱	動物	礦物
青丘山	九尾狐、灌灌	青䨼、玉
箕尾山		沙石
翼澤	赤鱬	
汸水		白玉

圖解山海經

原文

又東三百里，曰青丘之山。其陽多玉，其陰多青䨼[1]（ㄏㄨㄛˋ）。有獸焉，其狀如狐而九尾，其音如嬰兒，能食人，食者不蠱。有鳥焉，其狀如鳩，其音若呵[2]，名曰灌灌，佩之不惑。英水出焉，南流注於即翼之澤。其中多赤鱬（ㄖㄨˊ），其狀如魚而人面，其音如鴛鴦，食之不疥[3]。

又東三百五十里，曰箕尾之山。其尾踆（ㄘㄨㄣ）於東海，多沙石。汸（ㄈㄤ）水出焉，而南流注於淯（ㄩˋ），其中多白玉。

凡山之首，自招瑤之山，以至箕尾之山，凡十山，二千九百五十里。其神狀皆鳥身而龍首。其祠之禮：毛用一璋[4]玉瘞[5]（一ˋ），糈用稌[6]（ㄊㄨˊ）米，一璧，稻米，白菅為席。

譯文

再往東三百里，是青丘山，山上向陽的南坡盛產玉石，而背陰的北坡則盛產青䨼。山中有一種奇獸，形狀像狐狸，卻長著九條尾巴，吼叫的聲音如同嬰兒在啼哭，很凶猛，能吞食人。吃了牠的肉就能使人不中妖邪毒氣。青丘山中還有一種禽鳥，名叫灌灌，樣子像斑鳩，啼叫聲如同人在互相斥罵，把牠的羽毛插在身上就不會被迷惑。英水從青丘山發源，然後向南流入翼澤。澤中有很多赤鱬，形狀像普通的魚卻有一副人的面孔，聲音如同鴛鴦鳥在叫，吃了牠的肉就能使人不生疥瘡。

再往東三百五十里是箕尾山，雄踞於東海之濱，山上沙石很多。汸水發源於此，向南流入淯水，水中盛產白色玉石。

總計山系之首尾，從招瑤山起，直到箕尾山止，一共是十座山，東西蜿蜒二千九百五十里。諸山山神都是鳥的身子龍的頭。祭祀這些山神的禮儀是把畜禽和璋一起埋入地下，祀神的米用稻米，用白茅草來做神的坐席。

【注釋】

①青䨼：一種礦物顏料，古人用來塗飾器物。
②呵：大聲地斥責。
③疥：疥瘡。
④璋：古玉器名。古代朝聘、祭祀、喪葬、發兵時使用，表示瑞信。
⑤瘞：埋葬。
⑥稌：稻子。

九 尾 狐　明·蔣應鎬圖本

　　在中國古代，九尾狐是祥瑞和子孫昌盛的徵兆。傳說禹治水直到三十歲時，還沒有娶妻。有一次他走過塗山，見到一隻九尾白狐，當時，在塗山當地流傳一首民謠，大意是說：誰見了九尾白狐，誰就可以為王；誰見了塗山的女兒，誰就可以使家道興旺。後來，禹便娶塗山女子嬌為妻。結果禹果然為王，而且多子多孫，統治中國。

鳥身龍首神　清·《神異典》

灌灌　明·蔣應鎬圖本

赤鱬　明·蔣應鎬圖本

異獸	形態	異兆及功效
九尾狐	形狀像狐狸，卻長著九條尾巴，吼叫的聲音如同嬰兒在啼哭，牠很凶猛，能吞食人。	吃了牠的肉就能使人不中妖邪毒氣。
灌灌	樣子像斑鳩，啼叫的聲音如同人在互相斥罵。	把牠的羽毛插在身上就不會被迷惑。
赤鱬	形狀像普通的魚卻有一副人的面孔，聲音如同鴛鴦鳥在叫。	吃了牠的肉，能使人不長疥瘡。

山海經地理考

青丘山	▸	今廣東省的靈池山	▸	位於中國廣東省翁源縣東部，北接仙霞嶺，南接九連山。
箕尾山	▸	今福建省的太姥山	▸	位於今福建省福鼎市境內，北距溫州市150公里，背山面海。

【第一卷 南山經】

59

　　《南次二經》主要記載南方第二列
山系上的動植物及礦物。此山系所處位
置大約在浙江省、福建省一帶。從櫃山
起，一直到漆吳山止，一共十七座山，
諸山山神均是鳥首龍身。山上動物精靈
古怪。例如：有長得像羊，不吃不喝也
可以生活自在的䗤；有的山上卻沒有任
何動物，植物、礦物卻有很多。

【本圖山川地理分布定位】

【本圖人神怪獸分布定位】

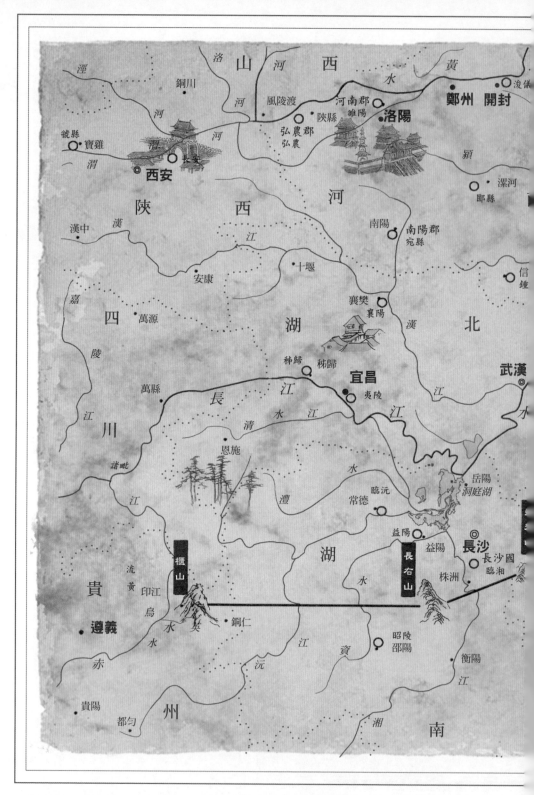

本圖根據張步天教授「《山海經》考察路線圖」繪製，圖中記載了《南次二經》中櫃山至漆吳山共十七座山的地理位置。

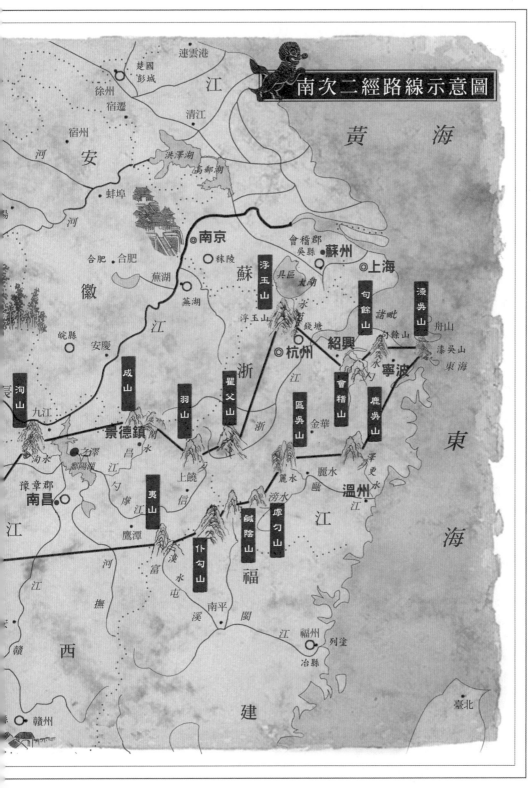

南次二經路線示意圖

江
連雲港
楚國彭城
徐州
宿遷
清江
宿州
安
河
河
蚌埠
洪澤湖
高郵湖
合肥 合肥
徽
蕪湖
蕪湖
南京
秣陵
皖縣
安慶
江
成山
溝山
九江
景德鎮
南
昌
溝水
羽山
上饒
信
浮玉山
浮玉山
蘇
會稽郡
吳縣
蘇州
上海
具區
太湖
水
錢塘
句餘山
漆吳山
舟山
諸毗
小餘山
漆吳山
東海
浙
杭州
紹興
寧波
水
瞿父山
浙
江
金華
區吳山
會稽山
鹿吳山
水更
豫章郡
南昌
豐澤
鄱陽湖
江
虔
江
夷山
鷹潭
富
漢水
屯
河
江
撫
西
贛州
鹹陰山
滂水
僕勾山
僕勾山
福
南平
溪
閩
江
福州
列塗
冶縣
建
麗水
麗水
甌
溫州
江
東
海
臺北

（此路線形成於西漢早中期）

從櫃山到堯光山

鴒，流放者靈魂的化身

山水名稱	動物	礦物
櫃山	狸力、鴒鳥	白玉、丹砂
長右山	長右	
堯光山	猾褢	白玉、金

原文

　　南次二山之首，曰櫃山。西臨流黃，北望諸毗（ㄆㄧ〃），東望長右。英水出焉，西南流注於赤水，其中多白玉，多丹粟[1]。有獸焉，其狀如豚，有距，其音如狗吠，其名曰狸力，見則其縣多土功[2]。有鳥焉，其狀如鴟[3]（ㄔ）而人手，其音如痺，其名曰鴒（ㄓㄨ）鳥，其名自號也，見則其縣多放士[4]。東南四百五十里，曰長右之山。無草木，多水。有獸焉，其狀如禺而四耳，其名長右，其音如吟，見則郡縣大水。

　　又東三百四十里，曰堯光之山。其陽多玉，其陰多金。有獸焉，其狀如人而彘（ㄓ〃）鬣[5]（ㄌㄧㄝ〃），穴居而冬蟄，其名曰猾褢（ㄏㄨㄞ〃），其音如斲木，見則縣有大繇[6]（ㄧㄠ〃）。

譯文

　　南方第二列山系的首座山是最西邊的櫃山，西臨流黃酆氏國和流黃辛氏國，向北可望諸毗山，向東可望長右山。英水發源於此，向西南流入赤水，水中多白色玉石，還有很多粟粒大小的丹砂。山中有種野獸，形狀像小豬，卻長著一雙雞爪，叫聲如狗叫，叫做狸力，哪裡出現狸力，哪裡就會有繁多的水土工程。山中還有一種鳥，形狀像鴟鷹卻長著人手一樣的爪子，啼叫的聲音如同痺鳴，叫做鴒鳥，牠的鳴叫聲就像是在叫自己的名，牠出現在哪裡，哪裡就會有眾多的文士被流放。再往東南四百五十里，是長右山。山上沒有花草樹木，水源豐富。山中有種野獸，形狀像猿猴卻長著四隻耳朵，名字也叫長右，叫聲如同人在呻吟，看見並聽到牠的啼叫，當地就會出現百年不遇的洪水。

　　再往東三百四十里，是堯光山，山南陽面多產玉石，山北陰面多產金。山中有一種怪獸，形狀像人卻全身長滿豬鬣樣的毛，冬季蟄伏在洞穴中，叫做猾褢，其叫聲如同砍木頭時發出的響聲，哪裡出現猾褢，哪裡就會有繁重的徭役。

【注釋】

① 丹粟：細小的丹砂。

② 土功：指治水、築城、建造宮殿等工程。

③ 鴟：古書上指鷂鷹，一種很凶猛的鳥。又名鷂鷹、老鷹、鳶鷹。

④ 放士：被放逐的人士。

⑤ 彘鬣：彘，豬；鬣，馬、獅子等頸上的長毛。

⑥ 繇：通「徭」，指徭役。

長右 明‧蔣英鎬圖本

　　長右可能是傳說中被禹制服的巫
支祁一類的猴形水怪。傳說禹治理洪水
時，曾三次到過桐柏山，那裡總是電閃
雷鳴，狂風怒號，導致治水工程沒有進
展。於是號召眾神將水怪擒獲。禹命
人將其鎮壓在今天江蘇淮陰的龜山腳
下。從此，禹的治水工作才得以順利進
行，淮水從此也平安流入大海。

鴅鳥 明‧胡文煥圖本

狸力 明‧蔣應鎬圖本

猾裹 明‧胡文煥圖本

異獸	形態	異兆及功效
鴅鳥	形狀像鶴鷹卻長著人手一樣的爪子，啼叫的聲音如同痺鳴。	牠出現在哪裡，哪裡就會有眾多的文士被流放。
狸力	形狀像普通的小豬，卻長著一雙雞爪，叫聲如狗叫。	哪裡出現狸力，哪裡就會有繁多的水土工程。
長右	形狀像猿猴卻長著四隻耳朵，其叫聲如同人在呻吟。	看見長右，並聽到牠的啼叫，當地就會出現百年不遇的洪水。
猾裹	形狀像人卻全身長滿豬樣的鬣毛，冬季蟄伏在洞穴中，叫聲如同砍木頭時發出的響聲。	哪裡出現猾裹，哪裡就會有繁重的徭役。

山海經地理考

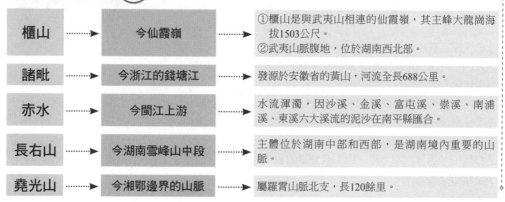

櫃山	⟶	今仙霞嶺	⟶	①櫃山是與武夷山相連的仙霞嶺，其主峰大龍崗海拔1503公尺。②武夷山脈腹地，位於湖南西北部。
諸毗	⟶	今浙江的錢塘江	⟶	發源於安徽省的黃山，河流全長688公里。
赤水	⟶	今閩江上游	⟶	水流渾濁，因沙溪、金溪、富屯溪、崇溪、南浦溪、東溪六大溪流的泥沙在南平縣匯合。
長右山	⟶	今湖南雪峰山中段	⟶	主體位於湖南中部和西部，是湖南境內重要的山脈。
堯光山	⟶	今湘鄂邊界的山脈	⟶	屬羅霄山脈北支，長120餘里。

【第一卷 南山經】

65

2 從羽山到會稽山
虎身牛尾愛吃人的彘

山水名稱	動物	礦物
羽山	蝮蟲	
瞿父山、句餘山		金玉
浮玉山	彘	
成山、會稽山		金玉
苕水	鮆魚	

原文

又東三百五十里，曰羽山。其下多水，其上多雨，無草木，多蝮（ㄈㄨˋ）蟲。又東三百七十里，曰瞿父之山。無草木，多金玉。又東四百里，曰句餘之山。無草木，多金玉。

又東五百里，曰浮玉之山。北望具區，東望諸毗。有獸焉，其狀如虎而牛尾，其音如吠犬，名曰彘（ㄓˋ），是食人。苕（ㄊㄧㄠˊ）水出於其陰，北流注於具區。其中多鮆（ㄘˇ）魚。

又東五百里，曰成山。四方而三壇[1]，其上多金玉，其下多青雘，閟（ㄕˋ）水出焉，而南流注於虖（ㄏㄨ）勺，其中多黃金。又東五百里，曰會稽之山。四方，其上多金玉，其下多砆石[2]。勺水出焉，而南流注於湨（ㄐㄩˊ）。

譯文

往東三百五十里，是羽山，山下有很多流水，山上經常下雨，山中沒有花草樹木，有很多的蝮蟲。往東三百七十里，是瞿父山，山上沒有花草樹木，有很多金屬礦物和各色玉石。

再往東四百里，是句餘山，沒有花草樹木，有很多金屬礦物和各色玉石。再往東五百里，是浮玉山，登上山頂，向北可以望見具區澤，向東可以望見諸毗水，山中有一種野獸，形狀像老虎卻長著牛的尾巴，發出的叫聲如同狗叫，叫做彘，是能吃人的。苕水從這座山的北麓發源，向北流入具區澤。水中有很多鮆魚。

再往東五百里，是成山，形狀像四方形的三層土壇，山上盛產金屬礦物和玉石，山下則盛產青雘。閟水發源於此，向南流入勺水，河水的沙石中蘊藏有豐富的黃金。再往東五百里，是會稽山，也呈現四方形，山上有豐富的金屬礦物和玉石，山下盛產晶瑩透亮的砆石。勺水發源於此，向南流入湨水。

【注釋】

①三壇：類似於三個重疊一起的臺。

②砆石：一種類似於玉的美石。

66

彘 明·蔣應鎬圖本

　　彘的形狀像老虎卻長著牛的尾巴，牠的叫聲很奇特，就像狗吠一樣，是能吃人的一種動物。彘常常是瞪大雙眼，一副要吃人的樣子。據說，彘與長右一樣，也是發大水的象徵。

鯥魚 清·《禽蟲典》

異獸	形態	異兆及功效
彘	形狀像老虎卻長著牛的尾巴，發出的叫聲如同狗叫。	能吃人。
鯥魚	頭長而身體狹薄，腹背有如刀刃，嘴邊有兩條硬鬍鬚，鰓下有長長的硬毛像麥芒一樣，肚子底下還有硬角。	吃了這種魚可以治療狐臭。

山海經地理考

羽山	▶ 具體名稱不詳	▶ 按里程推測，羽山應在浙江或江西境內。
瞿父山	▶ 今浙江三衢山	▶ 位於浙江衢州常山縣城北10公里處。
句餘山	▶ 今浙江四明山	▶ 位於浙江省東北部，是天臺山向北延伸的支脈。
浮玉山	▶ 今浙江天目山	▶ 位於浙江省西北部，長200公里，寬60公里。
苕水	▶ 今浙江苕溪	▶ 位於浙江省西北部，因流域內的蘆花飄飛而得名。
成山	▶ 今浙江富春山	▶ 位於浙江省桐廬縣南部，又叫嚴陵山。
虖勺	▶ 今浙江富春江	▶ 位於浙江省錢塘江的上游。
會稽山	▶ 今浙江會稽山	▶ 位於浙江省中東部，西南—東北走向。
勺水	▶ 今浙江金華江	▶ 是錢塘江最大的支流，由義烏江、武義江匯合而成。

3 從夷山到虖勺山
不吃不喝也能生活的𤢻

山水名稱	動物	植物	礦物
夷山			砂石
僕勾山			金玉
㶟山	𤢻		金玉
虖勺山		梓樹、楠木樹、荊樹、枸杞樹	白玉

原文

又東五百里，曰夷山。無草木，多沙石。溟水出焉，而南流注於列塗。

又東五百里，曰僕勾之山。其上多金玉，其下多草木，無鳥獸，無水。

又東五百里，曰咸陰之山。無草木，無水。

又東四百里，曰㶟（ㄒㄩㄣˊ）山。其陽多金，其陰多玉。有獸焉，其狀如羊而無口，不可殺①也，其名曰𤢻。㶟水出焉，而南流注於闕之澤，其中多茈（ㄗˇ）蠃②（ㄌㄨㄛˇ）。

又東四百里，曰虖勺之山。其上多梓枏③（ㄋㄢˊ），其下多荊杞④。滂水出焉，而東流注於海。

譯文

會稽山再往東五百里，是夷山，山上沒有花草樹木，沙石遍布。溟水發源於此，然後向南流入列塗水。

再往東五百里，是僕勾山，山上有豐富的金屬礦物和美玉，山下有茂密的花草樹木，山中無禽鳥野獸，也沒有河流和水源。

再往東五百里，是咸陰山，山上沒有花草樹木，也沒有流水。

再往東四百里，是㶟山，其山南面盛產金屬礦物，山北多出產玉石。山中有一種野獸，形狀像普通的羊卻沒有嘴巴，不吃不喝也能生活自如，叫做𤢻。㶟水發源於此，然後向南流入闕澤，水裡面有很多紫色螺。

再往東四百里，是虖勺山，山上到處是梓樹和楠木樹，山下生長許多荊樹和枸杞樹。滂水發源於此，然後向東流入大海。

【注釋】

① 不可殺：這裡的「殺」意思是指死，意思是不能死。

② 茈蠃：即紫色的螺。

③ 梓枏：梓，梓樹，落葉喬木，可用於建築、製作家具、樂器等。枏，楠木樹，是建築和製造器具的上等木料。

④ 荊杞：荊，落葉灌木，其果實可入藥。杞，枸杞，落葉小灌木，紅色的果實，叫枸杞子，有很大的藥用價值。

 明·胡文煥圖本

　　據說其形狀很像一般的羊，但奇怪的是沒有嘴巴，即使不吃不喝也能自在地生活，其表情永遠是那種高傲、不可一世的樣子，因為牠不吃東西也不會死。

異獸	形態	異兆及功效
羬	形狀像普通的羊，卻沒有嘴巴。	不吃不喝也能生活得很自如。

山海經地理考

夷山	……▶	今天臺山	▶	①有一種說法認為，「又東五百里，曰夷山」應為「又東南五百里」。這樣推算，夷山就是今天臺山，也就是佛教天臺宗與道教南宗的發祥地。②根據原句推斷則為今浙江括蒼山，位於浙江中部，為福建洞觀山脈向北延伸而成。③位於福建境內。
列塗	……▶	今雲江	▶	位於豐溪的下游，因分支多、泥沙多而得名。
僕勾山	……▶	今浙江一山脈	▶	①依據夷山的第一種說法推算，僕勾山也就是今浙江鄞縣自崎頭山至王海尖一帶的山脈。②如果夷山在福建境內，可推僕勾山也在福建境內。
咸陰山	……▶	今白象山	▶	位於象山港水之南、天臺山及臨海群山之北，山北水南為陰，故此名為咸陰山。
洵山	……▶	今浙江大羅山	▶	浙江臨海縣東的群山，最高峰就是大羅山。
虖勺山	……▶	今松陰溪北諸山	▶	今松陰溪以北諸山。
滂水	……▶	今浙江甌江	▶	浙江省第二大河流，古稱「慎江」。

4 從區吳山到漆吳山

啼如嬰兒哭，能吃人的蠱雕

山水名稱	動物	礦物
區吳山		砂石
鹿吳山	蠱雕	金玉
漆吳山		博石

原文

又東五百里，曰區吳之山。無草木，多沙石。鹿水出焉，而南流注於滂水。

又東五百里，曰鹿吳之山。上無草木，多金石。澤更之水出焉，而南流注於滂水。水有獸焉，名曰蠱雕，其狀如雕而有角，其音如嬰兒之音，是食人。

東五百里，曰漆吳之山。無草木，多博石[1]，無玉。處於東海，望丘山，其光載[2]出載入，是惟日次[3]。

凡南次二山之首，自櫃山至於漆吳之山，凡十七山，七千二百里。其神狀皆龍身而鳥首。其祠：毛用一璧[4]瘞[5]（一ㄟ），糈[6]用稌。

譯文

再往東五百里，是區吳山，山上沒有花草樹木，沙石遍布。鹿水發源於此，然後向南流入滂水。

再往東五百里，是鹿吳山，山上沒有花草樹木，但有豐富的金屬礦物和玉石。澤更水發源於此，然後向南流入滂水。水中有一種叫蠱雕的野獸，其形狀像普通的雕鷹卻頭上長角，叫聲如同嬰兒啼哭，是能吃人的。

再往東五百里，是漆吳山。山中沒有花草樹木，盛產可以用做棋子的博石，但不產玉。這座山突兀於東海之濱，在山上遠望丘山，有神光閃耀，這裡是太陽停歇的地方。

總計南方第二列山系之首尾，從櫃山起到漆吳山止，一共十七座大山，全長七千二百里。諸山山神的形狀都是龍的身子鳥的頭。他們的祭禮：把畜禽和玉璧一起埋入地下，並精選稻米以供神享用。

【注釋】

①博石：可用作棋子的石頭。

②載：又；且。

③次：停歇。

④璧：古時的一種玉器，平圓形，正中間有孔洞，是古代的一種禮器，一般在朝聘、祭祀、喪葬時使用。

⑤瘞：埋葬。

⑥糈：精米，古代用以祭神。

龍身鳥首神　明·蔣應鎬圖本

 明·胡文煥圖本

蠱雕，長著雕嘴，獨角，叫聲像嬰兒啼哭，十分凶猛，能吃人，時常彰顯出食人猛獸的威風，據說其大嘴一次可吞一人。

蠱雕　明·蔣應鎬圖本

異獸	形態	異兆及功效
蠱雕	形狀像普通的雕鷹，頭上卻長角，叫聲如同嬰兒啼哭。	能吃人。

山海經地理考

區吳山	⟶	今括蒼山及北雁蕩山	⟶	位於浙江省溫州市，北雁蕩山以奇峰和瀑布著稱。
鹿水	⟶	今麗水	⟶	古人以山名水，鹿水源於鹿吳山，因此而得名。
漆吳山	⟶	今舟山群島	⟶	舟山群島眾多島嶼羅列，在東海的波光之間忽隱忽現，因此才有「是惟日次」之說。

南次三經

《南次三經》主要記載南方第三列山系上的動植物及礦物。此山系所處的位置大約在雲南省、廣東省一帶，從天虞山起，一直到南禺山止，一共十四座山，諸山山神均是龍身人面。山上動物秉性不一。例如：有身子像魚、長著蛇尾、其肉能治癒痔瘡的虎蛟；有人臉四眼的顒……

【本圖山川地理分布定位】

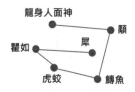

【本圖人神怪獸分布定位】

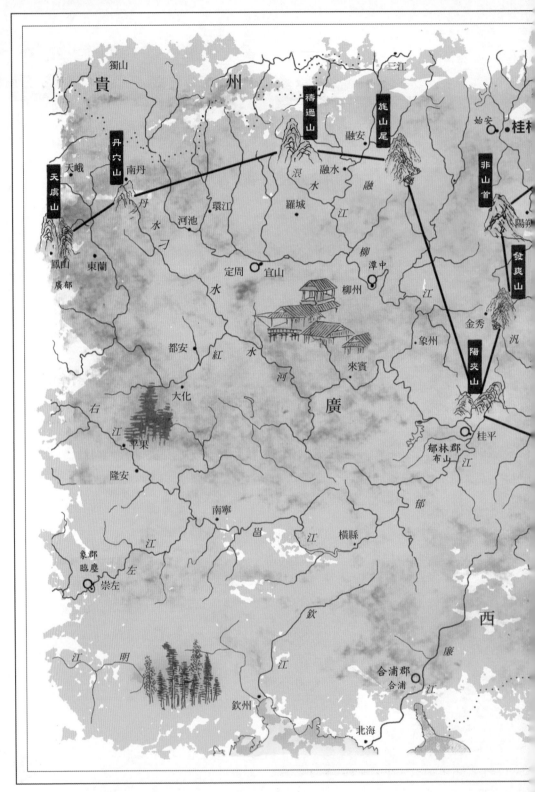

本圖根據張步天教授「《山海經》考察路線圖」繪製，圖中記載了《南次三經》中天虞山至南禺山的地理位置，經中所記共十四座山，實則只有十三座。

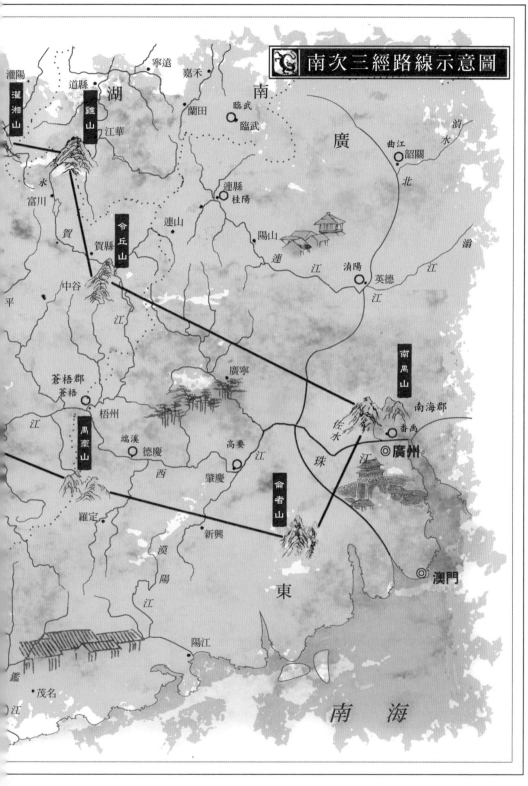

南次三經路線示意圖

南

湖

廣

寧遠

嘉禾

臨武

曲江

韶關

瀧水

灌陽

灌湘山

道縣

雞山

蘭田

臨武

北

灨

江

江華

連縣

桂陽

平

富川

水

賀

令丘山

賀縣

連山

陽山

連

江

滇陽

英德

江

中谷

江

蒼梧郡

蒼梧

廣寧

南禺山

佐水

南海郡

番禺

梧州

端溪

德慶

高要

珠

江

◎廣州

禺稾山

江

西

肇慶

江

羅定

漠

陽

新興

侖者山

東

陽江

鑑

茂名

江

◎澳門

南海

（此路線形成於西漢早中期）

1 從天虞山到丹穴山

人臉三腳的瞿如

山水名稱	動物	礦物
禱過山	犀、兕、瞿如、象	金玉
浪水	虎蛟	
丹穴山	鳳凰	金玉

原文

南次三山之首，曰天虞之山。其下多水，不可以上。

東五百里，曰禱過之山，其上多金玉，其下多犀①、兕（ㄙˋ），多象。有鳥焉，其狀如鵁（ㄐㄧㄠ）而白首、三足、人面，其名曰瞿（ㄑㄩˊ）如，其鳴自號也。浪（ㄧㄥˊ）水出焉，而南流注於海。其中有虎蛟，其狀魚身而蛇尾，其音如鴛鴦，食者不腫，可以已痔②。

又東五百里，曰丹穴之山。其上多金玉。丹水出焉，而南流注於渤海。有鳥焉，其狀如雞，五采而文，名曰鳳凰，首文③曰德，翼文曰義，背文曰禮，膺文曰仁，腹文曰信。是鳥也，飲食自然，自歌自舞，見則天下安寧。

譯文

　　南方第三列山系的首座山，是天虞山，山下到處是水，人不能登上去。

　　再往東五百里，是禱過山。山上盛產金屬礦物和玉石，有很多犀、兕和大象。山中有一種禽鳥，其形狀像鵁，長著白色的腦袋、三隻腳和人一樣的臉，名字叫瞿如，鳴叫起來就像在呼喚自己的名字。浪水發源於此，向南流入大海。水裡有一種叫虎蛟的動物，身子像普通的魚，有一條像蛇一樣的尾巴，叫聲很像鴛鴦，吃了牠的肉就能使人不生癰腫疾病，還可以治癒痔瘡。

　　再往東五百里，就是丹穴山，山上盛產金屬礦物和玉石。丹水發源於此，向南流入渤海。山中有一種鳥，形狀像一般的雞，全身上下長滿五彩羽毛，名叫鳳凰，牠頭上的花紋是「德」字的形狀，翅膀上的花紋是「義」字的形狀，背部的花紋是「禮」字的形狀，胸部的花紋是「仁」字的形狀，腹部的花紋是「信」字的形狀。這種鳥，吃喝很自然從容，常常是邊唱邊舞，牠一出現天下就會太平。

【注釋】

①犀：很屬害的動物，身子長得像水牛，頭如猪頭，蹄似象蹄，生有三隻角。
②痔：指痔瘡。
③文：與「紋」相通，即花紋。

犀 明·蔣應鎬圖本

　　據說有一種叫通天犀的靈獸，牠吃草時只吃有毒的草，或者專挑有刺的樹木吃，目的是以身試藥，練就本領，然後為人解毒，極其富有自我犧牲精神。因此，犀被認為是靈異之獸，是勇者的化身。

瞿如　明·蔣應鎬圖本

虎蛟　明·蔣應鎬圖本

異獸	形態	異兆及功效
虎蛟	身子像普通的魚，有一條蛇一樣的尾巴，叫聲很像鴛鴦。	吃了牠的肉就能使人不生癰腫疾病，還可以治癒痔瘡。
鳳凰	形狀像普通的雞，全身上下長滿五彩羽毛，牠頭上的花紋是「德」字的形狀，翅膀上的花紋是「義」字的形狀，背部的花紋是「禮」字的形狀，胸部的花紋是「仁」字的形狀，腹部的花紋是「信」字的形狀。	吃喝很自然從容，常常是邊唱邊舞，牠一出現天下就會太平。
瞿如	形狀像雞，長著白色的腦袋、三隻腳和人一樣的臉。	鳴叫起來就像在呼喚自己的名字。

山海經地理考

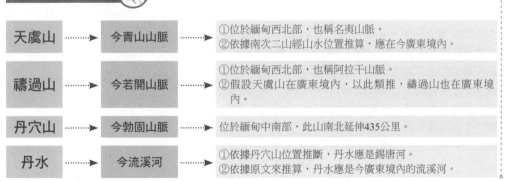

天虞山 ┈┈▶ 今青山山脈 ┈┈▶ ①位於緬甸西北部，也稱名夷山脈。
②依據南次二山經山水位置推算，應在今廣東境內。

禱過山 ┈┈▶ 今若開山脈 ┈┈▶ ①位於緬甸西北部，也稱阿拉干山脈。
②假設天虞山在廣東境內，以此類推，禱過山也在廣東境內。

丹穴山 ┈┈▶ 今勃固山脈 ┈┈▶ 位於緬甸中南部，此山南北延伸435公里。

丹水 ┈┈▶ 今流溪河 ┈┈▶ ①依據丹穴山位置推斷，丹水應是錫唐河。
②依據原文來推算，丹水應是今廣東境內的流溪河。

2 從發爽山到雞山

聲如豬叫的鱄魚

山水名稱	動物	礦物
發爽山	白猿	
㫋山尾	怪鳥	
非山首	蝮蟲	金玉
灌湘山	怪鳥	
雞山	鱄魚	金、丹雘

原文

　　又東五百里，曰發爽之山。無草木，多水，多白猿。汎（ㄈㄢˋ）水出焉，而南流注於勃海。

　　又東四百里，至於㫋（ㄇㄠˊ）山之尾。其南有穀，曰育遺，多怪鳥，凱風[1]自是出。又東四百里，至於非山之首。其上多金玉，無水，其下多蝮蟲。

　　又東五百里，曰陽夾之山。無草木，多水。又東五百里，曰灌湘之山。上多木，無草；多怪鳥，無獸。又東五百里，曰雞山。其上多金，其下多丹雘[2]。黑水出焉，而南流注於海。其中有鱄（ㄓㄨㄢ）魚，其狀如鮒[3]（ㄈㄨˋ）而彘毛，其音如豚，見則天下大旱。

譯文

　　往東五百里，是發爽山，山上沒有花草樹木，多流水，山上有很多白色猿猴。汎水發源於此，向南流入渤海。再往東四百里，便到了㫋山的尾端。此山的南面有一個大峽谷，叫做育遺谷，谷中生長著許多奇怪的鳥，還吹出來溫和的南風。再往東四百里，便到了非山的盡頭。山上盛產金屬礦物和玉石，沒有水，山下到處是蝮蟲。

　　再往東五百里，是陽夾山，山上沒有花草樹木，但水源很豐富。再往東五百里，是灌湘山，山上多樹，卻不生雜草，山中還有許多奇怪的禽鳥，卻沒有野獸。再往東五百里，是雞山，山上有豐富的金屬礦物，山下則盛產一種叫丹雘的紅色塗料。黑水發源於此，向南流入大海。水中有一種鱄魚，形狀像鯽魚，卻長著豬毛，發出如同小豬叫一樣的聲音，牠一出現就會天下大旱。

【注釋】

①凱風：指南風，意思是柔和的風。

②丹雘：一種可供塗飾的紅色顏料。

③鮒：即鯽魚。體側扁而高，體較厚，腹部圓。頭短小，吻鈍。

 **鱄魚** 清·《禽蟲典》

　　據說鱄魚的形狀像鯽魚，全身上下
卻長著豬毛，發出的聲音如同小豬叫一
樣；同時也有另外一種說法，認為鱄魚
的樣子很像蛇，卻長著豬的尾巴，而且
味道鮮美。

鱄魚 明·蔣應鎬圖本

異獸	形態	異兆及功效
鱄魚	形狀像鯽魚，長著豬毛，叫聲如同小豬的叫聲一般。	牠一出現就會天下大旱。

山海經地理考

發爽山 ┄┄▶	今廣西 金秀瑤山 ┄┄▶	①根據丹穴山位於緬甸境內的這一說法推斷，發爽山應當是緬甸東部的山脈。 ②依據原文，此山可能在廣西境內的大瑤山中段，又稱為金秀瑤山。
旄山 ┄┄▶	今廣東 羅浮山 ┄┄▶	①依據發爽山是緬甸東部的山脈推斷，旄山就是泰國清邁西南部的長嶺。 ②依據原文，此山為廣東的羅浮山，橫跨博羅縣、龍門縣、增城市三地。
灌湘山 ┄┄▶	今廣西 境內 ┄┄▶	①依據雞山與黑水的位置推測，灌湘山為位於雲南景洪與琅勃拉邦之間的山脈。 ②陽夾山在廣西境內，由此可推斷灌湘山也在廣西境內。
雞山 ┄┄▶	今廣東 桂山 ┄┄▶	①因黑水出於雞山，而又位於瀾滄江上游，由此可推斷，雞山乃是雲南景洪的山脈。 ②依據原文可推，雞山乃是廣東韶關的桂山。

3 從令丘山到禺槁山

四眼顒會叫自己的名字

山水名稱	動物	礦物
令丘山	顒	
侖者山		金玉、青艧
禺槁山	大蛇	

圖解
山海經

原文

又東四百里，曰令丘之山。無草木，多火。其南有谷焉，曰中谷，條風①自是出。有鳥焉，其狀如梟②，人面四目而有耳，其名曰顒（ㄩㄥˊ），其鳴自號也，見則天下大旱。

又東三百七十里，曰侖者之山。其上多金玉，其下多青。有木焉，其狀如構而赤理，其汗③如漆，其味如飴④，食者不飢，可以釋勞⑤，其名曰白咎⑥（ㄐㄧㄡˇ），可以血⑦玉。

又東五百八十里，曰禺槁（ㄍㄠˇ）之山。多怪獸，多大蛇。

譯文

雞山再往東四百里，是令丘山，沒有花草樹木，到處是野火。山南有一峽谷，叫做中谷，東北風從這個谷裡颳出來。山中有一種禽鳥，形狀像貓頭鷹，卻長著一副人臉和四只眼睛而且有耳朵，叫做顒，牠發出的叫聲就像在呼喚自己的名字，一出現天下就大旱。

令丘山往東三百七十里，是侖者山，山上有豐富的金屬和玉石礦藏，山下盛產青色的顏料。山中有一種樹木，形狀像一般的構樹，卻是紅色的紋理，枝幹能分泌出一種像漆一樣的汁液，味道像是用麥芽釀製的酒，很甜，人喝了它就不會感到飢餓，也不會覺得辛勞。這種汁液叫做白咎，可以用來把玉石染得鮮紅。

侖者山往東五百八十里，就到了禺槁山，山中有很多奇怪的野獸，還有很多大蛇。

【注釋】

① 條風：又稱融風，指春天的東北風。

② 梟：通「鴞」，即貓頭鷹，嘴和爪呈鉤狀，非常銳利，兩只眼睛長在頭部的正前方，眼睛四周的羽毛呈放射狀，全身羽毛大多為褐色，散綴著細斑，稠密而且鬆軟，飛行的時候沒有聲音，習慣於夜間活動。

③ 汗：指汁液。

④ 飴：用麥芽製成的糖漿。

⑤ 釋勞：消除辛勞。

⑥ 白咎：一種植物的名稱，具體所指不詳，有待考證。

⑦ 血：此處用作動詞，染的意思。指為器物飾品染色，使其發出光彩。

山海經異獸考

顒 明·胡文煥圖本

傳說在明萬曆二十年，顒鳥曾在豫章城寧寺聚集，然而，燕雀似乎都不太歡迎牠，紛紛鼓噪起來，結果就在當年的五月至七月，豫章郡酷暑異常，夏天末降滴雨，禾苗都枯死了。

顒 明·蔣應鎬圖本

異獸	形態	異兆及功效
顒	長著一副人臉和四隻眼睛而且有耳朵，發出的叫聲就像在呼喚自己的名字。	一出現就會天下大旱。

山海經地理考

令丘山	⟶	今寮國長嶺	⟶	①按照山川的走向可推斷，令丘山就是寮國的長嶺，最高處有五千多尺。 ②依據原文，從雞山的位置推斷，令丘山大約在今廣東或廣西境內。
禺槀山	⟶	今廣東白雲山	⟶	①按照山川的走向可推斷，禺槀山乃是雲南無量山，向南一直延伸到寮國的群山。 ②依據原文可推斷，此山應為廣州白雲山，東北－西南走向，總面積約28平方公里。 ③依據地理地貌的特點，此山起自廣東廣西交界處。
倉者山	⟶	今北亞山脈	⟶	根據原文推斷，此山為寮國鎮寧高原的北亞山脈。

【第一卷 南山經】

81

4 南禺山
龍身人面的諸山山神

山水名稱	動物	礦物
南禺山	鴸雛、鳳凰	金玉

圖解山海經

原文

又東五百八十里，曰南禺之山。其上多金玉，其下多水。有穴焉，水出輒[1]入，夏乃出，冬則閉。佐水出焉，而東南流注於海，有鳳凰、鴸（ㄩㄢ）雛[2]。

凡《南次三經》之首，自天虞之山以至南禺之山，凡一十四山，六千五百三十里。其神[3]皆龍身而人面。其祠皆一白狗祈[4]，糈用稌。

右[5]南經之山志[6]，大小凡四十山，萬六千三百八十里。

譯文

從禺山再往東五百八十里，是南禺山。山上盛產金屬礦物和玉石，山下有很多溪水。山中有一個洞穴，水在春天就流入洞穴，夏天又流出洞穴，在冬天則閉塞不通。佐水發源於此，然後向東南流入大海，佐水流經的地方有鳳凰和鴸雛棲息。

總計南方第三列山系之首尾，從天虞山起到南禺山止，一共十四座山，共蜿蜒六千五百三十里。諸山山神都是龍身人面。祭祀山神時，都是用一條白色的狗做祭牲，用血塗祭；祀神的米用稻米。

以上是南方群山的記錄，大大小小總共四十座，一萬六千三百八十里。

【注釋】

①輒：就。

②鴸雛：古書上指鳳凰一類的鳥。用來比喻賢才或高貴的人。

③神：這裡指山神。

④祈：祈禱。

⑤右：以上。

⑥志：這裡指記載的文字。

龍身人首神 明·蔣應鎬圖本

鴸雛 清·《禽蟲典》

異獸	形態
龍身人首神	長著龍的身體，人的面目。

山海經地理考

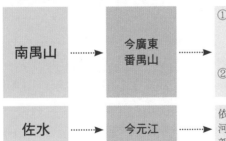

南禺山 ┈┈▶ 今廣東番禺山 ┈┈▶ ①根據原文，按照山川的走向可推斷，南禺山就是雲南的哀牢山，雲南省中部的山脈，為雲嶺向南的延伸，是雲貴高原與橫斷山脈的分水嶺，也是雲江與阿墨江的分水嶺。哀牢山走向為西北－東南，全長約500公里。
②根據上面的推斷，又因「南禺」的讀音與「番禺」相似，據此推測也可能是廣東境內的番禺山。

佐水 ┈┈▶ 今元江 ┈┈▶ 依據原文推斷，佐水乃今越南的紅河，是越南西北部最大的河流，在中國境內稱為元江；紅河呈西北－東南走向，經北部灣後進入南海。

第二卷

西山經

《西山經》記錄位於中國西部的一系列山系。

包括《西次一經》、

《西次二經》、

《西次三經》、

《西次四經》，

共七十七座山。

記錄了以錢來山、鈐山、

崇吾山及陰山為首的四列山系，

山上奇草異木種類繁多，

並蘊藏著豐富的礦產，

山間可見出沒無常的異獸。

西次一經

《西次一經》主要記載西方第一列山系，即華山山系上的動植物及礦物。此山系所處的位置大約在陝西省、甘肅省一帶，從錢來山起，一直到騩山止，一共十九座山，山神有華山神和㺄次山神。山上動物秉性剛烈。例如：有皮毛可做鎧甲的兕；有在陸地上叫熊、水裡為能的羆等。

【本圖山川地理分布定位】

【本圖人神怪獸分布定位】

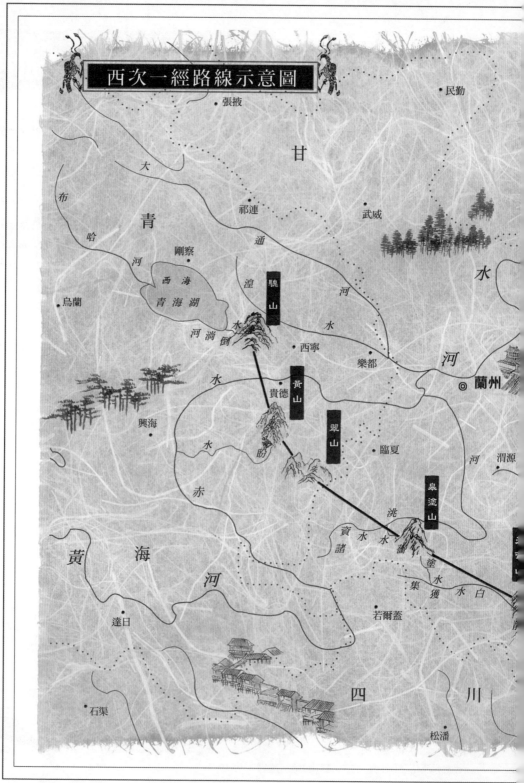

本圖根據張步天教授「《山海經》考察路線圖」繪製，圖中記載了《西次一經》中錢來山至騩山共十座山的地理位置。

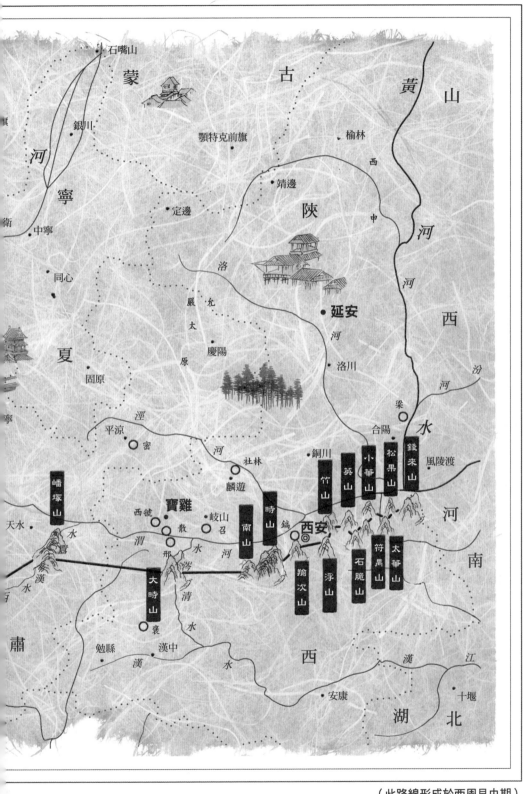

（此路線形成於西周早中期）

1 從錢來山到太華山
蛇中異類，六腳四翅肥遺

山水名稱	動物	植物	礦物
錢來山	羬羊	松	洗石
松果山	螐渠		銅
太華山	肥遺、大蛇		

原文

　　西山華山之首，曰錢來之山。其上多松，其下多洗石①。有獸焉，其狀如羊而馬尾，名曰羬（ㄒㄧㄢˊ）羊，其脂可以已臘②（ㄒㄧˊ）。西四十五里，曰松果之山。濩水出焉，北流注於渭，其中多銅③。有鳥焉，其名曰螐渠，其狀如山雞，黑身赤足，可以已㿉。

　　又西六十里，曰太華之山。削成而四方，其高五千仞④，其廣十里，鳥獸莫居。有蛇焉，名曰肥遺，六足四翼，見則天下大旱。

譯文

　　西山經的華山山系的第一座山，叫錢來山，山上有許多松樹，山下有很多洗石，山中有一種野獸，形狀像普通的羊卻長著馬的尾巴，叫做羬羊。牠的油脂可以用來治療乾裂的皮膚。

　　從錢來山往西四十五里，是松果山。濩水發源於此，向北流入渭水，水中有豐富的銅礦石。山中有一種名叫螐渠的鳥，其形狀像一般的野雞，但卻長著黑色的身子和紅色的爪子，可以用來治療皮膚乾皺。

　　松果山往西六十里，是太華山，整個山呈現四方形，高五千仞，寬十里。禽鳥野獸無法棲身，但山中卻有一種蛇，名叫肥遺，牠長著六隻腳和四隻翅膀，也是乾旱的象徵。

【注釋】

①洗石：一種含鹼性的瓦石，可以在洗澡時用來洗掉身上的汙垢。

②臘：皮膚皺皺。

③銅：在這裡指能提煉出精銅的天然銅礦石。

④仞：古時的計量單位。八尺為一仞。

羬羊　明・蔣應鎬圖本

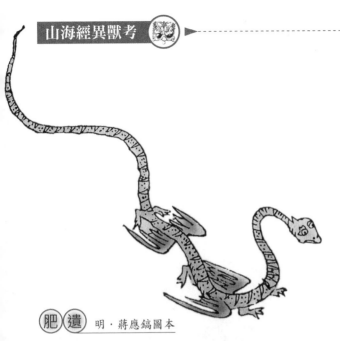

肥遺　明・蔣應鎬圖本

蝹渠　明・蔣應鎬圖本

　　肥遺是乾旱的象徵。傳說商湯曾經在陽山下看到過牠，結果商朝乾旱了七年。古人常說「商湯賢德，亦不免七年之旱」就緣於此。據說現今華山還有肥遺穴，當地人叫老君臍，明末大旱時肥遺曾在那裡現身。

異獸	形態	異兆及功效
肥遺	長著六隻腳和四隻翅膀的蛇。	一出現就會乾旱。
羬羊	形狀像普通的羊卻長著馬的尾巴。	油脂可以用來治療乾裂的皮膚。
蝹渠	形狀像一般的野雞，但卻長著黑色的身子和紅色的爪子。	可以用來治療皮膚乾皺。

山海經地理考

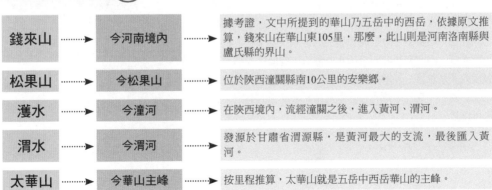

錢來山	今河南境內	據考證，文中所提到的華山乃五岳中的西岳，依據原文推算，錢來山在華山東105里，那麼，此山則是河南洛南縣與盧氏縣的界山。
松果山	今松果山	位於陝西潼關縣南10公里的安樂鄉。
潅水	今潼河	在陝西境內，流經潼關之後，進入黃河、渭河。
渭水	今渭河	發源於甘肅省渭源縣，是黃河最大的支流，最後匯入黃河。
太華山	今華山主峰	按里程推算，太華山就是五岳中西岳華山的主峰。

2 從小華山到符禺山

自戀赤鷩，以水為鏡

山水名稱	動物	植物	礦物
小華山	㸲牛、赤鷩	荊杞、䔃荔	磐石、玉
符禺山	蔥聾、鴖	文莖、條草	銅、鐵

圖解山海經

原文

又西八十里，曰小華之山。其木多荊杞，其獸多㸲牛。其陰多磐石①，其陽多㻬琈②之玉。鳥多赤鷩，可以禦火③。其草有䔃（ㄅㄧˋ）荔④，狀如烏韭⑤，而生於石上，亦緣木而生，食之已心痛。

又西八十里，曰符禺之山。其陽多銅，其陰多鐵。其上有木焉，名曰文莖，其實如棗，可以已聾。其草多條，其狀如葵⑥，而赤華黃實，如嬰兒舌，食之使人不惑。符禺之水出焉，而北流注於渭。其獸多蔥聾，其狀如羊而赤鬣（ㄌㄧㄝˋ）。其鳥多鴖（ㄇㄧㄣˊ），其狀如翠而赤喙，可以禦火。

譯文

再往西八十里，是小華山，樹木以牡荊樹和枸杞樹為主，山中的野獸大多是㸲牛，山北盛產磐石，山南盛產㻬琈玉。山中有許多叫赤鷩的鳥，飼養牠就可以避火。草以䔃荔為主，形狀像烏韭，但生長在石頭縫裡，有的也攀緣樹木而生長，人吃了牠就能治癒心痛病。

從小華山再往西八十里，是符禺山。山的南坡盛產銅，山的北坡盛產鐵。山上還有一種樹木，名叫文莖。它的果實就像棗，可以用來治療耳聾。山上的草以條草為主，其形狀就像山葵菜，它開紅花，結黃果，外形就像嬰兒的舌頭，吃了它人就不會被邪氣所迷惑。山間有條名叫符禺水的溪流，向北流入渭河。山上的野獸大多是蔥聾，外形像普通的羊，卻長著一把紅色的鬍鬚。鳥以鴖鳥為主，其外形像一般的翠鳥卻長著紅色的嘴巴。飼養鴖鳥也可以避火。

【注釋】

① 磐石：因石質堅硬，敲擊聲音清脆悅耳而得名。古人用來製成的打擊樂器叫做磬，一般都是掛在架子上演奏。

② 㻬琈：古代傳說中的一種玉。

③ 禦火：即避火，也就是說火不能燒到人的身體。

④ 䔃荔：古代傳說中的一種香草。

⑤ 烏韭：即一種苔蘚。生長在潮溼的地方。

⑥ 葵：即冬葵，是古代一種重要的蔬菜。

鴢　明·蔣應鎬圖本

 清·汪紱圖本

　　據說牠們因為漂亮，所以非常自戀。往往因自戀自己的豔麗羽毛，而整天在岸邊看自己在水中的倒影，結果羽毛的光芒把牠自己射得頭暈目眩，最後不知不覺地跌入水中而溺死。

葱聾　明·蔣應鎬圖本

　　葱聾的樣子像羊，「羊」在古代有吉祥之意，因此，很多想像中的祥瑞之獸都或多或少地採用了羊的形象。

異獸	形態	今名	異兆及功效
赤鷩	很像山雞，但要比山雞小，羽毛非常鮮豔，冠背金黃色，頭綠色，胸腹和尾部赤紅色。	錦雞	如果飼養牠，就可以避火。
鴢	外形像一般的翠鳥，卻長著紅色的嘴巴。		如果飼養牠，就可以避火。
葱聾	外形像普通的羊，卻長有紅色的鬣毛。		

小華山	▶	今陝西少華山	▶	同華山並稱為「二華」，因其低於華山，又名少華山。位於陝西省華縣少華鄉。
符禺山	▶	今鄭縣附近	▶	根據《太平寰宇記》的記載，符禺山應該在鄭縣西南一百里處。
符禺水	▶	今陝西沙溝水	▶	根據《水經注》的記載，可推斷出符禺水即為陝西沙溝水。

【第二卷 西山經】

93

3 從石脆山到英山

鱉形鮮魚，聲音如羊叫

山水名稱	動物	植物	礦物
石脆山		棕樹、楠木樹	瑂琈玉、銅、硫磺、赭黃
英山	牸牛、羬羊、肥遺	杻樹、橿樹、箭竹、䔸竹	鐵、赤金
禺水	鮮魚		

原文

　　又西六十里，曰石脆之山。其木多棕楠，其草多條①，其狀如韭，而白華黑實，食之已疥。其陽多之玉，其陰多銅。灌水出焉，而北流注於禺水。其中有流赭②（ㄓㄜˇ），以塗牛馬無病。

　　又西七十里，曰英山。其上多杻橿③，其陰多鐵，其陽多赤金。禺水出焉，北流注於招水，其中多鮮魚，其狀如鱉，其音如羊。其陽多箭䔸④，其獸多牸牛、羬羊。有鳥焉，其狀如鶉，黃身而赤喙，其名曰肥遺，食之已癘（ㄌㄧˋ），可以殺蟲。

譯文

　　再往西六十里，是石脆山。山上的樹以棕樹和楠木樹為主，而草大多是條草，形狀與韭菜相似，開白色花朵，結黑色果實，人吃了這種果實就可以治癒疥瘡。山南坡盛產瑂琈玉，而北坡盛產銅。灌水發源於此，向北流入禺水。水裡有硫黃和赭黃，將這兩樣東西塗抹在牛、馬的身上，就能使牛、馬百病不生。

　　再往西七十里，就是英山，山上到處是杻樹和橿樹，山的北坡盛產鐵，南坡盛產黃金。禺水發源於此，向北流入招水，水中有很多鮮魚，形狀像一般的鱉，發出的聲音如同羊叫。山的南坡還有很多箭竹和䔸竹，野獸大多是牸牛、羬羊。山中還有一種禽鳥，形狀像一般的鵪鶉，卻是黃身子、紅嘴巴，叫做肥遺，人吃了牠的肉就能治癒癩瘋病，還能殺死體內寄生蟲。

【注釋】

① 條：指條草。這裡所提到的條草同上文的條草雖然名稱相同，但其形態卻各不相同，實際上是兩種不同的草。

② 流赭：流，即硫黃，一種天然的礦物質，有殺蟲功效，中醫可用其入藥；赭，即赭黃，一種天然的褐鐵礦，可以用作黃色顏料。

③ 杻橿：杻，即杻樹，長得近似於棣樹，葉子細長，可以用來餵牛，木材能造車輞；橿，即橿樹，又名橿子櫟，種子可食用或釀酒，樹皮可提製栲膠，木質堅硬，在古代主要用來製造車輪。

④ 箭䔸：即一種節長、皮厚、根深的竹子，在冬季，可以挖出它的筍用來食用。

明·蔣應鎬圖本

此處的肥遺，同前文的肥遺卻有天壤之別，前文中的是長有腳的毒蛇，而此處所指卻是一種禽鳥，其外形如同鵪鶉，身上卻長著黃色的羽毛，紅色的嘴巴。據說吃了牠的肉，還能治癒癩瘋病。

 明·胡文煥圖本

這是一種長得很像鱉一樣的魚，樣子看起來稍有些怪異，卻很可愛，最為奇特的是其叫聲，如同羊叫一般。

異獸	形態	異兆及功效
鮮魚	形狀像一般的鱉。	發出的聲音如同羊叫。
肥遺	形狀像一般的鵪鶉，但卻是黃身子、紅嘴巴。	人吃了牠的肉就能治癒瘋癲病，還能殺死體內寄生蟲。

山海經地理考

石脆山	······▶	今陝西二龍山	······▶	有「二龍山為赤水源」之說，因此，石脆山就是今陝西境內的二龍山。
英山	······▶	今陝西境內	······▶	根據《水經注》內容考證，可推斷，英山位於陝西華縣的西南部。
招水	······▶	今皂水	······▶	①根據原文各個山川河流位置及範圍的推測，招水即是今陝西淮南的皂水，其讀音也頗為類似。②因「招水處於英山」，很有可能招水又是陝西境內的灞河，屬渭河南岸的一級支流。

4 從竹山到浮山

長刺豪豠，想親近也難

山水名稱	動物	植物	礦物
竹山	豪豠	喬木、黃雚、竹箭	鐵、玉石、蒼玉
丹水	人魚		水玉
浮山		盼木、薰草	

原文

又西五十二里，曰竹山。其上多喬木，其陰多鐵。有草焉，其名曰黃雚（《ㄨㄢˋ），其狀如樗①（彳ㄨ），其葉如麻，白華而赤實，其狀如赭②（ㄓㄜˇ），浴之已疥，又可以已胕（ㄈㄨˋ）。竹水出焉，北流注於渭，其陽多竹箭，多蒼玉。丹水出焉，東南流注於洛水，其中多水玉，多人魚。有獸焉，其狀如豚而白毛，毛大如笄③（ㄐㄧ）而黑端，名曰豪豠④。

又西百二十里，曰浮山。多盼木，枳葉而無傷，木蟲居之。有草焉，名曰燻草，麻葉而方莖，赤華而黑實，臭如蘪蕪，佩之可以已癘（ㄌㄧˋ）。

譯文

從英山西行五十二里，是竹山，山上多高大的樹木，山的北坡盛產鐵。山中有一種叫黃雚的草，其形狀像樗樹，但葉子像麻葉，開白色花結紅色果實，形狀像赭石，用來浸在水裡洗浴就可治癒疥瘡，還可以治療浮腫病。竹水從山的北坡發源，向北流入渭水。山的南坡有茂密的竹箭，還有很多青色的玉石。丹水發源於此，向東南流入洛水，水中多水晶石和人魚。山中還有一種野獸，其形狀像小豬卻長著白色的毛，毛如簪子粗細，其尖端呈黑色，叫做豪豠。

竹山再往西一百二十里是浮山，山上有茂密的盼木，這種樹長著枳樹一樣的葉子卻沒有刺，樹木上的蟲子便寄生於此。山中還有一種燻草，其葉子像麻葉卻長著方方的莖幹，開紅花結黑色果實，氣味像蘪蕪，很香，把它插在身上就可以治療瘋癲病。

【注釋】

① 樗：即臭椿樹，高大，樹皮灰色而不裂，小枝粗壯，羽狀複葉，夏季開白綠色花。
② 赭：赭石，即赤鐵礦，古人使用的一種黃棕色的礦物染料。
③ 笄：即簪子，古人用來插住挽起的頭髮或連住頭髮上的冠帽的一種長針。
④ 豪豠：即豪豬。

人 魚

　　這裡的人魚就是鯢魚，牠外形似鮎魚卻長有四隻腳，叫聲如同小孩啼哭，所以俗稱為娃娃魚。鯢用腳走路，所以古人覺得很神奇，甚至說牠們會上樹，傳說在大旱的時候，鯢便含水上山，用草葉蓋住自己的身體，將自己隱藏起來，然後張開口，等天上的鳥到地口中飲水時，就乘機將鳥吸入腹中吃掉。

豪 彘　明・蔣應鎬圖本

　　傳說寒冷時，豪彘便拚命地擁擠著，以相互取暖，然而身上的刺使得大家受到傷害，痛得嚎叫，不得不互相閃開，就這樣分分合合，到最後也不得消停。

異獸	形態	異兆及功效
豪彘	形狀像小豬卻長著白色的毛，毛如簪子粗細，其尖端呈黑色。	

山海經地理考

竹山	→	今陝西公王嶺	→	根據原文推測，可能是陝西境內華縣的公王嶺。
竹水	→	今山西大赤水	→	根據所推竹山的位置，可推知竹水就在山西境內，也叫大赤水。
洛水	→	今洛河	→	根據丹水的位置即可推測出洛水，也就是今天的陝西洛河，是黃河下游南岸的一個大支流，全長453公里。
浮山	→	今陝西臨潼縣西南	→	此結論依據《水經注》記載所進行推斷。

5 從羭次山到南山
獨腳橐𩇯有祥兆

山水名稱	動物	植物	礦物
羭次山	囂、橐𩇯	棫樹、橿樹、竹箭	赤銅、嬰垣
時山			水晶石
南山	猛豹、屍鳩		丹砂

圖解山海經

原文

又西七十里，曰羭（ㄩˊ）次之山。漆水出焉，北流注於渭。其上多棫①橿（ㄐㄧㄤ、ㄐㄧㄤ），其下多竹箭，其陰多赤銅②，其陽多嬰垣③之玉。有獸焉，其狀如禺而長臂，善投，其名曰囂④（ㄒㄧㄠ）。有鳥焉，其狀如梟，人面而一足，曰橐𩇯，冬見夏蟄⑤，服之不畏雷。

又西百五十里，曰時山，無草木。逐水出焉，北流注於渭，其中多水玉。

又西百七十里，曰南山，上多丹粟。丹水出焉，北流注於渭。獸多猛豹，鳥多屍鳩（ㄐㄧㄡ）。

譯文

再往西七十里，是羭次山。漆水發源於此，向北流入渭水。山上有茂密的棫樹和橿樹，山下有茂密的小竹叢，北坡盛產赤銅，南坡盛產嬰垣之玉。山中有一種野獸，形狀像猿猴而雙臂很長，擅長投擲，叫做囂。山中還有一種禽鳥，形狀像一般的貓頭鷹，長著人的面孔而只有一隻腳，叫做橐𩇯，牠的習性比較特殊，別的動物都是冬眠，而牠卻是夏眠，常常是冬天出現而夏天蟄伏，夏天打雷都不能把牠震醒，把牠的羽毛放在衣服裡就能使人不怕打雷。再往西一百五十里，是時山。山上沒有花草樹木。逐水發源於此，向北流入渭水。水中有很多水晶石。

再往西一百七十里，是南山。山上遍布粟粒大小的丹砂。丹水發源於此，向北流入渭水。山中的野獸大多是猛豹。而禽鳥大多就是布穀鳥。

【注釋】

① 棫：即棫樹，長得很小，枝條上有刺，紅紫色的果子像耳璫，可以吃。

② 赤銅：即黃銅。此處指未經提煉過的天然銅礦石。下同。

③ 嬰垣：用來製作掛在脖子上的裝飾品。

④ 囂：一種野獸，形貌與人相似，古人認為是獼猴。

⑤ 蟄：動物冬眠時的狀態。

橐𫚉 明·蔣應鎬圖本

《河圖》中說，獨足鳥是一種祥瑞之鳥，看見牠的人則勇猛強悍，傳說南朝陳快要滅亡的時候，就有一群獨足鳥聚集在殿庭裡，紛紛用嘴喙畫地寫出救國之策的文字。那些獨足鳥就是橐𫚉。

𤟤 明·蔣應鎬圖本

猛豹 明·蔣應鎬圖本

屍鳩 明·蔣應鎬圖本

異獸	形態	異兆及功效
橐𫚉	形狀像一般的貓頭鷹，長著人的面孔，卻只有一隻腳。	冬天出現而夏天蟄伏，夏天打雷都不能把牠震醒。
𤟤	形狀像猿猴而雙臂很長。	擅長投擲。

山海經地理考

榆次山 ----►	今陝西終南山 ----►	位於陝西省藍田縣的終南山，又名太乙山，屬秦嶺山脈中的一段。
漆水 ----►	今陝西漆水河 ----►	位於陝西省中部偏西北的地方，屬渭河的支流。
時山 ----►	今終南山山脈 ----►	依據原文推測，自榆次山向西150里依然是終南山的山脈。
南山 ----►	今首陽山	①根據里程計算，是首陽山，位於渭源縣東南部。②可能是終南山的簡稱。

6 從大時山到嶓冢山
陸地上是熊，水裡是能

山水名稱	動物	植物	礦物
大時山		構樹、櫟樹、 枏樹、橿樹	銀、玉
嶓冢山	犀牛、兕、 熊、羆、白 翰、赤鷩	桃枝竹、鉤端 竹、蓇蓉	

原文

又西百八十里，曰大時之山。上多穀柞（ㄏㄨˊ ㄗㄨㄛˋ）①，下多枏橿（ㄋㄧㄡˊ ㄐㄧㄤ）。陰多銀，陽多白玉。涔（ㄘㄣˊ）水出焉，北流注於渭。清水出焉，南流注於漢水。

又西三百二十里，嶓（ㄅㄛ）冢之山。漢水出焉，而東南流注於沔（ㄇㄧㄢˇ）；囂水出焉，北流注於湯水。其上多桃枝②鉤端③，獸多犀兕熊羆④，鳥多白翰⑤赤鷩。有草焉，其葉如蕙⑥，其本如桔梗⑦，黑華而不實，名曰蓇蓉，食之使人無子。

譯文

南山再往西一百八十里，是大時山，山上有很多構樹和櫟樹，山下則有很多枏樹和橿樹，山北坡盛產銀，山的南坡有豐富的白色玉石。大時山還孕育了涔、清二水，涔水從大時山北坡發源，向北流入渭水。清水則從南坡發源，向南流入漢水。

再往西三百二十里，是嶓冢山，漢水發源於此，向東南流入沔水；囂水也發源於此，向北流入湯水。山上到處是蔥鬱的桃枝竹和鉤端竹。嶓冢山也有很多的犀牛和兕，還有很多熊和羆。還棲息著許多鳥類，其中最多的就是白翰和赤鷩。山中有一種草，葉子長得像蕙草葉，莖幹卻像桔梗，開黑色花朵但不結果實，名叫蓇蓉，人吃了會失去生育能力。

【注釋】

①柞：即櫟樹。可供建築、器具、薪炭等用。

②桃枝：一種竹子，每隔四寸為一節。

③鉤端：屬桃枝竹之類的竹子。

④羆：熊的一種。

⑤白翰：即白雉，這種鳥常棲高山竹林間。

⑥蕙：是一種香草，屬蘭草之類。

⑦桔梗：橘樹的莖幹。

熊　清·汪紱圖本

　　傳說鯀治水失敗後，被赤帝祝融所殺，死後便化身為熊，牠在陸地上時叫熊，而在水裡就叫「能」了。傳說黃帝戰炎帝時，就曾經讓有熊氏驅趕熊羆衝鋒陷陣。

兕　明·胡文煥圖本

白翰　清·汪紱圖本

羆　清·汪紱圖本

異獸	形態	異兆及功效
白翰	頭頂長著白色的羽毛。	
熊	體態很小。	據說可以水陸兩棲。

山海經地理考

大時山	⋯⋯▶	今陝西太白山	⋯⋯▶	①依據通鑑地理通釋推斷，此大時山就是今天通稱的秦嶺。②依據原文推斷，此山應是陝西境內的太白山，是秦嶺山脈的主峰，海拔3767公尺。
澇水	⋯⋯▶	今斜水	▶	又名石頭河，是渭河南岸支流之一，位於陝西寶雞境內，發源於秦嶺北麓。
清水	⋯⋯▶	今紫金河	▶	根據里程推算，清水是褒水的上源，也就是紫金河。
漢水	⋯⋯▶	今漢江	▶	發源於陝西漢中，是長江最大的支流，長1532公里。
嶓冢山	▶	今陝西嶓冢山	⋯⋯▶	①位於陝西省寧強縣境內。②也可能是甘肅境內的嶓冢山。
沔	▶	今漢江支流	▶	古代把漢水稱為沔水。此處的沔應該是漢江的一個支流。

【第二卷 西山經】

101

7 從天帝山到皋塗山

狗狀谿邊，驅邪避毒

山水名稱	動物	植物	礦物
天帝山	谿邊、櫟	棕樹、楠木樹、茅草、蕙草、杜衡	
皋塗山	獏如、數斯	桂樹、無條	丹砂、銀、黃金、礜

原文

又西三百五十里，曰天帝之山。上多棕枏，下多菅蕙。有獸焉，其狀如狗，名曰谿（ㄒㄧ）邊，席①其皮者不蠱。有鳥焉，其狀如鶉，黑文而赤翁②，名曰櫟，食之已痔。有草焉，其狀如葵，其臭如蘼蕪，名曰杜衡③，可以走馬，食之已癭④（ㄧㄥˇ）。

西南三百八十里，曰皋塗之山。薔（ㄑㄧㄤˊ）水出焉，西流注於諸資之水；塗水出焉，南流注入集獲之水。其陽多丹粟，其陰多銀、黃金，其上多桂木。有白石焉，其名曰礜⑤（ㄩˋ），可以毒鼠。有草焉，其狀如槁茇⑥（ㄅㄚˊ），其葉如葵而赤背，名曰無條，可以毒鼠。有獸焉，其狀如鹿而白尾，馬足人手而四角，名曰獏如。有鳥焉，其狀如鴟而人足，名曰數斯，食之已癭。

譯文

再往西三百五十里，是天帝山，山上多棕樹和楠木樹，山下多茅草和蕙草。山中有野獸，形狀像狗，叫谿邊，人坐臥時鋪墊谿邊獸的皮就不會中妖邪毒氣。山中有種鳥，形狀像鶉鷯，黑色花紋，紅色頸毛，叫做櫟，吃了牠的肉可以治癒痔瘡。山中有種草，形狀像葵菜，散發蘼蕪似的氣味，叫杜衡。馬吃了，會成為千里馬；人吃了，就能治癒脖子上的贅瘤。

再往西南三百八十里，是皋塗山，薔水發源於此，向西流入諸資水；塗水發源於此，向南流入集獲水。山南遍布粟粒樣的丹砂，山北盛產黃金、白銀。山上有茂密的桂樹林。

山中有白石，叫礜，能毒死老鼠。有種叫無條的草，形狀像槁茇，葉子像葵菜，背面紅色，能毒死老鼠。山中有種野獸，外形像鹿，白色的尾巴、馬蹄、人手，有四隻角，叫做獏如。還有種鳥，形狀像鶉鷹，長著人一樣的腳，叫數斯，人吃了牠的肉能治癒脖子上的贅瘤。

【注釋】

①席：即鋪墊的意思。
②翁：鳥脖子上的毛。
③杜衡：一種香草。
④癭：指脖頸部所生肉瘤。
⑤礜：即礜石，一種礦物，有毒。
⑥槁茇：一種香草，其根莖可以入藥。

圖解山海經

數斯 明·胡文煥圖本

 清·《禽蟲典》

據傳說，人坐臥時，如果鋪墊谿邊獸的皮，就不會中妖邪毒氣。但因為人無法真的用牠來驅邪。所以，便宰殺與谿邊長得很像的白犬，用牠的血塗在門上，以便達到與墊谿邊皮一樣的驅邪作用。

兕 明·蔣應鎬圖本

㯟 明·胡文煥圖本

異獸	形態	今名	異兆及功效
谿邊	形狀像狗。	樹狗	如果鋪墊谿邊的皮，就不會中妖邪毒氣。
㯟	長得像鵪鶉，黑色花紋，紅色頸毛。	紅腹鷹	可以治癒痔瘡。
玃如	外形像鹿卻長著白色的尾巴、馬蹄、人手，有四隻角。	大母猴或四角羚	擅長攀爬。
數斯	形狀像鵰鷹卻長著人一樣的腳。		能治癒脖子上的贅瘤。

山海經地理考

天帝山 ·······▶	今太白山 ·······▶	①太白山，位於陝西境內，秦嶺山脈的主峰，海拔3767公尺，是中國大陸東部的第一高峰。 ②依據《禹貢》中的記載，此山是陝西省天水市的高山。
皋塗山 ·······▶	今甘肅峓兒嶺 ·······▶	位於甘肅省瑒縣境內。
薔水 ·······▶	今洮河支流 ·······▶	依據原文推斷，薔水可能是甘肅洮河的一個支流。
諸資水 ·······▶	今洮河 ·······▶	諸資水即為洮河或者由洮河等匯聚而成的沼澤。
塗水 ·······▶	今水流總稱 ·······▶	塗水即為瑒江源頭與漢江源頭諸水流的總稱。
集獲水 ·······▶	今甘肅白龍江 ·······▶	發源於瑒山北麓，是嘉陵江的一個支流。

從黃山到翠山
兩首四腳鸀能避火

山水名稱	動物	植物	礦物
黃山	犛、鸚鴞	竹箭	
盼水			玉石
翠山	旄牛、麢、麝、鸀	棕樹、楠木樹、竹	黃金、玉

原文

又西百八十里，曰黃山。無草木，多竹箭。盼水出焉，西流注於赤水，其中多玉。有獸焉，其狀如牛，而蒼黑大目，其名曰犛。有鳥焉，其狀如梟，青羽赤喙，人舌能言，名曰鸚鴞[1]。

又西二百里，曰翠山。其上多棕，其下多竹箭，其陽多黃金、玉，其陰多旄牛[2]、麢[3]（ㄌㄧㄥˊ）、麝[4]；其鳥多鸀，其狀如鵲，赤黑而兩首四足，可以禦火。

譯文

皋塗山再往西一百八十里，就到了黃山，山上沒有花草樹木，到處是鬱鬱蔥蔥的竹叢。盼水發源於此，向西流入赤水，水中有很多玉石。山中有一種野獸，形狀像普通的牛，但其皮毛是黝黑色的，眼睛比一般的牛眼要大，名叫犛。山中還生活著一種鳥，其形狀像一般的貓頭鷹，卻長著青色的羽毛和紅色的嘴，嘴裡面還有像人一樣的舌頭，能學人說話，名叫鸚鴞。

黃山再往西二百里，是翠山，山上是茂密的棕樹和楠木樹，山下到處是竹叢，山的南坡盛產黃金、美玉，山背陰的北坡則生活著很多旄牛、羚羊和麝。翠山中的禽鳥大多是鸀鳥，形狀像一般的喜鵲，卻長著紅黑色羽毛和兩個腦袋、四隻腳，人養著牠可以避火。

【注釋】

① 鸚鴞：即鸚鵡，羽毛色彩美麗，舌頭肉質而柔軟，經反覆訓練，能模仿人說話的聲音。
② 旄牛：即犛牛。
③ 麢：麢，同「羚」，即羚羊。
④ 麝：種類少，前肢短，後肢長，蹄小耳大，雌雄都無角種動物，也叫香獐，雄性麝的臍與生殖孔之間有麝腺，分泌的麝香可作藥用和香料用。

鸚鴞 明·蔣應鎬圖本

鸚鴞的形狀像一般的貓頭鷹，卻長著青色的羽毛和紅色的嘴，嘴裡面還有像人一樣的舌頭，能學人說話。

鵁 明·蔣應鎬圖本

㹇 明·胡文煥圖本

異獸	形態	今名	異兆及功效
㹇	形狀像普通的牛，但其皮毛是黝黑色的，眼睛比一般的牛眼要大。		
鸚鴞	形狀像貓頭鷹，卻長著青色的羽毛和紅色的嘴，嘴裡面還有像人一樣的舌頭。	鸚鵡	能學人說話。
鵁	形狀像喜鵲，卻長著紅黑色羽毛和兩個腦袋、四隻腳。		可以避火。

山海經地理考

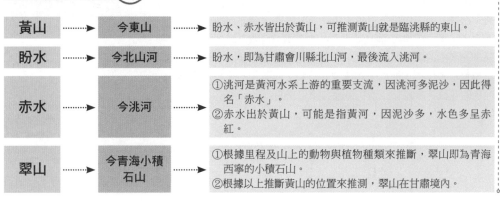

黃山	今東山	盼水、赤水皆出於黃山，可推測黃山就是臨洮縣的東山。
盼水	今北山河	盼水，即為甘肅會川縣北山河，最後流入洮河。
赤水	今洮河	①洮河是黃河水系上游的重要支流，因洮河多泥沙，因此得名「赤水」。 ②赤水出於黃山，可能是指黃河，因泥沙多，水色多呈赤紅。
翠山	今青海小積石山	①根據里程及山上的動物與植物種類來推斷，翠山即為青海西寧的小積石山。 ②根據以上推斷黃山的位置來推測，翠山在甘肅境內。

9 騩山
神奇威靈的㺄山神

山水名稱	礦物
騩山	山玉
淒水	采石、黃金、丹砂

圖解山海經

原文

又西二百五十里，曰騩（ㄍㄨㄟ）山。是錞①（ㄔㄨㄣˊ）於西海，無草木，多玉。淒水出焉，西流注於海。其中多采石②、黃金，多丹粟。

凡西山之首，自錢來之山至於騩山，凡十九山，二千九百五十七里。華山冢也，其祠之禮：太牢③。㺄山神也，祠之用燭，齋④百日以百犧⑤，瘞用百瑜⑥，湯⑦其酒百樽，嬰⑧以百珪百璧。其餘十七山之屬，皆毛牷⑨（ㄑㄩㄢˊ）用一羊祠之。燭者，百草之未灰，白席采等純之。

譯文

再往西二百五十里，是騩山，坐落於西海之濱，山中寸草不生，盛產玉石。淒水發源於此，向西流入大海，水中有許多彩石，還有很多黃金和粟粒大小的丹砂。

總計西方第一列山系之首尾，自錢來山起到騩山止，一共十九座山，蜿蜒二千九百五十七里。華山神是諸山神的宗主，祭祀華山山神的禮儀：用豬、牛、羊齊全的三牲做祭品獻祭。㺄次山神是神奇威靈的，也要單獨祭祀，祭祀㺄次山山神用燭火，齋戒一百天後用一百隻毛色純正的牲畜，隨一百塊美玉埋入地下，燙一百樽美酒，陳列一百塊玉和一百塊玉璧。祭祀其餘十七座山山神的典禮相同，用一隻完整的羊做祭品。燭，就是用百草製作的火把但未燒成灰的時候，而祀神的席是用各種顏色的花紋等參差有序地將邊緣裝飾起來的白茅草席。

【注釋】

①錞：依附。這裡是高踞的意思。
②采石：即一種彩色石頭，雌黃之類的礦物。
③太牢：古人祭祀時，祭品所用的牛、羊、豬三牲全備為太牢。
④齋：古人在祭祀前或舉行典禮前要清潔身體，以示莊敬。
⑤犧：古代祭祀時用的純色的整體的家畜。
⑥瑜：美玉。
⑦湯：通「燙」。
⑧嬰：即用玉器祭祀神的專稱。
⑨毛牷：指祀神所用的整體全具毛物牲畜。

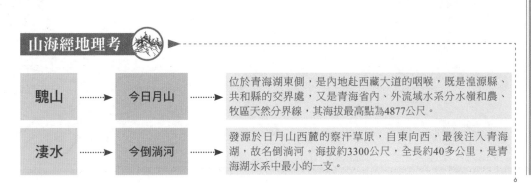

據說翰山神很是神奇威靈，必須單獨祭祀。祭祀也是古人生活中非常重要的儀式，每逢初一和十五，都會祭天或祭神。祭祀時會將美瑜埋入地下，再陳列上玉珪和玉璧。在中國的古代文化中認為，玉器集天地之精的靈性，能夠傳達人們對神的敬意，並有利於得到神的賜福。

異獸	形態	異兆及功效
翰山神	外形奇特，似牛。	神奇而威靈。

山海經地理考

驪山	→	今日月山	→	位於青海湖東側，是內地赴西藏大道的咽喉，既是湟源縣、共和縣的交界處，又是青海省內、外流域水系分水嶺和農、牧區天然分界線，其海拔最高點為4877公尺。
淒水	→	今倒淌河	→	發源於日月山西麓的察汗草原，自東向西，最後注入青海湖，故名倒淌河。海拔約3300公尺，全長約40多公里，是青海湖水系中最小的一支。

西次二經

《西次二經》主要記載西方第二列山系上的動植物及礦物。此山系所處的位置大約在陝西省、甘肅省一帶，從鈴山起，一直到萊山止，一共十七座山，其中十座山山神的形貌是人面馬身，另外七座山山神的形貌是人面牛身，祭祀禮儀各不相同。山上樹木種類繁多、礦藏豐富、野獸形象各異。

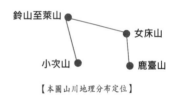

鈴山至萊山　　　女床山

小次山　　　鹿臺山

【本圖山川地理分布定位】

人面牛身神　　鸞鳥

人面馬身神

朱厭　　　鳧溪

【本圖人神怪獸分布定位】

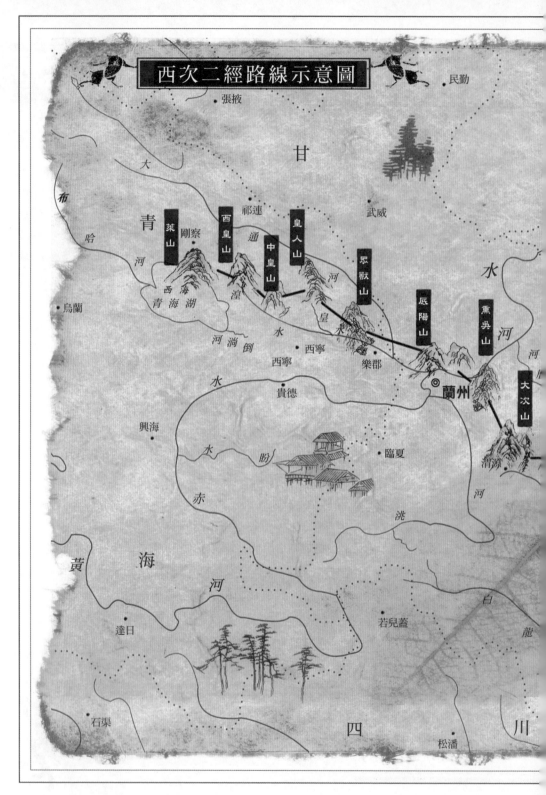

西次二經路線示意圖

民勤

張掖

甘

大

布

哈

青

萊山

剛察

西皇山

祁連通

皇人山

武威

水

中皇山

罪獸山

河

烏蘭

西海青海湖

湟

河

辰陽山

薰吳山

河

尚倒

皇

水

西寧

樂郡

水

大次山

渭源

河

河

貴德

蘭州

興海

水盼

臨夏

河

黃海赤

河

洮

河

白龍

達日

若兒蓋

四

川

石渠

松潘

本圖根據張步天教授「《山海經》考察路線圖」繪製，圖中記載了《西次二經》中鈐山至萊山共十七座山的考據位置。

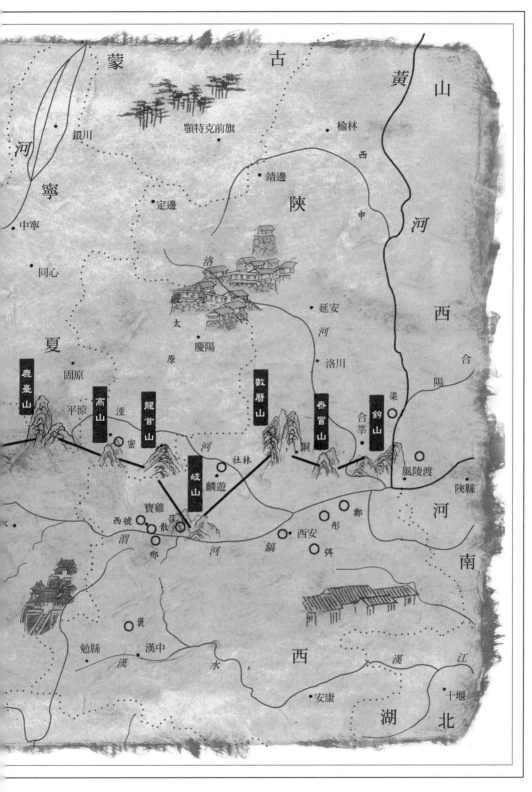

蒙 古
黃 山

河 寧
銀川
顎特克前旗
榆林
西
靖邊
陝
申
定邊
河
中寧
西
同心
延安
河
陽
夏
洛川
慶陽
太原
鹿臺山
固原
數曆山
梁
高山
平涼
涇
龍首山
泰冒山
鈴山
合莘
密
岐山
河
社林
銅
麟遊
風陵渡
寶雞
西虢
召散
鄭
陝縣
邢
渭
彤
河 南
河
鎬
西安
弨
襄
西
勉縣
漢中
漢
水
漢
江
安康
十堰
湖 北

從鈐山到高山
洛水東流，白色水蛇多

山水名稱	動物	植物	礦物
鈐山		杻樹、橿樹	銅、玉
泰冒山（浴水）	水蛇		金、鐵（藻玉）
數歷山（楚水）	鸚鵡		金、銀（珍珠）
高山（涇水）		棕樹、小竹叢	白銀、青碧、雄黃（磬石、青碧）

原文

西次二山之首，曰鈐（くーㄢˊ）山。其上多銅，其下多玉，其木多杻橿。

西二百里，曰泰冒之山。其陽多金，其陰多鐵。浴水出焉，東流注於河[1]，其中多藻玉[2]，多白蛇。

又西一百七十里，曰數歷之山。其上多黃金，其下多銀，其木多杻橿，其鳥多鸚鵡。楚水出焉，而南流注於渭，其中多白珠。

又西北五十里，曰高山。其上多銀，其下多青碧[3]、雄黃，其木多棕，其草多竹[4]。涇水出焉，而東流注於渭，其中多磬石、碧。

譯文

西方第二列山系之首座山，叫做鈐山，山上盛產銅，山下盛產玉，山中樹木茂盛，以杻樹和橿樹為最多。

鈐山向西二百里，是泰冒山，其山南坡盛產金，山北坡盛產鐵。洛水發源於此，向東流入黃河，水中有很多帶紋理的美玉，還有很多白色的水蛇。

再往西一百七十里，是數歷山，山上盛產黃金，山下盛產白銀，山中的樹木以杻樹和橿樹為主，而禽鳥大多是鸚鵡。楚水發源於此，然後向南流入渭水，水中有很多白色的珍珠。

再往西北方向五十里的山，名叫高山，山上有豐富的白銀，山下到處是青碧、雄黃，山中的樹木大多是棕樹，而草大多是小竹叢。涇水發源於此，然後向東流入渭水，水中有很多磬石、青碧。

【注釋】

[1] 河：古人單稱「河」或「河水」而不貫以名者，則大多是專指黃河，這裡即指黃河。以下同此。

[2] 藻玉：帶有色彩紋理的玉石。

[3] 青碧：青綠色的美玉。

[4] 竹：即低矮叢生的小竹子。

鸚鵡（鸚鵡） 明·蔣應鎬圖本

　　鸚鵡的形狀像一般的貓頭鷹，卻長著青色的羽毛和紅色的嘴，嘴裡面還有像人一樣的舌頭，能學人說話。

異獸	形態	今名	異兆及功效
鸚鵡	形狀像貓頭鷹，卻長著青色的羽毛和紅色的嘴，嘴裡面還有像人一樣的舌頭。	鸚鵡	能學人說話。

山海經地理考

鈐山	▸	今山西稷山	▸	位於山西省的西南部，距太原市410公里，在運城市的正北，同西山首經中的錢來山隔著黃河、汾河相互遙望。
泰冒山	▸	今陝西西山	▸	位於陝西韓城附近的西山，又名中峙山、西峙山。
洛水	▸	今陝西洛河	▸	發源於陝西洛南縣洛源鄉的木岔溝，洛河是黃河下游南岸的一個大支流，在鞏義市螺口以北注入黃河。
河	▸	今黃河	▸	古人僅稱為「河」或者「河水」，而不道其全名者，大都指黃河，這裡即指黃河。然而，因黃河在古時多次改道，所以，同今天看到的黃河不盡一致。
數歷山	▸	今陝西境內	▸	依據里程推算而出。
楚水	▸	今陝西石川河	▸	位於陝西耀縣，是渭河的一個支流。
高山	▸	今米缸山	▸	古時稱為高山或者美高山，位於寧夏六盤山山脈中，海拔2942公尺，既是固原市原州區同隆德縣、涇源縣的分界，又是六盤山的主峰。
涇水	▸	今涇河	▸	是渭河的一個支流，此河有兩個源頭，南部源於寧夏涇源老龍潭，北部源於寧夏固原的大灣鎮，二者在甘肅平涼附近匯合後，一路向東南，沿途不斷有支流匯入，形成輻射狀水系，最後，在陝西高陵縣附近，注入渭河。

【第二卷　西山經】

2 從女床山到鳥危山

鳧徯現，禍亂到

山水名稱	動物	植物	礦物
女床山	老虎、豹、犀牛、兕、鸞鳥		銅、黑石脂
龍首山（苕水）			黃金、鐵（美玉）
鹿臺山	牦牛、羬羊、白豪、鳧徯		白玉、銀
鳥危山（鳥危水）		檀樹、構樹、女床草	磐石（丹砂）

原文

　　西南三百里，曰女床之山。其陽多赤銅，其陰多石涅①，其獸多虎豹犀兕。有鳥焉，其狀如翟②（ㄉㄧˊ）而五采文，名曰鸞鳥③，見則天下安寧。

　　又西二百里，曰龍首之山。其陽多黃金，其陰多鐵。苕水出焉，東南流注於涇水。其中多美玉。

　　又西二百里，曰鹿臺之山。其上多白玉，其下多銀，其獸多牦牛、羬羊、白豪④。有鳥焉，其狀如雄雞而人面，名曰鳧徯，其鳴自叫也，見則有兵⑤。西南二百里，曰鳥危之山。其陽多磐石，其陰多檀穀，其中多女床。鳥危之水出焉，西流注於赤水，其中多丹粟。

譯文

　　往西南三百里，是女床山，山南多出產紅銅，山北多出產可作染料的黑石脂，山中的野獸以老虎、豹、犀牛和兕居多。山裡還有一種禽鳥，形狀像野雞卻長著彩色的羽毛，名叫鸞鳥。一出現天下就會安寧。

　　往西二百里，是龍首山，山南盛產黃金，山北則盛產鐵。苕水發源於此，向東南注入涇水，河水中有很多美玉。

　　再往西二百里，是鹿臺山，山上盛產白玉，山下盛產銀，山中的野獸以牦牛、羬羊、白豪居多。山中還有一種禽鳥，形狀像普通的雄雞卻長著人一樣的臉面，名叫鳧徯，牠的叫聲就像是自呼其名，牠出現在哪裡，哪裡就會有戰爭。

　　鹿臺山往西南二百里，是鳥危山，山南多出產磐石，山北有茂密的檀樹和構樹，山中有很多女床草，鳥危水發源於此，向西流入赤水，水中多粟粒大小的丹砂。

【注釋】

①石涅：即石墨。

②翟：一種長著很長尾巴的野雞，形體也比一般野雞大些。

③鸞鳥：傳說中的一種鳥，屬於鳳凰中的一種。

④白豪：長著白毛的豪豬。

⑤兵：軍事，戰鬥。

圖解山海經

 明·蔣應鎬圖本

鸞鳥是傳說中和鳳凰同類的神鳥，牠也分雌雄，雄的叫鸞，雌的叫和，牠的叫聲有五個音階，十分動聽。傳說西域的賓王養了一隻鸞，三年不曾鳴叫。後來用鏡子照牠，鸞看到自己在鏡中的影子便悲傷地鳴叫起來，然後衝上雲霄，再也不見踪跡。

 明·蔣應鎬圖本

異獸	形態	異兆及功效
鸞鳥	形狀像野雞卻長著色彩斑斕的羽毛。	牠一出現，就天下太平。
鳧徯	形狀像普通的雄雞卻長著人一樣的臉面，牠的叫聲就像在呼喚自己的名字。	牠一出現，就會有戰爭。

 山海經地理考

女床山	→	今六盤山	→	①根據山中物產及地理位置來推斷，女床山在寧夏回族自治區西南部及甘肅省的東部，也就是六盤山。②根據其里程來推算，此山可能是陝西寶雞市內的岐山。
龍首山	→	今隴山	→	依據里程計算，此山應是隴山，位於陝西和甘肅兩省的交界處。是渭河與涇河的分水嶺。同時，也是陝北的黃土高原和隴西黃土高原的界山。
苕水	→	今散渡河	→	發源於華家嶺牛營大山，是渭河的主要支流之一。
鹿臺山	→	今東山	→	根據其里程推算，此山為甘肅縣的東山。
鳥危山	→	今甘肅隴西縣西南部的山脈	→	根據其里程推算。
鳥危水	→	今洮河	→	①因其山水同名，可推斷此河為黃河上游的一個支流，很有可能是洮河。②依據原文推斷，此水即為甘肅會寧祖歷河，或者是祖歷河上游的一個支流。

3 從小次山到眾獸山

朱厭一出，天下大亂

山水名稱	動物	植物	礦物
小次山	朱厭		白玉、赤銅
大次山	㸲牛、羚羊		惡土、碧玉
燻吳山			金、玉
底陽山	犀牛、兕、老虎、㸲牛	水松樹、楠木樹、樟樹	
眾獸山	犀牛、兕	檀香樹、構樹	黃金、玉

原文

> 又西四百里，曰小次之山。其上多白玉，其下多赤銅。有獸焉，其狀如猿，而白首赤足，名曰朱厭，見則大兵。
> 又西三百里，曰大次之山，其陽多堊①，其陰多碧，其獸多㸲牛，麢羊。
> 又西四百里，曰燻吳之山。無草木，多金玉。
> 又西四百里，曰底陽之山。其木多稷②、枏、豫章③，其獸多犀、兕、虎、犳④、㸲牛。
> 又西二百五十里，曰眾獸之山。其上多琈珸之玉，其下多檀榖，多黃金，其獸多犀、兕。

譯文

再往西四百里，是小次山，山上盛產白玉，山下盛產赤銅。山中有一種野獸，形狀像普通的猿猴，但頭是白色的、腳是紅色的，名叫朱厭，牠一出現就會硝煙四起，天下大亂。

小次山往西三百里，是大次山，其南坡盛產惡土，而北坡則多出產碧玉，山中的野獸以㸲牛、羚羊居多。

由大次山再往西四百里，是燻吳山，山上不生長草木，卻盛產金屬礦物和玉石。

燻吳山再往西四百里，是底陽山，山中的樹木大多是水松樹、楠木樹、樟樹。山中的野獸大多是犀牛、兕、老虎、、牛。

陽山再往西二百五十里，是眾獸山，山上遍布琈珸玉，山下到處是檀香樹和構樹，而且還有豐富的黃金，山中的野獸以犀牛、兕居多。

【注釋】

①堊：可用來粉刷牆壁的泥土，有白、紅、青、黃等多種顏色。

②稷：即水松，有刺，木頭紋理很細。

③豫章：古人指樟樹，也叫香樟，常綠喬木，有樟腦香氣。還有一種說法，認為豫就是枕木，章就是樟木，生長到七年以後，枕、章才能分別。

④犳：即一種身上有豹斑紋的野獸。

明·胡文煥圖本

朱厭,古代凶獸,身形像猿猴,白頭
紅腳。傳說這種野獸一出現,天下就會發
生大戰爭。

朱厭 明·蔣應鎬圖本

異獸	形態	今名	異兆及功效
朱厭	形狀像普通的猿猴,但頭是白色的,腳是紅色的。	白眉長臂猿	牠一出現就會硝煙四起,天下大亂。

山海經地理考

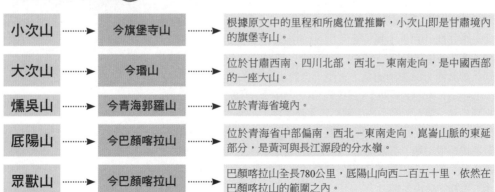

小次山 → 今旗堡寺山 →	根據原文中的里程和所處位置推斷,小次山即是甘肅境內的旗堡寺山。	
大次山 → 今瑂山 →	位於甘肅西南、四川北部,西北-東南走向,是中國西部的一座大山。	
燻吳山 → 今青海郭羅山 →	位於青海省境內。	
底陽山 → 今巴顏喀拉山 →	位於青海省中部偏南,西北-東南走向,崑崙山脈的東延部分,是黃河與長江源段的分水嶺。	
眾獸山 → 今巴顏喀拉山 →	巴顏喀拉山全長780公里,底陽山向西二百五十里,依然在巴顏喀拉山的範圍之內。	

4 從皇人山到萊山
長壽仙鹿象徵繁榮昌盛

山水名稱	動物	植物	礦物
皇人山（皇水）			金玉、石青、雄黃（丹砂）
中皇山		蕙草、棠梨樹	黃金
西皇山	麋、鹿、牯牛		金、鐵
萊山	羅羅鳥	檀香樹、構樹	

原文

又西五百里，曰皇人之山。其上多金玉，其下多青①、雄黃。皇水出焉，西流注於赤水，其中多丹粟。又西三百里，曰中皇之山，其上多黃金，其下多蕙、棠②。

又西三百五十里，曰西皇之山。其陽多黃金，其陰多鐵，其獸多麋③、鹿、牯牛。

又西三百五十里，曰萊山。其木多檀穀，其鳥多羅羅，是食人。

凡西次二山之首，自鈐山至於萊山，凡十七山，四千一百四十里。其十神者，皆人面而馬身。其七神皆人面牛身，四足一臂，操杖以行，是為飛獸之神。其祠之，毛④用少牢⑤，白菅為席。其十輩神者，其祠之，毛一雄雞，鈐而不糈（ㄒㄩˇ）；毛采。

譯文

再往西五百里，是皇人山，山上盛產金屬礦物和玉石，山下盛產石青、雄黃。皇水發源於此，向西流入赤水，水中有很多粟粒大小的丹砂。再往西三百里，是中皇山，山上多黃金，山下多蕙草和棠梨樹。

再往西三百五十里，是西皇山，山南盛產金，山北盛產鐵，野獸以麋、鹿、牯牛居多。

再往西三百五十里，是萊山，山中樹木多是檀香樹和構樹，禽鳥多是羅羅鳥，能吃人。

總計西方第二列山系之首尾，自鈐山起到萊山止，一共十七座山，東西全長四千一百四十里。其中十座山的山神，是人臉馬身。還有七座山的山神都是人臉牛身，長著四隻腳和一條胳膊，拄著枴杖行走，即飛獸之神。祭祀這七位山神，要在帶毛禽畜中用豬、羊做祭品，將其放在白茅草席上。祭祀另外那十位山神，在毛物中選用一隻公雞來做祭品，祀神時不用米，毛物的顏色要雜。

【注釋】

①青：即石青，是一種礦物，可做藍色染料。

②棠：即棠梨樹，果實似梨而稍小，可以吃，味道甜酸。

③麋：即麋鹿，古人又稱「四不像」。

④毛：指毛物，就是祭神所用的豬、雞、狗、羊、牛等畜禽。

⑤少牢：古代稱祭祀用的豬和羊。

鹿 清・汪紱圖本

　　鹿是長壽的仙獸，傳說千年為蒼鹿，兩千年為玄鹿，民間傳說中的老壽星總是與鹿相聯繫。鹿乃純陽之物，生命力極強，動作矯健，素有「草上飛」之稱，即使腿骨折斷，不需治療也能自然癒合。「鹿」字又與三吉星「福、祿、壽」中的祿字同音，因此常被用來表示長壽和繁榮昌盛。

人面馬身神 明・蔣應鎬圖本

人面牛身神 清・汪紱圖本

麋 清・汪紱圖本

異獸	形態	異兆及功效
人面牛身神	人面牛身，四隻腳和一條臂，扶著枴杖行走。	
人面馬身神	長著人的面孔，馬的身體。	

山海經地理考

皇人山	⋯▶	今巴顏喀拉山西段	⋯▶	依據眾獸山的位置向西再推進五百里，即是巴顏喀拉山的西段，則皇人山也就位於此。
皇水	⋯▶	今湟水	⋯▶	發源於海晏縣包呼圖山，是黃河上游的一個支流，位於青海省東部。
赤水	⋯▶	今河流總稱	⋯▶	烏拉山與西藏交界處大小河流的總稱。
中皇山	⋯▶	今青海烏蘭烏拉山	⋯▶	位於青海省玉樹藏族自治州治多縣，為揚子江源頭。
西皇山	⋯▶	今長嶺	⋯▶	揚子江源頭的西界山，也就是烏蘭烏拉山的長嶺。
萊山	⋯▶	今青海托萊山	⋯▶	依據里程和地理方位推算，此山位於青海境內。

《西次三經》主要記載西方第三列山系上的動植物及礦物。此山系所處的位置大約在今新疆維吾爾自治區、青海省、吉爾吉斯斯坦一帶，從崇吾山起，一直到翼望山止，一共二十三座山，諸山山神的形貌均為人面羊身。山上動物奇形怪狀，例如：有精通唱歌跳舞卻沒有面部和眼睛的帝江；有形狀像狸貓卻長著白腦袋的天狗。

嬴母山　玉山　樂游山　桃水

【本圖山川地理分布定位】

勝遇　長乘　西王母　鮹魚　狡

【本圖人神怪獸分布定位】

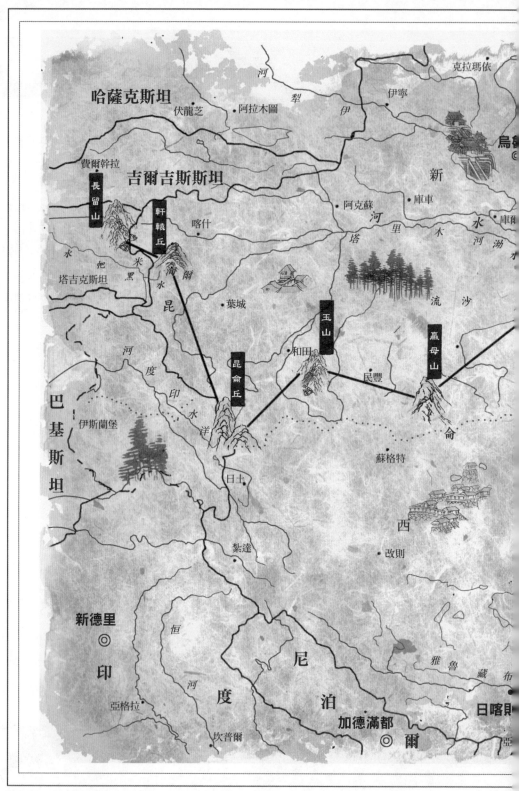

本圖根據張步天教授「《山海經》考察路線圖」繪製，圖中記載了《西次三經》中崇吾山到翼望山〔……〕據位置，經中所說二十三座山，實則只有二十二座。

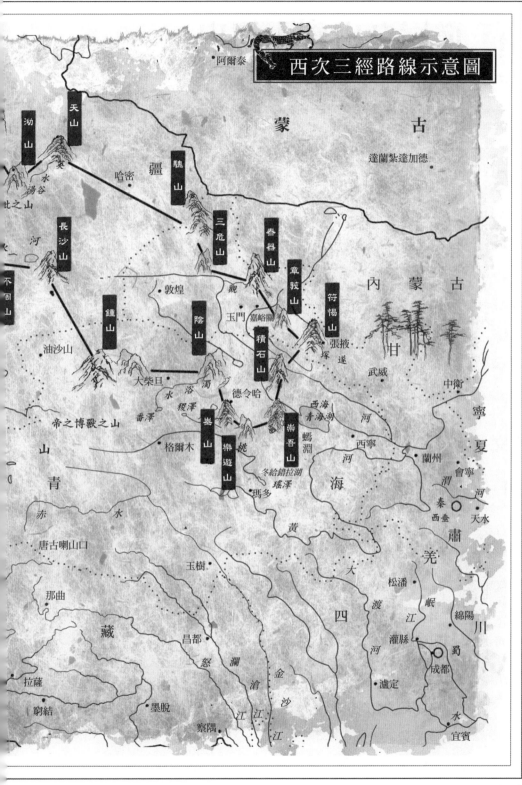

西次三經路線示意圖

阿爾泰

蒙　　古

達蘭紮達加德

疆

哈密

沀山

天山

㺂山

比之山

不周山

長沙山

三危山

泰器山

章莪山

內　蒙　古

敦煌

觀

玉門

符惕山

張掖

鍾山

陰山

嘉峪關

積石山

遂

甘

武威

中衛

寧

油沙山

大柴旦

濁澤

水

稷澤

德令哈

西海
青海湖

河

西寧

蘭州

會寧

夏

渭

番澤

格爾木

崈山

桃

樂遊山

崇吾山

蟸淵

海

西垂

秦

天水

肅

帝之博獸之山

山

青

冬給錯拉湖
瑤澤

瑪多

黃

羌

松潘

岷

綿陽

川

蜀

赤

水

唐古喇山口

玉樹

大

渡

江

灌縣

那曲

四

河

瀘定

成都

水

宜賓

藏

昌都

怒

瀾

滄

金

沙

蜀

拉薩

窮結

墨脫

江

江

江

察隅

江

（此路線形成於西周時期）

1 從崇吾山到不周山
獨眼獨翅蠻蠻比翼齊飛

山水名稱	動物	植物	礦物
崇吾山	舉父、蠻蠻		
長沙山			石青、雄黃
不周山		嘉果	

原文

　　西次三山之首，曰崇吾之山。在河之南，北望冢遂，南望峉之澤，西望帝之搏獸之丘，東望蝸淵。有木焉，員①葉而白柎②，赤華而黑理，其實如枳，食之宜子孫。有獸焉，其狀如禺而文臂，豹虎而善投，名曰舉父。有鳥焉，其狀如鳧，而一翼一目，相得乃飛，名曰蠻蠻，見則天下大水。

　　西北三百里，曰長沙之山。泚水出焉，北流注於泑水，無草木，多青雄黃。

　　又西北三百七十里，曰不周之山③。北望諸之山，臨彼岳崇之山，東望澤，河水所潛也，其原④渾渾泡泡⑤。爰⑥有嘉果，其實如桃，其葉如棗，黃華而赤，食之不勞。

譯文

　　西方第三列山系最東邊的一座山，叫崇吾山，在黃河南岸，向北可望冢遂山，向南可望峉澤，向西能看到天帝的搏獸丘，向東可望蝸淵。山中有種樹，圓葉子，白色花萼，紅花，花瓣上有黑色紋理，果實與枳實相似，吃了就會兒孫滿堂。山中有種野獸，形狀像猿猴，胳膊上有斑紋，長著豹一樣的尾巴，擅長投擲，名叫舉父。山中有種鳥，形狀像野鴨子，一隻翅膀和一隻眼睛，需要兩隻鳥結對飛，叫做蠻蠻，牠一出現，就會發生水災。

　　再往西北三百里，是長沙山。泚水發源於此，向北奔入泑水，山上寸草不生，多石青和雄黃。

　　再往西北三百七十里，是不周山。向北可望諸山，踞於岳崇山之上，向東可望泑澤，是黃河源頭。還有種珍貴的果樹，果實與桃子相似，葉子像棗樹葉，黃色花朵，紅色花萼，吃了能治癒憂鬱症。

【注釋】

① 員：通「圓」。
② 柎：即花萼，由若干萼片組成，處在花的外輪，對花芽起到保護作用。
③ 不周之山：即不周山。據古人講，因為這座山的形狀有缺而不周全的地方，所以叫不周山。
④ 原：「源」的本字。水源。
⑤ 渾渾泡泡：大水奔湧時所發出的聲音。
⑥ 爰：那裡。

比翼鳥 明·蔣應鎬圖本

 明·蔣應鎬圖本

蠻蠻 清·《爾雅音圖》

舉父這個名字的由來，還有另一種說法，牠有撫摸自己頭的習慣，能舉起石頭擲人，所以名為舉父。

異獸	形態	異兆及功效
蠻蠻	形狀像野鴨子，一隻翅膀和一隻眼睛。	牠一出現，就會發生水災。
舉父	形狀像猿猴，胳膊上有斑紋，長著豹一樣的尾巴。	擅長投擲。

山海經地理考

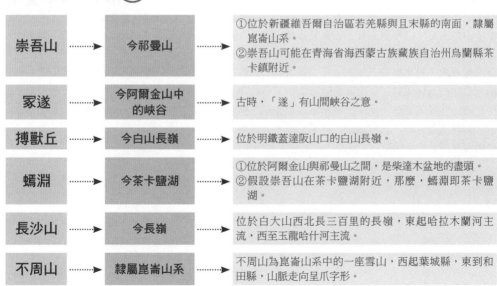

崇吾山	→ 今祁曼山	→ ①位於新疆維吾爾自治區若羌縣與且末縣的南面，隸屬崑崙山系。 ②崇吾山可能在青海省海西蒙古族藏族自治州烏蘭縣茶卡鎮附近。
冢遂	→ 今阿爾金山中的峽谷	→ 古時，「遂」有山間峽谷之意。
搏獸丘	→ 今白山長嶺	→ 位於明鐵蓋達阪山口的白山長嶺。
蟲潭	→ 今茶卡鹽湖	→ ①位於阿爾金山與祁曼山之間，是柴達木盆地的盡頭。 ②假設崇吾山在茶卡鹽湖附近，那麼，蟲潭即茶卡鹽湖。
長沙山	→ 今長嶺	→ 位於白大山西北長三百里的長嶺，東起哈拉木蘭河主流，西至玉龍哈什河主流。
不周山	→ 隸屬崑崙山系	→ 不周山為崑崙山系中的一座雪山，西起葉城縣，東到和田縣，山脈走向呈爪字形。

2 崇山
佩戴玉膏會吉祥如意

山水名稱	植物	礦物
崇山	丹木	
丹水		白玉、玉膏、玄玉

原文

　　又西北四百二十里，曰崇（ㄇㄧㄟˋ）山。其上多丹木①，員葉而赤莖，黃華而赤實，其味如飴，食之不飢。丹水出焉，西流注於稷澤，其中多白玉。是有玉膏②，其原沸沸湯湯（ㄕㄤ）③，黃帝④是食是饗⑤。是生玄玉。玉膏所出，以灌丹木。丹木五歲，五色乃清，五味乃馨⑥。黃帝乃取崇山之玉榮⑦，而投之鐘山之陽。瑾⑧瑜之玉為良，堅栗⑨精密，濁澤有而光。五色發作，以和柔剛。天地鬼神，是食是饗；君子服之，以禦不祥。

　　自崇山至於鐘山，四百六十里，其間盡澤也。是多奇鳥、怪獸、奇魚，皆異物焉。

譯文

　　再往西北四百二十里，是崇山，山上多丹木，紅色莖幹，圓形的葉子，開黃花，結紅果，果實的味道很甜，人吃了就不會感覺飢餓。丹水發源於此，向西流入稷澤，水中多白色玉石。這裡有玉膏，玉膏之源湧出時一片沸騰，黃帝常服食這種玉膏。還盛產一種黑色玉膏。用這裡的玉膏澆灌丹木，丹木經過五年的生長，便會開出五色花朵，結下香甜的五色果實。黃帝就採擷崇山中玉石的精華，投種在鐘山向陽的南坡。便生出瑾和瑜這類美玉，堅硬而精密，潤厚而有光澤，五彩繽紛，剛柔相濟。天神地鬼，都來服食享用；君子佩帶它，就能吉祥如意，避免災厄。

　　從崇山到鐘山，間隔四百六十里，其間全部是水澤。這裡有許多奇鳥、異獸、神魚，都是一些非常罕見的動物。

【注釋】

①丹木：一種樹木的名稱。有人認為是槭樹，種類頗多。木材堅硬，秋天時，葉子會變紅。

②玉膏：一種呈膏狀的玉，據說是一種仙藥。

③沸沸湯湯：河水騰湧湧的樣子。

④黃帝：（西元前2697～前2599年）少典之子，本姓公孫，長居姬水，因改姓姬，居軒轅之丘（在今河南新鄭西北），故號「軒轅氏」，出生、創業和建都於有熊（今河南新鄭），又稱「有熊氏」，因有土德之瑞，故號「黃帝」。

⑤饗：通「享」，即享受。

⑥馨：有芳香之意。

⑦玉榮：玉華。

⑧瑾：指美玉。

⑨栗：堅。

黃耆

旗瓣倒卵形，先端微凹。花黃色或淡黃色，花萼鐘狀，翼瓣與龍骨瓣近等長。莢果卵狀長圓形，頂端有短喙；腎形的種子。

人參

因其全貌頗似人的頭、手、足和四肢，故而稱為人參。古代人參的雅稱為黃精、地精、神草。人參被人們稱為「百草之王」，是馳名中外、老幼皆知的名貴藥材。

異木	形態	異兆及功效
人參	全貌頗似人的頭、手、足和四肢。	老幼皆知的名貴藥材。
黃耆	旗瓣倒卵形，先端微凹。花黃色或淡黃色，花萼鐘狀。	能夠補氣固表、利水退腫、祛毒排膿。

山海經地理考

崟山	⋯⋯➤	今新疆密爾岱山	⋯⋯➤	依據山川地貌推測，此山為新疆葉城縣的密爾岱山，因為此山生產「西城玉」，與文中所述相吻合。
丹水	⋯⋯➤	今玉河	⋯⋯➤	因其上游有溫泉，所以會出現文中所述「沸沸湯湯」的景象。
稷澤	⋯⋯➤	今已乾涸為沙漠	⋯⋯➤	此河原址應在葉爾羌西北部，英吉沙爾東南部。

3 從鐘山到泰器山
會飛文鰩祥兆五穀豐登

山水名稱	動物
鐘山	大鶚、鵁鳥
觀水	文鰩魚

圖解山海經

原文

> 　　又西北四百二十里，曰鐘山。其子曰鼓，其狀如人面而龍身，是與欽𧕦殺葆江於崑崙之陽，帝乃戮之鐘山之東曰瑤崖。欽化為大鶚^①，其狀如雕而黑文白首，赤喙而虎爪，其音如晨鵠^②，見則有大兵；鼓亦化為鵁鳥，其狀如鴟，赤足而直喙，黃文而白首，其音如鵠^③，見即其邑^④大旱。
>
> 　　又西百八十里，曰泰器之山。觀水出焉，西流注於流沙。是多文鰩魚，狀如鯉魚，魚身而鳥翼，蒼文而白首赤喙，常行西海，游於東海，以夜飛。其音如鸞雞^⑤，其味酸甘，食之已狂，見則天下大穰。

譯文

　　再往西北四百二十里，是鐘山。鐘山山神叫做鼓，其形貌是人面龍身。古時，鼓聯合天神欽𧕦，在崑崙山南面將天神葆江殺死，天帝將鼓與欽𧕦殺死在鐘山東面的瑤崖。

　　二神死後，欽𧕦化為一隻大鶚，形狀像雕鷹，長有黑色斑紋和白色腦袋，紅色嘴巴和老虎一樣的爪子，音如晨鵠鳴叫。欽𧕦一出現就有大的戰爭。鼓死後也化為鵁鳥，形狀像鶴鷹，長著紅色的腳和直直的嘴，身上是黃色的斑紋而頭卻是白色的，音如鴻鵠鳴叫，牠在哪裡出現，哪裡就會有旱災。

　　再往西一百八十里，是泰器山，觀水發源於此，向西流入流沙。水中多文鰩魚，形狀像鯉魚，長著魚身和鳥翅，渾身布滿蒼色的斑紋，白色腦袋和紅色嘴巴，常在西海行走，在東海暢游，夜間飛行。音如鸞雞啼叫，其肉酸中帶甜，人吃了之後可治癒癲狂病，牠一出現天下五穀豐登。

【注釋】

① 鶚：也叫魚鷹，是一種善於捕魚的猛禽。形狀像雕鷹，長有黑色斑紋和白色腦袋，紅色嘴巴和老虎一樣的爪子，音如晨鵠鳴叫。

② 晨鵠：鶚鷹之類的鳥。

③ 鵠：又名鴻鵠，即天鵝，脖頸很長，羽毛白色，鳴叫的聲音洪亮。

④ 邑：泛指有人聚居的地方。

⑤ 鸞雞：傳說中的一種鳥，具體所指不詳，有待考證。

鼓　明·蔣應鎬圖本

欽鵄　明·蔣應鎬圖本

(文)(鰩)(魚)　明·蔣應鎬圖本

　　傳說歙州赤嶺下有條很大的溪流，當地的人要在那裡造一條橫溪，文鰩魚不得不下半夜從此嶺飛過。那裡的人於是張網進行捕捉，文鰩魚飛過時，一部分穿過了網，還有很多沒穿過網，就變成了石頭。直到今天，每次下雨，那些石頭就會變成紅色，赤嶺因此得名。

異獸	形態	異兆及功效
欽鵄	形狀像雕鷹，長有黑色斑紋和白色腦袋，紅色嘴巴和老虎一樣的爪子，音如晨鵠鳴叫。	一出現就會有大的戰爭。
鵕鳥	形狀像鶹鷹，長著紅色的腳和直直的嘴，身上是黃色的斑紋而頭卻是白色的，音如鴻鵠鳴叫。	在哪裡出現，哪裡就會有旱災。
文鰩魚	形狀像鯉魚，長著魚身和鳥翅，渾身布滿蒼色的斑紋，卻長著白色的腦袋和紅色的嘴巴，音如鸞雞啼叫。	常在西海行走，東海暢游，夜間飛行。人吃了牠的肉之後就可治好癲狂病，牠一出現天下就會五穀豐登。

山海經地理考

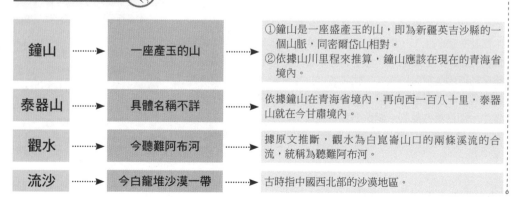

鐘山	········▶	一座產玉的山	········▶	①鐘山是一座盛產玉的山，即為新疆英吉沙縣的一個山脈，同密爾岱山相對。 ②依據山川里程來推算，鐘山應該在現在的青海省境內。
泰器山	········▶	具體名稱不詳	········▶	依據鐘山在青海省境內，再向西一百八十里，泰器山就在今甘肅境內。
觀水	········▶	今聽難阿布河	········▶	據原文推斷，觀水為白崑崙山口的兩條溪流的合流，統稱為聽難阿布河。
流沙	········▶	今白龍堆沙漠一帶	········▶	古時指中國西北部的沙漠地區。

4 槐江山
馬身人首的英招

山水名稱	動物	植物	礦物
槐江山	鷹鶙		石青、雄黃、琅玕、黃金、玉、銀、丹粟
丘時水	蠃母		
大澤		樆木、若木	玉石

原文

又西三百二十里，曰槐江之山。丘時之水也焉，而北流注於泑水。其中多蠃（ㄌㄨㄛˊ）母。其上多青雄黃，多藏琅玕①、黃金、玉，其陽多丹粟。其陰多彩黃金銀。實惟帝之平圃，神英招司之，其狀馬身而人面，虎文而鳥翼，徇於四海，其音如榴。南望崑崙，其光熊熊，其氣魄魂。西望大澤②，后稷③所潛也。其中多玉，其陰多樆木④之有若。北望諸，槐鬼離侖居之，鷹鶙⑤之所宅也。東望恆山四成，有窮鬼居之，各在一搏搏⑥。爰有淫水⑦，其清洛洛⑧。有天神焉，其狀如牛，而八足二首馬尾，其音如勃皇，見則其邑有兵。

譯文

再往西三百二十里，是槐江山。丘時水發源於此，向北流入泑水。水中多螺蜔，山上多石青、雄黃，還有琅玕、黃金、玉石，山南多粟粒大小的丹砂，山北多產帶符彩的黃金白銀。槐江山是天帝懸在半空的園圃，由天神英招主管，天神英招長著馬身人面，身上的斑紋同老虎類似，長著翅膀。祂巡行四海傳布天帝的旨命，音如轆轤抽水。山頂向南可望崑崙山，那裡光焰熊熊，氣勢恢弘。向西可望大澤，那裡是后稷的埋葬地。大澤裡有很多美玉，南岸有高大的樹木。向北可望諸山，是神仙槐鬼離侖居住的地方，也是鷹等飛禽的棲息地。向東可望四重高的恆山，窮鬼居住在那裡，各自分類聚集在一起。淫水也在那裡，它清靈激蕩，清冷徹骨。有個天神住在恆山中，形狀像牛，卻長著八隻腳、兩個腦袋，拖著一條馬尾，聲音如同人在吹奏樂器時薄膜發出的聲音。祂在哪裡出現，哪裡就有戰爭。

【注釋】

① 琅玕：像玉一樣的石頭。
② 大澤：后稷所葬的地方。據說后稷在出生之後，就顯現出很靈慧而且先知。一直到他死時，便遁化於大澤，成為神。
③ 后稷：周人的先祖。據說其很擅長種莊稼，在虞舜時期曾任農官。
④ 樆木：特別高大的樹木。
⑤ 鶙：鷂鷹一類的鳥。
⑥ 搏：把散碎的東西捏聚成團。
⑦ 淫水：洪水。這裡指水從山上流下時廣闊而四溢的樣子。
⑧ 洛洛：形容水流聲。

英招 明·蔣應鎬圖本

　　英招長著馬身人首，渾身虎斑，背有雙翅，能騰空飛行，周遊四海。據說祂參加過幾百次伐邪神惡神的戰爭，是保護世代和平的保護神之一。同時，還負責看管長著六個頭的樹鳥，以及蛟龍、豹，還有連名字都不太清楚的各種動植物。

天神 明·蔣應鎬圖本

　　在槐江山的懸崖下面，有一條清冷徹骨的泉水，叫淫水。看守這條淫水的，就是這個天神。

異獸	形態	異兆及功效
英招	長著馬身和人面，身上的斑紋同老虎類似，還長著翅膀。	祂巡行四海而傳布天帝的旨命，聲音如同轆轤抽水。
天神	形狀像牛，卻長著八隻腳、兩個腦袋，後面還拖著一條馬尾，叫聲如同人在吹奏樂器時薄膜發出的聲音。	出現在哪裡，哪裡就有戰爭。

山海經地理考

槐江山	⟶	今英峨奇盤山	⟶	①依據原文里程推測，槐江山即為密爾岱附近的英峨奇盤山。②此山可能位於新疆與甘肅交界處。
丘時水	⟶	今喇斯庫木河	⟶	丘時水發源於槐江山，即為喇斯庫木河。
恆山	⟶	具體名稱不詳	⟶	有學者認為「恆」應為「垣」，也就是四面環繞的意思。
淫水	⟶	可能為洪水	⟶	這裡的淫水很可能不是一條河流，而是從山上流下來的洪水。

5 崑崙山
掌管九域的九尾陸吾

山水名稱	動物	植物
崑崙山	土螻、欽原、鶉鳥	沙棠、蓍草

圖解山海經

原文

　　西南四百里，曰崑崙之丘[①]，是實惟帝之下都，神陸吾司之。其神狀虎身而九尾，人面而虎爪；是神也，司天之九部[②]及帝之囿[③]時，有獸焉，其狀如羊而四角，名曰土螻（ㄌㄡˊ），是食人。有鳥焉，其狀如蜂，大如鴛鴦，名曰欽原，蓋[④]（ㄏㄜ）鳥獸則死，蓋木則枯，有鳥焉，其名曰鶉鳥[⑤]，是司帝之百服。有木焉，其狀如棠，黃華赤實，其味如李而無核，名曰沙棠，可以禦水，食之使人不溺。有草焉，名曰蓍（ㄆㄧㄣˊ）草，其狀如葵，其味如蔥，食之已勞。河水出焉，而南流注於無達。赤水出焉，而東南流注於汜天之水。洋水出焉，而西南流注於醜塗之水。黑水出焉，而四海流注於大杅。是多怪鳥獸。

譯文

　　再往西南方向四百里，是崑崙山，是天帝在下界的都邑，由天神陸吾主管。這位天神有著老虎的身子和九條尾巴，人面，還有老虎的爪子。祂兼管天上九域及天帝范圍。山中有種野獸，形狀像羊長著四隻角，名叫土螻，能吃人。山中還有種鳥，形狀像蜜蜂，大小似鴛鴦，名叫欽原，有劇毒，如果牠蜇了其他鳥獸，鳥獸就會死掉，刺蜇樹木也會使樹木枯死。有種鳥，名叫鶉鳥，主管天帝日常生活中各種器具和服飾。山中有種樹，形狀像棠梨樹，開黃花，結紅果，其味道像李子卻沒有核，叫做沙棠，可以避水，吃了它入水不沉。山中有種草，叫做蓍草，形狀像葵菜，味道與蔥相似，吃了它就能使人解除煩惱憂愁。黃河發源於此，向南注入無達水。赤水發源於此，向東南流入汜天水。洋水發源於此，向西南流入醜塗水。黑水發源於此，向西流到大杅，山中多奇怪的鳥獸。

【注釋】

①崑崙之丘：即崑崙山，神話傳說中天帝居住的地方。

②九部：據古人解釋是九域的部界。

③囿：古代帝王畜養禽獸的園林。

④蓋：毒蟲類咬刺。

⑤鶉鳥：傳說中的鳳皇之類的鳥，和上文所說的鶉鳥即鶉鶉不同。

陸吾　明·胡文煥圖本

陸吾　明·蔣應鎬圖本

土螻　明·蔣應鎬圖本

欽原　明·蔣應鎬圖本

異獸	形態	異兆及功效
土螻	形狀像羊，長有四隻角。	能吃人。
欽原	形狀像蜜蜂，大小似鴛鴦。	有劇毒，鳥獸或者樹木被蜇，必死無疑。

山海經地理考

崑崙山	▶	今黃穆峰	▶	從不周山推算，向西南四百里，即是崑崙山中的最高峰，也就是黃穆峰。
河	▶	今塔里木河	▶	是中國第一大內流河，由阿克蘇河、葉爾羌河以及和田河匯流而成，全長2179公里。
無達水	▶	今塔里木河	▶	塔里木河是內流河，汛期沒有固定的河道，河流容易改道；枯水期又會時常斷流，因此，稱為「無達」。
氾天水	▶	今疏流河	▶	發源於青海省祁連山脈西段疏流南山和托來南山之間，注入哈拉湖。
洋水	▶	今阿姆河	▶	發源於帕米爾高原東部的高山冰川，是中亞流程最長、水量最大的內陸河。同時，也是阿富汗與塔吉克斯坦的界河。
醜塗水	▶	一條大河	▶	阿姆河在阿富汗與塔吉克斯坦的邊界形成的大河，即為醜塗水。

6 從樂游山到玉山
牛角狡預兆五穀豐登

山水名稱	動物	礦物
樂游山	鯩魚	白玉
蠃母山		玉石、青石
玉山	狡、勝遇	

原文

又西三百七十里，曰樂游之山。桃水出焉，西流注於稷澤，是多白玉，其中多鯩魚，其狀如蛇而四足，是食魚。西水行四百里，曰流沙，二百里至於蠃母之山，神長乘司之，是天之九德①也。其神狀如人而狡（ㄓㄨㄛˊ）②尾。其上多玉，其下多青石而無水。又西北三百五十里，曰玉山，是西王母所居也。西王母其狀如人，豹尾虎齒而善嘯③，蓬髮戴勝④，是司天之厲⑤及五殘⑥。有獸焉，其狀如犬而豹文，其角如牛，其名曰狡，其音如吠犬，見則其國大穰。有鳥焉，其狀如翟而赤，名曰勝遇，是食魚，其音如鹿，見則其國大水。

譯文

崑崙山再往西三百七十里，是樂游山。桃水發源於此山，向西流入稷澤，山上有很多白色玉石，水中還有很多鯩魚，形狀像蛇卻長著四隻腳，能吃其他魚。往西走四百里水路，就到了流沙，再西行二百里便到蠃母山。由天神長乘主管，祂是上天的九德之氣所化，其外形像人，長著豹尾。山上有很多美玉，山下青石遍布而沒有水。蠃母山再往西三百五十里，是玉山，這是西王母居住的地方。西王母的形貌與人很像，但卻長著豹尾和虎牙，而且喜好嘯叫，蓬鬆的頭髮上戴著玉勝，是掌管災厲和刑殺的天神。山中還有一種野獸，形狀像狗，身上長著豹的斑紋，頭上還長著一對牛角，叫做狡，吼聲如狗吠。牠在哪個國家出現，哪個國家就會五穀豐登。山中還有一種鳥，形狀像野雞，全身長著紅色的羽毛，名叫勝遇，是一種能吃魚的水鳥，牠的叫聲如同鹿鳴，牠出現在哪個國家，哪個國家便會發生水災。

【注釋】

① 天之九德：天所具有的九種德行。

② 狡：一種類似於豹的野獸，沒有花紋。

③ 嘯：獸類長聲地吼叫。

④ 勝：古時用玉製作的一種首飾。

⑤ 厲：在這裡指災疫。

⑥ 五殘：這裡指五刑殘殺。

山海經異獸考

（西）（王）（母） 明‧蔣應鎬圖本

　　周穆王西遊時，這位東方的天子行到玉山，曾受到西王母的熱烈歡迎和盛情款待。周穆王心存感激，向西王母施以大禮。當晚，西王母在瑤池為天子作歌，祝福祂長壽，並希望他下次再來。周穆王也即席對歌，承諾頂多三、五載，將再來看望故人。

長乘　明‧蔣應鎬圖本

狡　明‧蔣應鎬圖本

鮨魚　明‧蔣應鎬圖本

勝遇　明‧蔣應鎬圖本

異獸	形態	異兆及功效
鮨魚	形狀像蛇卻長著四隻腳。	能吃其他的魚。
長乘	外形像人，長著豹尾。	
西王母	形貌與人很像，卻長著豹尾和虎牙，而且喜好嘯叫，蓬鬆的頭髮上戴著玉勝。	掌管災厲和刑殺。
狡	形狀像狗，身上長著豹的斑紋，頭上還長著一對牛角。	牠出現在哪個國家，哪個國家就會五穀豐登。
勝遇	形狀像野雞，全身長著紅色的羽毛。	牠出現在哪個國家，哪個國家就有水災。

山海經地理考

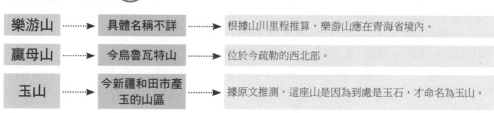

樂游山	⟶	具體名稱不詳	⟶	根據山川里程推算，樂游山應在青海省境內。
贏母山	⟶	今烏魯瓦特山	⟶	位於今疏勒的西北部。
玉山	⟶	今新疆和田市產玉的山區	⟶	據原文推測，這座山是因為到處是玉石，才命名為玉山。

【第二卷 西山經】

7 從軒轅丘到章莪山
白嘴畢方引燃怪火

圖解山海經

原文

又西四百八十里，曰軒轅之丘，無草木。洵水出焉，南流注於黑水，其中多丹粟，多青雄黃。

又西三百里，曰積石之山，其下有石門，河水冒①以西流，是山也，萬物無不有焉。

又西二百里，曰長留之山，其神白帝少昊（ㄏㄠˋ）居之。其獸皆文尾，其鳥皆文首。是多文玉石。實惟員神磈（ㄨㄟˇ）氏②之宮。是神也，主司反景③（ㄧㄥˇ）。

又西二百八十里，曰章莪（ㄜˊ）之山，無草木，多瑤碧。所為甚怪。有獸焉，其狀如赤豹，五尾一角，其音如擊石，其名如猙。有鳥焉，其狀如鶴，一足，赤文青質而白喙，名曰畢方④，其鳴自叫也，見則其邑有訛（ㄜˊ）火⑤。

譯文

再往西四百八十里，是軒轅丘，山上沒有花草樹木。洵水從軒轅丘發源，向南流入黑水，水中有很多粟粒大小的丹砂，還有很多石青、雄黃。

再往西三百里，是積石山，山下有一個石門，黃河水漫過石門向西流去。此山萬物俱全。

再往西二百里，是長留山，天神白帝少昊居住在這裡。山中的野獸都是花尾巴，而禽鳥都是花腦袋，山上盛產的玉石也帶著五彩的花紋。山上有惟員神磈氏的宮殿，掌管太陽落下西山後向東方的反照之景。

再往西二百八十里，是章莪山，山上寸草不生，多瑤、碧一類的美玉。山中有種野獸，形狀像赤豹，長著五條尾巴和一隻角，吼聲如同敲擊石頭的響聲，叫做猙。山中還有一種鳥，形狀像仙鶴，只有一隻腳，青色羽毛，上面有紅色斑紋，白色嘴，牠叫做畢方，牠整天叫著自己的名字。牠在哪裡出現，哪裡就會出現怪火。

【注釋】

①冒：這裡指水從裡向外透。
②磈氏：此處指白帝少昊。
③反景：景，通「影」。這裡指太陽西落時的景象。
④畢方：傳說是樹木的精靈，不吃五穀。
⑤訛火：怪火，像野火那樣莫其妙地燒起來。

狰 明·蔣應鎬圖本

白帝少昊 清·汪紱圖本

　　少昊是西方的天帝，傳說他曾在東海之外的大壑，建立了一個國家，叫少昊之國。少昊之國是一個鳥的王國，其百官由百鳥擔任，而少昊摯（鷙）便是百鳥之王。後來，他做了西方天帝，和他的兒子金神蓐收共同管理著西方一萬兩千里的地方。

畢方 明·胡文煥圖本

異獸	形態	異兆及功效
狰	形狀像赤豹，長著五條尾巴和一隻角，吼聲如同敲擊石頭的響聲。	
畢方	形狀像仙鶴，只有一隻腳，青色羽毛，上面有紅色斑紋，白色嘴。	牠在哪個地方出現，哪個地方就會出現怪火。

山海經地理考

軒轅丘	┈┈▶	今科克山與崑崙山	┈┈▶	相距七百多里。
積石山	┈┈▶	今青海阿尼瑪卿山	┈┈▶	為藏族「四大神山」之一。位於青海省東南部的果洛藏族自治州瑪沁縣雪山鄉，總長28公里。
長留山	┈┈▶	今布爾汗布達山東北部的山脈	┈┈▶	位於柴達木盆地的東南側，因為在其西部有很多河流注入盆地，所以，叫做長留山。
章莪山	┈┈▶	具體名稱不詳位	┈┈▶	於青海都蘭縣汗布達山區中的某個山脈。

8 從陰山到騩山
聲如貓叫的天狗可制敵

山水名稱	動物	植物	礦物
陰山	文貝、天狗		
符惕山		棕樹、楠木	金玉
三危山	三青鳥、鴟、獠狖		
騩山			玉

圖解山海經

原文

又西三百里，曰陰山。濁浴之水出焉，而南流注於番澤，其中多文貝。有獸焉，其狀如狸而白首，名曰天狗，其音如榴榴，可以禦凶。又西二百里，曰符惕（ㄊㄧˋ）之山，其上多棕枏，下多金玉。神江疑①居之。是山也，多怪雨，風雲之所出也。

又西二百二十里，曰三危之山，三青鳥②居之。是山也，廣員百里。其上有獸焉，其狀如牛，白身四角，其豪如披蓑③，其名曰獠狖，是食人。有鳥焉，一首而三身，其狀如鸚，其名曰鴟（ㄔ）。又西一百九十里，曰騩山，其上多玉而無石。神耆童④居之，其音常如鐘磬⑤。其下多積蛇。

譯文

再往西三百里，是陰山。濁浴水發源於此，向南流入番澤，水中有很多五彩斑斕的貝類。山中有種形狀像狸貓、白腦袋的野獸，叫天狗，常發出「喵喵」的叫聲，人飼養牠便可以抵禦凶害之事的侵襲。再往西二百里，是符惕山，山上樹木以棕樹和楠木樹為主，山下盛產金屬礦物和玉石。神居江疑住於此。此山常常下怪雨，風和雲也從這裡興起。

往西二百二十里，是三危山。三青鳥棲息在這裡，三危山方圓百里。山上有種野獸，形狀像牛，身子白色，頭上還長著四隻角，身上的硬毛又長又密，好像披著蓑衣，叫做獠狖，是一種食人獸。山中還有種奇怪的鳥，長著一個腦袋、三個身子，外形與鸚鳥很相似，叫做鴟。再往西一百九十里，是騩山，山上遍布美玉，沒有石頭。天神耆童住在這裡，他發出的聲音像在敲鐘擊磬。山下到處是一堆堆的蛇。

【注釋】

①神江疑：古人所說的神，即能夠從山、樹木、河谷、丘陵之中，升出雲、刮起風、落下雨，也就是指所能興風作雨的怪獸。居於符惕山上的江疑就能興起風雨，也就是所謂的風雨神。

②三青鳥：神話傳說中的鳥，專為西王母取送食物。

③蓑：遮雨用的草衣。

④耆童：即老童，傳說是上古帝王顓頊的兒子。

⑤磬：古代一種樂器，用美石或玉石雕制而成。

明‧蔣應鎬圖本

傳說白鹿原上曾有天狗降臨，只要有賊，天狗便狂吠而保護整個村子。天狗有食蛇的本領，牠也被看做是可以抵禦凶災的奇獸。

三青鳥　明‧蔣應鎬圖本

獓狠　明‧蔣應鎬圖本

鴟　明‧蔣應鎬圖本

異獸	形態	異兆及功效
天狗	形狀像狸貓、白腦袋的野獸，叫天狗，常發出「喵喵」的叫聲。	人飼養牠便可以抵禦凶害之事的侵襲。
獓狠	形狀像牛，身子是白色的，頭上長著四隻角，身上的硬毛又長又密，好像披著蓑衣。	能吃人。
鴟	一個腦袋、三個身子，外形與鷃鳥很相似。	

山海經地理考

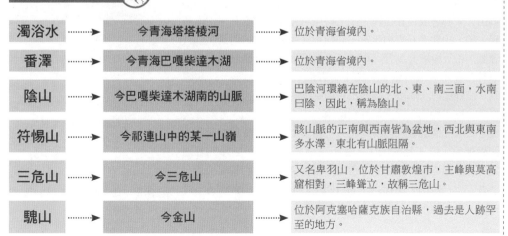

濁浴水	→	今青海塔塔棱河	→	位於青海省境內。
番澤	→	今青海巴嘎柴達木湖	→	位於青海省境內。
陰山	→	今巴嘎柴達木湖南的山脈	→	巴陰河環繞在陰山的北、東、南三面，水南曰陰，因此，稱為陰山。
符惕山	→	今祁連山中的某一山嶺	→	該山脈的正南與西南皆為盆地，西北與東南多水澤，東北有山脈阻隔。
三危山	→	今三危山	→	又名卑羽山，位於甘肅敦煌市，主峰與莫高窟相對，三峰聳立，故稱三危山。
騩山	→	今金山	→	位於阿克塞哈薩克族自治縣，過去是人跡罕至的地方。

9 從天山到翼望山

混沌帝江，能歌善舞

山水名稱	動物	礦物
天山	帝江	金玉、石青、雄黃
泑山		玉石、瑾、瑜、石青、雄黃
翼望山	讙、鵸鵌	金玉

原文

又西三百五十里，曰天山，多金玉，有青、雄黃。英水出焉，而西南流注於湯谷。有神焉，其狀如黃囊，赤如丹水，六足四翼，渾敦①無而目，是識歌舞，實為帝江也。又西二百九十里，曰泑（ㄧㄡ）山，神蓐收居之。其上多嬰短之玉，其陽多瑾、瑜之玉，其陰多青、雄黃。是山也，西望日之所入，其氣員，神紅光②之所司也。西水行百里，至於翼望之山，無草木，多金玉。有獸焉，其狀如狸，一日而三尾，名曰讙（ㄏㄨㄢ），其音如奪百聲，是可以禦凶，服之已癉③（ㄉㄢ）。有鳥焉，其狀如烏，三首六尾而善笑，名曰鵸鵌，服之使人不厭④，又可以禦凶。凡西次三經之首，崇吾之山至於翼望之山，凡二十三山，六千七百四十四里。其神狀皆羊身人面。其祠之禮，用一吉玉瘞，糈用稷米。

譯文

再往西三百五十里，是天山，山上盛產金玉，多石青和雄黃。英水發源於此，向西南流入湯谷。山裡有個神，外形像黃色口袋，紅得像丹火，六隻腳，四隻翅膀，混混沌沌沒有面部和眼睛，精通唱歌跳舞，名為帝江。再往西二百九十里，是泑山，天神蓐收住在這裡。山上盛產可做頸飾的玉石，山南多瑾、瑜，山北多石青和雄黃。向西可望太陽落山的情景，紅日渾圓，由天神紅光掌管。再往西一百里水路，是翼望山。山上無花草樹木，遍布金玉。山中有野獸，形狀像狸貓，一隻眼睛、三條尾巴，叫讙。能發出百種動物的叫聲，可辟除凶邪之氣，人吃了牠的肉就能治好黃疸病。山中還有種鳥，外形像烏鴉，長著三個腦袋、六條尾巴，經常發出像人笑聲般的聲音，叫做鵸鵌，吃了牠的肉，人就不會做噩夢，還可辟除凶邪之氣。總計西方第三列山系之首尾，從崇吾山起，到翼望山止，一共二十三座山，連綿六千七百四十四里。諸山山神均是羊身人面。祭祀時，要把祀神的一塊吉玉埋入地下，米用稷米。

【注釋】

① 渾敦：即「混沌」，沒有具體的形狀。

② 紅光：就是蓐收。

③ 癉：通「疸」，即黃疸病。中醫認為是由溼熱造成的。中醫將此病症分為谷疸、酒疸、黑疸、女勞疸、黃汗五種。黃疸的可能成因包括肝炎、膽管阻塞或變形、某種貧血。因為膽汁色素由血液溢出到尿液，除黃色皮膚外，通常也會使尿液呈深褐色。另外，黃疸病會使大便變成淡色，因為腸內不含色素。

④ 厭：通「魘」，夢中遇可怕的事而呻吟、驚叫。

帝 江 明・蔣應鎬圖本

　　傳說東海之帝倏和南海之帝忽常常相
會於帝江之地，帝江待之極好。倏與忽便
商量要報答帝江的深情厚誼，他們認為，
人人都有眼耳鼻口七竅，用來視聽食息，
唯獨帝江什麼都沒有，便決定為帝江鑿開
七竅，於是他們一日一竅，一連鑿了七
天，七竅鑿成，帝江卻死了。

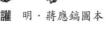
讙 明・蔣應鎬圖本

蓐收 明・蔣應鎬圖本

鵸鵌 明・蔣應鎬圖本

異獸	形態	異兆及功效
讙	形狀像狸貓，一隻眼睛、三條尾巴，能發出百種動物的鳴叫聲。	可以辟除凶邪之氣。人吃了牠的肉就能治好黃疸病。
鵸鵌	外形像烏鴉，長著三個腦袋、六條尾巴，還經常發出像人笑聲般的聲音。	吃了牠的肉，人就不會做噩夢，還可以辟除凶邪之氣。
帝江	外形像黃色口袋，紅得像丹火，六隻腳，四隻翅膀，混混沌沌沒有面部和眼睛，精通唱歌和跳舞。	

山海經地理考

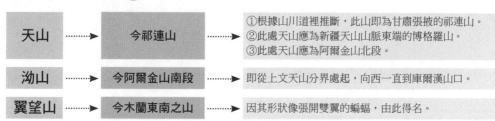

天山	今祁連山	①根據山川道裡推斷，此山即為甘肅張掖的祁連山。 ②此處天山應為新疆天山山脈東端的博格羅山。 ③此處天山應為阿爾金山北段。
沕山	今阿爾金山南段	即從上文天山分界處起，向西一直到庫爾漢山口。
翼望山	今木蘭東南之山	因其形狀像張開雙翼的蝙蝠，由此得名。

《西次四經》主要記載西方第四列山系上的動植物及礦物。此山系所處的位置大約在今陝西省、寧夏回族自治區、甘肅省一帶，從陰山起，一直到崦嵫山止，一共十九座山。山上異獸遍地。例如：有周身長滿刺猬毛的窮奇；有人面蛇尾、鳥翅，又喜歡把人抱起來的孰湖；有長著魚身蛇頭、六隻腳的冉遺魚。

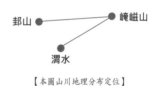

【本圖山川地理分布定位】

【本圖人神怪獸分布定位】

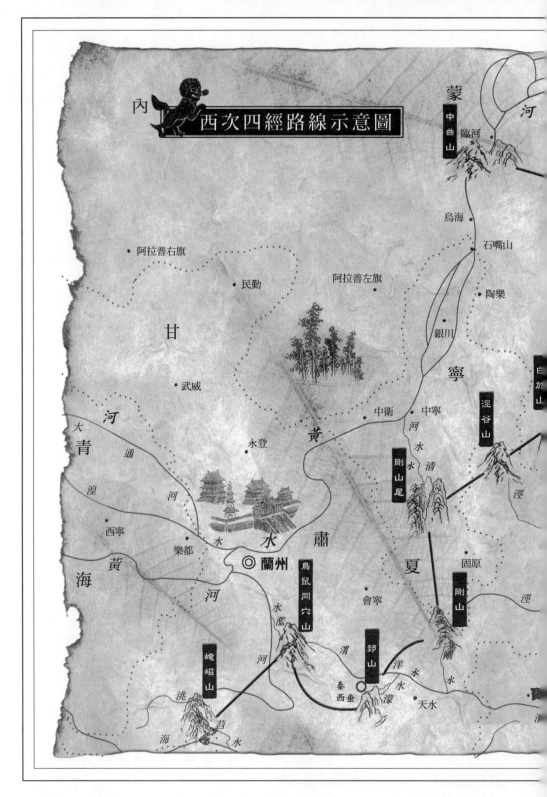

西次四經路線示意圖

內

蒙

河

中曲山

臨河

烏海

石嘴山

陶樂

阿拉普右旗

民勤

阿拉善左旗

銀川

寧

甘

白
方
山

武威

黃

中衛

中寧

涇谷山

河

河

清

涇

大

青

通

永登

剛山尾

水

洛

河

西寧

湟

河

樂都

水

水

肅

夏

固原

剛山

黃

◎ 蘭州

烏鼠同穴山

涇

河

海

會寧

水

濫

渭

邽山

洋

崦嵫山

河

秦西垂

蒙

水

水

天水

洮

水

若

海

水

本圖根據張步天教授「《山海經》考察路線圖」繪製，圖中記載了《西次四經》中陰山到崦嵫山共19
山的今日考證位置。

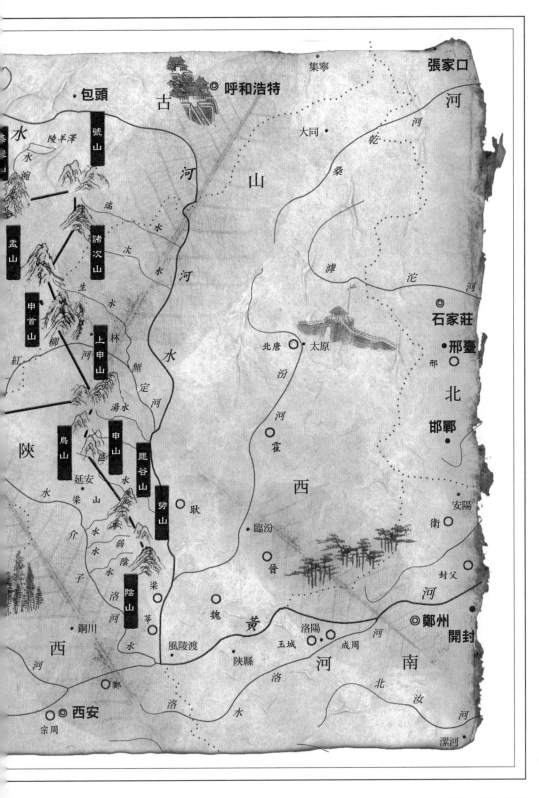

張家口

集寧

◎呼和浩特

包頭

古

河

山

水

陵羊澤

號山

水

水

渦

端

諸次山

次

水

水

生

林

申首山

柳

上申山

紅

無

定

河

湯水

陝

鳥山

申山

罷谷山

延安

山

梁

水

劈山

耿

介

弱

陰

水

水

水

子

陰山

梁

洛

莘

河

銅川

水

西河

河

水

鄭

西安

宗周

風陵渡

陝縣

洛

水

魏

黃

河

霍

西

臨汾

晉

玉城

洛陽

成周

河

洛

北

大同

乾

河

桑

漳

沱

河

石家莊

邢臺

邢

北

邯鄲

太原

汾

河

河

安陽

衛

封父

河

鄭州

開封

南

汝

河

漯河

北唐

（此路線形成於西周時期）

1 從陰山到鳥山

無飛禽走獸的奇山怪水

山水名稱	植物	礦物
陰山	構樹、蓴菜、蕃草	
勞山（洱水）	紫草	（紫石、碧玉）
申山	構樹、柞樹、杻樹和橿樹	金玉
鳥山	桑树、构树	鐵、玉石

原文

西次四經之首，曰陰山，上多榖（《ㄨˇ），無石，其草多茆①（ㄇㄠˊ）、蕃。陰水出焉，西流注於洛。

北五十里，曰勞山，多茈（ㄗˇ）草②。弱水出焉，而西流注於洛。

西五十里，曰罷父之山，洱（ㄦˇ）水出焉，而西流注於洛，其中多茈③、碧④。

北七十里，曰申山，其上多谷、柞（ㄓㄚˋ），其下多杻橿，其陽多金玉。區水出焉，而東流注於河。

北二百里，曰鳥山，其上多桑，其焉多谷，其陰多鐵，其陽多玉。辱水出焉，而東流注於河。

譯文

西方第四列山系之首座山，叫陰山，山上生長著茂密的構樹，但沒有石頭。這裡的草以蓴菜、蕃草為主。陰水發源於此，向西注入洛水。

陰山往北五十里，是勞山，這裡生長著茂盛的紫草。弱水發源於此，然後向西流入洛水。

勞山往西五十里，是罷父山，洱水發源於此，然後向西流入洛水，水中有很多紫石、碧玉。

往北七十里，是申山，山上生長著茂密的構樹林和柞樹林，山下森林裡主要是杻樹和橿樹，山南坡還蘊藏有豐富的金屬礦物和玉石。區水發源於此，然後向東流入黃河。

再往北二百里，是鳥山，山上是茂密的桑樹林，山下則到處是構樹林。山的北坡盛產鐵，而山的南坡盛產玉石。辱水發源於此，然後向東流入黃河。

【注釋】

① 茆：即蓴菜，多年生水生草本，葉橢圓形，浮生在水面，夏季開花。嫩葉可供食用。

② 茈草：即紫草，可以染紫色。是中草藥的一種，有涼血活血、清熱解毒、滑腸通便的作用。春秋挖根，除去殘莖及泥土（勿用水洗，以防退色），晒乾或微火烘乾，生用。

③ 茈：紫色。在這裡泛指紫色的漂亮的石頭。

④ 碧：青綠色。在這裡泛指青綠色的玉石。

紫草

　　主治心腹間邪氣鬱結及各種黃疸，可補益中氣、通利九竅。有利尿滑腸、治療便祕的作用。

異木	形態	異兆及功效
紫草	中草藥的一種，多生長在山坡草地。	有涼血活血、清熱解毒、滑腸通便的作用。

山海經地理考

陰山	⟶	今將軍山	⟶	依據注入洛河的陰水來推斷，水源的東山即為此山。
陰水	⟶	今石門河	⟶	依據原文，符合注入洛河條件的只有石門河。
勞山	⟶	今耍險山	⟶	勞山位於陝西甘泉縣。
弱水	⟶	今甘泉河	⟶	發源於勞山的弱水可能為流經陝西甘泉縣的甘泉河。
罷父山	⟶	今原耍險山	⟶	勞山向西五十里，即為此山，因其山北有幕府溝，取其諧音而得名。
洱水	⟶	今仙官河	⟶	①發源於罷父山而又注於洛水的河，即為仙官河。 ②依據地理位置推測，可能是今周河。
申山	⟶	今黃龍山	⟶	①依據區水的位置推算得出。 ②根據里程推算，可能是陝西安塞縣北的蘆關山。
區水	⟶	今白水川	⟶	①區水在仕望川南，向東流注入黃河，符合此推斷的即為白水川。 ②可能是今陝西延安的延河。
鳥山	⟶	今大盤山	⟶	位於仕望川源頭。
辱水	⟶	今仕望川	⟶	①依據鳥山位置推算得出。 ②若區水師延安的延河，辱水可能是今陝西的清澗河。

2 從上申山到虢山

不用翅膀也能飛的當扈

山水名稱	動物	植物	礦物
上申山	白鹿、當扈	榛樹、楉樹	硌石
諸次山	蛇		
虢山		漆樹、棕樹、白芷草、蘺草、芎藭草	汵石

原文

　　又北百二十里，曰上申之山，上無草木，而多硌①（ㄌㄨㄛˋ）石，下多榛楉（ㄏㄨˋ），獸多白鹿。其鳥多當扈，其狀如雉+，以其髯③飛，食之不眴（ㄕㄨㄣˋ）目④。湯水出焉，東流注於河。

　　又北百八十里，曰諸次之山，諸次之水出焉，而東流注於河。是山也，多木無草，鳥獸莫居，是多眾蛇。

　　又北百八十里，曰虢山，其木多漆⑤、棕，其草多藥、蘺（ㄒㄧㄠ）、芎藭（ㄒㄩㄥ ㄑㄩㄥˊ）。多汵（ㄍㄢˋ）石⑥。端水出焉，而東流注於河。

譯文

　　鳥山再往北一百二十里，是上申山。山上草木不生，大石裸露。而山下則生機勃勃，生長著茂密的榛樹和楉樹。山上的野獸以白鹿居多。上申山裡最多的禽鳥是當扈鳥，其形狀像普通的野雞，但脖子上長著髯毛，用髯毛當翅膀高飛。吃了牠的肉就能使人不眨眼睛。湯水發源於此，向東流入黃河。

　　上申山再往一百北八十里的地方，是諸次山。諸次水發源於此，然後向東流入黃河。在諸次山上，到處生長著茂密的林木，卻沒有花草，也沒有禽鳥野獸棲居，但有許多蛇聚集在這裡。

　　再往北一百八十里，是虢山。山裡的樹木大多是漆樹、棕樹，而草以白芷、蘺草、芎藭等香草為主。山中還盛產汵石。端水發源於此，然後向東流入黃河。

【注釋】

① 硌：山上的大石。

② 雉：又稱野雞。雄性的羽毛華麗，在頸下右一個顯著的白色環形紋。雌性全身砂褐色，體形較小，尾巴也很短。不過善於行走，卻不能長時間飛行。牠的肉可以食用，羽毛也可以做成很漂亮的裝飾品。

③ 髯：脖子咽喉下的鬚毛。

④ 眴目：即瞬目，眨閃眼睛。

⑤ 漆：指漆樹，落葉喬木，從樹幹中流出的汁液可作塗料用。

⑥ 汵石：一種石質柔軟如泥的石頭。

白 鹿 清‧汪紱圖本

　　白鹿是一種瑞獸，據說普通的鹿生長千年毛皮就會變成蒼色，再生長五百年其毛皮才能變白，足見白鹿之珍貴，古人認為只有天子體察民情、政治清明的時候，白鹿才會出現。

當扈　明‧胡文煥圖本

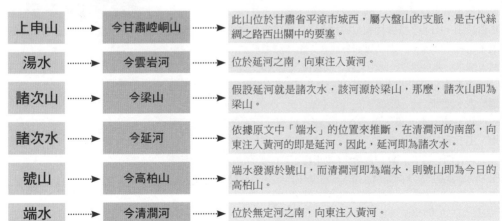

當扈　明‧蔣應鎬圖本

異獸	形態	異兆及功效
當扈	形狀像普通的野雞，但脖子上長著髯毛，用髯毛當翅膀高飛。	吃了牠的肉就能使人不眨眼睛。

山海經地理考

上申山	⟶	今甘肅崆峒山	⟶	此山位於甘肅省平涼市城西，屬六盤山的支脈，是古代絲綢之路西出關中的要塞。
湯水	⟶	今雲岩河	⟶	位於延河之南，向東注入黃河。
諸次山	⟶	今梁山	⟶	假設延河就是諸次水，該河源於梁山，那麼，諸次山即為梁山。
諸次水	⟶	今延河	⟶	依據原文中「端水」的位置來推斷，在清澗河的南部，向東注入黃河的即是延河。因此，延河即為諸次水。
號山	⟶	今高柏山	⟶	端水發源於號山，而清澗河即為端水，則號山即為今日的高柏山。
端水	⟶	今清澗河	⟶	位於無定河之南，向東注入黃河。

3 從孟山到剛山
眼睛生在臉部正前方的鴞

山水名稱	動物	植物	礦物
孟山	白虎、白狼、白雉、白翟		鐵、銅
白於山	牸牛、羬羊、鴞	松樹、柏樹、櫟樹、檀樹	
涇谷山			白銀、白玉
剛山	漆樹	璂珸玉	

原文

又北二百二十里，曰孟山，其陰多鐵，其陽多銅，其獸多白狼白虎，其鳥多白雉白翟。生水出焉，而東流注於河。西二百五十里，曰白於之山，上多松柏，下多櫟檀，其獸多牸牛、羬羊，其鳥多鴞。洛水出於其陽，而東流注於渭；夾水出於其陰，東流注於生水。

西北三百里，曰申首之山，無草木，冬夏有雪。申水出於其上，潛於其下，是多白玉。

又西五十五里，曰涇谷之山。涇水出焉，東南流注於渭，是多白金白玉。

又西百二十里，曰剛山，多柒木[1]，多璂珸之玉。剛水出焉，北流注於渭。是多神魖[2]，其狀人面獸身，一足一手，其音如欽[3]。

譯文

再往北二百二十里，是孟山。北坡盛產鐵，南坡盛產銅。山中動物都是白色的，野獸多是白狼和白虎。飛鳥大多是白色野雞和白色翠鳥。生水發源於此，向東流入黃河。孟山再往西二百五十里，是白於山。山上多松樹林和柏樹林，山下多櫟樹和檀香樹，山中野獸多是牸牛、羬羊，禽鳥以鴞鳥居多。洛水發源於此山南麓，向東流入渭水；夾水發源於此山北麓，向東流入生水。

再往西北三百里，是申首山。山上沒有花草樹木，山頂終年積雪。申水發源於此，形成瀑布，奔流到山下，水中多白色美玉。

再往西五十五里，是涇谷山。涇水發源於此，向東南流入渭水，山上多白銀和白玉。

再往西一百二十里，是剛山。山上覆蓋著茂密的漆樹林，盛產璂珸玉。剛水發源於此，向北注入渭水。這裡有很多名叫的神魖，牠是人面獸身，只長一隻腳一隻手，發出的聲音像人在呻吟。

【注釋】

①柒木：漆樹。「柒」即「漆」。

②神魖：「魑魅」一類的東西，魑魅是傳說中山澤的鬼怪。

③欽：「吟」字的假借音，用呻吟之意。

 鵂 清·《禽蟲典》

　　鵂也就是貓頭鷹，牠的喙和爪都彎曲呈鈎狀，並且十分銳利；牠的兩隻眼睛不像一般的鳥生在頭部的兩側，而是生在臉部正前方。牠夜間和黃昏出來活動，主要捕食鼠類，也食小鳥和昆蟲，屬農林益鳥。

白狼　清·汪紱圖本

神槐　明·蔣應鎬圖本

白虎　清·汪紱圖本

山海經地理考

孟山	→ 今陝西橫山	→ 位於陝西省北部，即陝北黃土高原與風沙高原的過渡區。
生水	→ 今陝西無定河	→ 位於陝西省北部。
白於山	→ 今陝西白於山	→ 位於陝西省北部、寧夏回族自治區南部、甘肅省東南部與內蒙古自治區西南部邊緣接壤地帶。
夾水	→ 今紅柳河	→ 依據洛河、渭河的位置來推斷，夾水在無定河的上游，即為陝西的紅柳河。
申首山	→ 今虎頭山	→ 涇谷是六盤山的水溝梁，在此向東55里，即為虎頭山，也就是申首山。
申水	→ 今蒲河	→ 位於虎頭山之下。
涇谷山	→ 今水溝梁	→ 依據涇水發源的山脈類推，涇谷山即為水溝梁。
涇水	→ 今涇河	→ 渭河最大的支流，南北兩個源頭，南部源於寧夏涇源老龍潭，北部源於寧夏固原大灣鎮。
剛山	→ 今平川區最高峰	→ 依據里程推算，即為祁連山東延餘脈，主峰海拔2858公尺。

4 從剛山之尾到中曲山

白身黑尾能食虎豹的駮

山水名稱	動物	植物	礦物
剛山尾	蠻蠻		
英鞮山（涴水）	（冉遺魚）	漆樹	金玉
中曲山	駮	櫰木	玉、雄黃、白玉、金

原文

又西二百里，至剛山之尾。洛水出焉，而北流注於河。其中多蠻蠻[1]，其狀鼠身而鱉首，其音如吠犬。

又西三百五十里，曰英鞮（ㄅㄧ）之山，上多漆木，下多金玉，鳥獸盡白。涴水出焉，而北流注於陵羊之澤。是多冉遺之魚，魚身蛇首六足，其目如馬耳，食之使人不眯[2]，可以禦凶。

又西三百里，曰中曲之山，其陽多玉，其陰多雄黃、白玉及金。有獸焉，其狀如馬而白身黑尾，一角，虎牙爪，音如鼓音，其名曰駮（ㄅㄛˊ），是食虎豹，可以禦兵。有木焉，其狀如棠，而員葉赤實，實大如木瓜[3]，名曰櫰（ㄏㄨㄞˊ）木[4]，食之多力。

譯文

再往西二百里，是剛山的尾端。洛水發源於此，向北流入黃河。山中多蠻蠻獸，形狀像普通的老鼠，長著甲魚腦袋，叫聲如狗叫。

再往西三百五十里，是英鞮山。山上多漆樹，山下盛產金屬礦物和美玉。山上禽鳥野獸都是白色的。涴水發源於此，向北注入陵羊澤。水裡多冉遺魚，牠長著魚身蛇頭，還有六隻腳，眼睛像馬的耳朵。吃了冉遺的肉，睡覺不做噩夢，也可以禦凶辟邪。

再往西三百里，是中曲山。其山南盛產玉石，山北盛產雄黃、白玉和金屬礦物。山中有種野獸，像馬，白身和黑尾，頭頂有一隻角，牙齒和爪子就和老虎的一樣鋒利，發出的聲音如同擊鼓的響聲，叫做駮。牠是獸中之英，威猛之獸，能以老虎和豹為食，飼養牠可以避免兵刃之災。山中還有一種獨特的樹木，其形狀像棠梨，圓葉子，結紅果，果實有木瓜大小，叫做櫰木，人吃了它就能增強體力。

【注釋】

① 蠻蠻：屬水獺之類的動物，與上文的蠻蠻鳥同名而異物。

② 眯：夢魘。

③ 木瓜：木瓜樹所結的果子，橢圓形，有香氣，可以吃，也可入藥。除了助消化之外，還能消暑解渴、潤肺止咳。其特有的木瓜酵素能清心潤肺，還能幫助消化、治胃病，其獨有的木瓜鹼具有抗腫瘤功效，對淋巴性白血病細胞具有強烈抗癌活性。

④ 櫰木：一種落葉喬木。

駮 明・蔣應鎬圖本

傳說齊桓公騎馬出行，迎面來了一隻老虎，老
虎不但沒有撲過來，反而趴在原地不敢動，齊桓公
很奇怪，便問管仲，管仲回答說：「你騎的是駮，
牠是能吃虎豹的，所以老虎很害怕，不敢上前。」

冉遺 明・胡文煥圖本

蠻蠻 明・蔣應鎬圖本冉　　冉遺 明・蔣應鎬圖本冉

異獸	形態	今名	異兆及功效
蠻蠻	形狀像老鼠，長著甲魚腦袋。	水獺	叫聲如狗叫。
冉遺	長著魚身蛇頭，還有六隻腳，眼睛像馬的耳朵。		吃了冉遺的肉，睡覺不做噩夢，也可以禦凶辟邪。
駮	像馬，白身和黑尾，頭頂有一隻角，牙齒和爪子就和老虎的一樣鋒利，發出的聲音如同擊鼓的響聲。		能以老虎和豹為食，飼養牠可以避免兵刃之災。

山海經地理考

洛水	今甘肅清水河	位於寧夏境內，是黃河上游的支流。
英鞮山	今甘肅烏鞘嶺	此山位於甘肅省天祝藏族自治縣中部，為隴中高原和河西走廊的天然分界。
涴水	今甘肅石羊河	位於甘肅河西走廊東端，發源於南部祁連山，消失於民勤盆地的北部。
陵羊澤	今甘肅白亭海	位於甘肅省武威市民勤縣北部湖區，古時又稱魚海子。
中曲山	具體名稱不詳	今天梯山與平羌雪山組成一個「葡」字，即為中曲山。

5 從邽山到鳥鼠同穴山
長刺猬毛的窮奇能吃人

山水名稱	動物	礦物
邽山（濛水）	窮奇（蠃魚、黃貝）	
鳥鼠同穴山	白虎	白玉
濫水	鰩魚、駕鴌魚	

原文

又西二百六十里，曰邽（《ㄨㄟ》）山。其上有獸焉，其狀如牛，猬毛，名曰窮奇，音如嗥（ㄏㄠˊ）狗，是食人。濛水出焉，南流注於洋水，其中多黃貝[1]；蠃魚，魚身而鳥翼，音如鴛鴌，見則其邑大水。

又西二百二十里，曰鳥鼠同穴之山，其上多白虎、白玉。渭水出焉，而東流注於河。其中多鰩魚，其狀如鱣（ㄓㄢ）魚+，見則其邑有大兵。濫水出於其西，西流注於漢水，多駕鴌之魚，其狀如覆銚[3]（ㄉㄧㄠˋ），鳥首而魚翼魚尾，音如磬石之聲，是生珠玉。

譯文

再往西二百六十里，是邽山。山上有種野獸，其形狀像一般的牛，但全身長著刺猬毛，名叫窮奇，牠發出的聲音如同狗叫，是能吃人的。水發源於此，向南注入洋水，水中有很多黃貝，還有一種蠃魚，牠長著魚的身子卻有鳥的翅膀，發出的聲音就像鴛鴌鳴叫，牠在哪裡出現，哪裡就有水災。

再往西二百二十里，是鳥鼠同穴山，山中有鳥鼠同穴。另外，山上多白虎，白玉遍布。渭水發源於此，向東流入黃河，水中有許多鰩魚，其形狀就像一般的鱣魚，牠在哪裡出沒，哪裡就會有兵災發生。濫水從鳥鼠同穴山的西面發源，向西流入漢水。水中生活著很多駕鴌魚，其形狀很奇特，像一個反轉過來的烹器，在鳥狀腦袋的下面，長著魚翼和魚尾，叫起來就像敲擊磬石發出的響聲，最奇怪的就是牠體內能夠孕生珍珠美玉。

【注釋】

[1] 黃貝：據古人說是一種甲蟲，肉如蝌蚪，但有頭也有尾巴。

[2] 鱣魚：一種形體較大的魚，大的有兩三丈長，頭略呈三角形，吻長而較尖銳。頭部表面被有多數骨板。口下位，寬大，稍成弧形；嘴長在頜下，身體上面有甲，無鱗，肉是黃色的。可以入藥。益氣養血。主病後體虛；筋骨無力；貧血；營養不良等。

[3] 銚：即吊子，一種有把柄有流嘴的小型烹器。

窮奇 明·蔣應鎬圖本

相傳天帝少昊有一個不肖之子，牠詆毀忠良，包庇奸人，所作所為跟窮奇獸類似，人們十分痛恨牠，就稱牠為窮奇。窮奇又是大儺十二神中食蠱的逐疫之神，眾妖邪見了牠，無不倉皇逃走。

蠃魚 清·《禽蟲典》

鯀魚 明·蔣應鎬圖本

鴛鴗魚 明·蔣應鎬圖本

鳥鼠同穴 明·蔣應鎬圖本

異獸	形態	異兆及功效
窮奇	形狀像一般的牛，但全身長著刺猬毛，發出的聲音如同狗叫。	能吃人。
鯀魚	形狀就像一般的鱧魚。	在哪裡出現，哪裡就會有兵災發生。
鴛鴗魚	像一個反轉過來的烹器，在鳥狀腦袋的下面，長著魚翼和魚尾，叫聲如敲擊磬石發出的響聲。	體內能夠孕生珍珠美玉。

山海經地理考

邽山	⋯⋯▶	今燕麥山	⋯⋯▶	依據山川里程計算。
濛水	⋯⋯▶	今青海北川河	⋯⋯▶	位於青海省西寧市二十里鋪鎮。
洋水	⋯⋯▶	今青海湟水河	⋯⋯▶	又名西寧河，位於青海省東部，發源於海晏縣包呼圖山。
鳥鼠同穴山	⋯⋯▶	今甘肅鳥鼠山	⋯⋯▶	位於甘肅省渭源縣西南郭，海拔3495公尺，屬於西秦嶺的北支。

6 崦嵫山
會引起旱災的人面鴞

山水名稱	動物	植物	礦物
崦嵫山	烏龜、孰湖、人面鴞	丹樹	玉石

原文

西南三百六十里，曰崦嵫（一ㄢ ㄗ）之山，其上多丹木，其葉如楮，其實大如瓜，赤符①而黑理，食之已癉，可以禦火。其陽多龜，其陰多玉。苕水出焉，而西流注於海，其中多砥礪②。有獸焉，其狀馬身而鳥翼，人面蛇尾，是好舉人，名曰孰湖。有鳥焉，其狀如鴞而人面，蜼③身犬尾，其名自號也，見則其邑大旱。

凡西次四經自陰山以下，至於崦嵫之山，凡十九山，三千六百八十里。其神祠禮，皆用一白雞祈，糈以稻米，白菅為席。右西經之山，凡七十七山，一萬七千五百一十七里。

譯文

再往西南三百六十里，是崦嵫山，山上多丹樹，葉子像構樹葉，果實有瓜那麼大，紅色果皮，黑色果肉，人吃了它就可治癒黃疸病，還可避火。山南多烏龜，山北遍布玉石。

苕水發源於此，向西流入大海，水中多磨刀石。山中有一種野獸，身體像馬，有鳥的翅膀、人的面孔和蛇的尾巴，很喜歡把人抱著舉起來，叫做孰湖。山中還有一種禽鳥，形狀像貓頭鷹，卻長著人的面孔和猴的身子，還拖著一條狗尾巴，牠啼叫起來就像是在呼喚自己的名字，牠在哪裡出現，哪裡就會有大旱災。

總觀西方第四列山系，從陰山開始，到崦嵫山為止，一共十九座山，連綿三千六百八十里。祭祀諸山山神的禮儀，都是用一隻白色雞獻祭，祀神的米用精選的稻米，並用白茅草編織的席子作為神的坐席。以上就是西方諸山的記錄，總共七十七座山，蜿蜒長達一萬七千五百一十七里。

【注釋】

①符：「柎」的假借字。柎，花萼。

②砥礪：兩種磨刀用的石頭。細磨刀石叫砥，粗磨刀石叫礪，後一般合起來泛指磨石。

③蜼：傳說中的一種猴子，似獮猴之類。

人面鴞　明·蔣應鎬圖本

孰湖　明·蔣應鎬圖本

異獸	形態	異兆及功效
人面鴞	形狀像貓頭鷹，卻長著人的面孔和猴的身子，還拖著一條狗尾巴，牠啼叫起來就像是在呼喚自己的名字。	牠在哪裡出現，哪裡就會有大旱災。
孰湖	身體像馬，卻有鳥的翅膀、人的面孔和蛇的尾巴。	很喜歡把人抱著舉起來。

山海經地理考

崦嵫山	⟶	今大通雪山	⟶	此山即為神話傳說中太陽落入的地方，山下有濛水，水中有虞淵。
苕水	⟶	今哈倫烏蘇河	⟶	苕水流入的海即為青海湖，符合條件的有兩條河，一條為倒淌河，已考證為騩山凄水。另一條即為哈倫烏蘇河，即為苕水。

【第二卷 西山經】

157

第三卷

北山經

《北山經》包括《北次一經》、

《北次二經》、

《北次三經》，

共八十八座山。

記錄了以單狐山、管涔山、

太行山為首的三列山系，

山上奇特動物頗多，

有「沙漠之舟」之稱的橐駝，

有因被皇帝斬首後，

腦袋化作饕餮的蚩尤等。

此外，諸山山神的祭祀禮儀也獨具特色。

 # 北次一經

《北次一經》主要記載北方第一列山系上的動植物及礦物。此山系所處的位置大約在今內蒙古自治區、蒙古國、新疆維吾爾自治區一帶，從單狐山起，一直到堤山止，一共二十五座山，諸山山神均為人面蛇身。山上異獸頗多。例如：有一個頭兩個身子的肥遺；有「沙漠之舟」之稱的橐駝；有形相如老鼠卻長翅膀的寓鳥。

【本圖山川地理分布定位】

【本圖人神怪獸分布定位】

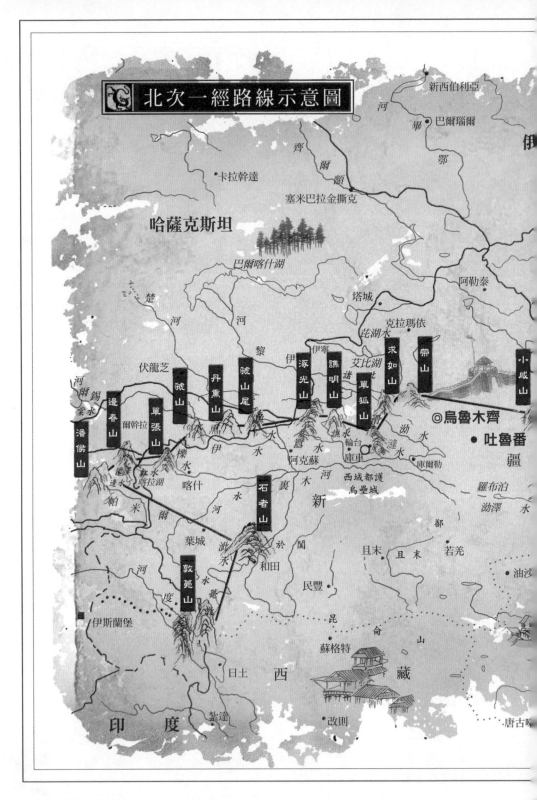

北次一經路線示意圖

本圖根據張步天教授「《山海經》考察路線圖」繪製，圖中記載了《北次一經》中單狐山到隄山的地理位置，此山系共25座山，圖中未見首座山單狐山。

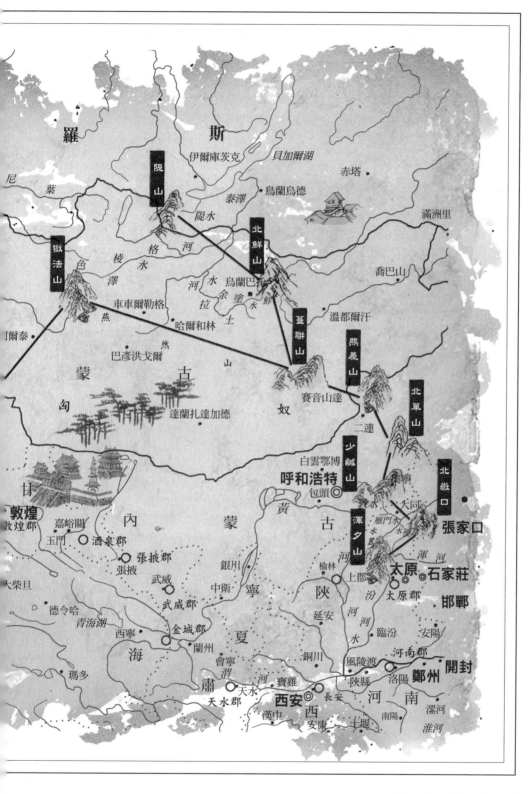

羅　斯

伊爾庫茨克　貝加爾湖

尼　葉

赤塔

陘山
陘水

泰澤

烏蘭烏德

滿洲里

北鮮山

獄法山

格
水
澤
河
色
燕

烏蘭巴托
鮮
余
塗
水
拉
水
河

喬巴山

溫都爾汗

夏聯山

車車爾勒格
哈爾和林

然
山

熊差山

巴彦洪戈爾

蒙　古

達蘭扎達加德

賽音山達

匈　奴

北罩山

爾泰

二連

北嶽口

少鹹山

甘

敦煌
敦煌郡

內

白雲鄂博

呼和浩特

包頭 ◎

古

浬水

大同

張家口

玉門
嘉峪關
酒泉郡

蒙

黃

雁門水
水

渾夕山

太原
石家莊

張掖郡
張掖

武威

銀川

榆林

邯鄲

大柴旦

德令哈

青海湖

中衛

寧

上郡

汾

太原郡

渾　河

安陽

武威郡

延安

河

河
水

臨汾

西寧
金城郡
蘭州

會寧
渭

夏

銅川

河南郡

開封

瑪多

海

天水
天水郡

西安
西
安康

寶雞

河

風陵渡
陝縣

長安

洛陽

鄭州

南

漯河
淮河

漢中

十堰

南陽

（此路線形成於西漢中期）

從單狐山到求如山
叫聲如同人吼的水馬

山水名稱	動物	植物	礦物
單狐山（漨水）		橿木、華草	（茈石、文石）
求如山			銅、玉石
滑水	滑魚、水馬		

原文

　　北山經之首，曰單狐之山，多機木①，其上多華草②。漨（ㄈㄥˊ）水出焉，而西流注於泑水，其中多茈石③、文石④。

　　又北二百五十里，曰求如之山，其上多銅，其下多玉，無草木。滑水出焉，而西流注於諸毗之水。其中多滑魚。其狀如鱓，赤背，其音如梧⑤，食之已疣⑥。其中多水馬，其狀如馬，文臂牛尾，其音如呼。

譯文

　　北方第一列山系之首座山，叫做單狐山，山上生長著茂密的橿樹，還有茂盛的華草。漨水發源於此，然後向西流入泑水，水中有很多紫石和紋石。

　　單狐山往北二百五十里，是求如山。山上有豐富的銅，山下有豐富的玉石，整座山岩石裸露，沒有花草樹木。滑水發源於此，然後向西注入諸水。水中有很多滑魚，其外形像一般的鱓魚，卻有著紅色的脊背，發出的聲音就像人在支支吾吾地說話，人吃了這種滑魚，能治好贅疣病。水中還有很多水馬，其外形與一般的馬相似，但前腿上長有花紋，拖著一條牛尾巴，牠叱咤的聲音就像人在呼喊。

【注釋】

① 機木：即橿木樹，長得像榆樹，把枝葉燒成灰撒在稻田中可作肥料用。
② 華草：不詳何草。
③ 茈石：紫顏色的漂亮石頭。
④ 文石：有紋理的漂亮石頭。
⑤ 梧：枝梧，也作「支吾」，用含混的言語搪塞。
⑥ 疣：皮膚上的贅生物，俗稱瘊子。

圖解山海經

山海經異獸考

水馬 明·胡文煥圖本

滑魚 明·蔣應鎬圖本

異獸	形態	今名	異兆及功效
滑魚	外形像一般的鱔魚，紅色的脊背，發出的聲音就像人在支支吾吾地說話。	鱔魚、黃鱔	人吃了這種魚，能治好贅疣病。
水馬	外形與一般的馬相似，但前腿上長有花紋，拖著一條牛尾巴，牠叱吒的聲音就像人在呼喊。	河馬	

山海經地理考

單狐山	今庫斯渾山	①依據推測，應為庫斯渾山，此山上分東西嶺，下分南北嶺，共有五大山嶺，數十個小嶺。 ②依據《西山經》中山川河流的推測，單狐山應是今賀蘭山的一部分。
漉水	今烏蘭蘇河	單狐山為庫斯渾山，漉水即為烏蘭蘇河。
泑水	今蔥嶺北河	①烏蘭蘇河向下注入蔥嶺北河，有此可推，泑水可能為蔥嶺北河。 ②烏蘭蘇河注入蔥嶺北河後又注入塔里木河，因此，泑水也有可能是塔里木河或其支流。
求如山	今蘇渾山	①庫斯渾山向北250里是天可汗嶺，也就是天山主脈，因此，求如山就是天可汗嶺及其西之青砂嶺的總稱，即今日的蘇渾山。 ②根據里程推測，求如山可能是寧夏、內蒙古交界處的賀蘭山的一部分。
滑水	今喀什噶爾河	①求如山是蘇渾山，滑水即為喀什噶爾河。 ②求如山是寧夏、內蒙古交界處的賀蘭山的一部分，滑水即為漢中的滑水河。

2 從帶山到譙明山
一首十身何羅魚可治病

山水名稱	動物	礦物
帶山	臞疏、鵸鵒	玉、青碧
彭水	鯈魚	
譙明山	孟槐	石青、雄黃
譙水	何羅魚	

原文

　　又北三百里，曰帶山，其上多玉，其下多青碧。有獸焉，其狀如馬，一角有錯①，其名曰臞疏，可以避火。有鳥焉，其狀如烏，五采而赤文，名曰鵸鵒，是自為牝牡，食之不疽（ㄐㄩ）。彭水出焉，而西流注於芘湖之水，其中多鯈（ㄕㄨ）魚，其狀如雞而赤毛，三尾六足四首，其音如鵲，食之可以已憂。

　　又北四百里，曰譙明之山。譙水出焉，西流注於河。其中多何羅之魚，一首而十身，其音如吠犬，食之已癰。有獸焉，其狀如貆②（ㄏㄨㄢˊ）而赤毫③，其音如榴榴，名曰孟槐，可以禦凶。是山也，無草木，多青、雄黃。

譯文

　　再往北三百里，是帶山，山上盛產玉石，山下盛產青石碧玉。山中有種野獸，形狀像馬，頭頂長著一隻如同粗硬磨刀石的角，名叫臞疏，飼養牠可避火。還有種鳥，其體形與烏鴉相似，渾身長著帶有紅色斑紋的五彩羽毛，叫做鵸鵒，這種鳥雌雄同體，吃了牠的肉就能不患癰疽病。彭水發源於此，向西注入芘湖。水中多鯈魚，其形狀像雞卻長著紅色羽毛，三條尾巴、六隻腳、四個腦袋，叫聲像喜鵲鳴叫，吃了牠的肉就能使人樂而忘憂。

　　再往北四百里，是譙明山。譙水發源於此，向西流入黃河。水中多何羅魚，長著一個腦袋，十個身子，發出的聲音好似狗叫，吃了牠的肉就可治癒癰腫病，山中還有種野獸，形狀像豪豬，毛是紅色的，叫聲如同轆轤抽水的響聲，叫做孟槐，飼養牠可辟除凶邪之氣。山上沒有花草樹木，多石青和雄黃。

【注釋】

①錯：同「厝」，磨刀石。
②貆：同「狟」，豪豬。又稱箭豬，是披有尖刺的嚙齒目，可用來防禦掠食者。豪豬有褐色、灰色及白色。不同豪豬物種的刺有不同的形狀。豪豬的刺銳利，很易脫落，會刺入攻擊者中。牠們的刺有倒鈎，可以掛在皮膚上，很難除去。
③毫：細毛。

何羅魚 明·蔣應鎬圖本

傳說十首一身的姑獲鳥就是由這個首十身的何羅魚變化而來的。

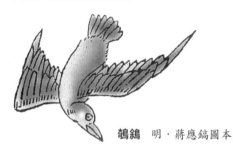

鴢鵸 明·蔣應鎬圖本

矔疏 明·蔣應鎬圖本

儵魚 明·蔣應鎬圖本

孟槐 明·蔣應鎬圖本

異獸	形態	異兆及功效
矔疏	形狀像馬，頭頂長著一隻如同粗硬磨刀石的角。	飼養牠可以避火。
鴢鵸	其體形與烏鴉相似，長著帶有紅色斑紋的五彩羽毛。	這種鳥雌雄同體，吃了牠的肉就能不患癰疽病。
儵魚	形狀像雞卻長著紅色羽毛，三條尾巴、六隻腳、四個腦袋，叫聲像喜鵲鳴叫。	吃了牠的肉就能使人樂而忘憂。
何羅魚	長著一個腦袋，卻有十個身子，發出的聲音好似狗叫。	吃了牠的肉就可治癒癰腫病。
孟槐	形狀像豪豬，毛是紅色的，叫聲如同轆轤抽水的響聲。	飼養牠可以辟除凶邪之氣。

山海經地理考

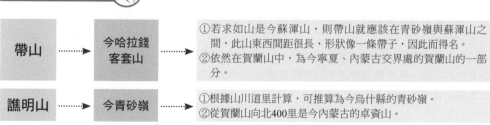

帶山	→	今哈拉錢客套山	→	①若求如山是今蘇渾山，則帶山就應該在青砂嶺與蘇渾山之間，此山東西間距很長，形狀像一條帶子，因此而得名。 ②依然在賀蘭山中，為今寧夏、內蒙古交界處的賀蘭山的一部分。
譙明山	→	今青砂嶺	→	①根據山川道里計算，可推算為今烏什縣的青砂嶺。 ②從賀蘭山向北400里是今內蒙古的卓資山。

3 從涿光山到虢山之尾
十翅鰼鰼魚可避火

山水名稱	動物	植物	礦物
涿光山（囂水）	羚羊、蕃鳥、（鰼鰼魚）	松樹、柏樹、棕樹、櫃樹	
虢山	橐駝、寓鳥	漆樹、梧桐樹、椐樹	玉、鐵
虢山尾（魚水）	貝		玉

原文

又北三百五十里，曰涿光之山。囂（ㄒㄧㄠ）水出焉，而西流注於河。其中多鰼鰼之魚，其狀如鵲而十翼，鱗皆在羽端，其音如鵲，可以禦火，食之不癉。其上多松柏，其下多棕櫃，其獸多羚羊，其鳥多蕃①。

又北三百八十里，曰虢山，其上多漆，其下多桐椐②（ㄐㄩ）。其陽多玉，其陰多鐵。

伊水出焉，西流注於河。其獸多橐（ㄊㄨㄛˊ）駝③，其鳥多寓④，狀如鼠而鳥翼，其音如羊，可以禦兵⑤。

又北四百里，至於虢山之尾，其上多玉而無石。魚水出焉，西流注於河，其中多文貝。

譯文

再往北三百五十里，是涿光山。囂水發源於此，向西注入黃河。水中多鰼鰼魚，其形狀像喜鵲卻長有十隻翅膀，鱗甲全長在翅膀的前端，牠發出的聲音就好像喜鵲在鳴叫，牠可以避火，人如果吃了牠的肉就能治好黃疸病。山上多松樹和柏樹，山下多棕樹和櫃樹。山中野獸以羚羊居多，禽鳥以蕃鳥為主。

再往北三百八十里，是虢山，山上有茂密的漆樹林，山下有茂密的梧桐樹和椐樹。南坡遍布著各色美玉，北坡盛產鐵。伊水發源於此，向西流入黃河。山中獸以橐駝為最多。

而禽鳥大多是寓鳥，其形狀與老鼠相似，長著鳥一樣的翅膀，發出的聲音就像羊叫，據說人飼養牠可以辟除邪氣，不受兵戈之苦。

再往北四百里，便到了虢山的尾端，山上到處是美玉而沒有其他的石頭。魚水發源於此，向西流入黃河，水中有很多花紋斑斕的貝。

【注釋】

① 蕃：具體不詳。也可能是貓頭鷹之類的鳥。

② 椐：椐樹，也就是靈壽木，古人常用來製作枴杖。

③ 橐駝：就是駱駝。

④ 寓：蝙蝠之類的小飛禽。

⑤ 禦兵：即辟兵。指兵器的尖鋒利刃不能傷及身子。

 明・蔣應鎬圖本

　　形狀像喜鵲卻長有十隻翅膀，鱗甲全長在翅膀的前端，牠發出的聲音就好像喜鵲在鳴叫，牠可以避火。

寓　明・蔣應鎬圖本

橐駝　明・蔣應鎬圖本

異獸	形態	今名	異兆及功效
鱛鱛魚	其形狀像喜鵲卻長有十隻翅膀，鱗甲全長在翅膀的前端，牠發出的聲音就好像喜鵲在鳴叫。		牠可以避火，人如果吃了牠的肉就能治好黃疸病。
寓鳥	形狀與老鼠相似，長著鳥一樣的翅膀，發出的聲音就像羊叫。	蝙蝠	人飼養牠可以辟除邪氣，不受兵戈之苦。

山海經地理考

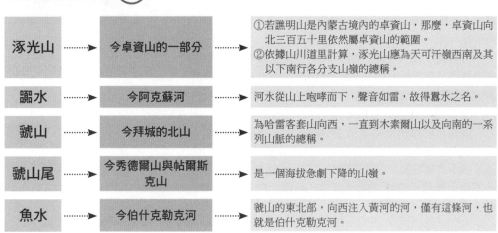

涿光山	今卓資山的一部分	①若譙明山是內蒙古境內的卓資山，那麼，卓資山向北三百五十里依然屬卓資山的範圍。 ②依據山川道里計算，涿光山應為天可汗嶺西南及其以下南行各分支山嶺的總稱。
囂水	今阿克蘇河	河水從山上咆哮而下，聲音如雷，故得囂水之名。
虢山	今拜城的北山	為哈雷客套山向西，一直到木素爾山以及向南的一系列山脈的總稱。
虢山尾	今秀德爾山與帖爾斯克山	是一個海拔急劇下降的山嶺。
魚水	今伯什克勒克河	虢山的東北部，向西注入黃河的河，僅有這條河，也就是伯什克勒克河。

4 從丹燻山到邊春山

善於隱藏自己的孟極

圖解山海經

山水名稱	動物	植物	礦物
丹燻山	耳鼠	臭椿樹、柏樹、野韭菜、野薤菜	丹雘
石者山	孟極		瑤、碧
邊春山	幽鴳	野蔥、葵菜、韭菜、野桃樹、李樹	

原文

　　又北二百里，曰丹燻之山，其上多樗（彳ㄨ）柏，其草多韭薤①（ㄒㄧㄝˋ），多丹雘。燻水出焉，而西流注於棠水。有獸焉，其狀如鼠，而莬②首麋身，其音如嗥犬，以其尾飛，名曰耳鼠，食之不腺，又可以禦百毒。

　　又北二百八十里，曰石者之山，其上無草木，多瑤、碧。泚水出焉，西流注於河。有獸焉，其狀如豹，而文③題④白身，名曰孟極，是善伏，其鳴自呼。

　　又北百一十里，曰邊春之山，多蔥⑤、葵、韭、桃、李。杠水出焉，而西流注於泑澤。有獸焉，其狀如禺而文身，善笑，見人則臥，名曰幽鴳（ㄧㄢˋ），其鳴自呼。

譯文

　　再往北二百里，是丹燻山，山上有茂密的臭椿樹和柏樹，草以韭薤居多，此山還盛產丹雘。燻水發源於此，向西流入棠水。山中有種名叫耳鼠的野獸，其體形像老鼠，卻長著兔子的腦袋和麋鹿的耳朵，發出的聲音如同狗叫，用尾巴飛行。人吃了牠的肉就可治癒大肚子病，不做噩夢，還可辟除百毒。

　　再往北二百八十里，是石者山。山上沒有花草樹木，有很多瑤、碧之類的美玉。泚水發源於此，向西流入黃河。山中有種野獸，像豹，額頭有斑紋，毛皮是白色的，叫做孟極。牠善於伏身隱藏，叫聲如同呼喚自己的名字。

　　再往北一百一十里，是邊春山。山上有很多野蔥、葵菜、韭菜、野桃樹和李樹等植物。杠水發源於此，向西注入泑澤。山中有種野獸，形狀像獼猴，全身有斑紋，喜歡嬉笑，一看見人就倒地裝睡，叫做幽鴳，吼叫的聲音像在自呼其名。

【注釋】

①薤：也叫藠頭，一種野菜，莖可食用，並能入藥。

②莬：通「兔」。

③文：花紋。這裡指野獸的皮毛因多種顏色相互夾雜而呈現出的斑紋或斑點。

④題：額頭。

⑤蔥：山蔥，又叫茖蔥，一種野菜。

耳鼠 明·蔣應鎬圖本

　　耳鼠，即䶉鼠，是一種亦獸亦禽、又可抵禦百毒的奇獸。集鼠兔麋三者於一身，能在樹、陸中間滑翔，故又稱為飛生鳥。

孟極 明·蔣應鎬圖本　　　　　　　**幽鴳** 明·蔣應鎬圖本

異獸	形態	異兆及功效
耳鼠	體形像一般的老鼠，卻長著兔子的腦袋和麋鹿的耳朵，發出的聲音如同狗叫，用尾巴飛行。	人吃了牠的肉就可治癒大肚子病，不做惡夢，還可以辟除百毒。
孟極	像豹，額頭有斑紋，身上的毛皮是白色的。	牠善於伏身隱藏。
幽鴳	形狀像獼猴，全身有斑紋，喜歡嬉笑。	見人就臥倒裝睡。

山海經地理考

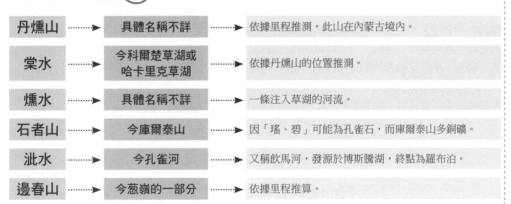

丹燻山	具體名稱不詳	依據里程推測，此山在內蒙古境內。
棠水	今科爾楚草湖或哈卡里克草湖	依據丹燻山的位置推測。
燻水	具體名稱不詳	一條注入草湖的河流。
石者山	今庫爾泰山	因「瑤、碧」可能為孔雀石，而庫爾泰山多銅礦。
泚水	今孔雀河	又稱飲馬河，發源於博斯騰湖，終點為羅布泊。
邊春山	今蔥嶺的一部分	依據里程推算。

5 從蔓聯山到單張山

喜歡成群飛行的䳏

山水名稱	動物
蔓聯山	足訾、䳏
單張山	諸犍、白鵺

原文

　　又北二百里，曰蔓聯之山，其上無草木，有獸焉，其狀如禺而有鬣，牛尾、文臂、馬蹄，見人則呼，名曰足訾（ㄗ），其鳴自呼。有鳥焉，群居而朋飛，其毛如雌雉，名曰䳏（ㄐㄧㄠ），其鳴自呼，食之已風。

　　又北八百里，曰單張之山，其上無草木。有獸焉，其狀如豹而長尾，人首而牛耳，一目，名曰諸犍，善吒①，行則銜其尾，居則蟠②其尾。有鳥焉，其狀如雉，而文首、白翼、黃足，名曰白鵺（ㄧㄝˋ），食之已嗌③（ㄧˋ）痛，可以已墊瘄④（ㄓˊ ㄔˋ）。櫟水出焉，在而南流注於杠水。

譯文

　　再往北二百里，是蔓聯山，山上沒有花草樹木。山中有種野獸，體形像猿猴卻身披鬣毛，長著牛尾、馬蹄，前腿上有花紋，一看見人就呼叫，叫做足訾，牠的叫聲是自身名稱的讀音。山中有種鳥，牠們喜歡成群棲息、結隊飛行，其尾巴與雌野雞相似，叫做䳏。和足訾一樣，牠的叫聲是自身名稱的讀音，人吃了牠的肉就能治好瘋痺病。

　　再往北八百里，是單張山。山上沒有花草樹木。山中有種野獸，其形狀像豹，身後拖著一條長長的尾巴，還長著人的腦袋和牛的耳朵，卻只有一隻眼睛，叫做諸犍，喜歡大聲吼叫。行走時牠就用嘴銜著尾巴，休息時就將尾巴盤蜷起來。山中還有一種鳥，形狀像普通的野雞，頭上有花紋，白色翅膀，腳是黃色的，叫做白鵺，人吃了牠的肉就能治癒咽喉疼痛，還可以治癒痴呆症、癲狂病。櫟水發源於此，向南注入杠水。

【注釋】

①吒：怒聲。這裡是大聲吼叫的意思。
②蟠：盤曲而伏。
③嗌：咽喉。
④瘄：痴病，瘋癲病。

172

明·蔣應鎬圖本

白鵺形狀像普通的
野雞，頭上有花紋，白
色翅膀，腳是黃色的，
人吃了牠的肉就能治癒
咽喉疼痛，還可以治癒
痴呆症、癲狂病。

足訾 明·蔣應鎬圖本

鵁 明·蔣應鎬圖本

諸犍 明·蔣應鎬圖本

異獸	形態	今名	異兆及功效
足訾	體形像猿猴卻身披鬣毛，長著牛尾、馬蹄，前腿上有花紋。		一看見人就呼叫。
鵁	牠們喜歡成群棲息、結隊飛行，其尾巴與雌野雞相似。		人吃了牠的肉就能治好瘋痺病。
諸犍	形狀像豹，身後拖著一條長長的尾巴，還長著人的腦袋和牛的耳朵，卻只有一隻眼睛。		喜歡大聲吼叫。行走時牠就用嘴銜著尾巴，休息時就將尾巴盤蜷起來。
白鵺	形狀像普通的野雞，頭上有花紋，白色翅膀，腳是黃色的。	雪雉	人吃了牠的肉就能治癒咽喉疼痛，還可以治癒痴呆症、癲狂病。

山海經地理考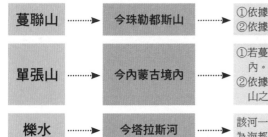

蔓聯山	⟶	今珠勒都斯山	①依據前文石者山為庫爾泰山推測。 ②依據山川里程計算，此山應在內蒙古境內。
單張山	⟶	今內蒙古境內	①若蔓聯山在內蒙古境內，那麼，單張山也應在內蒙古境內。 ②依據櫟水的位置，可推斷單張山為哈布嶺向西至博羅蘊山之間的一系列山脈。
櫟水	⟶	今塔拉斯河	該河一部分在吉爾吉斯斯坦境內，文中所述「杠水」，即為海都河。

6 從灌題山到小咸山

見人就跳起來的㻬斯

山水名稱	動物	植物	礦物
灌題山	那父、㻬斯	臭椿樹、柘樹	流沙、砥
匠韓水			磁石
潘侯山	犛牛	松樹、柏樹、榛樹、楛樹	玉石、鐵

圖解山海經

原文

　　再往北二百三十里，是小咸山。山上沒有花草樹木，冬季和夏季都有積雪。又北三百二十里，曰灌題之山，其上多樗柘①（ㄓㄨㄟ），其下多流沙，多砥。有獸焉，其狀如牛而白尾，其音如訆②（ㄐㄧㄠ丶），名曰那父。有鳥焉，其狀如雌雉而人面，見人則躍，名曰㻬斯，其鳴自呼也。匠韓水出焉，而西流注於泑澤，其中多磁石③。

　　又北二百里，曰潘侯之山，其上多松柏，其下多榛楛，其陽多玉，其陰多鐵。有獸焉，其狀如牛，而四節生毛，名曰旄牛。邊水出焉，而南流注於櫟澤。

　　又北二百三十里，曰小咸之山，無草木，冬夏有雪。

譯文

　　再往北三百二十里，是灌題山。山上是茂密的臭椿樹和柘樹，山下到處是流沙，還有很多磨刀石。山中棲息著一種野獸，形狀像普通的牛，拖著一條白色的尾巴，牠發出的聲音就如同人在高聲呼喚，叫做那父。山中還生活著一種鳥，形狀像一般的雌野雞，卻長著人的面孔，一看見人就跳躍起來，名字是㻬斯，牠的叫聲像呼喚自己的名字。匠韓水發源於此，向西流入泑澤，水中多磁鐵石。

　　再往北二百里，是潘侯山，山上是茂密的松柏林，山下是茂密的榛樹和楛樹。山南遍布玉石，山北有豐富的鐵。山中有一種野獸，形狀像一般的牛，但四肢關節上都長著長長的毛，叫做旄牛。邊水發源於潘侯山，後向南流入櫟澤。

【注釋】

①柘：柘樹，也叫黃桑，奴柘。落葉灌木，葉子可以餵蠶，果子可以食用，樹皮可以造紙。

②訆：同「叫」。大呼。

③磁石：也作「慈石」，一種天然礦石，具有吸引鐵、鎳、鈷等金屬物質的屬性。俗稱吸鐵石，今稱磁鐵石。中國古代四大發明之一的指南針，就是用磁石製作成的。

明·蔣應鎬圖本

據說，古代軍隊行軍打仗，先鋒部隊或指揮陣營的旗杆上就會綁上旄牛的長毛，以做先鋒和指揮之用，成語「名列前茅」就出自於此。

竦斯 明·蔣應鎬圖本

那父 明·蔣應鎬圖本

異獸	形態	異兆及功效
那父	形狀像普通的牛，拖著一條白色的尾巴。	聲音就如同人在高聲呼喚。
竦斯	形狀像一般的雌野雞，卻長著人的面孔，牠叫起來就像是在呼喚自己的名字。	一看見人就跳躍起來。
旄牛	形狀像一般的牛，但四肢關節上都長著長長的毛。	

山海經地理考

灌題山	→ 今天格爾山	→ ①其海拔為3700～4480公尺，雪線的平均高度約為4055公尺。②若單張山在內蒙古境內，則灌題山也在內蒙古境內。
匠韓水	→ 今巴倫哈布齊垓河	→ 此河經海都山，注入孔雀河，後進入羅布泊。
潘侯山	→ 具體名稱不詳	→ 今蒙古國木倫北，薩彥嶺的一座山，海拔1700公尺。
邊水	→ 今白楊河	→ 位於新疆哈密的白楊河。
櫟澤	→ 今覺羅浣	→ 又名艾丁湖，位於新疆維吾爾自治區吐魯番市東南30公里，是全國最低的窪地，也是世界上主要窪地之一。
小咸山	→ 今友誼峰	→ 海拔4374公尺，為阿爾泰山脈塔蓬博格多山脈中的主峰，聳立在中、蒙兩國國界上。

7 從大咸山到少咸山
人面馬蹄的窫窳能吃人

山水名稱	動物	植物	礦物
大咸山	長蛇玉		
敦薨山	兕、旄牛、䳡鳩	棕樹、楠木樹、芘草	
泑澤	赤鮭		
少咸山（敦水）	窫窳（鮨鮨魚）		青石、碧玉

圖解山海經

原文

　　北二百八十里，曰大咸之山，無草木，其下多玉。是山也，四方，不可以上。有蛇名曰長蛇①，其毛如彘豪，其音如鼓柝②（ㄊㄨㄛˋ）。

　　又北三百二十里，曰敦薨（ㄏㄨㄥ）之山，其上多棕　，其下多芘草。敦薨之水出焉，而西流注於泑澤。出於崑崙之東北隅，實惟河原。其中多赤鮭③，其獸多兕，旄牛，其鳥多䳡鳩④。又北二百里，曰少咸之山，無草木，多青碧。有獸焉，其狀如牛，而赤身、人面、馬足，名曰窫窳⑤（ㄧㄚˋ　ㄩˇ），其音如嬰兒，是食人。敦水出焉，東流注於雁門之水，其中多鮨鮨（ㄕ）之魚。食之殺人。

譯文

　　再往北二百八十里，是大咸山，山上沒有花草樹木，山下盛產各色美玉。山體呈現四方形，人是攀登不上去的。山中有一種蛇叫長蛇，身長達幾十丈，身上還長著像豬鬃一樣的鋼毛，發出的聲音就像是有人在敲擊木梆子。

　　再往北三百二十里，是敦薨山。山上生長著茂密的棕樹和楠木樹，山下是大片的紫色草。敦薨水發源於此，向西注入泑澤。泑澤位於崑崙山的東北角，其實就是黃河的源頭。水裡有很多赤鮭。野獸以兕、犛牛居多，而禽鳥多是布穀鳥。再往北二百里，是少咸山，山上沒有花草樹木，到處是青石碧玉。山中有一種野獸，形狀像普通的牛，卻長著紅色的身子、人的面孔、馬的蹄子，名叫窫窳，牠發出的聲音如同嬰兒啼哭，是能吃人的。敦水從少咸山發源，向東流入雁門水，水中生長著很多鮨鮨魚，人吃了牠的肉就會中毒而死。

【注釋】

① 長蛇：傳說有幾十丈長，能把鹿、象等動物吞入腹中。

② 鼓柝：鼓，擊物作聲；柝，是古代巡夜人在報時間時所敲擊的一種木梆子。

③ 赤鮭：是一種冷水性的經濟魚類。

④ 䳡鳩：即為屍鳩，就是布穀鳥。

⑤ 窫窳：據古人說就是江豚，黑色，大小如同一百斤重的豬。

明·蔣應鎬圖本

傳說這種長蛇食量驚人，甚至能吞下整頭
鹿。傳說當年天帝派後羿到下界去誅除那些禍
害人民的惡禽猛獸，長蛇就在被誅除之列。被
後羿殺死在洞庭，墓就在巴陵的巴丘一帶。

赤鮭 清·《禽蟲典》

竊窳 明·蔣應鎬圖本

異獸	形態	異兆及功效
長蛇	身長達幾十丈，身上還長著像豬鬃一樣的鋼毛，發出的聲音就像是有人在敲擊木梆子。	
竊窳	形狀像普通的牛，卻長著紅色的身子、人的面孔、馬的蹄子，發出的聲音如同嬰兒啼哭。	能吃人。
鰤鰤魚		人吃了牠的肉就會中毒而死。

山海經地理考

大咸山 →	今喀爾雷克山 →	位於哈密東北部，此山四方險峻，不能攀爬。
敦薨山 →	今甘肅馬鬃山 →	敦薨，即為甘肅省敦煌市。敦薨山位於甘肅省河西走廊北端。
敦薨水 →	今甘肅弱水 →	又稱額濟納河，流經甘肅省西北部和內蒙古自治區西部。
少咸山 →	今采涼山 →	依據原文推測，應是山西大同與陽高交界處的采涼山，古稱紇真山、紇幹山。
雁門水 →	今居延海 →	①居延海位於內蒙古自治區阿拉善盟額濟納旗北部，敦河為注入居延海的一條河流。 ②依據其河流名稱推測，可能為流經雁門山的河流，即位於今陝西省代縣的南洋河。

8 從獄法山到北岳山
四角人耳能吃人的諸懷

山水名稱	動物	植物
獄法山	山㺄	
濼澤水	鱳魚	
北岳山	諸懷	枳樹、荊棘、檀木、柘木
諸懷水	鮨魚	

原文

　　又北二百里，曰獄法之山。濼（ㄏㄨㄞˊ）澤之出焉，而東北流注於泰澤。其中多鱳魚，其狀如鯉而雞足，食之已疣。有獸焉，其狀如犬而人面，善投，見人則笑，其名山㺄，其行如風，見則天下大風。

　　又北二百里，曰北岳之山，多枳棘[1]剛木[2]。有獸焉，其狀如牛，而四角、人目、彘耳，其名曰諸懷，其音如鳴雁，是食人。諸懷之水出焉，而西流注於囂水，水中多鮨（一ˋ）魚，魚身而犬首，其音如嬰兒，食之已狂[3]。

譯文

　　再往北二百里，是獄法山。濼澤水發源於此，向東北流入泰澤。水中有很多鱳魚，其形狀像鯉魚卻長著雞爪子，是一種半魚半鳥的怪物，人吃了牠的肉就能治癒贅瘤病。山中有一種野獸，其形狀像狗卻長著一張人臉，擅長投擲，一看見人就會哈哈大笑，叫做山㺄。牠走起路來就像颶風。只要牠一出現，天下就會刮起大風。

　　再往北二百里，是北岳山，山上到處是枳樹、荊棘和檀木、柘木等質地堅硬的喬木。山中棲息著一種野獸，其形狀像普通的牛，但有四隻角，頭上還長著人的眼睛、豬的耳朵，發出的聲音如同鴻雁鳴叫，叫做諸懷。牠能吃人。諸懷水就發源於此，向西流入囂水。水中有很多鮨魚，牠們長著魚的身子卻有一個狗頭，吼叫的聲音像嬰兒啼哭，人吃了牠的肉就能治癒瘋狂病。

【注釋】

①枳棘：枳木和棘木，兩種矮小的樹。枳木像橘樹而小一些，葉子上長滿刺。棘木就是叢生的小棗樹，即酸棗樹，枝葉上長滿了刺。

②剛木：指木質堅硬的樹，即檀木、柘樹之類。

③狂：本義是說狗發瘋。後來也指人的精神錯亂，神志失常。

山海經異獸考

鰈魚　明·蔣應鎬圖本

(諸)(懷)　明·蔣應鎬圖本

山㺆　明·蔣應鎬圖本

鮨魚　明·蔣應鎬圖本

異獸	形態	異兆及功效
鰈魚	形狀像鯉魚卻長著雞爪子，是一種半魚半鳥的怪物。	人吃了牠的肉就能治癒贅瘤病。
山㺆	形狀像狗卻長著一張人臉，牠走起路來就像颶風。	擅長投擲，一看見人就會哈哈大笑，只要牠一出現，天下就會刮起大風。
諸懷	形狀像牛，但有四隻角，頭上還長著人的眼睛、豬的耳朵，發出的聲音如同鴻雁鳴叫。	牠能吃人。
鮨魚	長著魚的身子卻有一隻狗頭，吼叫的聲音像嬰兒啼哭。	人吃了牠的肉就能治癒瘋狂病。

山海經地理考

獄法山	▸ 今杭愛山	▸ 位於蒙古國中部，杭愛山脈是北冰洋流域與內流區域的主要分水嶺。
灢澤水	▸ 今色楞格河	①此河注入貝加爾湖，由伊德爾河與木倫河匯合而成。 ②泰澤可能是今內蒙古的岱海，灢澤水即為注入岱海的一條河流。
泰澤	▸ 今貝加爾湖	①根據其地理位置推測，泰澤即為今貝加爾湖。 ②根據前文山川河流的推測，泰澤可能是今內蒙古的岱海。
北岳山	▸ 今阿爾泰山中的山峰	①依據山川地理位置推算，北岳山為阿爾泰山中的某一山峰。 ②今內蒙古四王子旗西南的大青山，即為陰山山脈的主體。

9 從渾夕山到堤山

一頭兩身肥遺，見則大旱

山水名稱	動物	植物	礦物
渾夕山（鬺水）	肥遺		銅、玉
北單山		野蔥、野韭菜	
羆差山	野馬		
隄山（隄水）	野馬、狍（龍龜）		

原文

　　又北百八十里，曰渾夕之山，無草木，多銅玉。鬺水出焉，而西流注於海。有蛇一首兩身，名曰肥遺，見則其國大旱。

　　又北五十里，曰北單之山，無草木，多蔥韭。又北百里，曰羆差之山，無草木，多馬[1]。又北百八十里，曰北鮮之山，是多馬，鮮水出焉，而西北流注於塗吾之水。又北百七十里，曰堤山，多馬。有獸焉，其狀如豹而文首，名曰狍。堤水出焉，而東流注於泰澤，其中多龍龜[2]。

　　凡北山經之首，自單狐之山至於堤山，凡二十五山，五千四百九十里，其神皆人面蛇身。其祠之，毛用一雄雞彘瘞，吉玉[3]用一珪，瘞而為不糈。其山北人，皆生食不火之物。

譯文

　　再往北一百八十里，是渾夕山。山上沒有花草樹木，盛產銅和玉石。鬺水發源於此，向西北注入大海。這裡有種一個頭兩個身子的蛇，叫肥遺，牠在哪裡出現，哪裡就會大旱。

　　渾夕山再往北五十里，是北單山，山上沒有花草樹木，多野蔥和野韭菜。再往北一百里的地方，是羆差山，山上沒有花草樹木，多野馬。再往北一百八十里，是北鮮山，多野馬。鮮水發源於此，向西北流入塗吾水。再往北一百七十里，是隄山，這裡多野馬。還有種野獸，形狀像豹，腦袋上有斑紋，叫做狍。隄水發源於此，向東注入泰澤，水中有很多龍龜。

　　總計北方第一列山系之首尾，自單狐山起到隄山止，共二十五座山，綿延五千四百九十里，諸山山神都是人面蛇身。祭祀時將一帶毛的雞和帶毛的豬埋入地下，吉玉一塊也埋入地下，不用精米。住在這些山北面的人，都吃沒有用火烤過的食物。

【注釋】

[1] 馬：指一種野馬，與一般的馬相似而個頭小一些。

[2] 龍龜：即龍種龜身的吉吊。

[3] 吉玉：這裡指一種彩色的玉石。

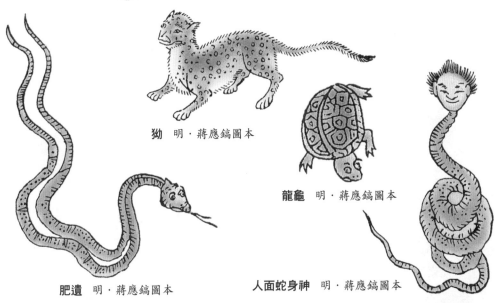

狫　明‧蔣應鎬圖本

龍龜　明‧蔣應鎬圖本

肥遺　明‧蔣應鎬圖本

人面蛇身神　明‧蔣應鎬圖本

異獸	形態	異兆及功效
肥遺	一個頭兩個身子的蛇。	牠在哪裡出現，哪裡就會大旱。
狫	形狀像豹，腦袋上有斑紋。	
龍龜	龍種龜身。	

山海經地理考

渾夕山	→	今比魯哈山	→	位於阿爾泰山中，是伊爾齊河的源頭。
海	→	今喀拉海	→	位於俄羅斯西伯利亞以北，是北冰洋的一部分。
北單山	→	今賽留格木山	→	比魯哈山向北五十里，即為此山。
羆差山	→	今唐努烏拉山	→	北單山為比魯哈山，再向北一百里，即為唐努烏拉山。
北鮮山	→	今薩彥嶺	→	位於蒙古高原的北沿，是唐努烏梁海與西伯利亞的界山。
鮮水	→	今烏魯克穆河或喀孜爾河	→	依據塗吾水是今葉尼塞河推斷。
塗吾水	→	今葉尼塞河	→	位於亞洲北部、中西伯利亞高原的西側。起源於蒙古國，向北流向喀拉海。全長5539公里。
隄山	→	今屯金山	→	即今西伯利亞的屯金山。

北次二經

《北次二經》主要記載北方第二
列山系上的動植物及礦物。此山系所處
的位置大約在今河北省、蒙古國、俄羅
斯一帶，從管涔山起，一直到敦題山
止，一共十七座山，諸山山神均為人面
蛇身，祭祀禮儀也別具特色。山上奇樹
異木種類繁多，各種果樹遍地，怪石嶙
峋，山上棲息著很多異獸。

【本圖山川地理分布定位】

【本圖人神怪獸分布定位】

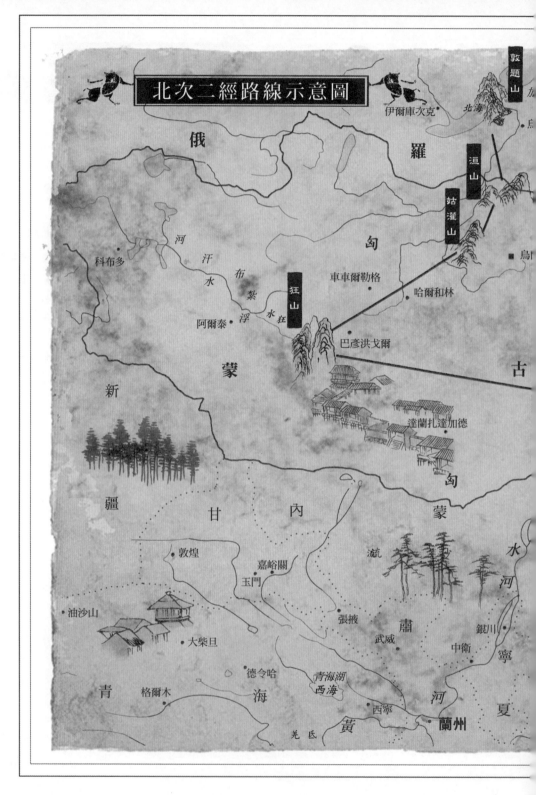

本圖根據張步天教授「《山海經》考察路線圖」繪製，圖中記載了《北次二經》中管涔山到敦題山共十七座山的地理位置。

（此路線形成於戰國中期）

從管涔山到狐岐山

紅磷鮯魚可治狐臭

山水名稱	動物	植物	礦物
管涔山			草玉
少陽山		野蔥、野韭菜	玉、赤銀
酸水			赭石
縣雍山	山驢、麋鹿、白野雞、白鵺	玉、銅	
汾水（勝水）	鮯魚		（蒼玉）

原文

　　北次二經之首，在河之東，其首枕汾，其名曰管涔之山。其上無木而多草，其下多玉。汾水出焉，而西流注於河。

　　又西二百五十里，曰少陽之山，其上多玉，其下多赤銀[1]。酸水出焉，而東流注於汾水，其中多美赭[2]。又北五十里，曰縣雍之山，其上多玉，其下多銅，其獸多閭[3]麋，其鳥多白翟白鵺[4]。晉水出焉，而東南流注於汾水。其中多鮯魚，其狀如儵[5]而赤麟，其音如叱，食之不驕。

　　又北二百里，曰狐岐之山，無草木，多青碧。勝水出焉，而東北流注於汾水，其中多蒼玉。

譯文

　　北方第二列山系的頭一座山，坐落在黃河的東岸，山的頭部枕著汾水，這座山叫管涔山。山上沒有高大樹木，到處是茂密的花草，山下盛產玉石。汾水發源於此，向西流入黃河。

　　往西二百五十里，是少陽山。山上盛產玉石，山下盛產純度很高的白銀。酸水發源於此，向東流入汾水，水中多優質赭石。再往北五十里，是縣雍山。山上盛產玉石，山下有豐富的銅。山中野獸以山驢和麋鹿居多；禽鳥以白色野雞和白鵺居多。晉水從縣雍山發源，向東南流淌，注入汾水。水中有很多鮯魚，其形狀像小魚卻長著紅色的鱗片，發出的聲音就如同人的叱責聲，吃了牠的肉，人就不會有狐臭。

　　再往北二百里，是狐岐山。山上沒有花草樹木，到處是名貴的青石碧玉。勝水發源於此，然後向東北流入汾水，水中還有很多蒼玉。

閭馬 清·汪紱圖本

異獸	形態	異兆及功效
鰲魚	形狀像小魚卻長著紅色的鱗片，發出的聲音就如同人的叱責聲。	吃了牠的肉，就不會有狐臭。

山海經地理考

汾水	→	今山西汾河	→	源於山西寧武管涔山麓，貫穿山西省南北，全長716公里，是黃河的第二大支流。
管涔山	→	今山西管涔山	→	管涔山是汾河的發源地，也在山西寧武縣境內，屬於呂梁山脈。
少陽山	→	今山西關帝山	→	位於呂梁山中段，即今山西交城、靜樂縣界上的關帝山。
酸水	→	今山西文峪河	→	汾河支流，古稱文水，又名文谷水。發源於山西省交城縣的關帝山。
縣雍山	→	今山西晉祠西山	→	「縣雍」與「懸甕」諧音，縣雍山即為懸甕山，即山西太原市西南晉祠西山。
晉水	→	今韓村河	→	依據《水經注》中「晉水出晉陽西懸甕山」而推斷。
狐岐山	→	今白龍山	→	①此山主峰海拔2253公尺，距嵐縣縣城22公里，西側與興縣相接。 ②依據原文推斷，此山在今山西孝義市的西南方。
勝水	→	今嵐河	→	太原南注入汾河的河流只有嵐河，此河即為勝水。

2 從白沙山到敦頭山
牛尾獨角的騂馬

山水名稱	動物	植物	礦物
鮪水			玉
狂水			玉
諸余山		松樹、柏樹	銅、玉石
敦頭山	騂馬		金屬礦物、玉石

原文

又北三百五十里，曰白沙山，廣員①三百里，盡沙也，無草木鳥獸。鮪水出於其上，潛於其下，是多白玉。

又北四百里，曰爾是之山，無草木，無水。

又北三百八十里，曰狂山，無草木，是山也，冬夏有雪。狂水出焉，而西流注於浮水，其中多美玉。

又北三百八十里，曰諸餘之山，其上多銅玉，其下多松柏。諸余之水出焉，而東流注於旄水。

又北三百五十里，曰敦頭之山，其上多金玉，無草木。旄水出焉，而東流注於邛澤。其中多騂馬，牛尾而白身，一角，其音如呼。

譯文

再往北三百五十里，是白沙山，方圓三百里，到處是沙子，既沒有花草樹木，也沒有禽鳥野獸。鮪水從這座山的山頂發源，潛流到山下，水中有很多白色美玉。

再往北四百里，是爾是山，山上沒有花草樹木，也沒有水。

再往北三百八十里，是狂山。山上沒有生長花草樹木。山間終年有雪。狂水發源於此，向西流淌，注入浮水，水中有很多珍貴的美玉。

再往北三百八十里，是諸餘山。山上有豐富的銅和玉石，山下生長著茂密的松樹和柏樹。諸余水發源於此，向東流入旄水。

再往北三百五十里，是敦頭山，山上有豐富的金屬礦物和玉石，沒有花草樹木。旄水發源於此，向東流入邛澤。山中有很多馬，牠有牛一樣的尾巴和白色的身子，頭上還長著一隻角，發出的聲音如同人在呼喊。

【注釋】

①員：同「圓」。

(�)(馬) 明‧蔣應鎬圖本

　　騹馬是一種神獸，有角的就叫騹，沒有角的則稱為騱。據記載在東晉年間，曾經有人在九真郡（就是現在的越南）捕獲過一匹騹馬。

異獸	形態	異兆及功效
騹馬	有牛一樣的尾巴和白色的身子，頭上還長著一隻角，發出的聲音如同人在呼喊。	

山海經地理考

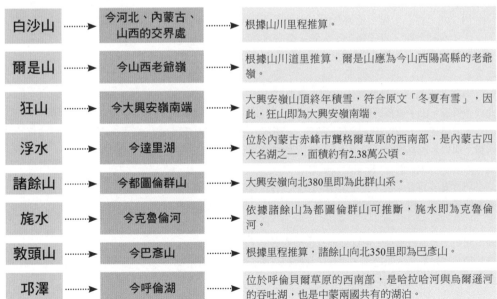

白沙山	→	今河北、內蒙古、山西的交界處	→	根據山川里程推算。
爾是山	→	今山西老爺嶺	→	根據山川道里推算，爾是山應為今山西陽高縣的老爺嶺。
狂山	→	今大興安嶺南端	→	大興安嶺山頂終年積雪，符合原文「冬夏有雪」，因此，狂山即為大興安嶺南端。
浮水	→	今達里湖	→	位於內蒙古赤峰市龔格爾草原的西南部，是內蒙古四大名湖之一，面積約有2.38萬公頃。
諸餘山	→	今都圖倫群山	→	大興安嶺向北380里即為此群山系。
旄水	→	今克魯倫河	→	依據諸餘山為都圖倫群山可推斷，旄水即為克魯倫河。
敦頭山	→	今巴彥山	→	根據里程推算，諸餘山向北350里即為巴彥山。
邛澤	→	今呼倫湖	→	位於呼倫貝爾草原的西南部，是哈拉哈河與烏爾遜河的吞吐湖，也是中蒙兩國共有的湖泊。

【第三卷 北山經】

3 從鈞吾山到梁渠山
羊身人臉能吃人的狍鴞

山水名稱	動物	礦物
鈞吾山	狍鴞	玉石、銅
北嚻山	獨狢、鶹鵃	青碧、美玉
梁渠山	居暨、䮂	金、玉

原文

又北三五十里，曰鈞吾之山，其上多玉，其下多銅。有獸焉，其狀如羊身人面，其目在腋下，虎齒人爪，其音如嬰兒，名曰狍（ㄆㄠˊ）鴞[1]，是食人。

又北三百里，曰北嚻之山，無石，其陽多碧，其陰多玉。有獸焉，其狀如虎，而白身犬首，馬尾彘鬣，名曰獨。有鳥焉，其狀如烏，人面，名曰，宵飛而晝伏，食之已暍[2]（一ㄝ）。涔水出焉，而東流注於邛（ㄑㄩㄥˊ）澤。

又北三百五十里，曰梁渠之山，無草木，多金玉。修水出焉，而東流注於雁門，其獸多居暨，其狀如彙[3]而赤毛，其音如豚。有鳥焉，其狀如夸父[4]，四翼、一目、犬尾，名曰䮂，其音如鵲，食之已腹痛，可以止衕[5]（ㄊㄨㄥˋ）。

譯文

再往北三百五十里，是鈞吾山。山上盛產美玉，山下盛產銅。山中有種野獸，身子像羊，人臉，眼睛長在腋下，牙齒同老虎的相似，爪子如同人腳，聲音似嬰兒啼哭，叫做狍鴞，能吃人。

再往北三百里，是北嚻山。山上沒有石頭，南坡多青碧，北坡多美玉。山中有種野獸，長得像老虎，白色的身子，狗頭、馬尾，毛像豬鬃，叫做獨。還有一種鳥，形狀像烏鴉，長著一張人臉，叫做，夜裡飛行，白天休息。吃了牠的肉可治癒熱病和頭風。涔水從北嚻山發源，向東流入邛澤。

再往北三百五十里，是梁渠山。山上沒有花草樹木，盛產金屬礦物和玉石。修水發源於此，向東注入雁門水。野獸以居暨居多，其形狀像老鼠，渾身長著紅色的和刺蝟一樣的毛刺，叫聲如同小豬叫。還有種禽鳥，形狀像前文提到的舉父，四隻翅膀，一隻眼睛，一條狗尾，叫做䮂，叫聲與喜鵲相似。人吃了牠的肉，就可止住肚子痛，還可治好腹瀉。

【注釋】

1. 狍鴞：傳說中的一種怪獸，非常貪婪，不但吃人，而且在吃不完時，還要把人身的各個部位咬碎。
2. 暍：中暑，受暴熱。
3. 彙：據古人講，這種動物長得像老鼠，紅色的毛硬得像刺蝟身上的刺。
4. 夸父：一種長得像獼猴的野獸，即前文所說的舉父。
5. 衕：腹瀉。

狍鴞 明‧蔣應鎬圖本

狍鴞就是饕餮，傳說黃帝大
戰蚩尤，蚩尤被斬，其首落地化為
饕餮。這種怪獸十分貪吃，把能吃
的都吃掉之後，竟然把自己的身體
也吃了，最後只剩下一個頭部。在
商周的青銅鼎上面就鑄上了牠的形
象，但因為身體已經被牠自己吃掉
了，所以只有頭部。

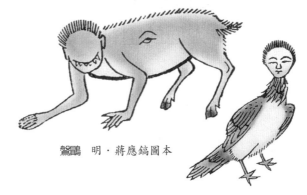

鴛鴝　明‧蔣應鎬圖本

獨㺢　明‧蔣應鎬圖本

鴟　明‧蔣應鎬圖本

居暨　明‧蔣應鎬圖本

異獸	形態	異兆及功效
狍鴞	身體像羊，人臉，眼睛長在腋下，牙齒同老虎的相似，爪子如同人腳，聲音似嬰兒啼哭。	能吃人。
獨㺢	長得像老虎，白色的身子，狗頭、馬尾，毛像豬鬃。	
鴛鴝	形狀像烏鴉，長著一張人臉。夜裡飛行，白天休息。	吃了牠的肉可以治癒熱病和頭風。
居暨	形狀像老鼠，渾身長著紅色的和刺猬一樣的毛刺。	叫聲如同小豬叫。
鴟	長著四隻翅膀，一隻眼睛，一條狗尾。叫聲與喜鵲相似。	人吃了牠的肉，就可以止住肚子痛，還可以治好腹瀉。

山海經地理考

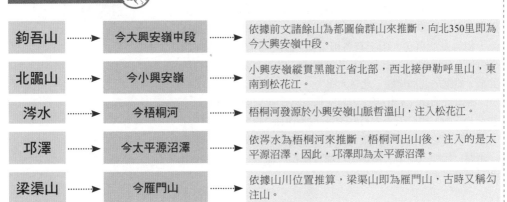

鈞吾山	今大興安嶺中段	依據前文諸餘山為都圖倫群山來推斷，向北350里即為今大興安嶺中段。
北嚻山	今小興安嶺	小興安嶺縱貫黑龍江省北部，西北接伊勒呼里山，東南到松花江。
涔水	今梧桐河	梧桐河發源於小興安嶺山脈哲溫山，注入松花江。
邛澤	今太平源沼澤	依涔水為梧桐河來推斷，梧桐河出山後，注入的是太平源沼澤，因此，邛澤即為太平源沼澤。
梁渠山	今雁門山	依據山川位置推算，梁渠山即為雁門山，古時又稱勾注山。

4 從姑灌山到敦題山
蛇身人面的山神

山水名稱	動物	植物	礦物
湖灌山	野馬		玉石、碧玉
湖灌水	魶		
洹山	怪蛇	三桑樹、果樹	金、玉

原文

又北四百里，曰姑灌之山，無草木。是山也，冬夏有雪。

又北三百八十里，曰湖灌之山，其陽多玉，其陰多碧，多馬，湖灌之水出焉，而東流注於海，其中多魶[1]。有木焉，其葉如柳而赤理。

又北水行五百里，流沙三百里，至於洹山，其上多金玉。三桑生之，其樹皆無枝，其高百仞[2]。百果樹生之。其下多怪蛇。又北三百里，曰敦題之山，無草木，多金玉。是錞[3]於北海。

凡北次二經之首，自管涔之山至於敦題之山，凡十七山，五千六百九十里。其神皆蛇身人面。其祠：毛[4]用一雄雞瘞；用一璧一珪，投而不糈。

譯文

再往北四百里，是姑灌山。山上沒有花草樹木。山中終年積雪。

再往北三百八十里，是湖灌山。山南盛產玉石，山北盛產碧玉。山上有許多野馬。湖灌水發源於此，向東流入大海，水裡多鱔魚。山中還有種樹木，葉子像柳樹葉，有紅色紋理。

再往北行五百里水路，經過三百里流沙，是洹山，山上盛產金屬礦物和各色美玉。山中有三桑樹，樹幹筆直，不長枝條，樹幹高達百仞。山上有各種果樹，山下多怪蛇。再往北三百里，是敦題山。山上沒有花草樹木，盛產金屬礦物和各色美玉。雄踞於北海岸邊，北望大海。

總計北方第二列山系之首尾，自管涔山起到敦題山止，一共十七座山，綿延五千六百九十里。諸山山神的形象都是蛇身人面。祭祀這些山神的禮儀：從帶毛的禽畜中精選一隻公雞、一頭豬一起埋入地下，再選用一塊玉璧和一塊玉，一起投向山中，不用精米。

【注釋】

①魶：同「鱨」。即黃鱔。
②仞：古代的八尺為一仞。
③錞：依附。這裡是坐落、高踞的意思。
④毛：在祭祀中常用的帶毛的動物。例如：豬、牛、羊等。

 櫻 桃 樹

　　櫻桃屬薔薇科落葉喬木
果樹，櫻桃成熟時顏色鮮紅，
玲瓏剔透，味美形嬌，營養豐
富，醫療保健價值頗高，又有
「含桃」的別稱。

異木	形態	異兆及功效
櫻桃	樹落葉小喬木，高可達8公尺。葉卵形至卵狀橢圓形。	其果實醫療保健價值頗高。

山海經地理考

姑灌山	·····▶	今朔毛山	·····▶	①朔毛山緯度較高，終年積雪，符合姑灌山冬夏有雪的地理環境。 ②依據山川里程推算，姑灌山可能在今河北省境內。
湖灌山	·····▶	今三湖山	·····▶	①依據其名稱來推斷，湖灌山可能是三湖山，因其三面各有一湖而得名。 ②今河北沽源縣的大馬群山，位於陰山山脈的東段，東北—西南走向。
湖灌水	·····▶	今北運河	·····▶	今位於河北省與北京市的北部，其上游為白河。
海	·····▶	今渤海	·····▶	渤海是中國的內海，三面環陸。位於遼寧省、河北省、山東省、天津市之間。
洹山	·····▶	今麥法虖山	·····▶	依據山川里程推算，水行五百里之後到達海口，流沙三百里即到洹山，則洹山即為麥法虖山。
敦題山	·····▶	具體名稱不詳	·····▶	俄羅斯境內。

【第三卷　北山經】

193

北次三經

　　《北次三經》主要記載北方第三列山系上的動植物及礦物。此山系所處的位置大約在今山西省、陝西省、河北省、河南省一帶，從太行山起，一直到錞於毋逢山止，一共四十六座山，其中二十座山的山神均為馬身人面、十四座山的山神長著豬身、十座山的山神長著豬身八隻腳並有蛇尾，另外兩座山的山神吃熟食，需單獨祭祀。山上樹木種類繁多，礦產豐富，異獸多且功能各異。

太行山至錞於毋逢山

錞於毋逢山　　　　乾山

倫山

【本圖山川地理分布定位】

彘身八足神

大蛇　　　十四神　　馬身人面廿神

羆　　　　　　獂

【本圖人神怪獸分布定位】

北次三經路線示意圖

1.饒山　　2.陸山　　3.沂山　　4.維龍山　5.繡山　　6.敦與山　7.松山　　8.柘山　　9.景山　10.題首山
11.小侯山 12.彭毗山 13.孟門山 14.沮洳山 15.馬成山 16.發鳩山 17.蟲尾山 18.賁聞山 19.龍侯山 20.歸山
21.王屋山 22.天池山 23.教山　24.平山　25.景山　26.陽山　27.少山　28.泰頭山 29.高是山

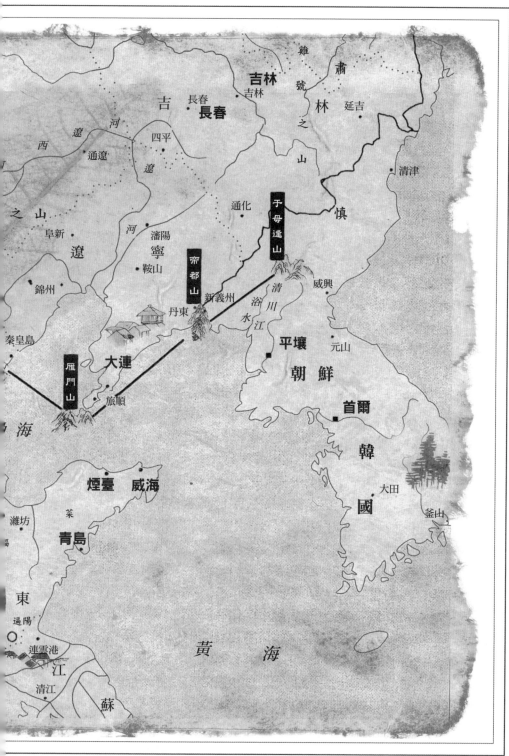

本圖根據張步天教授「《山海經》考察路線圖」繪製，圖中記載了
《北次三經》中太行山到錞於毋逢山共四十六座山的地理位置。 （此路線形成於西周早中期）

1 從歸山到龍侯山

四腳人魚聲如嬰兒啼哭

山水名稱	動物	礦物
歸山	騏、䳱	金屬、玉、碧玉
龍侯山	人魚	金屬、玉

圖解山海經

原文

　　北次三經之首，曰太行之山。其首曰歸山，其上有金玉，其下有碧。有獸焉，其狀如羚（ㄌㄧㄥˊ）羊而四角，馬尾而有距[1]，其名曰騏，善還[2]（ㄒㄩㄢˊ），其鳴自詨。有鳥焉，其狀如鵲，白身、赤尾、六足，其名曰䳱，是善驚，其鳴自詨[3]。

　　又東北二百里，曰龍侯之山，無草木，多金玉。決決之水出焉，而東流注於河。其中多人魚，其狀如魚，四足，其音如嬰兒，食之無痴疾。

譯文

　　北方第三列山系之首座山，叫做太行山。太行山的首端叫歸山，山上有豐富的金屬礦物和各色美玉，山下有珍貴的碧玉。山中有一種野獸，形狀像普通的羚羊，頭上有四隻角，還長著馬一樣的尾巴和雞一樣的爪子，叫做騏。牠還善於旋轉起舞，發出的叫聲就如同在呼喚自己的名字。山中還有一種禽鳥，其形狀和普通喜鵲相似，卻長著白身子、紅尾巴，腹部還長著六隻腳，叫做䳱，這種鳥十分警覺，牠啼叫起來也像是在呼喚自己的名字。

　　太行山再往東北二百里，是龍侯山。山上沒有花草樹木，但蘊藏有豐富的金屬礦物和各色美玉。決決水發源於此，然後向東流入黃河。水中有很多人魚，形狀像一般的鯑魚，長有四隻腳，發出的聲音像嬰兒啼哭，吃了牠的肉，人就不會患上瘋癲病。

【注釋】

① 距：雄雞、野雞等腳掌後面突出像腳趾的部分。這裡指雞爪子。
② 還：通「旋」，這裡指旋轉。
③ 詨：同「叫」，這裡指呼喚。

驒　明·蔣應鎬圖本

鵸　明·蔣應鎬圖本

人魚　明·蔣應鎬圖本

　　實際上就是現在的大鯢，也就是俗稱的娃娃魚，是一種兩棲類動物，西山第一列山系的竹山上面的人魚也就是這種魚。人魚最大的特徵就是魚以足行，並由此衍生出美人魚之類的傳奇故事來。

異獸	形態	今名	異兆及功效
驒	形狀像普通的羚羊，頭上有四隻角，還長著馬一樣的尾巴和雞一樣的爪子，發出的叫聲就如同在呼喚自己的名字。	馬鹿	善於旋轉起舞。
鵸	形狀和普通喜鵲相似，卻長著白身子、紅尾巴，腹部還長著六隻腳，牠的叫聲就像是在呼喚自己的名字。		這種鳥十分警覺。
人魚	形狀像一般的鯑魚，長有四隻腳，發出的聲音像嬰兒啼哭。	大鯢	吃了牠的肉，就不會罹患瘋癲病。

山海經地理考 ▶

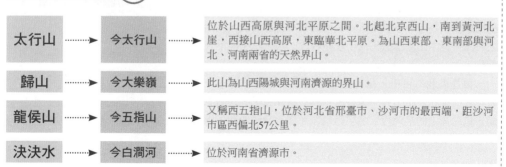

太行山	今太行山	位於山西高原與河北平原之間。北起北京西山，南到黃河北崖，西接山西高原，東臨華北平原。為山西東部、東南部與河北、河南兩省的天然界山。
歸山	今大樂嶺	此山為山西陽城與河南濟源的界山。
龍侯山	今五指山	又稱西五指山，位於河北省邢臺市、沙河市的最西端，距沙河市區西偏北57公里。
決決水	今白澗河	位於河南省濟源市。

2 從馬成山到天池山
見人就飛的天馬

山水名稱	動物	植物	礦物
馬成山	天馬、鴿鴿		美石、金、玉
咸山（條菅水）		松樹、柏樹、茈草	玉、銅（器酸）
天池山（澠水）	飛鼠		美石、（黃惡）

圖解山海經

原文

又東北二百里，曰馬成之山，其上多文石，其陰多金玉。有獸焉，其狀如白犬而黑頭，見人則飛，其名曰天馬，其鳴自詨，有鳥焉，其狀如烏，首白而身青、足黃，是名曰鴿鴿。其名自詨，食之不飢，可以已寓[1]。

又東北七十里，曰咸山，其上有玉，其下多銅，是多松柏，草多茈草。條菅之水出焉，而西南流注於長澤。其中多器酸[2]，三歲一成，食之已癘。

又東北二百里，曰天池之山，其上無草木，多文石。有獸焉，其狀如兔而鼠首，以其背飛，其名曰飛鼠。澠水出焉，潛於其下，其中多黃惡。

譯文

再往東北二百里，是馬成山。山上遍布帶有紋理的美石，北坡盛產金屬礦物和各色美玉。山裡有種神獸，形狀像普通的白狗卻長著黑色的腦袋，一看見人就騰空飛起，叫做天馬，叫聲似呼喚自己的名字。山裡還有種鳥，像普通的烏鴉，卻長著白色的腦袋和青色的身子，黃色的爪，叫做鴿鴿，叫聲猶如呼喚自己的名字。吃了牠的肉，人就不會覺得飢餓，還可以醫治老年健忘症。

再往東北七十里，是咸山。山上有美玉，山下盛產銅，山上樹以松柏為主，草以紫草居多。條菅水發源於此，向西南注入長澤。澤中出產器酸，三年才能收成一次，吃了能治人的瘋癲病。

再往東北二百里，是天池山。山上沒有花草樹木，多帶有花紋的美石。山中有一種野獸，其形狀像兔子，長著老鼠的頭，借助背上的毛飛行，名字是飛鼠。澠水發源於此，潛流到山下，水中有很多黃色惡土。

【注釋】

[1] 寓：古人認為寓即「誤」字，大概以音近為義，指昏忘之病，就是現在所謂的老年健忘症，或老年痴呆症。

[2] 器酸：據古人講，大概是一種有酸味、可以吃的東西。因為澤水靜止不動，時間長了，就會形成一種酸味的物質。

天馬 明‧蔣應鎬圖本

漢武帝曾得到一匹非常好的烏孫馬，名叫「天馬」。牠體格強壯，日行千里，趕得上大宛的汗血寶馬了。後來，漢武帝將那匹烏孫馬改名為「西極」，稱大宛馬為「天馬」。

鶓鶓 明‧蔣應鎬圖本

飛鼠 明‧蔣應鎬圖本

據說明天啟三年十月時，鳳縣出現很多大鼠，牠們長著肉翅而沒有腳，黃黑色毛，尾巴毛皮豐滿好像貂，能夠飛著吃糧食，當地人懷疑就是這類飛鼠。

異獸	形態	今名	異兆及功效
天馬	像普通的白狗卻長著黑色的腦袋，叫聲猶如呼喚自己的名字。	馬鹿	一看見人就騰空飛起。
鶓鶓	像普通的烏鴉，卻長著白色的腦袋和青色的身子，黃色的爪，叫聲猶如呼喚自己的名字。	斑鳩	吃了牠的肉，人就不會覺得飢餓，還可以醫治老年健忘症。
飛鼠	形狀像兔子，卻長著老鼠的頭。		能夠借助背上的毛飛行。

山海經地理考

馬成山	⟶	今山西赤土坡山	⟶	依據山上水流方向推測，馬成山即赤土坡山，位於山西晉城市附近。
咸山	⟶	今河南張嶺山	⟶	咸山位於馬成山的西南70里，依據山川里程推算，此山即為河南張嶺山。
條菅水	⟶	今山西解州附近的水流	⟶	依據山川里程推算，條菅水可能是山西省南部的解州附近的水流。
天池山	⟶	今陝西析城山	⟶	位於陝西省陽城縣西南，主峰海拔1888公尺。山峰四面如城，有東、西、南、北四門分析，故曰析城山。

3 從陽山到教山

雌雄一體的象蛇

山水名稱	動物	礦物
陽山	領胡、象蛇	金、玉、銅
留水	鮯父魚	
賁聞山		蒼玉、黃惡、涅石

圖解山海經

原文

　　又東三百里，曰陽山，其上多玉，其下多金銅。有獸焉，其狀如牛而赤尾，其頸𩩅[1]，其狀如句瞿[2]，其名曰領胡，其鳴自詨，食之已狂。有鳥焉，其狀如雌雉，而五采以文，是自為牝牡，名曰象蛇，其鳴自詨。留水出焉，而南流注於河。其中有鮯父之魚，其狀如鮒魚，魚首而彘身，食之已嘔。又東三百五十里，曰賁聞之山，其上多蒼玉，其下多黃惡，多涅石[3]。
　　又北百里，曰王屋之山，是多石。㶌水出焉，而西北流注於泰澤。
　　又東北三百里，曰教山，其上多玉而無石。教水出焉，西流注於河，是水冬乾而夏流，實惟乾河。其中有兩山。是山也，廣員三百步，其名曰發丸之山，其上有金玉。

譯文

　　再往東三百里，是陽山。山上有各色美玉，山下盛產金銅。山中有種野獸，形狀像牛，紅色的尾巴，脖子上有肉瘤，形狀像鬥，叫做領胡。吼聲如同呼喚自己的名字，人吃了牠的肉就能治癒癲狂症。山中還有像雌性野雞的鳥，羽毛上有五彩斑斕的花紋，牠一身兼有雄雌兩種性器官，叫做象蛇，叫聲是自身名稱的讀音。留水發源於此，向南流入黃河。水中有鮯父魚，形狀像鯽魚，長著魚頭豬身，人吃了牠的肉就可治癒嘔吐。再往東三百五十里，是賁聞山。山上遍布蒼玉，山下盛產黃色惡土，還有許多黑石脂。

　　再往北一百里，是王屋山。山上怪石嶙峋。㶌水發源於此，向西北注入泰澤。

　　再往東北三百里，是教山。山上多各色美玉，沒有石頭。教水發源於此，向西流入黃河，此河冬季乾枯，夏季流水。教水的河道中有兩座小山，方圓各三百步，叫做發丸山。其上多金玉。

【注釋】

① 𩩅：肉瘤。

② 句瞿：同「鬥」。

③ 涅石：一種黑色礬石，可做黑色染料。礬石是一種礦物，為透明結晶體，有白、黃、青、黑、絳五種。

領胡 明·蔣應鎬圖本

據說這種牛能日行三百里，後世在很多地方都出現過。

餶父魚 明·蔣應鎬圖本

象蛇 明·蔣應鎬圖本

異獸	形態	今名	異兆及功效
領胡	形狀像牛，紅色的尾巴，脖子上有肉瘤，形狀像鬥，吼聲如同呼喚自己的名字。		人吃了牠的肉就能治癒癲狂症。
象蛇	像雌性野雞的鳥，羽毛上有五彩斑斕的花紋，叫聲是自身名稱的讀音。	馬雞	一身兼有雄雌兩種性器官。
餶父魚	狀像鯽魚，長著魚頭豬身。		吃了牠的肉就可以治癒嘔吐。

山海經地理考

陽山 ┈┈▶ 今江蘇虞山 ┈┈▶	位於江蘇省常熟市的西北部。古有「十里青山半入城，山南尚湖如映帶」詩句詠之。
留水 ┈▶ 今沙澗河 ┈▶	依據陽山為虞山來推斷，留水即為沙澗河。
賁聞山 ┈┈▶ 今河北岱嵋山 ┈┈▶	此山位於河北省新安縣、澠池縣交界處，山的北側、西側、南側均陡峭。
王屋山 ┈▶ 今王屋山 ┈▶	又稱「天壇山」。位於河南省濟源市西北40公里處，東依太行，西接中條，北連太岳，南臨黃河，是中國九大古代名山，也是愚公的故鄉。
教山 ┈▶ 今山西曆山 ┈▶	曆山是中條山的主峰，海拔2358公尺，地處運城、晉城、臨汾三市的垣曲、陽城、沁水、翼城四縣毗鄰地界。
教水 ┈▶ 名字不詳 ┈▶	出於教山，則位於陝西省垣縣，後注入黃河。
發丸山 ┈▶ 名字不詳 ┈▶	依據其山上所產礦物可推測，此山為一座出產銅礦的山。

4 從景山到蟲尾山
酸與能製造恐怖事件

山水名稱	動物	植物	礦物
景山	酸與	薯蕷、秦椒	赭石、美玉
孟門山			蒼玉、金、黃色惡土、涅石
平水			美玉
京山		漆樹、竹	美玉、黃銅、磨刀石
蟲尾山		竹	金、玉、青石、碧玉

原文

　　又南三百里，曰景山，南望鹽販之澤，北望少澤。其上多草、薯蕷[1]（ㄩˋ），其草多秦椒[2]，其陰多赭，其陽多玉。有鳥焉，其狀如蛇，而四翼、六目、三足，名曰酸與，其鳴自詨，見則其邑有恐。又東南三百二十里，曰孟門之山，其上多蒼玉，多金，其下多黃惡，多涅石。

　　又東南三百二十里，曰平山。平水出於其上，潛於其下，是多美玉。又東二百里，曰京山，有美玉，多漆木，多竹，其陽有赤銅，其陰有玄磟[3]。高水出焉，南流注於河。

　　又東二百里，曰蟲尾之山，其上多金玉，其下多竹，多青碧。丹水出焉，南流注於河；薄水出焉，而東南流注於黃澤。

譯文

　　再往南三百里，是景山。向南可遠眺鹽販澤，向北可望少澤。山上多草和薯蕷，草以秦椒為最多，山北坡出產赭石，南坡出產美玉。山裡有種鳥，形狀像蛇，長有兩對翅膀、六隻眼睛、三隻腳，叫做酸與，牠啼叫起來就像是在呼喚自己的名字。牠在哪裡出現，哪裡就會發生可怕的事情。再往東南三百二十里，是孟門山。山上遍布著精美的蒼玉，還有豐富的金屬礦物，山下到處是黃色惡土，還有許多涅石。

　　再往東南三百二十里，是平山。平水從山頂發源，潛流到山下，水中有很多優質美玉。再往東二百里，是京山。

　　山上盛產美玉，有很多漆樹，還有很多竹林，山的南坡出產赤銅，山的北坡盛產黑色磨刀石。高水發源於此，向南流入黃河。

　　再往東二百里，是蟲尾山。山上有豐富的金屬礦物和各色美玉，山下竹林密布，還有很多青石碧玉。丹水從蟲尾山發源，向南注入黃河；薄水也發源於此，向東南注入黃澤。

【注釋】

①薯蕷：一種植物，根像羊蹄，可以食用，就是今天所說的山藥。

②秦椒：一種草，所結的果實像花椒，葉子細長。

③玄磟：玄，黑色；磟，砥石，就是磨刀石。

酸與 明・蔣應鎬圖本

　　酸與是一種凶鳥，牠在哪個地方出現，哪裡就會發生可怕的事情。據說吃了牠的肉可以使人不醉。

酸與 清・汪紱圖本

異獸	形態	異兆及功效
酸與	形狀像蛇，長有兩對翅膀、六隻眼睛、三隻腳，叫做酸與，牠啼叫起來就像是在呼喚自己的名字。	牠在哪裡出現，哪裡就會發生可怕的事情。

山海經地理考

景山	→ 今河北贊皇山	→ ①位於河北省石家莊市西南部贊皇縣。②也可能位於山西省聞喜縣境內。
鹽販澤	→ 今山西解池	位於中條山的北麓，即山西運城的鹽池，同時，也是中國著名的池鹽產地。
孟門山	→ 今山西壺口山	位於山西省長治市東南部，因其狀如壺口，故此名為壺口山。
平山	→ 今山西姑射山	位於陝西省臨汾市城西，屬呂梁山脈。
平水	→ 名字不詳	其發源於姑射山，向東流入汾河的一條河流。
京山	→ 今山西霍山	霍山位於今山西省臨汾地區霍州市、洪洞縣和古縣三市縣交界位置，處於整個太岳山脈的南端。
蟲尾山	→ 今山西丹朱嶺	位於山西省高平市北四十五里，與長子縣接界，海拔1131公尺，以堯封長子丹朱得名。

【第三卷 北山經】

205

5 從彭毗山到謁戾山

黃鳥能止嫉妒心

山水名稱	動物	植物	礦物
彭毗山（肥水）	（肥遺）		金、玉
小侯山	鴣鸐		
泰頭山		竹	金、玉
軒轅山	黃鳥	竹	銅
謁戾山		松樹、柏樹	金、玉

原文

　　再往東三百里，是彭毗山。山上沒有花草樹木，遍布金屬礦物和美玉。蚤林水發源於此，向東南流入黃河；肥水也發源於此，向南注入床水，水中多肥遺蛇。再往東一百八十里，是小侯山。明漳水發源於此，向南流入黃澤。山中有種鳥，形體很像烏鴉，有白色斑紋，叫做鴣鸐，食之不灂①（ㄐㄧㄠˋ）。

　　又東三百七十里，曰泰頭之山。共水出焉，南流注於虖（ㄏㄨ）沱。其上多金玉，其下多竹箭②。又東北二百里，曰軒轅之山，其上多銅，其下多竹。有鳥焉，其狀如梟而白首，其名曰黃鳥，其鳴自詨，食之不妒。

　　又北二百里，曰謁戾之山，其上多松柏，有金玉。沁水出焉，南流注於河。其東有林焉，名曰丹林。丹林之水出焉，南流注於河。嬰侯之水出焉，北流注於氾（ㄙˋ）水。

譯文

　　再往東三百里，是彭毗山。山上沒有花草樹木，遍布金屬礦物和美玉。蚤林水發源於此，向東南流入黃河；肥水也發源於此，向南注入床水，水中多肥遺蛇。再往東一百八十里，是小侯山。明漳水發源於此，向南流入黃澤。山中有種鳥，形體很像烏鴉，有白色斑紋，叫做鴣鸐。吃了牠的肉就能使人的眼睛明亮。

　　再往東三百七十里，是泰頭山。共水發源於此，向南流入虖沱。山上遍布金屬礦物和美玉，山下多小竹叢。再往東北二百里，是軒轅山。山上盛產銅，山下是茂密的竹林。山中有種鳥，外形像貓頭鷹，長著白色的腦袋，叫做黃鳥，叫聲像在呼喚自己的名字，吃了牠的肉，就不會產生嫉妒心。

　　再往北二百里，是謁戾山。山上多松樹和柏樹，遍布金屬礦物和美玉。沁水發源於此，向南流入黃河。此山東面有片茂密的丹林。丹林水發源於此，向南流入黃河；嬰侯水發源於此，向北流入氾水。

【注釋】

①灂：眼睛昏曚。
②箭：一種生長較小的竹子，質堅硬，可做箭矢。

黃(鳥) 清·汪紱圖本

　　傳說梁武帝蕭衍的皇后郗氏生性嫉妒，尤其對梁武帝的其他嬪妃嫉妒不已，梁武帝知道後曾讓她信佛，還請高僧為她講經，但她依然嫉妒如故。後來梁武帝又以黃鳥作膳來給郗氏吃，就是希望黃鳥能治癒她的嫉妒心，其結果當然是於事無補。後來郗氏三十歲就死了，死後化為蛇，還托夢梁武帝，向他懺悔。

鶺鴒　清·《禽蟲典》

異獸	形態	今名	異兆及功效
鶺鴒	形體很像烏鴉，卻有白色斑紋。	鸚鶺	吃了牠的肉就能使人的眼睛明亮。
黃鳥	外形像貓頭鷹，卻長著白色的腦袋，叫聲好像在呼喚自己的名字。		吃了牠的肉，就不會產生嫉妒心。

山海經地理考

彭毗山	→具體名稱不詳	→位於山西陵川縣東部的一座山。
床水	→今河南淇水	→發源於山西省陵川縣棋子山，全長161公里。
小侯山	→今河南西山	→依據里程推算，小侯山即為河南省湯陰縣的西山。
明漳水	→今河南湯河	→位於今河南省北部，向東注入衛河，最終流入黃澤。
泰頭山	→今山西葉鬥峰	→位於山西省東北部五臺山中，海拔3061.1公尺。
虖沱	→今河北滹沱河	→發源於山西省繁峙縣泰戲山孤山村一帶，全長587公里。
謁戾山	→今山西羊頭山	→位於山西省長治縣、長子縣和高平市交界處，海拔1297公尺。

6 從沮洳山到發鳩山
精衛填海，誓死不休

山水名稱	動物	植物	礦物
沮洳山			金、玉
神囷山	白蛇、飛蟲		帶有紋理的石頭
發鳩山	精衛	柘木	

原文

> 東三百里，曰沮洳（ㄖㄨˋ）之山，無草木，有金玉。濝（ㄑㄧˊ）水出焉，南流注於河。
>
> 又北三百里，曰神囷（ㄑㄩㄣ）之山，其上有文石，其下有白蛇，有飛蟲①。黃水出焉，而東流注於洹；滏（ㄈㄨˇ）水出焉，而東流注於歐水。
>
> 又北二百里，曰發鳩之山，其上多柘（ㄓㄜˋ）木②。有鳥焉，其狀如烏，文首、白喙、赤足，名曰精衛，其鳴自詨。是炎帝③之少女名曰女娃，女娃游於東海，溺而不返，故為精衛。常銜西山之木石，以堙④（ㄧㄣ）於東海。漳水出焉，東流注於河。

譯文

謁戾山再往東三百里，是沮洳山。山上沒有花草樹木，但有金屬礦物和各色美玉。濝水發源於此，向南注入黃河。

沮洳山再往北三百里，是神囷山。山上有帶花紋的石頭，山下有許多白蛇，還有飛蟲。黃水發源於此，向東流入洹水。滏水也發源於此，向東流入歐水。

神囷山再往北二百里，是發鳩山。山上生長著茂密的柘樹林。山中有一種鳥，其形狀像普通的烏鴉，頭部的羽毛上有花紋，白色的嘴巴、紅色的爪子，叫做精衛，牠發出的叫聲就是自己的名字。精衛鳥原是炎帝的小女兒，名叫女娃。她到東海遊玩，不慎淹死在東海裡，死後她的靈魂就變成了精衛鳥。她常常銜了西山的樹枝石子，投到東海裡去，想把大海填平。漳水發源於此，漳水向東流淌，最後注入黃河。

【注釋】

① 飛蟲：指蟣蟝、蚊子之類的小飛蟲，成群結隊地亂飛，遮天蔽日。

② 柘木：即柘樹，桑樹的一種，葉子可以餵蠶，果實可以吃，樹根和樹皮可入藥。

③ 炎帝：又稱神農氏，傳說中的上古帝王。

④ 堙：堵塞。

精衛 明·蔣應鎬圖本

傳說現在的山東半島和遼東半島，就是精衛填成的。後來民間傳說，這種鳥就住在海邊，和海燕結成配偶，生下的孩子，雌的像精衛，雄的像海燕。古人認為牠是一種有志氣的禽鳥，並把牠當做追求理想和毅力的化身。

白蛇 清·汪紱圖本

異獸	形態	異兆及功效
精衛	形狀像普通的烏鴉，頭部的羽毛上有花紋，白色的嘴巴、紅色的爪子。	牠發出的叫聲就是自己的名字。

山海經地理考

沮洳山	今山西棋子山	位於山西省陵川縣侯莊鄉東北，其主峰海拔1488公尺。
瀑水	今河南淇河	於河南省濟源縣，在淇縣的淇門注入衛河，全長161公里。
神囷山	今山西石鼓山	位於山西省原平市臨渭區大王鄉張村，海拔在900公尺到1200公尺之間。
黃水、洹水、滏水	今河南安陽河	又名洹河。發源於河南省林州市濾山東麓，最後注入衛河。
歐水	今河北滏陽河	發源於邯鄲峰礦區滏山南麓，因而得名滏陽河。
發鳩山	今山西發鳩山	又名發苞山，位於陝西省子長縣城西25公里處，海拔1646.8公尺。
漳水	今漳河	位於河北與河南兩省的交界處，源頭為清漳河與濁漳河。

從少山到松山
四腳青畫，好似蟾蜍

山水名稱	動物	植物	礦物
少山			金玉、銅
錫山			玉、磨刀石
景山			玉
題首山			玉
綉山	鱯魚、畫蛙	枸樹、芍藥、芎藭	玉、青碧

原文

又東北百二十里，曰少山，其上有金玉，其下有銅。清漳之水出焉，東流注於濁漳之水。

又東北二百里，曰錫山，其上多玉，其下有砥。牛首之水出焉，而東流注於滏水。

又北二百里，曰景山，有美玉。景水出焉，東南流注於海澤。

又北百里，曰題首之山，有玉焉，多石，無水。

又北百里，曰綉山，其上有玉、青碧，其木多枸①（ㄒㄩㄣˊ），其草多芍藥②、芎藭。洧（ㄨㄟˇ）水出焉，而東流注於河，其中有鱯③（ㄏㄨˋ）、畫④。

又北百二十里，曰松山。陽水出焉，東北流注於河。

譯文

發鳩山再往東北一百二十里，是少山。山上有金屬礦物和各色美玉，山下有銅。清漳水發源於此，向東流去，注入濁漳水。

少山再往東北二百里，是錫山。其山上遍布著各色美玉，山下盛產磨刀石。牛首水發源於此，然後向東流入滏水。

錫山再往北二百里，是景山。山中到處是玉石，質量上乘。景水發源於此，向東南流入海澤。

景山再往北一百里，是題首山。這裡也出產美玉，山上怪石嶙峋，沒有河流發源於此。

題首山再往北一百里，是綉山。山上盛產美玉、青碧，山中有很多枸樹，草以芍藥、芎藭之類的香草為主。洧水發源於此，然後向東流入黃河，水中有很多鱯魚和畫蛙。

綉山再往北一百二十里，是松山。陽水發源於此，然後向東北流入黃河。

【注釋】

① 枸：枸樹，古人常用其樹幹製作枴杖。

② 芍藥：多年生草本花卉，初夏開花，花朵大而美麗。

③ 鱯：即鱯魚，體態較細，灰褐色，頭扁平，背鰭、胸鰭相對有一硬刺，後緣有鋸齒。

④ 畫：蛙的一種，皮膚青色。

鼍　清·汪紱圖本

　　鼍類似於蟾蜍。相傳月宮中有三條腿的蟾
蜍，因此後人把月宮也叫蟾宮。民間流傳劉海
戲金蟾的神話故事：相傳憨厚善良的劉海在仙
人的指點下，獲得一枚金光奪目的金錢，後來
劉海就用這枚金錢戲出了井裡的金蟾，從而得
到了幸福。

鱯　清·汪紱圖本

異獸	形態	異兆及功效
鱯魚	體態較細，灰褐色，頭扁平，背鰭、胸鰭相對有一硬刺，後緣有鋸齒。	
鼍	蛙的一種，類似於蟾蜍。	

山海經地理考

少山	⟶	今山西境內	⟶	根據山川里程來推算，此山位於山西昔陽縣境內。
清漳水	⟶	今山西清漳河	⟶	清漳河是山西省東部太行山區的重要河流，是左權縣最重要的水源。
濁漳水	⟶	今山西濁漳河	⟶	濁漳水是今山西上黨境內的最大河流。共有三源：濁漳南源出於長子縣發鳩山；濁漳西源出於沁縣漳源村；濁漳北源出於榆社縣柳樹溝。
牛首水	⟶	今河北牛照河	⟶	源於今河北省邯鄲縣西北，注入滏陽河。
繡山	⟶	今大安山	⟶	位於北京市房山區與門頭溝區的接壤地帶，是太行山的一個分支。

8 從敦與山到白馬山

山川綿延，礦物多

山水名稱	礦物
敦與山	金玉
柘山	金玉、鐵
維龍山	碧玉、金、鐵
白馬山	玉石、鐵、赤銅

原文

又北百二十里，曰敦與之山，其上無草木，有金玉。溹（ㄙㄨㄛˋ）水出於其陽，而東流注於泰陸之水；泜（ㄓ）水出於其陰，而東流注於彭水；槐水出焉，而東流注於泜澤。

又北百七十里，曰柘山，其陽有金玉，其陰有鐵。歷聚之水出焉，而北流注於洧水。

又北三百里，曰維龍之山，其上有碧玉，其陽有金，其陰有鐵。肥水出焉，而東流注於皋澤，其中多礨（ㄌㄟˇ）石[①]。敞鐵之水出焉，而北於大澤。

又北百八十里，曰白馬之山，其陽多石玉，其陰多鐵，多赤銅。木馬之水出焉，而東北流注於虖沱。

譯文

再往北一百二十里，是敦與山，山上沒有生長花草樹木，但有豐富的金屬礦物和各色美玉。溹水從敦與山的南麓發源，向東注入泰陸水；泜水從敦與山的北麓流出，也折向東流，但注入彭水；槐水也發源於此山，向東注入泜澤。

再往北一百七十里，是柘山。其山南坡蘊藏有豐富的金屬礦物和各色美玉，山北坡則有豐富的鐵。歷聚水發源於此，向北流入洧水。

再往北三百里，是維龍山。山上盛產碧玉，山的南坡蘊藏有豐富的黃金，山的北坡有豐富的鐵。肥水發源於此，向東流入皋澤，水中有很多高聳的大石頭。敞鐵水也發源於這裡，向北注入大澤。

再往北一百八十里，是白馬山，山南到處是石頭和美玉，山北則蘊藏有豐富的鐵，還有很多赤銅。木馬水發源於此，向東北流入虖沱水。

【注釋】

① 礨石：礨，本義是地勢突然高出的樣子。礨石在這裡指河道中高出水面、顯得突兀的大石頭。

美玉之斧

紅山文化　高17.5 cm　寬0.7 cm

　　自白馬山向北的連綿山脈之中，絕大多數都盛產美玉，其色澤、質地卻不盡相同。這枚玉斧是由岩玉所製，呈透明的碧綠色，光潔可愛，已失卻了最早的石斧加工砍鑿的作用，而演變為代表古代部落酋長身分的一種禮器。

山海經地理考

敦與山	具體名稱不詳	依據山川里程推斷，此山應在今河北西部。
溓水	今河北柳林河	依據原文推斷，可能為河北內丘縣的柳林河。
泰陸水	今河北大陸澤	位於今河北省任縣與巨鹿縣之間，是河北平原西部太行山河流沖積扇與黃河故道的交接窪地，為漳北、泜南諸水的交匯而成。
泜水	今河北泜河	泜河是河北省邢臺市北部的一條季節性河流，發源於太行山東麓，注入滏陽河。
彭水	今河北沙溝河	依據原文推斷，彭水可能為今河北省西南部的沙溝河。
槐水	今河北槐沙河	發源於贊皇縣西南部嶂石岩槐泉，到衡水市注入滏陽河。
柘山	具體名稱不詳	依據原文推斷，柘山是齊堂西長城外的高山。
歷聚水	今河北拒馬河	此河發源於河北省淶源縣西北太行山麓，為大清河的支流。
維龍山	今河北五峰山	依據山川里程推斷，維龍山可能是河北省巨鹿縣一帶的五峰山，也可能在今河北井陘縣內。
肥水	今河北浟河	發源於五峰山，最後注入滏陽河。
皋澤	具體名稱不詳	可能是明清時期寧晉泊的西北部。
白馬山	具體名稱不詳	位於滹沱河以南，是孟縣境內最高的一座山。
木馬水	今山西木馬河	發源於五臺山的山腳下，是滹沱河的一個分支。

9 從空桑山到童戎山
一角一目的辣辣

山水名稱	動物	礦物
泰戲山	辣辣	金屬礦物、玉
石山		金屬礦物、玉

原文

又北二百里，曰空桑之山，無草木，冬夏有雪。空桑之水出焉，東流注於虖沱。

又北三百里，曰泰戲之山，無草木，多金玉。有獸焉，其狀如羊，一角一目，目在耳後，其名曰辣辣[1]，其鳴自詨。虖沱之水出焉，而東流注於漊水。液女之水出於其陽，南流注於沁水。

又北三百里，曰石山，多藏金玉。濩濩（ㄏㄨㄛˋ）之水出焉，而東流注於虖沱；鮮於之水出焉，而南流注於虖沱。

又北二百里，曰童戎之山。皋塗之水出焉，而東流注於漊液水。

譯文

白馬山再往北二百里，是空桑山。山上沒有花草樹木，山上氣候寒冷，冬天夏天都有雪。空桑水發源於此，向東流入虖沱水。

空桑山再往北三百里，是泰戲山。山上寸草不生，但有豐富的金屬礦物和各種玉石。山中有種野獸，其長相怪異，外形像普通的羊，但卻只長著一隻角、一隻眼睛，而且眼睛在耳朵的背後，叫做辣辣，牠發出的叫聲便是自身的名稱。虖沱水發源於此，向東流入漊水。液女水發源於這座山的南麓，向南流入沁水。

泰戲山再往北三百里，是石山。山中盛產金屬礦物和各色玉石。濩濩水發源於此，向東流入虖沱水；鮮於水也發源於此，向南注入虖沱水。

石山再往北二百里，是童戎山。皋塗水發源於此，向東流入漊液水。

【注釋】

①辣辣：傳說是一種吉祥之獸。

辣 辣　明·蔣應鎬圖本

　　傳說是一種吉祥之獸，牠出現的
話當年就會獲得豐收。但也有人說牠
是凶兆之獸，一出現皇宮中便會發生
禍亂。

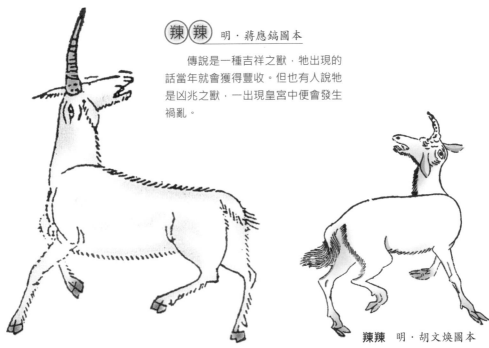

辣辣　明·胡文煥圖本

異獸	形態	異兆及功效
辣辣	長著一隻角、一隻眼睛，而且眼睛在耳朵的背後。	發出的叫聲便是自身的名稱。

山海經地理考

空桑山	➤	今山西雲中山	➤	位於山西靜樂縣與忻州市之間，雲中山是呂梁山脈的一個分支。
空桑水	➤	今山西雲中河	➤	空桑水處於空桑山，即為雲中河。
泰戲山	➤	具體名稱不詳	➤	依據山川里程推斷，泰戲山應在山西繁峙縣。
滱水	➤	今河北鹿泉河	➤	位於河北省北部。
石山	➤	今山西五臺山	➤	位於山西省忻州市五臺縣境內的五臺山，屬太行山系的北端。
濩濩水	➤	今河北大沙河	➤	位於河北省西部。
鮮於水	➤	今山西清水河	➤	位於山西省忻州市五臺縣境內的五臺山西南。

從高是山到饒山

三腳㺧，鳴叫直呼其名

山水名稱	動物	植物	礦物
高是山		棕樹、條草	
陸山			玉
燕山			嬰石
饒山（歷虢水）	駱駝、鶹鳥、（師魚）		瑤、碧
乾山	㺧		鐵、金屬、玉石

原文

又北三百里，曰高是之山。滋水出焉，而南流注於虖沱。其木多棕，其草多條。滱水出焉，東流注於河。又北三百里，曰陸山，多美玉。郣水出焉，而東流注於河。又北二百里，曰沂山，般水出焉，而東流注於河。

北百二十里，曰燕山，多嬰石[1]。燕水出焉，東流注於河。又北山行五百里，水行五百里，至於饒山。是無草木，多瑤碧，其獸多橐駝[2]，其鳥多鶹[3]（ㄌㄧㄡˊ）。歷虢之水出焉，而東流注於河，其中有師魚[4]，食之殺人。又北四百里，曰乾山，無草木，其陽有金玉，其陰有鐵而無水。有獸焉，其狀如牛而三足，其名曰㺧（ㄏㄨㄢˊ），其鳴自詨。

譯文

再往北三百里，是高是山。滋水發源於此，向南流入虖沱水。山上樹木多棕樹，草多是條草。滱水發源於此，向東流入黃河。再往北三百里，是陸山。山中遍布各色美玉。郣水從陸山發源，向東注入黃河。再往北二百里，是沂山。般水發源於此，向東注入黃河。

再往北一百二十里，是燕山。山上多嬰石。燕水發源於此，向東流入黃河。再往北走五百里陸路，五百里水路，便到了饒山。山上寸草不生，多名貴的瑤、碧一類的美玉。山中野獸以駱駝為主，禽鳥屬鶹鳥最多。歷虢水發源於此，向東流入黃河，水中多師魚，人吃了牠的肉就會中毒而死。再往北四百里，是乾山。山上沒有花草樹木。山南盛產金屬礦物和各色玉石，山北盛產鐵。沒有水流發源於此。山中有種野獸，外形像普通的牛，只長著三隻腳，名字是㺧，叫聲如同呼喚自己的名字。

【注釋】

①嬰石：一種漂亮石頭，像玉一樣，帶有彩色條紋。

②橐駝：即駱駝。

③鶹：即鵂鶹，也叫橫紋小鴞，頭和頸側及翼上覆羽暗褐色，密布棕白色狹橫斑。

④師魚：即鯢魚，前文所說的人魚。

山海經異獸考

 明·蔣應鎬圖本

乾山上生有一種野獸，外形酷似普通的牛，讓人奇怪的是卻長著三隻腳，其叫聲如同在呼喚自己的名字。

異獸	形態	異兆及功效
師魚		人吃了牠的肉就會中毒而死。
㺎	外形像普通的牛，卻只長著三隻腳。	牠的吼叫聲就如同呼喚自己的名字。

山海經地理考

高是山	具體名稱不詳	位於今山西省靈丘縣的西北部。
滋水	今河北滋河	位於河北省阜平縣。
滱水	今河北唐河	發源於河北省定州市，注入黃河下游。
陸山	今河北虎窩山	位於河北省懷安縣西南部，屬陰山的支脈。
鄴水	今南洋河	位於河北省境內，向下先注入永定河，之後，注入黃河的下游。
沂山	今河北馬尾圖山	①位於河北省張北縣。②依據山川里程推算，可能在河北省唐縣東北部。
般水	今河北望都河	位於河北省唐縣東北部。
燕山	今杭愛山	①位於蒙古高原的西北部，是北冰洋流域同內流區域的主要分水嶺。②依據山川里程推算，位於河北省平原縣北部。
燕水	今潮白河	①潮白河是海河水系的五大河之一，位於北京市與河北省東部交界處。②指易水，即發源於河北省易縣的雹河。
饒山	具體名稱不詳	位於河北唐縣境內。
歷虢水	今濡水	源於河北省唐縣的祁水。

11 從倫山到泰澤
肛門長在尾巴上面的羆

山水名稱	動物	礦物
倫山	羆	
碣石山		青石、碧玉
繩水	蒲夷魚	
帝都山		金屬礦物、玉石

原文

又北五百里，曰倫山。倫水出焉，而東流注於河。有獸焉，其狀如麋，其川[①]在尾上，其名曰羆（ㄆㄧˊ）。

又北五百里，曰碣石之山。繩水出焉，而東流注於河，其中多蒲夷之魚[②]。其上有玉，其下多青碧。

又北水行五百里，至於雁門之山，無草木。

又北水行四百里，至於泰澤。其中有山焉，曰帝都之山，廣員百里，無草木，有金玉。

譯文

乾山再往北五百里，是倫山。倫水發源於此，然後向東流入黃河。山中有一種野獸，其形狀像麋鹿，而肛門卻長在尾巴上面，叫做羆。

倫山再往北五百里，是碣石山。繩水發源於此，向東注入黃河，水中有很多蒲夷魚。山上遍布玉石，山下則有很多青石碧玉。

碣石山再往北行五百里水路，便到了雁門山。山上沒有花草樹木。

雁門山再往北行四百里水路，便到了泰澤，泰澤中央有一座山，山名為帝都山，方圓百里。山上沒有花草樹木，只有一些金屬礦物和各種玉石。

【注釋】

①川：古人注「川」為「竅」。上竅謂耳目鼻口，下竅謂前陰後陰。這裡的竅即指肛門的意思。

②蒲夷之魚：古人認為是冉遺魚，人吃了牠的肉就不會做噩夢。

罷 明・蔣應鎬圖本

異獸	形態	異兆及功效
罷	形狀像麋鹿,而肛門卻長在尾巴上面。	

山海經地理考

倫山	⟶	今河北淶山	⟶	位於今河北省淶源縣西部。
倫水	⟶	今河北濼河	⟶	①發源於河北省豐寧縣滿族自治縣西北的巴彥古爾圖山的北麓。 ②依據原文推斷,可能是河北省淶源縣的拒馬河。
碣石山	⟶	今河北碣石山	⟶	位於河北省昌黎縣北部,主峰為仙臺頂,海拔695公尺。
繩水	⟶	今河北蒲河	⟶	位於河北省昌黎縣。
雁門山	⟶	今雁門關山	⟶	自永定河向北五百里的地方。
泰澤	⟶	今內蒙古岱海	⟶	位於內蒙古高原的支脈蠻漢山與馬頭山之間。

【第三卷 北山經】

12 錞於毋逢山
紅頭白身大蛇能降旱災

山水名稱	動物
錞於毋逢山	大蛇

原文

　　又北五百里，曰錞於毋逢之山，北望雞號之山，其風如飆①。西望幽都之山，浴水出焉。是有大蛇，赤首白身，其音如牛，見則其邑大旱。

　　凡北次三經之首，自太行之山以至於無逢之山②，凡四十六山，萬二千三百五十里。其神狀皆馬身人面者廿③神。其祠之，皆用一藻④茝⑤瘞（一ㄟ）之。其十四神狀皆彘身而載⑥玉。其祠之，皆玉，不瘞。其十神狀皆彘身而八足蛇尾。其祠之，皆用一璧瘞之。大凡四十四神，皆用稌糈米祠之。此皆不火食。

　　右北經之山志，凡八十七山，二萬三千二百三十里。

譯文

　　再往北五百里，是錞於毋逢山。向北可望雞號山，從那裡吹出強勁的風。向西可望幽都山，浴水發源於那裡。幽都山中有種大蛇，紅色的腦袋，白色的身子，身長可盤繞幽都山兩周，聲音如同牛叫，牠在哪裡出現，哪裡就會大旱。

　　總計北方第三列山系之首尾，自太行山起到錞於毋逢山止，一共四十六座山，共綿延一萬二千三百五十里。其中有二十座山山神的形狀都是馬身人面，稱為廿神，祭祀禮儀：把用做祭品的藻和茝之類的香草埋入地下。還有十四座山的山神有豬身卻佩戴著玉製飾品。祭祀禮儀是用祀神的玉器禮祭，不用埋入地下。另外十座山的山神也都有豬身，卻長著八隻腳和蛇尾，祭祀禮儀是用一塊玉璧禮祭，然後將其埋入地下。總共四十四個山神，都要用精選的米來祭祀，這些山神不吃用火煮熟的食物。

　　以上就是北山經中北方諸山的概況，總共是八十七座山，蜿蜒長達二萬三千二百三十里。

【注釋】

①飆：風刮得很急的樣子。
②無逢之山：即上文的錞於毋逢山。
③廿：二十。
④藻：即聚藻，一種香草。
⑤茝：即香草，屬蘭草之類。
⑥載：通「戴」。

山海經異獸考

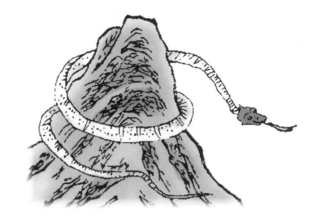

大蛇 明·蔣應鎬圖本

　　幽都山中有種大蛇，紅色的腦袋，白色的身子，身長可盤繞幽都山兩周，聲音如同牛叫，牠在哪裡出現，哪裡就會大旱。

廿神　明·蔣應鎬圖本　　十四神　明·蔣應鎬圖本　　十神　明·蔣應鎬圖本

異獸	形態	異兆及功效
大蛇	紅色的腦袋，白色的身子，身長可盤繞幽都山兩周，聲音如同牛叫。	牠在哪裡出現，哪裡就會大旱。

山海經地理考

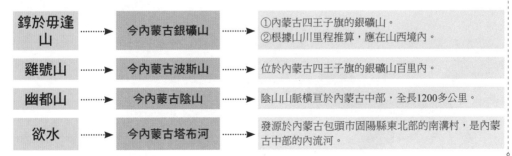

錞於毋逢山	→ 今內蒙古銀礦山	→ ①內蒙古四王子旗的銀礦山。②根據山川里程推算，應在山西境內。
雞號山	→ 今內蒙古波斯山	→ 位於內蒙古四王子旗的銀礦山百里內。
幽都山	→ 今內蒙古陰山	→ 陰山山脈橫亘於內蒙古中部，全長1200多公里。
欲水	→ 今內蒙古塔布河	→ 發源於內蒙古包頭市固陽縣東北部的南溝村，是內蒙古中部的內流河。

【第三卷 北山經】

221

第四卷

東山經

《東山經》包括
《東次一經》、
《東次二經》、
《東次三經》、
《東次四經》，
共四十六座山。

記錄了以樕螽山、空桑山、屍胡山、
北號山為首的四列山系，
山上除了擁有獨特的地貌和豐富的礦產以外，
山上能預測水災、
旱災及兵災的各種神奇動物
更是讓人驚嘆不已。

《東次一經》主要記載東方第一列山系上的動植物及礦物。此山系所處的位置大約在今山東沿海一帶，從樕螽山起，一直到竹山止，一共十二座山，諸山山神的形貌均是人身龍首。山上有河流發源，異獸頗多。例如：有形貌像狗卻有六隻腳的從從；有長著一身豬毛的不祥之獸 —— 堪㐮魚；有能夠帶來旱災的絜鉤等。

【本圖山川地理分布定位】

【本圖人神怪獸分布定位】

本圖根據張步天教授「《山海經》考察路線圖」繪製，《東次一經》中樕螽山到竹山的十二座山其地理位置皆在此圖中有所體現。

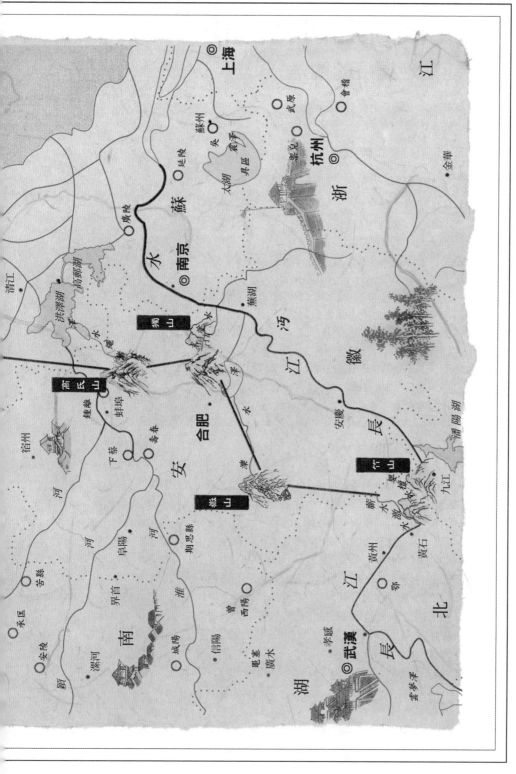

（此路線形成於戰國時期）

從橄欖山到勃峯山

能驅走瘟疫的箴魚

山水名稱	動物	礦物
橄欖山	鱅鱅魚	
藟山		黃金、美玉
枸狀山	蚩鼠、從從	黃金、美玉、青碧
汜水	箴魚	

原文

　　東山經之首，曰橄欖之山，北臨乾昧。食水出焉。而東北流注於海。其中多鱅鱅（ㄩㄥˊ）之魚，其狀如犂牛①，其音如彘鳴。又南三百里，曰藟（ㄌㄟˇ）山，其上有玉，其下有金。湖水出焉，東流注於食水，其中多活師②。

　　又南三百里，曰枸狀之山，其上多金玉，其下多青碧石。有獸焉，其狀如犬，六足，其名曰從從，其鳴自詨。有鳥焉，其狀如雞而鼠尾，其名曰蚩（ㄔ）鼠，見則其邑大旱。汜水出焉。而北流注於湖水。其中多箴魚，其狀如鯈③，其喙如箴④，食之無疫疾。

　　又南三百里，曰勃峯⑤（ㄑㄧˊ）之山，無草木，無水。

譯文

　　東方第一列山系之首座山，叫做橄欖山，其北面與乾昧山相鄰。食水發源於此，向東北注入大海。水中多鱅鱅魚，牠的形狀像犂牛，發出的聲音如同豬叫。再往南三百里，是藟山。山上遍布各色美玉，山下盛產黃金。湖水發源於此，向東注入食水。水中有很多蝌蚪。

　　再往南三百里，是枸狀山。山上有豐富的金屬礦物和各色美玉，山下盛產青碧。山中有種野獸，形狀像狗，卻長著六隻腳，叫做從從，牠發出的叫聲就像在呼喚自己的名字。

　　山中還有種禽鳥，其形狀像雞，卻長著像老鼠一樣的尾巴，叫做蚩鼠，牠在哪裡出現，哪裡就會有大旱災。

　　汜水從枸狀山山麓發源，向北注入湖水。水中有很多箴魚，其形狀像魚，卻有像針一樣的喙。據說人吃了箴魚的肉就不會染上瘟疫。

　　再往南三百里，是勃峯山。山上沒有花草樹木，也沒有河流發源於此。

【注釋】

①犂牛：毛色黃黑相雜的牛。

②活師：又叫活東，蝌蚪的別名，是青蛙、蛤蟆、娃娃魚等兩棲動物的幼體。

③鯈：即「鰷」字。鰷魚，一種小白魚。

④箴：同「針」。

⑤峯：「齊」的古字。

鱐鱐魚 明·蔣應鎬圖本

傳說牠還生活在東海中，而且皮能夠預測潮起潮落。將牠的皮剝下後懸掛起來，漲潮時，皮上的毛就會豎起來；潮水退去時，毛就會伏下去。鱐鱐魚還特別好睡覺。

箴魚 清·《禽蟲典》

蜚鼠 明·蔣應鎬圖本

從從 明·蔣應鎬圖本

異獸	形態	異兆及功效
鱐鱐魚	牠的形狀像犁牛。	發出的聲音如同豬叫。
從從	形狀像狗，卻長著六隻腳。	牠發出的叫聲就像在呼喚自己的名字。
蜚鼠	形狀像雞，卻長著像老鼠一樣的尾巴。	牠在哪裡出現，哪裡就會有大旱災。
箴魚	形狀像魚，卻有像針一樣的喙。	人吃了牠的肉就不會染上瘟疫。

山海經地理考

橭犮山	今山東石門山	位於今山東淄博市內，因兩山對峙如同石門而得名。
乾昧	今山東小清河	①位於今山東淄桓臺縣內，源於石門山，因其支流遇到旱田便乾涸，因此，稱為乾昧。 ②依據橭山的位置推測，在山東省桓臺縣、博興縣境內。
食水	今山東淄河	位於山東省淄博市，發源於泰沂山脈及東南部的魯山山脈。
藟山	今山東石門山的南山	從石門山向南三百里，乃是石門山的南山。
湖水	今山東清水泊	可能為山東省青州市、壽光市境內已經湮沒的清水泊。
枸狀山	今山東魯山	位於山東省淄博市博山區池上鎮，是博山與沂源的界山。
勃夤山	今山東新甫山	位於山東萊蕪西北部，又名蓮花山。

2 從番條山到犲山
堪㺊現身，洪水將至

山水名稱	動物	植物	礦物
番條山	鰄魚		
姑兒山（姑兒水）	（鰄魚）	漆樹、桑樹、柘樹	
高氏山（諸繩水）			美玉、箴石（金屬礦物、美玉）
岳山（濼水）		桑樹、臭椿樹	（金屬礦物、玉石）
犲山	堪㺊		

原文

又南三百里，曰番條之山，無草木，多沙。減水出焉，北流注於海，其中多鰄（《ㄢˇ）魚[1]。又南四百里，曰姑兒之山，其上多漆，其下多桑、柘。姑兒之水出焉，北流注於海，其中多鰄魚。

又南四百里，曰高氏之山，其上多玉，其下多箴石[2]。諸繩之水出焉，東流注於湖澤，其中多金玉。又南三百里，曰岳山，其上多桑，其下多樗（ㄔㄨ）。濼（ㄌㄨㄛˋ）水出焉，東流注於湖澤，其中多金玉。又南三百里，曰犲山，其上無草木，其下多水，其中多堪㺊之魚。有獸焉，其狀如夸父而彘毛，其音如呼，見則天下大水。

譯文

再往南三百里，是番條山。山上沒有花草樹木，到處是沙子。減水發源於此，向北流入大海，水中有很多鰄魚。再往南四百里，是姑兒山。山上覆蓋著茂密的漆樹林，山下多桑樹和柘樹。姑兒水發源於此，向北流入大海，水裡有很多鰄魚。

再往南四百里，是高氏山。山上遍布著各種晶瑩美玉，山下盛產可用來製作醫療器具針的箴石。諸繩水發源於此，向東注入湖澤，河床上有豐富的金屬礦物和各色美玉。再往南三百里，是岳山。山上有鬱鬱蔥蔥的桑樹林，山下有茂密的臭椿樹。濼水發源於此，向東流入湖澤，河床上有金屬礦物和玉石。再往南三百里，是犲山。山上沒有花草樹木，山下水流很多，水中有很多堪㺊魚。山中棲息著一種野獸，其形狀像猿猴，卻長著一身豬毛，發出的聲音如同人在呼叫，一旦現身，天下就會發洪水。

【注釋】

[1] 鰄魚：又名母鮎，或竿魚，性凶猛，捕食各種魚類。

[2] 箴石：箴石就是一種專門製作石針的石頭。石針是古代的一種醫療器具，用石頭磨製而成，可以治療癰腫疽疱，排除膿血。

鰄魚 清·汪紱圖本

鰄魚，又叫竿魚，是一種黃色鮎魚，吻長口大，生性凶猛，專以其他小魚為食。

異獸	形態	異兆及功效
堪㸦魚	形狀像猿猴，卻長著一身豬毛，發出的聲音如同人在呼叫。	一旦現身，天下就會發洪水。

山海經地理考

番條山	➝ 今河南嵩山	➝ ①依原文推測，位於河南省西部，低處河南省登封市的西北。 ②根據地理位置推測，可能是山東省淄博市博山區西南的鳳凰山，古稱玉泉山。
減水	➝ 今彌河	➝ ①根據山川位置推測，此河發源於沂山天齊灣。 ②依據原文推測，可能是博山的孝婦河。
姑兒山	➝ 今山東沂山	➝ ①位於山東省濰坊市臨朐縣城南，古時又稱「海岳」。 ②根據山川位置推測，即為鄒平南部的長白山。
姑兒水	➝ 今白狼河	➝ ①依據山川位置推測而出。 ②依據原文推測，可能是今天的獺河。
高氏山	➝ 今山東箕屋山	➝ 位於山東省莒縣西北九十里。
諸繩水	➝ 今山東濰河	➝ 古稱濰水，發源於莒縣箕屋山。
岳山	➝ 今山東文峰山	➝ 位於山東省萊州市，俗稱筆架山，是萊州最高的山。
濼水	➝ 今山東濼水	➝ 位於山東省濟南市境內，發源於濟南市西南部。
犲山	➝ 今貓山或貓寨	➝ 依據方言讀音推斷。

3 從獨山到竹山
豬相狪狪能孕育珍珠

山水名稱	動物	礦物
獨山(末塗水)	儵蟺	(金玉、美石)
泰山	(狪狪)	金、玉
竹山		瑤、碧
激水	紫色螺	

原文

　　又南三百里，曰獨山，其上多金玉，其下多美石。末塗之水出焉，而東流注於沔，其中多儵蟺（ㄊㄧㄠˊ ㄩㄥˊ），其狀如黃蛇，魚翼，出入有光，見則其邑大旱。

　　又南三百里，曰泰山，其上多玉，其下多金。有獸焉，其狀如豚而有珠，名曰狪狪（ㄊㄨㄥˊ），其鳴自詨。環水出焉，東流注於江，其中多水玉。又南三百里，曰竹山，錞於江，無草木，多瑤、碧。激水出焉，而東流注於娶檀之水，其中多茈蠃①（ㄌㄨㄛˇ）。

　　凡東山經之首，自樕㮚（ㄙㄨˋ）㵽（ㄓㄨ）之山以至於竹山，凡十二山，三千六百里。其神狀皆人身龍首。祠：毛用一犬祈，䰃②（ㄦˇ）用魚。

譯文

　　再往南三百里，是獨山。山上盛產金屬礦物和各色美玉，山下到處是漂亮的石頭。末塗水發源於此，向東流入沔水，水中多儵蟺，形狀與黃蛇相似，長著魚一樣的鰭，出入時能發光，牠出現在哪裡，哪裡就遭遇旱災。

　　再往南三百里，是泰山。山上遍布各色美玉，山下盛產金屬礦物。山中有種奇獸，形狀與豬相似，體內孕育珍珠，叫做狪狪，叫聲如呼喊自己的名字。環水發源於此，向東流入汶水，水中多水晶石。再往南三百里，是竹山。坐落於汶水之畔，山上沒有花草樹木，有很多瑤、碧一類的美玉。激水發源於此，向東流入娶檀水，水中多紫色螺。

　　總計東方第一列山系之首尾，自樕㵽山起到竹山止，一共十二座山，途經三千六百里。諸山山神的形貌都是人的身子龍的頭。祭祀山神：從帶毛的禽畜中選用一隻狗作為祭品，同時，選用一條魚的血來塗抹祭器。

【注釋】

①茈蠃：即紫色螺。
②䰃：用牲畜作為祭品來向神禱告，想要使神聽見。

山海經異獸考

人身龍首神
明·蔣應鎬圖本

祭祀山神：從帶毛的禽畜中選用一隻狗作為祭品，同時，選用一條魚的血來塗抹祭器。

鯈鏞 明·蔣應鎬圖本

相傳，因為鯈鏞出入水中時身體閃閃發光，於是古人將牠和火聯繫在一起，說牠的出現還是火災的徵兆，將牠視為一種不祥的動物。

狪狪 明·蔣應鎬圖本

異獸	形態	異兆及功效
鯈鏞	形狀與黃蛇相似，長著魚一樣的鰭。	出入時能發光，牠出現在哪裡，哪裡就遭遇旱災。
狪狪	形狀與豬相似，體內孕育珍珠。	叫聲如呼喊自己的名字。

山海經地理考

獨山	·····▶	具體名稱不詳	·····▶	①根據里程推算，獨山可能在今山東濟南市長清區境內。②獨山可能是泰山東南部的山嶺，即萊蕪縣邢家峪南部的大山。
末塗水	·····▶	今山東長清河	·····▶	①依據獨山的位置，此河也在今山東濟南市長清區境內。②依據汶水來推測，末塗水應是發源於沂源縣西南部牛欄峪一帶的柴汶河。
沔水	·····▶	今山東大汶河	·····▶	發源於山東省泰萊山區，是黃河在山東的唯一支流，也是泰安市最大的河流。
泰山	·····▶	今山東泰山	·····▶	位於山東省泰安市的北部。
環水	·····▶	今山東泮河	·····▶	位於山東省泰安市。
江	·····▶	今山東大汶河	·····▶	位於山東省萊蕪市。
竹山	·····▶	山東鳳凰山一帶山嶺	·····▶	位於山東省大汶河的南岸。
激水	·····▶	今大清河	·····▶	今山東省大汶河下游，又名北沙河。
娶檀水	·····▶	今山東東平湖	·····▶	位於山東省泰安市東平縣境內，是山東省第二大淡水湖。

東次二經

　　《東次二經》主要記載東方第二列
山系上的動植物及礦物。此山系所處的
位置大約在今山東省、江蘇省、朝鮮半
島一帶，從空桑山起，一直到磟山止，
一共十七座山，諸山山神的形貌均為人
面獸身。山中怪獸也有可愛之處。例
如：水中有很多珠鱉魚；有長著羊眼、
牛尾、頭上四隻角的峳峳等。

【本圖山川地理分布定位】

【本圖人神怪獸分布定位】

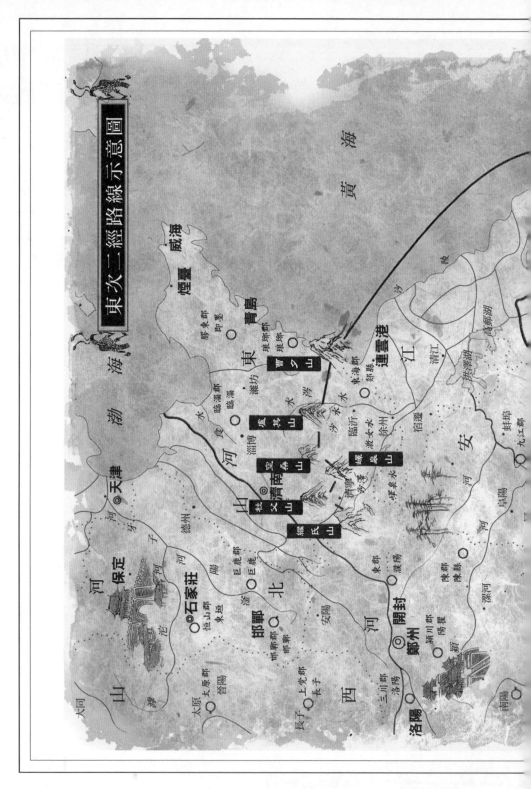

東次二經路線示意圖

本圖根據張步天教授「《山海經》考察路線圖」繪製，圖中記載了《東次二經》中空桑山到碙山共十一座山的地理位置。

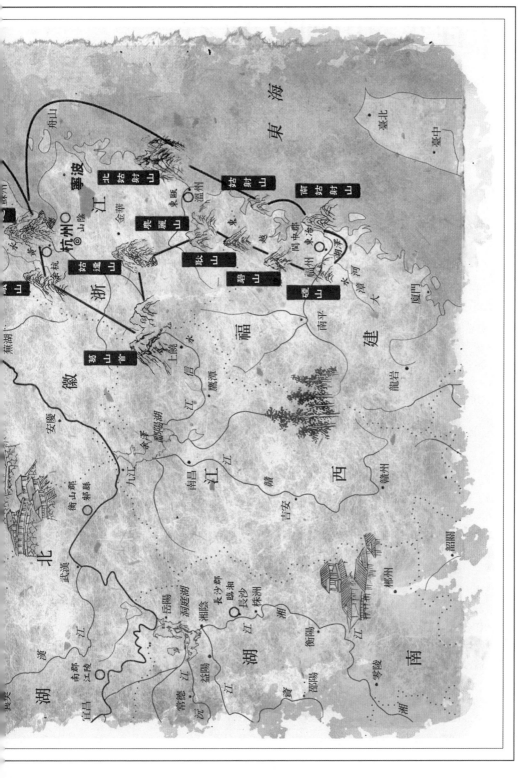

（此路線形成於秦代初期）

1 從空桑山到葛山之首

牛相轳轳能帶來水災

山水名稱	動物	植物	礦物
空桑山	轳轳		
曹夕山		構樹	
嶧皋山（激女水）	（大蛤和小蚌）		金屬礦物、美玉、白惡土
葛山的尾端（澧水）	（珠鱉魚）		磨刀石

原文

　　東次二經之首，曰空桑之山，北臨食水，東望沮吳，南望沙陵，西望湣（ㄇㄧㄣˊ）澤。有獸焉，其狀如牛而虎文，其音如欽①。其名曰轳轳（ㄌㄧㄥˊ），其鳴自詨，見則天下大水。

　　又南六百里，曰曹夕之山，其下多穀，而無水，多鳥獸。又西南四百里，曰嶧（ㄧˋ）皋之山，其上多金玉，其下多白惡。嶧皋之水出焉，東流注於激女（ㄖㄨˇ）之水，其中多蜃②珧③（ㄧㄠˊ）。又南水行五百里，流沙三百里，至於葛山之尾，無草木，多砥礪。

　　又南三百八十里，曰葛山之首，無草木。澧（ㄌㄧˇ）水出焉，東流注於餘澤，其中多珠鱉（ㄅㄧㄝ）魚，其狀如肺而有四目，六足有珠，其味酸甘，食之無癘（ㄌㄧˋ）。

譯文

　　東方第二列山系之首座山，叫做空桑山。這座山北面臨近食水，向東可望沮吳，向南可望沙陵，向西可看到湣澤。山中有種野獸，外形像牛，有老虎一樣的斑紋，叫做轳轳。叫聲如同人在呻吟，又像在呼喚自己的名字。牠一出現，就會發生水災。

　　再往南六百里，是曹夕山。山下到處是構樹，沒有河流，山上有成群的禽鳥野獸。再往西南四百里，是嶧皋山。山上多金屬礦物和各色美玉，山下盛產白惡土。嶧皋水發源於此，向東注入激女水，水中多大蛤和小蚌。再往南行五百里水路，經過三百里流沙，便是葛山的尾端，這裡沒有花草樹木，到處是磨刀石。

　　再往南三百八十里，是葛山的首端。這裡沒有花草樹木。澧水發源於此，向東注入餘澤，水中有很多珠鱉魚，外形像一片肺葉，長有四隻眼睛、六隻腳，能吐出珍珠。其肉味酸中帶甜，人吃了牠的肉就不會染上瘟疫。

【注釋】

①欽：此處指嘆息、呻吟。

②蜃：即大蛤。蛤是一種軟體動物，貝殼卵圓形或略帶三角形，顏色和斑紋美麗。

③珧：即小蚌。

圖解山海經

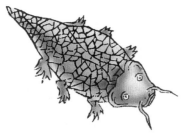

珠 鱉 魚 明‧蔣應鎬圖本

軨 軨 明‧蔣應鎬圖本

異獸	形態	今名	異兆及功效
軨軨	外形像牛，卻有老虎一樣的斑紋，叫起來的聲音如同人在呻吟，又像是在呼喚自己的名字。	鬣羚	牠一出現，就會發生水災。
珠鱉魚	外形像一片肺葉，長有四隻眼睛、六隻腳，能吐出珍珠。	中華鱉	其肉味酸中帶甜，人吃了牠的肉就不會染上瘟疫。

山海經地理考

空桑山	┈┈▶	具體名稱不詳	┈┈▶	①今山東曲阜市北部。②依據山川位置推測，應當是萊州、登州附近的群山。
沮吳	┈┈▶	今山東徂徠	┈┈▶	位於山東省泰安市東南一帶。
潧澤	┈┈▶	具體名稱不詳	┈┈▶	依據推測，應該是大小汶河匯處形成的水澤。
曹夕山	┈┈▶	今嶗山	┈┈▶	嶗山是山東半島的主要山脈，主峰名為「巨峰」，又稱「嶗頂」，海拔1132.7公尺，是中國海岸線第一高峰。
葛山的尾端	┈┈▶	今江蘇葛嶧山	┈┈▶	①位於江蘇省邳州市西南方。②依據原文推測，葛山的尾端應為朝鮮半島的狼林山。
葛山的首端	┈┈▶	今朝鮮半島東白山	┈┈▶	位於朝鮮咸興市西北的狼林山山脈。
澧水	┈┈▶	今城川江	┈┈▶	位於朝鮮半島。
餘澤	┈┈▶	今城川江口的三角洲	┈┈▶	位於朝鮮半島。

2 從餘峨山到盧其山

兔樣犰狳見人就裝死

山水名稱	動物	植物	礦物
餘峨山	犰狳	梓樹、楠木樹、牡荊樹、枸杞樹	
耿山	大蛇、朱獳		水晶石
涔水	鴛鴦		

原文

又南三百八十里,曰餘峨之山。其上多梓楠,其下多荊芑[1]。雜餘之水出焉,東流注於黃水。有獸焉,其狀如菟(ㄊㄨˋ),而鳥類喙,鴟(ㄔ)目蛇尾,見人則眠[2],名犰狳(ㄑㄧㄡˊㄩˊ),其鳴自詨,見則螽[3](ㄓㄨㄥ)蝗為敗[4]。

又南三百里,曰杜父之山,無草木,多水。又南三百里,曰耿山,夫草木,多水碧[5],多大蛇。有獸焉,其狀如狐而魚翼,其名曰朱獳(ㄖㄨˊ),其鳴自詨,見則其國有恐。

又南三百里,曰盧其之山,無草木,多沙石,沙水出焉,南流注於涔水,其中多鵹(ㄌㄧˊ)鶘[6](ㄏㄨˊ),其狀如鴛鴦而人足,其鳴自詨,見則其國多土功。

譯文

再往南三百八十里,是餘峨山。山上有茂密的梓樹和楠木樹,山下多牡荊樹和枸杞樹。雜餘水發源於此,向東流入黃水。山中有一種野獸,形狀像兔子,長著鳥的喙嘴、鶘鷹的眼睛和蛇的尾巴。牠一看見人就躺下裝死,叫做犰狳,發出的叫聲就像在呼喚自己的名字,牠一出現,就會蟲蝗遍野、田園荒蕪。

再往南三百里,是杜父山。山上沒有花草樹木,水源豐富。再往南三百里,是耿山。山上沒有花草樹木,到處是水晶石,多大蛇。山中還有種野獸,形狀像狐狸,長著魚鰭,叫做朱獳,叫聲如同在呼喚自己的名字。牠出現的地方,就會發生大恐慌。

再往南三百里,是盧其山。山上沒有花草樹木,沙石遍布。沙水發源於此,向南流入涔水,水邊多鵹鶘鳥,其體形像鴛鴦,長著人腳,叫聲猶如呼喚自己的名字,牠出現的地方,就會有很多水土工程的勞役。

【注釋】

①芑:通「杞」。即枸杞樹。

②眠:這裡指裝死。

③螽:即螽斯,蝗蟲之類的昆蟲,但對農作物的損害不如蝗蟲厲害。

④為敗:即為害。

⑤水碧:即水晶石。

⑥鵹鶘:即鵜鶘鳥,也叫做伽藍鳥、淘河鳥、塘鳥。

犰狳　明‧蔣應鎬圖本

現在也有犰狳，是美洲特產的穴居動物，牠腿很短，耳朵豎著，腳上有五個爪子，全身覆蓋著堅硬的鱗甲，其肉質鮮美，可以食用。

朱獳 明‧蔣應鎬圖本

鴛鵐 明‧蔣應鎬圖本

異獸	形態	今名	異兆及功效
犰狳	形狀像兔子，長著鳥的喙嘴、鴟鷹的眼睛和蛇的尾巴。發出的叫聲就像在呼喚自己的名字。		牠一看見人就躺下裝死；牠一出現，就會蟲蝗遍野、田園荒蕪。
朱獳	形狀像狐狸，長著魚鰭，發出的叫聲就如同在呼喚自己的名字。	赤狐	牠出現的地方，就會發生大恐慌。
鴛鵐	體形像鴛鴦，長著人腳，發出的鳴叫聲有如呼喚自己的名字。	鵜鶘	牠出現的地方，就會有很多水土工程的勞役。

山海經地理考

餘峨山	➤	今白山	➤	①葛山的首端是狼林山的東白山，再向南380里則是朝鮮半島的白山，也就是餘峨山。 ②依據原文推測，可能位於江蘇徐州附近。
雜餘水	➤	今龍興江	┄	今朝鮮咸鏡道的龍興江，又稱為泥河。
黃水	➤	今松田灣	┄	雜餘水注入黃水，而龍興江注入松田灣，由此而斷。
杜父山	➤	今杜霧山	┄	依據當地方言推測而來。
盧其山	➤	今秀龍山	┄	①依據杜霧山的地理位置推測而來。 ②依據山川位置推算，可能在江蘇境內。
沙水	┄	今江蘇大沙河	┄	①發源於江蘇豐縣陳莊，全長50餘公里。 ②依據原文推測，沙水即為龍津江。

3 從姑射山到姑逢山
狐狸樣的獙獙能致旱災

山水名稱	動物	礦物
南姑射山	大蛇	碧玉、水晶石
緱氏山		金玉
姑逢山	獙獙	金玉

原文

又南三百八十里，曰姑射（一せヽ）之山，無草木，多水。
又南水行三百里，流沙百里，曰北姑射之山，無草木，多石。
又南三百里，曰南姑射之山，無草木，多水。
又南三百里，曰碧山，無草木，多蛇，多碧、多玉。
又南五百里，曰緱（《ヌ）氏之山，無草木，多金玉。原水出焉，東流注於沙澤。
又南三百里，曰姑逢之山，無草木，多金玉。有獸焉，其狀如狐而有翼，其音如鴻雁，其名曰獙獙[①]（ㄅ一ヽ），見則天下大旱。

譯文

再往南三百八十里，是姑射山。山上沒有花草樹木，但到處流水潺潺。

姑射山往南行三百里水路，再經過一百里流沙，就到了北姑射山，山上沒有花草樹木，到處怪石嶙峋。

再往南三百里，是南姑射山，山上沒有花草樹木，但到處流水潺潺。

再往南三百里，是碧山。山上沒有花草樹木，還有許多大蛇，但這裡遍地都是精美的碧玉、水晶石。

再往南五百里，是緱氏山。山上沒有花草樹木，但有豐富的金屬礦物和各色美玉。原水發源於此，向東注入沙澤。

再往南三百里，是姑逢山。山上沒有花草樹木，山中蘊藏有豐富的金屬礦物和各色美玉。山中有一種野獸，其形狀像狐狸，背上長著一對翅膀，牠發出的聲音如同大雁啼叫，叫做獙獙。牠一旦出現，天下就會發生大旱災。

【注釋】

① 獙獙：一種怪獸。

獮 獮　明・蔣應鎬圖本

　　古代傳說中的一種怪獸，形狀似狐狸而有翅膀，聲音似大雁。

異獸	形態	異兆及功效
獮獮	形狀像狐狸，背上長著一對翅膀，牠發出的聲音如同大雁啼叫。	一出現，天下就會發生大旱災。

山海　地理考

姑射山	→今山西姑射山	→①古今同名的一座山，位於山西省臨汾市的西部，又名石孔山，屬呂梁山脈。 ②依據山川里程推算，為韓國京畿道離海岸不遠的江華島。
北姑射山今	→群島總稱	→包括禮成江口與漢江口以南群島在內。
南姑射山	→具體名稱不詳	→位於朝鮮半島之上。
碧山	→今韓國大山	→位於韓國全羅道的西部。
緱氏山	→今德裕山	→德裕山地跨韓國全羅北道、慶尚南道兩個道四個郡。
原水、沙澤	→今南江、東江三角洲	→位於廣東省中部。
姑逢山	→今智異山	→又名頭流山，是韓國五岳中的南岳。

4 從鳧麗山到磹山
九頭九尾的蠱蛭能吃人

山水名稱	動物	礦物
鳧麗山	蠱蛭	金玉、箴石
磹山	㺍㺍、絜鉤	

原文

　　又南五百里，曰鳧麗之山，其上多金玉，其下多箴石，有獸焉，其狀如狐，而九尾、九首、虎爪，名曰蠱（ㄉㄨㄥˊ）蛭，其音如嬰兒，是食人。

　　又南五百里，曰磹山，南臨磹水，東望湖澤，有獸焉，其狀如馬，而羊目、四角、牛尾，其音如嗥狗，其名曰㺍㺍。見則其國多狡客[1]。有鳥焉，其狀如鳧而鼠尾，善登木，其名曰絜（ㄐㄧㄝˊ）鉤，見則其國多疫。

　　凡東次二經之首，自空桑之山至於磹山，凡十七山，六千六百四十里。其神狀皆獸身人面載[2]觡[3]（ㄍㄜˊ）。其祠：毛用一雞祈，嬰[4]用一璧瘞。

譯文

　　再往南五百里，是鳧麗山。山上有各種金屬礦物和美玉，山下盛產可以製成醫療器具針的箴石。山中有種野獸，外形像狐狸，有九條尾巴、九個腦袋，腳上還長著虎爪一樣的爪子，叫做蠱蛭，吼聲就像嬰兒啼哭，能吃人。

　　再往南五百里，是磹山。南面臨磹水，向東可望湖澤。山中有種野獸，外形像馬，卻長著羊眼、牛尾，頭上還頂著四個角，聲音如同狗叫，叫做㺍㺍，牠出現的地方就會有很多奸猾的小人。山中還有種鳥，其形狀像野鴨子，長著老鼠一樣的尾巴，擅長攀登樹木，叫做絜鉤。牠在哪個國家出現，哪個國家就會瘟疫橫行。

　　總計東方第二列山系之首尾，自空桑山起到磹山止，一共十七座山，綿延六千六百四十里。諸山山神的形貌都是獸身人面，頭上還戴著麋鹿角。祭祀山神的禮儀：在帶毛禽畜中用一隻雞取血塗在祭器上，然後將一塊玉璧獻祭後埋入地下。

【注釋】

①狡客：指奸猾的小人。

②載：即戴，一般指將東西戴在頭上。

③觡：即骨角，專指麋、鹿等動物頭上的角。

④嬰：古代人用玉器祭祀神的專稱。

蠱雕 明・蔣應鎬圖本

越是偏遠的原始山林中，越是有許多性情凶猛的異獸。鳧麗山中九頭九尾的蠱雕就是以人為食。據說在古時，敲擊銅發出的轟然巨響，可嚇阻凶獸，使之遠離人類的居住場所。因此，為嚇走凶獸，人們就鑄造大型的銅器，並在器身用雲雷作為紋飾。

絜鈎　明・蔣應鎬圖本

獸身人面神　明・蔣應鎬圖本　　　狓狋　明・蔣應鎬圖本

異獸	形態	今名	異兆及功效
蠱雕	外形像狐狸，卻有九條尾巴、九個腦袋，腳上還長著虎爪一樣的爪子，吼聲就像嬰兒啼哭。		能吃人。
狓狋	外形像馬，卻長著羊眼、牛尾，頭上還頂著四個角，聲音如同狗叫。	鵝喉羚	牠出現的地方就會有很多奸猾的小人。
絜鈎	形狀像野鴨子，卻長著老鼠一樣的尾巴，擅長攀登樹木。	啄木鳥	牠在哪個國家出現，哪個國家就會瘟疫橫行。

山海經地理考

鳧麗山	▶	今鬥峰山	▶	①依據姑逢山向南五百里推測，即為鬥峰山。 ②依據山川里程推測，此山可能在今安徽省境內。
磹山	▶	今高山	▶	①高山，位於韓國濟州島之上。 ②依據山川里程推測，可能為安徽省宿州市西北部的睢陽山。
磹水	▶	今濉河	▶	①濉河，源於碭山縣東卞樓，位於睢陽山的南面。 ②可能是韓國全羅道南部的耽津江。

　　《東次三經》主要記載東方第三列山系上的動植物及礦物。此山系所處的位置大約在今山東省、日本一帶，從屍胡山起，一直到無皋山止，一共九座山，諸山山神的形貌均是人身羊角。山中有一種長得像鳥，而又長有六隻腳的鮯鮯魚；還有長著牛身馬尾巴的精精。無皋山卻因環境惡劣，山上寸草不生，四季颶風。

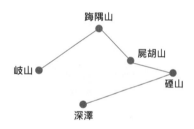

踇隅山

屍胡山

岐山

硜山

深澤

【本圖山川地理分布定位】

精精

絜鈎

婴胡

虎

獸身人面神

鮯鮯魚

筱筱

【本圖人神怪獸分布定位】

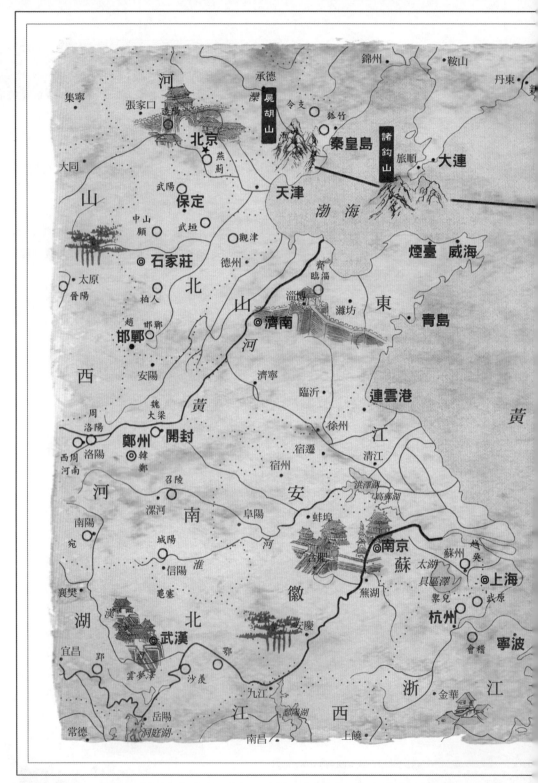

本圖根據張步天教授「《山海經》考察路線圖」繪製，《東次三經》中屍胡山至無皋山共九座山的地理位置在圖中皆有所體現。

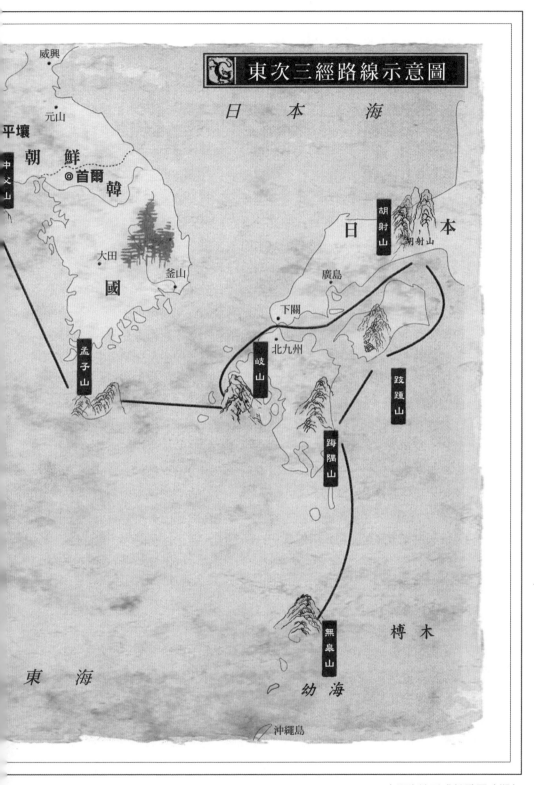

東次三經路線示意圖

日 本 海

威興

元山

平壤

朝 鮮

中文山

◎首爾

韓

大田

釜山

國

孟子山

胡射山

明射山

日 本

廣島

下關

北九州

岐山

跂踵山

蛑隅山

東 海

幼 海

無皋山

槫 木

沖繩島

（此路線形成於戰國時期）

1 從屍胡山到孟子山

長著魚眼的媭胡

山水名稱	動物	植物	礦物
屍胡山	媭胡	酸棗樹	金玉
岐山	虎	桃樹、李樹	
諸銅山	寐魚		
孟子山	麋、鹿	梓樹、桐樹、桃樹、李樹、菌蒲	
碧陽	鱣魚、鮪魚		

原文

　　又東次三經之首，曰屍胡之山，北望㐱山，其上多金玉，其下多棘。有獸焉，其狀如麋而魚目，名曰媭（ㄒㄩㄢˋ）胡，其鳴自詨。又南水行八百里，曰岐山，其木多桃李，其獸多虎。又南水行七百里，曰諸銅之山，無草木，多沙石。是山也，廣員百里，多寐魚①。又南水行七百里，曰中父之山，無草木，多沙。又東水行千里，曰胡射之山，無草木，多沙石。又南水行七百里，曰孟子之山，其木多梓桐，多桃李，其草多菌蒲②，其獸多麋鹿。是山也，廣員百里。其上有水出焉，名曰碧陽，其中多鱣③（ㄓㄢ）鮪④。

譯文

　　東方第三列山系的頭一座山，叫做屍胡山。從山頂向北可望見㐱山，山上盛產金玉，山下有茂盛的酸棗樹。山中有一種野獸，其樣子像麋鹿，卻長著一對魚眼，叫做媭胡，叫聲像是呼喚自己的名字。屍胡山再往南行八百里水路，便是岐山。山上樹木多桃樹和李樹，野獸以老虎為主。再往南行七百里水路，便是諸銅山。山上沒有花草樹木，到處是沙石。這座山方圓百里，山下的水裡有很多寐魚。再往南行七百里水路，便是中父山。山上沒有花草樹木，到處是沙子。再往東行一千里水路，便是胡射山。山上沒有花草樹木，只有石頭沙子。再往南行七百里水路，便是孟子山。山上樹木多梓樹和桐樹，還有很多桃樹和李樹，山中的草多是菌蒲。山中野獸多麋和鹿。這座山方圓百里，有條叫碧陽的河流發源於此，水中有很多鱣魚和鮪魚。

【注釋】

①寐魚：又叫嘉魚、卷口魚，古人稱為鮇魚。這種魚魚體延長，前部亞圓筒形，後部側扁。體暗褐色。須兩對，粗長。吻褶發達，裂如纓狀。

②菌蒲：即紫菜、石花菜、海帶、海苔之類。

③鱣：鱣魚，據古人說是一種大魚，體形像鱓魚而鼻子短，大的有兩三丈長。

④鮪：鮪魚，據古人說就是鱘魚，體形像鱣魚而鼻子長，體無鱗甲。

婹胡 明·蔣應鎬圖本

　　清朝人郝懿行就曾經見過婹胡，據他記述，他在嘉慶五年奉朝廷之命冊封琉球回國，途中在馬齒山停泊，當地人就向他進獻了兩頭鹿，毛色淺而且眼睛很小，像魚眼，當地人說是海魚所化，但郝懿行認為牠就是婹胡。

虎 明·蔣應鎬圖本

鱣 清·汪紱圖本

鮪 清·汪紱圖本

異獸	形態	今名	異兆及功效
婹胡	樣子像麇鹿，卻長著一對魚眼。	白脣鹿	牠發出的叫聲就像是呼喚自己的名字。

山海經地理考

屍胡山	→	今韓國濟州島	→	①濟州島，韓國最大的島嶼，其整個島嶼是一座山，在濟州島的中央，有一個因火山噴發而形成的漢拿山。②依據原文推測，即為山東省煙臺市西北部的芝罘山。
岐山	→	今長島	→	①長島，位於山東省蓬萊市北部。②依據原文推測，即為日本的渡海島
諸鉤山	→	今日本境內高山	→	諸鉤山，為日本九州島西北部港灣附近高山的統稱。
中父山	→	今日本霧島山的山嶺	→	霧島山，位於日本九州南部的鹿兒島縣和宮崎縣交界處的火山群總稱。
胡射山	→	今日本富士山	→	富士山位於東京西南方約80公里處，是日本第一高峰，橫跨靜岡縣和山梨縣的休眠火山。
孟子山	→	今日本木會山	→	富士山向南七百里的位置，即為木會山。

2 從跂踵山到無皋山
六角鳥尾的鮯鮯魚

山水名稱	動物	礦物
跂踵山	大蛇、蠪龜、鮯鮯魚	美玉
踇隅山	精精	赭石、金玉

圖解山海經

原文

　　又南水行五百里，流沙五百里，有山焉，曰跂（ㄑㄧˇ）踵之山，廣員二百里，無草木，有大蛇，其上多玉。有水焉，廣員四十里皆湧，其名曰深澤，其中多蠪龜①。有魚焉，其狀如鯉。而六足鳥尾，名曰鮯鮯（ㄍㄜˊ）之魚，其鳴自詨。又南水行九百里，曰踇（ㄇㄨˇ）隅之山，其上多草木，多金玉，多赭。有獸焉，其狀如牛而馬尾，名曰精精，其鳴自詨。又南水行五百里，流沙三百里，至於無皋之山，南望幼海，東望榑木②，無草木，多風。是山也，廣員百里。凡東次三經之首，自屍胡之山至於無皋之山，凡九山，六千九百里。其神狀皆人身而羊角。其祠：用一牡③羊，米用黍④。是神也，見則風雨水為敗。

譯文

　　再往南行五百里水路，過五百里流沙，是跂踵山。方圓二百里，沒有花草樹木，有很多大蛇，還有各色美玉。有一水潭，方圓四十里多為噴湧的泉水，叫做深澤。水中多蠪龜。還有種魚，其形狀像鯉魚，長有六隻腳和鳥尾巴，叫做鮯鮯魚，叫聲就像在呼喚自己的名字。再往南行九百里水路，是踇隅山。山上有茂密的花草樹木、豐富的金屬礦物和各色美玉，還有許多赭石。山中有種野獸，其外形像牛，卻長著一條馬尾巴，叫做精精，吼聲就像在呼喚自己的名字。再往南行五百里水路，經過三百里流沙，是無皋山。向南可望幼海，向東可遠眺榑木。山上沒有花草樹木，到處刮大風。占地方圓百里。總計東方第三列山系之首尾，自屍胡山起到無皋山止，一共九座山，綿延六千九百里。諸山山神的形貌都是人身羊角。祭祀山神的禮儀：在帶毛的牲畜中選用一隻公羊做祭品，祀神的米用黍。這些山神一出現就會起大風、下大雨、發大水，使農田顆粒無收。

【注釋】

①蠪龜：也叫赤蠪龜，據古人說是一種大龜，甲有紋彩。

②榑木：即扶桑，神話傳說中的神木，兩兩同根生，更相依倚，而太陽就是從這裡升起的。

③牡：指鳥獸的雄性。

④黍：一種穀物，性黏，子粒供食用或釀酒。北方人稱它為黃米。

蠵龜  清·《禽蟲典》

　　蠵龜也叫赤蠵龜，據古人說是一種大龜，甲有紋彩。古人將龜按其功能、棲息地不同而分為十種：神龜、靈龜、攝龜、寶龜、文龜、筮龜、山龜、澤龜、水龜、火龜，而深澤的龜就是一種靈龜，善於鳴叫，其龜甲可以用來占卜，又因為其龜甲像玳瑁而有光彩，所以也常常用來裝飾器物。

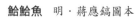

鮯鮯魚　明·蔣應鎬圖本

人身羊角神　明·蔣應鎬圖本

精精　明·蔣應鎬圖本

異獸	形態	異兆及功效
鮯鮯魚	形狀像鯉魚，卻長有六隻腳和鳥尾巴。	叫聲就像在呼喚自己的名字。
精精	外形像牛，卻長著一條馬尾巴。	吼聲就像在呼喚自己的名字。

山海經地理考

跂踵山	具體名稱不詳	位於日本紀伊半島上。
深澤	今琵琶湖	位於日本紀伊半島上。
踇隅山	今日本九州島附近山脈	日本九州島東北部的山嶺與岬崎所組成，呈腳趾狀，即為踇隅山。
無皋山	今嶗山	①依據山川里程推算，應為山東省青島市境內的嶗山。②依據前文路線推測，無皋山應為大琉球島。
幼海	今膠州灣	依據無皋山為嶗山推測，幼海即為嶗山西南部的膠州灣。

山海經

東次四經

《東次四經》主要記載東方第四列山系上的動植物及礦物。此山系所處的位置大約在今吉林省、黑龍江省、俄羅斯一帶，從北號山起，一直到太山止，一共八座山。山中有長著人面豬身的合窳，生性凶殘，能吃人，也以蟲、蛇之類的動物為食，一旦出現，天下就會洪水泛濫；還有一種叫做蜚的野獸，一旦出現，天下就會瘟疫橫行。

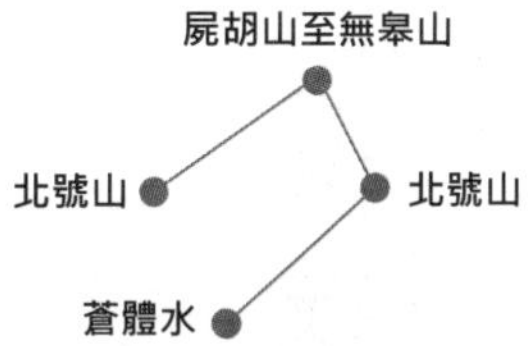
屍胡山至無皋山
北號山
北號山
蒼體水

【本圖山川地理分布定位】

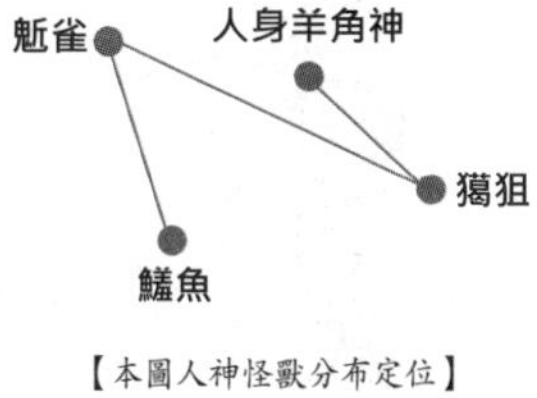
鬿雀
人身羊角神
獦狚
鱃魚

【本圖人神怪獸分布定位】

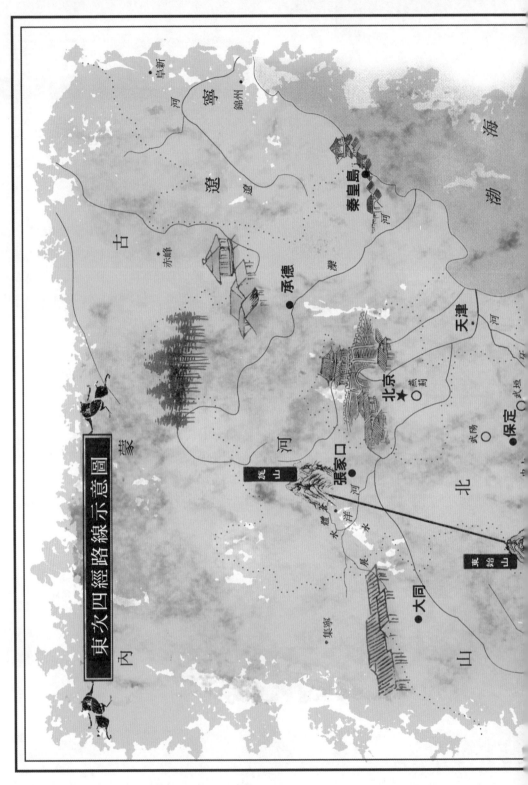

本圖根據張步天教授「《山海經》考察路線圖」繪製，圖中記載了《東次四經》中北號山至太山共八座山的今日考據位置。

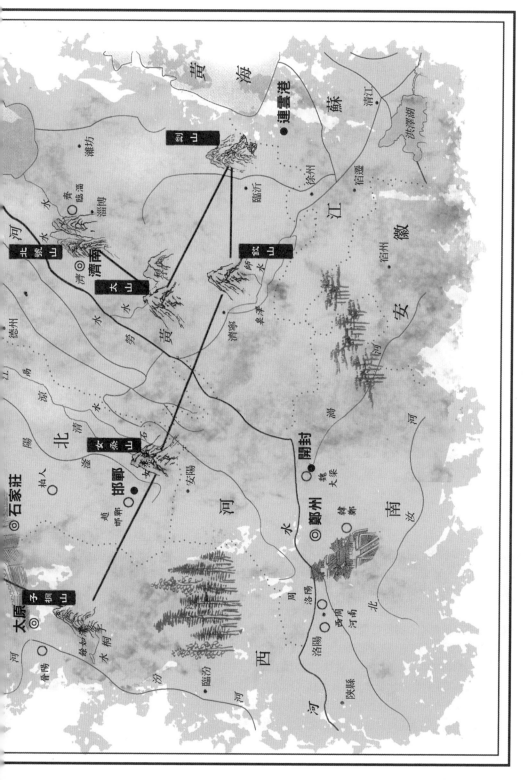

（此路線形成於戰國時期）

1 從北號山到東始山

鼠眼猲狙能吃人

山水名稱	動物	植物	礦物
北號山	猲狙、蚝雀	類楊樹	
蒼體水	鱃魚		
東始山	芑		蒼玉
泚水	茈魚		美貝

原文

又東次四經之首，曰北號之山，臨於北海。有木焉，其狀如楊，赤華，其實如棗而無核，其味酸甘，食之不瘧。食水出焉，而東北流注於海。有獸焉，其狀如狼，赤首鼠目，其音如豚，名曰猲狙，是食人。有鳥焉，其狀如雞而白首，鼠足而虎爪，其名曰蚝雀，亦食人。又南三百里，曰㡾山，無草木。蒼體之水出焉，而西流注於展水，其中多鱃（くーヌ）魚[1]，其狀如鯉而大首，食者不疣[2]。又南三百二十里，曰東始之山，上多蒼玉。有木焉，其狀如楊而赤理，其汁如血，不實，其名曰芑[3]（くーˇ），可以服馬，泚水出焉，而東北流注於海，其中多美貝，多茈魚，其狀如鮒[4]（ㄈㄨˋ），一首而十身，其臭[5]如蘼蕪[6]食之不糒[7]。

譯文

東方第四列山系之首座山，叫做北號山，屹立北海邊。山中有種樹木，外形像楊樹，開紅花，果實與棗相似卻沒有核，酸中帶甜，吃了它，就不會患上瘧疾。食水發源於此，向東北流入大海。山中有種野獸，像狼，紅色腦袋，老鼠眼睛，聲音如同豬叫，叫做猲狙，能吃人。有種鳥，外形像雞，白色的腦袋，老鼠的腳和老虎的爪子，叫做蚝雀，能吃人。再往南三百里，是㡾山。山上沒有花草樹木，蒼體水發源於此，向西注入展水。水中多鱃魚，形狀像鯉魚而頭長得很大，吃了牠的肉，就不會生瘊子。再往南三百二十里，是東始山。山上多產蒼玉。山中有種樹木，其外形像楊樹卻有紅色紋理，樹幹中的汁液像血，不結果實，叫做芑，如果把它的汁液塗在馬身上就可馴服馬。泚水發源於此，向東北注入大海，水中多貝和茈魚，其形狀像鯽魚，一個腦袋，十個身子，散發出與蘼蕪草相似的香氣，人吃了牠就不會放屁。

【注釋】

①鱃魚：即鯀魚，也寫成鰌魚。

②疣：同「肬」。一種小肉瘤，即長在人體皮膚上的小疙瘩，俗稱瘊子。

③芑：同「杞」。

④鮒：即鯽魚。

⑤臭：氣味。

⑥蘼蕪：就是蘼蕪，一種香草，葉子像當歸草的葉子，氣味像白芷草的香氣。

⑦糒：同「屁」。

山海經異獸考

 明·蔣應鎬圖本

傳說明朝崇禎年間，鳳陽地方出現很多惡鳥，兔頭雞身鼠足，大概就是鮨雀。當時人們說牠肉味鮮美，但骨頭有劇毒，人吃了能被毒死。牠同獨一樣，也經常禍害人類。

獨狙 明·蔣應鎬圖本

鱂魚 明·蔣應鎬圖本

異獸	形態	今名	異兆及功效
獨狙	像狼，長著紅色腦袋，老鼠眼睛，聲音如同豬叫。	豺狗	能吃人。
鮨雀	像雞，白色的腦袋，老鼠一樣的腳和老虎一樣的爪子。	胡兀鷲	能吃人。
鱂魚	形狀像鯉魚，而頭長得很大。	泥鰍	吃了牠的肉，就不會生瘰子。
茈魚	形狀像鯽魚，一個腦袋卻長了十個身子，散發出與蘼蕪草相似的香氣。	黃羊	人吃了牠就不會放屁。

山海經地理考

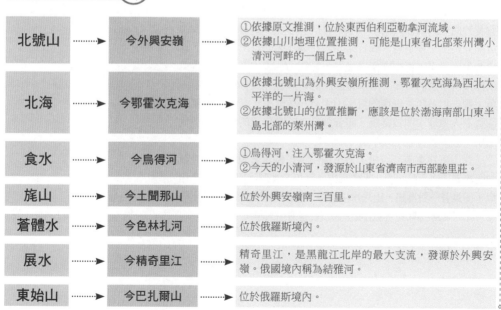

北號山	→	今外興安嶺	→	①依據原文推測，位於東西伯利亞勒拿河流域。②依據山川地理位置推測，可能是山東省北部萊州灣小清河河畔的一個丘阜。
北海	→	今鄂霍次克海	→	①依據北號山為外興安嶺所推測，鄂霍次克海為西北太平洋的一片海。②依據北號山的位置推斷，應該是位於渤海南部山東半島北部的萊州灣。
食水	→	今烏得河	→	①烏得河，注入鄂霍次克海。②今天的小清河，發源於山東省濟南市西部睦里莊。
旄山	→	今土聞那山	→	位於外興安嶺南三百里。
蒼體水	→	今色林扎河	→	位於俄羅斯境內。
展水	→	今精奇里江	→	精奇里江，是黑龍江北岸的最大支流，發源於外興安嶺。俄國境內稱為結雅河。
東始山	→	今巴扎爾山	→	位於俄羅斯境內。

2 從女烝山到子桐山

豬樣獠牙當康能帶旱災

山水名稱	動物	礦物
鬲水	薄魚	
欽山	當康	金玉
師水	鱃魚、文貝	
子桐水	鯩魚	

原文

　　又東南三百里，曰女烝（ㄓㄥ）之山，其上無草木，石膏水出焉，而西流注於鬲（ㄍㄜˊ）水，其中多薄魚，其狀如鱣[①]（ㄓㄢ）魚而一目，其音如歐[②]，見則天下大旱。又東南二百里，曰欽山，多金玉而無石。師水出焉，而北流注於皋澤，其中多鱃魚，多文貝。有獸焉，其狀如豚而有牙[③]，其名曰當康，其鳴自詨，見則天下大穰。

　　又東南二百里，曰子桐之山。子桐之水出焉，而西流注於餘如之澤。其中多鯩魚，其狀如魚而鳥翼，出入有光。其音如鴛鴦，見則天下大旱。

譯文

　　再往東南三百里，是女烝山。山上沒有花草樹木。石膏水發源於此，向西注入鬲水。水中有很多薄魚，其形狀像一般的魚卻只長了一隻眼睛，聲音如同人在嘔吐，一旦出現，天下就會發生大旱災。再往東南二百里，是欽山。山中遍地的黃金美玉卻沒有普通的石頭。師水發源於此，向北注入皋澤，水中多魚，還有很多色彩斑斕的貝。山中有一種野獸，其外形像豬，卻長著大獠牙，叫做當康，叫聲就像在呼喚自己的名字，一旦出現，天下就會發生大旱災。

　　欽山再往東南二百里，是子桐山。子桐水發源於此，然後向西流淌，注入餘如澤。水中有很多鯩魚，其形狀與一般的魚相似，卻長著一對鳥翅，出入水中時身上會閃閃發光，而牠發出的聲音如同鴛鴦鳴叫。一旦出現，天下就會發生大旱災。

【注釋】

①鱣：通「鱔」。即鱔魚，俗稱黃鱔。

②歐：指嘔吐。

③牙：這裡指露出嘴唇之外的令人可怕的尖銳而又鋒利的大牙齒。

鱃魚　明·蔣應鎬圖本

當 康　明·蔣應鎬圖本

　　傳說當天下要獲得豐收的時候，牠就從山中出來啼叫，告訴人們豐收將至。所以牠雖然樣子不太好看，卻是一種瑞獸。據《神異經》中記載，南方有種奇獸，樣子像鹿，卻長著豬頭和長長的獠牙，能夠滿足人們祈求五穀豐登的願望，可能就是這種當康獸。

薄魚　明·蔣應鎬圖本

異獸	形態	異兆及功效
薄魚	形狀像一般的魚，卻只長了一隻眼睛，聲音如同人在嘔吐。	一旦出現，天下就會發生大旱災。
當康	外形像豬，卻長著大獠牙，叫聲就像在呼喚自己的名字。	一旦出現，天下就會發生大旱災。
鱃魚	形狀與一般的魚相似，卻長著一對鳥翅，而牠發出的聲音如同鴛鴦鳴叫。	出入水中時身上會閃閃發光，一旦出現，天下就會發生大旱災。

山海經地理考

女烝山	➤ 今山東石膏山	➤ ①位於山東省臨朐縣，雄踞在太岳山北段，為太岳山主峰之一，海拔2532公尺。 ②厖山是土螻那山，東南三百里即為布列因山脈，此山脈即為女烝山。
石膏水	➤ 今布列亞河	➤ 布列亞河是俄羅斯遠東區南部、黑龍江左岸的第二大支流，由左、右布列亞河交匯而成。
鬲水	➤ 今黑龍江	➤ 因布列亞河注入黑龍江，所以，鬲水即黑龍江。
欽山	➤ 今黑龍江完達山山脈	➤ 位於黑龍江東部，長白山脈的最北端。
師水	➤ 今黑龍江饒河	➤ 位於黑龍江東北部，經沼澤區向東注入烏蘇里江與混同江匯合後入海。
皋澤	➤ 今大片沼澤	➤ 位於黑龍江省撫遠縣與佳木斯市之間。
子桐山	➤ 具體名稱不詳	➤ 不詳。
子桐水	➤ 今興凱湖	➤ 在黑龍江省東南部的中俄邊境上，北部屬中國，南部屬俄羅斯。

3 從剡山到太山
白頭獨眼蜚能帶瘟疫

圖解山海經

山水名稱	動物	礦物
剡山	合窳	金玉
太山	蜚	金玉
鋼水	鱣魚	

原文

　　又東北二百里，曰剡（一ㄢˋ）山，多金玉。有獸焉，其狀如彘而人面。黃身而赤尾，其名曰合窳（ㄩˋ），其音如嬰兒，是獸也，食人，亦食蟲蛇，見則天下大水。

　　又東北二百里，曰太山，上多金玉、楨木①。有獸焉，其狀如牛而白首，一目而蛇尾，其名曰蜚，行水則竭，行草則死，見則天下大疫，鋼水出焉，而北流注於勞水，其中多鱣魚。

　　凡東次四經之首，自北號之山至於太山，凡八山，一千七百二十里。

譯文

　　再往東北二百里，是剡山。山上蘊藏有豐富的金屬礦物和各色美玉。山上棲息著一種野獸，其外形像豬，卻長著一副人的面孔，黃色的身體後面長著紅色尾巴，叫做合窳，牠發出的吼叫聲就如同嬰兒啼哭。合窳獸生性凶殘，能吃人，也以蟲、蛇之類的動物為食，牠一旦出現，天下就會洪水氾濫。

　　再往東北二百里，是太山。山上有豐富的金屬礦物和各色美玉，還有茂密的女楨樹林。山中有一種野獸，其形狀像普通的牛，腦袋卻是白色的，只長了一隻眼睛，身後還有條蛇一樣的尾巴，叫做蜚。牠行經有水的地方水就會乾涸，行經有草的地方草就會枯死，而且一旦出現，天下就會瘟疫橫行。鋼水發源於此，向北流入勞水，水中有很多鱣魚。

　　總計東方第四列山系之首尾，自北號山起到太山止，一共八座山，全長一千七百二十里。

【注釋】

① 楨木：即女楨，一種灌木，葉子對生，革質，卵狀披針形，在冬季不凋落，四季常青。

蜚 明·蔣應鎬圖本

　　相傳，蜚是災難之源，就好比死神，是一種可怕的災獸。據說春秋時，蜚曾出現過一次；當時江河枯竭，草木枯萎，人畜瘟疫流傳，天地灰暗無生氣。

合窳 明·蔣應鎬圖本

蜚 清·《禽蟲典》

異獸	形態	異兆及功效
合窳	外形像豬，卻長著一副人的面孔，黃色的身子後面長著紅色尾巴，牠發出的吼叫聲就如同嬰兒啼哭。	能吃人，也以蟲、蛇之類的動物為食，牠一旦出現，天下就會洪水泛濫。
蜚	形狀像普通的牛，腦袋卻是白色的，只長了一隻眼睛，身後還有條蛇一樣的尾巴。	牠行經有水的地方水就會乾涸，行經有草的地方草就會枯死，而且一旦出現，天下就會瘟疫橫行。

山海經地理考

剡山	今山東境內	①依據太山為山東省臨朐縣東南的東泰山推斷，剡山即在今山東境內。 ②依據山川里程推算，剡山即為巴士古山脈。
太山	今東泰山	①東泰山，位於沂蒙山區北部，連接臨朐、沂水、沂源三縣，主峰玉皇頂，處臨朐縣境內。 ②依據原文推測，此山南起符拉迪沃斯托克沿海北行到達混同江近海處。
錭水	今伊曼河	伊曼河，發源於俄羅斯境內，向東注入烏蘇里江。
勞水	今烏蘇里江	烏蘇里江發源於吉林省東海濱的錫赫特山脈主峰南段西麓，靠近東海的石人溝。是中國黑龍江支流，也是中國與俄羅斯的界河。

第五卷

中山經

《中山經》是《山海經》
中所記地區的中心，
也是記述最詳盡、
內容最豐富的一部分。
共有一百九十七座山。

其中記述了薄山山系、
濟山山系、蒿山山系、
厘厘山山系等十二列山系的山川地貌。
《中山經》所載山脈占據了廣闊的地域，
其間河流遍布，
祭祀山神的禮儀也大有不同。

《中次一經》主要記載中央第一列山系上的動植物及礦物。此山系所處的位置大約在今山西省一帶，從甘棗山起，一直到鼓鐙山止，一共十五座山，諸山山神的祭祀禮儀也各不相同。山上長有鬼草，人食用之後可以忘記憂愁，從此無憂無慮；水中還有可以治癒白癬的豪魚；此外，還有豐富的銅礦、鐵礦等。

【本圖山川地理分布定位】

【本圖人神怪獸分布定位】

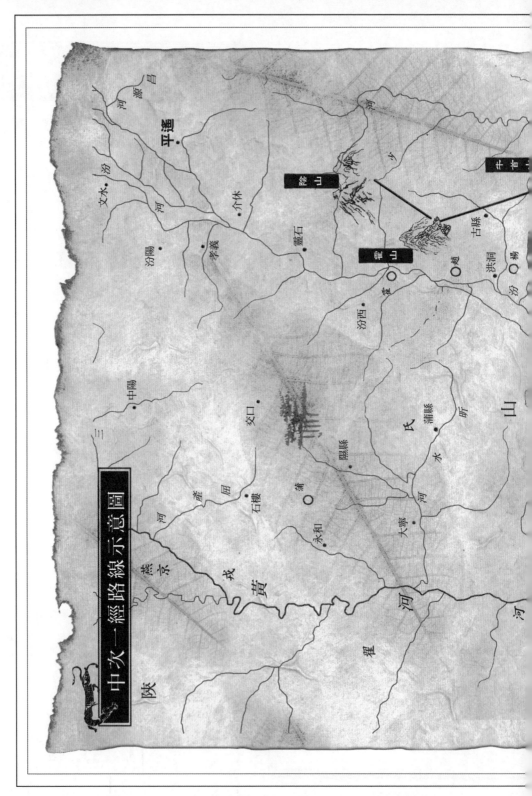

本圖根據張步天教授「《山海經》考察路線圖」繪製，圖中記載了甘棗山至鼓鐙山共十五座山的考據位置。

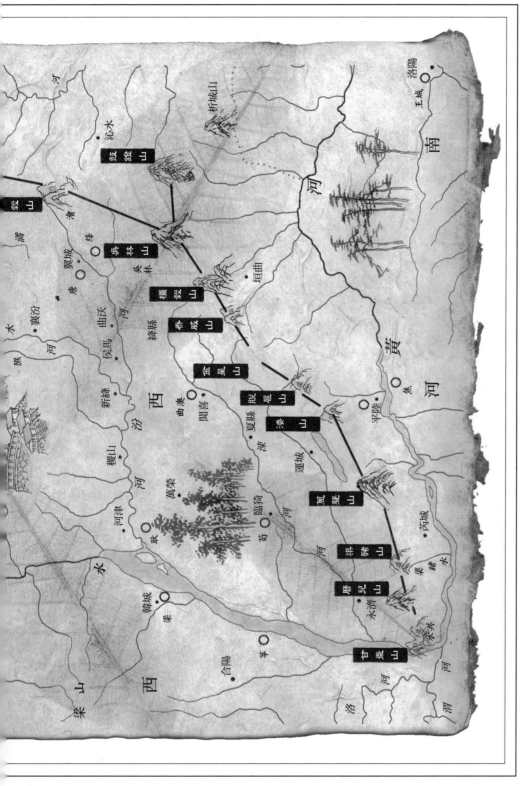

河

沁水

鼓鐙山

崤山

濟

河

涑水

襄城

唐

襄汾

水

黑

河

鼓山

吳林山

吳林

繹縣

曲沃

侯馬

新繹

汾

西

櫻山

河

河津

萬榮

耿

臨猗

苟

稷山

金星山

闡喜

曲澳

夏縣

涑

連城

河

河

析城山

垣曲

金星山

膃昌山

溪山

平陸

焦

蒐甓山

芮城

漳豬山

漳

橿穀山

喬威山

黃

河

南

王城

洛陽

唐兒山

永濟

永濟

渭水

甘夷山

河

洛

渭

梁山

西

合陽

莘

梁

韓城

水

（此路線形成於春秋、戰國時期）

從甘棗山到渠豬山

尾巴上長紅羽毛的豪魚

山水名稱	動物	植物
甘棗山	䱅	杻樹、蘀
曆兒山		櫪樹、枥樹
渠豬水	豪魚	
渠豬山		竹

原文

中山經薄山之首，曰甘棗之山，共水出焉，而西流注於河。其上多杻木。其下有草焉，葵本①而可葉。黃華而莢②實，名曰蘀（ㄊㄨㄛ丶），可以已瞢③（ㄇㄥ丶）。有獸焉，其狀如猷鼠④而文題，其名曰䱅，食之已癭。

又東二十里，曰曆兒之山，其上多櫪，多枥木，是木也，方莖而圓葉，黃華而毛，其實如楝⑤（ㄌㄧㄢ丶），服之不忘。又東十五里，曰渠豬之山，其上多竹，渠豬之水出焉，而南流注於河。

其中是多豪魚，狀如鮪，赤喙尾赤羽，可以已白癬⑥（ㄒㄩㄢ丶）。

譯文

中央第一列山系叫做薄山山系，其首座山叫做甘棗山。共水發源於此，向西注入黃河。山上有茂密的杻樹林。山下有一種奇特的草，莖幹像葵菜，葉子像杏樹，開黃花，結帶莢的果實，叫做蘀，人吃了它可以治癒眼睛昏花。山中有一種野獸，其外形像猷鼠，但額頭上有花紋，叫做䱅，吃了牠的肉就能治好人脖子上的贅瘤。

再往東二十里，是曆兒山。山上多櫪樹，還有一種枥樹，這種樹的莖幹是方的，而葉子是圓的，開黃色的花，而花瓣上還有細細的絨毛，它結的果實就像楝樹的果實，人吃了可以增強記憶力而不會健忘。再往東十五里，是渠豬山。山上有茂密的竹林。渠豬水發源於此，向南注入黃河。

水中多豪魚，其形狀像一般的鮪魚，但長著紅色的嘴喙，尾巴上還長有紅色的羽毛，人吃了牠的肉就能治癒白癬之類的痼疾。

【注釋】

① 本：即草木的根或莖幹。這裡指莖幹。
② 莢：凡草木果實狹長而沒有隔膜的，都叫做莢。
③ 瞢：眼目不明。
④ 猷鼠：不詳何獸。
⑤ 楝：楝樹，也叫苦楝，落木材堅實，易加工，供家具、樂器、建築、農具等用。
⑥ 癬：指皮膚感染真菌後引起的一種疾病，有多種。

山海經異獸考

䴆 明・蔣應鎬圖本

據說，吃了牠的肉就能治好人脖子上的贅瘤，還可以治好眼病。

䴆 清・《禽蟲典》

豪魚 明・蔣應鎬圖本

異獸	形態	今名	異兆及功效
䴆	外形像鼠，但額頭上有花紋。	馬來熊	吃了牠的肉就能治好人脖子上的贅瘤。
豪魚	形狀像一般的鮪魚，但長著紅色的嘴喙，尾巴上還長有紅色的羽毛。	鱘魚	人吃了牠的肉就能治癒白癬之類的癰疾。

山海經地理考

薄山	今山西蒲山	位於山西省南部的中條山山脈中。
甘棗山	今山西甘桑山	①位於山西省芮城縣東北部。 ②根據曆兒山為山西永濟市的曆山來推測，甘棗山則位於山西省永濟市南部。
共水	今朱石河	位於山西省芮城縣東北部。
曆兒山	今山西曆山	位於山西省永濟市境內的中條山山脈中。
渠豬山	具體名稱不詳	依據山川里程位置推測，應在山西省芮城縣北部。
渠豬水	今永樂河	位於山西省芮城縣境內。

2 從蔥聾山到泰威山

植楮可治精神抑鬱

山水名稱	動物	礦物
蔥聾山		白惡土、黑惡土、青惡土、黃惡土
湊山		赤銅、鐵
脫扈山	山植楮	
金星山	天嬰	
泰威山	鱣魚、鮪魚	鐵

圖解山海經

原文

又東三十五里，曰蔥聾之山，其中多大谷，是多白惡，黑、青、黃惡。

又東十五里，曰湊（ㄨㄛˋ）山，其上多赤銅，其陰多鐵。

又東七十里，曰脫扈之山。有草焉，其狀如葵葉而赤華，莢實，實如棕莢，名曰植楮（彳ㄨˇ），可以已癙①（ㄕㄨˇ），食之不眯②（ㄇㄧ）。

又東二十里，曰金星之山，多天嬰③，其狀如龍骨④，可以已痤⑤。

又東七十里，曰泰威之山。其中有谷，曰梟谷，其中多鐵。

譯文

渠豬山再往東三十五里，是蔥聾山。山中有很多又深又長的幽谷。山上盛產惡土之類的塗料，到處是白惡土，還有黑惡土、青惡土、黃惡土。

蔥聾山再往東十五里，是湊山。山上蘊藏有豐富的黃銅，山的北坡盛產鐵。

湊山再往東七十里，是脫扈山。山中有一種神奇的草，形狀像葵菜的葉子，開紅色的花，結帶莢的果實，果實的莢就像棕樹的果莢，叫做植楮，可以治癒憂鬱症，而且服食它還能使人不做噩夢。

脫扈山再往東二十里，是金星山。山中有很多叫天嬰的東西，其形狀與龍骨相似，可以用來治療痤瘡。

金星山再往東七十里，是泰威山。山中有一道幽深的峽谷，叫做梟谷，那裡有豐富的鐵。

【注釋】

①癙：即憂病。

②眯：即夢魘。指人因在睡夢中遇見可怕的事而呻吟、驚叫。

③天嬰：不詳。

④龍骨：據古人講，在山岩河岸的土穴中常有死龍的脫骨，而生長在這種地方的植物就叫龍骨。

⑤痤：即痤瘡。

蜀 葵

　　蜀葵屬錦葵科，多年生大草本花卉。
蜀葵的根、莖、葉、花、種子是藥材，清
熱解毒，內服治便祕、解河豚毒、利尿、
治痢疾。外用治瘡瘍、燙傷等症。

冬葵草

異木	形態	異兆及功效
蜀葵	多年生大草本花卉，莖直立而高。葉片互生，呈心臟形。	為藥材，能夠清熱解毒，內服治便祕。
冬葵	有紫莖、白莖二種，以白莖為多，大葉小花，花紫黃色，其最小者，名鴨腳葵。	冬葵子甘，寒，能利水，滑腸，下乳。

山海經地理考

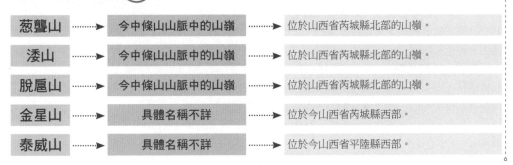

葱聾山	今中條山山脈中的山嶺	位於山西省芮城縣北部的山嶺。
澟山	今中條山山脈中的山嶺	位於山西省芮城縣北部的山嶺。
脫扈山	今中條山山脈中的山嶺	位於山西省芮城縣北部的山嶺。
金星山	具體名稱不詳	位於今山西省芮城縣西部。
泰威山	具體名稱不詳	位於今山西省平陸縣西部。

3 從櫃谷山到合谷山

喜跳躍的飛魚，能治痔瘡

山水名稱	動物	植物	礦物
櫃谷山			赤銅
吳林山		蘦草	
牛首山（勞水）	（飛魚）	鬼草	
霍山	朏朏	構樹	
合谷山		薔棘	

圖解 山海經

原文

又東十五里，曰櫃谷之山。其中多赤銅。又東百二十里，曰吳林之山，其中多蘦（ㄐㄧㄢ）草[1]。

又北三十里，曰牛首之山。有草焉，名曰鬼草，其葉如葵而赤莖，其秀[2]如禾，服之不憂。

勞水出焉，而西流注於潝（ㄩˋ）水，是多飛魚，其狀如鮒（ㄈㄨˋ）魚，食之已痔衕（ㄊㄨㄥˋ）。

又北四十里，曰霍山，其木多谷。有獸焉，其狀如狸[3]，而白尾，有鬣，名曰朏朏（ㄈㄟˇ），養之可以已憂。又北五十二里，曰合谷之山，是多薔（ㄓㄢ）棘[4]。

譯文

泰威山再往東十五里，是櫃谷山。山中蘊藏有豐富的赤銅。櫃谷山再往東一百二十里，是吳林山。山中有茂盛的蘭草。

吳林山再往北三十里，是牛首山。山中有一種叫鬼草的奇特植物，葉子與葵菜葉相似，而莖幹卻是紅色的，開的花像禾苗吐穗時開的花架，服食這種草就能使人無憂無慮。勞水發源於此，然後向西奔騰而去，最後注入潝水。水中有很多飛魚，其形狀像一般的鯽魚，喜歡躍出水面，人吃了這種飛魚的肉就能治癒痔瘡和痢疾。

牛首山再往北四十里，是霍山。山上林木蓊鬱，有茂密的構樹林。山中有一種野獸，其形狀像普通的野貓，卻長著一條長長的白色尾巴，身上長有鬣毛，叫做朏朏，人飼養牠就可以消除憂愁。霍山再往北五十二里，是合谷山。山中到處是薔棘。

【注釋】

[1] 蘦草：蘦，同「蘭」，即蘭，蘦草就是蘭草。

[2] 秀：指禾類植物開花。引申開來，泛指草木開花。

[3] 狸：即俗稱的野貓，像狐狸而又小一些，身肥胖而短一點。

[4] 薔棘：不詳何種植物。

飛魚　明·蔣應鎬圖本

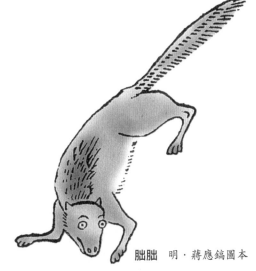

朏朏　明·蔣應鎬圖本

　　相傳，人吃了這種飛魚的肉就能治癒痔瘡和痢疾。還有人認為這種魚能夠飛入雲層中，還能在驚濤駭浪中游泳，牠的翼像蟬一樣清透明亮，牠們出入時喜好群飛。

異獸	形態	今名	異兆及功效
飛魚	形狀像一般的鯽魚，喜歡躍出水面。		人吃了這種飛魚的肉就能治癒痔瘡和痢疾。
朏朏	形狀像普通的野貓，卻長著一條長長的白色尾巴，身上長有鬃毛。	白鼬	人飼養牠，就可以消除憂愁。

山海經地理考

橿谷山 ……▶	具體名稱不詳 ……▶	因其與泰威山、吳林山相連，可推斷，此山在山西省平陸縣境內。
牛首山 ……▶	今山西鳥嶺山位 ……▶	於山西省臨汾市境內。
勞水 ……▶	今長壽河 ……▶	位於山西省浮山縣北部。
潏水 ……▶	今響水河 ……▶	位於陝西省襄汾縣境內。
霍山 ……▶	今山西霍山 ……▶	位於山西省霍州市及洪洞縣、古縣、沁源縣、靈石等地。
合谷山 ……▶	具體名稱不詳 ……▶	位於山西省中南部。

4 從陰山到鼓鐙山

榮草能治癒瘋痺病

山水名稱	植物礦	物
陰山	雕棠樹	磨刀石、帶條紋的石頭
鼓鐙山	榮草	赤銅

原文

　　又北三十五里，曰陰山，多礪石、文石。少水出焉，其中多雕棠，其葉如榆葉而方，其實如赤菽①（ㄕㄨ），食之已聾。

　　又東北四百里，曰鼓鐙（ㄉㄥˋ）之山，多赤銅。有草焉，名曰榮草，其葉如柳，其本如雞卵，食之已風。

　　凡薄山之首，自甘棗之山至於鼓鐙之山，凡十五山，六千六百七十里。曆兒、冢也，其祠禮：毛，太牢之具，縣②（ㄒㄩㄢˊ）以吉玉③。其餘十三者，毛用一羊，縣嬰用桑封④，瘞而不糈。

　　桑封者，桑主也，方其下而銳⑤其上，而中穿之加金。⑥

譯文

　　再往北三十五里，是陰山。山中多磨刀石，還有很多帶有花紋的石頭。少水發源於此。山中多雕棠樹，葉子像榆樹葉，卻呈四方形，結的果實和紅豆相似，吃了它，可以治癒人的耳聾。

　　再往東北四百里，是鼓鐙山。山上盛產赤銅。山中有榮草，其葉子與柳樹葉相似，根莖卻像雞蛋，人吃了它，就能治癒瘋痺病。

　　總計薄山山系之首尾，自甘棗山起，到鼓鐙山止，一共十五座山，綿延六千六百七十里。曆兒山是諸山的宗主，祭祀曆兒山山神的禮儀：在帶毛的禽畜中，選用豬、牛、羊三牲齊全的太牢，再懸掛上吉玉獻祭。祭祀其餘十三座山的山神，需在帶毛禽畜中選用一隻羊做祭品，再懸掛上祀神玉器中的藻珪獻祭，祭禮完畢埋入地下，而不用米祀神。所謂藻珪，就是藻玉，其下端呈長方形而上端有尖角，中間有圓形穿孔，並貼有黃金作為裝飾。

【注釋】

①菽：指大豆，引申為豆類的總稱。

②縣：同「懸」。

③吉玉：這裡的吉玉就是一種美稱，意思是美好的玉。

④桑封：即藻珪，指用帶有色彩斑紋的玉石製成的玉器。

⑤銳：上小下大。這裡指三角形尖角。

⑥據學者研究，「藻珪者」以下的幾句話，原本是古人的解釋性語句，不知何時竄入正文。因底本如此，今姑仍其舊。

高聳入雲的樹

　　遠古時代，人類征服自然的初期，地球上物種豐富，除了怪異的動物外，也有很多奇異的植物；例如：果實可增強記憶力的樹。巨杉也是其中一種，它不但生長快，而且壽命極長；最高的巨杉可達三十多公尺，樹幹的直徑也有十多公尺，若從中央開一個洞，可並駕通過兩匹馬；因此它又被稱為「世界爺」。可惜的是，巨杉同其他古老而珍貴的植物一樣遭過度砍伐幾近消亡。

山海經地理考

陰山	┈┈▶	今山西綿山	┈┈▶	位於山西省靈石縣、沁源縣的交界處，是霍山向北延伸的一條支脈。
少水	┈┈▶	今沁河	┈┈▶	位於山西、河南兩省境內，源於山西省沁源縣霍山，全長450公里。
鼓鐙山	┈┈▶	今山西馬陵關、黃花嶺	┈┈▶	位於山西省晉中市平遙縣東部百里。

中次二經

　　《中次二經》主要記載中央第二列山系上的動植物及礦物。此山系所處的位置大約在今河南省一帶，從煇諸山起，一直到蔓渠山止，一共九座山，諸山山神的形貌均是人面鳥身，祭祀山神的禮儀均相同。山中有長著人面虎身的馬腹，傳說其很凶狠，能吃人；還有昆吾山所特有的赤銅等。

【本圖山川地理分布定位】

【本圖人神怪獸分布定位】

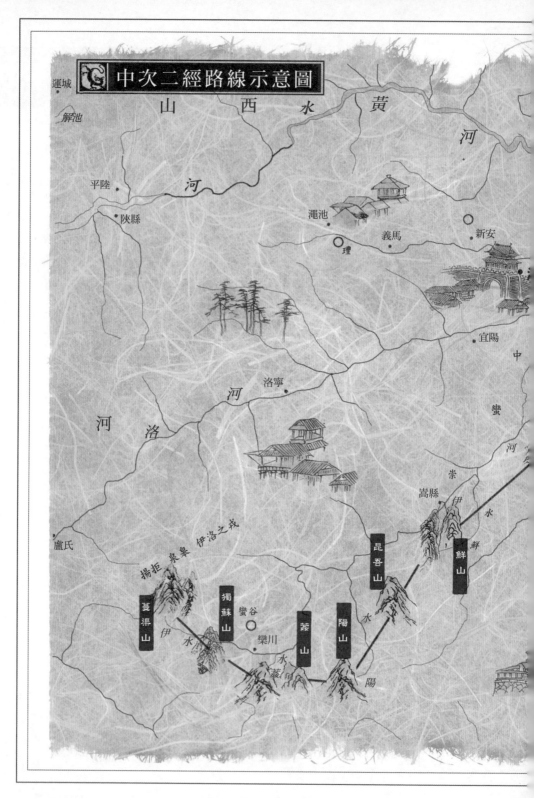

本圖根據張步天教授「《山海經》考察路線圖」繪製，圖中記載了《中次二經》中諸山到蔓渠山共九座山的地理位置。

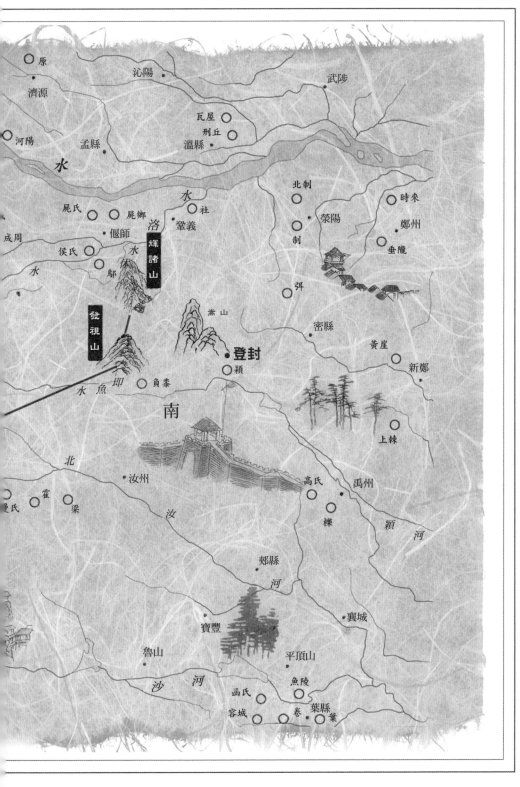

原

濟源

沁陽

武陟

瓦屋
刑丘
溫縣

河陽

孟縣

水

北制

時來

屍氏　屍鄉

社

洛水

鞏義

滎陽

鄭州

偃師

輝諸山

制

垂隴

侯氏

水

水

鄔

發視山

崧山

登封

穎

密縣

黃崖

新鄭

水魚
即

負黍

南

弈

上棘

北

汝州

高氏

禹州

水
氏　霍
梁

汝

穎河

櫟

郟縣

河

襄城

寶豐

魯山

平頂山

魚陵

沙　河

函氏
容城

巷

葉縣
葉

（此路線形成於春秋、戰國時期）

1 從輝諸山到鮮山

雙翅鳴蛇能帶來旱災

山水名稱	動物	植物	礦物
輝諸山	山𤢪、麋鹿、鶡鳥	桑樹	
發視山			金玉、磨刀石
豪山			金玉
鮮山（鮮水）	（鳴蛇）		金玉

原文

中次二經濟山之首，曰輝（ㄏㄨㄟ＿）諸之山，其上多桑，其獸多閭①（ㄌㄩˊ）𪊽，其鳥多鶡②（ㄏㄜˊ）。

又西南二百里，曰發視之山，其上多金玉，其下多砥礪。即魚之水出焉，而西流注於伊水。

又西三百里，曰豪山，其上多金玉而無草木。

又西三百里，曰鮮山，多金玉，無草木，鮮水出焉，而北流注於伊水。其中多鳴蛇，其狀如蛇而四翼，其音如磬，見則其邑大旱。

譯文

　　中央第二列山系叫濟山山系，它的頭一座山，叫做輝諸山。山上有茂密的桑樹林，山中野獸以山𤢪和𪊽鹿為最多，禽鳥則多為鶡鳥。

　　輝諸山再往西南二百里，是發視山，山上有豐富的金屬礦物和各色美玉，山下遍布可以用來磨刀的砥礪石。即魚水發源於此，向西注入伊水。

　　發視山再往西三百里，是豪山。山上有大量的金屬礦物和各色美玉，但沒有花草樹木。

　　豪山再往西三百里，是鮮山。有豐富的金屬礦物和各色美玉，沒有花草樹木。鮮水發源於此，向北注入伊水。水中有很多鳴蛇，其樣子像普通的蛇，卻長著兩對翅膀，叫聲如同敲磬一樣響亮，牠在哪裡出現，哪裡就會發生旱災。

【注釋】

①閭：就是前文所說的形狀像驢而長著羚羊角的山𤢪。

②鶡：即鶡鳥。據古人說，鶡鳥像野雞而大一些，天性勇猛好鬥，絕不退卻，直到鬥死為止。

鶡 清·《禽蟲典》

　　鶡鳥體形與野雞類似，比野雞稍大一些，羽毛青色，長有毛角，天性凶猛好鬥，於是人們把牠看做勇猛的象徵。傳說黃帝與炎帝在阪泉大戰時，黃帝軍隊舉著畫有鶡、鷹之類猛禽的旗幟，其中就有畫鶡鳥的，取的就是牠勇猛不畏死的特質。

鳴蛇　清·《禽蟲典》

異獸	形態	異兆及功效
鳴蛇	樣子像普通的蛇，卻長著兩對翅膀，叫聲如同敲磬一樣響亮。	牠在哪裡出現，哪裡就會發生旱災。
鶡	比野雞稍大一些，羽毛青色，長有毛角，天性凶猛好鬥。	人飼養牠，就可以消除憂愁。

山海經地理考

輝諸山	——▶	今河南五寨山	——▶	①位於河南省登封市境內。 ②可能是濟水所發源的山脈，即河南省濟源市的王屋山。
發視山	——▶	今河南八風山。	——▶	位於河南省登封市西北，中岳嵩山上的八風山
即魚水	——▶	今江左河	——▶	古稱「大狂水」，源於八風山。
伊水	——▶	今伊河	——▶	位於河南省西部，發源於熊耳山南麓的欒川縣，最後注入洛水。
豪山	——▶	今河南狼皞山	——▶	位於河南省登封市西部。
鮮山	——▶	具體名稱不詳	——▶	根據山川里程推算，位於河南省嵩縣境內。
鮮水	——▶	具體名稱不詳	——▶	根據鮮山的位置推斷，位於河南省嵩縣境內。

2 從陽山到葌山
長翅化蛇能帶來水災

山水名稱	動物	植物	礦物
陽水	化蛇		
昆吾山	蠪蚳		赤銅
葌山		芒草	金玉、石青、雄黃

圖解
山海經

原文

又西三百里，曰陽山，多石，無草木。陽水出焉，而北流注於伊水。其中多化蛇，其狀如人面而豺[1]身，鳥翼而蛇行[2]，其音如叱呼，見其邑大水。

又西二百里，曰昆吾之山，其上多赤銅[3]。有獸焉，其狀如彘而有角，其音如號，名曰蠪蚳（ㄌㄨㄥˊ ㄓˇ），食之不眯。

又西百二十里，曰葌山。葌水出焉，而北流注於伊水，其上多金玉，其下多青雄黃。有木焉，其狀如棠而赤時，名曰芒（ㄇㄤˊ）草[4]，可以毒魚。

譯文

再往西三百里，是陽山。山上岩石遍布，沒有花草樹木。陽水發源於此，向北注入伊水。水中有很多化蛇，牠長著人的腦袋，卻有像豺一樣的身子，背上也長有禽鳥的翅膀，卻只能像蛇一樣蜿蜒爬行，發出的聲音就如同人在喝斥。牠出現在哪裡，哪裡就會發生水災。

再往西二百里，是昆吾山，山上盛產赤銅。山中有種野獸，其樣子和一般的豬相似，但頭上卻長著角，牠吼叫起來就如同人在號啕大哭，名字叫蠪蚳，吃了牠的肉，人就不會做噩夢。

再往西一百二十里，是葌山。葌水發源於此，向北注入伊水。山上有豐富的金屬礦物和各色玉石，山下則盛產石青、雄黃一類礦物。山中有一種高大的草，其形狀像棠梨樹，而葉子是紅色的，叫做芒草，能毒死魚。

【注釋】

① 豺：一種凶猛的動物，比狼小一些。
② 蛇行：指蜿蜒曲折地伏地爬行。
③ 赤銅：指傳說中的昆吾山所特有的一種銅，色彩鮮紅，如同赤火一般。所制刀劍非常鋒利，切割玉石如同削泥一樣。
④ 芒草：又作莽草，也可單稱為芒，一種有毒性的草。可能芒草長得高大如樹，所以這裡稱它為樹木，其實是草。

化蛇 明·蔣應鎬圖本

鳴蛇和化蛇都是蛇類，還比鄰而居，形象卻大不一樣，性情更是完全相反，鳴蛇兆旱，化蛇兆水。

蠪蚳 明·蔣應鎬圖本

異獸	形態	異兆及功效
化蛇	像豺一樣的身子，背上也長有禽鳥的翅膀，卻只能像蛇一樣蜿蜒爬行，發出的聲音就如同人在喝斥。	牠出現在哪裡，哪裡就會發生水災。
蠪蚳	樣子和一般的豬相似，但頭上卻長著角，牠吼叫起來就如同人在號啕大哭。	吃了牠的肉，人就不會做噩夢。

山海經地理考

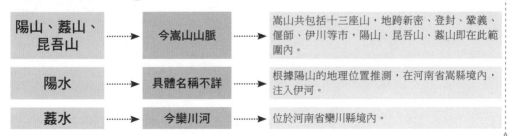

陽山、蕘山、昆吾山	→	今嵩山山脈	→	嵩山共包括十三座山，地跨新密、登封、鞏義、偃師、伊川等市，陽山、昆吾山、蕘山即在此範圍內。
陽水	→	具體名稱不詳	→	根據陽山的地理位置推測，在河南省嵩縣境內，注入伊河。
蕘水	→	今欒川河	→	位於河南省欒川縣境內。

3 從獨蘇山到蔓渠山
人面虎身馬腹能吃人

山水名稱	動物	植物	礦物
蔓渠山	馬腹	竹	金玉

原文

又西一百五十里，曰獨蘇之山，無草木而多水。

又西二百里，曰蔓渠之山，其上多金玉，其下多竹箭。伊水出焉，而東流注於洛。有獸焉，其名曰馬腹，其狀如人面虎身，其音如嬰兒，是食人。凡濟山之首，自煇諸之山至於蔓渠之山，凡九山，一千六百七十里，其神皆人面而鳥身。祠用毛，用一吉玉[1]，投而不糈[2]。

譯文

薤山再往西一百五十里，是獨蘇山。山上光禿荒蕪，沒有生長花草樹木，但卻到處流水潺潺，溪流奔騰。獨蘇山再往西二百里，是蔓渠山，山上蘊藏有豐富的金屬礦物和各色玉石，山下則鬱鬱蔥蔥，到處是小竹叢。伊水發源於此，奔出山澗後向東注入洛水。山中棲息著一種野獸，叫做馬腹，其形狀奇特，有人的面孔、老虎的身子，吼叫的聲音就如同嬰兒啼哭。能吃人。

總計濟山山系之首尾，自煇諸山起到蔓渠山止，一共九座山，蜿蜒一千六百七十里。諸山山神的形狀都是人面鳥身。祭祀山神時，要用帶毛的牲畜做祭品，再選一塊吉玉投向山谷，祀神時不用精米。

【注釋】

[1]吉玉：指彩色的玉石。
[2]糈：指精米。

馬腹 明·蔣應鎬圖本

　　傳說馬腹又叫水虎，棲息在水中，身上還有與鯉魚類似的鱗甲，牠常常將爪子浮在水面吸引人，如果有人去戲弄牠的爪子，牠便將人拉下水殺死。民間稱馬腹為馬虎，因其異常凶狠的性情，古人常用其嚇唬淘氣的孩子說：「馬虎來了！」頑皮的孩子便立即不敢做聲。

人面鳥身神 清·汪紱圖本

異獸	形態	今名	異兆及功效
馬腹	形狀奇特，有人的面孔、老虎的身子，吼叫的聲音就如同嬰兒啼哭。	虎鼬	能吃人。

山海經地理考

獨蘇山	➡	今河南嵩山的一部分	➡	位於河南省欒川縣西北部。
蔓渠山	➡	今河南悶頓嶺	➡	位於河南省欒川縣境內，為伊河的源頭。

《中次三經》主要記載中央第三列山系上的動植物及礦物。此山系所處的位置大約在今河南省、河北省一帶，從敖岸山起，一直到和山止，一共五座山，諸山山神相貌不一，祭祀禮儀也有不同。山中多赭石、黃金等礦物，還有貌如白鹿、頭上長有四隻角的夫諸。另外，和山蜿蜒回旋五重，有九條河從這裡發源。

【本圖山川地理分布定位】

【本圖人神怪獸分布定位】

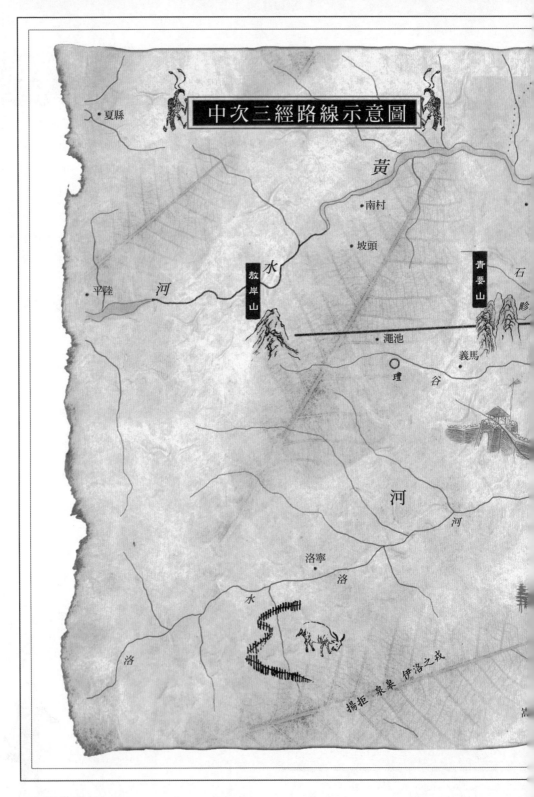

本圖根據張步天教授「《山海經》考察路線圖」繪製，圖中記載了《中次三經》中敖岸山至和山共五座山的考據位置。

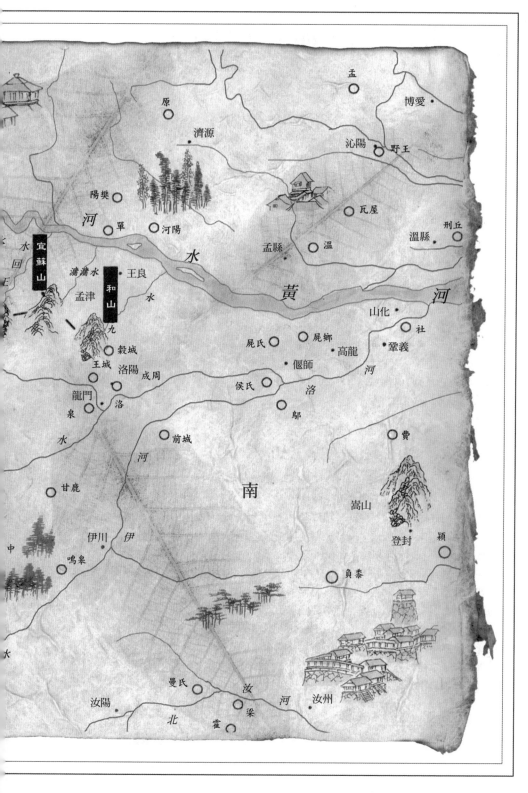

孟

博愛·

原
〇

濟源
·

沁陽　野王
〇·

陽樊
〇

瓦屋
〇

刑丘
·

河

單
〇

河陽
〇

溫縣
·

孟縣
·

溫
〇

水

宜蘇山

水回

瀟瀟水
孟津

王良
水

和山

黃

河

山化
·

社
〇

九

屍氏
〇

屍鄉
〇

鞏義
·

殼城
〇

高龍
·

王城
洛陽　成周

侯氏
〇

河

龍門
泉
水

洛
〇

鄔
〇

洛

前城
〇

費
〇

甘鹿
〇

河

南

嵩山

伊川
〇　伊

登封

潁
〇

中

鳴泉
〇

負黍
〇

曼氏
〇

汝梁
〇

汝

河

汝州
·

汝陽
·

北

霍
〇

（此路線形成於春秋、戰國時期）

從敖岸山到青要山
野鴨狀的鴢能讓人添丁

山水名稱	動物	植物	礦物
敖岸山	夫諸		玉、赭石、黃金
青要山	蝸牛、蒲盧	荀草	
畛水	鴢		

原文

中次三以貧山之首，曰敖岸之山，其陽多㻬琈之玉，其陰多赭、黃金。神熏池居之。是常出美玉。北望河林，其狀如茜①如舉②。有獸焉，其狀如白鹿而四角，名曰夫諸，見則其邑大水。

又東十里，曰青要之山，實惟帝之密都③。北望河曲，是多駕鳥④。南望墠（ㄕㄢˋ）渚，禹父⑤之所化，中多僕累⑥、蒲盧⑦。魁⑧武羅司之，其狀人面而豹文，小要而白齒，而穿耳以鐻⑨（ㄐㄩˋ），其鳴如鳴玉。是山也，宜女子。畛（ㄓㄣˇ）水出焉，而北流注於河。其中有鳥焉，名曰鴢（一ㄠ），其狀如鳧，青身而朱目赤尾，食之宜子。有草焉，其狀如葌，而方莖黃華赤實，其本如槁本⑩，名曰荀草，服之美人色。

譯文

中央第三列山系貧山山系的首座山，叫敖岸山。山南多玉，山北多赭石、黃金。山上居住著天神熏池，這裡生美玉。向北可望黃河和叢林，形狀好似茜草和欅柳。山中有種野獸，形狀像白鹿，頭上長著四隻角，叫做夫諸，牠在哪裡出現，哪裡就會發生水災。

再往東十里，是青要山。也是天帝的密都。向北可望黃河拐彎處，那裡多野鵝。向南可望墠，是大禹的父親鯀變化為黃熊的地方，有很多蝸牛、蒲盧。山神武羅掌管這裡，長有人面，渾身豹斑紋，腰身細小，牙齒潔白，耳朵上還穿掛著金銀環，聲音像玉石在碰撞。此山適宜女子居住。畛水發源於此，向北注入黃河。水裡有種禽鳥，叫做鴢，其外形像野鴨，青色身子，淺紅色眼睛和深紅色尾巴，吃了牠的肉就能使人子孫興旺。山中有種草，形狀像蘭草，方形的莖幹，開黃花，結紅果，根像槁本，叫做荀草，服用它能讓皮膚紅潤。

【注釋】

① 茜：即茜草，一種多年生攀援草本植物，可作染料。

② 舉：即欅柳，落葉喬木，木材堅實，用途很廣。

③ 密都：即隱祕深邃的都邑。

④ 駕鳥：即駕鵝，俗稱野鵝。

⑤ 禹父：指大禹的父親鯀。

⑥ 僕累：即蝸牛，一種軟體動物。

⑦ 蒲盧：一種具有圓形貝殼的軟體動物，屬蛤、蚌之類。

⑧ 魁：一說是神鬼，即鬼中的神靈；一說是山神。

⑨ 鐻：即金銀製成的耳環。

⑩ 槁本：又名撫芎，一種香草，可作藥用。

燻池　清・汪紱圖本

武羅　明・蔣應鎬圖本

夫　諸　明・蔣應鎬圖本

形狀像白鹿，頭上長著四
隻角，叫做夫諸，牠在哪裡出
現，哪裡就會發生水災。

鴢　明・蔣應鎬圖本

異獸	形態	今名	異兆及功效
夫諸	形狀像白鹿，頭上長著四隻角。		牠在哪裡出現，哪裡就會發生水災。
鴢	其外形像野鴨，青色身子、淺紅色眼睛和深紅色尾巴。	魚鷹	吃了牠的肉就能使人子孫興旺。

山海經地理考

敖岸山	⋯⋯▶	今河北東首陽山	⋯⋯▶	位於河北省新安縣西北部。
青要山	⋯⋯▶	具體名稱不詳	⋯⋯▶	依據敖岸山的地理位置推測，青要山位於河南省新安縣境內。
畛水	⋯⋯▶	具體名稱不詳	⋯⋯▶	位於河南省新安縣境內，向北注入黃河的某條支流。

【第五卷　中山經】

2 從騩山到和山
豬狀飛魚可抵御兵刃之災

山水名稱	動物	植物	礦物
騩山（正回水）	（飛魚）	野棗樹	瑓琈玉
宜蘇山（滽滽水）	（黃貝）	蔓荊	金玉
和山			瑤、碧、蒼玉

原文

　　又東十里，曰騩山，其上有美棗，其陰有瑓琈之玉。正回之水出焉，而北流注於河。其中多飛魚①，其狀如豚而赤文，服之不畏雷，可以御兵②。又東四十里，曰宜蘇之山，其上多金玉，其下多蔓荊③之木。滽滽（ㄩㄥ）之水出焉，而北流注於河，是多黃貝。

　　又東二十里，曰和山，其上無草木而多瑤、碧，實惟河之九都④。是山也五曲，九水出焉，合而北流注於河，其中多蒼玉。吉神⑤泰逢司之，其狀如人而虎尾，是好居於萯山之陽，出入有光。泰逢神動天地氣也。凡萯山之首，自敖岸之山至於和山，凡五山，四百四十里。其祠：泰逢、熏池、武羅皆一牡羊副⑥（ㄆㄧ丶），嬰用吉玉。其二神用一雄雞瘞之。糈用稌。

譯文

　　再往東十里，是騩山。山上盛產美味野棗，山北盛產瑓琈玉。正回水發源於此，向北注入黃河。水中多飛魚，形狀像豬，渾身紅色斑紋，吃了牠的肉就能使人不怕打雷，還可避免兵刃之災。再往東四十里，是宜蘇山。山上盛產金玉，山下多荊棘。滽滽水發源於此，向北注入黃河，水中多黃色的貝類。

　　再往東二十里，是和山。山上沒有花草樹木，多瑤、碧一類的美玉。這座山回旋了五重，共有九條河水從這裡發源，匯合後向北注入黃河，水中多蒼玉。吉神泰逢主管這座山，祂的樣子像人，長著一條老虎的尾巴。泰逢喜歡住在萯山的陽面，每次出入時都會發光，還能興風布雨。

　　總計萯山山系之首尾，自敖岸山起到和山止，共五座山，四百四十里。祭祀泰逢、熏池、武羅三位山神的禮儀，用一隻開膛的公羊和一塊吉玉來祭拜。其餘兩座山山神是用一隻公雞獻祭後埋入地下，再灑上祀神用的稻米。

【注釋】

① 飛魚：與上文所述飛魚為同名異物。

② 兵：指兵器的鋒刃。

③ 蔓荊：一種灌木，長在水邊，苗莖蔓延，高一丈多，六月開紅白色花，九月結成的果實上有黑斑，冬天則葉子凋落。

④ 都：即匯匯聚。

⑤ 吉神：對神的美稱，即善神。

⑥ 副：指裂開、剖開。

泰逢 明·蔣應鎬圖本

傳說晉平公在澮水曾遇
見過泰逢，狸身而虎尾，晉平
公還以為他是個怪物。遇到過
泰逢的還有另外一個夏朝的昏
君孔甲，他在打獵時，泰逢
出現，並運用法力颳起一陣狂
風，頓時天昏地暗，結果使孔
甲迷了路。懲罰昏君，泰逢不
愧是一個吉神。

飛魚 明·蔣應鎬圖本

異獸	形態	今名	異兆及功效
飛魚	形狀像豬，渾身紅色斑紋。	黃河鯉魚	吃了牠的肉就能使人不怕打雷，還可避免兵刃之災。

山海經地理考

豗山	▶ 具體名稱不詳	▶ 位於河南省新安縣的北部。
正回水	▶ 今強川水	▶ 位於河南省孟津縣西北部。
宜蘇山	▶ 具體名稱不詳	▶ 位於河南省孟津縣附近。
潏潏水	▶ 今橫河	▶ ①位於河南省新安縣北部。 ②根據宜蘇山的位置推測，此水在河南省孟津縣境內。
和山	▶ 具體名稱不詳	▶ 位於河南省西北部，與宜蘇山相連。

中次四經

　　《中次四經》主要記載中央第四列山系上的動植物及礦物。此山系所處的位置大約在今河南省、陝西省一帶，從鹿蹄山起，一直到讙舉山止，一共九座山，諸山山神的形貌均是人面獸神，祭祀山神的禮儀沒有不同。山中花草樹木繁茂，礦物則多黃金、美玉，動物種類略少，卻又很多人魚、赤鷩。

【本圖山川地理分布定位】

【本圖人神怪獸分布定位】

注：本圖山川神獸均屬《東山經》

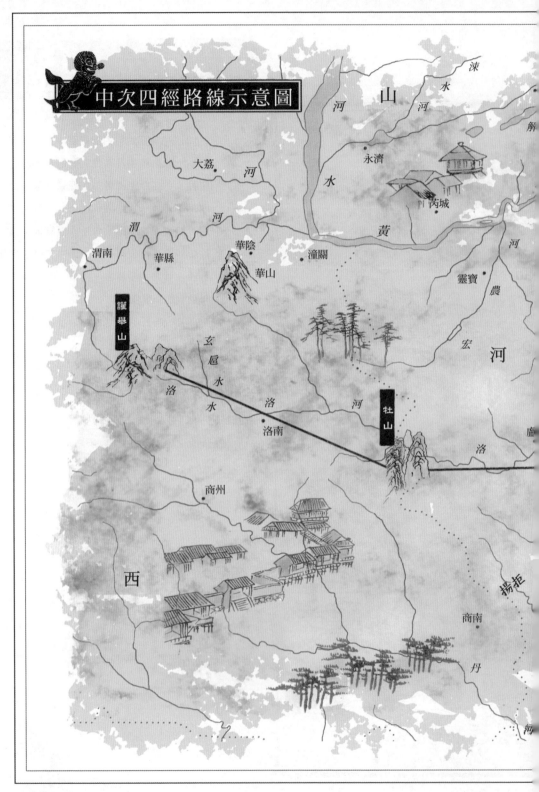

中次四經路線示意圖

凍水河

解

山

河水河

河

永濟

丙城

大荔 河

渭 河 水

黃

靈寶

農

渭南 華縣 華陰

華山

潼關

宏 河

玄扈水

洛

水

河 洛

盧

牡山

洛南

西 商州

揚拒

商南

丹

海

本圖根據張步天教授「《山海經》考察路線圖」繪製，圖中記載了《中次四經》中鹿蹄山到讙舉山
共九座山的所在位置。

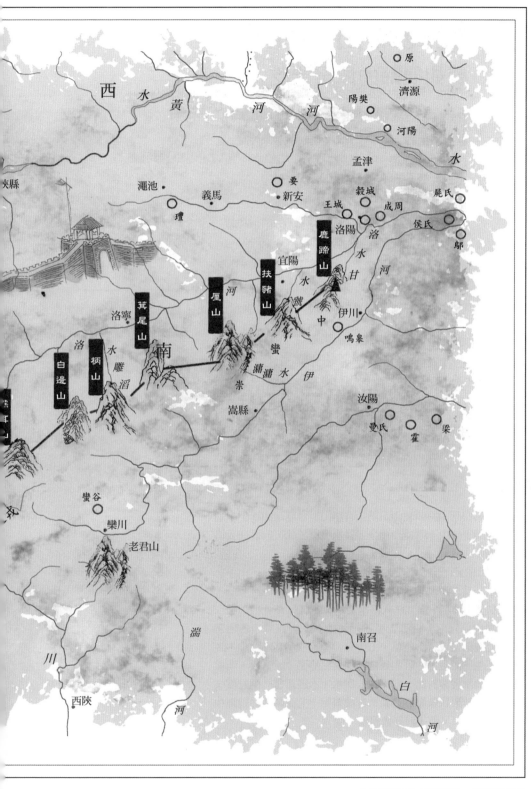

（此路線形成於春秋、戰國時期）

1 從鹿蹄山到厘山

聲如嬰啼的犀渠能吃人

山水名稱	動物	植物	礦物
鹿蹄山（甘水）			金、玉、（泠石）
扶豬山（虢水）	麐		礝石、（瓀石）
厘山	犀渠	蒐	玉
滽滽水			

原文

　　中次四經厘山之首，曰鹿蹄之山，其上多玉，其下多金。甘水出下，而北流注於洛，其中多泠（ㄐㄧㄥ）石。

　　西五十里，曰扶豬之山，其上多礝①（ㄖㄨㄢˇ）石。有獸焉，其狀如貉②而人目，其名曰麐。

　　虢水出焉，而北流注於洛，其中多瓀石③。

　　又西一百二十里，曰厘山，其陽多玉，其陰多蒐④。有獸焉，其狀如牛。蒼身，其音如嬰兒，是食人，其名曰犀渠。滽滽之水出焉，而南流注於伊水。有獸焉，名曰獺，其狀如獳（ㄋㄡˋ）犬⑤而有鱗，其毛如彘鬣。

譯文

　　中央第四列山系叫厘山山系，首座山叫做鹿蹄山。山上遍布璀璨的美玉，山下則盛產黃金。甘水發源於此，向北注入洛水，水中多泠石。

　　鹿蹄山往西五十里，是扶豬山。山上遍布著礝石。山中有一種野獸，其外形像貉，但臉上卻長著人的眼睛，名字叫麐。虢水從扶豬山發源，向北注入洛水，水中多瓀石。

　　扶豬山再往西一百二十里，是厘山。山南坡遍布各色美玉，山北坡則是茂密的茜草。山中有一種野獸，其形狀像牛，全身青黑色，而發出的吼叫聲卻如同嬰兒啼哭，能吃人，叫做犀渠。滽滽水發源於此，向南注入伊水。水邊還有一種野獸，名字叫獺，其形狀像發怒之犬，身披鱗甲，毛從鱗甲的縫隙中間長出來，又長又硬，就好像豬鬃一樣。

【注釋】

①礝：也寫成「瓀」。礝石是次於玉一等的美石。

②貉：也叫狗獾，是一種野獸。外形像狐狸而體態較肥胖，尾巴較短，尾毛蓬鬆，耳朵短而圓，兩頰有長毛，體色棕灰。

③蒐：即茅蒐，它的根是紫紅色，可作染料，並能入藥。

④獳犬：發怒樣子的狗。

犀渠　明·蔣應鎬圖本

犀渠的形狀像牛，發出的
吼叫聲就像嬰兒在啼哭一樣，
而且很凶猛，能夠吃人。

麢　清·《禽蟲典》

獜　明·蔣應鎬圖本

麢　明·蔣應鎬圖本

異獸	形態	今名	異兆及功效
麢	外形像貂，但臉上卻長著人的眼睛。	羷鹿	
犀渠	形狀像牛，全身青黑色，而發出的吼叫聲卻如同嬰兒啼哭。	犀牛	能吃人。
獜	形狀像發怒之犬，身披鱗甲，毛從鱗甲的縫隙中間長出來，又長又硬，就好像豬鬃一樣。	獜	

山海經地理考

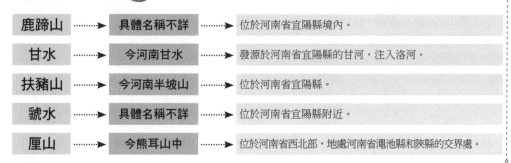

鹿蹄山 ……▶	具體名稱不詳 ……▶	位於河南省宜陽縣境內。
甘水 ……▶	今河南甘水 ……▶	發源於河南省宜陽縣的甘河，注入洛河。
扶豬山 ……▶	今河南半坡山 ……▶	位於河南省宜陽縣。
虢水 ……▶	具體名稱不詳 ……▶	位於河南省宜陽縣附近。
厘山 ……▶	今熊耳山中 ……▶	位於河南省西北部，地處河南省澠池縣和陝縣的交界處。

2 從箕尾山到熊耳山

能毒死魚的葶苧

山水名稱	動物	植物	礦物
箕尾山		構樹	璻珛玉、塗石
柄山	羬羊	茇	玉、銅
白邊山			金玉、石青、雄黃
熊耳山（浮濠水）	（人魚）	漆樹、棕樹、葶苧	水玉

圖解山海經

原文

又西二百里，曰箕尾之山，多穀，多塗石①，其上多璻珛之玉。

又西二百五十里，曰柄山，其上多玉，其下多銅。滔雕之水出焉，而北流注於洛。其中多羬羊。有木焉，其狀如樗，其葉如桐而莢實，其名曰茇②（ㄅㄚˊ），可以毒魚。

又西二百里，曰白邊之山，其上多金玉，其下多青、雄黃。

又西二百里，曰熊耳之山，其上多漆，其下多棕。浮濠之水出焉，而西流注於洛，其中多水玉，多人魚。有草焉，其狀如蘇③而赤華，名曰葶苧，可以毒魚。

譯文

厘山再往西二百里，是箕尾山。山上有茂密的構樹林和塗石，山頂上有很多璻珛玉。

箕尾山再往西二百五十里，是柄山。山上多玉石，山下有豐富的銅。滔雕水發源於此，向北注入洛水。山中有許多羊。山中還有一種樹木，其形狀像臭椿樹，葉子卻像梧桐葉，結出帶莢的果實，名字叫茇，能將魚毒死。

柄山再往西二百里，是白邊山。山上有豐富的金屬礦物和各色玉石，山下則盛產石青、雄黃。

白邊山再往西二百里，是熊耳山。山上有茂密的漆樹林，山下有茂密的棕樹林。浮濠水發源於此，向西注入洛水，水中有很多水晶石，還有許多人魚。山中有一種草，其形狀像蘇草，卻開紅色的花，叫做葶苧，其毒性能把魚毒死。

【注釋】

①塗石：就是上文所說的泠石，石質如泥一樣柔軟。

②茇：「茇」可能是「芫」的誤寫。芫即芫華，也叫芫花，是一種落葉灌木，春季先開花，後生葉，花蕾可入藥，根莖有毒性。

③蘇：即紫蘇，又叫山蘇，一年生草本植物，莖幹呈方形，葉子紫紅色，可作藥用。

梧桐

　　梧桐又叫白桐，是一種古老的樹種，它的葉子與臭椿樹的樹葉十分相像。陸璣《草木疏》中說，白桐宜制琴瑟。柄山上有種怪木，葉似梧桐，其枝、葉、果均有劇毒。和它不同的是，梧桐不但沒有毒，還可作藥用，有消腫痛、生髮的功效。

澤漆

異木	形態	異兆及功效
苃	形狀像臭椿樹，葉子卻像梧桐葉，結出帶莢的果實。	能將魚毒死。
葶苧	形狀像蘇草，卻開紅色的花。	其毒性能把魚毒死。

山海經地理考

箕尾山 ┈┈▶	今神靈寨山 ┈┈▶	位於河南省洛甯縣城東南26公里。
柄山 ┈┈▶	今河南巧女寨山 ┈┈▶	位於河南省西北部。
滔雕水 ┈┈▶	今巧女寨山山北的五條河流 ┈┈▶	位於河南省西北部，流經河南宜陽縣、洛甯縣、盧氏縣。
白邊山 ┈┈▶	具體名稱不詳 ┈┈▶	依據巧女寨山的地理位置推算，應在河南省盧氏縣境內。
熊耳山 ┈┈▶	今河南葡萄山 ┈┈▶	位於河南省西北部，秦嶺東段的支脈熊耳山中。
浮濠水 ┈┈▶	今葡萄山山南水流總稱 ┈┈▶	葡萄山山南有乾娘河、大石河、通河等河流。

3 從牡山到讙舉山
樹多、石多、怪獸多

山水名稱	動物	植物	礦物
牡山	㑊牛、羬羊、赤鷩	箭竹、䉋竹	帶條紋的石頭
玄扈山	馬腸		

圖解山海經

原文

> 又西三百里，曰牡山，其上多文石，其下多竹䉋，其獸多㑊牛、羬羊，鳥多赤鷩（ㄅㄧˋ）。
> 又西三百五十里，曰讙舉之山。雒（ㄌㄨㄛˋ）水出焉，而東北流注於玄扈之水，其中[1]多馬腸[2]之物。此二山者，洛間也。
> 凡厘冊之首，自鹿蹄之山至於玄扈之山，凡九山，千六百里七十里。其神狀皆人面獸身。其祠之，毛用一白雞，祈而不糈，以采衣[3]（ㄧˋ）之。

譯文

熊耳山再往西三百里，是牡山。山上遍布著各種色彩斑斕帶紋理的漂亮石頭，山下則到處有箭竹、䉋竹各類的竹子。山中有很多飛禽走獸，其中野獸以㑊牛、羬羊為最多，而禽鳥則以赤鷩為主。

牡山再往西三百五十里，是讙舉山。雒水發源於此，然後向東北流淌，注入玄扈水。玄扈山棲息著很多馬腸。在讙舉山與玄扈山之間，夾著一條洛水。

總計厘山山系之首尾，自鹿蹄山起到讙舉山止，一共九座山，綿延一千六百七十里。諸山山神的形貌都是人的面孔獸的身子。祭祀山神的辦法是：在帶毛禽畜中選用一隻白色雞獻祭，祀神不用精米，祭祀時要用彩色帛把白雞包裹起來。

【注釋】

[1] 其中：指玄扈山中。
[2] 馬腸：即上文所說的怪獸馬腹，人面虎身，叫聲如嬰兒哭，能吃人。
[3] 衣：此處用作動詞，穿的意思。

人面獸身神　明‧蔣應鎬圖本

　　厘山山系之首尾，自鹿蹄山起到譙舉山止，一共九座山。山上的山神均是人的面孔、獸的身體。其祭祀禮儀有一特別之處，即祀神不用精米。

異獸	形態	異兆及功效
人面獸身神	人的面孔，獸的身子。	管轄山內萬物生靈。

 山海經地理考

牡山 ········▶	今河南熊耳山中的山嶺 ········▶	位於河南省盧氏縣西部。
譙舉山 ········▶	今陝西老牛山 ········▶	位於陝西省洛南縣西北部。
雒水 ········▶	今洛河 ········▶	此水最西端源於老牛山。
玄扈水 ········▶	今洛河 ········▶	進入河南的部分依據雒水位置推斷而來。

《中次五經》主要記載中央第五列山系上的動植物及礦物。此山系所處的位置大約在今山西省、河南省一帶，從苟林山起，一直到陽虛山止，一共十六座山，諸山山神相貌不一，祭祀的禮儀也各不相同。有的山上寸草不生，有的山上花草樹木繁茂，山中礦產多金、錫、蒼玉等。

【本圖山川地理分布定位】

【本圖人神怪獸分布定位】

注：本圖山川神獸均屬《南山經》

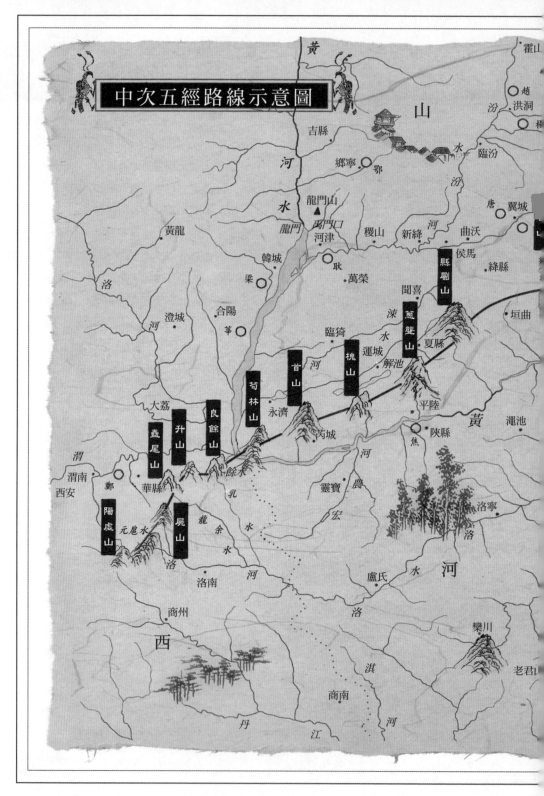

本圖根據張步天教授「《山海經》考察路線圖」繪製，圖中記載了《中次五經》中苟林山到陽虛山的所在位置，經中所記共十六座山，實則只有十五座。

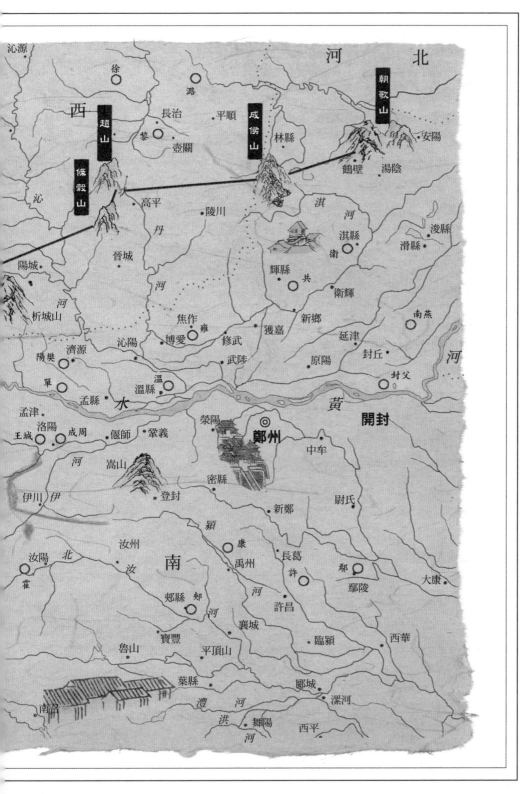

（此路線形成於春秋、戰國時期）

1 從苟林山到條谷山
三眼鳥能治溼氣病

山水名稱	物	植物	植物
苟林山			怪石
首山		構樹、柞樹、蒼朮、白朮、芄華	璇珸玉
機谷	䰠鳥		
縣斸山			帶花紋的石頭
蔥聾山			㻬石
條谷山		槐樹、桐樹、芍藥、門冬草	

図解山海經

原文

中次五經薄山之首，曰苟林之山，無草木，多怪石。

東三百里，曰首山，其陰多谷、柞[1]，其草多茶[2]芄[3]，其陽多璇珸之玉，木多槐。其陰有谷，曰機谷，多䰠鳥，其狀如梟而三目，有耳。其音錄，食之已墊[4]。

又東三百里，曰縣斸之山，無草木，多文石。

又東三百里，曰蔥聾之山，無草木，多㻬石[5]。

東北五百里，曰條谷之山，其木多槐桐，其草多芍藥[6]、虋（ㄇㄣˊ）冬[7]。

譯文

中央第五列山系叫薄山山系，其首座山叫做苟林山。山上沒有花草樹木，漫山遍野怪石嶙峋。

再往東三百里，是首山。山的北坡有茂密的構樹、柞樹，草以蒼朮、白朮、芄華為主。山的南坡盛產玉，坡上樹木以槐樹居多。山的北面有一道峽谷，名叫機谷。機谷裡有很多䰠鳥，其形狀像貓頭鷹，長了三隻眼睛，還有耳朵，啼叫聲就如同鹿在鳴叫，人吃了牠的肉就能治癒溼氣病。

再往東三百里，是縣斸山。山上沒有花草樹木，到處是色彩斑斕帶有紋理的漂亮石頭。

再往東三百里，是蔥聾山。山上沒有花草樹木，多珜石。

再往東北五百里，是條谷山。山上樹木以槐樹和桐樹為主，草類以芍藥和門冬草為主。

【注釋】

①柞：柞樹，也叫冬青，花小，黃白色，漿果小球形，黑色。

②茶：即山薊，可作藥用，又分為蒼朮、白朮二種，可以入藥。

③芄：即芄華，花可以藥用，根可以毒死魚。

④墊：因潮溼而引發的疾病。

⑤㻬石：即珜石，是次於玉石一等的石頭。

⑥芍藥：多年生草本植物，初夏開花，可供觀賞，根莖可入藥。

⑦虋冬：俗稱門冬，有兩個種類，一是麥門冬，一是天門冬，可以作藥用。

$\boxed{\text{默}}\boxed{\text{鳥}}$ 明·蔣應鎬圖本

　　各版本中的所繪之圖各不相同，汪紱圖本中的鳥為一隻三目大鳥，似乎正要停落或低頭俯衝。《禽蟲典》中，三目鳥雙腿後縮，邊疾速飛翔邊昂頭張嘴鳴叫。

異獸	形態	異兆及功效
默鳥	形狀像貓頭鷹，長了三隻眼睛，還有耳朵，啼叫聲就如同鹿在鳴叫。	人吃了牠的肉就能治癒溼氣病。

山海經地理考

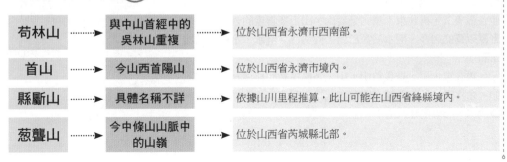

苟林山	與中山首經中的吳林山重複	位於山西省永濟市西南部。
首山	今山西首陽山	位於山西省永濟市境內。
縣斸山	具體名稱不詳	依據山川里程推算，此山可能在山西省絳縣境內。
葱聾山	今中條山山脈中的山嶺	位於山西省芮城縣北部。

從超山到良餘山
山上禽獸不多，礦物多

山水名稱	動物	植物	礦物
超山			蒼玉
成侯山		櫨樹、秦芁	
朝歌山			惡土
隄山			金、錫
曆山		槐樹	玉
屍山	麖		蒼玉、美玉
良餘山		構樹、柞樹	

原文

　　又北十里，曰超山，其陰多蒼玉，其陽有井①，冬有水而夏竭。又東十里，曰成侯之山，其上多櫨（ㄔㄨㄣ）木②，其草多芁③（ㄊㄢˊ）。又東五百里，曰朝歌之山，谷多美惡。

　　又東五百里，曰隄山，谷多金錫④。又東十里，曰曆山，其木多槐，其陽多玉。又東十里，曰屍山，多蒼玉，其獸多麖⑤（ㄐㄧㄥ）。屍水出焉，南流注於洛水，其中多美玉。

　　又東十里，曰良餘之山，基上多穀柞，無石。余水出於其陰，而北流注於河；乳水出於其陽，而東南流注於洛。

譯文

　　再往北十里，是超山。山的北坡盛產蒼玉，山的南坡有一眼泉水，冬天有水，夏天乾枯。再往東十里，是成侯山。

　　山上多櫨樹，林中的草以秦芁居多。再往東五百里，是朝歌山。山上峽谷多。峽谷中多各種顏色的優質惡土。

　　再往東五百里，是隄山。山上峽谷多，峽谷中盛產金和錫。再往東十里，是曆山。山上樹木以槐樹居多。山的南坡盛產各種美玉。再往東十里，是屍山，山上多貴重的蒼玉，山中野獸以麖鹿居多。屍水發源於此，向南注入洛水，水中多精美玉石。

　　再往東十里，是良餘山。山上多構樹林和柞樹林，沒有石頭。余水從良餘山北麓發源，向北注入黃河；乳水從良餘山南麓流出，向東南注入洛水。

【注釋】

①井：井是人工開挖的，泉是自然形成的，而本書記述的山之所有皆為自然事物，所以，這裡的井當是指泉眼下陷而低於地面的水泉，形似水井。

②櫨木：與高大的臭椿樹相似，樹幹可以作車轅。

③芁：即秦芁，一種可作藥用的草。

④錫：這裡指天然錫礦石，而非提煉的純錫。以下同此。

⑤麖：鹿的一種，體型較大。

槐 樹

　　槐樹在地球上出現的歷史非常悠久，早在荒古時代就有了它的身影。它因挺拔的身姿及結實的木質被認為可長壽，而它的果實確實可以使人增壽延年。《太清草木方》載，槐是虛星的精華，十月上巳日采自服用，可祛百病，長壽通神。《梁書》說，虞肩吾經常服用槐果子，已經七十幾歲了，仍髮鬢烏黑，雙目有神。

異木	形態	異兆及功效
槐樹	樹幹挺拔，木質結實。	果實可以使人增壽延年。

山海經地理考

超山	今太行山脈與中條山之間的山川	位於陝西省境內。
成侯山	今太行山脈與中條山之間的山川	位於陝西省境內。
朝歌山	具體名稱不詳	位於河南省淇縣境內。
隗山	具體名稱不詳	依據山川里程推算，應在山西省稷山縣南部。
曆山	具體名稱不詳	位於山西省陽城縣與垣曲縣的交界處。
屍山	具體名稱不詳	依據山川里程推算，應在山西省洛南縣北部。
良餘山	具體名稱不詳	①依據屍山的地理位置推算，應在山西省華陰縣西南部。 ②依據發源於此山的河流來推測，良餘山即為河南省牛王岔、黑山浸、催家嶺、錢嶺、塔石山一帶山崗的總稱。
余水	具體名稱不詳	良餘山北有溪流匯聚成兩條河流，注入黃河，這兩條河流即為余水。
乳水	具體名稱不詳	良餘山東部有水源匯匯聚為九條河流，總稱即為乳水。

3 從蠱尾山到陽虛山

無獸之山草木多

山水名稱	植物	礦物
蠱尾山		磨刀石、赤銅
升山	構樹、柞樹、酸棗樹、山藥、蕙草、寇脫草	
黃酸水		璿玉
陽虛山		黃金

原文

又東南十里，曰蠱尾之山，多礪石、赤銅。龍余之水出焉，而東南流注於洛。又東北二十里，曰升山，其木其多谷、柞、棘，其草多藷藇①、蕙②，多寇脫③。黃酸之水出焉，而北流注於河，其中多璿玉④。又東二十里，曰陽虛之山，多金，臨於玄扈之水。

凡薄山之首，自苟林之山至於陽虛之山，凡十六山，二千九百八十二里。升山，冢也，其祠禮：太牢，嬰用吉玉。首山，䰠⑤也，其祠用稌、黑犧太牢之具、糱（ㄋㄧㄝˋ）醴⑥；干儛⑦（ㄨˇ），置鼓；嬰用一璧。屍水，合天也，肥牲祠也；用一黑犬於上，用一雌雞於下，刉⑧（ㄐㄧ）一牝羊，獻血。嬰用吉玉，采之，饗之。

譯文

再往東南十里，是蠱尾山。山上盛產磨刀石和赤銅。龍余水發源於此，向東南注入洛水。再往東北二十里，是升山。山上多構樹、柞樹和酸棗樹，草以山藥、蕙草為主，多寇脫草。黃酸水發源於此，向北注入黃河，水中多璿玉。再往東二十里，是陽虛山。山上盛產黃金，山腳下就是玄扈水。

總計薄山山系之首尾，自苟林山起到陽虛山止，共十六座山，二千九百八十二里。升山是薄山山系諸山的宗主，祭祀升山山神的禮儀：在帶毛禽畜中選取豬、牛、羊齊全的三牲，玉器用吉玉。首山，是有神靈顯應的大山，祭祀首山山神時要用稻米及純黑色皮毛的豬、牛、羊各一頭和美酒一起獻祭，祭祀時還要手持盾牌起舞，擺上鼓並敲擊應和，玉器用一塊玉璧。屍水可通天，要用肥壯的牲畜獻祭，選一隻黑狗供在上面，一隻母雞供在下面，並殺一頭母羊，取其血獻祭，玉器用吉玉，用彩色帛來裝飾祭品，請神享用。

【注釋】

①藷藇：也叫山藥。塊莖不僅可以食用，並且可作藥用。

②蕙：指的是一種香草。

③寇脫：古人認為是一種生長在南方的草，有一丈多高，葉子與荷葉相似，莖中有瓤，純白色。

④璿玉：古人認為是質料成色比玉差一點的玉石。

⑤䰠：神靈。

⑥糱醴：糱，酒麴，釀酒用的發酵劑。糱醴，這裡泛指美酒。

⑦干儛：干，即盾牌，是古代一種防禦性兵器。儛，同「舞」。干儛就是手拿盾牌起舞，表示莊嚴隆重。

⑧刉：亦作「刉」。劃破，割。

雀 麥

　　后稷被奉為最早的穀物之神，祂傳授的五穀耕種之法使華夏民族徹底告別了以漁獵為生的游牧階段。雀麥是一種常見的作物，又稱牛星草，苗與麥極為相似，但穗小而稀少，結出的麥粒去皮可製成麵粉。

 酸 棗

　　蠱尾山上生長著許多酸棗樹，這種樹直至今天仍普遍存在著。其樹高幾丈，木理極細，樹皮細且硬，紋如蛇鱗，因此被古人視為具有某種神性。酸棗還是珍貴的中藥材，主治心腹寒熱、邪結氣聚、四肢痠痛等。

異木	形態	異兆及功效
酸棗樹	高幾丈，木理極細且硬，紋如蛇蟒。	珍貴的中藥，主治心腹寒熱、邪結氣聚、四肢痠痛等。

山海經地理考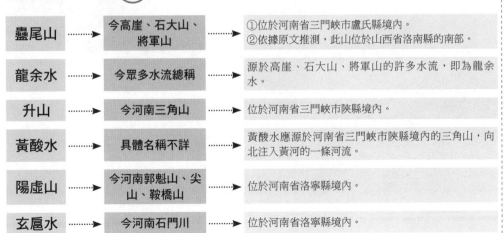

蠱尾山	➡	今高崖、石大山、將軍山	➡	①位於河南省三門峽市盧氏縣境內。 ②依據原文推測，此山位於山西省洛南縣的南部。
龍余水	➡	今眾多水流總稱	➡	源於高崖、石大山、將軍山的許多水流，即為龍余水。
升山	➡	今河南三角山	➡	位於河南省三門峽市陝縣境內。
黃酸水	➡	具體名稱不詳	➡	黃酸水應源於河南省三門峽市陝縣境內的三角山，向北注入黃河的一條河流。
陽虛山	➡	今河南郭魁山、尖山、鞍橋山	➡	位於河南省洛寧縣境內。
玄扈水	➡	今河南石門川	➡	位於河南省洛寧縣境內。

山海經 中次六經

　　《中次六經》主要記載中央第六列山系上的動植物及礦物。此山系所處的位置大約在今河南省一帶，從平逢山起，一直到陽華山止，一共十四座山，每年六月祭祀諸山山神。山中大多樹木繁茂，各種礦產豐富，水源發達，河床上有很多丹砂、孔雀石等。山中多旋龜。

【本圖山川地理分布定位】

【本圖人神怪獸分布定位】

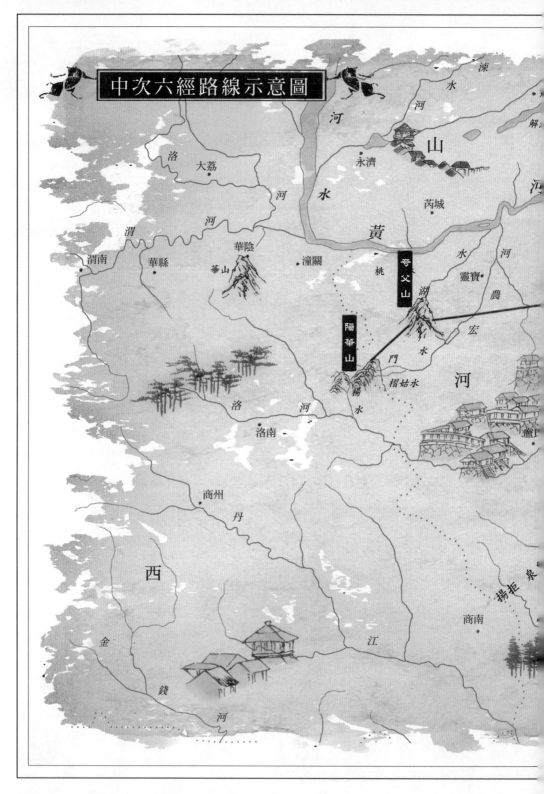

中次六經路線示意圖

本圖根據張步天教授「《山海經》考察路線圖」繪製，圖中記載了《中次六經》中平逢山至陽華山共
十四座山的地理情況。

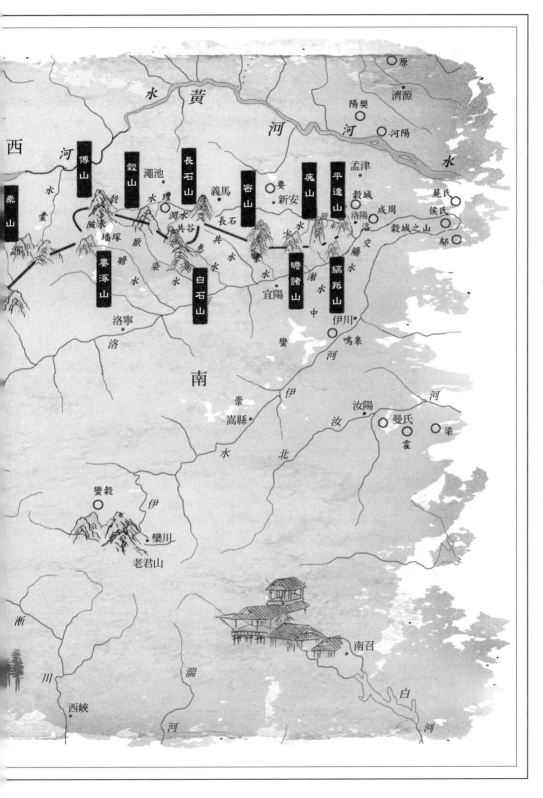

（此路線形成於春秋、戰國時期）

1 從平逢山到瘣山

長尾鴒鸚能除噩夢

山水名稱	動物	植物	礦物
縞羝山			金玉
瘣山	鴒鸚	柳樹、構樹	瑻琈玉

原文

中次六經縞羝（ㄍㄠˇ ㄉㄧ）山之首，曰平逢之山，南望伊洛，東望谷城之山，無草木，無水，多沙石。有神焉，其狀如人而二首，名曰驕蟲，是為螫（ㄕㄟˋ）蟲①，實惟蜂、蜜②之廬，其祠之，用一雄雞，禳③而勿殺。

西十里，曰縞羝之山，無草木，多金玉。

又西十里，曰瘣山，其陰多瑻琈之玉。其西有谷焉，名曰雚（ㄍㄨㄢˋ）谷，其木多柳、穀。其中有鳥焉，狀如山雞而長尾，赤如丹火而青喙，名曰鴒鸚，其鳴自呼，服之不眯。交觴之水出於陽，而南流於洛；俞隨之水出於其陰，而北流注於谷水。

譯文

中央第六列山系叫縞羝山山系，首座山叫做平逢山。從峰頂向南可望伊水和洛水，向東可望谷城山，山上沒有花草樹木，也沒有河流，到處都是沙子、石頭。山中有一山神，其形貌像人，長著兩個腦袋，名字叫驕蟲，是所有能螫人的昆蟲的首領，這座山也是各種蜜蜂聚集做巢的地方。祭祀驕蟲神，要用一隻雄雞做祭品，不必殺死，在祈禱後就放掉。

再往西十里，是縞羝山。山上沒有花草樹木，盛產金玉。

再往西十里，是瘣山。山上遍布瑻琈玉。山北有個峽谷，名叫雚谷，谷中多柳樹、構樹。山中有種鳥，形狀像野雞，長著一條長長的尾巴，身上羽毛顏色鮮豔，通體赤紅好似一團丹火，嘴喙青色，叫做鴒鸚，啼叫的聲音像在呼喚自己的名字，人吃了牠的肉就不會做噩夢。交觴水從這座山的南麓發源，向南流入洛水；俞隨水從這座山的北麓發源，向北流入谷水。

【注釋】

①螫蟲：指所有身上長有毒刺能傷人的昆蟲。

②蜜：一種蜂。

③禳：祭祀祈禱神靈以求消除災害。

驕蟲　明·蔣應鎬圖本

鴒鷷　明·蔣應鎬圖本

《禽蟲典》本的鴒鷷為一隻美麗的長尾大鳥，正站在樹枝上探頭下望。汪本中，也是一隻美麗的長尾大鳥，張著嘴似在大聲鳴叫。據說，吃了鴒鷷的肉還可以避妖。

異獸	形態	異兆及功效
鴒鷷	形狀像野雞，長著一條長長的尾巴，身上羽毛顏色鮮豔，通體赤紅好似一團丹火，嘴喙青色。	啼叫的聲音像在呼喚自己的名字，人吃了牠的肉就不會做噩夢。

山海經地理考

縞羝山山系	今河南一系列山脈總稱	位於河南省西北部的一系列山脈。
平逢山	今河南北邙山	位於河南省洛陽市北部，即黃河南岸，是秦嶺山脈的餘脈。
谷城山	今河南郭山	依據平逢山的位置推斷，應位於河南省洛陽市西北部。
縞羝山	今河南一座小山	位於河南省洛陽市，在平逢山的西北部。
瘣山	今河南谷口山	瘣山是谷口山的古稱，位於河南省洛陽市境內。
交觴水	今七里河	位於河南省洛陽市的西部。
俞隨水	具體名稱不詳位	於河南省洛陽市西部。
谷水	今河南省澠池南澗水及其下游澗水	位於河南省境內。

2 從瞻諸山到谷山

無鳥無獸，礦物多

山水名稱	植物	礦物
瞻諸山		金、文石
婁涿山		金玉、茈石、文石
白石山（澗水）		水玉（麋石、櫨丹）
谷山	構樹、桑樹	碧綠

原文

又西三十里，曰瞻諸之山，其陽多金，其陰多文石。㴲水出焉，而東南流注於洛，少水出其陰，而北流注於谷水。

又西三十里，曰婁涿之山，無草木，多金玉。瞻水出於其陽，而東流注於洛；陂（ㄅㄟ）水出於其陰，而北流注於谷水，其中多茈石、文石。

又西四十里，曰白石之山，惠水出於其陽，而南流注於洛，其中多水玉，澗水出於其陰，西北流注於谷水，其中多麋石[1]、櫨（ㄌㄨˊ）丹[2]。

又西五十里，曰谷山，其上多谷，其下多桑。爽水出焉，而西北流注於谷水，其中多碧綠[3]。

譯文

再往西三十里，是瞻諸山。山的南坡盛產金屬礦物，山的北坡遍布一種帶有花紋的漂亮石頭。㴲水發源於此，向東南注入洛水；少水從這座山的北麓流出，向東注入谷水。

再往西三十里，是婁涿山。山上沒有花草樹木，盛產金玉。瞻水從山的南麓發源，向東注入洛水；陂水從山的北麓流出，向北注入谷水，水中有精美的紫色石頭和帶有花紋的漂亮石頭。

再往西四十里，是白石山。惠水從山的南麓發源，向南注入洛水，水中多水晶石。澗水從山的北麓流出，向西北注入谷水，水中多畫眉石和黑丹砂。

再往西五十里，是谷山。山上有茂密的構樹林，山下是茂密的桑樹林。爽水發源於此，向西北注入谷水，水中多綠色的孔雀石。

【注釋】

[1] 麋石：麋，通「眉」，眉毛。麋石即畫眉石，一種可以描飾眉毛的礦石。

[2] 櫨丹：櫨，通「盧」，黑色的意思。盧丹即黑丹砂，一種黑色礦物。

[3] 碧綠：指現在所說的孔雀石，色彩豔麗，可以製作裝飾品和綠色塗料。

坤輿萬國全圖　　利馬竇　　1602年　　縱192cm　　橫346cm　　南京博物館藏

　　人類很早就開始探索自身居住環境的祕密，科學的腳步不可遏止地步步走來。這幅坤輿萬國全圖，即為世界地圖，是利瑪竇在中國傳教時所編繪。主圖為橢圓形的世界地圖，並附有一些小幅的天文圖和地理圖。儘管利氏地圖在圖形輪廓和文字說明方面還有很不精確甚至錯誤之處，但在當時是不失為東亞地區最詳盡的世界地圖。

山海經地理考

瞻諸山	具體名稱不詳	依據瘣山的位置推斷，應位於河南省新安縣境內。
渼水	具體名稱不詳	依據瞻諸山的位置推斷，應發源於河南省新安縣境內。
少水	今磁澗河	發源於河南省新安縣境內。
婁涿山	具體名稱不詳	位於河南省洛寧縣和新安縣之間小石坡南。
陂水	具體名稱不詳	具體位置不詳。
白石山	今河南白石山	又名廣陽山、澠池山，位於河南省新安縣。
惠水	今河南李溝	位於河南省新安縣東北曹家坡南山，向南注入洛河。
澗水	今河南劉拜溝	發源於河南省新安縣東北，向北注入谷水。
谷山	具體名稱不詳	依據山川里程推算，應在河南省澠池縣境內。
爽水	今上略河	發源於河南省澠池縣，向西北注入谷水。

3 從密山到羭山
青蛙狀脩辟魚能治白癬

山水名稱	動物	植物	礦物
密山（豪水）	（旋龜）		玉、鐵
長石山（共水）		竹子	金玉、（鳴石）
傅山（厭染水）	（人魚）		瑤、碧
谷水			珚玉
羭山（羭水）	（脩辟魚）	臭椿樹、橫樹、蕭草	金玉、铁

原文

又西七十二里，曰密山，其陽多玉，其陰多鐵。豪水出焉，而南流注於洛，其中多旋龜，其狀鳥首而鱉尾，其音如判木。無草木。又西百里，曰長石之山，無草木，多金玉。其西有谷焉，名曰共谷，多竹。共水出焉，西南流注於洛，其中多鳴石①。

又西一百四十里，曰傅山，無草木，多瑤、碧。厭染之水出於其陽，而南流注於洛，其中多人魚。其西有林焉，名曰墦冢，谷水出焉。而東流注於洛，其中多珚（一ㄢ）玉②。又西五十里，曰羭山，其木多橰，多橫（ㄅㄟˋ）木③，其陽多金玉，其陰多鐵，多蕭④。羭（ㄊㄨㄛˊ）水出焉，而北流注於河。其中多脩辟之魚，狀如黽⑤而白喙，其音如鷗（ㄔ），食之已白癬。

譯文

再往西七十二里，是密山。山南產美玉，山北有豐富的鐵礦。豪水發源於此，向南注入洛水，水中多旋龜，長有鳥頭、鱉一樣的尾巴，聲音如敲打木棒。山上沒有花草樹木。

再往西一百里，是長石山。山上沒有花草樹木。盛產金玉。在密山的西面有一道峽谷，叫做共谷，這裡有茂密的竹林。

共水發源於此，向西南注入洛水，水中盛產鳴石。再往西一百四十里，是傅山。山上沒有花草樹木，多瑤、碧一類的美玉。厭染水從南麓發源，向南注入洛水，水中多人魚。傅山西面有片樹林，叫墦冢。谷水從這裡流出，向東注入洛水，水中多珚玉。再往西五十里，是羭山。山上多臭椿樹和五倍子樹，山南盛產金玉，山北盛產鐵，還有茂密的蕭草。羭水發源於此，向北注入黃河。水中多脩辟魚，其形狀像青蛙，白色的嘴巴，叫聲如鷗鷹鳴叫，人吃了這種魚就能治癒白癬之類的痼疾。

【注釋】

①鳴石：古人說是一種青色玉石，撞擊後發出巨大鳴響，屬於能製作樂器的磬石之類。

②珚玉：即玉的一種。

③橰木：古人說這種樹在七、八月間吐穗，穗成熟後，像似有鹽粉沾在上面。

④蕭：蒿草的一種。

⑤黽：青蛙的一種。

旋龜　明‧蔣應鎬圖本

　　《山海經》中的旋龜有二：一是《南山經》中陽山的旋龜，其為鳥首，音若判木。二是此處密山之旋龜，其為鳥首鱉尾，叫起來好像敲擊木棒的聲音。

脩辟魚　清‧汪紱圖本

異獸	形態	異兆及功效
旋龜	長有鳥頭、鱉一樣的尾巴，聲音如敲打木棒。	
脩辟魚	形狀像青蛙，白色的嘴巴，叫聲如鴞鷹鳴叫。	人吃了這種魚，就能治癒白癬之類的痼疾。

山海經地理考 ▶

密山	⋯⋯▶	具體名稱不詳	⋯⋯▶	位於河南省新安縣監坡頭。
豪水	⋯⋯▶	具體名稱不詳	⋯⋯▶	發源於監坡頭，向南注入洛河。
長石山	⋯⋯▶	今河南天池山	⋯⋯▶	①位於河南省澠池縣。 ②依據長石山與密山相連，再向西四百里則位於河南省新安縣境內。
共水	⋯⋯▶	今多條溪流總稱	⋯⋯▶	發源於河南省澠池縣天池山的多條溪流。
傅山	⋯⋯▶	具體名稱不詳	⋯⋯▶	依據長石山的地理位置推斷，應在河南省澠池縣西部。
厭染水	⋯⋯▶	今河南厭梁河	⋯⋯▶	位於河南省宜陽縣北部
墦冢	⋯⋯▶	今河南馬頭山	⋯⋯▶	依據谷水的發源地可推斷，墦冢即河南省澠池縣的馬頭山。
橐山	⋯⋯▶	今河南積草山	⋯⋯▶	位於河南省陝縣東九十里。

【第五卷　中山經】

325

4 從常烝山到陽華山

祭祀山岳，天下太平

山水名稱	動物	植物	礦物
常烝山（潕水）			惡（蒼玉）
夸父山（湖水）	牸牛、羬羊、鷩、馬	棕樹、楠木樹、竹	玉、鐵（珚玉）
陽華山（楊水）	（人魚）	薯蕷、苦辛	金玉、石青、雄黃

原文

　　又西九十里，曰常烝（ㄓㄥ）之山，無草木，多惡，潕（ㄑㄧㄠ）水出焉，而東北流注於河，其中多蒼玉。菑（ㄗ）水出焉，而北流注於河。又西九十里，曰夸父之山，其木多棕楠，多竹箭，其獸多牸牛、羬羊，其鳥多鷩，其陽多玉，其陰多鐵。其北有林焉，名曰桃林，是廣員三百里，其中多馬。湖水出焉，而北流注於河，其中多珚玉。

　　又西九十里，曰陽華之山，其陽多金玉，其陰多青、雄黃，其草多薯蕷，多苦辛，其狀如楸[1]（ㄑㄧㄡ），其實如瓜，其味酸甘，食之已瘧。楊水出焉，而西南流注於洛，其中多人魚。門水出焉，而東北流注於河，其中多玄礪。緒姑之水出於其陰，而東流注於門水，其上多銅。門水出於河，七百九十里入雒（ㄌㄨㄛˋ）水。凡縞羝山之首，自平逢之山至於陽華之山，凡十四山，七百九十里。岳[2]在其中，以六月祭之，如諸岳之祠法，則天下安寧。

譯文

　　再往西九十里，是常烝山。山上沒有花草樹木，多惡土。潕水發源於此，向東北注入黃河，水中多蒼玉。菑水發源於此，向北注入黃河。再往西九十里，是夸父山。多棕樹和楠木樹，還有小竹叢。野獸以牸牛、羬羊為主，禽鳥以赤鷩居多，山南多各色美玉，山北盛產鐵。山北有片桃林，方圓三百里，多駿馬。湖水發源於此，向北注入黃河，水中多玉。

　　再往西九十里，是陽華山。山南盛產金玉，山北盛產石青、雄黃。山中草以山藥居多，還有很多苦辛草，外形像楸木，結的果實像瓜，味道酸中帶甜，人吃了它就能治癒瘧疾。楊水發源於此，向西南注入洛水，水中多人魚。門水發源於此，向東北注入黃河，水中多黑色的磨刀石。緒姑水從陽華山北麓流出，向東和門水匯合，緒姑水兩岸山間盛產銅。從門水到黃河，流經七百九十里注入雒水。總計縞羝山山系之首尾，自平逢山起，到陽華山止，共十四座山，七百九十里。其中有高大的山岳，每年六月要以諸岳之禮祭祀，這樣天下才會太平。

【注釋】

①礪：同「楸」。楸樹是落葉喬木，夏季開花，子實可作藥用，主治熱毒及各種瘡疥。

②岳：高大的山。

人 魚

　　這裡的人魚即鯢魚，也就是俗稱的娃娃魚，牠外形似鮎魚卻長有四隻腳，叫聲如同小孩啼哭，所以俗稱牠為娃娃魚。鯢用腳走路，所以古人覺得很神奇，甚至說牠會上樹，傳說在大旱的時候，鯢便含水上山，用草葉蓋住自己的身體，將自己隱藏起來，然後張開口，等天上的鳥來牠口中飲水時，就乘機將鳥吸入腹中吃掉。

羬羊　明・蔣應鎬圖本

異獸	形態	異兆及功效
人魚	外形似鮎魚卻長有四隻腳。	叫聲如同小孩啼哭。

山海經地理考

常烝山	▶ 今河南干山	▶ 位於河南省陝縣境內。
潐水	▶ 今干頭河	▶ 依據常烝山為干山，潐水源於干山，即為干頭河。
災水	▶ 今好陽澗	▶ 因干頭河注入好陽澗。
夸父山	▶ 今河南秦山	▶ 位於河南省西北部。
桃林	▶ 具體名稱不詳	▶ 位於河南省靈寶市西部。
湖水	▶ 今虢略河	▶ 位於河南省靈寶市境內。
陽華山	▶ 具體名稱不詳	▶ 位於山西省洛南縣與華山之間。
楊水	▶ 今宏農澗的支流	▶ 為宏農澗右澗的支流。
門水	▶ 今宏農澗	▶ 位於河南省靈寶市西南。
緖姑水	▶ 今宏農澗的右澗	▶ 宏農澗分為左右兩澗。

中次七經

　　《中次七經》主要記載中央第七列山系上的動植物及礦物。此山系所處的位置大約在今河南省一帶，從休與山起，一直到大騩山止，一共十九座山，諸山山神的形貌均是人面豬身，祭祀山神的禮儀略有不同。山上多美玉，還有種亢木，人吃了它的果實就可以驅蟲避邪，蛇谷崖壁上還有很多細辛，可袪風散寒、通竅止痛。

【本圖山川地理分布定位】

【本圖人神怪獸分布定位】

注：本圖山川神獸均屬《西山經》

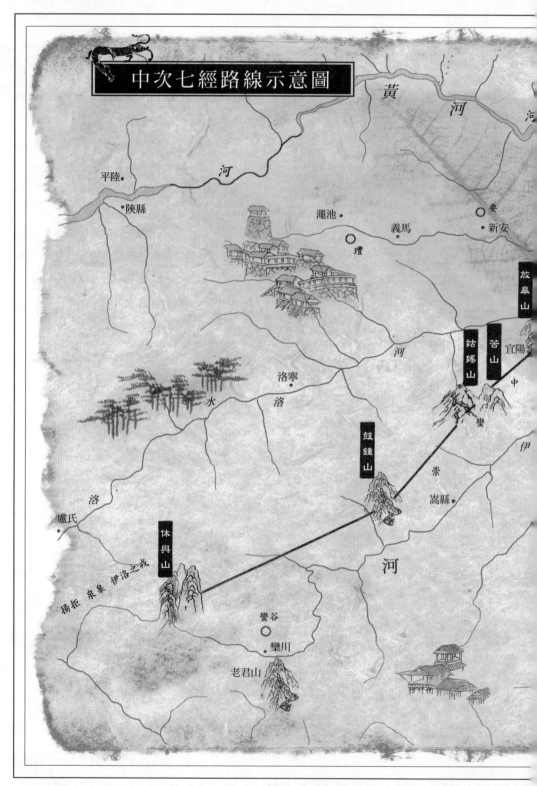

本圖根據張步天教授「《山海經》考察路線圖」繪製，圖中記載了《中次七經》中休與山到大山共十九座山的地理位置。

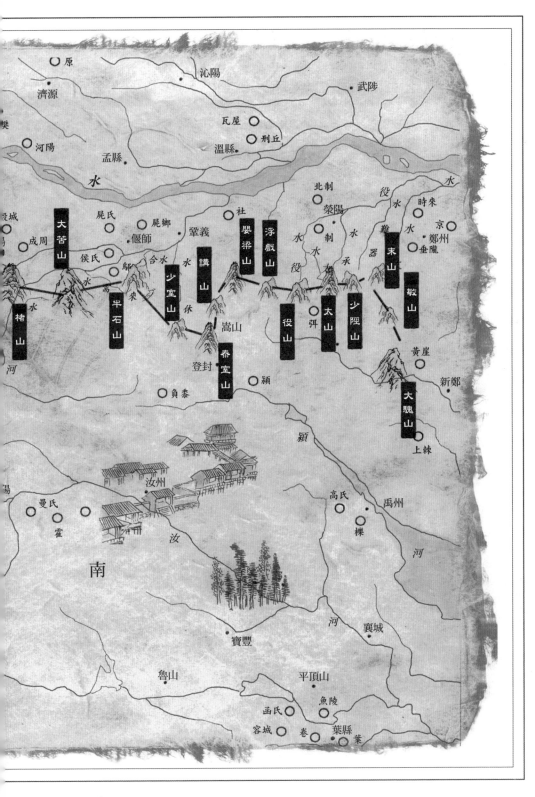

（此路線形成於春秋、戰國時期）

從休與山到姑媱山

無獸之山，奇石異草多

山水名稱	植物	礦物
休與山	夙條	
鼓鐘山	焉酸	礪、砥
姑媱山	䔄草	

原文

中次七經苦山之首，曰休與之山。其上有石焉，名曰帝臺①之棋②，五色而文，其狀如鶉卵，帝臺之石，所以禱百神者也，服之不蠱。有草焉，其狀如蓍③（ㄕ），赤葉而本生。名曰夙條，可以為簳④。

東三百里，曰鼓鐘之山，帝臺之所以觴⑤百神也。有草焉，方莖而黃華，圓葉而三成⑥，其名曰焉酸，可以為毒⑦。其上多礪，其下多砥。

又東二百里，曰姑媱之山。帝女死焉，其名曰女屍，化為䔄草，其葉胥⑧成，其華黃，其實如菟丘⑨，服之媚⑩於人。

譯文

中央第七列山系叫苦山山系，首座山是休與山。山上出產一種石子，神仙帝臺用它做棋子，它們有五種顏色，並帶著奇特的斑紋，形狀與鶴鶉蛋相似。神仙帝臺的這些石頭棋子，是用來禱祀百神的。休與山還有一種草，與蓍草類似，而葉子是紅色的，其根莖相互聯結，叫做夙條，可製作箭杆。

再往東三百里，是鼓鐘山。正是神仙帝臺演奏鐘鼓之樂以宴會諸位天神的地方。山中有種草，其莖 是方形的，開著黃花，圓形的葉子重疊為三層，叫焉酸，可以用來解除百毒。山上山下多磨刀石，山上石質粗糙，山下石質細膩。

再往東二百里，是姑媱山。炎帝的女兒就死在這座山，名字叫女屍，死後化為䔄草，這種草的葉子重生，開黃色的花，結的果實與菟絲子的果實相似，女子服用後，就會變得漂亮而討人喜愛。

【注釋】

①帝臺：神人之名。

②棋：指博棋，古時一種游戲用具。

③蓍：蓍草，又叫鋸齒草，蚰蜒草，多年生直立草本植物，古人取蓍草的莖作占筮之用。

④簳：小竹子，可以做箭杆。

⑤觴：這裡指設酒席招待。

⑥成：即重，層。

⑦為毒：除去毒性物質。

⑧胥：相與，皆。

⑨菟丘：即菟絲子，一年生纏繞寄生草本植物。

⑩媚於人：媚，是喜愛的意思。這裡指女子以美色討人歡心。

蓍

菟絲子

酸漿

苦山	┄┄▶	今某一山系名稱	┄┄▶	此山系從河南省伊川縣蜿蜒至中牟縣。
休與山	┄┄▶	今河南楊家寨山	┄┄▶	位於河南省嵩縣境內。
鼓鐘山	┄┄▶	今河南盤龍嶺	┄┄▶	位於河南省嵩縣境內。
姑媱山	┄┄▶	具體名稱不詳	┄┄▶	位於河南省西北部。

【第五卷 中山經】

2 從苦山到放皋山

小豬狀山膏愛罵人

山水名稱	動物	植物	礦物
苦山	山膏	黃棘、無條	
堵山		天楄	
放皋山	文文	蒙木	蒼玉

原文

　　又東二十裡，曰苦山，有獸焉，名曰山膏，其狀如逐，赤若丹火，善詈[①]（ㄌㄧ丶）。其上有木焉，名曰黃棘，黃華而員葉，服之不字[②]。有草焉，員葉而無莖，赤華而不實，名曰無條[③]，服之不癭。

　　又東二十七裡，曰堵山，神天愚居之，是多怪風雨，其上有木焉，名曰天楄，方莖而葵狀，服者不噎噎（ㄅㄧㄠ ㄧㄝ丶）[④]。

　　又東五十二裡，曰放皋之山。明水出焉。南流注於伊水，其中多蒼玉。有木焉，其葉如槐，黃華而不實，其名曰蒙木，服之不惑。有獸焉，其狀如蜂，枝尾[⑤]而反舌，善呼，其名曰文文。

譯文

　　再往東二十里，是苦山。山中有種野獸，叫做山膏，其形狀像小豬，渾身毛皮紅如丹火，喜歡罵人。山上還有種樹，叫做黃棘，開黃色花，圓葉子，結的果實與蘭草的果實相似，但有毒，女人吃了會失去生育能力。山中還有種草，圓葉子，沒有莖幹，開紅花卻不結果，叫做無條，服用後，脖子上就不會生長贅瘤。

　　再往東二十七里，是堵山。天神天愚住在這裡，山上經常會刮起怪風下起怪雨。山上有種奇特的樹木，名叫天楄，方形的莖幹像葵菜，吃了這種樹的枝葉，人吃飯的時候就不會被噎住。

　　再往東五十二里，是放皋山。明水發源於此，向南注入伊水，水中多蒼玉。山中有種樹木，葉子與槐樹葉相似，開黃色的花卻不結果實，名字叫蒙木，服用後，人就不會犯糊塗。山中還有種野獸，外形像蜜蜂，有條分叉的尾巴，舌頭反長著，牠喜歡呼叫，名字叫文文。

【注釋】

① 詈：即罵，責罵。
② 字：懷孕，生育。
③ 無條：與上文所述無條草的形狀不一樣，屬同名異物。
④ 噎：食物塞住咽喉。
⑤ 枝尾：指分叉的尾巴。

山膏 清·《禽蟲典》

文文 清·《禽蟲典》

天愚 清·汪紱圖本

異獸	形態	今名	異兆及功效
山膏	形狀像小豬，渾身毛皮紅如丹火。	猩猩	喜歡罵人。
文文	外形像蜜蜂，有條分叉的尾巴，舌頭反長著。		喜歡呼叫。

山海經地理考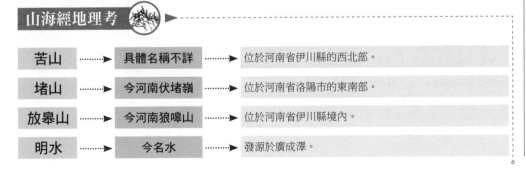

苦山	⟶	具體名稱不詳	⟶	位於河南省伊川縣的西北部。
堵山	⟶	今河南伏堵嶺	⟶	位於河南省洛陽市的東南部。
放皋山	⟶	今河南狼噪山	⟶	位於河南省伊川縣境內。
明水	⟶	今名水	⟶	發源於廣成澤。

【第五卷 中山經】

335

3 從大䂞山到半石山

三足龜的肉能除癰腫

山水名稱	動物	植物	礦物
大䂞山（狂水）	（三足龜）	牛傷	瑾琈、糜玉
半石山（來需水）	（鯩魚）	嘉榮	
合水	䲦魚		蒼玉

原文

　　又東五十七里，曰大䂞（《ㄨˇ）之山，多瑾琈之玉，多糜玉[1]。有草焉，其狀如榆，方莖而蒼傷[2]，其名曰牛傷[3]，其根蒼文，服者不厥[4]，可以御兵。其陽狂水出焉，西南流注於伊水，其中多三足龜[5]，食者無大疾，可以已腫。
　　又東七十里，曰半石之山。其上有草焉，生而秀[6]，其高丈餘，赤葉赤華，華而不實，其名曰嘉榮，服之者不畏霆[7]。來需之水出於其陽，而西流注於伊水，其中多鯩（ㄌㄨㄣˊ）魚，黑文，其狀如鮒（ㄈㄨˋ），食者不睡。合水出於其陰，而北流注於洛，多䲦（ㄊㄨㄥˊ）魚，狀如鱖[8]（《ㄨㄟˋ），居逵[9]，蒼文赤尾，食者不癰，可以為瘻[10]（ㄌㄡˋ）。

譯文

　　再往東五十七里，是大䂞山。山上多瑾琈玉，還有很多糜玉。山中有種草，葉子似榆樹葉，方莖還長滿了尖尖的刺，叫做牛傷，它的根莖上長有青色斑紋，吃了這種根莖，人就不會患上昏厥病，還能避免兵刃之災。狂水從山的南麓發源，向西南注入伊水，水中多三足龜，人吃了牠的肉，就不會生大病，還能消除癰腫。
　　再往東七十里，是半石山。山上有種草，它剛一出土就結果，然後再生長，高一丈多，紅色葉子開紅色花，開花後不結果，叫做嘉榮，人吃了它就不會畏懼霹靂雷響。來需水發源於此山南麓，向西注入伊水，水中多鯩魚，牠渾身長滿黑色斑紋，體形和鯽魚相似，人吃了牠的肉，就不會犯睏。合水從山的北麓流出，向北注入洛水，水中多䲦魚，其形狀像鱖魚，終日隱居在水底洞穴中，渾身長滿青色斑紋，紅色尾巴，人吃了牠的肉就不會患上癰腫，還可治好瘻瘡。

【注釋】

[1] 糜玉：可能是指瑂玉，一種像玉的石頭。
[2] 蒼傷：即蒼刺，青色的棘刺。
[3] 牛傷：即牛棘。
[4] 厥：即突然昏倒，不省人事，手腳僵硬冰冷。
[5] 秀：這裡指不開花就先結出果實。
[6] 霆：響聲震人而又迅疾的雷。
[7] 䲦魚：也叫瞻星魚，體粗壯，亞圓筒形，後部側扁，有粗糙骨板。
[8] 鱖：鱖魚，也叫鯚花魚、桂魚。
[9] 逵：這裡指水底相互貫通著的洞穴。
[10] 瘻：指人的脖子上生瘡，長時間不愈，流膿水，還生出蛆蟲。

 清·《爾雅音圖》

不同版本中的三足龜，形狀大同小異。《爾雅音圖》中，兩隻三足龜在水邊嬉戲，其中一隻形貌符合經文所記，而另一隻除龜甲外，全身還披有鱗甲，且三足似龍爪。吳本的三足龜前兩足短小，後一足異常粗大。

三足龜 明·蔣應鎬圖本

鯩魚 明·蔣應鎬圖本

䲨魚 明·蔣應鎬圖本

異獸	形態	異兆及功效
三足龜	只有三隻腳。	人吃了牠的肉，就不會生大的疾病，還能消除癰腫。
鯩魚	渾身長滿黑色斑紋，體形和鯽魚相似。	人吃了牠的肉，就不會犯睏。
䲨魚	形狀像鱖魚，渾身長滿青色斑紋，紅色尾巴。	人吃了牠的肉就不會患上癰腫疾病，還可以治好瘻瘡。

山海經地理考

大𩰚山	⟶ 今河南大熊山	⟶ 位於河南省登封市境內。
狂水	⟶ 今河南白降河	⟶ 位於河南省洛陽市伊川縣。
半石山	⟶ 具體名稱不詳	⟶ 位於河南省登封市的西部
來需水	⟶ 具體名稱不詳	⟶ 依據半石山的位置推斷，應該在河南省登封市的西部。
合水	⟶ 具體名稱不詳	⟶ 依據山川地理位置推測，應該在河南省洛陽市的東南部。

4 從少室山到講山

獮猴似的鯑魚能驅災

山水名稱	動物	植物	礦物
少室山		帝休	玉、鐵
休水	鯑魚		
泰室山		栯木、菴草	
講山		柘樹、柏樹、帝屋	玉

原文

又東五十里，曰少室之山，百草木成囷①（くㄩㄣ）。其上有木焉，其名曰帝休，葉狀如楊，其枝五衢②，黃華黑實，服者不怒。其上多玉，其下多鐵。休水出焉，而北流注於洛，其中多鯑魚；狀如朝蟄蜼③而長距，足白而對，食者無蠱疾，可以御兵。

又東三十里，曰泰室之山。其上有木焉，葉狀如梨而赤理，其名曰栯木，服者不妒。有草焉，其狀如荒，白華黑實，澤如蘡薁④，其名曰菴草⑤，服之不眛⑥。上多美石。

又北三十里，曰講山，其上多玉，多柘，多柏。有木焉，名曰帝屋，葉狀如椒，反傷⑦赤實，可以御凶。

譯文

再往東五十里，是少室山。山上花草樹木叢集而生，像圓形的穀倉。有種樹木，叫做帝休，葉子似楊樹葉，樹枝交叉著向四方伸展，開黃花，結黑果，人吃了它就會心平氣和，不惱怒。山上盛產玉石，山下盛產鐵。休水發源於此，向北注入洛水，水中多鯑魚，身形像獮猴，長有像公雞一樣的爪子，白色的足趾相對而長，人吃了牠的肉，就不會疑神疑鬼，還能避免兵刃之災。

再往東三十里，是泰室山。山上有種樹，葉子形狀像梨樹葉，帶有紅色的紋理，叫做栯木，人服用了它就沒了嫉妒心。還有一種草，形狀像蒼朮或白朮，開白花，結黑果，果實光澤似野葡萄，名字叫菴草，吃了能明目。山上還有很多漂亮的石頭。

再往北三十里，是講山。山上遍布玉石，有很多柘樹、柏樹。還有一種叫帝屋的奇樹，葉子形狀似花椒樹葉，樹幹上長著倒鉤刺，結紅果，可以避除凶邪之氣。

【注釋】

① 囷：即圓形穀倉。
② 衢：交錯歧出的樣子。
③ 蟄蜼：一種與獮猴相似的野獸。
④ 蘡薁：一種藤本植物，俗稱野葡萄。
⑤ 菴草：與上文所述菴草的形狀不一樣，當是同名異物。
⑥ 眛：昏暗。這裡指眼目不明。
⑦ 反傷：指倒生的刺。

（鮨）（魚）清‧汪紱圖本

　　形態頗為奇怪，形似獼猴，白足趾長；人若吃
了牠的肉將不受蠱惑，還可以免遭兵刃之災。

異獸	形態	異兆及功效
鮨魚	身形卻像獼猴，長有像公雞一樣的爪子，白色的足趾相對而長。	人吃了牠的肉，就不會疑神疑鬼，還能避免兵刃之災。

 蛇 含

　　蛇含，薔薇科植物，葉子形如龍牙只是偏小，
故俗名小龍牙。「蛇含」這個名字讓人聯想起《山
海經》中那些奇異、食人的毒草，但恰恰相反，它
不但沒有毒，而且還能解一切蛇毒，並治療寒熱邪
氣、癰疽癬瘡、蛇蟲咬傷等。

少室山	今河南玉寨山	位於河南省西部，地處河南省登封市西北部，嵩山山峰，海拔1512公尺。
休水	具體名稱不詳	發源於少室山的北麓。
泰室山	今河南太室山	位於河南省登封市北，為嵩山之東峰，海拔1440公尺。
講山	今河南青龍山	位於河南省鞏義市中部偏南。

【第五卷 中山經】

339

5 從嬰梁山到末山
奇樹異草可治病

山水名稱	動物	植物	礦物
嬰梁山			蒼玉
浮戲山		亢木	
蛇谷	蛇	細辛	
少陘山		芮草	
太山		梨	
末山			金

原文

　　又北三十里，曰嬰梁之山，上多蒼玉，錞①於玄石。又東三十里，曰浮戲之山。有木焉，葉狀如樗（彳ㄨ）而赤實，名曰亢木，食之不蠱，汜水出焉，而北流注於河。其東有谷，因名曰蛇谷，上多少辛②。又東四十里，曰少陘（ㄒㄧㄥˊ）之山。有草焉，名曰芮草，葉狀如葵，而赤莖白華，實如蘡薁（ㄧㄥ ㄩˋ），食之不愚。器難之水出焉，而北流注於役水。

　　又東南十里，曰太山。有草焉，名曰梨，其葉狀如荻③而赤華，可以已疽。太水出於其陽，而東南流注於役水；承水出於其陰，而東北流注於役。又東二十里，曰末山，上多赤金，末水出焉，北流注於役。

譯文

　　再往北三十里，是嬰梁山。山上盛產蒼玉，且都附著在黑色石頭上。再往東三十里，是浮戲山。山中有種樹，葉子形狀像臭椿樹葉，結紅果，名叫亢木，人吃了它的果實就可驅蟲避邪。汜水發源於此，向北注入黃河。在浮戲山的東面有一道峽谷，因谷裡多蛇而取名叫蛇谷，蛇谷崖壁上有很多細辛。再往東四十里，是少陘山。山中有種草，叫做芮草，葉子形狀似葵菜葉，紅色莖幹，開白花，果實似野葡萄，人吃了它，就不會愚笨。器難水發源於此，向北注入役水。

　　再往東南十里，是太山。山裡有種奇草，叫做梨，葉子形狀像艾蒿葉，開紅花。這種梨草能入藥，可用來治療癰疽等惡疾。太水從此山的南麓發源，向東南注入役水；承水從此山的北麓發源，向東北注入役水。再往東二十里，是末山。山上遍地黃金。末水發源於此，向北流入役水。

【注釋】

①錞：依附。
②少辛：即細辛，一種藥草。
③荻：一種蒿類植物，葉子是白色，像艾蒿卻分杈多，莖幹高大，約有一丈餘。

梨樹

　　梨樹的果實味美多汁，古人極早就已發現其珍貴的藥用價值。在《山海經》的眾多怪木中，有種栯木，葉子極其像梨樹葉，這種樹葉具有強大的藥效，它能治無藥可解的嫉妒病。

山海經地理考

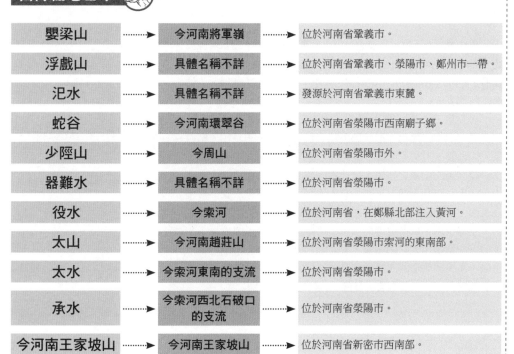

嬰梁山	今河南將軍嶺	位於河南省鞏義市。
浮戲山	具體名稱不詳	位於河南省鞏義市、滎陽市、鄭州市一帶。
汜水	具體名稱不詳	發源於河南省鞏義市東麓。
蛇谷	今河南環翠谷	位於河南省滎陽市西南廟子鄉。
少陘山	今周山	位於河南省滎陽市外。
器難水	具體名稱不詳	位於河南省滎陽市。
役水	今索河	位於河南省，在鄭縣北部注入黃河。
太山	今河南趙莊山	位於河南省滎陽市索河的東南部。
太水	今索河東南的支流	位於河南省滎陽市。
承水	今索河西北石破口的支流	位於河南省滎陽市。
今河南王家坡山	今河南王家坡山	位於河南省新密市西南部。

6 從役山到大騩山

奇樹薊柏產果可禦寒

山水名稱	植物	礦物
役山		金、鐵
敏山	薊柏	瑓琈玉
大騩山	穀	鐵、美玉、青堊

原文

又東二十五里，曰役山，上多白金，多鐵。役水出焉，北流注於河。又東三十五里，曰敏山。上有木焉，其狀如荊，白華而赤實，名曰薊柏，服者不寒。其陽多瑓琈之玉。

又東三十里，曰大騩之山，其陰多鐵、美玉、青堊。有草焉，其狀如蓍而毛，青華而不實，其名曰穀，服之不夭，可以為腹病。

凡苦山這首，自休與之山至於大騩之山，凡十有九山，千一百八十四里。其十六神者，皆豕①身而人面。其祠：毛牷②用一羊羞③，嬰用一藻玉④瘞。苦山、少室、太室皆冢也，其祠之：太牢之具，嬰以吉玉。其神狀皆人面而三首。其餘屬皆豕身而人面也。

譯文

再往東二十五里，是役山。山上盛產白銀和鐵。役水發源於此，向北注入黃河。再往東三十五里，是敏山。山上有種樹，似牡荊，開白花結紅果，叫做薊柏。人吃了它，就不怕寒冷。山的南坡有瑓琈玉。

再往東三十里，是大騩山。山的北坡盛產鐵、優質玉石和青堊。山中有種草，形狀像蓍草，長著絨毛，開青花，結白果，叫做穀，人吃了它就不會夭折，還可治癒各種腸胃病。

總計苦山山系之首尾，自休與山起到大騩山止，共十九座山，一千一百八十四里。其中有十六座山的山神，形貌都是豬身人面。祭祀山神的禮儀：在帶毛禽畜中選用一隻純色的羊獻祭，玉器選用一塊帶紋理的藻玉，祭獻完畢後將玉埋入地下。苦山、少室山、太室山屬冢。祭祀祂們的禮儀：在帶毛牲畜中選豬、牛、羊齊全的三牲做祭品，玉器用吉玉。這三個山神的形貌都是人面，三個腦袋。其餘山神都是豬身人面。

【注釋】

①豕：即豬。

②牷：即毛色純一的全牲。全牲指整隻的牛羊豬。

③羞：進獻食品。這裡指貢獻祭祀品。

④藻玉：帶有彩色紋理的玉。

豬身人面十六神 明·蔣應鎬圖本

人面三首神 明·蔣應鎬圖本

山海經地理考

役山	┄┄➤	具體名稱不詳	┄┄➤	①大致位於河南省新密市北數十里外的楚村。 ②依據原文推測，此山位於河南省中牟縣境內。
敏山	┄┄➤	今河南梅山	┄┄➤	位於河南省新鄭市。
大騩山	┄┄➤	今河南嵩山最東面的大山	┄┄➤	位於河南省新密市境內。

山海經 中次八經

　　《中次八經》主要記載中央第八列山系上的動植物及礦物。此山系所處的位置大約在今浙江省、湖北省、安徽省一帶，從景山起，一直到琴鼓山止，一共二十三座山，諸山山神的形貌均是人面鳥身，祭祀山神的禮儀也略有差異。山中礦物多黃金、白銀、鐵等，動植物種類也頗多。

岐山　驕山　光山　漳水　女幾山

【本圖山川地理分布定位】

計蒙　蠱圍　涉䗉　鴆　鮫魚

【本圖人神怪獸分布定位】

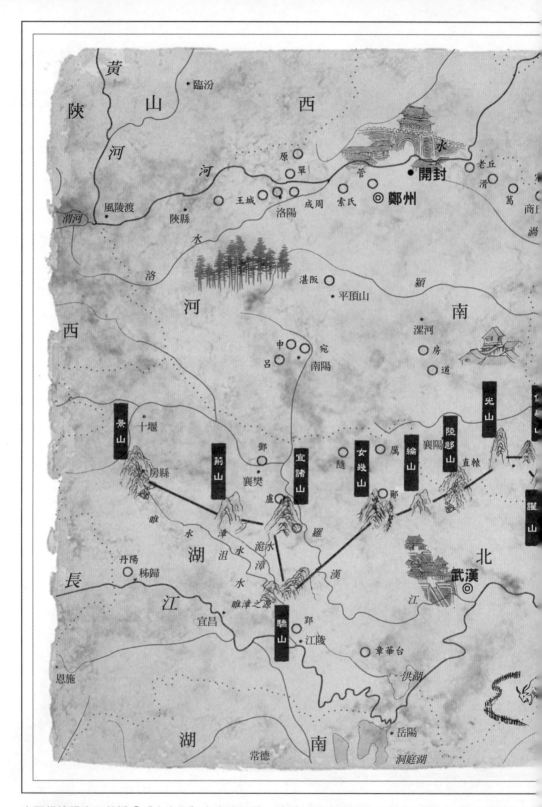

本圖根據張步天教授「《山海經》考察路線圖」繪製，圖中記載了《中次八經》中景山至琴鼓山共二十三座山的地理位置。

中次八經路線示意圖

山東

濟寧
棗莊　臨沂
蕭　徐州　郯
宿遷　於餘丘
良
連雲港
宿州
徐　清江
河　河
淮　安　洪澤湖
蚌埠　高郵湖
巢　鍾離
龍山
衡山　◎合肥
若山　岐山
靈山　銅山
石山　長岸
安慶
師每山
嶧山
歔縣
琴鼓山
九江
鄱陽湖
南昌
江西
上饒
溫州

黃海

江

江
蘇
南京
長

奄　蘇州
吳
上海◎
太湖
浙
醉李
禦兒
杭州◎
江
玉山
金華
江

（此路線形成於戰國時期）

從景山到驕山

少獸之山，礦物多

山水名稱	動物	植物	礦物
景山（睢水）	（文魚）	柞樹、檀樹	金玉、丹粟
荊山（漳水）	犛牛、豹、虎、閭麋（鮫魚）	松樹、柏樹、竹子、橘樹、柚子樹	鐵、赤金、（黃金）
驕山		松樹、柏樹、桃枝、鈎端	玉、青䨼

原文

　　中次八經荊山之首，曰景山，其上多金玉，其木多柞檀。睢（ㄐㄩ）水出焉，東南流注於江，其中多丹粟，多文魚。

　　東北百里，曰荊山，其陰多鐵，其陽多赤金，其中多犛（ㄌㄧˊ）牛[1]，多豹虎，其木多松柏，其草多竹，多橘櫾[2]（ㄧㄡˋ）。漳水出焉，而東南流注於睢，其中多黃金，多鮫魚[3]，其獸多閭麋。

　　又東北百五十里，曰驕山，其上多玉，其下多青䨼（ㄏㄨㄛˋ），其木多松柏，多桃枝、鈎端。

　　神䰨圍處之，其狀如人面。羊角虎爪，恆游於睢漳之淵，出入有光。

譯文

　　中央第八列山系叫荊山山系，其首座山，叫做景山。山上有豐富的金屬礦物和精美玉石。山上樹木以柞樹和檀樹為主。睢水發源於此，向東南注入長江，水中有很多粟粒大小的丹砂，水中還有很多石斑魚。

　　再往東北一百里，是荊山。山的北坡盛產鐵，山的南坡盛產黃金。山上多犛牛，還有很多豹和老虎。樹木以松樹和柏樹居多，花草以叢生的小竹子為主，還有許多橘子樹和柚子樹。漳水發源於此，向東南注入睢水，水中盛產黃金，並有很多鮫魚。漳水兩岸還有很多山驢和麋鹿。

　　再往東北一百五十里，是驕山。山上有多玉石，山下盛產青䨼。山上樹木以松樹和柏樹居多，矮小的桃樹和鈎端一類的灌木交錯生長。神仙䰨圍居住在此山中，其外形像人，頭上長著羊角，四肢上長著虎爪，祂常在睢水和漳水的深淵裡暢游，出入時身上都會閃閃發光。

【注釋】

① 犛牛：屬犛牛之類。

② 櫾：同「柚」，即柚子，與橘子相似，稍大一些，皮厚而且味道酸。

③ 鮫魚：就是現在所說的鯊魚，體型很大，性凶猛，能吃人。

明・蔣應鎬圖本

據說鮫魚又叫沙（鯊）魚，魚皮上有珍珠似的斑紋，而且十分堅硬，尾部有毒，能蜇人，其皮可以用來裝飾刀劍。傳說鮫魚腹部長有兩個洞，其中貯水養子，一個腹部能容下兩條小鮫魚，小鮫魚早上從母親嘴裡游出，傍晚又回到母親腹中休息。

蠱圍 明・蔣應鎬圖本

麜牛 清・汪紱圖本

文魚 清・汪紱圖本

豹 清・汪紱圖本

異獸	形態	異兆及功效
麜牛	長得像現代的麜牛	人吃了牠的肉，就不會生大的疾病，還能消除癰腫。
鮫魚	魚皮上有珍珠般的斑紋，十分堅硬。	尾部有毒，能蜇人，魚皮可以用於裝飾刀劍。
蠱圍	人面獸身，身後有神光環繞，赤身裸體，姿態各異。	人吃了牠的肉就不會患上癰腫疾病，還可以治好瘻瘡。

山海經地理考

荊山山系	·········►	今湖北馬寨山	·········►	位於湖北省房縣境內。
景山	·········►	今湖北望佛山	·········►	①位於湖北省房縣西部，距縣城34公里，海拔1430公尺。 ②依據原文推測，此山即為湖北省房縣的聚龍山。
雎水	·········►	今沮水	·········►	位於湖北省保康縣境內。
荊山	·········►	具體名稱不詳	·········►	位於湖北省南漳縣西部。
漳水	·········►	具體名稱不詳	·········►	其水源於荊山，注入沮水。
驕山	·········►	今湖北紫山	·········►	位於湖北省境內。

2 從女幾山到光山

鳩鳥帶有劇毒

山水名稱	動物	植物	礦物
女幾山	豹、虎、閭麋、麖、麂、白鷮、翟、鳩		玉、黃金
宜諸山（滽水）			金玉、青雘、（白玉）
綸山	山驢、麈、羚羊、臭	梓樹、楠樹、桃枝、竹、柤樹、栗樹、橘樹、柚子樹	
陸陒山		杻樹、橿樹	瑤琈玉、惡土
光山			碧玉

原文

又東北百二十里，曰女幾之山，其上多玉，其下多黃金，其獸多豹虎，多閭麋、麖、麂①，其鳥多白鷮②，多翟，多鳩③。又東北二百里，曰宜諸之山，其上多金玉，其下多青雘。滽（ㄩㄥˊ）水出焉，而南流注於漳，其中多白玉。又東北三百五十里，曰綸山，其木多梓、楠，多桃枝，多柤④、粟、橘、櫾，其獸多閭麈（ㄓㄨˋ）、麈⑤、羚、臭⑥。又東北二百里，曰陸陒（ㄍㄨㄟˇ）之山，其上多瑤琈之玉，其下多惡，其木多杻橿。又東百三十里，曰光山，其上多碧，其下多水。神計蒙處之，其狀人身而龍首，恆游於漳淵，出入必有飄風⑦暴雨。

譯文

再往東北一百二十里，是女幾山。山上盛產玉石，山下盛產黃金。山中多豹和老虎，還有成群的山驢、麋鹿、麖、麂。禽鳥以白鷮居多，還有很多野雞和鳩鳥。再往東北二百里，是宜諸山。山上有生產就金玉，山下盛產青雘。滽水發源於此，向南注入漳水，水中多白色玉石。再往東北二百里，是綸山。樹木主要是梓樹、楠樹，還有很多桃枝竹之類的低矮灌木，山中多柤樹、栗樹、橘子樹、柚子樹。山上多山驢、麈、羚羊、臭等性情溫順的食草野獸。綸山再往東二百里，是陸陒山。山上盛產瑤琈玉，山下盛產各種顏色的惡土。樹木以杻樹和橿樹為主。陸陒山再往東一百三十里，是光山。山上多碧玉，山下綠水環繞。天神計蒙住在此山，其形貌是人身龍頭。常在漳水的深淵裡暢游，出入時伴有狂風暴雨。

【注釋】

① 麂：一種小鹿。

② 白鷮：也叫「鷸雉」，常常是一邊飛行一邊鳴叫。

③ 鳩：鳩鳥，傳說中的一種身體有毒的鳥。

④ 柤：柤樹的形狀像梨樹，樹幹、樹枝皆為紅色，開黃花，結黑果。

⑤ 麈：一種大鹿。

⑥ 臭：形貌與兔子相似，卻長著鹿腳，皮毛是青色。

⑦ 飄風：旋風，暴風。

明·蔣應鎬圖本

　　傳說鴆鳥是一種吃蛇的毒鳥，因而牠體內也積聚了大量的毒素，甚至連牠接觸過的東西也不例外。傳說鴆鳥喝過水的水池都有毒，其他的動物去喝就必死無疑，人要是不小心吃了牠的肉也會被毒死。

塵　清·《禽蟲典》　　麂　清·汪紱圖本　　　　計蒙　明·蔣應鎬圖本

異獸	形態	異兆及功效
鴆	大小像雕，羽毛為紫綠色，頸部很長，紅喙。	傳說中有毒的鳥。
計蒙	龍首人身，昂頭拱手。	光山山神，出入處伴著狂風暴雨。

山海經地理考

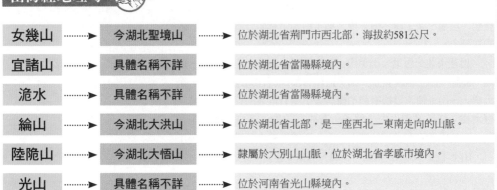

女幾山	今湖北聖境山	位於湖北省荊門市西北部，海拔約581公尺。
宜諸山	具體名稱不詳	位於湖北省當陽縣境內。
淯水	具體名稱不詳	位於湖北省當陽縣境內。
綸山	今湖北大洪山	位於湖北省北部，是一座西北一東南走向的山脈。
陸陒山	今湖北大悟山	隸屬於大別山山脈，位於湖北省孝感市境內。
光山	具體名稱不詳	位於河南省光山縣境內。

【第五卷 中山經】

3 從岐山到靈山
神仙涉𧎼人身方面

山水名稱	動物	植物	礦物
岐山		臭椿樹	黃金、白色瑤石、金玉、青雘
銅山	豹	構樹、柞樹、柤樹、栗子樹、橘子樹、柚子樹	金、銀、鐵
美山	兕、野牛、山驢、麈、野豬、鹿		黃金、青雘
大堯山	豹、老虎、羚羊、臭	松樹、柏樹、梓樹、桑樹、橙木樹、竹子	
靈山		桃樹、李樹、梅樹、杏樹	金玉、青雘

原文

又東北百五十里，曰岐山，其陽多赤金，其陰多白瑤①，其上多金玉，其下多青雘，其林多樗。神涉𧎼處之，其狀人身而方面三足。又東百三十里，曰銅山，其上多金、銀、鐵，其木多穀、柞、柤、栗、橘、櫞，其獸多犳（ㄓㄨㄛˊ）。

又東北一百里，曰美山，其獸多兕、牛，多閭、麈，多豕、鹿，其上多金，其下多青雘。又東北百里，曰大堯之山，其木多松柏，多梓桑，多機②，其草多竹，其獸多豹、虎、麢、臭。又東北三百里，曰靈山，其上多金玉，其下多青雘，其木多桃、李、梅、杏。

譯文

再往東北一百五十里，是岐山。山的南坡盛產黃金，山的北坡多白色　石，山上盛產金玉，山下多青雘。山中樹木以臭椿樹為主。神仙涉𧎼住這裡，形貌是人身，方形面孔，三隻腳。再往東一百三十里，是銅山。山上多黃金、白銀和鐵。山中有構樹、柞樹、柤樹、栗子樹、橘子樹、柚子樹等。林中野獸以長著豹紋的犳最多。

再往東北一百里，是美山。有許多兕、野牛、山驢、麈、野豬、鹿等。山上盛產黃金，山下盛產青雘。再往東北一百里，是大堯山。山上樹木以松樹和柏樹居多，還有很多的梓樹、桑樹、橙木樹，樹下多叢生的小竹子。有成群的豹、老虎，多羚羊和臭。再往東北三百里，是靈山。山上有豐富的金屬礦物和精美玉石，山下青雘。樹木多桃樹、李樹、梅樹、杏樹。

【注釋】

①瑤：一種似玉的美石。
②機：機木樹，就是橙木樹。是一種落葉喬木，木材堅韌，生長很快，容易成林。

山海經神怪考

 涉䮡 明·蔣應鎬圖本

　　神仙涉䮡就住岐山裡，其形貌是人的身
子，方形面孔，三隻腳。

山海經異木考

桃樹

李樹

杏樹

楊梅

山海經地理考

岐山	▶ 今天臺山	▶ ①岐山屬大別山山脈南麓，即湖北省天臺紅安縣境內的天臺山。②依據山川里程推測，岐山在安徽省境內。
銅山	▶ 今石門山	▶ 依據岐山的地理位置，沿大別山山脈推斷而來。
美山	▶ 今大同尖山	▶ ①大同尖山，位於大別山山脈中。②依據岐山地理位置推斷，在安徽省境內。
大堯山	▶ 今安徽天柱山	▶ 位於安徽省安慶市潛山縣境內，即霍山的最高峰。
靈山	▶ 具體名稱不詳	▶ 應為大別山山脈的東北尾端。

4 從龍山到玉山

無獸之山多礦藏

山水名稱	植物	礦物
龍山	寄生樹、桃枝、鉤端	碧玉、錫土
衡山	寄生樹、構樹、柞樹	黃惡、白惡
石山	寄生樹	金、青膔
若山	寄生樹、柘樹	璿珸玉、赭石、封石
巊山	柘樹	美石
玉山	柏樹	金玉、碧玉、鐵

原文

又東北七十里，曰龍山，上多寓木[1]，其木多碧，其下多赤錫[2]，其草多桃枝、鉤端。
又東南五十里，曰衡山，上多寓木、谷、柞，多黃惡、白惡。
又東南七十里，曰石山，其上多金，其下多青膔，多寓木。
又南百二十里，曰若山，其上多璿珸玉，多赭，多封石[3]，多寓木，多柘（ㄓㄜˋ）。
又東南一百二十里，曰巊山，多美石，多柘。
又東南一百五十里，曰玉山，其上多金玉，其下多碧、鐵，其木多柏。

譯文

　　再往東北七十里，是龍山。山上的森林裡有很多寓木。山上盛產晶瑩剔透的碧玉，山下盛產紅色錫土。草大多是桃枝、鉤端之類的小灌木叢。

　　再往東南五十里，是衡山。山上多寄生樹，還有很多構樹、柞樹。山中多黃色惡土、白色惡土。

　　再往東南七十里，是石山。山上盛產黃金，山下盛產青膔，山上有許多寄生樹。

　　再往南一百二十里，是若山。山上有很多精美的璿珸玉，還有很多赭石和封石。山中有許多寄生樹，此外。還有很多柘樹。

　　再往東南一百二十里，是巊山。山中有很多精美石頭，山上還有茂密的柘樹林。

　　再往東南一百五十里，是玉山。山上有豐富的金屬礦物和精美玉石，山下到處是精美貴重的碧玉，還有很多鐵礦石。山上樹木以柏樹居多。

【注釋】

[1] 寓木：又叫宛童，即寄生樹。又分兩種，葉子是圓的叫做蔦木；葉子像麻黃葉的叫做女蘿。因這種植物是寄寓在其他樹木上生長的，所以稱作寄生、寓木、蔦木。

[2] 錫：指未經提煉的錫土礦。以下同此。

[3] 封石：據古人記載，是一種可作藥用的礦物，味道是甜的，沒有毒性。

構樹

柏樹

柘樹

山海經地理考

龍山	┄┄➤	今安徽北峽山	┄┄➤	位於安徽省廬江縣境內。
衡山	┄┄➤	今安徽礬山	┄┄➤	位於安徽省廬江縣境內。
石山	┄┄➤	今安徽銅官山	┄┄➤	位於安徽省銅陵市境內。
若山	┄┄➤	今安徽九華山	┄┄➤	位於安徽省青陽縣，西北隔長江與天柱山相望。
峗山	┄┄➤	今安徽黃山	┄┄➤	位於安徽省南部黃山市境內。
玉山	┄┄➤	今安徽玉山	┄┄➤	位於安徽省績溪縣東部。

【第五卷 中山經】

355

5 從驪山到琴鼓山

祭祀鳥身人面神的禮儀

山水名稱	動物	植物	礦物
讙山（郁水）		檀樹	封石、色錫土、（磨刀石）
仁舉山		構樹、柞樹	黃金、赭石
師每山		柏樹、檀樹、柘樹、竹子	磨刀石、青雘
琴鼓山	野豬、鹿、犀牛、鴆	構樹、柞樹、椒樹、柘樹	瑉石、洗石

原文

又東南七十里，曰讙山，其木多檀，多封石，多白錫。郁水出於其上，潛於其下，其中多砥礪①。又東北百五十里，曰仁舉之山，其木多谷、柞，其陽多赤金，其陰多赭。又東五十里，曰師每之山，其陽多砥礪，其陰多青雘，其木多柏，多檀，多柘，其草多竹。

又東南二百里，曰琴鼓之山，其木多谷、柞、椒②、柘，其上多白瑉，其下多洗石，其獸多豕、鹿，多白犀，其鳥多鴆。凡荊山之首，自景山至琴鼓之山，凡二十三山，二千八百九十里。

其神狀皆鳥身而人面。其祠：用一雄雞祈瘞，用一藻圭，糈用稌。驪山，冢也，其祠：用羞酒少牢祈瘞③，嬰毛一璧。

譯文

再往東南七十里，是讙山。山上多檀樹，盛產封石，多白色錫土。郁水發源於此，潛流到山下，水中多磨刀石。再往東北一百五十里，是仁舉山。山上多構樹和柞樹，山的南坡多黃金，山的北坡多赭石。再往東五十里，是師每山。山的南坡多磨刀石，山的北坡多青雘。山上樹木以柏樹居多，也有很多檀樹、柘樹，草以叢生小竹子為主。

再往東南二百里，是琴鼓山。山中多構樹、柞樹、椒樹、柘樹。山上多白色瑉石，山下有很多洗石。山中野獸以野豬、鹿居多，還有許多白色犀牛，禽鳥多是鴆鳥。總計荊山山系之首尾，自景山起到琴鼓山止，共二十三座山，二千八百九十里。諸山山神的形貌都是鳥身人面。祭祀山神的禮儀：在帶毛禽畜中選用一隻雄雞，祭祀後埋入地下，並奉上一塊藻圭獻祭，米用稻米。驪山是諸山的宗主，祭祀時要用精釀的美酒和完整的豬、羊獻祭，祭祀完畢後埋入地下，玉器用一塊玉璧。

【注釋】

① 砥礪：兩種磨刀用的石頭。細磨刀石叫砥，粗磨刀石叫礪，後一般合起來泛指磨石。

② 椒：據古人記載，這種椒樹矮小而叢生，如果在它下面有草木生長就會被刺死。與上文所記「椒樹，指花椒樹者」略有不同。

③ 瘞：埋葬。

明·蔣應鎬圖本

荊山山系之首尾，自景山起到琴鼓山止，共二十三座山。這些山的山神都長著人的面孔、鳥的身子，很是怪異，但祭祀的禮儀卻不可缺少。

山海經異木考

椒 樹

椒樹有很多種類，瘦椒樹是中國特有的品種。

山海經地理考

驪山	今浙江湖田山	位於浙江省境內，海拔1248公尺。
郁水	今浙江新安江	位於浙江省境內，發源於安徽省徽州休寧縣玉山六股尖。
仁舉山	今安徽嶪山	位於安徽省績溪縣境內。
師每山	具體名稱不詳	位於安徽省績溪縣一帶的山川。
琴鼓山	今安徽大鄣山	①大鄣山，位於安徽省徽州境內。②依據山川里程推算，應在浙江境內。

【第五卷 中山經】

357

　　《中次九經》主要記載中央第九列
山系上的動植物及礦物。此山系所處的
位置大約在今四川省、重慶市、甘肅省
一帶，從女幾山起，一直到賈超山止，
一共十六座山，諸山山神的形貌均是馬
身龍首，祭祀山神的禮儀略有不同。山
中動植物種類頗多，礦藏也很豐富。

景山至琴鼓山

蛇山

崛居山　　　　長江

鬲山

【本圖山川地理分布定位】

狃狼　　　　　鳥身人面神

竊脂

雉　　　　　鼉

【本圖人神怪獸分布定位】

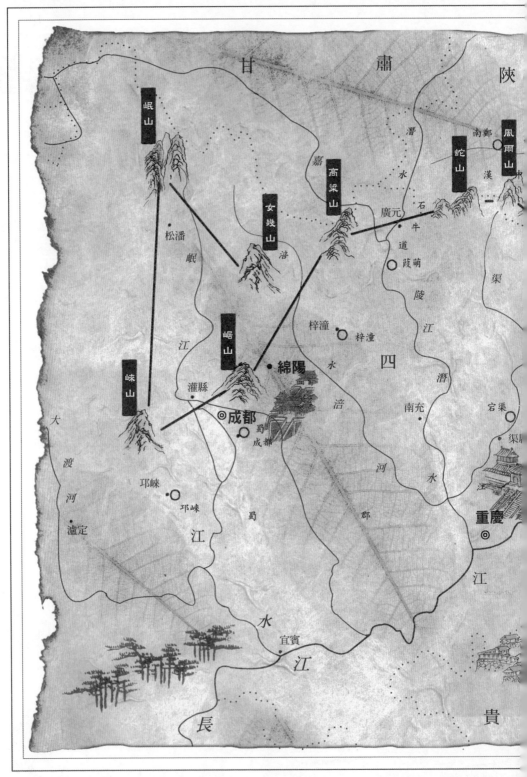

本圖根據張步天教授「《山海經》考察路線圖」繪製，圖中記載了《中次九經》中女幾山到賈超山共十六座山的考據位置。

中次九經路線示意圖

附圖1

西

漢

隅陽山

萬源

安康

岐山

句檷山

玉山

熊山

驍山

十堰

江

南陽

襄樊

漢

湖

賈超山

葛山

遠安

江

北

川

水

萬縣

巫

魚復

奉節

長

江

秭歸

宜昌

江

南

郡

恩施

水

澧

江

常德

洞庭湖

江

江

湖

南

黔

中

郡

沅

湘

州

（此路線形成於戰國時期）

1 從女幾山到嶐山

鼉能用尾巴敲肚皮奏樂

山水名稱	動物	植物	礦物
女幾山	虎、豹	杻樹、橿樹、野菊、蒼朮	石涅
瑉山	犀牛、大象、夔牛、白翰、赤鷩	梅樹、海棠樹	金玉、白色瑉石
嶐山（江水）	麋鹿、麈、（良龜、鼉）	檀樹、柘、野薤菜、野韭菜、白芷、寇脫	黃金

原文

> 中次九經瑉山之首，曰女幾之山，其上多石涅[1]，其木多杻橿，其草多菊[2]、茈（ㄓㄨˊ）。洛水出焉，東注於江[3]，其中多雄黃，其獸多虎、豹。
>
> 又東北三百里，曰瑉山。江水出焉，東北流注於海，其中多良龜，多鼉（ㄊㄨㄛˊ），其上多金玉，其下多白瑉（ㄇㄧㄣˊ），其木多梅棠，其獸多犀、象，多夔（ㄎㄨㄟˊ）牛，其鳥多翰、鷩。
>
> 又東北一百四十里，曰嶐山。江水出焉，東流注於江。其陽多黃金，其陰多麋麈，其木多檀柘，其草多薤、韭，多藥、空奪。

譯文

中央第九列山系是瑉山山系，山系的首座山，叫做女幾山。山上多產石涅。林中樹木以杻樹、橿樹居多，草以野菊和蒼術為主。洛水發源於此，向東注入長江。山中盛產雄黃，野獸以老虎、豹為主。

再往東北三百里，是瑉山。長江發源於此，向東北注入大海，水中有許多品種優良的龜，還有許多鼉，山上有豐富的金屬礦物和各色美玉，山下盛產白色瑉石。山中樹木以梅樹和海棠樹為主，林中有體形龐大的犀牛和大象，還有很多夔牛。鳥類以白翰和赤鷩居多。

再往東北一百四十里，是嶐山。江水發源於此，向東流入長江。山的南坡盛產黃金，山的北坡有成群的麋鹿和麈。山上樹木多檀樹和柘樹，花草多野薤菜、野韭菜、白芷和寇脫之類的香草。

【注釋】

① 石涅：即涅石，一種礦物，可做黑色染料。

② 菊：通稱菊花，品種繁多，有九百種，古人將其概括為兩大類，一類是栽種在庭院中供觀賞的，叫真菊；一類是在山野生長的，叫野菊。這裡就是指野菊。

③ 江：古人單稱「江」或「江水」而不貫以名者，則大多是專指長江，這裡即指長江。但本書記述山丘河流的方位走向都不甚確實，所述長江也不例外，與今天用科學方法測量出的長江不甚相符。現在譯「江」或「江水」為「長江」，只是為了使譯文醒目而有別於其他江水。以下同此。

圖解山海經

 鼍 清·《禽蟲典》

　　傳說帝顓頊曾經命鼍演奏音樂，鼍便反轉過自己身子，用尾巴敲擊肚皮，發出「嚶嚶」的聲音。也有人認為鼍能橫向飛翔，卻不能直接向上騰起；能吞雲吐霧，卻不能興風下雨，尾巴一甩就能將河岸崩落，以其他的魚為食，喜歡晒太陽睡覺。

夔牛 清·汪紱圖本

　　傳說夔牛比一般的牛要大很多，重可達數千斤。在鐘鼎彝器等青銅器上經常會鑄有夔紋。據說是黃帝依照九天玄女的指示將夔殺死，以其皮製成戰鼓。

異獸	形態	異兆及功效
鼍	形如蜥蜴，長達兩丈。	傳說中的神魚。
夔牛	體形龐大，堪比大象，重達千斤。	光山山神，出入處伴著狂風暴雨。

山海經地理考

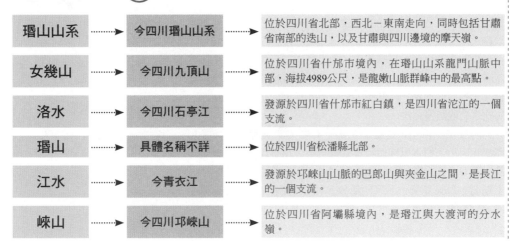

瑉山山系	⋯⋯▶	今四川瑉山山系	⋯⋯▶	位於四川省北部，西北－東南走向，同時包括甘肅省南部的迭山，以及甘肅與四川邊境的摩天嶺。
女幾山	⋯⋯▶	今四川九頂山	⋯⋯▶	位於四川省什邡市境內，在瑉山山系龍門山脈中部，海拔4989公尺，是龍嫩山脈群峰中的最高點。
洛水	⋯⋯▶	今四川石亭江	⋯⋯▶	發源於四川省什邡市紅白鎮，是四川省沱江的一個支流。
瑉山	⋯⋯▶	具體名稱不詳	⋯⋯▶	位於四川省松潘縣北部。
江水	⋯⋯▶	今青衣江	⋯⋯▶	發源於邛崍山山脈的巴郎山與夾金山之間，是長江的一個支流。
崍山	⋯⋯▶	今四川邛崍山	⋯⋯▶	位於四川省阿壩縣境內，是瑉江與大渡河的分水嶺。

2 從崛山到蛇山
尾巴分叉的怪蛇可吃人

山水名稱	動物	植物	礦物
崛山	夔牛、羚羊、犀牛、兕、竊脂	楢樹、杻樹、梅樹和梓樹	
江水	怪蛇、鰲魚		
高梁山		桃枝、鈎端	惡土、磨刀石
蛇山	狼	枸樹、豫章樹、嘉榮、細辛	黃金、惡土

原文

又東一百五十里，曰崛（ㄐㄩ）山。江水出焉，東流注於大江，其中多怪蛇[1]，多鰲魚[2]，其木多楢[3]（一ㄡˊ）杻，多梅、梓，其獸多夔牛、麢、麜、犀、兕。有鳥焉，狀如鶚而赤身白首，其名曰竊脂，可以禦火。

又東三百里，曰高梁之山，其上多惡，其下多砥礪，其木多桃枝、鈎端。有草焉，狀如葵而赤華、莢實、白柎（ㄈㄨ），可以走馬。

又東四百里，曰蛇山，其上多黃金，其下多惡，其木多枸，多豫章，其草多嘉榮、少辛。有獸焉，其狀如狐，而白尾長耳，名狼，見則國內有兵。

譯文

再往東一百五十里，是崛山。江水發源於此，向東注入長江。水中有許多怪蛇，還有很多鰲魚。山上樹木多楢樹、杻樹、梅樹和梓樹。野獸多夔牛、羚羊、犀牛和兕。

山中還有一種禽鳥，其形貌與貓頭鷹相似，身上的羽毛卻是紅色的，長著一個白色的腦袋，名字叫竊脂，人飼養牠就可以避火。

再往東三百里，是高梁山。山上到處是五色惡土，山下盛產各種各樣的磨刀石。山上草木多是桃枝竹和鈎端竹。山中有種草，形狀像葵菜，開紅花，結帶莢的果實，花萼是白色的，馬吃了它能跑得更快。

再往東四百里，是蛇山。山上有豐富的黃金，山下多出產惡土。山上樹木以枸樹和豫章樹居多，花草以嘉榮、細辛居多。還有一種野獸，形狀和狐狸相似，卻長著白色的尾巴，頭上還有一對長耳朵，名字叫狼，牠在哪個國家出現，哪個國家就會發生戰亂。

【注釋】

①怪蛇：據古人記載，應是一種鈎蛇，長達幾丈，尾巴分叉。

②鰲魚：不詳何種魚。

③楢：一種木材剛硬的樹木，可以用作製造車子的材料。

(怪)(蛇) 清·汪紱圖本

傳說這裡的怪蛇體長可達數丈，尾巴分叉，食量很大，力氣更是驚人，常常埋伏在水中，用尾巴鈎取岸上的人、牛、馬生吞，所以又叫牠鈎蛇、馬絆蛇。

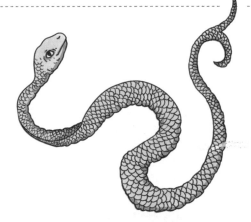

竊脂 明·胡文煥圖本

狿狼 明·蔣應鎬圖本

異獸	形態	今名	異兆及功效
竊脂	形貌與貓頭鷹相似，身上的羽毛卻是紅色的，長著一個白色的腦袋。	小青雀	人飼養牠就可以避火。
怪蛇	怪蛇體長可達數丈，尾巴分叉。		能吃人。
狿狼	形狀和狐狸相似，卻長著白色的尾巴，頭上還有一對長耳朵。		牠在哪個國家出現，哪個國家就會發生戰亂。

山海經地理考

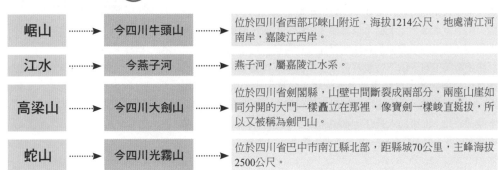

崌山	⟶	今四川牛頭山	⟶	位於四川省西部邛崍山附近，海拔1214公尺，地處清江河南岸，嘉陵江西岸。
江水	⟶	今燕子河	⟶	燕子河，屬嘉陵江水系。
高梁山	⟶	今四川大劍山	⟶	位於四川省劍閣縣，山壁中間斷裂成兩部分，兩座山崖如同分開的大門一樣矗立在那裡，像寶劍一樣峻直挺拔，所以又被稱為劍門山。
蛇山	⟶	今四川光霧山	⟶	位於四川省巴中市南江縣北部，距縣城70公里，主峰海拔2500公尺。

【第五卷 中山經】

3 從羈山到風雨山
蜼可用尾巴塞住鼻孔

山水名稱	動物	植物	礦物
羈山	犀牛、大象、熊、羆、猿猴、長尾猿		黃金、白色瑌石、白玉
隅陽山		梓樹、桑樹、紫草	金玉、青雘、丹砂
岐山		梅樹、梓樹、杻樹、楢樹	白銀、鐵
勾檷山		櫟樹、柘樹、芍藥	精美玉石、黃金
風雨山	山驢、麋鹿、麈、豹、老虎、白鷢、水蛇	椒樹、檀樹、楊樹	白銀、石涅

原文

　　又東五百里，曰羈山，其陽多金，其陰多白瑌。蒲鸏之水出焉，而東流注於江，其中多白玉，其獸多犀、象、熊、羆，多猿、蜼①。又東北三百里，曰隅陽之山，其上多金玉，其下多青雘，其木多梓桑，其草多茈。徐水出焉，東流注於江，其中多丹粟。又東二百五十里，曰岐山，其上多白金，其下多鐵。其木多梅梓，多杻楢。　水出焉，東南流注於江。又東三百里，曰勾檷之山，其上多玉，其下多黃金，其木多櫟柘，其草多芍藥。又東一百五十里，曰風雨之山，其上多白金，其下多石涅，其木多椒②檀③，多楊。宣余之水出焉，東流注於江，其中多蛇，其獸多閭、麋，多麈、豹、虎，其鳥多白鷢。

譯文

　　再往東五百里，是羈山。山的南坡盛產黃金，北坡多白色瑌石。蒲鸏水發源於此，向東注入長江，水中多白色玉石。山上野獸以犀牛、大象、熊、羆居多，還有許多猿猴、長尾猿。再往東北三百里，是隅陽山。山上盛產金玉，山下多青雘。山上多梓樹和桑樹，草以紫草居多。徐水發源於此，向東注入長江，水中有很多粟粒大小的丹砂。再往東二百五十里，是岐山。山上盛產白銀，山下盛產鐵。山上樹木以梅樹、梓樹、杻樹、楢樹居多。水發源於此，向東南流入長江。再往東三百里，是勾檷山。山上到處是精美玉石，山下盛產黃金；山中樹木以櫟樹和柘樹居多，花草以芍藥居多。再往東一百五十里，是風雨山。山上盛產白銀，山下多石涅。山中樹木以椒樹和檀樹居多，還有楊樹。宣余水發源於此，向東湧入長江，水中有很多水蛇。山中野獸以山驢和麋鹿居多，還有許多麈、豹、老虎。樹上多白鷢。

【注釋】

① 蜼：據古人記載，是一種長尾巴猿猴，鼻孔朝上，尾巴分叉，天下雨時就自己懸掛在樹上，用尾巴塞住鼻孔。

② 椒：不詳何樣樹木。

③ 檀：檀樹，也叫白理木。木質堅硬，木紋潔白，可以製作梳子、勺子等器物。

蜼 清·《爾雅音圖》

據說是一種長尾猿，其身體像獼猴，鼻孔外露上翻，尾巴很長，可達四、五尺，牠能預報雨水，將要下雨的時候就倒掛在樹上，用尾巴或兩根手指塞住鼻孔，以免雨水流入，傳說古時江東地區的人養過這種長尾猿猴，訓練牠接物取物，身手甚是矯健。

蜼　明·蔣應鎬圖本

異獸	形態	異兆及功效
蜼	像獼猴，鼻孔外露上翻，尾巴很長。	能預報下雨。

山海經地理考

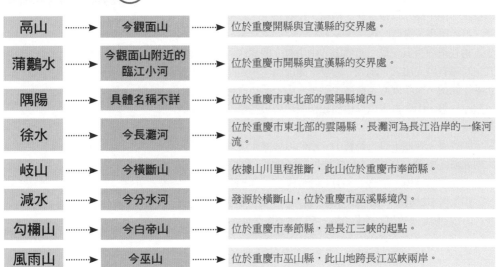

高山	……▶ 今觀面山	……▶ 位於重慶開縣與宣漢縣的交界處。
蒲鸎水	……▶ 今觀面山附近的臨江小河	……▶ 位於重慶市開縣與宣漢縣的交界處。
隅陽	……▶ 具體名稱不詳	……▶ 位於重慶市東北部的雲陽縣境內。
徐水	……▶ 今長灘河	……▶ 位於重慶市東北部的雲陽縣，長灘河為長江沿岸的一條河流。
岐山	……▶ 今橫斷山	……▶ 依據山川里程推斷，此山位於重慶市奉節縣。
減水	……▶ 今分水河	……▶ 發源於橫斷山，位於重慶市巫溪縣境內。
勾檷山	……▶ 今白帝山	……▶ 位於重慶市奉節縣，是長江三峽的起點。
風雨山	……▶ 今巫山	……▶ 位於重慶市巫山縣，此山地跨長江巫峽兩岸。

4 從玉山到葛山

神人常出入熊的洞穴

圖解山海經

山水名稱	動物	植物	礦物
玉山	野豬、鹿、羚羊、鴞鵒	豫章樹、楮樹、杻樹	銅、黃金
熊山		臭椿樹、柳樹、寇脫草	白色玉石、白銀
驕山		桃枝竹、牡荊樹、枸杞樹	美玉、黃金、鐵
葛山	羚羊、臭	柤樹、栗子樹、橘子樹、柚子樹、楮樹、杻樹、嘉榮草	黃金、㻬石

原文

　　又東北二百里，曰玉山，其陽多銅，其陰多赤金，其木多豫章、楮、杻，其獸多豕、鹿、麠（ㄌㄧㄥˊ）、臭，其鳥多鴞。

　　又東一百五十里，曰熊山。有空焉，熊之穴，恆出入神人。夏啟而冬閉，是穴也，冬啟乃必有兵。其上多白玉，其下多白金。其林多樗柳，其草多寇脫。

　　又東一百四十里，曰驕山，其陽多美玉、赤金，其陰多鐵，其木金桃枝、荊、芑。

　　又東二百里，曰葛山，其上多赤金，其下多㻬（ㄐㄧㄢ）石①，其木多柤、栗、橘、櫾、楮、杻，其獸多麠、臭，其草多嘉榮。

譯文

　　再往東北二百里，是玉山。山南有豐富的銅，山北有豐富的黃金。山中樹木以豫章樹、楮樹、杻樹為主。野獸以野豬、鹿、羚羊居多，禽鳥以鴞鳥居多。

　　再往東一百五十里，是熊山。山中有一個洞穴，是熊的巢穴，時常有神人出入。洞穴一般夏季開啟而冬季關閉；如果某年冬季開啟，來年就必定會發生戰爭。山上遍布白色玉石，山下盛產白銀。山中樹木以臭椿樹和柳樹居多，花草以寇脫草最為常見。

　　再往東一百四十里，是驕山，山的南坡盛產美玉、黃金，山的北坡盛產鐵。山上草木以桃枝竹、牡荊樹、枸杞樹居多。

　　再往東二百里，是葛山。山上盛產黃金，山下遍布㻬石。山上樹木以柤樹、栗子樹、橘子樹、柚子樹、楮樹、杻樹居多，山林中棲息著成群的羚羊和臭，花草主要是嘉榮草。

【注釋】

①㻬石：是一種比玉差一等的美石。

熊山神 清·汪紱圖本

傳說熊山的一個洞穴一般是
夏季開啟而冬季關閉;如果某年冬
季開啟,來年就必定會發生戰爭。
能預報戰爭的奇怪現象,除了熊山
的洞穴以外,還有鄆西北鼓山上的
石鼓。如果石鼓自鳴,就會天下大
亂,烽煙四起,與熊山石穴有異曲
同工之妙。

山海經地理考

玉山	····▶	今重慶蔥坪	····▶	位於重慶市竹溪縣境內,號稱竹溪第一峰,海拔2740公尺。
熊山	····▶	今湖北珍珠嶺	····▶	位於湖北省巴東縣境內。
騩山	····▶	今湖北將軍山	····▶	位於湖北省宜昌市秭歸縣境內。
葛山	····▶	今河北香爐山	····▶	位於河北省興山縣南嘴鎮張家坪蟲施村組河下。

【第五卷 中山經】

5 賈超山
祭祀馬身龍首神的禮儀

山水名稱	植物	礦物
賈超山	枏樹、栗子樹、橘子樹、柚子樹、楢樹、杻樹、龍鬚草	黃色惡土、赭石

原文

　　又東一百七十里，曰賈超之山，其陽多黃惡，其陰多美赭，其木多枏、栗、橘、櫾、楢、杻，其中多龍修[1]。

　　凡璿山之首，自女幾山至於賈超之山，凡十六山，三千五百里。其神狀皆馬身而龍首。其祠：毛用一雄雞瘞。糈用稌。文山[2]、勾檷（ㄇㄧˊ）、風雨、騩之山，是皆冢也，其祠之：羞酒，少牢具，嬰毛一吉玉。熊山，帝[3]也，其祠：羞酒，太牢具，嬰毛一璧。干[4]儛[5]，用兵以禳[6]；祈，璆[7]（ㄑㄧㄡˊ）冕[8]舞。

譯文

　　再往東一百七十里，是賈超山。山的南坡盛產黃色惡土，山的北坡多精美赭石。山中草木以枏樹、栗子樹、橘子樹、柚子樹、楢樹、杻樹居多，草以龍鬚草居多。總計璿山山系之首尾，自女幾山起到賈超山止，共十六座山，三千五百里，諸山山神的形貌都是馬身龍首。祭祀山神時，要在帶毛牲畜中選用一隻公雞做祭品埋入地下，用稻米祀神。其中文山、勾檷山、風雨山、騩山，是神聖之山，有特別的祀禮。祭祀這四座山的山神要進獻美酒，用豬、羊二牲的少牢做祭品，祀神的玉器要選用一塊吉玉。因熊山是諸山的首領，祭祀熊山山神的禮儀：除敬獻美酒外，還要用豬、牛、羊三牲齊全的太牢做祭品，祀神的玉器要選用一塊玉璧。為禳除戰爭災禍，要手持盾斧跳舞；祈求福祥時，就要穿戴整齊，並手持美玉跳舞。

【注釋】

① 龍修：即龍鬚草，生長在山石縫隙中，草莖倒垂，可用來編織席子。

② 文山：這裡指璿山。

③ 帝：這裡是首領的意思。

④ 干：指盾牌。

⑤ 儛：即跳舞。

⑥ 禳：祭禱消災。

⑦ 璆：古同「球」，美玉，亦指玉磬。

⑧ 冕：即冕服，是古代帝王、諸侯及卿大夫的禮服。這裡泛指禮服。

馬身龍首神 明·蔣應鎬圖本

馬身龍首神 清·汪紱圖本

 栗 子 樹

　　各種栗樹都結可以食用的堅果，栗子可以煮、烤、炒等多種方法食用，也可以磨成粉用做麵包、糕點的原料。

 賈超山 ⋯⋯➤ 今甘肅鳳陽山 ⋯⋯➤ 位於甘肅省遠安縣境內。

【第五卷 中山經】

371

中次十經

《中次十經》主要記載中央第十列山系上的動植物及礦物。此山系所處的位置大約在今河南省、甘肅省一帶，從首陽山起，一直到丙山止，一共九座山，諸山山神的形貌均是人面龍身，祭祀山神的禮儀也稍有不同。山中處處水聲潺潺、瀑布倒掛，樹木繁茂、交錯生長，山中礦藏豐富，多黃金和鐵。

【本圖山川地理分布定位】

【本圖人神怪獸分布定位】

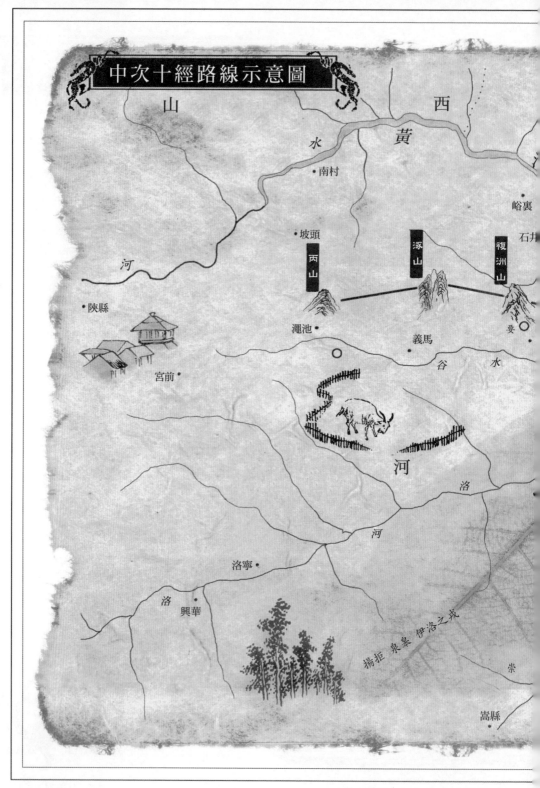

中次十經路線示意圖

山
水
黃
西
·南村
峪裏
·坡頭
石井
丙山
涿山
複洲山
河
·陝縣
澠池·
要
宮前·
義馬·
谷
水
河
洛
河
洛寧·
洛
興華·
揚拒 泉皋 伊洛之戎
崇
嵩縣

本圖根據張步天教授「《山海經》考察路線圖」繪製,《中次十經》中首陽山到丙山的九座山,其考據位置皆在圖中得以表現。

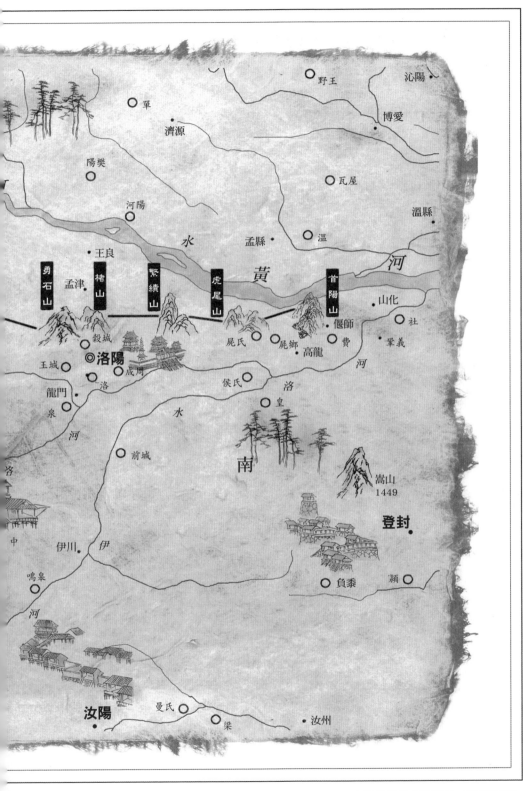

（此路線形成於春秋、戰國時期）

1 從首陽山到楮山

怪鳥跂踵能帶來瘟疫

山水名稱	動物	植物	礦物
首陽山			金玉
虎尾山		花椒樹、椐樹	封石、黃金、鐵
繁繢山		楢樹、杻樹、桃枝竹、鈎端	
勇石山			白銀
複州山	跂踵	檀樹	黃金
楮山		寄生樹、花椒樹、椐樹、柘樹	惡土

原文

中次經十經之首，曰首陽之山，其上多金玉，無草木。又西五十里，曰虎尾之山，其木多椒、椐①（ㄐㄩ），多封石，其陽多赤金，其陰多鐵。又西南五十里，曰繁繢之山，其木多楢、杻，其草多枝勾②。又西南二十里，曰勇石之山，無草木，多白金，多水。

又西二十里，曰複州之山，其木多檀，其陽多黃金。有鳥焉，其狀如鴞，而一足彘尾，其名曰跂踵，見則其國大疫。又西三十里，曰楮山，多寓木，多椒、椐，多柘，多惡。

譯文

中央第十列山系的首座山，叫做首陽山。山上有豐富的金屬礦物和精美玉石，但山上沒有花草樹木。再往西五十里，是虎尾山。山上林木以花椒樹、椐樹居多。山上到處是封石，山的南坡盛產黃金，山的北坡盛產鐵。再往西南五十里，是繁繢山。山上樹木以楢樹和杻樹居多，草以桃枝竹、鈎端居多。再往西南二十里，是勇石山。山上沒有花草樹木，有豐富的白銀，還有很多水流。

再往西二十里，是複州山。山上樹木以檀樹居多。山的南坡盛產黃金。檀樹林中有一種怪鳥，其形狀和一般的貓頭鷹相似，只長了一隻爪子，還長有一條豬尾巴，名字叫做跂踵，牠在哪個國家出現，哪個國家就會發生瘟疫。再往西三十里，是楮山。山上樹木以寄生樹、花椒樹、椐樹、柘樹居多。山上到處是各種顏色的惡土。

【注釋】

①椐：椐樹，又叫靈壽木。樹幹上多腫節，古人用作手杖。
②枝勾：即上文所說的桃枝竹、鈎端竹。

跂 踵 清·《禽蟲典》

　　遠古人類對鳥的崇拜，體現為
將鳥想像成形貌怪異的凶鳥，如生
活在複州山的獨足怪鳥跂踵；一方
面表現在賦予鳥某種神性，如象徵
太陽神崇拜的鳥形器。

跂踵　明·蔣英鎬圖本

異獸	形態	異兆及功效
跂踵	形狀和一般的貓頭鷹相似，只長了一隻爪子，還長有一條豬尾巴。	牠在哪個國家出現，哪個國家就會發生瘟疫。

山海經地理考

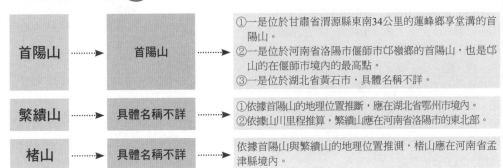

首陽山	首陽山	①一是位於甘肅省渭源縣東南34公里的蓮峰鄉享堂溝的首陽山。②一是位於河南省洛陽市偃師市邙嶺鄉的首陽山，也是邙山的在偃師市境內的最高點。③一是位於湖北省黃石市，具體名稱不詳。
繁繢山	具體名稱不詳	①依據首陽山的地理位置推斷，應在湖北省鄂州市境內。②依據山川里程推算，繁繢山應在河南省洛陽市的東北部。
楮山	具體名稱不詳	依據首陽山與繁繢山的地理位置推測，楮山應在河南省孟津縣境內。

從又原山到丙山
鸚鵒能效仿人說話

山水名稱	動物	植物	礦物
又原山	鸚鵒		青臒、鐵
涿山		構樹、柞樹、杻樹	琈珛玉
丙山		梓樹、檀樹、㹀杻樹	

原文

> 又西二十里，曰又原之山，其陽多青臒，其陰多鐵，其鳥多鸚鵒（く凵ˊ 凵ˋ）。
> 又西五十里，曰涿山，其木多榖、柞、杻，其陽多琈珛之玉。
> 又西七十里，曰丙山，其木多梓、檀，多㹀（ㄕㄣ）杻。
> 凡首陽山之首，自首山至於丙山，凡九山，二百六十七里。其神狀皆龍身而人面。其祠之：毛用一雄雞瘞，糈用五種之糈[2]。堵山[3]，冢也，其祠之：少牢具，羞酒祠，嬰毛一璧瘞。騩山，帝也，其祠羞酒，太牢具；合巫[4]祝[5]二人儛，嬰一璧。

譯文

　　再往西二十里，是又原山。山的南坡多青臒，山的北坡盛產鐵礦石。山中禽鳥以鸚鵒居多。

　　再往西五十里，是涿山。山上樹木以構樹、柞樹、杻樹居多，山的南坡遍布著琈珛玉。

　　再往西七十里，是丙山。山上樹木以梓樹、檀樹居多，還有很多㹀杻樹。

　　總計首陽山山系之首尾，自首陽山起到丙山止，共九座山，二百六十七里。諸山山神的形貌都是龍身人面。祭祀山神的禮儀：在帶毛牲畜中選用一隻雄雞獻祭後埋入地下，並用黍、稷、稻、粱、麥等五種糧米祀神。堵山是諸山的宗主，祭祀堵山山神要用豬、羊二牲的少牢做祭品，並進獻美酒來祭祀，選用一塊玉璧，祀神後埋入地下。騩山是諸山山神的首領，祭祀騩山山神要進獻美酒，用豬、牛、羊三牲齊全太牢的做祭品；還要讓女巫師和男祝師二人一起跳舞，同時在玉器中選用一塊玉璧來祭祀。

【注釋】

① 㹀杻：杻樹的樹幹都是彎曲的，而㹀杻的樹幹比較直。

② 五種之糈：指黍、稷、稻、粱、麥五種糧米。

③ 堵山：指楮山。

④ 巫：古代指能以舞降神的人，即女巫。

⑤ 祝：古代在祠廟中主管祭禮的人，即男巫。

 明·蔣應鎬圖本

　　據說，鸜鵒就是八哥，渾身黑色，但翅膀上有一些白色羽毛，展開雙翼後就像一個「八」字。據說這種鳥喜歡在水中洗浴，冬天遇到下雪時則喜歡群飛。八哥的舌頭很發達，修剪牠的舌頭能讓牠效仿人說話。

龍身人面神 清·汪紱圖本

山海經地理考

又原山	⟶	具體名稱不詳	⟶	位於河南省南召縣西北部。
涿山	⟶	今蜀山	⟶	依據山川里程推算，可能在甘肅省境內。

中次十一經

《中次十一經》主要記載中央第十一列山系山的動植物及礦物。此山系所處的位置大約在今河南省、湖北省、安徽省一帶，從翼望山起，一直到幾山止，一共四十八座山，諸山山神的形貌均是人面豬身，祭祀禮儀也稍有不同。山中樹木蒼翠、種類繁多；礦產豐富，有很多青雘、黃金、玉石；動物多而繁雜。

【本圖山川地理分布定位】

【本圖人神怪獸分布定位】

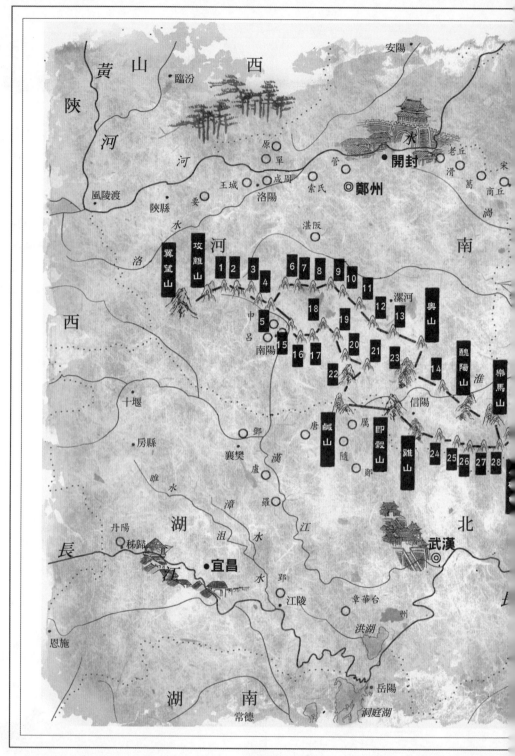

1.高前山　2.游戲山　3.倚帝山　4.鯢山　　5.豐山　　6.雅山　　7.兔床山　8.皮山　　9.章山
10.瑤碧山　11.秩蔄山　12.菫理山　13.帝囷山　14.羅山　15.依軲山　16.大山　17.白山　18.朝歌
19.大騩山　20.視山　21.宣山　22.前山　23.歷石山　24.卑山　25.虎首山　26.嬰山　27.嬰侯山
28.從山　29.畢山　30.嫗山　31.鮮山　32.區吳山　33.大支山　34.聲匈山　35.服山　36.杏山

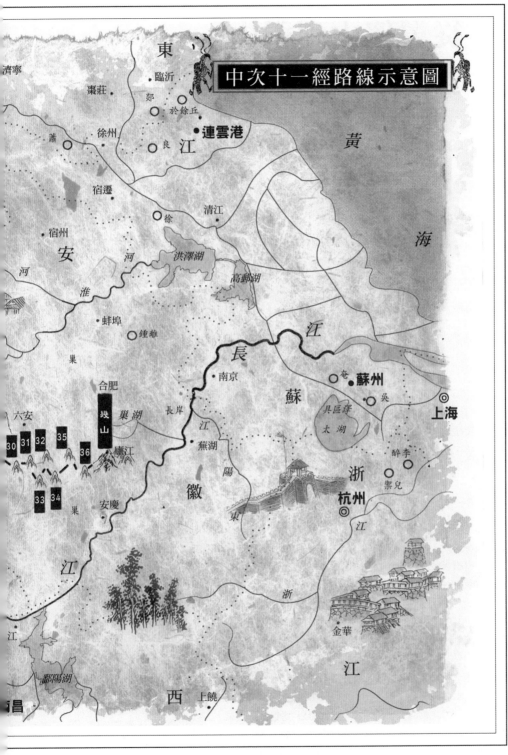

中次十一經路線示意圖

本圖根據張步天教授「《山海經》考察路線圖」繪製，圖中記載了《中次十一經》中翼望山至幾山共四十八座山的所在位置。

（此路線形成於戰國時期）

1 從翼望山到視山
貺水之中多蛟

山水名稱	動物	植物	礦物
翼望山（貺水）	（蛟）	松樹、柏樹、漆樹、梓樹	黃金、瑉石
朝歌山（潕水）	羚羊、麋鹿、（人魚）	梓樹、楠木樹、莽草	
帝囷山	鳴蛇		瓀珛玉、鐵
視山		野韭菜、桑樹	惡土、金玉

原文

中次一十一山經荊山之首，曰翼望之山。潕水出焉，東流注於濟；貺（ㄎㄨㄤˋ）水出焉，東南流注於漢，其中多蛟①。其上多松柏，其下多漆梓，其陽多赤金，其陰多瑉。

又東北一百五十里，曰朝歌之山，潕（ㄨˇ）水出焉，東南流注於滎（ㄒㄧㄥˊ），其中多人魚。

其上多梓、楠，其獸多鹿、麖。有草焉，名曰莽草②，可以毒魚。

又東南二百里，曰帝囷之山，其陽多瓀珛之玉，其陰多鐵。帝囷之水出於其上，潛於其下，多鳴蛇。又東南五十里，曰視山，其上多韭。有井③焉，名曰天井，夏有水，冬竭。其上多桑，多美惡、金、玉。

譯文

中央第十一列山系也叫荊山山系，山系的首座山，叫做翼望山。潕水發源於此，向東注入濟水；貺水發源於此，向東南注入漢水，水中有很多蛟。山上多松樹和柏樹，山下有茂密的漆樹和梓樹。山的南坡盛產黃金，山的北坡盛產瑉石。

再往東北一百五十里，是朝歌山。潕水發源於此，向東南流入滎水，水中有很多人魚。山上樹木以梓樹、楠木樹居多，山中野獸以羚羊、麋鹿最多。山中有種草，叫做莽草，能夠毒死魚。

再往東南二百里，是帝囷山。山的南坡多瓀珛玉，山的北坡盛產鐵。帝囷水發源於此，然後潛流到山下。山上有很多長有四隻翅膀的鳴蛇。再往東南五十里，是視山。山上到處是野韭菜。山中低窪的地方有一眼泉水，名叫天井，夏天有水，冬天枯竭。山上還有茂密的桑樹，到處是優質惡土、金屬礦物、精美玉石。

【注釋】

①蛟：據古人說是像蛇的樣子，卻有四隻腳，小小的頭，細細的脖子，脖頸上有白色瘤，大的有十幾圍粗，卵有瓮大小，能吞食人。

②莽草：即上文所說的芒草，又叫鼠莽。

③井：同上文所說的井一樣，是指自然形成的水泉。古人把四周高峻中間低窪的地形，或四面房屋和圍墻中間的空地稱為天井。所以，這裡也把處在低窪地的水泉叫天井。

松樹

莽草

山海經地理考

荊山山系	⋯⋯▶	今熊耳山與伏牛山的總稱	⋯⋯▶	位於河南省西部。
翼望山	⋯⋯▶	今河南關山坡	⋯⋯▶	位於河南省內鄉縣北部。
湍水	⋯⋯▶	今河南湍河	⋯⋯▶	發源於西峽、內鄉、嵩縣三縣交界處的關山坡，總長約400餘華里。
濟	⋯⋯▶	今河南白河	⋯⋯▶	發源於伏牛山玉皇頂東麓，流至襄樊注入漢水。流經河南省界內全長329公里。
貺水	⋯⋯▶	今河南淅河	⋯⋯▶	發源於河南省盧氏縣熊耳山。
朝歌山	⋯⋯▶	今河南扶予山	⋯⋯▶	位於河南省沁陽縣西北七十里。
潕水	⋯⋯▶	今舞陽河	⋯⋯▶	「潕」即為「舞」，潕水即舞水，今舞陽河。
滎	⋯⋯▶	今汝河	⋯⋯▶	發源於河南省伏牛山區龍池曼，是淮河北岸的主要支流之一。
帝囷山	⋯⋯▶	具體名稱不詳	⋯⋯▶	依據山川里程推測，可能在河南省舞陽縣境內。
視山	⋯⋯▶	今河南太白頂	⋯⋯▶	位於河南省桐柏縣西部，是桐柏山的最高峰。

【第五卷 中山經】

2 從前山到瑤碧山
以蜚蟲為食的鵁

山水名稱	動物	植物	礦物
礦物		橿樹、柏樹	黃金、赭石
豐山	雍和	構樹、柞樹、杻樹、橿樹	黃金
兔床山		橿樹、櫐樹、雞谷草	鐵
皮山		松樹、柏樹	惡土、赭石
瑤碧山	鵁	梓樹、楠樹	青膔、白銀

原文

又東南二百里，曰前山，其木多橿①（ㄓㄨ），多柏，其陽多金，其陰多赭。又東南三百里，曰豐山。有獸焉，其狀如猿，赤目，赤喙，黃身，名曰雍和，見則國有大恐。神耕父處之，常游清泠（ㄌㄧㄥˊ）之淵，出入有光，見則其國為敗。有九鐘焉，是知霜鳴。其上多金，其下多金，其下多谷、柞、杻、橿。

又東北八百里，曰兔床之山，其陽多鐵，其木多橿、櫐②（ㄩˋ），其草多雞谷，其本如雞卵，其味酸甘，食者利於人。又東六十里，曰皮山，多惡，多赭，其木多松柏。又東六十里，曰瑤碧之山，其木多梓柟，其陰多青膔，其陽多白金。有鳥焉，其狀如雉，恆食蜚③，名曰鵁④。

譯文

再往東南二百里，是前山。樹木以橿樹和柏樹居多。山南盛產黃金，山北多赭石。再往東南三百里，是豐山。山中有奇獸，形狀像猿猴，紅眼睛和紅嘴巴，黃身子，叫做雍和，牠在哪個國家出現，哪個國家就有恐怖事件。神仙耕父住在此山，常在山中的清泠淵游玩，出入時會發光，牠在哪個國家出現，哪個國家就會衰敗。山上有九口大鐘，會應和霜的降落鳴響。山上盛產黃金，樹木以構樹、柞樹、杻樹、橿樹為主。

再往東北八百里，是兔床山。山南盛產鐵。樹木以橿樹和櫐樹居多，草以雞穀草為主，其根莖類似雞蛋，味道酸中帶甜，人吃了它就能益壽延年。再往東六十里，是皮山。山上多惡土和赭石，多松樹和柏樹。再往東六十里，是瑤碧山。樹木以梓樹和楠樹為主。山北盛產青膔，山南盛產白銀。山中有種鳥，形狀像野雞，常以蜚蟲為食，叫做鵁。

【注釋】

① 橿：即橿樹，結的果實如同橡樹的果實，可以吃，木質耐腐蝕，可作房屋的柱子。

② 櫐：即櫟樹。果實叫橡子、橡鬥。樹皮可飼養蠶，樹葉可做染料。

③ 蜚：一種有害的小飛蟲，形狀橢圓，散發惡臭。

④ 鵁：即鵁鳥，與上文所說的有毒鵁鳥是同名異物。

耕父　清·汪紱圖本

　清·《禽蟲典》

　　雍和是一種形似猿猴的災獸，紅眼紅嘴，毛呈黃色。牠出現的地方，就會發生很恐怖的事件。

鴆　明·蔣應鎬圖本

異獸	形態	異兆及功效
雍和	形狀像猿猴，紅眼睛和紅嘴巴，黃身子。	牠在哪個國家出現，哪個國家就會發生恐怖事件。
鴆	形狀像野雞，常以蜚蟲為食。	

山海經地理考

前山	⟶	今河南堅山	⟶	位於河南省信陽市西部。
豐山	⟶	具體名稱不詳	⟶	位於河南省南陽市的東北部。
清冷淵	⟶	具體名稱不詳	⟶	位於河南省南陽市境內。
兔床山	⟶	具體名稱不詳	⟶	位於嵩山山區內。
皮山	⟶	具體名稱不詳	⟶	位於河南省嵩縣境內。
瑤碧山	⟶	具體名稱不詳	⟶	位於河南省嵩縣境內。

【第五卷　中山經】

3 從支離山到依軲山

飼養青耕可避除瘟疫

山水名稱	動物	植物	礦物
支離山	嬰勺、牲牛、羬羊		
袟萬山		松樹、柏樹、橖樹、桓樹	
菫理山	豹、老虎、青耕	松樹、柏樹、梓樹	丹臒、黃金
依軲山	獜	杻樹、橿樹、苴樹	

原文

　　又東四十里，曰支離之山。濟水出焉，南流注於漢。有鳥焉，其名曰嬰勺，其狀如鵲，赤目、赤喙、白身，其尾若勺，共鳴自呼。多牲牛，多羬羊。

　　又東北五十里，曰袟萬之山，其上多松、柏、機[1]、桓[2]。

　　又西北一百里，曰菫理之山，其上多松柏，多美梓，其陰多丹臒，多金，其獸多豹虎。有鳥焉，其狀如鵲，青身白喙，白目白尾，名曰青耕，可以禦疫，其鳴自叫。

　　又東南三十里，曰依軲之山，其上多杻橿，多苴[3]。有獸焉，其狀如犬，虎爪有甲，其名曰獜，善駚牟，食者不風。

譯文

　　再往東四十里，是支離山。濟水發源於此，向南流入漢水。山中有種鳥，叫嬰勺，外形像喜鵲，紅眼睛和紅嘴巴、白色的身子，尾巴與酒勺相似。啼叫的聲音像在呼喚自己的名字。山中多牲牛、羬羊。

　　再往東北五十里，是袟萬山。樹木以松樹和柏樹居多，橖樹和桓樹也不少。再往西北一百里，是菫理山。樹木以松樹和柏樹居多，還有很多梓樹。山的北坡多丹臒，盛產黃金。山上野獸以豹和老虎居多。還有種鳥，形狀像喜鵲，青色身子、白色嘴喙、白色眼睛及白色尾巴，叫做青耕。人飼養牠可以避除瘟疫，叫聲像在呼喚自己的名字。

　　再往東南三十里，是依軲山。樹木以杻樹、橿樹為主，此外，苴樹也很多。山中有種野獸，形狀像狗，老虎一樣的爪子，身上布滿鱗甲，叫做獜。牠擅長跳躍騰撲，人如果吃了牠的肉就能預防瘋癲病。

【注釋】

[1] 機：即橖樹。

[2] 桓：即桓樹，樹葉像柳葉，樹皮是黃白色。

[3] 苴：通「粗」。即粗樹。

嬰勺 清‧《禽蟲典》

　　嬰勺，其外形像喜鵲，卻長著紅眼睛和紅嘴巴、白色的身子，尾巴與酒勺相似，或許其名正是由此而來。牠啼叫的聲音就像在呼喚自己的名字。

獙 明‧蔣應鎬圖本

青耕 明‧胡文煥圖本

異獸	形態	異兆及功效
嬰勺	外形像喜鵲，紅眼睛和紅嘴巴、白色的身子，尾巴與酒勺相似。	啼叫的聲音像在呼喚自己的名字。
青耕	形狀像喜鵲，青色身子、白色嘴喙、白色眼睛及白色尾巴。	人飼養牠可以避除瘟疫，叫聲像在呼喚自己的名字。
獙	形狀像狗，老虎一樣的爪子，身上布滿鱗甲。	牠擅長跳躍騰撲，人如果吃了牠的肉就能預防瘋癲病。

山海經地理考

支離山	⋯⋯▶ 今一系列高山的總稱	⋯⋯▶ 依據山川走向推測，應為河南省外方山山脈的楊樹嶺、跑馬嶺、龍池曼一帶高山的總稱。
濟水	⋯⋯▶ 今白河	▶ 發源於河南省洛陽市嵩縣伏牛山玉皇頂。
帙萠山	⋯⋯▶ 具體名稱不詳	▶ 依據山川里程推算，應在河南省方城縣境內。
菫理山	⋯⋯▶ 具體名稱不詳	▶ 依據山川里程推算，應在河南省內鄉縣境內。
依軲山	⋯⋯▶ 具體名稱不詳	▶ 依據山川里程推算，應在河南省西南部。

4 從即谷山到從山
三足鱉可治疑心病

圖解山海經

山水名稱	動物	植物	礦物
即谷山	玄豹、山驢、麈、羚羊、臭		美玉、瑤石、青雘
雞山		梓樹、桑樹、野韭菜	
高前山			黃金、赭石
游戲山		杻樹、櫺樹、構樹	玉石、封石
從山	三足鱉	松樹、柏樹、竹叢	

原文

又東南三十五里，曰即谷之山，多美玉，多玄豹，多閭麈，多麢臭。其陽多瑤，其陰多青雘。又東南四十里，曰雞山，其上多美梓，多桑，其草多韭。

又東南五十里，曰高前之山，其上有水焉，甚寒而清，帝臺之漿也，飲之者不心痛。其上有金，其下有赭。又東南三十里，曰游戲之山，多杻、櫺、穀，多玉，多封石。

又東南三十五里，曰從山，其上多松柏，其下多竹。從水出於其上，潛於其下，其中多三足鱉，枝①尾，食之無蠱疫。

譯文

再往東南三十五里，是即谷山。山上遍布美玉。有很多玄豹、山驢、麈、羚羊和臭。山的南坡盛產瑤石，北坡盛產青雘。再往東南四十里，是雞山。山上多梓樹，桑樹也隨處可見，花草以野韭菜居多。

再往東南五十里，是高前山。山上有條小溪，水溫冰涼又清澈見底，這是神仙帝臺所用過的瓊漿玉液，飲用這種溪水就不會患上心痛病。山上有豐富的黃金，山下到處是赭石。再往東南三十里，是游戲山。山上有茂密的杻樹、櫺樹、構樹，還有很多精美的玉石，封石也很多。

再往東南三十五里，是從山。山上到處是松樹和柏樹，山下到處是竹叢。從水發源於此，潛流到山下，水中有很多三足鱉，其尾巴分叉，吃了牠的肉，人就不會患上疑心病。

【注釋】

①枝：分支的，分叉的。

三 足 鱉 清·《爾雅音圖》

傳說三足鱉的名字叫能，也是大禹的父親鯀所化。據說人吃了三足鱉就會
被毒死，但是這種尾部分叉的三足鱉卻是一種良藥，吃了可以預防疑心病。

異獸	形態	異兆及功效
三足鱉	尾巴分叉。	吃了牠的肉，人就不會得到疑心病。

山海經地理考

即谷山	⟶	具體名稱不詳	⟶	可能位於河南省信陽市與湖北市的交界處。
雞山	⟶	今雞公山	⟶	位於河南省信陽市與湖北市的交界處，雞公山屬大別山的支脈。
高前山	⟶	今河南高前山	⟶	位於河南省內鄉縣西南部。
游戲山	⟶	具體名稱不詳	⟶	可能位於河南省內鄉縣南部。
從山	⟶	具體名稱不詳	⟶	一說在河南省境內；一說在湖北省境內。

【第五卷 中山經】

5

從嬰䃌山到虎首山

刺猬狀的猴能帶來瘟疫

山水名稱	動物	植物	礦物
嬰䃌山		松樹、柏樹、梓樹、欓樹	
畢山（帝苑水）	（蛟）		玉、（水晶石）
樂馬山（瀨水）	猴、（娃娃魚、蛟、頡）		
蒇山			青雘、金玉
虎首山		苴樹、椆樹、椐樹	

原文

又東南三十里，曰嬰䃌之山，其上多松柏，其下多梓、欓①（彳ㄨㄥ）。又東南三十里，曰畢山。帝苑之水出焉，東北流注於瀨（ㄌㄞ丶），其中多水玉，多蛟。其上多瑈珸之玉。

又東南二十里，曰樂馬之山。有獸焉，其狀如彙，赤如丹火，其名曰猴，見則其國大疫。

又東南二十五里，曰蒇山，瀨水出焉，東南流注於汝水，其中多人魚，多蛟，多頡②（ㄐㄧㄝˊ）。

又東四十里，曰嬰山，其下多青雘，其上多金玉。

又東三十里，曰虎首之山，多苴、椆③、椐。

譯文

再往東南三十里，是嬰䃌山。山上到處是松樹和柏樹，山下有很多梓樹和欓樹。再往東南三十里，是畢山。帝苑水發源於此，向東北注入瀨水，水中有很多水晶石，還有許多蛟。山上遍布瑈珸玉。

再往東南二十里，是樂馬山。山中有種野獸，形狀和一般的刺猬類似，全身毛皮赤紅，猶如一團丹火，名稱是猴。牠在哪個國家出現，哪個國家就會有大瘟疫。

再往東南二十五里，是蒇山。瀨水發源於此，向東南注入汝水。水中有很多娃娃魚，還有很多蛟，此外，還有很多頡。

再往東四十里，是嬰山。山下多青雘，山上有豐富的金屬礦物和精美玉石。

再往東三十里，是虎首山。山上有很多苴樹、椆樹、椐樹。

【注釋】

① 欓：又名欓樹，形狀像臭椿樹，樹幹可製作車轅。

② 頡：據古人說是一種皮毛青色而形態像狗的動物。可能就是今天所說的水獺。

③ 椆：據古人說是一種耐寒冷而不雕落的樹木。

頡 清·汪紱圖本

　　據說頡是一種棲息在水中、皮毛青色而形態像狗的動物，就是今天所說的水獺。牠嗜好捕魚，即使飽腹之後，牠還會無休無止地捕殺魚類，以此為樂。水獺十分聰明伶俐，又酷愛捕魚，經過一段時間的訓練，就可以成為一個為漁民效勞的捕魚能手。

狌　明·胡文煥圖本

異獸	形態	異兆及功效
狌	形狀和一般的刺蝟類似，全身毛皮赤紅，猶如一團丹火。	牠在哪個國家出現，哪個國家就會有大瘟疫。

山海經地理考

嬰䃌山	今大別山北麓	①位於河南省與湖北省交界處的大別山的北麓。 ②根據山川里程推測，此山應在河南省信陽市的西南部。
畢山	今河南旱山	位於河南省沁陽縣境內。
帝苑水、瀤水	今沙河	位於河南省沁陽縣、遂平縣境內，在張家灣安徽界上注入淮河。
葴山	今桐柏山	位於河南省與湖北省交界處，西北一東南走向。
瀙水	今洪河	發源於河南省駐馬店西部山區，向東南注入淮河。
嬰山	具體名稱不詳	可能位於河南省境內。
虎首山	具體名稱不詳	可能位於河南省境內。

6

從嬰侯山到鯢山

白耳白嘴的狙如是災獸

山水名稱	動物	植物	礦物
嬰侯山			封石、紅色錫土
大孰山			白色惡土
卑山		桃樹、李樹、苴樹、梓樹、紫藤樹	
倚帝山	狙如		玉石、黃金
鯢山			惡土、黃金、青臒
鯢山			堊土、黃金、青臒

原文

又東二十里，曰嬰侯（ㄏㄡˊ）之山，其上多封石，其下多赤錫。

又東五十里，曰大孰之山。殺水出焉，東北流注於瀨水，其中多白惡。

又東四十里，曰卑山，其上多桃、李、苴、梓，多纍①（ㄌㄟˊ）。

又東三十里，曰倚帝之山，其上多玉，其下多金。有獸焉，狀如鼣（ㄈㄟˋ）鼠②，白耳白喙。

名曰狙如，見則其國有大兵。

又東三十里，曰鯢山，鯢水出於其上，潛於其下，其中多美惡。其上多金，其下多青臒。

譯文

再往東二十里，是嬰侯山。山上多封石，山下有豐富的紅色錫土。

再往東五十里，是大孰山。殺水發源於此，向東北流入發源於藏山的瀨水，河流兩岸到處是白色惡土。

再往東四十里，是卑山。山上有很多桃樹、李樹、苴樹、梓樹，還有很多紫藤樹。

再往東三十里，是倚帝山。山上遍布精美的玉石，山下盛產黃金。山中有種野獸，其形狀與鼣鼠類似，長著白色耳朵和白色嘴巴，名字叫狙如，牠在哪個國家出現，哪個國家就會兵禍連連。

再往東三十里，是鯢山。鯢水發源於此，然後潛流到山下，河兩岸有很多優質惡土。山上盛產黃金，山下盛產青臒。

【注釋】

① 纍：又叫做藤，古人說是一種與虎豆同類的植物。虎豆是纏蔓於樹枝而生長的，所結豆莢，像老虎指爪，而莢中豆子像老虎身上的斑紋，所以又叫虎纍。虎纍，即今所說的紫藤。纍，同「藟」，蔓生植物。

② 鼣鼠：不詳何種動物。

狙如 明‧蔣應鎬圖本

狙如，其形狀與鼣鼠類似，長著白色的耳朵和白色的嘴巴，名字叫狙如，牠是一種災獸，牠在哪個國家出現，哪個國家就會兵禍連連。

異獸	形態	今名	異兆及功效
狙如	形狀與鼣鼠類似，長著白色耳朵和白色嘴巴。	伶鼬	牠在哪個國家出現，哪個國家就會兵禍連連。

山海經地理考

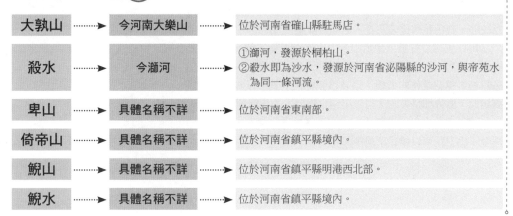

大孰山	→	今河南大樂山	→	位於河南省碓山縣駐馬店。
殺水	→	今澗河	→	①澗河，發源於桐柏山。 ②殺水即為沙水，發源於河南省泌陽縣的沙河，與帝苑水為同一條河流。
卑山	→	具體名稱不詳	→	位於河南省東南部。
倚帝山	→	具體名稱不詳	→	位於河南省鎮平縣境內。
鯢山	→	具體名稱不詳	→	位於河南省鎮平縣明港西北部。
鯢水	→	具體名稱不詳	→	位於河南省鎮平縣境內。

7 從雅山到嫗山
奇樹帝女桑有紅色紋理

山水名稱	動物	植物	礦物
雅山		桑樹、苴樹	黃金
宣山（淪水）	（蛟）	帝女桑	
衡山	八哥	青臃、桑樹	
豐山		桑樹、楊桃	封石
嫗山		雞穀草	玉石、黃金

原文

　　又東三十里，曰雅山。澧水出焉，東流注於灃水，其中有大魚。其上多美桑，其下多苴，多赤金。又東五十五里，曰宣山。淪水出焉，東南流注於灃水，其中多蛟。其上有桑焉，大五十尺，其枝四衢，其葉大尺餘，赤理、黃華、青蕚，名曰帝女①之桑。

　　又東四十五里，曰衡山，其上多青臃，多桑，其鳥多鸜鵒。又東四十里，曰豐山，其上多封石，其木多桑，多羊桃，狀如桃而方莖，可以為②皮張③（ㄓㄤˋ）。

　　又東七十里，曰嫗山，其上多美玉，其下多金，其草多雞穀。

譯文

　　再往東三十里，是雅山。澧水發源於此，向東注入灃水，水中有很多大魚。山上有茂密的桑樹，山下多苴樹林，山中盛產黃金。再往東五十五里，是宣山。淪水發源於此，向東南注入灃水，水中有很多蛟。山上有種桑樹，樹幹有五十尺粗，樹枝交錯伸向四面八方，樹葉方圓有一尺多，樹幹上還布滿了紅色紋理，青色花蕚拖著黃花，名叫帝女桑。

　　再往東四十五里，是衡山。山上盛產青臃，還有蒼翠的桑樹林，飛鳥尤以八哥最多。再往東四十里，是豐山。山上多出產封石，還有茂密的桑樹，以及很多楊桃，其形狀和一般的桃樹相似，樹幹卻是方的，可以用它來醫治人的皮膚腫脹病。

　　再往東七十里，是嫗山。山上到處是優良玉石，山下盛產黃金。山上花草以雞穀草居多。

【注釋】

①帝女：傳說南方赤帝之女。
②為：即治理。這裡是治療的意思。
③張：通「脹」，水腫。

桑樹在中國已有七千多年的歷史，早在遠古時期，很多山嶺上就生長著鬱鬱蔥蔥的桑樹林。商代時，甲骨文中已出現桑、蠶、絲、帛等字形；到了周代，採桑養蠶成為常見農活。中國祖先還對桑樹進行了改良，增加了產量，並使樹株壽命長達百年，個別可達千年。

桃樹

異木	形態	異兆及功效
帝女桑	樹幹有五十尺粗，樹枝交錯伸向四面八方，樹葉方圓有一尺多，樹幹上還佈滿了紅色紋理，青色花萼拖著黃花。	
楊桃	其形狀和一般的桃樹相似，樹幹卻是方的。	可以用樹幹來醫治人的皮膚腫脹病。

山海經地理考

雅山	⇢ 今河南雉衡山	⇢ 位於河南省南陽縣境內。
澧水	⇢ 今澧河	⇢ 發源於河北省邢臺市，與滏陽河、北沙河相匯。
宣山	⇢ 今河南老君山	⇢ 位於河南省洛陽市欒川縣南3公里，是秦嶺余脈伏牛山的主峰。
淪水	⇢ 今東河	⇢ 位於河南省舞鋼市境內。
衡山	⇢ 今安徽霍山	⇢ 位於安徽省西部、大別山北麓。
豐山	⇢ 具體名稱不詳	⇢ 可能在大別山北麓。
嫗山	⇢ 具體名稱不詳	⇢ 依據山川里程推算，應在河南省南陽市境內。

8 從鮮山到大騩山

狌即出現會帶來火災

山水名稱	動物	植物	礦物
鮮山	狌即	楢樹、杻樹、苴樹、薔薇	黃金、鐵
章山（皋水）			黃金、美石（脆石）
大支山		構樹、柞樹	黃金
區吳山		苴樹	
聲匈山		構樹	玉石、封石
大騩山			黃金、磨刀石

原文

又東三十里，曰鮮山，其木多楢、杻、苴，其草多亹冬[1]，其陽多金，其陰多鐵。有獸焉，其狀如膜犬[2]，赤喙、赤目、白尾，見則其邑有火，名曰狌即。

又東三十里，曰章山，其陽多金，其陰多美石。皋水出焉，東流注於澧水，其中多脆（ㄘㄨㄟˋ）石[3]。又東二十五里，曰大支之山，其陽多金，其木多榖、柞，無草木。

又東五十里，曰區吳之山，其木多苴。又東五十里，曰聲匈之山，其木多榖，多玉，上多封石。又東五十里，曰大騩之山，其陽多赤金，其陰多砥石。

譯文

再往東三十里，是鮮山。山上多楢樹、杻樹、苴樹，草叢以薔薇為主。山的南坡盛產黃金，山的北坡盛產鐵。山中有種野獸，其形狀像西膜之犬，長著紅色的嘴巴、紅色的眼睛、白色的尾巴，牠一出現，就會發生大火災，叫做狌即。

再往東三十里，是章山。山的南坡盛產黃金，山的北坡多漂亮的石頭。皋水發源於此，向東注入澧水，水中有很多脆石。再往東二十五里，是大支山。山南盛產黃金，山上樹木主要是構樹和柞樹，沒有花草。

再往東五十里，是區吳山。山上樹木主要是苴樹。

再往東五十里，是聲匈山，山上有很多構樹林，樹下遍布著晶瑩剔透的精美玉石，山上盛產封石。再往東五十里，是大騩山。山的南坡盛產黃金，山的北坡有各種各樣的磨刀石。

【注釋】

① 亹冬：即現在稱作薔薇的蔓生植物，花，果、根都可入藥或製造香料。

② 膜犬：據古人說是西膜之犬，這種狗的體型高大，長著濃密的毛，性情猛悍，力量很大。

③ 脆石：脆，即「脆」的本字，一種又輕又軟且易斷易碎的石頭。

彘 即　明‧蔣應鎬圖本

狡即形狀像體形高大、皮毛濃密、悍猛力大的西膜之犬，但卻長著紅色的嘴巴、紅色的眼睛，身後還有一條白色的尾巴，牠也是一種災獸，一旦出現，就會發生大火災，也有說法認為會有兵亂。

異獸	形態	異兆及功效
狡即	形狀像西膜之犬，長著紅色的嘴巴、紅色的眼睛，白色的尾巴。	牠一出現，就會發生大火災。

山海經異木考

薔薇

山海經地理考

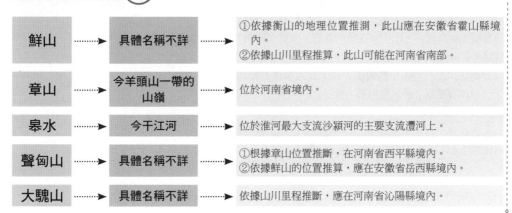

鮮山	具體名稱不詳	①依據衡山的地理位置推測，此山應在安徽省霍山縣境內。 ②依據山川里程推算，此山可能在河南省南部。
章山	今羊頭山一帶的山嶺	位於河南省境內。
皋水	今干江河	位於淮河最大支流沙潁河的主要支流潩河上。
聲匈山	具體名稱不詳	①根據章山位置推斷，在河南省西平縣境內。 ②依據鮮山的位置推算，應在安徽省岳西縣境內。
大騩山	具體名稱不詳	依據山川里程推斷，應在河南省沁陽縣境內。

9 從踵臼山到奧山
𪇾鵌可避火

山水名稱	動物	植物	礦物
歷石山	梁渠	牡荊樹、枸杞樹	黃金、磨刀石
求山		苴樹、䉋竹	黃金、鐵、赭石
醜陽山	𪇾鵌	椆樹、椐樹	
奧山		松樹、杻樹和橿樹	

原文

又東十里，曰踵臼之山，無草木。

又東北七十里，曰歷石之山，其木多荊、芑（ㄑㄧ˙），其陽多黃金，其陰多砥石。有獸焉，其狀如狸，而白首虎爪，名曰梁渠，見則其國有大兵。

又東南一百里，曰求山。求水出於其上，潛於其下，中有美赭。其木多苴，多䉋①。其陽多金，其陰多鐵。

又東二百里，曰醜陽之山，其上多椆椐。有鳥焉，其狀如烏而赤足，名曰𪇾鵌，可以禦火。

又東三百里，曰奧山，其上多柏、杻、橿，其陽多㻲珸之玉。奧水出焉，東流注於視水。

譯文

再往東十里，是踵臼山。山上沒有花草樹木。

再往東北七十里，是歷石山。山上樹木以牡荊樹和枸杞樹居多，山的南坡有大量黃金，山的北坡有各種粗細磨刀石。山中有種野獸，形狀像野貓，白色的腦袋和老虎的鋒利爪子，叫做梁渠，牠出現在哪個國家，哪個國家就會有兵戈之亂。

再往東南一百里，是求山。求水發源於此，潛流到山下，水中有很多優良赭石。山中有茂盛的苴樹，多叢生的䉋竹。山的南坡盛產黃金，山的北坡盛產鐵。

再往東二百里，是醜陽山。山上樹木多是椆樹和椐樹。

林中有種鳥，形狀像烏鴉，長著紅色的爪子，叫做𪇾鵌，人飼養牠可以避火。

再往東三百里，是奧山。山中有很多松樹、杻樹和橿樹。山的南坡盛產㻲珸玉。奧水發源於此，向東注入視水。

【注釋】

①䉋：叢生的小竹子。

山海經異獸考

 明·胡文煥圖本

　　鴲鵌的形狀和一般的烏鴉類似，但卻長著紅色的爪子，名稱是鴲鵌，牠是一種吉鳥，人飼養牠可以避火。胡本的鴲鵌為一隻大鳥，白色羽毛，而頭頸毛色較深，雙足有力。

梁渠　清·《禽蟲典》

異獸	形態	今名	異兆及功效
梁渠	形狀像野貓，白色的腦袋和老虎的鋒利爪子。	花面狸	牠出現在哪個國家，哪個國家就會有兵戈之亂。
鴲鵌	形狀像烏鴉，長著紅色的爪子。		人飼養牠可以避火。

山海經地理考

踵臼山 ┄┄▶	具體名稱不詳 ┄┄▶	此山位於河南省境內。
求山 ┄┄▶	今湖北木蘭山 ┄┄▶	位於湖北省武漢市北部，是大別山山脈中的第一座山。
求水 ┄┄▶	今木蘭川 ┄┄▶	位於黃陂區木蘭山東麓，距離武漢市中心40公里，素有「十里畫廊花果川」之稱。
醜陽山 ┄┄▶	具體名稱不詳 ┄┄▶	根據里程推算，此山可能位於河南省光山縣境內。
奧山 ┄┄▶	今安徽羊頭嶺 ┄┄▶	位於安徽省六安市金寨縣。
奧水 ┄┄▶	具體名稱不詳 ┄┄▶	奧水發源於安徽省金寨縣南部大別山區北麓的史河。

從服山到凡山

豬狀聞獜可帶來狂風

山水名稱	動物	植物	礦物
服山		苴樹	封石、紅錫土
杳山		嘉榮草	金玉
凡山	聞獜	楢樹、檀樹、杻樹、香草	

原文

又東三十五里，曰服山，其木多苴，其上多封石，其下多赤錫。又東百十里，曰杳山，其上多嘉榮草，多金玉。又東三百五十里，曰凡山，其木多楢、檀、杻，其草多香。有獸焉，其狀如彘，黃身、白頭、白尾，名曰聞獜，見則天下大風。

凡荊山之首，自翼望之山至於凡山，凡四十八山，三千七百三十二里。其神狀皆彘身人首。其祠：毛用一雄雞祈瘞，用一珪，糈用五種之精。禾山^①，帝也，其祠：太牢之具，羞瘞，倒毛^②；用一璧，牛無常。堵山、玉山，冢也，皆倒祠^③，羞用少牢，嬰用吉玉。

譯文

再往東三十五里，是服山。山上多苴樹，盛產封石，山下多紅色錫土。再往東一百里，是杳山。山中嘉榮草特別多，還盛產金玉。再往東三百五十里，是凡山。山上多楢樹、檀樹、杻樹，還有各種香草。山中有種野獸，外形像豬，黃色皮毛、白色腦袋和白色尾巴，名字叫聞獜，牠一出現就會帶來狂風。

總計荊山山系之首尾，自翼望山起到凡山止，共四十八座山，三千七百三十二里。諸山山神的形貌都是豬身人頭。祭祀山神：要在帶毛禽畜中選用一隻雄雞，祭祀後，將其埋入地下，玉器用玉珪，米用黍、稷、稻、粱、麥五種糧米。

禾山是諸山的首領。祭祀禾山山神的禮儀：在帶毛禽畜中選用豬、牛、羊三牲齊全的太牢做祭品，進獻後埋入地下，並將牲畜倒著埋；玉器用玉碧，也不必三牲全備，可以不用牛。堵山、玉山是諸山的宗主，祭祀時要在帶毛禽畜中選用豬、羊二牲齊全的少牢做祭品，祭祀後也要將牲畜倒著埋掉，祀神的玉器中要選用一塊吉玉。

【注釋】

①禾山：這個山系並未述及禾山，不知是哪一山的誤寫。

②倒毛：毛，指毛物，即作為祭品的牲畜。倒毛，指在祭禮舉行完後，把豬、牛、羊三牲反倒著身子埋掉。

③倒祠：即倒毛的意思。

聞 𧴪 *清·《禽蟲典》*

聞𧴪的模樣和普通的豬相似，但身上的毛皮是黃色的，還長著白色的腦袋和白色的尾巴，名字叫聞𧴪，牠也是一種災獸，是大風的徵兆，一旦出現就會帶來狂風。

彘身人首神 *清·汪紱圖本*

異獸	形態	異兆及功效
聞𧴪	外形像豬，黃色皮毛，白色腦袋和白色尾巴。	牠一出現就會帶來狂風。

山海經地理考

服山	┈┈▶	今安徽冤枉嶺	┈┈▶	位於安徽省西部。
杳山	┈┈▶	今安徽北山	┈┈▶	位於安徽省霍山縣境內。
凡山	┈┈▶	今安徽小關山	┈┈▶	位於安徽省廬江縣境內。

中次十二經

  《中次十二經》主要記載中央第十二列山系上的動植物及礦物。此山系所處的位置大約在今湖南省、湖北省、江西省一帶，從篇遇山起，一直到榮余山止，一共十五座山，諸山山神的形貌均是鳥身龍首，祭祀禮儀因山神而異。山中礦產豐富，多黃金、銀、銅，樹木繁茂、種類頗多，林中野獸成群。

【本圖山川地理分布定位】

【本圖人神怪獸分布定位】

注：本圖山川神獸均屬《北山經》

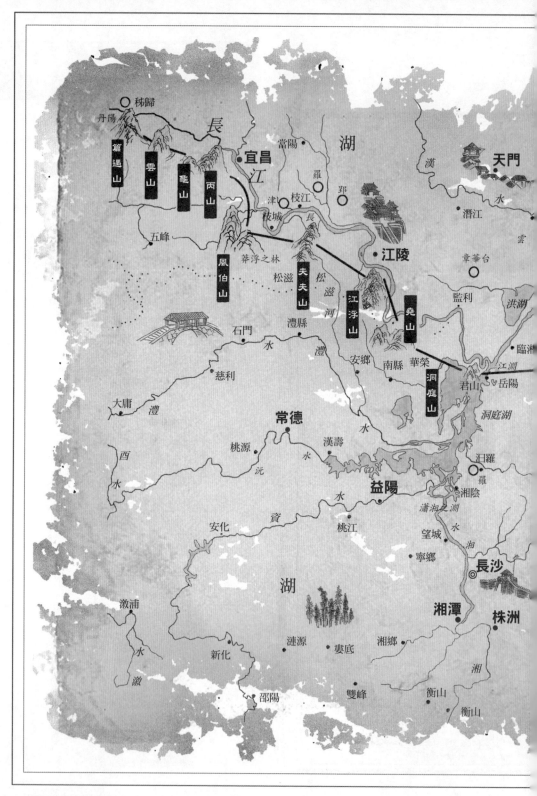

本圖根據張步天教授「《山海經》考察路線圖」繪製，圖中記載了《中次十二經》中篇遇山到榮余山共十五座山的地理位置。

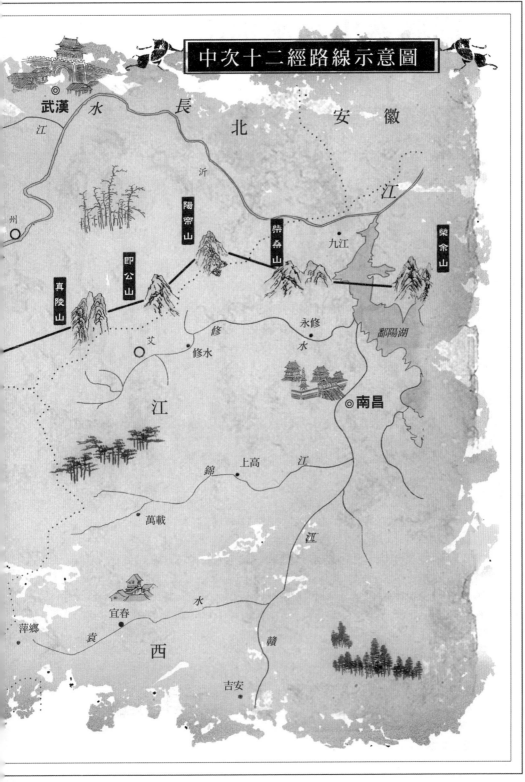

中次十二經路線示意圖

武漢　水　長　北　安　徽

江

沂

州

陽帝山

柴桑山

九江

榮余山

即公山

真陵山

永修

鄱陽湖

修

修水

水

艾

江

◎南昌

錦　上高

江

萬載

江

宜春　水

萍鄉　袁　西

贛

吉安

（此路線形成於戰國時期）

1 從篇遇山到風伯山

莽浮林多禽鳥野獸

山水名稱	植物	礦物
篇遇山		黃金
雲山	桂竹	黃金、琈珸玉
龜山	構樹、柞樹、椆樹、椐樹、扶竹	黃金、石青、雄黃
丙山	筀竹	黃金、銅、鐵
風伯山	柳樹、杻樹、檀樹、構樹	金玉、瘦石、鐵

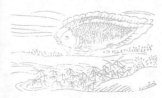

原文

　　中次十二經洞庭山首，曰篇遇之山，無草木，多黃金。

　　又東南五十里，曰雲山，無草木。有桂竹①，甚毒，傷②人必死，其上多黃金，其下多琈珸之玉。又東南一百三十里，曰龜山，其木多穀、柞、椆、椐，其上多黃金，其下多青、雄黃，多扶竹③。

　　又東七十里，曰丙山，多筀竹④，多黃金、銅、鐵，無木。

　　又東南五十里，曰風伯之山，其上多金玉，其下多瘦石⑤、文石，多鐵，其木多柳、杻、檀、楮。其東有林焉，曰莽浮之林，多美木鳥獸。

譯文

　　中央第十二列山系叫洞庭山山系，山系的首座山，是篇遇山，山上沒有花草樹木，山中盛產黃金。

　　再往東南五十里，是雲山。山上沒有花草樹木，有一種桂竹，毒性特別大，人若是被它的枝葉刺中，必死無疑。山上盛產黃金，山下多琈珸玉。再往東南一百三十里，是龜山。山上樹木以構樹、柞樹、椆樹、椐樹居多。山上盛產黃金，山下多石青、雄黃，還有成片的扶竹。

　　再往東七十里，是丙山。山上多筀竹，還有豐富的黃金、銅和鐵，山上沒有其他花草樹木。

　　再往東南五十里，是風伯山。山上盛產金玉，山下多瘦石以及帶有花紋的石頭，還盛產鐵。山中樹木以柳樹、杻樹、檀樹、構樹居多。在風伯山東邊有一片樹林，叫做莽浮林，林中古木參天，多禽鳥野獸。

【注釋】

①桂竹：竹子的一種。

②傷：刺的意思。作動詞用。

③扶竹：即邛竹。節杆較長，中間實心，可以製作手杖，又叫扶老竹。

④筀竹：即桂竹。據古人講，因其生長在桂陽，所以叫桂竹。

⑤瘦石：不詳何樣石頭。

竹

　　洞庭山山系處處可見繁茂的竹林。人們認為竹的根部有雄、雌二枝，雌枝可以生筍，每隔六十年開一次花，花一結實，竹子隨即枯死。竹的種類頗多，用途也各不相同，有些可以入藥，有些則宜食用。

桂竹

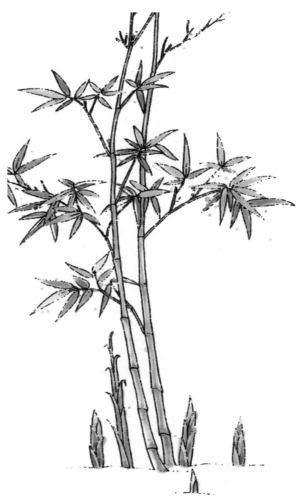

山海經地理考

洞庭山	具體名稱不詳	位於湖南省岳陽市境內。
篇遇山	今壺瓶山	位於湖南省西北部，壺瓶山是湖南省與湖北省的界山。
雲山	今湖南大同山	位於湖南省石門縣境內。
龜山	今湖南五雷山	位於湖南省慈利縣東部，海拔1000公尺。
丙山	今湖南大基山	位於湖南省澧縣境內。
風伯山	今長右嶺	位於湖北省石首縣與湖南省安鄉縣之間。

【第五卷　中山經】

409

2 從夫夫山到暴山
帝之二女出入帶風雨

山水名稱	動物	植物	礦物
夫夫山		桑樹、構樹、竹子、雞鼓草	黃金、石青、雄黃
洞庭山		柤樹、梨樹、橘子樹、柚子樹、蘭草、蘪蕪、芍藥、芎藭	黃金、白銀、鐵
暴山	麋、鹿、麞、鷙鷹	棕樹、楠木樹、牡荊樹、枸杞樹、竹子、箭竹、䈽竹、箘竹	黃金、美玉、紋石、鐵

圖解山海經

原文

　　又東一百五十里，曰夫夫之山，其上多黃金，其下多青、雄黃，其木多桑、穀，其草多竹、雞鼓[1]。神於兒居之，其狀人身而身操兩蛇，常游於江淵，出入有光。

　　又東南一百二十里，曰洞庭之山，其上多黃金，其下多銀鐵，其木多柤、梨、橘、櫾，其草多葌、蘪蕪[2]、芍藥、芎藭。帝之二女居之，是常游於江淵。澧沅之風，交瀟[3]湘之淵，是在九江之間，出入必以飄風暴雨，是多怪神，狀如人而載[4]蛇。

　　又東南一百八十里，曰暴山，其木多棕、楠、荊、芑、竹、箭、䈽、箘[5]（ㄐㄩㄣˋ），其上多黃金、玉，其下多文石、鐵，其獸多麋、鹿、麞[6]、就[7]。

譯文

　　再往東一百五十里，是夫夫山。山上盛產黃金，山下遍布石青、雄黃。樹木以桑樹、構樹居多，花草以竹子、雞穀草居多。神仙於兒住在這裡，形貌是人身，手上握著兩條蛇，常在長江的深淵中游玩，出入時身上能發光。

　　再往東南一百二十里，是洞庭山。山中多黃金，山下多白銀和鐵。樹木以柤樹、梨樹、橘子樹、柚子樹居多，花草以蘭草、蘪蕪、芍藥、芎藭等香草居多。天帝的兩個女兒就住此山，常在長江的深淵中游玩。從澧水、沅水吹來的風，在幽清的湘水上交匯，這裡有九條江水匯合，二人出入時伴有狂風暴雨，洞庭山中有很多怪神，形貌像人，身上繞蛇，左右兩隻手握著蛇。還有許多怪鳥。

　　再往東南一百八十里，是暴山。樹木以棕樹、楠木樹、牡荊樹、枸杞樹居多，還有很多竹子、箭竹、䈽竹、箘竹。山上多黃金和美玉，山下多彩色紋石和鐵。還有很多麋、鹿、麞，還有鷙鷹。

【注釋】

①雞鼓：即上文所說的雞穀草。

②蘪蕪：一種香草，可以入藥。

③瀟：水又清又深的樣子。

④載：戴，這裡指纏繞。

⑤箘：一種小竹子，可以製作箭桿。

⑥麞：同「麕」，一種小型鹿，僅雄性有角。

⑦就：即鷲，一種大型猛禽，屬雕鷹之類。

於兒　明·蔣應鎬圖本

怪　神　清·汪紱圖本

　　洞庭怪神也有操蛇、戴蛇的特徵。人蛇關係是古代文化中一個常見的母題，古人對蛇的信仰以及人蛇的親密關係由來已久，人身纏蛇形象及蛇形、蛇紋圖案大量出現在商周時期的器具上。

帝之二女　明·蔣應鎬圖本

異獸	形態	異兆及功效
於兒	形貌是人身，手上握著兩條蛇，常在長江的深淵中游玩。	出沒時身上能發光。
怪神	形貌像人，身上繞蛇，左右兩隻手也握著蛇。	

山海經地理考

夫夫山	⟶ 今湖南東山	⟶ 位於湖南省華容縣境內。
洞庭山	⟶ 今君山	⟶ 位於湖南省岳陽市的西南部，是洞庭湖中的一個小島。
澧	⟶ 今澧水	⟶ 發源於湖南省西北部的桑植縣，流入洞庭湖之後注入長江。
沅	⟶ 今沅江	⟶ 發源於貴州省都勻市附近的雲霧山雞冠嶺。
瀟湘	⟶ 今湘江	⟶ 發源於廣西的海洋山，在湖南省與瀟水匯合，稱湘江。
暴山	⟶ 今湖南幕阜山	⟶ 位於湖南省平江縣東北部。

3 從即公山到陽帝山
飼養蛫可以避火

山水名稱	動物	植物	礦物
即公山	蛫	柳樹、杻樹、檀樹、桑樹	黃金、瑀玡玉
堯山		牡荊樹、枸杞樹、柳樹、檀樹、山藥、蒼术	黃色惡土、黃金
江浮山	野豬、鹿		銀、磨刀石
真陵山		構樹、柞樹、柳樹、檀樹、榮草	黃金、玉石
陽帝山	羚羊、麝香鹿	檀樹、杻樹、山桑樹、楮樹	銅

原文

又東南二百里，曰即公之山，其上多黃金，其下多瑀玡之玉，其木多柳、杻、檀、桑。有獸焉，其狀如龜，而白身赤首，名曰蛫（《ㄨㄟˇ》），是可以禦火。

又東南一百五十里，曰堯山，其陰多黃惡，其陽多黃金，其木多荊、苣、柳、檀，其草多藷藇、茈。

又東南一百里，曰江浮之山，其上多銀、砥礪，無草木，其獸多豕、鹿。

又東二百里，曰真陵之山，其上多黃金，其下多玉，其木多穀、柞、柳、杻，其草多榮草。

又東南一百二十里，曰陽帝之山，多美銅，其木多橿、杻、㯕[①]（ㄧㄢˇ），其獸多羚麝。

譯文

再往東南二百里，是即公山。山上盛產黃金，山下盛產瑀玡玉。山中樹木以柳樹、杻樹、檀樹、桑樹居多。山中有種野獸，形狀像烏龜，白色身子，紅色腦袋，叫做蛫，人飼養牠，就不會遭受火災。

再往東南一百五十里，是堯山。山的北坡出產黃色惡土，南坡盛產黃金。山上樹木以牡荊樹、枸杞樹、柳樹、檀樹居多，山藥、蒼术等尤為繁盛。

再往東南一百里，是江浮山。山上盛產銀，多磨刀石。山頂沒有花草樹木，有很多野豬、鹿。再往東二百里，是真陵山。山上盛產黃金，山下多精美玉石，山中樹木以構樹、柞樹、柳樹、檀樹居多。還有很多可以醫治瘋痺病的榮草。

再往東南一百二十里，是陽帝山。山上盛產優質銅礦石。林中多橿樹、杻樹、山桑樹和楮樹。林中野獸以羚羊和麝香鹿居多。

【注釋】

①㯕：即山桑樹，一種野生桑樹，木質堅硬，可製作弓和車轅。

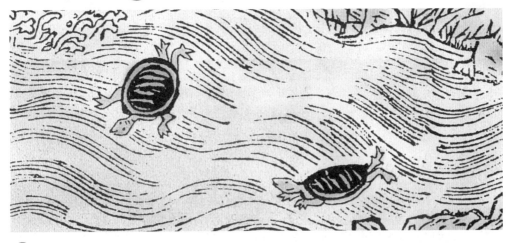

蚏 明‧蔣應鎬圖本

　　蚏是一種吉獸，其形狀像烏龜，身體呈現白色，頭尾紅色。然而，在汪紱的圖本中，蚏的形相卻像老鼠。在古書記載中，還有稱蚏像螃蟹，有六隻腳，總之，眾說紛紜。

異獸	形態	今名	異兆及功效
蚏	形狀像烏龜，白色身子，紅色腦袋。	缺齒鼉	人飼養牠，就不會遭受火災。

山海經異木考

牡荊樹

山海經地理考

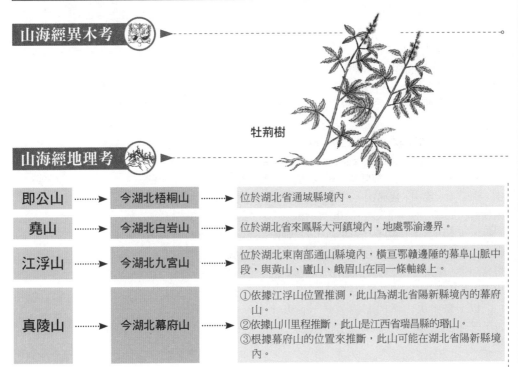

即公山	──▶	今湖北梧桐山	──▶	位於湖北省通城縣境內。
堯山	──▶	今湖北白岩山	──▶	位於湖北省來鳳縣大河鎮境內，地處鄂渝邊界。
江浮山	──▶	今湖北九宮山	──▶	位於湖北東南部通山縣境內，橫亙鄂贛邊陲的幕阜山脈中段，與黃山、廬山、峨眉山在同一條軸線上。
真陵山	──▶	今湖北幕府山	──▶	①依據江浮山位置推測，此山為湖北省陽新縣境內的幕府山。②依據山川里程推斷，此山是江西省瑞昌縣的瑞山。③根據幕府山的位置來推斷，此山可能在湖北省陽新縣境內。

4 從柴桑山到榮余山
祭祀鳥身龍首神的禮儀

山水名稱	動物	植物	礦物
柴桑山	麋、鹿、白蛇、飛蛇	柳樹、枸杞樹、楮樹、桑樹	白銀、碧玉、泠石、赭石
榮余山	怪蛇、怪蟲	柳樹、枸杞樹	銅、銀

原文

　　又南九十里，曰柴桑之山，其上多銀，其下多碧，多泠石、赭，其木多柳、芑、楮、桑，其獸多麋、鹿，多白蛇、飛蛇。又東二百三十里，曰榮余之山，其上多銅，其下多銀，其木多柳、芑，其蟲多怪蛇、怪蟲①。

　　凡洞庭山之首，自篇遇之山至於榮余之山，凡十五山，二千八百里。其神狀皆鳥身而龍首。其祠：毛用一雄雞、一牝豚②刉（ㄐㄧ），糈用稌。凡夫夫之山、即公之山、堯山、陽帝之山，皆冢也，其祠：皆肆③瘞，祈用酒，毛用少牢，嬰毛一吉玉。洞庭、榮余山，神也，其祠：皆肆瘞，祈酒太牢祠，嬰用圭璧十五，五采惠④之。

　　右中經之山志，大凡百九十七山，二萬一千三百七十一里。

譯文

　　再往南九十里，是柴桑山。山上多白銀，山下盛產碧玉，山中多泠石和赭石。樹木以柳樹、枸杞樹、楮樹、桑樹居多。野獸以麋和鹿為主，多白蛇和飛蛇。再往東二百三十里，是榮余山。山上盛產銅，山下盛產銀。山中多柳樹、枸杞樹，多怪蛇、怪蟲。

　　總計洞庭山山系之首尾，自篇遇山起到榮余山止，共十五座山，二千八百里。諸山山神的形貌都是鳥身龍首。祭祀山神：在帶毛禽畜中選一隻公雞、一頭母豬，米用稻米。夫夫山、即公山、堯山、陽帝山，都是諸山的宗主，祭祀禮儀：陳列牲畜、玉器，而後埋入地下，用美酒獻祭，毛物選用豬、羊二牲，玉器用吉玉。洞庭山、榮余山，是神靈顯應之山，祭祀祂們要陳列牲畜、玉器，而後埋入地下，並用美酒獻祭，但所選豬、牛、羊齊全的三牲，玉器用十五塊玉圭、十五塊玉璧，用青、黃、赤、白、黑五樣色彩繪飾它們。

　　以上是中央山系的記錄，共一百九十七座山，二萬一千三百七十一里。

【注釋】

①蟲：古時，南方人也將蛇稱為蟲。
②牝豚：母豬。
③肆：陳設。
④惠：即繪，為假借字。

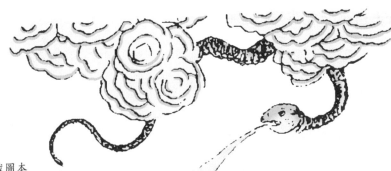

飛 蛇 *清·汪紱圖本*

飛蛇就是螣蛇，又叫騰蛇。傳說牠能夠興霧騰雲而飛行於其中，屬龍一類。但牠也會死，曹操曾作詩說：「神龜雖壽，猶有竟時。騰蛇乘霧，終為土灰。」

鳥身龍首神 *清·汪紱圖本*

山海經地理考

紫桑山	今江西廬山	位於江西省九江市境內，瀕臨鄱陽湖。
榮余山	今江西石門山	位於江西省彭澤二縣之間。

5 五臟山經

綜述《五臟山經》

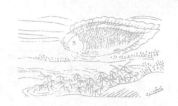

原文

大凡天下名山五千三百七十，居地，大凡六萬四千五十六里。

禹曰：天下名山，經五千三百七十山，六萬四千五十六里，居地也。言其《五臟》[①]，蓋其餘小山甚眾，不足記云。天地之東西二萬八千里，南北二萬六千里，出水之山者八千里，受水者八千里，出銅之山四百六十七，出鐵之山三千六百九十。此在地之所分壤樹[②]穀[③]也，戈矛之所發也，刀鎩[④]之所起也，能者有餘，拙者不足。封[⑤]於太山[⑥]，禪[⑦]於梁父，七十二家，得失之數[⑧]，皆在此內，是謂國用。

右《五臟山經》五篇，大凡一萬五千五百三字。

譯文

　　總計天下名山共有五千三百七十座，分布在大地各方，一共六萬四千零五十六里。

　　大禹說：天下的名山，從頭到尾一共五千三百七十座，六萬四千零五十六里，這些山分布在大地各方。之所以把以上山記在《五臟山經》中，是因為除此以外的小山太多，不值得一一記述。廣闊的天地從東方到西方共二萬八千里，從南方到北方共二萬六千里，江河源頭所在之山是八千里，江河流經之地是八千里，盛產銅的山有四百六十七座，盛產鐵的山有三千六百九十座。這些山是地上劃分疆土、種植莊稼的憑藉，也是戈和矛產生的緣由、刀和鎩興起的根源，因而能幹的人富裕有餘，笨拙的人貧窮不足。在泰山上行祭天禮，在泰山南面的小山梁父山上行祭地禮，一共有七十二家，或得或失的運數，都在這個範圍之內，國家財用也可以說是從這塊大地取得的。

　　以上是《五臟山經》共五篇，經文中共有一萬五千五百零三個字。

【注釋】

①五臟：就是指五臟。臟，通「臟」。這裡用來比喻《五臟山經》中所記的重要大山，如同人的五臟六腑似的，也是天地山海之間的五臟。

②樹：種植，栽培。

③穀：這裡泛指農作物。

④鎩：古代一種兵器，即鈹，大矛。

⑤封：古時把帝王在泰山上築壇祭天的活動稱為「封」。

⑥太山：即泰山。

⑦禪：古時把帝王在泰山南面的小山梁父山上辟基祭地的活動稱為「禪」。

⑧數：命運。

圖解五臟山經山川里程

經名		山川數量	總計里程
南山經	南次一經	十座	二千九百五十里
	南次二經	十七座	七千二百里
	南次三經	四十座	一万六千三百八十里
西山經	西次一經	十九座	二千九百五十七里
	西次二經	十七座	四千一百四十里
	西次三經	二十三座	六千七百四十里
	西次四經	七十七座	一万七千五百一十七里
北山經	北次一經	二十五座	五千四百九十里
	北次二經	十七座	五千六百九十里
	北次三經	八十七座	二万三千二百三十里
東山經	東次一經	十二座	三千六百里
	東次二經	十七座	六千六百里
	東次三經	九座	六千九百里
	東次四經	八座	一万八千八百六十里
中山經	中次一經	十五座	六千六百七十里
	中次二經	九座	一千六百七十里
	中次三經	五座	四百四十里
	中次四經	九座	一千六百七十里
	中次五經	十六座	二千九百八十二里
	中次六經	十九座	七百九十里
	中次七經	四十三座	一千一百八十里
	中次八經	二十三座	二千八百九十里
	中次九經	十六座	三千五百里
	中次十經	九座	二百六十七里
	中次十一經	四十八座	三千七百三十二里
	中次十二經	十五座	二千八百里

五臟山經

第六卷

海外南經

《海外南經》中共有結匈國、
羽民國、讙頭國、厭火國、三苗國、載國、
貫匈國、交脛國、歧舌國、三首國、
周饒國、長臂國等十二國，
這十二國風土人情各異，
比如說：貫胸國國民胸前有洞，
羽民國民渾身長滿羽毛，
三首國國民一個身子三個腦袋，
長臂國的國民擅長捕魚等。
除了對人物的介紹，
還對一些歷史人物與神話傳說進行記載，
例如：后羿射死鑿齒，
帝堯與帝譽埋葬之所等。

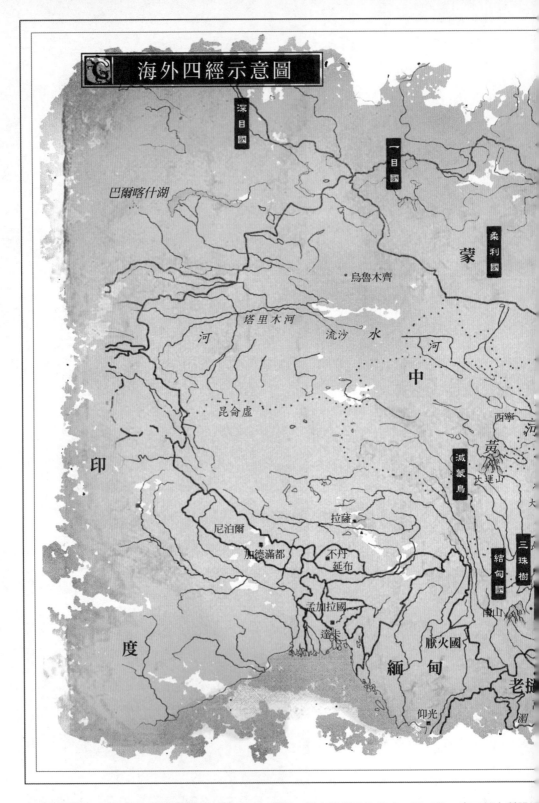

海外四經示意圖

深目國

一目國

柔利國

蒙

巴爾喀什湖

烏魯木齊

塔里木河

河

流沙　水　河

中

昆侖虛

西寧

滅蒙鳥

黃河

大運山

印

拉薩

尼泊爾

加德滿都

不丹
延布

結匈國

三珠樹

孟加拉國

達卡

厭火國

南山

度

緬　甸

老撾

仰光

湄

本圖根據張步天教授「《山海經》考察路線圖」繪製，圖中記載了海外南、西、北、東四經中所記述的國家地區及山岳河川的地理位置。

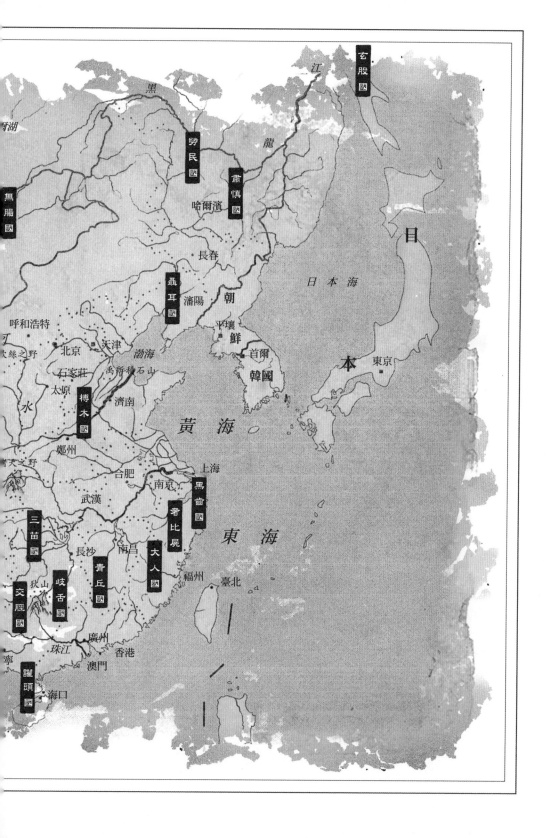

玄股國

黑

江

龍

勞民國

肅慎國

哈爾濱

目

長春

日本海

聶耳國

瀋陽

朝

平壤

鮮

呼和浩特

北京 天津

渤海

首爾

東京

本

石家莊 禹所積石山

韓國

無腸國

太原 濟南

博木國

黃 海

鄭州

合肥

上海

南京

黑齒國

武漢

奢比屍

東 海

三苗國

長沙 南昌

大人國

福州

臺北

狄山

歧舌國

青丘國

交脛國

廣州 香港

珠江

澳門

讙頭國

海口

1 從結匈國到南山

呼蛇為魚的南山人

原文

地之所載，六合之間，四海之內，照之以日月，經^①之以星辰，紀之以四時^②，要之以太歲^③，神靈所生，其物異形，或夭或壽，唯聖人能通其道。

海外自西南陬（ㄗㄡ）至東南陬者。

結匈國在其^④西南，其為人結匈^⑤。

南山在其東南。自此山來，蟲為蛇，蛇號為魚。一曰南山在結匈東南。

比翼鳥在其東，其為鳥青、赤，兩鳥比翼。一曰在南山東。

譯文

大地所承載的，包括上下東南西北六合之間的萬物。在四海之內，同樣都有太陽和月亮照耀，有大小星辰東升西落，又有春夏秋冬四季記錄季節，還有太歲十二年一周期以正天時。大地上的萬事萬物都是神靈造化所生成，因此萬物都各有不同的形狀，也各有不同的秉性，有的早夭，而有的長壽，只有聖明之人才能明白這其中的道理。

以下是從海外西南角到東南角的國家地區及其山岳河川的記錄。

結匈國位於滅蒙鳥的西南，這個國家裡的人都長著像雞一樣的胸脯。

南山在滅蒙鳥的東南。從這座山裡來的人，把蟲叫做蛇，把蛇叫做魚。也有一種說法認為南山在結匈國的東南。

比翼鳥在滅蒙鳥的東邊，牠們身上長有紅色和青色的羽毛，兩隻鳥的翅膀配合起來才能飛行。也有一種說法認為比翼鳥在南山的東邊。

【注釋】

①經：經歷；經過。

②四時：春、夏、秋、冬四季為古時的四時。

③太歲：又稱歲星，即木星。木星在黃道帶裡每年經過一宮，約十二年運行一周天，古人用以紀年。

④其：指鄰近結匈國的滅蒙鳥。滅蒙鳥在結匈國的北邊，參看本書「海外西經」。

⑤結匈：匈，同「胸」。可能指現在的雞胸。

結匈國 明·蔣應鎬圖本

結匈國位於滅蒙鳥的西南，在這個國家裡生活的人，被稱為結匈國人。結匈國人唯一異於常人的部位，就是都長著像雞一樣的胸脯。

山海經異獸考 ▶

比翼鳥

異獸	形態	異兆及功效
比翼鳥	長著紅色羽毛的鳥和青色羽毛的鳥，羽毛十分漂亮。兩隻鳥的翅膀只有配合起來才能飛行。	比翼鳥是一種瑞鳥，牠是夫妻恩愛、朋友情深的象徵。

山海經地理考 ▶

結匈國	┈▶ 今山東或雲南	┈▶	①山東人稱蛇為蟲，所以結匈國在今山東境內。 ②按南山的位置推斷，結匈國可能在今雲南或雲南以南地區。

南山	┈▶ 今山東南部	┈▶	①顧祖禹《讀史方輿紀要》中記此山「在縣（曹縣）南八十里」，所以南山極有可能是史載中的「曹南山」。 ②可能在橫斷山脈的南端或中南半島上。

【第六卷 海外南經】

2 從羽民國到厭火國

口吐火焰的厭火國人

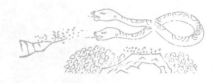

原文

羽民國在其東南，其為人長頭，身生羽。一曰在比翼鳥東南，其為人長頰[1]。
有神人二八，連臂，為帝司[2]夜於此野。在羽民東。其為人小頰赤肩。盡十六人。
畢方鳥在其東，青水西，其為鳥人面一腳。一曰在二八神東。
讙頭國在其南，其為人人面有翼，鳥喙，方[3]捕魚。一曰在畢方東。或曰讙朱國。
厭火國在其國[4]南，獸身黑色。生火出其口中。一曰在讙朱東。

譯文

　　羽民國在滅蒙鳥的東南面，這裡的人都長著長長的腦袋，全身生滿羽毛。另一種說法認為羽民國在比翼鳥棲息處的東南面，那裡的人都長著長長的臉頰。有位叫二八的神人，他的手臂連在一起，在曠野中為天帝守夜。這位神人二八就棲居在羽民國的東面，那裡的人都長著狹小的臉頰和赤紅色的肩膀，總共有十六個人。

　　畢方鳥棲息的地方位於滅蒙鳥的東面，青水的西面，這種畢方鳥長著人的面孔卻只有一隻腳。另一種說法認為畢方鳥棲息於二八神的東面。讙頭國位於滅蒙鳥的南面，那裡的人相貌與常人相近，不同的是背上生有一對翅膀，臉上長著鳥嘴，牠們用鳥嘴捕魚。另一種說法認為讙頭國位於畢方鳥棲息之處的東面，還有人認為讙頭國就是讙朱國。

　　厭火國也在讙頭國的南面，該國的人身形像猿猴，渾身黑色。他們以火炭為食，所以嘴裡能吐火。另一種說法認為厭火國在讙朱國的東面。

【注釋】

①頰：面頰，指臉的兩側。
②司：視察。此處是守候的意思。
③方：正在，正當。原文是配合圖畫的說明文字，所以出現了這種記述具體舉動的詞語。
④其國：代指讙頭國。

清·蕭雲從《離騷國·遠游》

羽民國 明·蔣應鎬圖本　　**厭火國** 明·蔣應鎬圖本　　　　**讙頭國** 明·蔣應鎬圖本

山海經地理考

羽民國	⟶	商末戴國	⟶	從甲骨文中看，商末時期的戴國無論其國名音、形、義與方位都與羽民國釋文相同，因此推斷羽民國為商末戴國。
神人二八	⟶	商末商丘	⟶	據金文、甲骨文內容推斷「二八神」是商末的商丘。
畢方鳥	⟶	今金鄉縣或漢張狐縣	⟶	經文中記載畢方鳥在青水西，而金鄉縣和漢張狐縣正鄰於青水（泗水）西。
青水	⟶	今泗水	⟶	①據《水經注·泗水》：「清水，即泗水之別名也。」所以，青水就是泗水。②依據南山即為橫斷山脈推斷，青水即為雲南省的怒江。
讙頭國	⟶	商代朱丹國	⟶	文中描繪的「讙頭國」正是商代金銘族族徽，而讙頭國正是商代朱丹國所在地。
厭火國	⟶	炎國	⟶	根據段氏的「炎、熊、員三字雙聲」觀看，厭火國所釋的熊盈姓或嬴姓國，可能通指炎國。

3 從三珠樹到交脛國

擅用弓箭的載國人

原文

> 三株樹在厭火北，生赤水上，其為樹如柏，葉皆為珠。一曰其為樹若彗[1]。
> 三苗國在赤水東，其為人相隨。一曰三毛國。
> 載（ㄓㄞˇ）國在其[2]東，其為人黃，能操弓射蛇。一曰載國在三毛東。
> 貫匈國在其東，其為人匈有竅[3]。一曰在載國東。
> 交脛國在其東，其為大交脛[4]。一曰在穿匈[5]東。

譯文

三珠樹位於厭火國的北邊，生長在赤水岸邊，這三珠樹的外形與普通的柏樹相似，其葉子都是珍珠。另一種說法認為這三珠樹的形狀像掃帚星。

三苗國位於赤水的東面，那裡的人都一個跟著一個、亦步亦趨地行走。另一種說法認為三苗國就是三毛國。

載國在三苗國的東面，國家裡的人都是黃色皮膚，擅長操持弓箭射蛇。另一種說法認為載國在三毛國的東邊。

貫匈國在三苗國的東邊，那裡的人身上都生有一個從胸膛穿透到後背的大洞，所以叫貫胸國，又叫穿胸國。另一種說法認為貫胸國在載國的東面。

交脛國也在三苗國的東面，這個國家裡的人雙腿左右交叉，甚至在走路時也是這樣。另一種說法認為交脛國在穿胸國的東面。

【注釋】

①彗：彗星。因為形狀像掃帚，所以通常也稱為掃帚星。
②其：代指三苗國。
③竅：窟窿，孔洞。
④脛：小腿，此指整個腿腳。
⑤穿匈：指貫匈國。穿、貫二字的音義相同。

山海經異國考

貫匈國 明·蔣應鎬圖本

貫匈國的人自前胸到後背由一個貫穿的大洞，所以出行時以木棍穿胸而過，兩人抬之。

交脛國 清·畢沅圖本

載國 明·蔣應鎬圖本

山海經地理考

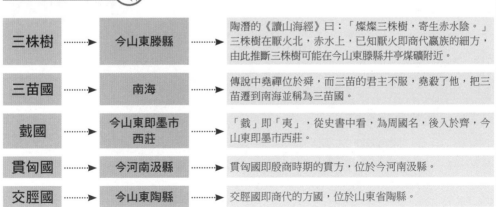

三株樹	今山東滕縣	陶潛的《讀山海經》曰：「燦燦三株樹，寄生赤水陰。」三株樹在厭火北，赤水上，已知厭火即商代贏族的細方，由此推斷三株樹可能在今山東滕縣井亭煤礦附近。
三苗國	南海	傳說中堯禪位於舜，而三苗的君主不服，堯殺了他，把三苗遷到南海並稱為三苗國。
載國	今山東即墨市西莊	「載」即「夷」，從史書中看，為周國名，後入於齊，今山東即墨市西莊。
貫匈國	今河南汲縣	貫匈國即殷商時期的貫方，位於今河南汲縣。
交脛國	今山東陶縣	交脛國即商代的方國，位於山東省陶縣。

4 從不死民到三首國
皮膚黝黑的不死居民

圖解山海經

原文

> 不死民在其東，其為人黑色，壽①，不死。一曰在穿匈國東。
> 歧舌國在其東。一曰在不死民東。
> 崑崙虛②在其東，虛③四方。一曰在歧舌東，為虛四方。
> 羿④與鑿齒⑤戰於壽華之野，羿射殺之。在崑崙虛東。羿持弓矢，鑿齒持盾。一曰持戈。
> 三首國在其東，其為人一身三首。

譯文

　　不死民居住在交脛國的東面，他們每個人的皮膚都是黝黑黝黑的，並且長生不死。另一種說法認為不死民在穿胸國的東面。

　　歧舌國也位於它的東面，另一種說法認為歧舌國在不死民的東面。

　　崑崙山也在它的東面，其山勢雄偉，山基呈四方形。另一種說法認為崑崙山在歧舌國的東面，山基向四方延伸。

　　羿曾與鑿齒在一個叫壽華的荒野發生激戰。驍勇善戰的羿射死了鑿齒。他們爭鬥的地方壽華之野就在崑崙山的東面。在那次交戰中羿手拿弓箭，鑿齒手持盾牌，另一種說法認為鑿齒拿著戈。

　　三首國也在滅蒙鳥的東邊，這個國家裡的人都是一個身子上長著三個腦袋。

【注釋】

①壽：老。指長壽。
②虛：大丘。這裡是山的意思。
③虛：所在地。這裡指山下底部地基。
④羿：神話傳說中的天神。
⑤鑿齒：傳說是亦人亦獸的神人，有一個牙齒露在嘴外，有五、六尺長，形狀像一把鑿子。

 明‧蔣應鎬圖本

　　相傳不死民居住在流沙以東，黑水之間，那裡有一座山，叫員丘山，山上長有不死樹，吃了這種樹的枝葉果實就可以長生不老；山下有一眼泉水，叫赤泉，喝了赤泉的水也可以長生不死。因為有了這兩種東西，所以不死民都不知死亡為何物。

三首國 明‧蔣應鎬圖本　　**歧舌國** 明‧蔣應鎬圖本

異國	形態特徵	奇聞異事
不死民	全身黑色。	長壽不死。
歧舌國	舌頭倒著生長，即舌根長在嘴脣邊上。	有自己的一套特殊語言，只有本國人能聽懂。
三首國	一個身子上長著三個腦袋。	

山海經地理考

歧舌國	⋯⋯▶	今山東寧陽縣東北	⋯⋯▶	歧舌國今山東寧陽縣，即不死民與泰山崑崙之間。
崑崙虛	⋯⋯▶	今東海中的方丈山	⋯⋯▶	相傳崑崙虛位於東海中的方丈山，也有觀點認為其位於馬來半島東的崑崙山諸島。
壽華之野	⋯⋯▶	今山東泰安	⋯⋯▶	壽華，位於今天的山東省泰安市附近。
三首國	⋯⋯▶	今山東臨朐	⋯⋯▶	三首國位於今天的山東臨朐附近，即祝其、諸縣與平壽之間。

從周饒國到南方祝融
身材短小的周饒國人

原文

> 周饒國在其東，其為人短小，冠帶①。一曰焦僥國②在三首東。
>
> 長臂國在其東，捕魚水中，兩手各操一魚。一曰在焦僥東，捕魚海中。
>
> 狄山，帝堯葬於陽，帝嚳③（ㄎㄨㄟˋ）葬於陰。爰④有熊、羆、文虎、蜼（ㄨㄟˋ）、豹、離朱⑤、視肉⑥、吁咽⑦、文王皆葬其所。一曰湯山。一曰爰有熊、羆、文虎、蜼、豹、離朱、鴟（ㄔ）久、視肉、呼交⑧。
>
> 有范林⑨方三百里。
>
> 南方祝融⑩，獸身人面，乘兩龍。

譯文

周饒國在滅蒙鳥的東面，這個國家裡的人身材都比較矮小，穿戴整齊講究。另一種說法認為周饒國在三首國的東面。

長臂國在滅蒙鳥的東面，那裡有個人正在水中捕魚，他的左右兩隻手各抓著一條魚。另一種說法認為長臂國在焦僥國的東面，那裡的人都是在大海中捕魚的。

狄山，帝堯去世後葬在這座山的南面，帝嚳去世後葬在這座山的北面。山中野獸眾多，有熊、羆、花斑虎、長尾猿、豹、三足鳥、視肉。吁咽和文王也埋葬在這座狄山。另一種說法認為這是湯山。還有一種說法認為這裡有熊、羆、花斑虎、長尾猿、豹、離朱鳥、鴟鷹、視肉、呼交等飛禽走獸。

狄山的附近還有一片方圓三百里大小的范林。

南方的祝融神，長著野獸的身子和人的面孔，出入時乘坐著兩條龍。

【注釋】

①冠帶：作動詞用，即戴上冠帽、繫上衣帶。

②焦僥國：「焦僥」、「周饒」是「侏儒」的聲轉，侏儒是短小的人。所以，焦僥國即周饒國，就是現在所說的小人國。

③帝嚳：傳說中的上古帝王唐堯的父親。

④爰：這裡；那裡。

⑤離朱：相傳為神話傳說中的三足鳥。這種鳥在太陽裡，與烏鴉相似，長著三隻足。

⑥視肉：傳說中形狀像牛肝的怪獸。牠有兩隻眼睛，割牠的肉吃了後，不久就又重新生長出來，完好如故。

⑦吁咽：傳說中的上古帝王虞舜。

⑧膠交：不詳何物。

⑨范林：樹林繁衍茂密。

⑩祝融：神話傳說中的火神。

祝融 明‧蔣應鎬圖本

　　傳說祝融是火神，為南方天帝炎帝的後裔，也是炎帝身邊的大臣。祝融長有野獸的身子和人的面孔，出入時乘坐著兩條龍。

長臂國 明‧吳任臣近文堂圖本　　　　　　**周饒國** 明‧蔣應鎬圖本　　　　　**長臂國** 明‧蔣應鎬圖本

異國	形態特徵	奇聞異事
周饒國	身材短小，個個是侏儒。	穿戴整齊，生性聰慧，能製造各種精巧器物。
長臂國	每人都長有三丈長的手臂，比身體長出一大截。	長臂國人都是在大海中捕魚的。

山海經地理考

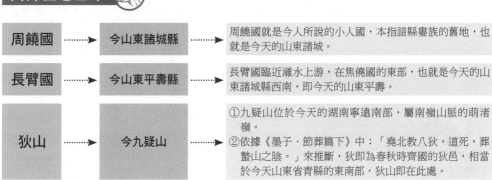

周饒國 ┈┈┈▶ 今山東諸城縣 ┈┈┈▶	周饒國就是今人所說的小人國，本指諸縣婁族的舊地，也就是今天的山東諸城。
長臂國 ┈┈┈▶ 今山東平壽縣 ┈┈┈▶	長臂國臨近濰水上游，在焦僥國的東部，也就是今天的山東諸城縣西南，即今天的山東平壽。
狄山 ┈┈┈▶ 今九疑山 ┈┈┈▶	①九疑山位於今天的湖南寧遠南部，屬南嶺山脈的萌渚嶺。 ②依據《墨子‧節葬篇下》中：「堯北教八狄，道死，葬蛩山之陰。」來推斷，狄即為春秋時齊國的狄邑，相當於今天山東省青縣的東南部，狄山即在此處。

431

第七卷

海外西經

《海外西經》

是指從西南到西北的國家和地區，

共有三身國、一臂國、奇肱國、丈夫國、

巫咸國、女子國、軒轅國、白民國、肅慎國、

長股國等十個國家，

這十個國家的人長相怪異無比。

例如：三身國的一個腦袋三個身子，

奇肱國的人長著一條胳膊和三隻眼睛。

除了對人物的介紹，

還對一些歷史人物和神話傳說進行了記載，

例如：以乳為目，

以臍為口的刑天與天地爭奪帝位的故事。

1 從滅蒙鳥到一臂國
生如比翼鳥的一臂國人

原文

海外自西南陬至西北陬者。

滅蒙鳥在結匈國北，為鳥青，赤尾。

大運山高三百仞[1]，在滅蒙鳥北。

大樂（一ㄝˋ）之野，夏后啟[2]於此儛[3]《九代》，乘兩龍，雲蓋三層。左手操翳[4]，右手操環，佩玉璜[5]。在大運山北。一曰大遺之野。

三身國在夏後啟北，一首而三身。

一臂國在其北，一臂、一目、一鼻孔。有黃馬虎文，一目而一手[6]。

譯文

海外從西南角到西北角的國家地區、山岳河川分別記錄如下。

滅蒙鳥在結匈國的北面，身上長著青色的羽毛，後面還拖著紅色的尾巴。

大運山山勢巍峨，高三百仞，屹立在滅蒙鳥的北面。

夏后啟在一個名叫大樂野的地方觀看《九代》樂舞。他乘駕著兩條巨龍，飛騰在三重雲霧之上。他左手握著一把羽毛做的華蓋，右手拿著一隻玉環，腰間還佩掛著一塊玉璜，正在專心致志地欣賞樂舞。大樂野就在大運山的北面。另一種說法認為夏後啟觀看樂舞《九代》是在大遺野。

三身國在夏後啟所在之地的北面，那裡的人都長著一個腦袋三個身子。

一臂國在三身國的北面，那裡的人都是一條胳膊、一隻眼睛、一個鼻孔。那裡還有黃色的馬，身上有老虎斑紋，長著一隻眼睛和一條腿。

【注釋】

①仞：古代的八尺合一仞。

②夏后啟：相傳為夏朝開國君主大禹的兒子，夏朝第一代國君。夏后，即夏王。

③儛：同「舞」。

④翳：用羽毛做的像傘形狀的華蓋。

⑤璜：一種半圓形玉器。

⑥手：這裡指馬的腿蹄。

一 臂 國　明·蔣應鎬圖本

一臂國民只有普通人一半的身體，他們又叫比肩民或半體人。他們的坐騎和人一樣，只長著一隻眼睛和一條前蹄。

三 身 國　明·蔣應鎬圖本

三身國在夏后啟所在之地的北邊，該國的人都長著一個腦袋三個身子。他們都姓姚，以黃米為食，身邊有四隻鳥陪伴。這些人都是帝俊的後代。當年帝俊的妻子娥皇所生的孩子就是一首三身，他們的後代繁衍生息，漸漸地形成了三身國。

夏後啟　明·蔣應鎬圖本

異國	形態特徵	奇聞異事
三身國	長著一個腦袋，三個身子。	
一臂國	長著一條胳膊、一隻眼睛、一個鼻孔。	他們像比翼鳥一樣，只有兩兩並肩連在一起才能行走。

山海經地理考

滅蒙鳥	→	今河南商丘市	→	滅蒙鳥在結匈國北方，而結匈國位於商丘西北，由此可以斷定，滅蒙鳥位於今天商丘市的東北部。
大樂之野	→	兩種說法	→	①根據名稱推斷，大樂之野在今天的四川省樂山市附近。②大樂之野或大遺之野就是大夏、太原之野。大夏、夏墟為河東永濟到霍山一帶的大平原。
三身國	→	今山西太原北	→	三身國在有夏後啟的大樂之野北。也就是今天山西太原南平陶縣一帶。
一臂國	→	今河北元氏縣	→	一臂國西臨三身國，在今天的河北元氏縣附近。

2 從奇肱國到丈夫國
一臂三目的奇肱國人

原文

　　奇肱（ㄐㄧ　ㄍㄨㄥ）之國在其北，其人一臂三目，有陰有陽，乘文馬①。有鳥焉，兩頭，赤黃色，在其旁。

　　形天②與帝爭神，帝斷其首，葬之常羊之山。乃以乳為目，以臍為口，操干③戚④以舞。女祭、女戚在其北，居兩水間。戚操魚䱡⑤，祭操俎⑥。

　　鸞（ㄔㄟ）鳥、鶬（ㄓㄢ）鳥，其色青黃，所經國亡。在女祭北。鸞鳥人面，居山上。一曰維鳥，青鳥、黃鳥所集。丈夫國在維鳥北，其為人衣冠帶劍。

　　女丑之屍，生而十日⑦炙⑧殺之。在丈夫北。以右手鄣⑨其面。十日居上，女丑居山之上。

譯文

　　奇肱國位於一臂國的北邊。該國的人長著一條手臂，三隻眼睛，眼睛有陰有陽，陰在上陽在下，常騎名為吉良的馬。那裡還有一種鳥，長著兩個腦袋，紅黃色的身子，常伴他們身旁。

　　刑天與黃帝在此爭奪神位，黃帝砍斷刑天的頭，並將其頭顱埋葬在常羊山上。失去了頭顱的刑天，以雙乳為目，以肚臍為口，雙手各持盾牌和大斧舞動著。女巫祭和戚住在刑天與天帝發生爭鬥之地的北面，正好處於兩條水流的中間，女巫戚手裡拿著兕角小酒杯，女巫祭手裡捧著俎器。

　　鸞鳥和鶬鳥，羽毛青中帶黃，牠們飛經的國家都會敗亡。鸞鳥和鶬鳥棲息在女巫祭的北面。鸞鳥長著人的面孔，立在山上。另一種說法認為這兩種鳥統稱維鳥，是青色鳥、黃色鳥聚集在一起的混稱。丈夫國在維鳥的北面，那裡的人都是穿衣戴帽而佩帶寶劍的模樣。

　　在丈夫國的北面，橫躺著一具女丑的屍體，她是被十個太陽的熱氣烤死的。死的時候用右手遮住臉，十個太陽高高懸掛在天上，女丑的屍體橫臥在山頂上。

【注釋】

① 文馬：即吉良馬，白身子紅鬃毛，眼睛像黃金，騎上牠，壽命可達一千年。

② 形天：即刑天，是神話傳說中一個沒有頭的神。形，通「刑」，割、殺之意。天是顛頂之意，指人的頭。刑天就是砍斷頭。所以，此神原本無名，在被斷首之後才有了刑天神的名稱。

③ 干：盾牌。

④ 戚：一種古代兵器，即大斧。

⑤ 䱡：就是小鱓。䱡是古代的一種酒器。

⑥ 俎：古代祭祀時盛供品的禮器。

⑦ 十日：十個太陽。

⑧ 炙：燒烤。

⑨ 鄣：同「障」。擋住，遮掩。

奇肱國　明·蔣應鎬圖本

　奇肱國的人生有一臂三目，他們頗具智慧，擅長製造各種工具，其中一種造型奇特、做工精緻的飛車，能乘風遠行，顯示了古人的智慧。

刑天　明·蔣應鎬圖本

丈夫國　明·蔣應鎬圖本

　傳說殷帝太戊曾派王孟等一行人到西王母所住的地方尋求長生不死藥，他們途中斷了糧，只好滯留此地，以野果為食，以樹皮做衣。由於隨行人員中沒有女人，所以人人終身無妻。

異國	形態特徵	奇聞異事
奇肱國	一隻手臂，三隻眼睛，有陰有陽。	因為只有一臂，所以非常珍惜時間，就算夜間也用陰眼工作不休息。
丈夫國	皆衣冠楚楚，身佩寶劍。	只有男人，沒有女人。

山海經地理考

奇肱國	……▶	今山西黎城縣東北	……▶	奇肱國就是商代黎國。春秋時期黎國從今天的山西長治市西南，遷至今山西黎城縣東北。
女祭女戚	……▶	今鄭州管城附近的古祭城	……▶	女祭、女戚位於黃河南岸，北對沁河，構成地處兩水之間的地理環境。
丈夫國	……▶	今山西顯縣北	……▶	丈夫國位於商代甫方，也就是今山西顯縣北。
女丑	……▶	今山西河津附近	……▶	在甲骨卜辭中，「女丑」屬「尤」方，在巫咸國附近，即安邑故城。

3 從巫咸國到諸沃野
壽比彭祖的軒轅國人

原文

巫咸國在女丑北，右手操青蛇，左手操赤蛇。在登葆山[1]，群巫所從上下也。

並封在巫咸東，其狀如彘，前後皆有首，黑。

女子國在巫咸北，兩女子居，水周之。一曰居一門中。

軒轅之國在窮山之際，其不壽者八百歲。在女子國北。人面蛇身，尾交首上。

窮山[2]在其北，不敢西射，畏軒轅之丘[3]。在軒轅國北。其丘方，四蛇相繞。

諸沃之野，沃民是處。鸞鳥自歌，鳳鳥自舞。鳳皇卵，民食之；甘露[4]，民飲之，所欲自從也。百獸相與群居。在四蛇北。其人兩手操卵食之，兩鳥居前導之。

譯文

　　巫咸國在女丑屍的北面，這裡的人右手握青蛇，左手握紅蛇。巫咸國境內有登葆山，是巫師們往來於天上與人間的通道。

　　名叫並封的怪獸棲息在巫咸國東面，牠的形狀像豬，前後都有頭，渾身黑毛。

　　女子國在巫咸國北面，有兩個女子居住在這兒，四周有水環繞。另一種說法認為她們住在一道門中間。

　　軒轅國在窮山旁邊，那裡的人不長壽也能活八百歲。

　　軒轅國在女子國北面，長有人面蛇身，尾巴盤繞在頭上。

　　窮山在軒轅國北面，那裡的人不敢向西方拉弓射箭，是因為敬畏黃帝威靈所在的軒轅丘。軒轅丘位於軒轅國北部，呈方形，被四條大蛇相互圍繞。

　　有個叫做沃野的地方，鸞鳥和鳳鳥自由自在地歌唱和舞蹈；鳳皇生下的蛋，那裡的居民食用它；蒼天降下的甘露，那裡的居民飲用它：凡事隨心所欲。野獸與人一起居住。沃野在四條蛇的北面，那裡的人用雙手捧著蛋吃，有兩隻鳥在前面引導。

【注釋】

①登葆山：傳說此山可通往天庭。山名，具體位置不詳。

②窮山：相傳是今天四川境內的山。

③軒轅之丘：相傳在今天四川省境內，具體位置不詳。

④甘露：古人所謂甜美的露水，以為天下太平，則天降甘露。

25

 山海經異國考

軒轅國 清·汪紱圖本

軒轅就是黃帝，姬姓，因居住於軒轅之丘而得名軒轅。他的出生、創業和建都在有熊（今河南新鄭），所以又稱有熊氏，因有土德之瑞，故號黃帝。黃帝在阪泉戰勝炎帝，在涿鹿戰勝蚩尤，最終被各路諸侯尊為天子。被後人尊為中華民族的始祖。

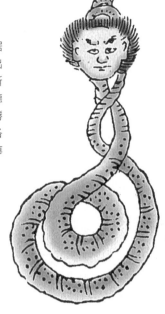

女子國　明·蔣應鎬圖本　　　　並封　明·蔣應鎬圖本

異國	形態特徵	奇聞異事
巫咸國	右手握青蛇，左手握紅蛇。	有一座可以通天的山。
女子國		都是女人，沒有男人。
軒轅國	人面蛇身，尾交於頭上。	人人都長壽，不長壽也能活到八百歲。

山海經地理考

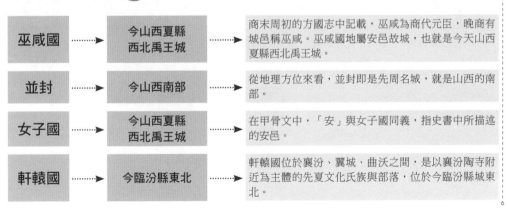

巫咸國	⋯⋯▶	今山西夏縣西北禹王城	⋯⋯▶	商末周初的方國志中記載，巫咸為商代元臣，晚商有城邑稱巫咸。巫咸國地屬安邑故城，也就是今天山西夏縣西北禹王城。
並封	⋯⋯▶	今山西南部	⋯⋯▶	從地理方位來看，並封即是先周名城，就是山西的南部。
女子國	⋯⋯▶	今山西夏縣西北禹王城	⋯⋯▶	在甲骨文中，「安」與女子國同義，指史書中所描述的安邑。
軒轅國	⋯⋯▶	今臨汾縣東北	⋯⋯▶	軒轅國位於襄汾、翼城、曲沃之間，是以襄汾陶寺附近為主體的先夏文化氏族與部落，位於今臨汾縣城東北。

439

4 從龍魚到西方蓐收
腿長三丈的長股國人

原文

龍魚陵居[①]在其北，狀如鯉。一曰鰕[②]（ㄒㄧㄚ）。即有神聖乘此以行九[③]野。一曰鰲魚在沃野北，其為魚也如鯉。

白民之國在龍魚北，白身被[④]髮。有乘黃，其狀如狐，其背上有角，乘之壽二千歲。

肅慎之國在白民北，有樹名曰雒棠，聖人代立，於此取衣[⑤]。

長股之國在雒棠北，被髮。一曰長腳。

西方蓐收[⑥]，左耳有蛇，乘兩龍。

譯文

既可在水中居住，又可在山陵居住的龍魚在沃野的北面，龍魚的形狀像一般的鯉魚。另一種說法認為像鰕魚。就有神聖的人騎著牠遨游在廣大的原野上。還有一種說法認為鰲魚在沃野的北面，這種魚的形狀也與鯉魚相似。

白民國在龍魚所在地的北面，那裡的人都是白皮膚而披散著頭髮。有一種叫做乘黃的野獸，形狀像一般的狐狸，脊背上有角，人要是騎上牠就能有兩千年的長壽。

肅慎國在白民國的北面。有一種樹木叫做雒棠，每當中原地區有聖明的天子繼位，那裡的人就取雒棠的樹皮來做衣服。

長股國在雒棠的北面，那裡的人都披散著頭髮。另一種說法認為長股國叫長腳國。

西方的蓐收神，左耳上有一條蛇，乘駕兩條龍飛行。

【注釋】

①陵居：居住在山嶺中。

②鰕：體型大的鯢魚稱為鰕。鯢魚是一種水陸兩棲類動物，有四隻腳，長尾巴，眼小口大，生活在山谷溪水中。

③九：表示多數。這裡是廣大的意思。

④被：通「披」。

⑤聖人代立，於此取衣：據古人解說，肅慎國的習俗是人們平時沒衣服，一旦中原地區有英明的帝王繼立，那麼，雒棠樹就會生長出一種樹皮，那裡的人取製成衣服穿。

⑥蓐收：神話傳說中的金神，樣子是人面孔、虎爪子、白毛髮，手執鉞斧。

乘黃　明·蔣應鎬圖本

蓐收　明·蔣應鎬圖本

　　西方之神名叫蓐收，他左耳上有一條蛇，乘駕著兩條龍四處飛行。蓐收是西方天帝少昊之子，是西方刑神、金神，又是司日入之神，居住在西方的山中，掌管著西方一萬二千里的地界。

長股國　明·蔣應鎬圖本

異國	形態特徵	奇聞異事
白民國	白皮膚，披散著頭髮。	有瑞獸乘黃，人騎上可長壽。
肅慎國	平時沒有衣服，冬天塗上厚厚的油才能抵禦風寒。	一旦中原地區有明主繼位，雒棠樹就會應德而生。
長股國	雙腿奇長，可達三丈。	與長臂國人配合捕魚。

山海經地理考

白民國	……▶	今陝西北部的陝北高原和山西西部	……▶	白民國即周與春秋時期的白狄同燕北的貉國相融合而成的民族。
肅慎國	……▶	今東北地區	……▶	肅慎位於古代東北，是滿族的祖先。主要分布在今天的長白山以北，西至松嫩平原，北至黑龍江中下游的廣大地區。
長股國	……▶	今山西河律縣東南	……▶	長股國屬「戎」的分支。屬廟底溝文化後裔，不斷發展衍生的結果。

第八卷
海外北經

《海外北經》中的國家與

《海外西經》中的國家相鄰，

主要有無啟國、一目國、柔利國、

深目國、無腸國、聶耳國、夸父國、

拘瘦國、跂踵國等九個國家。

這九個國家國民的長相

和風土人情都與常人不同，

比如說：柔利國的人，

一手一腳，膝蓋反長；

無啟國人不生育子孫後代；

一目國的人臉中間長了一隻眼睛。

除此之外，

還有一些有趣的歷史人物和神話傳說，

例如天神共工的臣子相柳被大禹所殺，

夸父追日的故事等。

1 從無啟國到柔利國

終生無嗣的無啟國人

原文

海外自西北陬至東北陬者。

無啟之國在長股東，為人無臂[1]。

鐘山之神，名曰燭陰，視為晝，瞑[2]為夜，吹為冬，呼為夏，不飲，不食，不息[3]，息為風，身長千里。在無啟之東。其為物，人面，蛇身，赤色，居鐘山下。

一目國在其東，一目中其面而居。一曰有手足。

柔利國在一目東，為人一手一足，反膝，曲足居上[4]。一云留利之國，人足反折[5]。

譯文

海外從西北角到東北角的國家地區、山丘河川分別如下。

無啟國位於長股國的東面，那裡的人不生育子孫後代。

鐘山的山神名叫燭陰，祂睜開眼睛人間便是白晝，閉上眼睛人間便是黑夜，一吹氣便是寒冬，一呼氣便是炎夏。祂不喝水，不吃食物，不呼吸，一呼吸就生成風，身子有一千里長。這位燭陰神在無啟國的東面。祂長著人一樣的面孔，蛇一樣的身子，全身赤紅色，住在鐘山腳下。

一目國在鐘山的東面，那裡的人臉中間長著一隻眼睛。

另一種說法認為像普通的人有手有腳。

柔利國在一目國的東面，那裡的人是一隻手一隻腳，膝蓋反長著，腳彎曲朝上。另一種說法認為柔利國叫做留利國，人的腳都向上反折著。

【注釋】

① 無臂：無嗣。傳說無啟國的人住在洞穴裡，不分男女，平常吃泥土，一死亡就直接埋葬，但他們的心不腐朽，死後一百二十年就又重新化成人。

② 瞑：閉眼。

③ 息：呼吸。

④ 曲足居上：腳彎曲，腳心朝上。

⑤ 反折：向相反方向彎曲。

一目國　清‧汪紱圖本　　　　一目國　明‧蔣應鎬圖本　　　　柔利國　明‧蔣應鎬圖本

異國	形態特徵	奇聞異事
無啟國	不分男女，生活在洞穴中，死後直接埋葬，身死心不死，死後一百二十年會重新化為人。	不生育子孫後代。
一目國	臉中央生著一隻眼睛，赤身光腳，繫著一條圍裙。	
柔利國	只長有一隻手、一隻腳，膝蓋反長，腳彎曲朝上。	

山海經地理考

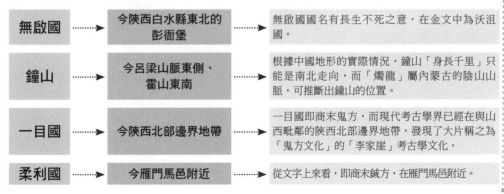

無啟國	今陝西白水縣東北的彭衙堡	無啟國國名有長生不死之意，在金文中為沃沮國。
鐘山	今呂梁山脈東側、霍山東南	根據中國地形的實際情況，鐘山「身長千里」只能是南北走向，而「燭龍」屬內蒙古的陰山山脈，可推斷出鐘山的位置。
一目國	今陝西北部邊界地帶	一目國即商末鬼方，而現代考古學界已經在與山西毗鄰的陝西北部邊界地帶，發現了大片稱之為「鬼方文化」的「李家崖」考古學文化。
柔利國	今雁門馬邑附近	從文字上來看，即商末鍼方，在雁門馬邑附近。

2 從相柳氏到聶耳國
手托長耳的聶耳國人

原文

　　共工①之臣曰相柳氏，九首，以食於九山。相柳之所抵，厥②為澤溪。禹殺相柳，其血腥，不可以樹五穀③種。禹厥之，三④仞三沮⑤，乃以為眾帝⑥之臺。在崑崙之北，柔利之東。相柳者，九首人面，蛇身而青。不敢北射，畏共工之臺。臺在其東。臺四方，隅⑦有一蛇，虎色⑧，首沖南方。

　　深目國在其東，為人深目，舉一手。一曰在共工臺東。

　　無腸之國在深目東，其為人長而無腸。

　　聶（ㄕㄜˋ）耳之國在無腸國東，使兩文虎⑨，為人兩手聶⑩其耳。縣居海水中，及水所出入奇物。兩虎在其東。

譯文

　　天神共工的臣子相柳，有九個頭，九個頭分別在九座山上吃食物。相柳所觸動之處，便掘成沼澤和溪流。大禹殺死了相柳氏，血流過的地方發出腥臭味，不能種植五穀。大禹挖填這地方，屢填屢陷，於是大禹便把挖掘出來的泥土為眾帝修造了帝臺。帝臺在崑崙山北面，柔利國東面。相柳氏，長著九頭人面，青色蛇身。射箭的人不敢向北方射，因為敬畏共工臺。共工臺在相柳的東面，是四方形的，每個角上有一條蛇，身上的斑紋與老虎相似，頭向著南方。

　　深目國在相柳氏所在地的東面，那裡的人總是舉起一隻手。另一種說法認為深目國在共工臺的東面。

　　無腸國在深目國的東面，那裡的人身體高大而肚子裡卻沒有腸子。

　　聶耳國在無腸國的東面，那裡的人能驅使兩隻花斑虎，行走時用手托著大耳朵。聶耳國在海水環繞的孤島上，能看到出入海水的各種怪物。有兩隻老虎在它的東面。

【注釋】

① 共工：神話中的人物，洪水之神。

② 厥：通「撅」，掘。

③ 五穀：五種穀物。泛指莊稼。

④ 三：表示多數。

⑤ 沮：敗壞。這裡是陷落的意思。

⑥ 眾帝：指帝堯、帝嚳、帝丹朱、帝舜等傳說中的上古帝王。

⑦ 隅：角落。

⑧ 虎色：虎文，即老虎皮毛的顏色紋理。

⑨ 文虎：即雕虎，老虎身上的花紋如同雕畫似的。

⑩ 聶：通「攝」。握持。

相 柳 明·蔣應鎬圖本

　　相柳是天神共工的臣
子，蛇身九頭，每個腦袋上
面都是人的面孔，十分恐
怖。相柳劣跡斑斑，食人無
數。後被大禹所誅。

深目國　清·《邊裔典》

聶耳國　明·蔣應鎬圖本

異國	形態特徵	奇聞異事
深目國		那裡的人總是舉起一隻手。
無腸國	身體高大而肚子裡卻沒有腸子。	
聶耳國	行走時用手托著自己的大耳朵。	那裡的人使喚著兩隻花斑大虎。

山海經地理考

深目國	今山東蘭山都城至滕縣南一帶	由深目國屬商代的「望」方即可推知。
無腸國	今山東莒縣東	「無腸」即「呂國」，是周初封國，為任姓國，被稱為「南夷」。
聶耳國	今山東壽縣東南四十餘處	聶耳國臨近無腸國，也就是臨於呂的商代虎方。

3 從夸父逐日到尋木
身材高大的夸父國人

圖解山海經

原文

夸父與日逐走，入日。渴欲得飲，飲於河渭，河渭不足，北飲大澤。未至，道渴而死。棄其杖，化為鄧林[1]。

夸父國在聶耳東，其為人大，右手操青蛇，左手操黃蛇。鄧林在其東，二樹木[2]。一曰博父。

禹所積石之山在其東，河水所入。

拘癭（一ㄥˇ）之國在其東，一手把癭[3]。一曰利癭之國。

尋木長千里，在拘癭南，生河上西北。

譯文

神人夸父與太陽賽跑，追趕到太陽落下的地方。這時夸父口渴難忍，想要喝水，於是喝黃河和渭河中的水，喝完了兩條河水還是不解渴，又要向北去喝大澤中的水，還沒走到，就渴死在半路上了。他死時所拋掉的枴杖，變成了鄧林。

夸父國在聶耳國的東面，那裡的人身體高大，右手握著青色蛇，左手握著黃色蛇。鄧林在它的東面，其實只是兩棵非常大的樹木形成了樹林。另一種說法認為夸父國叫博父國。

拘癭國位於禹所積石山的東面，那裡的人常用一隻手托著脖頸上的大肉瘤。另一種說法認為拘癭國叫做利癭國。

有種叫做尋木的樹有一千里長，在拘癭國的南面，生長在黃河岸上的西北方。

【注釋】

[1] 鄧林：地名，現在在大別山附近河南、湖北、安徽三省交界處。鄧林即「桃林」。

[2] 二樹木：由兩顆大樹形成的樹林。

[3] 癭：因脖頸細胞增生而形成的囊狀性贅生物，多肉質，比較大。

夸 父 逐 日 明·蔣應鎬圖本

　　傳說在上古時代有個夸父族，是炎帝的苗裔，他們身材高大，驍勇善戰。追日的夸父就是這個巨人族中的一員。在炎帝與黃帝的戰爭中，這個族落被黃帝的神龍 —— 應龍所敗，後來夸父的遺裔組成了一個國家，這便是夸父國。

異國	形態特徵
夸父國	身材高大，左手握青蛇，右手握黃蛇。
拘癭國	常用一隻手托著脖頸上的大肉瘤。

山海經地理考

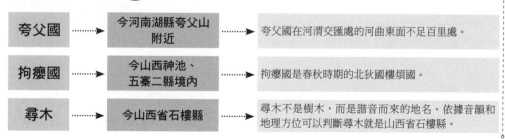

夸父國	┄┄┄▶	今河南湖縣夸父山附近	┄┄┄▶	夸父國在河渭交匯處的河曲東面不足百里處。
拘癭國	┄┄┄▶	今山西神池、五寨二縣境內	┄┄┄▶	拘癭國是春秋時期的北狄國樓煩國。
尋木	┄┄┄▶	今山西省石樓縣	┄┄┄▶	尋木不是樹木，而是諧音而來的地名。依據音韻和地理方位可以判斷尋木就是山西省石樓縣。

【第八卷 海外北經】

449

從跂踵國到務隅山
走路腳不著地的跂踵國人

山水名稱	動物
務隅山	熊、羆、文虎、離朱、鴟久、視肉

原文

> 跂踵①國在拘癭東，其為人兩足皆支。一曰大踵。一曰反踵②。
>
> 歐絲之野在反踵東，一女子跪據樹③歐④絲。
>
> 三桑無枝，在歐絲東，其木長百仞⑤，無枝。
>
> 范林方三百里，在三桑東，洲⑥環其下。
>
> 務隅之山，帝顓（ㄓㄨㄢ）頊（ㄒㄩ）⑦葬於陽，九嬪⑧葬於陰。一曰爰有熊、羆、文虎、離朱、鴟久、視肉。

譯文

　　跂踵國在拘癭國的東面，那裡的人都身材高大，兩隻腳也非常大。另一種說法認為跂踵國叫反踵國。

　　歐絲野在反踵國的東面，有一女子跪倚著桑樹在吐絲。

　　三棵沒有枝幹的桑樹，在歐絲野的東面，這種樹雖高達一百仞，卻不生長樹枝。

　　范林方圓三百里，在三棵桑樹的東面，它的下面被沙洲環繞著。

　　務隅山，帝顓頊埋葬在它的南面，九嬪埋葬在它的北面。另一種說法認為這裡有熊、羆、花斑虎、離朱鳥、鶹鷹、視肉怪獸。

【注釋】

①跂踵：走路時腳跟不著地。

②反踵：腳是反轉長的，走路時行進的方向和腳印的方向是相反的。

③據樹：據古人解說，是憑依桑樹一邊吃桑葉一邊吐出絲，像蠶似的。這大概是圖畫上的形狀。

④歐：同「嘔」。吐。

⑤仞：古時八尺為一仞。

⑥洲：水中可居人或物的小塊陸地。

⑦顓頊：傳說中的上古帝王。

⑧九嬪：指顓頊的九個妃嬪。

歐絲野的蠶神　明・木刻插畫摹本

　　相傳倚在桑樹下日日吐絲的女子是蠶神，祂所吐的絲能織成美麗的絲綢，而絲綢能給人做衣服。黃帝聽後大為讚賞，就讓蠶神教導婦女繅絲紡綢。黃帝的妻子嫘祖也親自培育幼蠶，並在百姓中推廣。從此，中華大地就有了美麗的絲織品，中國也就成了絲綢的故鄉。

跂踵國　清・汪紱圖本

異國	形態特徵	奇聞異事
跂踵國	身材高大，腳也非常大。	

山海經地理考

跂踵國	┈┈▶	今河北省完縣東南	┈┈▶	跂踵國是商代方國，即為河北嵩城縣商代遺址。
歐絲之野	┈┈▶	今河北蔚界境內	┈┈▶	歐絲之野在嘔夷河流域，即河北蔚界境內桑干河支流壺流河和河北大清河支流唐河。
三桑	┈┈▶	今北京房山區與門頭溝區的接壤地帶	┈┈▶	三桑，即為北京房山區與門頭溝的接壤地帶的太行山分支大安山。
范林	┈┈▶	今河北定興縣南	┈┈▶	范林就是范水之林、范陽之林。范水發源於大安山，注入白洋澱。因此可斷定范林位於今天的河北定興縣南。

5 從平丘到禺彊
人面鳥神的北方禺彊

山水名稱	動物	植物
平丘	青馬、視肉	楊柳、甘柤、甘華
北海內	駒駼、駮、蛩蛩、羅羅	

圖解山海經

原文

　　平丘在三桑東，爰有遺玉①、青鳥、視肉、楊柳、甘柤②（ㄓㄚ）、甘華③，百④果所生。有兩山夾上谷，二大丘居中，名曰平丘。

　　北海內有獸，其狀如馬，名曰駒駼（ㄊㄠˊ ㄊㄨˊ）。有獸焉，其名曰駮（ㄅㄛˊ），狀如白馬，鋸牙，食虎豹。有素獸焉，狀如馬，名曰蛩（ㄑㄩㄥˊ）蛩。有青獸焉，狀如虎，名曰羅羅。

　　北方禺彊⑤，人面鳥身，珥⑥（ㄦˇ）兩青蛇，踐⑦兩青蛇。

譯文

　　平丘在三棵桑樹的東面。這裡有遺玉、青馬、視肉怪獸、楊柳樹、甘柤樹、甘華樹，是各種果樹生長的地方。在兩座山相夾的一道山谷上，有兩個大丘處於其間，叫做平丘。

　　北海內有一種野獸，形狀像一般的馬，名稱是駒駼。還有一種野獸，名稱是駮，形狀像白色的馬，長著鋸齒般的牙，能吃老虎和豹。又有一種白色的野獸，形狀像馬，名稱是蛩蛩。還有一種青色的野獸，形狀像老虎，名稱是羅羅。

　　北方的禺彊神，長著人的面孔、鳥的身子，耳朵上穿掛著兩條青蛇，腳底下踐踏著兩條青蛇。

【注釋】

①遺玉：根據古人的說法，它是一種玉石，先由松枝在千年之後化為伏苓，再過千年之後化為琥珀，又過千年之後化為遺玉。

②甘柤：傳說中的一種樹木，紅色的枝幹，黃色的花，葉子是白色的，果實是黑色的。

③甘華：傳說中的一種樹木，紅色的枝幹，黃色的花。

④百：這裡表示很多的意思，並非實指數量。

⑤禺彊：也叫玄冥，神話傳說中的水神。

⑥珥：插。這裡指穿掛著。

⑦踐：踩；踏。

明·蔣應鎬圖本

北方之神禺彊還是北海海神、北風風神，
掌管冬季。傳說祂有兩種形象，當祂是風神
的時候，就是鳥的身子，腳踩兩條青
蛇，生出寒冷的風；是北海海神的
時候則是魚的身子，但也有手
有足，駕馭兩條龍。

羅羅　明·蔣應鎬圖本　　駒騟　明·蔣應鎬圖本　　駮　明·蔣應鎬圖本

獸名	形狀及聲音	產地	今名
駒騟	狀如馬	北海	普式野馬
駮	狀如白馬，鋸牙，食虎豹	北海	
蛩蛩	狀如馬	北海	
羅羅	狀如虎	北海	黑虎

山海經地理考

平丘	今膠東半島	因「平丘盛產甘柤、甘華、百果」與膠東半島特產「甘柤（甜梨）」、「甘華（蘋果）」相同。

【第八卷 海外北經】

453

第九卷

海外東經

《海外東經》中的國家與

《海外北經》中的國家相鄰，

主要有大人國、君子國、青丘國、

黑齒國、玄股國、毛民國等八個國家。

這八個國家每個國家的人

都有自己不同的特點，

例如：大人國的身材高大；

黑齒國的人牙齒漆黑，

玄股國的國民穿魚皮衣，能驅使兩隻鳥。

除此之外，還記載了一些有趣的神話傳說，

例如：豎亥走的很快，

天帝命令他用腳步測量大地，

從最東端走到最西端，

共有五億十萬九千八百步。

1 從嵯丘到君子國
役使老虎的君子國人

圖解
山海經

原文

海外自東南陬至東北陬者。

嵯（ㄐㄧㄝ）丘，爰有遺玉、青馬、視肉、楊柳、甘柤、甘華。百果所生，在東海。兩山夾丘，上有樹木。一曰嗟丘。一曰百果所在，在堯葬①東。

大人國在其北，為人大，坐而削（ㄕㄠˋ）船②。一曰在嵯丘北。

奢比③之屍在其北，獸身、人面、大耳，珥④兩青蛇。一曰肝榆之屍在大人北。

君子國在其北，衣冠⑤帶劍，食獸，使二文虎在旁，其人好（ㄏㄠˋ）讓不爭。有燻華草，朝生夕死。一曰在肝榆之屍北。

譯文

海外從東南角到東北角的國家地區、山丘河川分別如下。

嵯丘，這裡有遺玉、青馬、怪獸視肉、楊柳樹、甘柤樹、甘華樹。結出甜美果子的樹所生長的地方，就在東海邊。兩座山夾著嵯丘，上面有樹木。另一種說法認為嵯丘就是嗟丘。還有一種說法認為各種果樹所存在的地方，在埋葬帝堯之地的東面。

大人國在它的北面，那裡的人身材高大，正坐在船上撐船。還有一種說法認為大人國在嵯丘的北面。

奢比屍神在大人國的北面，那裡的人都長著野獸的身子、人的面孔、大大的耳朵，耳朵上穿掛著兩條青蛇。另一種說法認為肝榆屍神在大人國的北面。

君子國在奢比屍神的北面，那裡的人穿衣戴帽而腰間佩帶著劍，能吃野獸，供使喚的兩隻花斑老虎就在身旁，為人喜歡謙讓而不爭鬥。那裡有一種燻華草，早晨開花傍晚凋謝。另一種說法認為君子國在肝榆屍神的北面。

【注釋】

①堯葬：帝堯所葬的地方。

②削船：削、梢二字同音假借。梢是長竿子，這裡作動詞用。梢船就是用長竿子撐船。

③奢比：也叫奢龍，傳說中的神。

④珥：耳飾，這裡作動詞。

⑤衣冠：這裡都作動詞用，即穿上衣服戴上帽子。

山海經異國考

大 人 國 清·《邊裔典》

　　大人國的人身材高大，善於撐船。也有人認為他們會製造木船。圖中一大人國人持刀坐在船旁，此「大人」有可能是原始的造船操舟的工匠神。

奢比屍 清·汪紱圖本

異國	形態特徵	奇聞異事
大人國	身材比一般人高大許多。	擅長撐船。
君子國	衣冠整齊、邊幅修列，腰間佩帶寶劍，文質彬彬。	雖能役使老虎，卻文質彬彬，喜謙讓不喜爭鬥。

山海經地理考

跂丘 ········▶	今山東煙臺 ········▶	根據地理位置判斷，跂丘是越海連接遼東半島的起點，在古蓬萊城東南三十餘里處。
大人國 ········▶	今苗島半島和遼東半島上 ········▶	商末大人國名「服」，屬渤海。
奢比屍 ········▶	今山東德州至臨淄之間 ········▶	奢比是方國名稱「兔方」，位於山東德州至臨淄之間。
君子國 ········▶	今安徽五河縣 ········▶	君子國位於奢比屍北即商代上虞北，與歷史上的吳國地理位置相吻合，今安徽五河縣。

2 從蚩蚩到黑齒國
牙齒漆黑的黑齒國人

原文

蚩蚩（ㄏㄨㄥ╱）^①在其北，各有兩首。一曰在君子國北。

朝陽之谷，神曰天吳，是為水伯^②。在北兩水間。其為獸也，八首人面，八足八尾，皆青黃。

青丘國在其北，其人食五穀，衣絲帛。其狐四足九尾。一曰在朝陽北。

帝命豎亥^③步^④，自東極至於西極，五億十選^⑤九千八百步。豎亥右手把算^⑥，左手指青丘北。

一曰禹令豎亥。一曰五億十萬九千八百步。

黑齒國在其北，為人黑，食稻啖^⑦蛇，一赤一青，在其旁。一曰在豎亥北，為人黑首，食稻使蛇，其一蛇赤。^⑧

下有^⑨湯谷^⑩。湯谷上有扶桑，十日所浴，在黑齒北。居水中，有大木，九日居下枝，一日居上枝。

譯文

蚩蚩在它的北面，牠的各端都有兩個腦袋。另一種說法認為在君子國的北面。

朝陽谷，有一個神人叫做天吳，就是所謂的水伯。他住在北面的兩條水流中間。他是野獸形狀，長著八個腦袋而是人的臉面，八隻爪子八條尾巴，背部是青中帶黃的顏色。

青丘國在它的北面。那裡有一種狐狸長著四隻爪子九條尾巴。另一種說法認為青丘國在朝陽谷的北面。

天帝命令豎亥用腳步測量大地，從最東端走到最西端，是五億十萬九千八百步。豎亥右手拿著算籌，左手指著青丘國的北面。另一種說法認為是大禹命令豎亥測量大地。還一種說法認為測量出五億十萬九千八百步。

黑齒國在它的北面，那裡的人牙齒漆黑，吃著稻米又吃著蛇，還有一條紅蛇和一條青蛇，正圍在他身旁。另一種說法認為黑齒國在豎亥所在地的北面，那裡的人黑腦袋，吃著稻米驅使著蛇，其中一條蛇是紅色的。

下面有湯谷。湯谷邊上有一棵扶桑樹，是十個太陽洗澡的地方，在黑齒國的北面。正當大水中間，有一棵高大的樹木，九個太陽停在樹的下枝，一個太陽停在樹的上枝。

【注釋】

① **蚩蚩**：就是虹蜺，俗稱美人虹。據古人說，虹雙出而顏色鮮豔的為雄，稱作虹；顏色暗淡的為雌，稱作蜺。

② **水伯**：水神。

③ **豎亥**：傳說中一個走得很快的神人。

④ **步**：以腳步測量距離。

⑤ **選**：萬。

⑥ **算**：古代人計數用的籌碼。

⑦ **啖**：吃。

⑧ 這段文字所述都是原畫面上的圖像。

⑨ **下有**：「下有」是針對「上有」而言，原圖上自然畫著上面有什麼，但圖畫已不存在，而說明文字又未記述，故今不知何所指。

⑩ **湯谷**：據古人記載，這條穀中的水很熱。

天 吳　明·蔣應鎬圖本

天吳這種神獸身體似虎，長有八個人面腦袋、八隻爪子、八條尾巴，背部的皮毛黃中帶青。「天」有「大」之意，「天吳」就是偉大的吳，是古老的原始狩獵氏族吳人的圖騰兼始祖神。吳人以狩獵為生，所以，吳人崇拜這種似虎的動物。

九尾狐　明·蔣應鎬圖本

異國	形態特徵	奇聞異事
青丘國	以五穀為食，船絲帛做成的衣服。	國內有一種長著四隻爪子九條尾巴的狐狸。
黑齒國	一說那裡的人牙齒漆黑，另一說腦袋漆黑。	習慣吃稻米和蛇。

山海經地理考

朝陽谷	今山東臨朐東北朝陽故城附近的朝水	朝陽谷的意思是有水注入的朝陽之地。
青丘國	今山東廣饒縣北	春秋戰國時期，青丘盛產五穀、絲帛，並以九尾狐聞名。
黑齒國	今遼寧錦西縣	黑齒國位於今天的遼寧錦西縣北池香烏金塘村李虎氏屯山谷中。
湯谷	今遼寧錦州	湯谷即首陽山谷，位於錦州附近的黑齒國東北部。

3 從雨師妾到東方句芒
全身生毛的毛民國人

圖解山海經

原文

雨師妾在其北，其為人黑，兩手各操一蛇，左耳有青蛇，右耳有赤蛇。一曰在十日北，為人黑身人面，各操一龜。

玄股之國在其北，其為人股黑，衣魚①食鷗（ㄡ）②。兩鳥夾之。一曰在雨師妾北。

毛民之國在其北，為人身生毛。一曰在玄股北。

勞民國在其北，其為人黑，食果草實。有一鳥兩頭。或曰教民。一曰在毛民北，為人面目手足盡黑。

東方句（ㄍㄡ）芒③，鳥身人面，乘兩龍。

建平元年四月丙戌，待詔太常屬臣望校治，侍中光祿勳臣龔、侍中奉車都尉光祿大夫臣秀領主省。④

譯文

雨師妾在湯谷的北面。那裡的人全身黑色，兩隻手各握著一條蛇，左邊耳朵上掛有青色蛇，右邊耳朵掛有紅色蛇。

另一種說法認為雨師妾在十個太陽所在地的北面，那裡的人是黑色身子而人的面孔，兩隻手各握著一隻龜。

玄股國在它的北面。那裡的人穿著魚皮衣而吃鷗鳥蛋，使喚的兩隻鳥在身邊。另一種說法認為玄股國在雨師妾的北面。

毛民國在它的北面。那裡的人全身長滿了毛。另一種說法認為毛民國在玄股國的北面。

勞民國在它的北面，那裡的人全身黑色。有的人稱勞民國為教民國。另一種說法認為勞民國在毛民國的北面，那裡的人，臉、眼睛、手腳全是黑的。

東方的句芒神，是鳥的身子人的面孔，乘著兩條龍。

建平元年四月丙戌日，待詔太常屬臣丁望校對整理，侍中光祿勳臣王龔、侍中奉車都尉光祿大夫臣劉秀領銜主持。

【注釋】

①衣魚：穿著用魚皮做的衣服。

②食鷗：鷗也作「鸥」，即鷗鳥，在海邊活動的叫海鷗，在江邊活動的叫江鷗。食鷗即食鷗，就是吃鷗鳥產下的蛋。

③句芒：神話傳說中的木神。

④這段文字不是《山海經》原文，而是整理者對本卷文字作完校勘工作後的署名。建平是西漢哀帝的年號，而建平元年相當於西元前六年。秀即劉秀，原來叫劉歆，後來改名為秀，西漢末年人，是著名的經學家、目錄學家。他曾繼承其父劉向的事業，領導主持整理古籍、編撰目錄的工作，成就很大。

 明·蔣應鎬圖本

　　傳說東晉年間，吳郡司鹽都尉戴逢得
到了一條小船，船上有通體黑毛的男女共
四個人，在把他們送往丞相府途中，只剩
一個男人還活著。當地官府賜給他一個女
人讓他結婚生子。很多年後，他才時常向
別人提及他是來自毛民國的人。

雨師妾國　清·汪紱圖本

句芒　明·蔣應鎬圖本

異國	形態特徵
雨師妾國	全身黑色，兩手各有一隻蛇，左耳掛青色，右耳掛紅蛇。
玄股國	穿魚皮衣。
毛民國	身材矮小，渾身都長著硬毛，就像豪豬一樣。
勞民國	全身黑色。

山海經地理考

雨師妾國	今遼寧撫順市西南	雨師妾位於商代的要方，遼西湯谷的東北，遼水邊的遼東玄股國西南。
玄股國	今遼寧黑山縣至阜新蒙古族自治縣之間	玄股國人穿魚皮衣與今天生活在東北的赫哲族習俗相同，所以玄股國就是古代的渤海國。
毛民國	今東遼河東北地區	東遼河是遼河東側一大支流，毛民即為貊民，位於遼河東北。
勞民國	今俄羅斯海參崴基洛夫鎮附近	基洛夫鎮遺址位於濱海地區海參崴阿爾姆電站附近的基洛夫鎮附近。

第十卷

海內南經

《山海經》中有關《海內經》的部分

記載雜亂，沒有明晰的方向和順序。

這從《海內南經》中就可以看出來，

其內容混亂，既有國家又有動物。

其中的國家包括伯慮國、

離耳國、雕題國、北朐國、

梟陽國等九個國家。

這些國家的人長相各異，

例如：梟陽國的人都是人的面孔，

長長的嘴唇，黑黑的身子，渾身長毛。

巴蛇的形體巨大，可以吞象。

從甌閩到梟陽國

人面長脣的梟陽國人

原文

海內東南陬以西者。

甌（ㄡ）居海中。閩在海中，其西北有山。一曰閩中山①在海中。

三天子鄣（ㄓㄤ）山在閩西海北。一曰在海中。

桂林②八樹在番(ㄆㄢ)隅③東。

伯慮國、離耳國、雕題國④、北朐（ㄑㄩˊ）國⑤皆在郁水南。郁水出湘陵⑥南海。一曰柏慮。

梟陽國在北朐之西。其為人人面長脣，黑身有毛，反踵，見人笑亦笑，左手操管。

譯文

海內由東南角向西的國家地區、山丘河川依次如下。

甌在海中。閩在海中，它的西北方有座山。另一種說法認為閩地的山在海中。

三天子鄣山在閩的西北方。另一種說法認為三天子鄣山在海中。

桂林的八棵樹很大而形成樹林，處在番隅的東面。

伯慮國、離耳國、雕題國、北朐國都在郁水的南岸。郁水發源於湘陵南山。另一種說法認為伯慮國叫做柏慮國。

梟陽國在北朐國的西面。那裡的人是人的面孔而長長的嘴脣，黑黑的身子有長毛，腳跟在前而腳尖在後，一看見人就張口大笑，左手握著一根竹筒。

【注釋】

①閩中山：閩一帶的山。

②桂林：樹林名稱。

③番隅：國名，就是今天的廣東番禺。

④雕題國：國名，大致位於今天的廣東、廣西一帶。

⑤北朐國：國名，具體所指不詳，待考。

⑥湘陵：地名，具體所指不詳，待考。

梟 陽 國 明·《邊裔典》

梟陽國的人嘴大脣長,好食人。

梟陽國 清·吳任臣近文堂圖本

異國	形態特徵	奇聞異事
伯慮國	終年昏昏沉沉,勉強支持。	伯慮國人一生最怕睡覺,生怕一睡不醒,所以沒有床和被子。
離耳國		國民喜歡用鋒利的刀子將耳朵割成好幾條,令其下垂,以作裝飾。
雕題國	臉上紋黑色花紋,身上畫魚鱗般的圖案。	女子成年後,在額頭上刻上細花紋表明身分。
梟陽國	長長的嘴脣,渾身漆黑,長有長毛,腳尖在後。	

山海經地理考

閩	⟶	今浙江南部和福建一帶	⟶	閩人即福建土著人。
伯慮國	⟶	今峇里島或加里曼丹島	⟶	①伯慮國位於爪哇島東部,就是今天的峇里島。②位於東南亞馬來群島中部,就是今天的加里曼丹島。
離耳國	⟶	今海南儋縣	⟶	位於海南島西北部,北門江流域。
梟陽國	⟶	今廣西境內或中南半島中部	⟶	①根據《海內南經》記載,梟陽國在廣西境內。②根據伯慮國和離耳國的位置,梟陽國在今天中南半島中部。

2 從兇到孟塗

蒼梧之山，帝舜下葬處

原文

兇在舜①葬東，湘水南，其狀如牛，蒼黑，一角。

蒼梧之山，帝舜葬於陽，帝丹朱②葬於陰。

氾林③方三百里，在狌狌東。

狌狌知人名，其為獸如豕而人面，在舜葬西。

狌狌西北有犀牛，其狀如牛而黑。

夏後啟之臣曰孟塗④，是司神⑤於巴，巴人訟於孟塗之所，其衣有血者乃執之，是請生⑥。居山上，在丹山西。丹山在丹陽南，丹陽巴蜀也。

譯文

　　兇在帝舜葬地的東面，在湘水的南岸。兇的形狀像一般的牛，全身是青黑色，長著一隻角。

　　蒼梧山，帝舜葬在這座山的南面，帝丹朱葬在這座山的北面。

　　氾林方圓三百里，在猩猩生活之地的東面。

　　狌狌能知道人的姓名，這種野獸的形狀像一般的豬卻長著人的面孔，生活在帝舜葬地的西面。

　　狌狌的西北面有犀牛，形狀像一般的牛而全身是黑色。

　　夏朝國王啟的臣子叫孟塗，是主管巴地訴訟的神。巴地的人到孟塗那裡去告狀，而告狀人中有誰的衣服沾上血跡的就被孟塗拘禁起來。這樣就不出現冤獄而有好生之德。孟塗住在一座山上，這座山在丹山的西面。丹山在丹陽的南面，而丹陽是巴的屬地。

【注釋】

① 舜：古代傳說中的上古帝王，以孝聞名天下，晚年禪讓帝位給禹。

② 丹朱：傳說中堯的兒子，據說他傲慢荒淫，所以堯才不傳位於他。

③ 氾林：就是前文所說的范林。

④ 孟塗：人名，傳說啟命他去巴地負責訴訟之事。

⑤ 司神：主管之神。

⑥ 請生：請求活命。也有人認為有好生的意思，即愛護生命。

(狂)(狂) 明·蔣應鎬圖本

狂狂是一種奇獸，形狀像長毛猿，長有一對白耳，直立行走，牠通曉過去卻無法知道未來，傳說吃牠的肉，可以健步如飛。

兕 明·蔣應鎬圖本　　　　犀牛 明·蔣應鎬圖本

異獸	形態
兕	似牛，身青黑色，長有一角。
犀牛	似牛，全身黑色。

山海經地理考

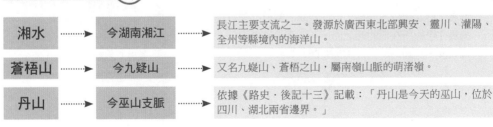

湘水	→	今湖南湘江	→	長江主要支流之一。發源於廣西東北部興安、靈川、灌陽、全州等縣境內的海洋山。
蒼梧山	→	今九疑山	→	又名九嶷山、蒼梧之山，屬南嶺山脈的萌渚嶺。
丹山	→	今巫山支脈	→	依據《路史·後記十三》記載：「丹山是今天的巫山，位於四川、湖北兩省邊界。」

3 從氐人國到西北三國

氐人國，美人魚的國度

原文

窫窳（一ㄚˋ 一ㄩˇ）龍首，居弱水①中，在狌狌知人名之西，其狀如貙②（ㄔㄨ），龍首，食人。

有木，其狀如牛，引③之有皮，若纓④、黃蛇。其葉如羅⑤，其實如欒⑥，其木若芭⑦（ㄨ），其名曰建木。在窫窳西弱水上。

氐人國在建木西，其為人人面而魚身，無足。

巴蛇食象，三歲而出其骨，君子服之⑧，無心腹之疾。其為蛇青黃赤黑。一曰黑蛇青首，在犀牛西。

旄馬，其狀如馬，四節⑨有毛，在巴蛇西北，高山南。

匈奴、開題之國、列人之國⑩並在西北。

譯文

窫窳長著龍頭，住在弱水中，在能知道人姓名的狌狌西面，牠的形狀像貙，長著龍頭，能吃人。

有一種樹木，形狀像牛，一拉就剝落下樹皮，樣子像冠帽上的纓帶，又像黃色蛇皮。它的葉子像羅網，果實像欒樹的果實，樹幹像刺榆，它的名字叫建木。這種建木生長在窫窳所在地之西的弱水邊上。

氐人國在建木所在地的西面，那裡的人都長著人的面孔魚的身子，沒有腳。

巴蛇能吞下大象，吞吃後三年才吐出大象的骨頭，有才能品德的人吃了巴蛇肉，不會患心痛或肚子痛之類的病。

這種巴蛇的顏色是青色、黃色、紅色、黑色混合間雜的。

另一種說法認為巴蛇是黑色身子青色腦袋，在犀牛所在地的西面。

旄馬，形狀像普通的馬，但四條腿的關節上都有長毛。

旄馬在巴蛇所在地的西北面，一座高山的南面。

匈奴國、開題國、列人國都在西北方。

【注釋】

① 弱水：古人稱淺而不能載舟的水為弱水。

② 貙：一種像野貓而體型略大的野獸。

③ 引：牽引；牽拉。

④ 纓：用來繫冠或者裝飾物的帶子。

⑤ 羅：捕鳥的網。

⑥ 欒：傳說中的一種樹木，樹根是黃色的，樹枝是紅色的，樹葉是青色的。

⑦ 芭：即刺榆樹。

⑧ 服之：之，指代巴蛇吐出來的象骨。服之，指的是吃掉巴蛇吐出來的象骨。

⑨ 四節：四肢的關節。

⑩ 列人之國：國名，具體所指不詳，待考。

旍馬 明·胡文煥圖本

　　旍馬形狀與普通的馬相似，四條腿上有很長的毛，傳說周穆王西狩的時候，曾經以旍馬、豪牛、龍狗和豪羊為牲祭祀文山。

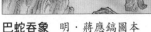

巴蛇吞象 明·蔣應鎬圖本

氐人國 明·蔣應鎬圖本

窫窳 明·蔣應鎬圖本

異獸	形態	異兆及特異功能
旍馬	與馬相似，腿上長著長毛。	能吃人。
巴蛇	蛇皮的顏色華麗，由青色、黃色、紅色、黑色混雜。	能吞下大象，吞下後三年才吐出大象的骨頭。
窫窳	長著龍頭，形狀像貍。	能吃人。

山海經地理考

氐人國	┈┈▶	今甘肅、陝西、四川三省交接地帶	▶	氐人族支系繁多，一從事畜牧業和農業為主。周秦時分布在今甘肅、陝西、四川三省的相鄰地帶。
高山	┈┈▶	今四川西部大雪山	▶	高山位於臨滄縣東北，瀾滄江西岸，屬哀牢山的南延部分，呈南北走向。
開題國	┈┈▶	今新疆烏魯木齊附近	▶	根據匈奴的位置，可以斷定開題國在新疆烏魯木齊附近。

【第十卷 海內南經】

469

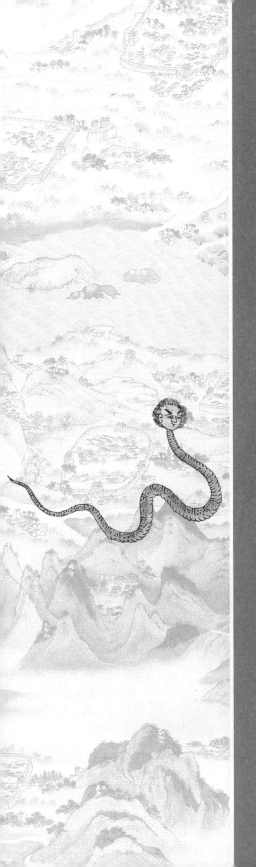

第十一卷

海內西經

《海內西經》記敘的重點
主要在崑崙山區，
包括發源於崑崙山的赤水、黃河、
洋水、黑水等河流。
主要記述了流黃酆氏之國、
東胡、貊國等國家，
另外，還描述了鳳凰、樹鳥、
六首蛟等神獸的樣貌和生活習慣。

除此之外，《海內西經》中還有
一些對歷史人物和神話傳說的記載。
例如：貳負神的臣子危的故事。

本圖根據張步天教授「《山海經》考察路線圖」繪製，圖中記載了海內南、西、北、東四經中所出現的山川河流及國家地區的所在位置。

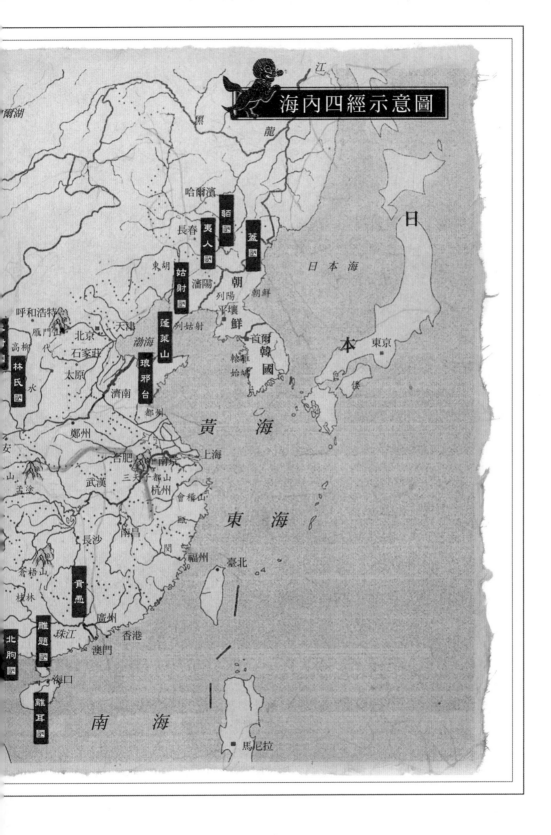

海內四經示意圖

1 從危到后稷之葬
斬殺窫窳神的貳負臣危

圖解山海經

原文

海內西南陬以北者。

貳負①之臣曰危,危與貳負殺窫窳②。帝乃梏③之疏屬之山,桎④其右足,反縛兩手與髮,繫之山上木。在開題西北。

大澤方百里,群鳥所生及所解。在雁門北。

雁門山,雁出其間,在高柳北。

高柳在代北。

后稷之葬,山水環之。在氏國⑤西。

譯文

海內由西南角向北的國家地區、山丘河川依次如下。

貳負神的臣子叫危,危與貳負合夥殺死了窫窳神。天帝便把貳負臣危拘禁在疏屬山中,並給他的右腳戴上刑具,還用他自己的頭髮反綁上他的雙手,拴在山上的大樹下。這個地方在開題國的西北面。

大澤方圓一百里,是各種禽鳥生卵孵化幼鳥和脫換羽毛的地方。大澤在雁門的北面。

雁門山,是大雁冬去春來出入的地方。雁門山在高柳山的北面。

高柳在代地北面。

后稷的葬地,有青山綠水環繞著他。后稷葬地在氏人國的西面。

【注釋】

①**貳負**:神話傳說中的天神,樣子是人的臉、蛇的身子。

②**窫窳**:也是傳說中的天神,原來的樣子是人的臉面蛇的身子,後被貳負及其臣子殺死而化成上文所說的樣子——龍頭,野貓身,並且吃人。

③**梏**:古代木制的手銬。這裡是械繫、拘禁的意思。

④**桎**:古代拘繫罪人兩腳的刑具。

⑤**氏國**:就是上文所說的氏人國。

貳 負 臣 危　明·蔣應鎬圖本

　　相傳，在黃帝將貳負和危拘禁在疏屬山。漢宣帝時重現於世，二人在被運往長安途中變成了石人。宣帝問石人來歷，劉向解釋後說如果後世有明君出現，二人會被放出，宣帝不信，欲殺劉向，其子劉歆用少女乳汁相餵，石人復活並向宣帝說明來歷，竟與劉向所說一致。宣帝龍顏大悅，拜劉向為大中大夫，其子劉歆為宗正卿。

窫 窳　明·蔣應鎬圖本

　　傳說窫窳原來是一位天神，蛇身人面，後被貳負的下臣所殺，天帝念他罪不至死，命開明東的群巫用不死藥救活了他。復活後的窫窳變成龍頭怪獸，專門吃人，以此來發洩他被冤殺的怨恨。

異獸	形態	異兆及特異功能
危	右腳載著刑具，被自己的頭髮反綁雙手，綁在疏屬山的大樹下。	貳負神的臣子，與貳負合夥殺死窫窳神後，被天帝囚禁。

山海經地理考

疏屬山	今陝西省境內	①今陝西省綏德縣。②今陝西省富縣和洛川縣之間。
開題	即笄頭山	開題疑為笄頭山，又名崆峒山。
高柳	今山西省陽高縣	陽高縣位於山西省東北部，北跨萬里長城，以陰山餘脈與內蒙古接壤，自古就是漢族與少數民族交會之地。

2 從流黃酆氏國到孟鳥

東胡國，鮮卑國的前身

原文

流黃酆氏之國，中①方三百里；有塗②四方，中有山。在后稷葬西。

流沙③出鐘山，西行又南行崑崙之虛（ㄑㄩ）④，西南入海⑤，黑水之山⑥。

東胡在大澤⑦東。

夷人⑧在東胡東。

貊國在漢水東北。地近於燕，滅之。

孟鳥在貊國東北。其鳥文赤，黃、青，東鄉⑨（ㄒㄧㄤˋ）。

譯文

　　流黃酆氏國，疆域有方圓三百里大小。有道路通向四方，中間有一座大山。流黃酆氏國在后稷葬地的西面。

　　流沙的發源地在鐘山，向西流動而再朝南流過崑崙山，繼續往西南流入大海，直到黑水山。

　　東胡國在大澤的東面。

　　夷人國在東胡國的東面。

　　貊國在漢水的東北面。靠近燕國的邊界，後來被燕國滅掉了。

　　孟鳥在貊國的東北面。這種鳥的羽毛花紋有紅、黃、青三種顏色，向著東方。

【注釋】

①中：域中，即國內土地的意思。

②塗：通「途」，道路。

③流沙：沙子和水一起流行移動的一種自然現象。

④虛：大丘。即指山。

⑤海：西北地區的水澤。

⑥黑水之山：山名，具體所指不詳，待考。

⑦大澤：大的水澤，具體所指不詳，待考。

⑧夷人：中國古代東部地區各部族的人。在這裡引申為中國境內華夏民族之外各民族的通稱。

⑨鄉：通「向」。

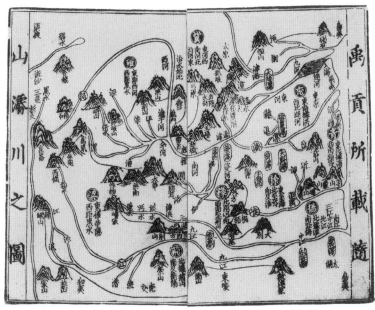

禹貢所載隨山浚川之圖 宋《書集傳》

　　這幅地圖是復原了禹貢山川情況的歷史地圖，內容是禹貢九州和各州的山脈、河流、湖泊、四夷等，《山海經》以及本節中的很多重要地名，如流沙、黑水、崑崙等在圖中均有呈現。

異國	地理位置	國家發展
酆氏國	后稷所葬地西面。	
東胡國	位於大澤的東面。	即後來的鮮卑國。
夷人國	東胡國的東面。	
貊國	漢水東北部，靠近燕國邊界。	後被燕國所滅。

山海經地理考

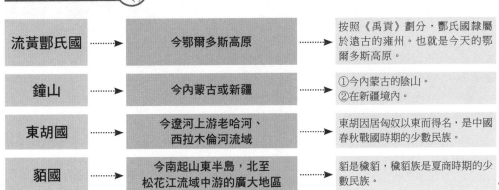

流黃酆氏國 ……▶	今鄂爾多斯高原 ……▶	按照《禹貢》劃分，酆氏國隸屬於遠古的雍州。也就是今天的鄂爾多斯高原。
鐘山 ……▶	今內蒙古或新疆 ……▶	①今內蒙古的陰山。 ②在新疆境內。
東胡國 ……▶	今遼河上游老哈河、西拉木倫河流域 ……▶	東胡因居匈奴以東而得名，是中國春秋戰國時期的少數民族。
貊國 ……▶	今南起山東半島，北至松花江流域中游的廣大地區 ……▶	貊是穢貊，穢貊族是夏商時期的少數民族。

3 從崑崙之虛到清水

崑崙山，天帝的人間都城

原文

海內崑崙之虛，在西北，帝之下都①。崑崙之虛，方八百里，高萬仞②。有木禾，長五尋③，大五圍。面有九井，以玉為檻④（ㄐㄧㄢ）。面有九門，門有開明獸守之，百⑤神之所在。在八隅之岩⑥，赤水⑦之際，非夷羿⑧莫能上岡之岩。

赤水出東南隅，以行其⑨東北，西南流注南海厭火東。

河水出東北隅，以行其北，西南又入渤海，又出海⑩外，即西而北，入禹所導積石山。

洋（ㄒㄧㄤˊ）水、黑水出西北隅，以東，東行，又東北，南入海，羽民南。

弱水、青水出西南隅，以東，又北，又西南，過畢方鳥東。

譯文

海內的崑崙山，屹立在西北方，是天帝在下方的都城。

崑崙山，方圓八百里，高一萬仞。山頂有一棵像大樹似的稻穀，高達五尋，粗細需五人合抱。崑崙山的每一面有九眼井，每眼井都有用玉石製成的圍欄。崑崙山的每一面有九道門，而每道門都有稱作開明的神獸守衛著，是眾多天神聚集的地方。眾多天神聚集的地方是在八方山岩之間，赤水的岸邊，不具備像后羿那樣本領的人就不能攀上那些山岡岩石。

赤水從崑崙山的東南角發源，然後流到崑崙山的東北方，又轉向西南流而注到南海厭火國的東邊。

黃河水從崑崙山的東北角發源，然後流到崑崙山的北面，再折向西南流入渤海，又流出海外，就此向西而後往北流，一直流入大禹所疏導過的積石山。

洋水、黑水從崑崙山的西北角發源，然後折向東方，朝東流去，再折向東北方，又朝南流入大海，直到羽民國的南面。

弱水、青水從崑崙山的西南角發源，然後折向東方，朝北流去，再折向西南方，又流經畢方鳥所在地的東面。

【注釋】

① 下都：下界的都城。

② 仞：古代的八尺為一仞。

③ 尋：古代的八尺為一尋。

④ 檻：窗戶下或長廊旁的欄杆。這裡指井欄。

⑤ 百：並非實數，而是言其多。

⑥ 八隅之岩：八個方位的岩石洞穴。

⑦ 赤水：水名，具體所指不詳，待考。

⑧ 夷羿：即后羿，神話傳說中的英雄人物，善於射箭，曾經射掉九個太陽，射死毒蛇猛獸，為民除害。

⑨ 其：指代崑崙山。

⑩ 海：水名，可能是羅布泊。

山海經異獸考

開 明 獸　明·蔣應鎬圖本

　　開明獸面向東方,守護著
「百神所在」的宮城。這座山山
勢險峻,很少有人能攀上這座
山。英雄射手后羿曾經登過這座
山,為的是向西王母求得長生不
老藥,嫦娥便是偷吃了這種藥才
奔向月宮去的。

異獸	形態	異兆及特異功能
開明獸	身體像虎,長著九顆人面頭顱。	崑崙山黃帝帝都的守衛者。

山海經崑崙諸水

崑崙諸水	發源地	流入大海處
赤水	崑崙山東南角。	南海。
黃河水	崑崙山東北角。	大禹所疏導的積石山。
洋水、黑水	崑崙山西北角。	從民國南面注入大海。
弱水、青山	崑崙山西南部。	畢方鳥所在地東面。

山海經地理考

渤海 ┄┄➤	今新疆羅布泊 ┄┄➤	古稱鹽澤、蒲昌海等,是新疆維吾爾自治區東南部湖泊羅布泊。
洋水 ┄┄➤	今葉爾羌河 ┄┄➤	位於新疆,是塔里木河的源頭,源於喀什米爾北部喀喇崑崙山脈的喀喇崑崙山口。
黑水 ┄┄➤	今喀什喀爾湖 ➤	今新疆維吾爾自治區的喀什喀爾湖。

4 從崑崙南淵到開明南

為鳳凰而生的琅玕樹

原文

崑崙南淵深三百仞。開明獸身大類虎而九首，皆人面，東向立崑崙上。

開明西有鳳凰、鸞鳥，皆戴蛇踐蛇，膺有赤蛇。

開明北有視肉、珠樹[1]、文玉樹[2]、玕琪（ㄍㄢ ㄑㄧˊ）樹[3]、不死樹[4]。鳳凰、鸞鳥皆戴瞂（ㄈㄚˊ）[5]。又有離朱[6]、木禾、柏樹、甘水[7]、聖木曼兌[8]，一曰挺木牙交。

開明東有巫彭、巫抵、巫陽、巫履、巫凡、巫相，夾窫窳之屍，皆操不死之藥以距[9]之。窫窳者，蛇身人面，貳負臣所殺也。

服常樹，其上有三頭人，伺琅玕樹[10]。

開明南有樹鳥，六首蛟[11]、蝮[12]、蛇、蜼（ㄨㄟˋ）、豹、鳥秩樹[13]，於表池樹[14]木；誦鳥[15]、鶽[16]、視肉。

譯文

崑崙山南面有一個深三百仞的淵潭。開明神獸身形似虎卻長著九個腦袋，都是人面，朝東立在崑崙山頂。

開明神獸西面有鳳凰、鸞鳥棲息，都各自纏繞著蛇踩踏著蛇，胸前還有紅蛇。

開明神獸北面有視肉、珠樹、文玉樹、玕琪樹、不死樹，那裡的鳳凰、鸞鳥都戴著盾牌，還有三足鳥、像樹似的稻穀、柏樹、甘水、聖木曼兌。另一種說法認為聖木曼兌叫做挺木牙交。

開明神獸東面有巫師神醫巫彭、巫抵、巫陽、巫履、巫凡、巫相，他們圍在窫窳的屍體周圍，都手捧不死藥來抵抗死氣而要使他復活。這位窫窳，是蛇的身子人的面孔，被貳負和他的臣子危合夥殺死的。

有一種服常樹，上面有個長著三顆頭的人，靜靜伺察著附近的琅玕樹。

開明神獸的南面有種樹鳥，那裡還有蛟龍、蝮、蛇、長尾猿、豹、鳥秩樹，在水池四周環繞著樹木而顯得華美；那裡還有誦鳥、鶽鳥、視肉怪獸。

【注釋】

① 珠樹：神話傳說中的生長珍珠的樹。

② 文玉樹：神話傳說中的生長五彩美玉的樹。

③ 玕琪樹：神話傳說中的生長紅色玉石的樹。

④ 不死樹：神話傳說中的一種長生不死的樹，人服食了也可長壽不老。

⑤ 瞂：盾。

⑥ 離朱：即太陽裡的踆鳥，也叫三足鳥。

⑦ 甘水：即古人所謂的醴泉，甜美的泉水。

⑧ 聖木曼兌：一種叫做曼兌的聖樹，服食了可使人聖明智慧。

⑨ 距：通「拒」。抗拒。

⑩ 琅玕樹：傳說這種樹上結出的果實就是珠玉。

⑪ 蛟：像蛇的樣子，但有四隻腳，屬龍一類。

⑫ 蝮：大蛇。

⑬ 鳥秩樹：不詳何種樹木。

⑭ 樹：這裡是動詞，環繞著、排列著的意思。

⑮ 誦鳥：不詳何種禽鳥。

⑯ 鶽：雕鷹。

明・蔣應鎬圖本

相傳鳳凰以美玉為食，琅
玕樹是專門為鳳凰而生的，為
的是給牠提供食物。三頭人離
珠，是琅玕樹的守護者，每當
鳳凰飛來，他便採下琅玕，遞給
鳳凰吃。

三頭人與琅玕樹 明・蔣應鎬圖本

樹鳥 明・蔣應鎬圖本

開明獸 清・汪紱圖本

六首蛟 明・蔣應鎬圖本

異獸	形態	異兆及特異功能
鳳凰	頭上頂著蛇，腳下踩著蛇，胸前還掛著一條紅蛇。	祥瑞之神鳥。
三頭人	長著三顆頭顱。	採集琅玕，為鳳凰提供食物。
樹鳥	六個腦袋的鳥。	
六首蛟	身體與尾巴像蛇，長著四隻腳，六個腦袋。	

第十二卷

海內北經

《海內北經》的記載雖然也是雜亂無章，

但是內容較為豐富，

大致歸納起來有三個方面：

一是奇異的國家，

如國民外貌似狗的犬戎國，

擁有珍奇野獸的林氏國。

二是古怪的動物，如長得像狗，

全身是青色，吃人的犬；

長得像老虎，生有翅膀的窮奇。

三是豐富的人文景觀，如帝堯臺、

帝嚳臺、帝丹朱臺、帝舜臺等。

除此之外，《海內北經》

還記載了後世常見的西王母、

舜妻登比氏等歷史人物和神話傳說。

1 從蛇巫山到犬戎國

形狀如犬的犬戎國人

原文

海內西北陬以東者。

蛇巫之山，上有人操杯①（ㄅㄟˋ）而東向立。一曰龜山。

西王母梯②幾③而戴勝④枚，其南有三青鳥，為西王母取食。在崑崙虛北。

有人曰大行伯⑤，把戈。其東有犬封國。貳負之屍在大行伯東。

犬封國曰犬戎國，狀如犬。有一女子，方⑥跪進杯食。有文馬⑦，縞⑧身朱鬣，目若黃金，名曰吉量，乘之壽千歲。

譯文

海內由西北角向東的國家地區、山丘河川依次如下。

蛇巫山，上面有人拿著一根棍棒向東站著。另一種說法認為蛇巫山叫做龜山。

西王母靠倚著小桌案而頭戴玉勝。在西王母南面有三隻勇猛善飛的青鳥，正在為西王母覓取食物。西王母和三青鳥的所在地是在崑崙山的北面。

有個神人叫大行伯，手握一把長戈。在他的東面有犬封國。貳負之屍也在大行伯的東面。

犬封國也叫犬戎國，那裡的人都是狗的模樣。犬封國有一女子，正跪在地上捧著一杯酒食向人進獻。那裡還有文馬，是白色身子紅色鬃毛，眼睛像黃金一樣閃閃發光，名字叫吉量，騎上牠就能使人長壽千歲。

【注釋】

①杯：即「棓」，同「棒」，棍子、大棒的意思。

②梯：憑倚，憑靠。

③幾：矮或小的桌子。

④勝：古時婦女佩戴的首飾。

⑤大行伯：共工的兒子，喜歡到處游玩。

⑥方：正在。原圖上就是這樣畫的，所以用這類詞語加以說明。以下有很多類似情況。

⑦文馬：皮毛帶有色彩花紋的馬。

⑧縞：白色。

三青鳥 明‧蔣應鎬圖本

　　三青鳥是三隻神鳥，牠們頭上的羽毛是紅色的，眼睛漆黑，平時棲息在西方第三列山系中的三危山上，名字分別是大鵹（ㄌㄧˊ）、少鵹和青鳥，是為西王母取食的神鳥。傳說西王母駕臨前，總有青鳥先來報信，文學上，青鳥是被當做傳遞信息的使者。後人將牠視為傳遞幸福佳音的使者。

犬戎國 明‧蔣應鎬圖本

西王母 明‧蔣應鎬圖本

吉量 明‧蔣應鎬圖本

異獸	形態	異兆及特異功能
三青鳥	紅色羽毛，漆黑的眼睛。	為西王母取食的神鳥。
吉量	毛皮絕白，鬃毛為紅色，眼眼像黃金一樣。	騎上牠就能長壽千歲。

山海經地理考

蛇巫山	→	今崑崙山附近或四川、湖北邊境	→	①依據原文推斷，今崑崙山附近。②今湖北、四川。
犬戎國	→	今陝西省	→	依據《史記‧匈奴列傳》所載推斷，為今陝西榆林、橫山、靖邊、定邊及甘肅環縣一線。

2 從鬼國到蟜

只有一隻眼的鬼國人

原文

> 鬼國在貳負之屍北，為物人面而一目。一曰貳負神在其東，為物人面蛇身。
> 蜪（ㄊㄠˊ）犬如犬，青，食人從首始。
> 窮奇狀如虎，有翼，食人從首始，所食被髮[1]。在蜪犬北。一曰從足。
> 帝堯臺、帝嚳臺、帝丹朱臺、帝舜臺，各二臺，臺四方，在崑崙東北。
> 大蜂，其狀如螽[2]；朱蛾[3]，其狀如蛾。
> 蟜（ㄐㄧㄠˇ）[4]，其為人虎文，脛[5]有腎[6]，在窮奇東。一曰狀如人，崑崙虛北所有。

譯文

鬼國在貳負之屍的北面，那裡的人是人的面孔卻長著一隻眼睛。另一種說法認為貳負神在鬼國的東面，他是人的面孔而蛇的身子。

蜪犬的形狀像一般的狗，全身是青色，牠吃人是從人的頭開始吃起。

窮奇的形狀像一般的老虎，卻生有翅膀，窮奇吃人是從人的頭開始吃。正被吃的人是披散著頭髮的。窮奇在蜪犬的北面。另一種說法認為窮奇吃人是從人的腳開始吃起。

帝堯臺、帝嚳臺、帝丹朱臺、帝舜臺，各自有兩座臺，每座臺都是四方形，在崑崙山的東北面。

有一種大蜂，形狀像螽斯；有一種朱蛾，形狀像蚍蜉。

蟜，長著人的身子卻有著老虎一樣的斑紋，腿上有強健的小腿肚子。蟜在窮奇的東面。另一種說法認為蟜的形狀像人，是崑崙山北面所獨有的。

明·蔣應鎬圖本

有神話傳說記載，窮奇顛倒黑白，助紂為虐，專門吃忠信正直的君子，而見到那些惡逆凶殘之人，竟然還要捕捉野獸向他們進獻，以討好他們，那副嘴臉就像人群中的小人走狗，人們十分痛恨牠。

鬼國 清·《邊裔典》

大蜂 明·蔣應鎬圖本

蜪犬 明·蔣應鎬圖本

異獸	形態	異兆及特異功能
窮奇	像老虎，但生有翅膀。	吃披著頭髮的人，從人頭開始吃。
蜪犬	像狗一樣，全身是青色。	能吃人，從人頭開始吃。
大蜂	形狀像螽斯。	

山海經地理考

| 鬼國 | ⋯⋯ | **今天陝西東北角和山西保德、右玉一帶** | ⋯⋯ | 即商代方國鬼方。 |

3 從闒非到氾林
頭上長三隻角的戎

原文

闒（ㄊㄚˋ）非，人面而獸身，青色。

據比之屍，其為人折頸披髮，無一手。

環狗，其為人獸首人身。一曰猬狀如狗，黃色。

袜①（ㄇㄟˋ），其為物人身黑首從②（ㄗㄨㄥˋ）目。

戎，其為人人首三角。

林氏國有珍獸，大若虎，五采畢具，尾長於身，名曰騶（ㄗㄡ）吾，乘之日行千里。

崑崙虛南所，有氾林③方三百里。

譯文

闒非，長著人的面孔、野獸的身子，全身是青色。

天神據比的屍首，被折斷了脖子並且披散著頭髮，沒了一隻手。

環狗，這種人是野獸的腦袋、人的身子。另一種說法認為是刺蝟的樣子，又有些像狗，全身是黃色。

　，這種怪物長著人的身子、黑色腦袋、豎立的眼睛。

戎，這種人長著人的頭，而頭上有三隻角。

林氏國有一種珍奇的野獸，大小與老虎差不多，身上有五種顏色的斑紋，尾巴長過身子，名稱是騶吾，騎上牠可以日行千里。

崑崙山南面的地方，有一片方圓三百里茂密的樹林。

【注釋】

①袜：即魅，古人認為物老則成魅。就是現在所說的鬼魅、精怪。

②從：通「縱」。

③氾林：即上文所說的范林、泛林，意為樹木茂密叢生的樹林。

明·蔣應鎬圖本

騶吾是一種仁德忠義之
獸，外猛而威內。據說牠從不
踐踏正在生長的青草，而且只
吃自然老死的動物的肉，非常
仁義。同時騶吾還是一種祥瑞
之獸，當君王聖明仁義的時
候，騶吾就會出現。

闒非　明·蔣應鎬圖本

袜　明·蔣應鎬圖本

環狗　明·蔣應鎬圖本

據比屍　明·蔣應鎬圖本

戎　明·蔣應鎬圖本

異獸	形態	異兆及特異功能
騶吾	大小如老虎，身上有五色斑紋，尾巴長過身子。	騎上牠可以日行千里。
闒非	長的面孔，野獸的身體，全身青色。	
袜	長著人的身子，黑色腦袋，眼睛豎立。	
環狗	長著人身獸頭。一說像狗，全身黃色。	
據比屍	折斷了脖子，披散著頭髮，少一隻手。	

山海經地理考

戎	······▶	具體名稱不詳	······	古代族群，後來成為古代西方少數民族的泛稱。
林氏國	······▶	今河北省	······	依據《史記》中的記載「林氏再戰而勝，上衡氏　義弗克。」推斷林氏國大約在河北北部一帶。

4 從極淵到朝鮮
靈光照亮百里的宵明和燭光

原文

從（ㄗㄨㄥ）極之淵①，深三百仞②，維③冰夷④恆都焉。冰夷人面，乘兩龍。一曰忠極之淵。

陽汙（ㄩ）之山，河出其中；凌門之山，河出其中。

王子夜⑤之屍，兩手、兩股、胸、首、齒，皆斷異處。

舜妻登比氏生宵明、燭光⑥，處河大澤，二女之靈能照此所方百里。一曰登北氏。

蓋國在鉅⑦燕南，倭⑧北。倭屬燕。

朝鮮在列陽東，海北山南。列陽屬燕。

朝鮮在列陽東，海北山南。列陽属燕。

譯文

從極淵有三百仞深，只有冰夷神長久地住在這裡。冰夷神長著人的面孔，乘著兩條龍。另一種說法認為從極淵叫做忠極淵。

陽汙山，黃河的一條支流從這裡發源；凌門山，黃河的另一條支流從這裡發源。

王子夜的屍體，兩隻手、兩條腿、胸脯、腦袋、牙齒，都斬斷而分散在不同地方。

帝舜的妻子登比氏生了宵明、燭光兩個女兒，她們住在黃河邊上的大澤中，兩位神女的靈光能照亮這裡方圓百里的地方。另一種說法認為帝舜的妻子叫登北氏。

蓋國在大燕國的南面，倭國的北面。倭國隸屬於燕國。

朝鮮在列陽的東面，北面有大海而南面有高山。列陽隸屬燕國。

【注釋】

①從極之淵：相傳為深淵的名稱。

②仞：古代的八尺為一仞。

③維：通「惟」、「唯」。獨，只有之意。

④冰夷：也叫無夷，即河伯，傳說中的水神。

⑤王子夜：可能是王亥。

⑥宵明、燭光：舜的兩個女兒，傳說能為人間帶來光明。

⑦鉅：通「巨」，大。這裡是形容詞。

⑧倭：古代對日本的稱呼。

冰 夷　明‧蔣應鎬圖本

　　冰夷神的相貌是人面魚身，居住在深三百仞的從極之淵，他經常乘著兩條龍，巡游在天地江海之間。相傳他是華陰潼鄉堤首人，因為服用仙藥八石而成仙，成為河伯。

山海經地理考

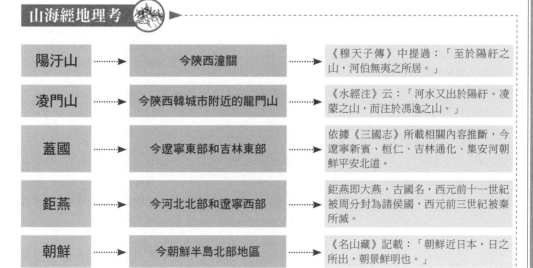

陽汙山	……▶	今陝西潼關	……▶	《穆天子傳》中提過：「至於陽紆之山，河伯無夷之所居。」
凌門山	……▶	今陝西韓城市附近的龍門山	……▶	《水經注》云：「河水又出於陽紆。凌蒙之山，而注於馮逸之山。」
蓋國	……▶	今遼寧東部和吉林東部	……▶	依據《三國志》所載相關內容推斷，今遼寧新賓、桓仁、吉林通化、集安河朝鮮平安北道。
鉅燕	……▶	今河北北部和遼寧西部	……▶	鉅燕即大燕，古國名，西元前十一世紀被周分封為諸侯國，西元前三世紀被秦所滅。
朝鮮	……▶	今朝鮮半島北部地區	……▶	《名山藏》記載：「朝鮮近日本，日之所出，朝景鮮明也。」

5 從列姑射到大人市
蓬萊仙島與大人之市

原文

列姑射在海河州①中。
射（一せˋ）姑國在海中，屬列姑射。西南，山環之。
大蟹②在海中。
陵魚③人面，手足，魚身，在海中。
大鰩④（ㄅㄧㄢ）居海中。
明組邑⑤居海中。
蓬萊山⑥在海中。
大人之市在海中。

譯文

列姑射在大海的河州上。

射姑國在海中，隸屬於列姑射。射姑國的西南部，有高山環繞著。

大蟹生活在海裡。

陵魚長著人的面孔，而且有手有腳，卻是魚的身子，生活在海裡。

大鰩魚生活在海裡。

明組邑生活在海島上。

蓬萊山屹立在海中。

大人貿易的集市在海裡。

【注釋】

① 河州：據古人說是黃河流入海中形成的小塊陸地。州是水中高出水面的土地。

② 大蟹：據古人說是一種方圓千里大小的蟹。

③ 陵魚：即上文所說的人魚、鯢魚，俗稱娃娃魚。

④ 鰩：同「鯿」。即魴魚，體型側扁，背部特別隆起，略呈菱形，像現在所說的武昌魚，肉味鮮美。

⑤ 明組邑：可能是生活在海島上的一個部落。邑即邑落，指人所聚居的部落、村落。

⑥ 蓬萊山：傳說中的仙山，上面有神仙居住的宮室，都是用黃金玉石建造成的，飛鳥走獸純白色，遠望如白雲一般。

列姑射 明·蔣應鎬圖本

　　列姑射山裡有神仙居住，其肌膚像冰雪一樣潔白，亭亭玉立，相當迷人，祂不食五穀雜糧，只吸風飲露，騰雲駕霧，駕馭飛龍，游乎四海之外，祂的精神凝聚，能使萬物不受災害，年年五穀豐登。

蓬萊山　明·蔣應鎬圖本

陵魚　明·蔣應鎬圖本

大蟹　明·蔣應鎬圖本

異國	外貌特徵	奇聞異事
射姑國	皮膚潔白，外貌迷人。	有神仙居住，不食五穀，騰雲駕霧。
大人國		地處東海之外，大荒之中。

山海經地理考

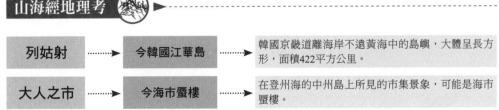

列姑射	·······▶	今韓國江華島	·······▶	韓國京畿道離海岸不遠黃海中的島嶼，大體呈長方形，面積422平方公里。
大人之市	·······▶	今海市蜃樓	·······▶	在登州海的中州島上所見的市集景象，可能是海市蜃樓。

第十三卷

海內東經

《海內東經》分為兩個部分，
前半部分主要介紹了中國東部
從河北到浙江一帶的國家、
山名、地名、神名，如燕國、
會稽山、都州、雷神，
也涉及了位於西北地區的一些國名和山名，
如西胡白玉天山、崑崙山、大夏國、月氏國等。
後半部分著重介紹了瑣江、浙江、淮河、
渭河等著名河流的發源地、
流向、流經的地域。
所記述的水名、山名、
地名的具體位置都能確定。
但是，有學者認為此部分文字
為晉代郭璞所著《水經》中的文字。

從鉅燕到西胡白玉山
月氏國，流沙下的文明

原文

> 海內①東北陬②以南者。
>
> 鉅燕在東北陬。
>
> 國在流沙中者，埻（ㄉㄨㄣˇ）端③、璽䁱（ㄏㄨㄢˋ）④，在崑崙虛東南。一曰海內⑤之郡，不為郡縣，在流沙中。
>
> 國在流沙外者，大夏、豎沙、居繇（一ㄠˊ）、月支之國。
>
> 西胡白玉山⑥在大夏東，蒼梧⑦在白玉山西南，皆在流沙西，崑崙虛東南。崑崙山在西胡西。
>
> 皆在西北。

譯文

　　海內由東北角向南的國家地區、山丘河川依次如下。

　　大燕國在海內的東北角。

　　在流沙中的國家有埻端國、璽䁱國，都在崑崙山的東南面。另一種說法認為埻端國和璽䁱國是在海內建置的郡，不把它們稱為郡縣，是因為處在流沙中的緣故。

　　在流沙以外的國家，有大夏國、豎沙國、居繇國、月支國。

　　西方胡人的白玉山國在大夏國的東面，蒼梧國在白玉山國的西南面，都在流沙的西面，崑崙山的東南面。崑崙山位於西方胡人所在地的西面。大致的位置都在西北方。

【注釋】

①海內：海內東經所記載的地方。

②陬：隅；角落。

③埻端：據說為敦煌。

④璽䁱：國名，具體所指不詳，待考。

⑤海內：國境。

⑥白玉山：山名，具體所指不詳，待考。

⑦蒼梧：山名，相傳為中國西北地區崑崙山群山之一。

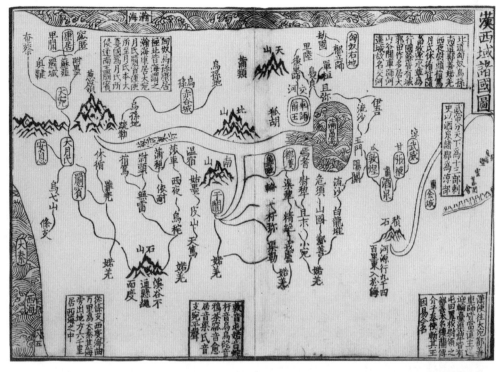

漢西域諸國圖

志磐　南宋·雕版墨印　中國國家圖書館藏

　　圖中所繪為漢朝西域諸國圖，圖中標示了漢朝西域主要少數民族的分布情況，其中《海內東經》所記載的匈奴、大宛、月氏諸國在漢朝依然存在。

山海經地理考

大夏	今阿富汗境內	大夏位於費爾幹納以西的錫爾河中下游，大致在今阿富汗境內，是中國羌族的一支。
豎沙	今新疆維吾爾自治區	在今天新疆莎車縣一帶。
居繇	今烏茲別克斯坦境內	位於中亞費爾幹納盆地，也就是今烏茲別克斯坦境內。
月氏	今甘肅河西走廊的敦煌、祁連山之間	月氏是西元前三世紀至西元一世紀在今甘肅河西走廊的敦煌、祁連山之間的游牧民族。
流沙	今克孜勒庫姆沙漠	在中亞錫爾河與阿姆河之間，烏茲別克斯坦、哈薩克斯坦和土庫曼斯坦境內。
西胡	具體位置不詳	中國古代對西域各族的泛稱。因在匈奴西而得名。

從雷神到會稽山

龍身人頭的雷神

2

圖解
山海經

原文

雷澤中有雷神，龍身而人頭，鼓①其腹。在吳西。
都州在海中。一曰鬱州。
琅邪臺②在渤海間，琅邪③之東。其北有山。一曰在海間。
韓雁④在海中，都州南。
始鳩⑤在海中，轅厲南。
會稽山在大楚南。

譯文

　　雷澤中有一位雷神，長著龍的身子人的頭，祂一鼓起肚子就響雷。雷澤在吳地的西面。

　　都州在海裡。一種說法認為都州叫做鬱州。

　　琅邪山位於渤海與海岸之間，在琅邪臺的東面。琅邪臺的北面有座山。另一種說法認為琅邪山在海中。

　　韓雁在海中，又在都州的南面。

　　始鳩在海中，又在轅厲的南面。

　　會稽山在大楚的南面。

【注釋】

①**鼓**：這裡是動詞，即鼓動，振作。據傳這位雷神只要鼓動他的肚子就會響起雷聲。

②**琅邪臺**：據古人講，琅邪臺本來是一座山，高聳突起，形狀如同高臺，所以被稱為琅邪臺。

③**琅邪**：指春秋時越王勾踐修築的琅邪臺，周長七裡，用來觀望東海。

④**韓雁**：難以斷定是國名，還是鳥名。如果是國名，則應在海中的島嶼上。

⑤**始鳩**：難以斷定是國名，還是鳥名。

雷神 明‧蔣應鎬圖本

　　雷神長有龍身人頭和一副鳥嘴，祂時常在雷澤中遊戲玩耍，據說祂喜歡拍打自己的肚子玩，而且只要祂一拍肚子，就會發出轟隆隆的雷聲。

山海經異木考

合歡

　　自古以來就是一種吉祥的樹木，象徵著舉家合歡。合歡花有安神解鬱的療效，對於因七情所傷而致的憤怒憂鬱、虛煩不安，特別有效。

山海經地理考

雷澤	⟶	三種觀點	⟶	①依據《漢書‧地理志》考證，雷澤位於今山東菏澤市東北。②在今山西蒲州市南。③在今江蘇、浙江和安徽交界處的太湖。
都州	⟶	今雲臺山	⟶	都州屬於今江蘇省東北山嶺，可能是指今天連雲港的雲臺山。
鬱州	⟶	今江蘇連雲港市東雲臺山一帶	⟶	古時在海中，今天與大陸相連，在今連雲港市東的雲臺山一帶。
琅邪臺	⟶	今山東青島膠南琅琊鎮	⟶	琅琊臺東臨龍灣，西靠琅琊鎮，北依車輪山，南有千古名勝琅琊臺，與青島隔海相望。

3 從瑂三江到湘水

江水走向（一）

原文

　　瑂①三江：首大江②，出汶山③，北江出曼山，南江出高山④。高山在成都西，入海，在長州南。

　　浙江出三天子都⑤，在蠻⑥東，在閩西北。入海，餘暨⑦南。

　　廬江出三天子都。入江，彭澤西。一曰天子鄣。

　　淮水出餘山，餘山在朝陽東，義鄉西。入海，淮浦北。

　　湘水出舜葬東南陬，西環之。入洞庭下。一曰東南西澤。

譯文

　　從瑂山中流出三條江水，首先是長江從汶山流出，其次，北江從曼山流出，還有南江從高山流出。高山坐落在成都的西面。三條江水最終注入大海，入海處在長州的南面。

　　浙江從三天子都山發源，三天子都山在蠻地的東面，閩地的西北面，浙江最終注入大海，入海處在餘暨的南邊。

　　廬江也從三天子都山發源，卻注入長江，入江處在彭澤的西面。一種說法認為在天子鄣。

　　淮水從餘山發源，餘山坐落在朝陽的東面，義鄉的西面。淮水最終注入大海，入海處在淮浦的北面。

　　湘水從帝舜葬地的東南角發源，然後向西環繞流去。湘水最終注入洞庭湖下游。一種說法認為注入東南方的西澤。

【注釋】

①瑂：即瑂江，長江上游支流。

②大江：水名，這裡指瑂江的支流。

③汶山：即瑂山。

④高山：一說為邛崍山；一說是大雪山。

⑤三天子都：山名，可能是黃山山脈、玉山山脈、緋雲山等。

⑥蠻：古代對長江中游及以南地區少數民族的泛稱。

⑦餘暨：漢朝縣名，即今天的浙江省杭州市蕭山區。

北江	今青衣江	青衣江是四川中部大渡河的支流，發源於邛崍山脈巴郎山與夾金山之間的蜀西營。
曼山	今蒙山	四川名山縣西北，山勢北高南低，東北西南走向，呈帶狀分布，延伸至雅安境內。
南江	今大渡河	四川西部的大渡河，主源大金川發源於青海、四川邊境的果洛山，在四川丹巴縣與小金川匯合後稱大渡河，至樂山縣入珉江。
浙江	今錢塘江	今浙江省第一大河，發源於安徽黃山，流經安徽、浙江二省。
廬江	今廬源水或青弋江	①廬源水發源於今江西省婺（ㄨㄟˋ）源縣西北廬嶺山。②青弋江的正源稱美溪河，源出安徽黟縣。
彭澤	今鄱陽湖	江西省北部，長江南岸，是中國第二大湖，第一大淡水湖。
淮浦	今江蘇省漣水縣	漢武帝元狩六年，設置淮浦縣，屬臨淮郡。
淮水	兩種觀點	①秦淮河古稱。在遠古時代，就是揚子江的支流，後人誤認為此水是秦時所開，所以稱為「秦淮」。②淮河，中國東部的主要河流之一。
餘山	今大複山	位於河南桐柏山中的大複山。
朝陽	今河南鄧州	古縣名，位於河南鄧州市東南。
義鄉	具體所指待考	可能是「義陽」，郡國名，三國魏文帝時設置，後多次變動。
舜葬	今湖北九疑山	即舜所葬之地，湖北寧遠南的九疑山。
洞庭下	具體所指待考	相傳洞庭是一個巨大的地穴，位於水底，無所不通。
東南西澤	具體所指待考	可能是洞庭湖別名。

4 從漢水到汝水
江水走向（二）

原文

漢水出鮒魚之山，帝顓頊葬於陽，九嬪葬於陰，四蛇衛之。

濛水①出漢陽西，入江，聶陽西。

溫水②出崆峒山③，在臨汾④南，入河華陽北。

潁水出少室山，少室山在雍氏南。入淮，西鄢北。一曰緱（《ㄡ）氏⑤。

汝水出天息山⑥，在梁⑦勉鄉⑧西南。入淮，極西北。一曰淮在期思北。

譯文

漢水從鮒魚山發源，帝顓頊葬在鮒魚山的南面，帝顓頊的九個嬪妃葬在鮒魚山的北面，有四條巨蛇衛護著。

濛水從漢陽西面發源，最終注入長江，入江處在聶陽的西面。

溫水從崆峒山發源，崆峒山坐落在臨汾南面，溫水最終注入黃河，入河處在華陽的北面。

潁水從少室山發源，少室山坐落在雍氏的南面，潁水最終在西鄢的北邊注入淮水。一種說法認為在緱氏注入淮水。

汝水從天息山發源，天息山坐落在梁勉鄉的西南，汝水最終在淮極的西北注入淮水。一種說法認為入淮處在期思的北面。

【注釋】

① 濛水：可能為今天的烏江，漢朝時稱為延江水。

② 溫水：水名，具體所指不詳，待考。一說因為江水常年溫熱，因而得名。

③ 崆峒山：今山西絳縣的太陰山，也有人認為是山西中部汾河東岸的太岳山。

④ 臨汾：漢朝時的縣名，今山西江縣東北。

⑤ 緱氏：古縣名，秦朝立縣。在今河南偃師市東南。

⑥ 天息山：可能在今河南魯山縣南。

⑦ 梁：古縣名，在今河南省汝州市。

⑧ 勉鄉：鄉村名，屬古梁縣。

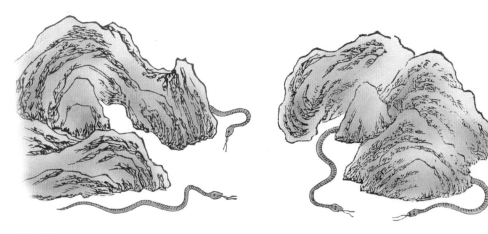

四 蛇　明・蔣應鎬圖本

　　四蛇是諸神與神山的守衛者，又是靈魂世界的指引者，蛇屬水，與帝顓頊北方水神的神格相合，因此又是顓頊的動物夥伴。在戰國時期的青銅器的紋飾中，經常會出現四蛇的形象，表明其具有神聖的功能。

山海經地理考

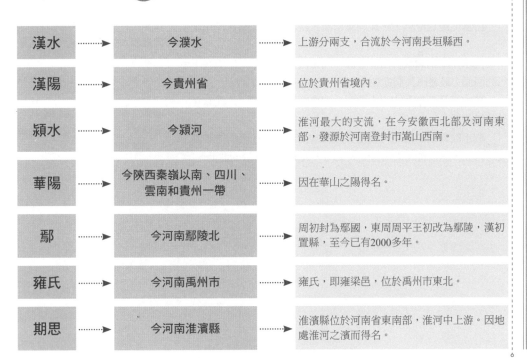

漢水	今濮水	上游分兩支，合流於今河南長垣縣西。
漢陽	今貴州省	位於貴州省境內。
潁水	今潁河	淮河最大的支流，在今安徽西北部及河南東部，發源於河南登封市嵩山西南。
華陽	今陝西秦嶺以南、四川、雲南和貴州一帶	因在華山之陽得名。
鄢	今河南鄢陵北	周初封為鄢國，東周周平王初改為鄢陵，漢初置縣，至今已有2000多年。
雍氏	今河南禹州市	雍氏，即雍梁邑，位於禹州市東北。
期思	今河南淮濱縣	淮濱縣位於河南省東南部，淮河中上游。因地處淮河之濱而得名。

從涇水到泗水
江水走向（三）

原文

涇水出長城北山[1]，山在鬱郅長垣[2]北。北入渭，戲[3]北。

渭水出鳥鼠同穴山。東注河，入華陰[4]北。

白水[5]出蜀[6]。而東南注江，入江洲城下。

沅水山出象郡鐔（ㄒㄧㄣˊ）城[7]西。入東注江，入下雋（ㄐㄩㄢˋ）西，合洞庭中。

贛水出聶都東山，東北注江。入彭澤西。

泗水出魯東北。而南，西南過湖陵西，而東南，注東海，入淮陰北。

譯文

涇水從長城的北山發源，北山坐落在鬱郅長垣的北面，涇水最後流入渭水，入渭處在戲的北面。

渭水從鳥鼠同穴山發源，向東流入黃河，入河處在華陰的北面。

白水從蜀地流出，然後向東南流入長江，入江處在江州城下。

沅水從象郡鐔城的西面發源，向東流入長江，入江處在下雋的西面，最後匯入洞庭湖中。

贛水從聶都東面的山中發源，向東北流入長江，入江處在彭澤的西面。

泗水從魯地的東北方流出，然後向南流，再往西南流經湖陵的西面，然後轉向東南而流入東海，入海處在淮陰的北面。

【注釋】

[1] 長城北山：長城附近的一座山，具體所指不詳。

[2] 長垣：長城。

[3] 戲：地名，今陝西西安臨潼區東。

[4] 華陰：古縣名，在今陝西省華陰市。

[5] 白水：水名，即今白水江，嘉陵江上游最大支流。

[6] 蜀：今四川省西北部的蜀山。

[7] 鐔城：古縣名，大致位於今湖南靖州西南。

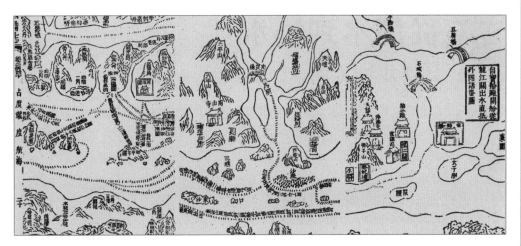

鄭和七次出使航海圖（局部一）

明 手卷式 北京圖書館藏

在無法談及任何航海經驗的時代，《山海經》中對海內東北角的描繪實在是極其鮮活生動的。在華夏歷史上，再一次探索海外未知地域的嘗試發生在十四世紀的明代，鄭和奉皇命曾七次下西洋。該圖自右至左繪製了鄭和船隊自南京至長江口的航行線路及沿途的地理情況。

山海經地理考

鬱郅	今甘肅省慶城縣	慶陽縣原名慶城縣，位於甘肅東部，涇河上游。
江州	今重慶市	戰國時期在今重慶市嘉陵江北岸，三國時期移至嘉陵江南岸。
沅水	今沅江	今湖南省北部，瀕臨洞庭湖。
象郡	今廣西西部、越南北部及中部	秦始皇在嶺南設置的三郡之一，初設於西元前214年。
下雋	今湖北通城縣西北	湖北省東南部，湘鄂贛三省交界之幕阜山北麓。
湖陵	今山東魚臺縣東南	戰國時期為宋國胡陵，秦設置為湖陵縣。
淮陰	今江蘇淮陰縣	秦時置縣，因治所地處古淮河之南而得名。
贛水	今贛江	位於長江以南、南嶺以北，是江西省最大河流。西源章水出自廣東省毗連江西南部的大庚嶺，東源貢水出自江西省武夷山區的石城縣的贛源東，在贛州匯合稱贛江。
聶都	三種說法	①一說今江西大餘縣。②一說今江西於都縣。③一說今江西省南康市西南。
泗水	今泗水	泗水是位於山東省的一條河流，又名淇水，發源於山東省蒙山南麓。

6 從郁水到沁水
江水走向（四）

原文

> 郁水出象郡。而西南注南海，入須陵東南。
> 肄水出臨武西南。而東南注海，入番禺西。
> 湟水出桂陽西北山。東南注肄水，入敦浦西。
> 洛水出洛西山。東北注河，入成皋之西。
> 汾水出上窳①北。而西南注河，入皮氏南。
> 沁水出井陘山②東。東南注河，入懷③東南。

譯文

　　郁水從象郡發源，然後向西南流入南海，入海處在須陵的東南面。

　　肄水從臨武的西南方流出，然後向東南流入大海，入海處在番禺的西面。

　　湟水從桂陽西北的山中發源，向東南流入肄水，入肄處在敦浦的西面。

　　洛水從上洛西邊的山中發源，向東北流入黃河，入河處在成皋的西邊。

　　汾水從上窳的北面流出，然後向西南流入黃河，入河處在皮氏的南面。

　　沁水從井陘山的東面發源，向東南流入黃河，入河處在懷的東南面。

【注釋】

①上窳：可能在今山西靜樂縣北部。
②井陘山：山名。
③懷：古縣名，今河南焦作市境內。

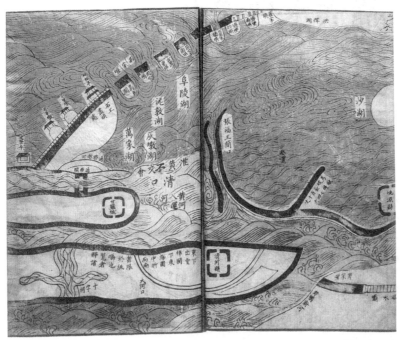

黃淮河流故道入海圖
清・雕版套印　北京圖書館藏

　　這幅圖表現了將洪澤之水集中於清口，與黃河合流後東流入海的情況。淮河也是中華文明的發源地之一，同黃河一樣孕育了華夏民族。

山海經地理考

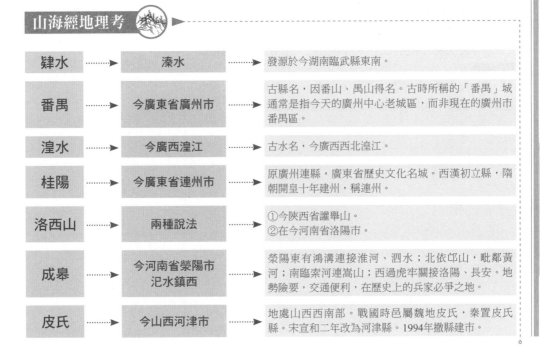

肄水	溱水	發源於今湖南臨武縣東南。
番禺	今廣東省廣州市	古縣名，因番山、禺山得名。古時所稱的「番禺」城通常是指今天的廣州中心老城區，而非現在的廣州市番禺區。
湟水	今廣西湟江	古水名，今廣西西北湟江。
桂陽	今廣東省連州市	原廣州連縣，廣東省歷史文化名城。西漢初立縣，隋朝開皇十年建州，稱連州。
洛西山	兩種說法	①今陝西省讙舉山。②在今河南省洛陽市。
成皋	今河南省滎陽市汜水鎮西	滎陽東有鴻溝連接淮河、泗水；北依邙山，毗鄰黃河；南臨索河連嵩山；西過虎牢關接洛陽、長安。地勢險要，交通便利，在歷史上的兵家必爭之地。
皮氏	今山西河津市	地處山西西南部。戰國時邑屬魏地皮氏，秦置皮氏縣。宋宣和二年改為河津縣。1994年撤縣建市。

7 從濟水到漳水

江水走向（五）

原文

濟水出共山南東丘。絕①鉅鹿澤，注渤海，入齊琅槐東北。
漳水出衛皋②東。東南注渤海，入潦陽。
呼沱水出晉陽城南。而西，至陽曲北；而東注渤海，入越，章武北。
漳水出山陽東。東注渤海，入章武南。③
建平元年四月丙戌，待詔太常屬臣望校治，侍中光祿勳臣龔、侍中奉車都尉光祿大夫臣秀領主省。

譯文

　　濟水從共山南面的東丘發源，流過鉅鹿澤，最終注入渤海，入海處在齊地琅槐的東北面。

　　漳水從衛皋的東面流出，向東南流而注入渤海，入海處在潦陽。

　　呼沱水從晉陽城南發源，然後向西流到陽曲的北面，再向東流而注入渤海，入海處在章武的北面。

　　漳水從山陽的東面流出。向東流而注入渤海，入海處在章武的南面。

　　建平元年四月丙戌日，待詔太常屬臣丁望校對整理，侍中光祿勳臣王龔、侍中奉車都尉光祿大夫劉秀領銜主持。

【注釋】

①絕：通過，穿過。

②衛皋：山名，具體所指不詳。

③從「瑉三江」（江水走向一）至「入章武南」這一大段文字，據學者的研究，認為不是《山海經》原文，而是《水經》一書中的文字。但因這段文字為底本所原有，故仍保留並作今譯，唯不做注。

鄭和七次出使航海圖（局部二）

　　在無法談及任何航海經驗的時代，《山海經》中對海內東北角的描繪實在是極其鮮活生動的。在華夏歷史上，再一次探索海外未知地域的嘗試發生在十四世紀的明代，鄭和奉皇命曾七次下西洋。該圖自右至左繪製了鄭和船隊自南京至長江口的航行線路及沿途的地理情況。

山海經地理考

濟水	⋯⋯▶	今山東濟陽縣和濟南市	▶	濟水，古水名，發源於今河南，流經山東入渤海。
鉅鹿澤	⋯⋯▶	今山東巨野縣北	▶	即大野澤。
琅槐	⋯⋯▶	今山東利津縣東南	▶	古縣名，今位於山東省北部，隸屬於東營市。為黃河入海口，魚蝦等水產資源豐富。
潦水	▶	今遼河	▶	中國七大河流之一，遼寧人民的母親河，發源於河北平泉縣，流經河北、內蒙古、吉林和遼寧四個省區，在遼寧盤山縣注入渤海。
潦陽	⋯⋯▶	今遼寧遼中縣	▶	古縣名，即遼陽。現位於遼寧省中部。新石器時代就有人類居住，西漢時內置遼陽縣。
齊	⋯⋯▶	今山東泰山以北黃河流域及膠東半島地區	▶	戰國時齊地，漢以後沿稱齊。
晉陽	⋯⋯▶	今山西太原一帶	▶	即秦置晉陽城。歷經秦漢、三國、南北朝、隋唐、五代，於宋太平興國四年毀於戰火。
陽曲	▶	今山西太原市北四十五里	▶	陽曲縣政區古今變化非常大，這裡的陽曲包括今天的定襄縣和陽曲縣。
章武	▶	今河北黃驊市東北	▶	古縣名，西漢時設置。位於今天河北省黃驊市故縣村，北齊廢。
山陽	▶	今河南修武縣	▶	戰國魏邑，漢朝置山陽縣，北齊廢，今天在河南省焦作市修武縣西北三十五公里。

第十四卷

大荒東經

《大荒東經》所記載的地理位置與

《海外東經》相同,

大概在今天中國的東北部地區。

《大荒東經》所記敘的內容豐富

但是很雜亂,

大多內容與《海外東經》重複,

如大人國、君子國、青丘國、黑齒國、

湯穀等都在海外經中提到過。

這些重複的內容可能是竹簡散落錯排所致。

除此之外,《大荒東經》內容更加豐富,

還提到了一些歷史人物和神話傳說。

如:有易國君殺王亥、應龍、夸父等。

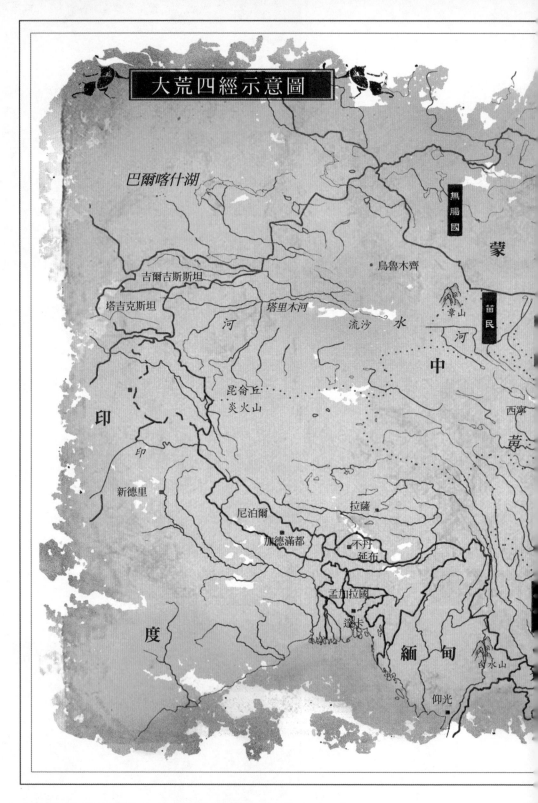

大荒四經示意圖

巴爾喀什湖

無腸國

蒙

烏魯木齊

苗民

吉爾吉斯斯坦

塔吉克斯坦

塔里木河

流沙　水

河

章山

中

河

西寧

黃

印

昆侖丘
炎火山

印

新德里

尼泊爾

拉薩

度

加德滿都

不丹
延布

孟加拉國

達卡

緬　甸

白水山

仰光

本圖根據張步天教授「《山海經》考察路線圖」繪製，圖中記載大荒東、南、西、北四經中各地區的
地理位置。

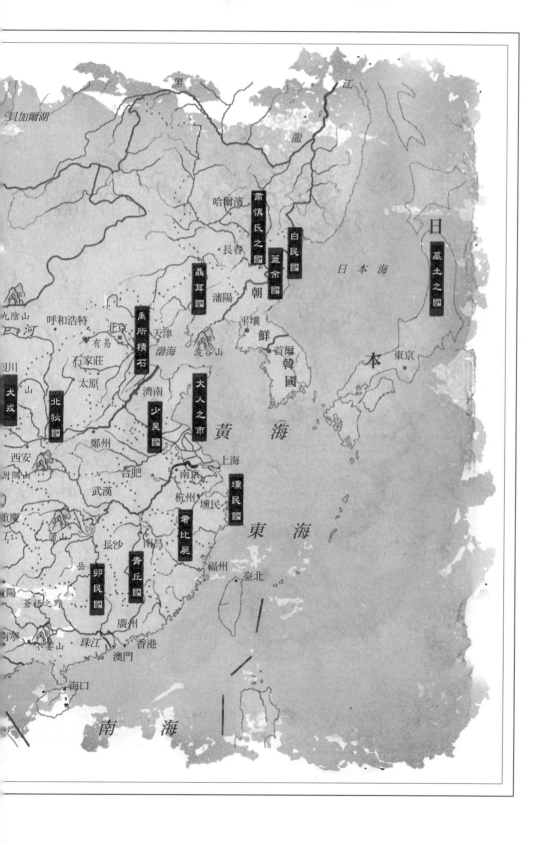

1 從少昊國到小人國

身高九丈的大人國

原文

東海之外大壑①，少昊②之國。少昊孺③帝顓頊④於此，棄其琴瑟⑤。

有甘山者，甘水出焉，生甘淵⑥。

大荒東南隅有山，名皮母地丘。

東海之外，大荒之中，有山名曰大言，日月所出。

有波谷山者，有大人之國。有大人之市，名曰大人之堂⑦。有一大人踆⑧（ㄘㄨㄣ）其上，張其兩耳。

有小人國，名靖人⑨。

譯文

東海以外有一深得不知底的溝壑，是少昊建國的地方。

少昊就在這裡撫養帝顓頊成長，帝顓頊幼年玩耍過的琴瑟還丟在溝壑裡。

有一座甘山，甘水從這座山發源，然後流匯成甘淵。

大荒的東南角有座高山，名稱是皮母地丘。

東海以外，大荒當中，有座山叫做大言山，是太陽和月亮初出升起的地方。

有座波谷山，有個大人國就在這山裡。有大人做買賣的集市，就在叫做大人堂的山上。有一個大人正蹲在上面，張開他的兩隻手臂。

有個小人國，那裡的人被稱作靖人。

【注釋】

①壑：坑谷，深溝。

②少昊：傳說中的上古帝王，名叫摯，以金德王，所以號稱金天氏。

③孺：通「乳」。用乳奶餵養。這裡是撫育、養育的意思。

④顓頊：傳說中的上古帝王，號稱高陽氏，是黃帝的後代。

⑤琴瑟：古時兩種撥弦樂器。

⑥淵：水流匯積就成為深淵。

⑦大人之堂：本是一座山，因為山的形狀就像是一座堂屋，所以稱作大人堂。

⑧踆：通「蹲」。

⑨靖人：傳說東北極有一種人，身高只有九寸，這就是靖人。靖的意思是細小的樣子。靖人即指小人。

大人國 明·蔣應鎬圖本

　　相傳，遠古時期的大人國比現在所知的還要高大，一步能跨過百里。大人國人到東海玩耍，將岱輿、員嶠二山的巨鰲釣起，玩耍之後將牠們背回國去。造成岱輿、員嶠二山向北極漂移，最後沉入大海，山上眾多神仙失去棲身之所，不得不遷往別處。天帝知道後，勃然大怒，就將大人國的疆域變小，國人身高變矮。但是，即便如此，伏羲神農時期，大人國的人身高仍然有數十丈。

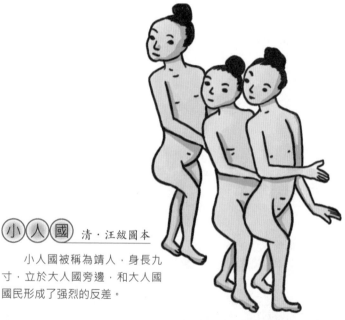

小人國 清·汪紱圖本

　　小人國被稱為靖人，身長九寸，立於大人國旁邊，和大人國國民形成了強烈的反差。

異國	形態特徵	奇聞異事
少昊國	東海以往有一條大壑。	少昊建國時，鳳凰來朝，於是以百鳥為圖騰，各式各樣的鳥為文武百官。
大人國	身高數十丈，雙臂巨長，雙手碩大，兩耳作招風狀，赤身裸體，長髮披肩。	遠古時期大人國國民更為高大，一步踏出數百里。
小人國	國民身材矮小，只有九寸。赤身長髮，面有鬍鬚。	

山海經地理考

| 大壑 | ⋯⋯▶ | 今菲律賓東北 | ⋯⋯▶ | 大致位於今菲律賓東北，馬里亞納群島附近的馬里亞納海溝。 |

2 從犁𩵓屍到東口山
腰間佩帶寶劍的君子國人

原文

有神，人面獸身，名曰犁𩵓（ㄉㄧㄥˊ）之屍。

有滳（ㄐㄩㄝˊ）山[1]，楊水[2]出焉。

有蔿（ㄨㄟˇ）國，黍[3]食，使四鳥[4]：虎、豹、熊、羆。

大荒之中，有山名曰合虛[5]，日月所出。

有中容[6]之國。帝俊[7]生中容，中容人食獸、木實，使四鳥：豹、虎、熊、羆。

有東口之山。有君子之國，其人衣冠[8]帶劍。

譯文

　　有一個神人，長著人的面孔野獸的身子，叫做犁𩵓屍。

　　有座滳山，楊水就是從這座山發源的。

　　有一個蔿國，那裡的人以黃米為食物，能馴化驅使四種野獸：老虎、豹、熊、羆。

　　在大荒當中，有座山叫做合虛山，是太陽和月亮初出升起的地方。

　　有一個國家叫中容國。帝俊生了中容，中容國的人吃野獸的肉、樹木的果實，能馴化驅使四種野獸：豹、老虎、熊、羆。

　　有座東口山。有個君子國就在東口山，那裡的人穿衣戴帽而且腰間佩寶劍。

【注釋】

① 滳山：山名，具體所指不詳，待考。

② 楊水：水名，具體所指不詳，待考。

③ 黍：一種黏性穀米，可供食用和釀酒，古時主要在北方種植，脫去糠皮就稱作黃米子。

④ 鳥：古時鳥獸通名，這裡即指野獸。以下同此。

⑤ 合虛：山名，具體所指不詳，待考。

⑥ 中容：傳說顓頊生有才子八人，其中就有中容。

⑦ 帝俊：本書屢屢出現叫帝俊的上古帝王，具體所指，各有不同，而神話傳說，分歧已大，歷時既久，更相矛盾，實難確指，只可疑似而已。以下同此。這裡似指顓頊。

⑧ 衣冠：指衣冠整齊。

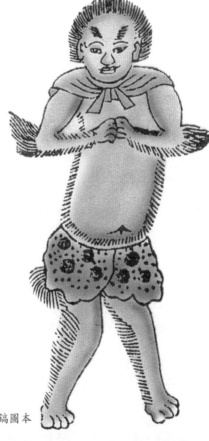

 清·汪紱圖本

有一個叫做犂魗的神人，長著人的面孔和野獸的身子，他人面獸身，渾身被長毛覆蓋，身披圍腰，雙腳站立。傳說天神犂魗被殺死後，靈魂不死，就變成了犂魗屍，繼續活動。

犂魗屍 明·蔣應鎬圖本

異國	生活習俗	奇聞異事
蔿國	以黃米為食物，能馴化老虎、豹、熊和羆四種動物。	舜還是普通人的時候，居住在這裡。
中容國	平時吃野獸的肉和樹木果實。	有種叫做赤木玄木的樹，吃了便能成仙。
君子國	穿衣戴帽，一絲不苟，腰間佩劍。	溫文爾雅，皆為翩翩君子。

蔿國	⋯⋯▶	今吉林磐石、永吉、舒蘭等市縣的西團山文化所在地	⋯⋯▶	是舜所居住過的地方，蔿國人是舜的後裔。或作媯國。

3 從司幽國到黑齒國

不嫁不娶的司幽國男女

圖解山海經

原文

有司幽之國。帝俊生晏龍，晏龍生司幽，司幽生思士，不妻；思女，不夫[1]。食黍，食獸，是使四鳥。

有大阿之山者。

大荒之中，有山名曰明星，日月所出。

有白民之國。帝俊[2]生帝鴻[3]，帝鴻生[4]白民，白民銷姓，黍食，使四鳥：虎、豹、熊、羆。

有青丘之國，有狐，九尾。

有柔僕民，是維[5]嬴土[6]之國。

有黑齒之國。帝俊生黑齒，薑姓，黍食，使四鳥。

譯文

有個國家叫司幽國。帝俊生了晏龍，晏龍生了司幽，司幽生了思士，而思士不娶妻子；司幽還生了思女，而思女不嫁丈夫。司幽國的人吃黃米飯，也吃野獸肉，能馴化驅使四種野獸。

有一座山叫做大阿山。

大荒當中有一座高山，叫做明星山，是太陽和月亮初出升起的地方。

有個國家叫白民國。帝俊生了帝鴻，帝鴻的後代是白民，白民國的人姓銷，以黃米為食物，能馴化驅使四種野獸：老虎、豹、熊、羆。

有個國家叫青丘國。青丘國有一種狐狸，長著九條尾巴。

有個國家叫柔僕民，是個土地肥沃的國家。

有個國家叫黑齒國。帝俊的後代是黑齒，姓薑，那裡的人吃黃米飯，能馴化驅使四種野獸。

【注釋】

① 思士，不妻，思女，不夫：神話傳說他們雖然不娶親，不嫁人，但因精氣感應、魂魄相合而生育孩子，延續後代。

② 帝俊：似指少典，傳說中的上古帝王，娶有蟜氏，生黃帝、炎帝二子。

③ 帝鴻：即黃帝，姓公孫，居軒轅之丘，所以號稱軒轅氏。有土德之瑞，所以又號稱黃帝。取代神農氏為天子。

④ 生：在本書中，「生」字的用法，並不一定都指某人誕生某人，也多指某人所生存、遺存的後代子孫。這裡就是指後代而言。以下這種用意尚多。

⑤ 維：句中語助詞，無意。

⑥ 嬴土：肥沃的土地。

九尾狐 清‧汪紱圖本

　　古代傳說中九尾狐是四腳怪獸，通體火紅的絨
毛。善於變化和蠱惑。喜歡吃人，相傳常用嬰兒的哭
泣聲吸引路人的探視。如果九尾狐現世，則天下大
亂。六朝時李邏注《千字文》「周伐殷湯」，已謂妲
己為九尾狐，九尾狐漸漸成為妖媚工讒女子的代稱。

黑齒國　清‧汪紱圖本　　　　　　　乘黃　明‧胡文煥圖本

異國	生活習俗	奇聞異事
司幽國	以黃米飯為主，也吃野獸肉，能駕馭四種野獸。	男不娶，女不嫁。雙方只憑著意念就可以相互通氣受孕，不互婚也能生孩子。
白民國	以黃米飯為主，能駕馭豹、老虎、熊、羆等四種野獸。	帝俊生帝鴻，帝鴻就是黃帝。白民國的人使帝鴻的後代。
青丘國		有一種狐狸，長有九條尾巴。
贏土國		被稱為柔僕民，境內土地肥沃。
黑齒國	以黃米飯為主，能駕馭四種野獸。	帝俊的苗裔。

4 從夏州國到招瑤山
人面鳥身的東海海神禺虢

原文

有夏州之國。有蓋餘之國。

有神人，八首人面，虎身十尾，名曰天吳。

大荒之中，有山名曰鞠陵於天、東極、離瞀①（ㄇㄠˋ），日月所出名曰折丹，東方曰折，來風曰俊②，處東極以出入風③。

東海之渚④中，有神，人面鳥身，珥⑤兩黃蛇，踐⑥兩黃蛇，名曰禺虢。黃帝生禺虢，禺虢生禺京。禺京處北海，禺虢處東海，是惟⑦海神。

有招瑤山，融水出焉。有國曰玄股，黍食，使四鳥。

譯文

有個國家叫夏州國。在夏州國附近又有一個蓋餘國。

有個神人，長著八顆頭而都是人的臉面，老虎身子而十條尾巴，名叫天吳。

在大荒當中，有三座高山分別叫做鞠陵於天山、東極山、離瞀山，都是太陽和月亮初出升起的地方。有個神人名叫折丹，東方人單稱他為折，從東方吹來的風稱作俊，他就處在大地的東極，主管風起風停。

在東海的島嶼上，有一個神人，長著人的面孔鳥的身子，耳朵上穿掛著兩條黃色的蛇，　底下踩踏著兩條黃色的蛇，名叫禺虢。黃帝生了禺虢，禺虢生了禺京。禺京住在北海，禺虢住在東海，都是海神。

有座招瑤山，融水從這座山發源。有一個國家叫玄股國，那裡的人吃黃米飯，能馴化驅使四種野獸。

【注釋】

① 鞠陵於天、東極、離瞀：一說均為山名，具體所指不詳。另一說認為，東極、離瞀不是山名，而是對鞠陵於天的解釋。

② 俊：俊風，冬季從東方刮來的風。

③ 出入風：掌管風的出入。

④ 渚：水中的小洲。這裡指海島。

⑤ 珥：一種耳飾。這裡作動詞。

⑥ 踐：踩，踏。

⑦ 惟：句中語助詞，無實際意義。

明·胡文煥圖本

天吳長有八個腦袋，每個腦袋上都是人的面孔，虎身，身後托著十條尾巴。胡本的天吳更具特色，畫中天吳大頭面露微笑，周圍長著七個小頭。

折丹 清·汪紱圖本

禺虢 清·汪紱圖本

異國	形態特徵	地理位置
蓋餘國		夏州國附近。
玄股國	以黃米飯為主，能駕馭四種野獸。	有座招瑤山，融水從這裡發源。

| 融水 | ········▶ | 今融江 | ········▶ | 廣西融江屬珠江上游水系，發源於貴州，流經廣西三江、融安、融水三縣入柳江。全長20多公里。 |

【第十四卷 大荒東經】

521

5 從困民國到孽搖頵羝山

食鳥怪人王亥

原文

有困民國，勾姓而食。有人曰王亥，兩手操鳥，方食其頭[1]。王亥托於有易、河伯僕[2]牛。有易殺王亥[3]，取僕牛。河伯念有易[4]，有易潛出，為國於獸，方食之[5]，名曰搖民[6]。帝舜生戲，戲生搖民。

海內有兩人[7]，名曰女丑[8]。女丑有大蟹[9]。

大荒之中，有山名曰孽搖頵（ㄩㄣ）羝。上有扶木[10]，柱[11]三百里，其葉如芥[12]。

有穀曰溫源穀[13]。湯（一ㄤˊ）穀上有扶木，一日方至，一日方出，皆載於鳥[14]。

譯文

有個國家叫困民國，那裡的人姓勾，以黃米為食物。有個人叫王亥，他用兩手抓著一隻鳥，正在吃鳥的頭。王亥把一群肥牛寄養在有易族人、水神河伯那裡。有易族人把王亥殺死，沒收了那群肥牛。河伯同情有易族人，便幫助有易族人偷偷地逃出來，在野獸出沒的地方建立國家，他們正在吃野獸肉，這個國家叫搖民國。另一種說法認為帝舜生了戲，戲的後代就是搖民。

海內有兩個神人，其中的一個名叫女丑。女丑有一隻聽使喚的大螃蟹。

在大荒當中，有一座山名叫孽搖頵羝。

山上有棵扶桑樹，高聳三百里，葉子的形狀像芥菜葉。有一道山谷叫做溫源穀。湯穀上面也長了棵扶桑樹，一個太陽剛剛回到湯穀，另一個太陽剛剛從扶桑樹上出去，都負載於三足鳥的背上。

【注釋】

①方食其頭：這是針對原畫面上的圖像而說的。

②僕：通「樸」，大。

③有易殺王亥：據古史傳說，王亥對有易族人奸淫暴虐，有易族人憤恨而殺了他。

④河伯念有易：據古史傳說，王亥的繼承者率兵為王亥報仇，殘殺了許多有易族人，河伯同情有易族人，就幫助殘存的有易族人悄悄逃走。

⑤方食之：這也是針對原畫面上的圖像而說的。

⑥搖民：即困民國。

⑦兩人：下面只說了一個，大概文字上有逸脫。

⑧女丑：就是上文所說的女丑之屍，是一個女巫。

⑨大蟹：就是上文所說的方圓有一千里大小的螃蟹。

⑩扶木：就是上文所說的扶桑樹，太陽由此升起。

⑪柱：像柱子般直立著。

⑫芥：芥菜，花莖帶著葉子，而葉子有葉柄，不包圍花莖。

⑬溫源穀：就是上文所說的湯谷，谷中水很熱，太陽在此洗澡。

⑭鳥：就是上文所說的踆烏、離朱鳥、三足鳥，異名同物，除過所長三隻爪子外，其他形狀像烏鴉，棲息在太陽裡。

王亥 清·蕭從雲《天問圖》

　　王亥是殷民族的高祖，以擅長馴養牛著稱。相傳王亥、王恆因寄養牛之事初到有易國，得到了國王綿臣熱情招待，席間王亥持盾起舞，引起綿臣妻子的愛慕，二人當晚發生淫亂之事。綿臣震怒將王亥大卸八塊。

三足鳥　明·蔣應鎬圖本

王亥　明·蔣應鎬圖本

□ 《山海經》珍貴古版插圖類比

王亥　《天問圖》中生動地表現了王亥僕牛的故事。傳說王亥能舞精彩的雙盾，並因此搏得北方的有易之妻的愛慕，《天問圖》中也有描繪。王亥還是信仰鳥的殷民族的先祖，汪本中的王亥雙手捧一鳥，正將鳥頭送入口中。

清·蕭雲從 《天問圖》　　　　　清·蕭雲從 《天問圖》　　　　　清·汪紱圖本

異國	生活習俗	奇聞異事
困民國	以黃米為食物。	那裡的人都姓勾。
搖民國	以野獸為食。	偷偷逃出的有易人所立的國家。

6 從奢比屍到東北海外

與天帝交友的五彩鳥

原文

有神，人面、犬耳、獸身，珥兩青蛇，名曰奢比屍。

有五采之鳥①，相鄉②棄沙③。惟④帝俊下友⑤，帝下兩壇，采鳥是司⑥回。

大荒之中，有山名曰猗天蘇門，日月所生。

有壎民之國。有蓁山。又有搖山。有䲢山，又有門戶山，又有盛山。又有待山。有五采之鳥。

東荒之中，有山名曰壑明俊疾，日月所出。有中容之國。

東北海外，又有三青馬、三騅⑦、甘華，爰有遺玉、三青鳥、三騅、視肉、甘華、甘柤。百穀⑧所在。

譯文

有一個神人，長著人的面孔、大大的耳朵、野獸的身子，耳朵上穿掛著兩條青色的蛇，名叫奢比屍。

有一群長著五彩羽毛的鳥，相對而舞，天帝帝俊從天上下來和牠們交友。帝俊在下界的兩座祭壇，由這群五彩鳥掌管著。

在大荒當中，有一座山名叫猗天蘇門山，是太陽和月亮升起的地方。

有個國家叫壎民國。有座蓁山。又有座搖山。又有座䲢山。又有座門戶山。又有座盛山。又有座待山。還有一群五彩鳥。

在東荒當中，有座山名叫壑明俊疾山，是太陽和月亮初出升起的地方。這裡還有個中容國。

在東北海外，又有三青馬、三騅馬、甘華樹。這裡還有遺玉、三青鳥、三騅馬、視肉怪獸、甘華樹、甘柤樹。是各種莊稼生長的地方。

【注釋】

①五采之鳥：即五彩鳥，屬鷙鳥、鳳凰之類。采，通「彩」。彩色。

②鄉：通「向」。

③棄沙：不詳何意。有些學者認為「棄沙」二字是「㛹娑」二字的訛誤，而㛹娑的意思是盤旋而舞的樣子。

④惟：句首語助詞，無意。

⑤下友：一說下界的朋友；一說之從天上下來交朋友。

⑥司：掌管；管理。

⑦騅：馬的毛色青白間雜。

⑧百穀：泛指各種農作物。百，表示多的意思，不是實指。

奢比屍 明·蔣應鎬圖本

　　屍像是《山海經》中很特殊的神話現象，指的是某些神由於各種不同原因被殺，但其靈魂不死，以「屍」的形態繼續活動。《山海經》中屍象共二十處。如奢比屍、祖狀屍、子夜屍、據比屍等。

五彩鳥 明·蔣應鎬圖本

異獸	形態	異兆及特異功能
奢比屍	人面獸身，長著碩大的耳朵，耳朵上掛兩條青蛇。	
五彩鳥	長著五彩羽毛的鳥。	掌管天帝帝俊的祭壇。

山海經地理考

| 奢比屍 | → | 今天的山東德州和臨淄之間 | → | 奢比屍是肝榆之屍，根據商周奢比和肝榆是「兔」字的異體字推斷，奢比就是方國名稱「兔方」，即山東德州和臨淄間。 |

7 從女和月母國到流波山
可控制日月的神人鵷

原文

有女和月母之國。有人名曰鵷（ㄩㄢ）—— 北方曰鵷，來之風曰狻（ㄧㄢˋ）—— 是處東極隅以止①日月，使無相間②出沒，司其短長。

大荒東北隅中，有山名曰凶犁土丘③。應龍④處南極，殺蚩尤⑤與夸父，不得複上⑥，故下⑦數旱。旱而為應龍之狀，乃得大雨。

東海中有流波山⑧，入海七千里。其上有獸，狀如牛，蒼身而無角，一足，出入水則必風雨，其光如日月，其聲如雷，其名曰夔（ㄎㄨㄟˊ）。黃帝得之，以其皮為鼓，橛⑨（ㄐㄩㄝˊ）以雷獸⑩之骨，聲聞⑪五百里，以威天下。

譯文

有個國家叫女和月母國。有一個神人名叫鵷，北方人稱作鵷，從那裡吹來的風稱作狻，就位於大地的東北角以便控制太陽和月亮，讓他們不要交相錯亂地出沒，掌握他們升起落下時間的長短。

在大荒的東北角上，有一座山名叫凶犁土丘山。應龍就住在這座山的最南端，因殺了神人蚩尤和神人夸父，不能再回到天上，天上因沒了興雲布雨的應龍而使下界常常鬧旱災。下界的人們一遇天旱就裝扮成應龍的樣子求雨，就能得到大雨。

東海當中有座流波山，這座山在進入東海七千里的地方。山上有一種野獸，形狀像普通的牛，是青蒼色的身子卻沒有犄角，僅有一隻蹄子，出入海水時就一定有大風大雨相伴隨，發出的亮光如同太陽和月亮，吼叫的聲音如同雷響，名叫夔。黃帝得到牠，便用牠的皮蒙鼓，再拿雷獸的骨頭敲打這鼓，響聲傳到五百里以外，用來威震天下。

【注釋】

① 止：這裡是控制的意思。
② 間：這裡是錯亂、雜亂的意思。
③ 凶犁土丘：山名，可能在今河北北部。
④ 應龍：傳說中的一種生有翅膀的龍。
⑤ 蚩尤：神話傳說中的東方九黎族首領，以金作兵器，能喚雲呼雨。
⑥ 上：指代天上。
⑦ 下：指代下界。
⑧ 流波山：山名，據說是指散布在渤海中的冀東山嶺。
⑨ 橛：通「撅」。敲，擊打。
⑩ 雷獸：就是上文所說的雷神。
⑪ 聞：傳。

應龍 明・蔣應鎬圖本

傳說應龍是龍中的最神異者，蛟千年化為龍，龍五百年化為角龍，角龍再過千年才能化為應龍。同時也是黃帝的神龍，在黃帝與東方九黎族首領蚩尤的戰爭中立下了汗馬功勞。後來在大禹治水的時候，應龍又在前面用龍尾在地上畫出河道，引導洪水流向大海。

雷澤之神 明・蔣應鎬圖本

東海中有座流波山，入海七千里，山上棲息著一種形如牛的獨足獸名夔，是雷澤之神。

第十五卷

大荒南經

《大荒南經》中如羽民國、
周饒國等內容大多與《海外南經》
相同或相似，除此之外，
還有許多不同之處，
如咬著老虎尾巴的祖狀之屍、
水中浴月的羲和等，
這些都是海外南經中所未出現的。
除此之外，《大荒南經》
中還有一些對歷史人物和神話傳說的記載：
如後羿射死了鑿齒；
在南海的島嶼上，有一個神叫不延胡余，
人的面孔，耳朵上掛兩條青蛇，
腳底下踩兩條紅蛇。

1 從跳踢到巫山
代表雙宿雙飛的雙雙

原文

南海之外，赤水之西，流沙之東，有獸，左右有首，名曰跳（ㄔㄨㄟ）踢。有三青獸相並，名曰雙雙。

有阿山[1]者。南海之中，有泛天之山，赤水窮焉。赤水之東，有蒼梧之野，舜與叔均[2]之所葬也。爰有文貝[3]、離俞[4]、鴟（ㄔ）久、鷹、賈[5]、委維[6]、熊、羆、象、虎、豹、狼、視肉。

有榮山、榮水出焉。黑水之南，有玄蛇，食麈[7]（ㄓㄨ）。

有巫山者，西行黃鳥[8]。帝藥[9]，八齋[10]。黃鳥於巫山，司此玄蛇。

譯文

在南海以外，赤水的西岸，流沙的東面，生長著一種野獸，左邊右邊各有一個頭，名叫跳踢。還有三隻青色的野獸交相合並著，名叫雙雙。

有座山叫阿山。南海之中，有一座泛天山，赤水最終流到這座山。在赤水的東岸，有個地方叫蒼梧野，帝舜與叔均葬在那裡。這裡有花斑貝、離朱鳥、鵂鷹、老鷹、烏鴉、兩頭蛇、熊、羆、大象、老虎、豹、狼、視肉怪獸。

有一座榮山，榮水就從這座山發源的。在黑水的南岸，有一條大黑蛇，正在吞食麈鹿。

有一座山叫巫山，在巫山的西面有只黃鳥。天帝的神仙藥，就藏在巫山的八個齋舍中。黃鳥在巫山上，監視著那條大黑蛇。

【注釋】

① 阿山：一說為山名，具體所指不詳，另一說「阿」為大德意思。

② 叔均：又叫商均，傳說是帝舜的兒子。帝舜南巡到蒼梧而死去，就葬在這裡，商均因此留下，死後也葬在那裡。上文說與帝舜一起葬於蒼梧之野的是帝丹朱，和這裡的說法不同，屬神話傳說分歧。

③ 文貝：即上文所說的紫貝，在紫顏色的貝殼上點綴有黑點。

④ 離俞：即上文所說的離朱鳥。

⑤ 賈：據古人說是烏鴉之類的禽鳥。

⑥ 委維：即上文所說的委蛇。

⑦ 麈：一種體型較大的鹿。牠的尾巴能用來拂掃塵土。

⑧ 黃鳥：黃，通「皇」。黃鳥即皇鳥，亦作「凰鳥」，是屬鳳凰一類的鳥，與上文所說的黃鳥不一樣，屬同名異物。

⑨ 藥：指神仙藥，即長生不死藥。

⑩ 齋：屋舍。

雙雙 清·郝懿行圖本

　　雙雙這種奇獸身體雖然連在一起，卻有各自獨立的心志，只不過礙於身體相連，同行同止罷了。也有人認為雙雙是種奇鳥，是三青鳥的合體，在一個身子上生著兩個頭，尾部有雌雄之分，所以一隻雙雙鳥便是一對夫婦，牠們雙宿雙飛，常被用來比喻愛情。

跊踢　明·蔣應鎬圖本

雙雙　明·蔣應鎬圖本

玄蛇　明·蔣應鎬圖本

獸名	形狀及聲音	產地
跊踢	左右兩個頭。	南海之外，赤水之西，流沙之東
雙雙	三隻青鳥相連。	南海之外，赤水之西，流沙之東。

山海經地理考

| 榮山 | ⟶ | 今招瑤山 | ⟶ | 有人認為是招瑤山，具體位置待考。 |
| 黑水 | ⟶ | 今黑水河 | ⟶ | 有人認為是越南境內的黑水河，具體位置待考。 |

【第十五卷　大荒南經】

2 從不庭山到盈民國
卵中孵化而生的卵民國人

原文

　　大荒之中，有不庭之山，榮水窮焉。有人三身，帝俊①妻娥皇，生此三身之國，姚姓，黍食，使四鳥。有淵四方，四隅皆送，北屬（ㄓㄨˇ）黑水，南屬②大荒。北旁名曰少和之淵，南旁名曰從（ㄗㄨㄥˋ）淵，舜之所浴也。

　　又有成山，甘水窮焉。有季禺之國，顓頊之子，食黍。有羽民之國，其民皆生毛羽。有卵民之國，其民皆生卵。

　　大荒之中，有不姜之山，黑水窮焉。又有賈山，汔（ㄑㄧˋ）水出焉。又有言山。又有登備之山③。有恝（ㄐㄧㄚˊ）恝之山④。又有蒲山，澧（ㄌㄧˇ）水出焉。又有隗（ㄨㄟˇ）山，其西有丹⑤，其東有玉。又南有山，漂水出焉。有尾山。有翠山。

　　有盈民之國，於姓，黍食。又有人方食木葉。

譯文

　　在大荒當中，有座不庭山，榮水最終流到這座山。有一種人長著三個身子。帝俊的妻子叫娥皇，這三身國的人就是他們的後代子孫。三身國的人姓姚，吃黃米飯，能馴化驅使四種野獸。這裡有一個四方形的淵潭，四個角都能旁通，北邊與黑水相連，南邊和大荒相通。北側的淵稱作少和淵，南側的淵稱作從淵，是帝舜所洗澡的地方。

　　又有一座成山，甘水最終流到這座山。有個國家叫季禺國，他們是帝顓頊的子孫後代，吃黃米飯。還有個國家叫羽民國，這裡的人都長著羽毛。又有個國家叫卵民國，這裡的人都產卵而又從卵中孵化生出。

　　在大荒之中，有座不姜山，黑水最終流到這座山。又有座賈山，汔水從這座山發源。又有座言山。又有座登備山。還有座恝恝山。又有座蒲山，澧水從這座山發源。又有座隗山，西面蘊藏有丹臒，東面蘊藏有玉石。又往南有座高山，漂水就是從這座山中發源的。又有座尾山。還有座翠山。

　　有個國家叫盈民國，這裡的人姓於，吃黃米飯。又有人正在吃樹葉。

【注釋】

①帝俊：這裡指虞舜，即帝舜。

②屬：連接。

③登備之山：即上文所說的登葆山，巫師們憑藉此山來往於天地之間，以反映民情，傳達神意。

④恝恝之山：山名，可能是近湖南省張家界中的某座山。

⑤丹：可能指丹臒，這裡有省文。

羽 民 國 清·吳任臣近文堂圖本

　　羽民國，因為國民全身長滿了羽毛而得名，在《海外南經》中曾經有關於羽民國的記載。其實，羽人的形象最早在出現在商代，他們或人頭鳥身子，或鳥頭人身，這種現象或源於遠古社會對鳥類的崇拜。

盈民國 清·汪紱圖本

異國	形態特徵	奇聞軼事
三身國	長有三個身子。	三身國是帝俊和娥皇的後代。
季禺國	以黃米為食。	帝顓頊的子孫後代。
羽民國	渾身長滿羽毛。	
卵民國		從卵中孵化自己的後代。
盈民國	這個國家都姓於。	

山海經地理考

不姜山	→ 今具體位置待考	→ ①可能在今貴州省境內。 ②可能在今中南半島北部。
黑水	→ 今喀爾喀什河或 黑水河	→ ①今新疆境內的喀爾喀什河。 ②今越南境內的黑水河。
澧水	→ 今桑植縣澧水	→ 可能為湖南西北桑植縣的澧水，注入洞庭湖。

【第十五卷 大荒南經】

3 從不死國到襄山

棲息在南極大地的因因乎

原文

有不死之國，阿姓，甘木①是食。

大荒之中，有山名曰去痊。南極果，北不成，去痊果②。

南海渚③中，有神，人面，珥兩青蛇，踐兩赤蛇，曰不廷胡余。

有神名曰因因乎－南方曰因乎，誇風曰乎民－處南極以出入風。

有襄山。又有重陰之山。有人食獸，曰季厘。帝俊④生季厘，故曰季厘之國。有緡（ㄇㄧㄣˊ）
淵。少昊生倍伐降⑤處緡淵。有水四方，名曰俊壇⑥。

譯文

有個國家叫不死國，這裡的人姓阿，吃的是不死樹。

在大荒當中，有座山叫做去痊山。南極果，北不成，去室
果。

在南海的島嶼上，有一個神，是人的面孔，耳朵上穿掛著
兩條青色蛇，腳底下踩踏著兩條紅色蛇，這個神叫不廷胡余。

有個神人名叫因乎，南方人單稱他為因，從南方吹來的風
稱作民，他處在大地的南極主管風起風停。

有座襄山。又有座重陰山。有人在吞食野獸肉，名叫季
厘。帝俊生了季厘，所以稱作季厘國。有一個緡淵。少昊生了
倍伐，倍伐被貶住在緡淵。有一個水池是四方形的，名叫俊
壇。

【注釋】

① 甘木：即不死樹，食用就能
長生不老。

② 從「南極果」以下三句的意
義不詳，可能是巫師留傳下
來的幾句咒語。

③ 渚：水中的小塊陸地。

④ 帝俊：這裡指帝嚳，傳說是
黃帝之子玄囂的後代，殷商
王室以他為高祖，號稱高辛
氏。

⑤ 降：貶抑。

⑥ 俊壇：據古人解說，水池的
形狀像一座土壇，所以叫俊
壇。俊壇就是帝俊的水池。

季厘國　清·汪紱圖本

傳說帝俊有四妃，三妃慶都，相傳她是大帝的女兒，生於鬥維之野（大概在今河北薊縣），被陳鋒氏婦人收養，陳鋒氏死後又被尹長孺收養。後慶都隨養父尹長孺到今濮陽來。因慶都頭上始終覆蓋一朵黃雲，被認為奇女，帝嚳母聞之，勸帝嚳納為妃，後生堯。

不延胡余　清·汪紱圖本

因因乎　清·汪紱圖本

不延胡余　明·蔣應鎬圖本

異國	形態特徵	奇聞軼事
不死國	都姓阿，吃不死樹。	人人長生不死。
季厘國	居住在重陰山。	

4 從載民國到宋山

不愁吃穿的載民之國

原文

　　有載（ㄓ丶）民之國。帝舜生無淫，降①載處，是謂巫載民。巫載民盼（ㄈㄣˊ）姓，食穀，不績②不經③，服也；不稼④不穡⑤（ㄙㄜˋ），食也。愛歌舞之鳥，鸞鳥自歌，鳳鳥自舞。爰（ㄩㄢˊ）有百獸，相群爰處。百穀所聚。

　　大荒之中，有山名曰融天，海水南入焉。

　　有人曰鑿齒⑥，羿殺之。

　　有蜮（ㄩˋ）山者，有蜮民之國，桑姓，食黍，射蜮⑦是食。有人方扞⑧（ㄩ）弓射黃蛇，名曰蜮人⑨。

　　有宋山者，有赤蛇，名曰育蛇。有木生山上，名曰楓木⑩。楓木，蚩尤所棄其桎梏⑪，是為楓木。

譯文

　　有個國家叫載民國。帝舜生了無淫，無淫被貶在載這個地方居住，他的子孫後代就是所謂的巫載民。巫載民姓盼，吃五穀糧食，不從事紡織，自然有衣服穿；不從事耕種，自然有糧食吃。這裡有能歌善舞的鳥，鸞鳥自由自在地歌唱，鳳鳥自由自在地舞蹈。這裡又有各種各樣的野獸，群居相處。還是各種農作物會聚的地方。

　　在大荒當中，有座山叫做融天山，海水從南面流進這座山。

　　有一個神人叫鑿齒，羿射死了他。

　　有座山叫做蜮山，在這裡有個蜮民國，這裡的人姓桑，吃黃米飯，也把射死的蜮吃掉。有人正在拉弓射黃蛇，名叫蜮人。

　　有座山叫做宋山，山中有一種紅顏色的蛇，名叫育蛇。山上還有一種樹，名叫楓木。楓木，原來是蚩尤死後所丟棄的手銬腳鐐，這些刑具就化成了楓木。

【注釋】

① 降：流放；放逐。

② 績：拈搓麻線。這裡泛指紡線。

③ 經：經線，即絲、棉、麻、毛等織物的縱線，與緯線即各種織物的橫線相交叉，就可織成絲帛、麻布等布匹。這裡泛指織布。

④ 稼：播種莊稼。

⑤ 穡：收穫莊稼。

⑥ 鑿齒：古代傳說中的野人。

⑦ 蜮：據古人說是一種叫短狐的動物，能含沙射人，被射中的就要病死。

⑧ 扞：拉，張。

⑨ 蜮人：就是蜮民。

⑩ 楓木：古人說是楓香樹，葉子像白楊樹葉，圓葉而分杈，有油脂而芳香。

⑪ 桎梏：腳鐐手銬。神話傳說蚩尤被黃帝捉住後給他的手腳繫上刑具，後又殺了蚩尤而刑具丟棄，刑具就化成了楓香樹。這與上文所說應龍殺蚩尤有所不同，屬神話傳說分歧。

蜮民國 清·汪紱圖本

　　蜮又名短弧（狐）、射工蟲、水
弩，傳說是一種非常毒的蟲，生長在江南
山溪中，其樣子與鱉類似，有三隻腳，體
長約兩寸，口中長有弩形器官，能夠噴出
毒氣射人，被射中的人，輕者生瘡，重者
致死。人們往往將牠和鬼相提並論，而蜮
民國的人不但不怕，還以蜮為食，這是萬
事萬物相生相剋的道理。

育蛇 清·汪紱圖本

　　有座山叫做宋山，山上棲息著一種
紅顏色的蛇，名叫育蛇。山上還生長著一
種樹木，名叫楓木。傳說蚩尤被黃帝捉住
後，手腳上都被戴上了枷鎖鐐銬。之後黃
帝在黎山將蚩尤處死，其身上的手銬腳鐐
丟棄在這裡，後來就變成了楓木。

異國	生活習俗	奇聞軼事
載民國	巫載民姓盼。	不用紡布，不用耕種，自然有衣穿，有糧食吃。
蜮民國	蜮民國姓桑，以黃米和蜮為食。	能殺死劇毒的動物，個個身懷絕技。

山海經地理考

| 載民 | ⋯⋯⋯▶ | 有待考證 | ⋯⋯⋯▶ | 傳說中的國名。
①一說在今廣西境內。
②一說在今寮國北部。 |

5 從祖狀屍到顓頊國

方齒虎尾的祖狀之屍

原文

有人方齒①虎尾，名曰祖狀之屍。

有小人②，名曰焦僥之國，幾姓，嘉穀③是食。

大荒之中，有山名歹塗之山，青水窮焉。有雲雨之山，有木名曰欒。禹攻④雲雨。有赤石焉生欒，黃本⑤，赤枝，青葉，群帝焉取藥⑥。

有國曰顓頊，生伯服，食黍。有鼬姓之國。有苕山。又有宗山。又有姓山，又有壑山。又有陳州山，又有東州山。又有白水山，白水出焉，而生⑦白淵，昆吾⑧之師⑨所浴也。

譯文

有個神人正咬著老虎的尾巴，名叫祖狀屍。

有一個由三尺高的小人組成的國家，名叫焦僥國，那裡的人姓幾，吃的是優良穀米。

在大荒當中，有座山名叫歹塗山，青水最終流到這座山。還有座雲雨山，山上有一棵樹叫做欒。大禹在雲雨山砍伐樹木，發現紅色岩石上忽然生出這棵欒樹，黃色的莖幹，紅色的枝條，青色的葉子，諸帝就到這裡來采藥。

有個國家叫伯服國，顓頊的後代組成伯服國，這裡的人吃黃米飯。有個鼬姓國。有座苕山。又有座宗山。又有座姓山。又有座壑山。又有座陳州山。又有座東州山。還有座白水山，白水從這座山發源，然後流下來匯聚成為白淵，是昆吾的師傅洗澡的地方。

【注釋】

① 齒：咬噬；一說指牙齒。

② 小人：這裡指由身體特別矮小的人組成的國家。

③ 嘉穀：優質的穀物。

④ 攻：從事某項事情。這裡指砍伐林木。

⑤ 本：植物的莖或根部。

⑥ 取藥：傳說欒樹的花與果實都可以製作長生不死的仙藥。取藥就是指採摘可製藥的花果。

⑦ 生：草木生長。引申為事物的產生、形成。這裡即指形成的意思。

⑧ 昆吾：傳說是上古時的一個諸侯，名叫樊，號昆吾。

⑨ 師：一說指眾人；另一說指老師。

祖狀屍是方形牙齒，身後拖著一條虎尾，他是人虎同體的天神祖狀被殺之後所化。祖狀屍屬於屍象，《山海經》認為天神被殺後，靈魂不滅，以屍體的形式繼續存在。

祖狀屍　清·汪紱圖本

焦僥國　明·蔣應鎬圖本

異國	生活習俗	奇聞軼事
焦僥國	幾姓，吃優質的穀物。	即小人國。
顓頊國	以黃米為食。	

山海經地理考

清水	➡	今清水江或瀾滄江	➡	水名，一說為今貴州省得清水江；另一說為今中國西南部的瀾滄江。
雲雨之山	➡	山名，具體所指待考	➡	①一說即今重慶、湖南邊境的巫山。②一說為今貴州的雲霧山。

6 從張弘到天臺高山
長有人面鳥嘴的讙頭之國

原文

有人名曰張宏，在海上捕魚。海中有張宏之國，食魚，使四鳥。

有人焉，鳥喙，有翼，方捕魚於海。大荒之中，有人名曰讙頭①。鯀妻士敬，士敬子曰琰融，生讙頭。頭人面鳥喙，有翼食海中魚，杖②翼而行。維③宜芑（ㄑㄧˇ）苣④（ㄐㄩˋ），穋⑤（ㄌㄨˋ）是食。有讙頭之國。

帝堯、帝嚳⑥、帝舜⑦葬於岳山⑧。爰有文貝、離俞、鴟久、鷹、賈、廷維⑨、視肉、熊、羆、虎、豹；朱木、赤枝、青華、玄實。有申山者。

大荒之中，有山名曰天臺高山，海水入焉。

譯文

有個人叫做張宏，正在海上捕魚。海裡的島上有個張宏國，這裡的人以魚為食物，能馴化驅使四種野獸。

有一種人，長著鳥的嘴，生有翅膀，正在海上捕魚。在大荒當中，有個人名叫讙頭。鯀的妻子是士敬，士敬生個兒子叫炎融，炎融生了讙頭。讙頭長著人的面孔而鳥一樣的嘴，生有翅膀，吃海中的魚，憑藉著翅膀行走。也把芑苣、穋做成食物吃。於是有了讙頭國。

帝堯、帝嚳、帝舜都埋葬在岳山。這裡有花斑貝、三足鳥、鶡鷹、老鷹、烏鴉、兩頭蛇、視肉怪獸、熊、羆、老虎、豹；還有朱木樹，是紅色的枝幹、青色的花朵、黑色的果實。有座申山。

在大荒當中，有座山名叫天臺山，海水從南邊流進這座山中。

【注釋】

① 讙頭：又叫歡頭、歡兜、歡朱、丹朱，不僅名稱多異，而且事跡也有多種說法，乃屬神話或古史傳說分歧。這裡就是異說之一。

② 杖：憑倚。

③ 維：通「惟」。與，和。宜：烹調作為菜肴。

④ 芑苣：兩種蔬菜類植物。

⑤ 穋：一種穀類植物。

⑥ 帝嚳：傳說中的五帝之一，黃帝之子玄囂的後裔，居亳，號高辛氏。

⑦ 帝舜：傳說中的上古帝王，有虞氏，姓姚，名重華，簡稱虞舜。以孝聞名，晚年把帝王禪讓給大禹。

⑧ 岳山：即上文所說狄山。

⑨ 延維：即上文所說的委蛇、委維。

（讙）（頭）（國） 明·蔣應鎬圖本

　　讙頭國的人，長著鳥嘴和翅
膀，但是翅膀不能飛翔，只能當
拐棍用。他們善於在海中捕魚，
也吃芑苣、穋等食物。

異國	風俗習慣	奇聞軼事
張宏國	以魚為食，能馴化驅使四種動物。	
讙頭國	吃海中的魚，把芑苣、穋做成食物吃。	都長有人面鳥嘴，生有翅膀。

望祀山川圖　《欽定書經圖說》

　　舜，傳說中的遠古帝王，五帝
之一，姓姚，名重華，號有虞氏，
史稱虞舜。相傳他非常孝順。他的
孝行感動了天帝。舜在厲山耕種，
大象替他耕地，鳥代他鋤草。帝堯
聽說舜非常孝順，有處理政事的才
幹，把兩個女兒娥皇和女英嫁給
他，並選定舜做他的繼承人。

541

7 從羲和到南類山
十個太陽的母親羲和

圖解山海經

原文

　　東南海之外，甘水①之間，有羲和之國，有女子名曰羲和，方日浴於甘淵。羲和者，帝俊之妻，生十日。

　　有蓋猶之山②者，其上有甘柤，枝幹皆赤，黃葉，白華，黑實。東又有甘華，枝幹皆赤，黃葉。有青馬，有赤馬，名曰三騅。有視肉。

　　有小人③，名曰菌人。

　　有南類之山④。爰有遺玉、青馬、三騅、視肉、甘華。百穀所在。

譯文

　　在東海之外，甘水之間，有個羲和國。這裡有個叫羲和的女子，正在甘淵中給太陽洗澡。羲和這個女子，是帝俊的妻子，生了十個太陽。

　　有座山叫蓋猶山，山上生長有甘柤樹，枝條和莖幹都是紅的，葉子是黃的，花朵是白的，果實是黑的。在這座山的東端還生長有甘華樹，枝條和莖幹都是紅色的，葉子是黃的。有青色馬，還有紅色馬，名叫三騅。又有視肉怪獸。

　　有一種十分矮小的人，名叫菌人。

　　有座南類山。這裡有遺玉、青色馬、三騅馬、視肉怪獸、甘華樹。各種各樣的農作物生長在這裡。

【注釋】

① 甘水：水名，具體所指不詳，待考。

② 蓋猶之山：山名，具體所指不詳，待考。

③ 小人：這裡指身長特別矮小的人種。

④ 南類之山：山名，可能在今天的中南半島。

義 和　清‧汪紱圖本

　　義和是十個太陽的母親，十個太
陽居住在東方海外的暘谷，暘谷又名甘
淵，谷中海水翻滾，十個太陽便在水中
洗浴。暘谷邊上有一棵扶桑神樹，樹高
數千丈，是十個太陽睡覺的地方；其中
九個太陽住在下面的枝條上，一個太陽
住在上面的枝條上，兄弟十個輪流出現
在天空，一個回來了，另一個才去照耀
人間，每天出行都由他們的母親義和駕
著車子接送。所以雖然太陽有十個，可
是人們平時見到的卻只有一個。

菌人　清‧汪紱圖本

異國	地理位置	奇聞軼事
義和國	東南海之外，甘水之間。	義和是帝俊的妻子，生了十個太陽。

第十六卷

大荒西經

《大荒西經》中所描述的女丑屍、
丈夫國、軒轅國等內容大致與海外西經
相同，但也有所改動，
例如說：
白氏國在《海外西經》中為白民國，
《大荒西經》中的長脛國在
海外西經中為長股國。
名稱雖然不同，
但從具體所指來看為同一對象。
《大荒西經》中最值得關注的是
對文明起源的記敘。
如：叔均創造了耕田的方法、
太子長琴創造了音樂等。

1 從不周山到白氏國
女媧之腸所化的十個神人

原文

西北海之外，大荒①之隅，有山而不合，名曰不周負子②，有兩黃獸守之。有水曰寒暑之水③。水西有溼山，水東有幕山。有禹攻共工國山④。

有國名曰淑士，顓頊之子。

有神十人，名曰女媧⑤之腸，化為神，處栗廣之野；橫⑥道而處。

有人名曰石夷，西方曰夷，來風曰韋，處西北隅，以司⑦日月之長短。

有五采之鳥，有冠，名曰狂鳥。

有大澤之長山⑧。有白氏之國⑨。

譯文

在西北海以外，大荒的一個角落，有座山斷裂而合不攏，名叫不周山，有兩頭黃色的野獸守護著它。有一條水流名叫寒暑水。寒暑水的西面有座溼山，寒暑水的東面有座幕山。還有一座禹攻共工國山。

有個國家名叫淑士國，這裡的人是帝顓頊的子孫後代。

有十個神人，名叫女媧腸，就是女媧的腸子變化而成神的，在稱作栗廣的原野上，他們攔斷道路而居住。

有位神人名叫石夷，西方人單稱他為夷，從北方吹來的風稱作西北角，掌管太陽和月亮升起落下時間的長短。

有一種長著五彩羽毛的鳥，頭上有冠，名叫狂鳥。

有一座大澤長山。有一個白氏國。

【注釋】

① 大荒：荒遠的地方。

② 不周負子：即不周山，相傳共工與顓頊爭權，怒觸不周山，造成天崩地裂。

③ 寒暑之水：冷水和熱水交替湧出的泉水。

④ 共工國山：指大禹殺共工之臣相柳的地方。

⑤ 女媧：神話傳說女媧是一位以神女的身份做帝王的女神人，是人的臉面蛇的身子，一天內有七十次變化，她的腸子就化成這十位神人。

⑥ 橫：側；旁邊。

⑦ 司：掌管；管理。

⑧ 大澤之長山：山名，具體所指待考。一說指沙漠。

⑨ 白氏之國：即上文所說的「白民國」。

女 娲　明·蔣應鎬圖本

　　傳說天神華胥生男子名叫伏羲，生的女子就是女媧，伏羲身上覆蓋著鱗片，女媧則長著蛇的身體。女媧神通廣大，她一天之內就能夠變化七十次。當時天地剛剛開闢，還沒有人，於是女媧手捧泥土，根據自己的形象，捏出了一個個的孩子，就是人。

石夷　清·汪紱圖本

狂鳥　明·蔣應鎬圖本　　女媧之腸十人　清·汪紱圖本

547

2 從長脛國到北狄國
開創耕田方法的后稷

原文

西北海之外，赤水之東，有長脛之國。

有西周之國，姬姓，食穀。有人方耕，名曰叔均①。帝俊②生后稷③，稷降以穀④。稷之曰臺璽，生叔均。叔均是代其父及稷播百穀，始作耕。有赤國妻氏⑤。有雙山。

西海之外，大荒之中，有方山者，上有青樹，名曰櫃格之松⑥，日月所出入也。

西北海之外，赤水之西，有先民之國，食穀，使四鳥。

有北狄之國。黃帝之孫曰始均，始均生北狄。

譯文

在西北海以外，赤水東岸，有個長脛國。

有個西周國，這裡的人姓姬，以五穀為食。有個人正在耕田，名叫叔均。帝俊生了后稷，后稷從天上把各種穀物的種子帶到下界。后稷的弟弟叫臺璽，臺璽生了叔均。叔均曾代替父親和后稷播種各種穀物，開始創造耕田的方法。有個赤國妻氏。有座雙山。

在西海以外，大荒之中，有座山叫方山，山上有棵青色大樹，名叫櫃格松，是太陽和月亮出入的地方。

在西北海以外，赤水的西岸，有先民國，這裡的人吃穀米，能馴化驅使四種野獸。

有北狄國。黃帝的孫子叫始均，始均的後代子孫，就是北狄國人。

【注釋】

① 叔均：上文曾說叔均是后稷的孫子，又說是帝舜的兒子，這裡卻說是后稷之弟 —— 臺璽的兒子，諸說不同，乃屬神話傳說分歧。

② 帝俊：這裡指帝嚳，名叫俊。傳說他的第二個妃子生了后稷。

③ 后稷：古史傳說他是周朝王室的祖先，姓姬氏，號后稷，善於種莊稼，死後被奉祀為農神。

④ 稷降以穀：把百穀的種子從天上帶到人間。

⑤ 赤國妻氏：一說指人名；一說指地名。

⑥ 櫃格之松：樹名，具體所指不詳，待考。

(長)(股)(國) 明·蔣應鎬圖本

相傳后稷用木頭和石塊發明製
造了簡單的農具，教導人們耕田種
地，人民的日子變好了。後來種地
的方法流傳到全國。帝堯知道後，
就聘請他來掌管農業，指導百姓耕
作。帝堯的繼承者帝舜為了表彰后
稷的功績，把有邰封給了他。這裡
就是周朝興起的地方，后稷就是周
人的祖先。

北狄 清·汪紱圖本

異國	體貌特徵	奇聞軼事
長脛國	腿長三丈，即長股國。	見第七卷《海外西經》。
西周國		都姓姬，以五穀為食。
先民國		以五穀為食，並且能馴化驅使四種野獸。
北狄國	黃帝之孫始均的後代。	

山海經地理考

赤水	⋯⋯▶	今金沙江、額爾齊斯河或鄂畢河	▶	①一說是指今金沙江。 ②一說指位於西北的額爾齊斯河或鄂畢河。
西周	⋯⋯▶	今陝西武功縣	▶	西周為古代部落名，始祖為后稷。
西海	⋯⋯▶	今青海湖	▶	古水名，可能指的是今天青海省的青海湖。
赤水	⋯⋯▶	今黃河或金沙江	⋯⋯▶	兩種說法，一種說法認為這裡指黃河；另一說法認為是今天的金沙江。

3 從芒山到靈山十巫
豐沮玉門，日月落下之地

原文

　　有芒山。有桂山。有榣（一ㄠˊ）山，其上有人，號曰太子長琴。顓頊生老童①，老童生祝融，祝融②生太子長琴，是處榣山，始作樂風③。

　　有五采鳥三名：一曰皇鳥④，一曰鸞鳥⑤，一曰鳳鳥。

　　有蟲⑥狀如菟⑦，胸以後者裸不見，青如猿狀⑧。

　　大荒之中，有山名曰豐沮玉門，日月所入。

　　有靈山，巫咸、巫即、巫盼、巫彭、巫姑、巫真、巫禮、巫抵、巫謝、巫羅十巫，從此升降，百藥爰在。

譯文

　　有座芒山。有座桂山。有座榣山，山上有一個人，號稱太子長琴。顓頊生了老童，老童生了祝融，祝融生了太子長琴，於是太子長琴住在榣山上，開始創作樂而風行世間。

　　有三種長著彩色羽毛的鳥：一種叫皇鳥，一種叫鸞鳥，一種叫鳳鳥。

　　有一種野獸的形狀與普通的兔子相似，胸脯以後部分全露著而又分不出來，這是因為牠的皮毛青得像猿猴而把裸露的部分遮住了。

　　在大荒的當中，有座山名叫豐沮玉門山，是太陽和月亮降落的地方。

　　有座靈山，巫咸、巫即、巫盼、巫彭、巫姑、巫真、巫禮、巫抵、巫謝、巫羅等十個巫師，從這座山升到天上和下到世間，各種各樣的藥物就生長在這裡。

【注釋】

① 老童：即上文所說的神人耆童。傳說帝顓頊娶於滕氏，叫女祿，生下老童。

② 祝融：傳說是高辛氏火正，名叫吳回，號稱祝融，死後為火官之神。

③ 樂風：樂曲，也有人認為是月風曲。

④ 皇鳥：鳳凰。

⑤ 鸞鳥：鳳凰的一種。

⑥ 蟲：古人把人及鳥獸等動物通稱為蟲，如鳥類稱為羽蟲，獸類稱為毛蟲，龜類稱為甲蟲，魚類稱鱗蟲，人類稱為裸蟲。這裡指野獸。

⑦ 菟：通「兔」。

⑧ 狀：這裡不是指具體形狀，而是指顏色的深淺達到某程度的樣子。

十 巫　清·汪紱圖本

　　巫師是古代以求神占卜為職業的人，
巫咸、巫即、巫盼、巫彭、巫姑、巫真、
巫禮、巫抵、巫謝、巫羅等十個巫師居住
於靈山之上。在山上採各種各樣的藥物，
並通過靈山往返於人間與天上。

太子長琴　清·汪紱圖本

蟲狀如菟　清·《禽蟲典》

奇山	地理位置	奇聞軼事
榣山		太子長琴，擅長樂曲，是音樂的先驅。
豐沮玉門山	大荒之中。	太陽和月亮升起和降落的地方。
靈山		有十個巫師透過這座山來往於天地之間。

山海經地理考

芒山	⋯⋯▶	今所指不詳	⋯⋯▶	可能因為山上長滿了芒而得名。
桂山	⋯⋯▶	今所指不詳	⋯⋯▶	可能因為山上長滿了桂而得名。
靈山	⋯⋯▶	今巫山	⋯⋯▶	可能是今天西北地區的巫山。

4 從西王母山到龍山
沃民國，隨心所欲的國度

原文

　　西有王母之山、壑山、海山。有沃之國，沃民是處。沃之野[1]，鳳鳥之卵是食，甘露[2]是飲。

　　凡其所欲，其味盡存。爰有甘華、甘柤（ㄓㄚ）、白柳、視肉、三騅[3]、璇[4]瑰[5]、瑤碧、白木[6]、琅玕[7]（ㄍㄢ）、白丹[8]、青丹[9]，多銀鐵。鸞鳥自歌，鳳鳥自舞，爰有百獸，相群是處，是謂沃之野。

　　有三青鳥，赤首黑目，一名曰大鵹，一曰少鵹，一名曰青鳥。

　　有軒轅之臺[10]，射者不敢西向射，畏軒轅之臺。

　　大荒之中，有龍山，日月所入。有三澤[11]水，名曰三淖（ㄋㄠˋ），昆吾[12]之所食[13]也。

譯文

　　有西王母山、壑山、海山。有個沃民國，沃民便居住在這裡。生活在沃野的人，吃的是鳳鳥產的蛋，喝的是天降的甘露。凡是他們心裡想要的美味，都能在鳳鳥蛋和甘露中嘗到。這裡還有甘華樹、甘柤樹、白柳樹、視肉怪獸、三騅馬、璇玉瑰石、瑤玉碧玉、白木樹、琅玕樹、白丹、青丹，多出產銀、鐵。鸞鳥自由自在地歌唱，鳳鳥自由自在地舞蹈，還有各種野獸，群居相處，所以稱作沃野。

　　有三隻青色大鳥，牠們長著紅紅的腦袋黑黑的眼睛，一隻叫做大鵹，一隻叫做少鵹，一隻叫做青鳥。

　　有座軒轅臺，射箭的人都不敢向西射，因為敬畏軒轅臺上黃帝的威靈。

　　大荒當中，有座龍山，是太陽和月亮降落的地方。有三個匯聚成的大水地，名叫三淖，是昆吾族人取得食物的地方。

【注釋】

① 沃之野：傳說中的一片沃野。

② 甘露：甜美的雨露。

③ 三騅：皮毛雜色的馬。

④ 璇：美玉。

⑤ 瑰：似玉的美石。

⑥ 白木：一種純白色的樹木。

⑦ 琅玕：傳說中的一種結滿珠子的樹。

⑧ 白丹：一種可作白色染料的自然礦物。

⑨ 青丹：一種可作青色染料的自然礦物。

⑩ 軒轅之臺：即上文所說的軒轅之丘，為傳說中的上古帝王黃帝所居之地，故號軒轅氏。

⑪ 澤：聚水的窪地。這裡作動詞用，匯聚的意思。

⑫ 昆吾：相傳是上古時的一個部落。

⑬ 食：食邑，即古時作為專門供應某人或某部分人生活物資的一塊地方。

圖解山海經

西 王 母　清·《神異典》

　　西王母又稱王母娘娘，最初見於《山海經》中，是半人半獸的形象。後世中，西王母的形象逐漸變美，《神異典》的西王母以君主的形式出現，身邊的三青鳥也變成了三個侍女。

異國	風俗習慣	奇聞軼事
沃民國	吃鳳鳥產的蛋，喝天上降下的甘露。	凡是他們心裡想的美味都能得到。
昆吾族人	在名字叫三淖的地方取得食物。	

山海經地理考

壑山	……→	今青海省某山	……→	具體所指不詳，大致位於青海省境內。
海山	……→	今青海省某山	……→	具體所指不詳，大致位於青海省境內。

5 從女丑屍到弇茲
長著五彩羽毛的鳴鳥

原文

有人衣青，以袂①蔽面，名曰女丑之屍②。
有女子之國。
有桃山。有虻山③。有桂山。有於土山。
有丈夫之國。
有弇州之山，五采之鳥仰天，名曰鳴鳥。爰有百樂歌舞之鳳。
有軒轅之國。江山之南棲為吉。不壽者乃八百歲。
西海陼中有神，人面鳥身，珥兩青蛇，踐兩赤蛇，名曰弇茲。

譯文

有個人穿著青色衣服，用袖子遮住臉面，名叫女丑屍。
有個女子國。
有座桃山。還有座虻山。又有座桂山。又有座於土山。
有個丈夫國。
有座弇州山，山上有一種長著五彩羽毛的鳥正仰頭向天而噓，名叫鳴鳥。因而這裡有各種各樣樂曲歌舞的風行。
有個軒轅國。這裡的人把居住在江河山嶺的南邊當做吉利，就是壽命不長的人也活到了八百歲。
在西海的島嶼上，有一個神人，長著人的面孔鳥的身子，耳朵上穿掛著兩條青色蛇，腳底下踩踏著兩條紅色蛇，名叫弇茲。

【注釋】

①袂：衣服的袖子。
②女丑之屍：上文說女丑屍用右手遮住臉面，這裡說是用衣袖遮住臉面，大概因原圖上的畫像就不一樣。
③虻山：即上文所說的芒山。

女丑屍 清・汪紱圖本

　　女丑是古代女巫的名字，傳說遠古時期，十個太陽一齊出來，將女巫烤死。她死後的樣子，就是雙手遮面，古人認為女丑雖死，但是她的靈魂卻依然還在，可以依附在活人身上，以供人們祭祀或者進行巫事，因此女丑名為女丑屍。

弇茲　明・蔣應鎬圖本

鳴鳥　清・汪紱圖本

異國	風俗習慣	奇聞軼事
女子國	只有女子沒有男子。	詳見第七卷《海外西經》。
丈夫國	只有男子沒有女子。	詳見第七卷《海外西經》。
軒轅國	壽命很長。	認為住在江河山嶺的南邊就可以長命百歲。

桃山	……▶	今所指不詳	……▶	可能因為山上長滿桃樹而得名。
弇州山	……▶	今所指不詳	……▶	可能位於今天的甘肅省天水市西部。
江山	……▶	今邛崍山	……▶	山名，位於四川境內的邛崍山；也有人認為不是單獨的山名，而是指江和山。

6 從日月山到玄丹山
噓，主管日月星辰運行

圖解山海經

原文

大荒之中，有山名曰日月山，天樞①也。吳姬（ㄐㄩˋ）天門，日月所入。有神，人面無臂，兩足反屬②於頭山，名曰噓。顓頊生老童，老童生重③及黎④，帝令重獻⑤上天，令黎印⑥下地。下地是生噎，處於西極，以行日月星辰之行次⑦。

有人反臂⑧，名曰天虞。

有女子方浴月。帝俊妻常羲，生月十有二，此始浴之。

有玄丹之山。有五邑之鳥，人面有發。爰有青鴍（ㄨㄣˊ）、黃鰲（ㄠˊ）、青鳥、黃鳥，其所集者其國亡。

譯文

大荒當中，有座山名叫日月山，是天的樞紐。這座山的主峰叫吳姬天門山，是太陽和月亮降落的地方。有一個神人，形狀像人而沒有臂膀，兩隻腳反轉著連在頭上，名叫噓。帝顓頊生了老童，老童生了重和黎，帝顓頊命令重托著天用力往上舉，又命令黎 著地使勁朝下按。於是黎來到地下並生了噎，他就處在大地的最西端，主管著太陽、月亮和星辰運行的先後次序。

有個神人反長著臂膀，名叫天虞。

有個女子正在替月亮洗澡。帝俊的妻子常羲，生了十二個月亮，這才開始給月亮洗澡。有座玄丹山。在玄丹山上有一種長著五彩羽毛的鳥，一副人的面孔而且有頭髮。這裡還有青鴍、黃鰲，這種青色的鳥、黃色的鳥，牠們在哪個國家聚集棲息哪個國家就會滅亡。

【注釋】

① 天樞：天的樞紐。

② 屬：接連。

③ 重：神話傳說中掌管天上事務的官員南正。

④ 黎：神話傳說中管理地下人類的官員火正。

⑤ 獻：用手捧著東西給人。這裡是舉起的意思。

⑥ 印：痕跡著於其他物件上。如在信件上加蓋印章就要把印章朝下按壓。所以，印可通「抑」，即抑壓，按下之意。

⑦ 行次：運行次序。

⑧ 反臂：一說胳膊反著長，肘關節長在前面。另一說胳膊背在身後，是被捆綁的形狀。

義和浴月 清·汪紱圖本

常羲是帝俊的妻子，懷胎十二個月生下了十二個月亮女兒，個個飽滿圓潤，她非常疼愛她的女兒，每天給女兒洗浴打扮後，親自帶著一個女兒，乘著九鳳拉的月亮車，巡行與夜空，為人間帶來光明。

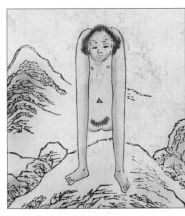

噓 明·蔣應鎬圖本

五彩鳥 明·蔣應鎬圖本

山水	特色	神仙
日月山	太陽和月亮降落的地方。	神人噓掌管日月的運行次序。
玄丹山	有五彩鳥，五彩羽毛，人面鳥身。	

【第十六卷 大荒西經】

7 從孟翼攻顓頊池到崑崙丘
能引起戰爭的紅色天犬

原文

> 有池，名孟翼^①之攻顓頊之池。
>
> 大荒之中，有山名曰鏖（ㄠˊ）鏊（ㄠˋ）鉅^②，日月所入者。
>
> 有獸，左右有首，名曰屏蓬。有巫山者。
>
> 有壑山者。有金門之山，有人名曰黃姬^③之屍。有比翼之鳥。有白鳥，青翼，黃尾，玄喙^④。有赤犬，名曰天犬，其所下者有兵。
>
> 西海之南，流沙之濱，赤水之後，黑水^⑤之前，有大山，名曰崑崙之丘。有神，人面虎身，有文有尾，皆白^⑥，處之。其下有弱水^⑦之淵環之，其外有炎火之山，投物輒^⑧然^⑨。有人戴勝^⑩，虎齒，有豹尾，穴處，名曰西王母。此山萬物盡有。

譯文

　　有個水池，名叫孟翼攻顓頊池。

　　大荒當中，有座山名叫鏖鏊鉅山，是太陽和月亮降落的地方。

　　有一種野獸，左右各長一個頭，名叫屏蓬。有座山叫做巫山。

　　又有座山叫做壑山。還有座金門山，山上有人名叫黃姬屍。有比翼鳥。有一種白鳥，長著青色的翅膀，黃色的尾巴，黑色的嘴。有一種紅顏色的狗，名叫天犬，牠所降臨的地方都會發生戰爭。

　　在西海的南面，流沙的邊沿，赤水的後面，黑水的前面，屹立著一座大山，名叫崑崙山。有一個神人，長著人的面孔、老虎的身子，尾巴上盡是白色斑點，住在這座崑崙山上。崑崙山下有條弱水聚成的深淵環繞著它，深淵的外邊有座炎火山，一投進東西就燃燒起來。有人頭上戴著玉製首飾，滿口的老虎牙齒，有一條豹似的尾巴，在洞穴中居住，名叫西王母。這座山擁有世上的各種東西。

【注釋】

①孟翼：人名，具體所指不詳，待考。

②鏖鏊鉅：山名，具體所指不詳，待考。

③黃姬：人名，具體所指不詳，待考。

④玄喙：黑色的嘴。

⑤黑水：水名，具體所指不詳，待考。

⑥白：指尾巴上點綴著白色斑點。

⑦弱水：相傳這種水輕得不能漂浮起鴻雁的羽毛。

⑧輒：即，就。

⑨然：「燃」的本字。燃燒。

⑩勝：古時婦女的首飾。

天犬 明·蔣應鎬圖本

　　天犬是一種紅顏色的狗，牠所降臨的地方就會發生戰爭。相傳牠奔跑的速度非常的快，天上流星，就是天狗飛奔而過留下的痕跡。

屏蓬 明·蔣應鎬圖本

人面虎身神 清·汪紱圖本

山海經地理考

西海	兩種說法	①今天青海省境內的青海湖。 ②新疆境內的羅布泊。
赤水	今黃河	可能指黃河上游。
崑崙丘	今甘肅	在今天甘肅省境內。
炎火山	今新疆火焰山	可能是今新疆吐魯番的火焰山。

【第十六卷 大荒西經】

8　從常陽山到吳回

沒有影子的壽麻國人

圖解
山海經

原文

大荒之中，有山名曰常陽之山，日月所入。

有寒荒之國。有二人女祭、女薎[1]。

有壽麻之國。南岳[2]娶州山女，名曰女虔。女虔生季格，季格生壽麻。壽麻正立無景[3]，疾呼無響[4]。爰有大暑，不可以往。

有人無首，操戈盾立，名曰夏耕之屍。故成湯[5]伐夏桀於章山，克之，斬耕厥[6]前。耕既立，無首，走[7]厥[8]咎[9]，乃降[10]於巫山。

有人名曰吳回[11]，奇[12]左，是無右臂。

譯文

大荒當中，有座山名叫常陽山，是太陽和月亮降落的地方。

有個寒荒國。這裡有兩個神人分別叫女祭、女薎。

有個國家叫壽麻國。南岳娶了州山的女子為妻，她的名字叫女虔。女虔生了季格，季格生了壽麻。壽麻端端正正站在太陽下不見任何影子，高聲疾呼而四面八方沒有一點回響。這裡異常炎熱，人不可以前往。

有個人沒了腦袋，手拿一把戈和一面盾牌立著，名叫夏耕屍。從前成湯在章山討伐夏桀，打敗了夏桀，斬殺夏耕屍於他的面前。夏耕屍站立起來後，發覺沒了腦袋，為逃避他的罪咎，於是竄到巫山去了。

有個人名叫吳回，只剩下左臂膀，而沒了右臂膀。

【注釋】

[1] 女祭、女薎：兩個女子名。也有人認為是兩個以女子為主的氏族名。

[2] 南岳：人名，一說指黃帝；另一說指的是一位與黃帝同屬一系的人物。

[3] 景：「影」的本字。

[4] 響：聲音；一說指回聲。

[5] 成湯：即商湯王，商朝的開國國王。夏桀：即夏桀王，夏朝的最後一位國王。

[6] 厥：代詞，這裡指代成湯。

[7] 走：這裡是逃避的意思。

[8] 厥：這裡指代夏耕屍。

[9] 咎：罪責。

[10] 降：這裡指逃竄。

[11] 吳回：即上文所說的火神祝融。也有說是祝融的弟弟，亦為火正之官。屬神話傳說分歧。

[12] 奇：單數。這裡指與配偶事物相對而言的單個事物。

壽 麻 國 　清·汪紱圖本

　　相傳，壽麻國原來所生活的地方由於地震沉沒，一個叫壽麻的人帶領部分族人提前北逃，免於一死。族人佩服壽麻的先見之明，同時感激他的救命之恩，擁立他為君主，並改族名為壽麻。

夏 耕 屍 　明·蔣應鎬圖本

　　夏耕屍沒有頭，一手操戈，一手持盾。原是夏桀手下大將，後被成湯斬頭，但是他靈魂並沒有死，為了逃避罪責，逃往巫山。

異國	氣候	奇聞軼事
寒荒國		有兩個女神，一個手裡拿著盛酒的酒器，一個手持肉板。
壽麻國	氣候炎熱異常，沒有水源。	都是仙人，站在太陽底下沒有影子。

山海經地理考

| 常陽山 | ……▶ | 今具體位置不詳 | ……▶ | 可能在今陝西之南，四川之北。 |
| 巫山 | ……▶ | 今有兩種說法 | ……▶ | ①在今天湖北、重慶邊境。②在今天的河南禹州市附近。 |

【第十六卷 大荒西經】

9 從蓋山國到夏後開
長生不死的三面人

原文

有蓋山之國。有樹，赤皮支①幹，青葉，名曰朱木。

有一臂民。

大荒之中，有山，名曰大荒之山，日月所入。有人焉，三面，是顓頊之子，三面一臂，三面之人不死。是謂大荒之野。

西南海之外，赤水之南，流沙之西，有人珥兩青蛇，乘兩龍，名曰夏後開②。開上三嬪③於天，得〈九辯〉與〈九歌〉④以下。此天穆之野⑤，高二千仞⑥，開焉得始歌〈九招〉⑦。

譯文

有個蓋山國。這裡有一種樹木，樹皮、樹枝、樹幹都是紅色的，葉子是青色的，名叫朱木。

有一種只長一條臂膀的一臂民。

大荒當中，有一座山，名叫大荒山，是太陽和月亮降落的地方。這裡有一種人的頭上的前邊和左邊、右邊各長著一張面孔，是顓頊的子孫後代，三張面孔一隻胳膊，這種三張面孔的人永遠不死。這裡就是所謂的大荒野。

在西南海以外，赤水的南岸，流沙的西面，有個人耳朵上穿掛著兩條青色蛇，乘駕著兩條龍，名叫夏後開。夏後開曾三次到天帝那裡做客，得到天帝的樂曲〈九辯〉和〈九歌〉而下到人間。這裡就是所謂的天穆野，高達二千仞，夏後　在此開始演奏〈九招〉樂曲。

【注釋】

① 支：通「枝」。

② 夏後開：即上文所說的夏後啟。因為漢朝人避漢景帝劉啟的名諱，就改「啟」為「開」。

③ 嬪：嬪、賓在古字中通用。這裡作為動詞，意思是做客。

④ 〈九辯〉與〈九歌〉：皆為樂曲名，相傳原為天帝的樂曲，夏後啟做客時偷偷帶到人間。後為《楚辭》中的篇名。

⑤ 天穆之野：古代地名。

⑥ 仞：古代的八尺為一仞。

⑦ 〈九招〉：傳說中虞舜之樂的名稱，因韶樂九章而得名。

夏后啟 明‧蔣應鎬圖本

禹王去世前，想效仿堯舜，找一個賢能的人來接替自己。最後，人們一致推舉伯益做他的繼承人。禹覺得自己好不容易得到的王位應當由自己的兒子繼承。於是，他就把治理天下的大權交給兒子，只給伯益一個繼承人的名分。幾年後，啟把國家治理得井井有條，人們逐漸接受了啟，而伯益卻沒有新政績。大禹死後，啟排除了種種阻礙，真正行使了王權。從此，中國開始了父死子承的家天下制度。

三面人　明‧蔣應鎬圖本

國家或種族	外貌特徵	奇聞軼事
蓋山國		有種樹皮、樹枝、樹幹都是紅色的樹。
三面人	有三個面孔。	

10 從互人國到大巫山

魚婦，顓頊死後變幻而來

原文

有互人之國。炎帝①孫名曰靈恝，靈恝生互人，是能上下於天。

有魚偏枯②，名曰魚婦。顓頊死即復甦。風道③北來，天及大水泉，蛇乃化為④魚，是為魚婦。顓頊死即復蘇。

有青鳥，身黃，赤足，六首，名曰䴏鳥。

有大巫山。有金之山。西南，大荒之中隅，有偏句、常羊之山。

按：夏後開即啟，避漢景帝諱雲。⑤

譯文

有個互人國。炎帝的孫子名叫靈恝，靈恝生了互人，這裡的人能乘雲駕霧上下於天。

有一種魚的身子半邊乾枯，名叫魚婦，是帝顓頊死了又立即甦醒而變化的。風從北方吹來，天於是湧出大水如泉，蛇於是變化成為魚，這便是所謂的魚婦。而死去的顓頊就是趁蛇魚變化未定之機托體魚軀並重新復甦的。

有一種青鳥，身子是黃色的，爪子是紅色的，長有六個頭，名叫䴏鳥。

有座大巫山。又有座金山。在西南方，大荒的一個角落，有偏句山、常羊山。

按語：夏後開就是夏後啟，為避漢景帝劉啟的名諱而改的。

【注釋】

① 炎帝：即傳說中的上古帝王神農氏。因為以火德為王，所以號稱炎帝，又因創造農具教人們種莊稼，所以叫做神農氏。

② 偏枯：偏癱。

③ 道：從，由。

④ 為：謂，以為。

⑤ 這兩句按語不是《山海經》原文，也不知是誰題寫的，但為底本所有，今仍存其舊。

清·汪紱圖本

魚婦半身偏枯，半人半魚，據說是顓頊死而
復甦變化成的。相傳顓頊死去的時候，大風從北
方吹來，泉水湧動，蛇變成了魚，顓頊趁著蛇魚
變化未定之時，托體於魚的軀體死而復生，人們
將這種生命稱之為魚婦。

互人 清·汪紱圖本　　鸚鳥 明·蔣應鎬圖本

異國	形態特徵	風俗習慣
互人國	人的面孔，魚的身子，沒有腳。	能騰雲駕霧，上下於天地之間。

【第十六卷 大荒西經】

565

第十七卷

大荒北經

《大荒北經》的內容大多數與

《海外北經》相同。

例如：無腸國、夸父追日等，

還有一些內容與《海外經》類似，

但有所改動。如《大荒北經》的相繇在

《海外北經》中為相柳，

《大荒北經》中的儋耳國為

《海外北經》的聶耳國，

《大荒北經》中的深目民在

《海外北經》中為深目國。

《大荒北經》除了與《海外北經》

相同外，也與其他篇章相同，

例如：大人國、毛民國在

《海外東經》中出現過。

從附禺山到不鹹山
肅慎國的獸首蛇身怪獸

原文

　　東北海之外，大荒之中，河水之間，附禺之山[①]，帝顓頊與九嬪葬焉。爰有鴟久、文貝、離俞、鸞鳥、皇鳥、大物、小物[②]。有青鳥、琅鳥[③]、玄鳥[④]、黃鳥、虎、豹、熊、羆、黃蛇、視肉、璇[⑤]（ㄒㄩㄢˊ）瑰、瑤碧，皆出於山。衛丘方員三百里，丘南帝俊竹林在焉，大可為舟。竹南有赤澤水[⑥]，名曰封[⑦]淵。有三桑無枝，皆高百仞。丘西有沈[⑧]淵，顓頊所浴。

　　有胡不與之國，烈姓，黍食。

　　大荒之中，有山名曰不鹹，有肅慎氏之國。有蜚[⑨]蛭，四翼。有蟲[⑩]，獸首蛇身，名曰琴蟲。

譯文

　　在東北海以外，大荒當中，黃河水流經的地方，有座附禺山，帝顓頊與他的九個妃嬪葬在這座山。這裡有鴟鷹、花斑貝、離朱鳥、鸞鳥、皇鳥、大物、小物。還有青鳥、琅鳥、燕子、黃鳥、老虎、豹、熊、羆、黃蛇、視肉怪獸、璇玉瑰石、瑤玉、碧玉，都出產於這座山。衛丘方圓三百里，衛丘的南面有帝俊的竹林，竹子大得可以做成船。竹林的南面有紅色的湖水，名叫封淵。有三棵不生長枝條的桑樹，都高達一百仞。衛丘的西面有個深淵，是帝顓頊洗澡的地方。

　　有個胡不與國，這裡的人姓烈，吃黃米。

　　大荒當中，有座山名叫不鹹山。有個肅慎氏國。有一種能飛的蛭，長著四隻翅膀。有一種蛇，是野獸的腦袋蛇的身子，名叫琴蟲。

【注釋】

①附禺之山：上文所說的務禺山、鮒魚山與此同為一山。附、務、鮒，皆古字通用。

②大物、小物：指殉葬的大小用具物品。

③琅鳥：白鳥。琅，潔白。

④玄鳥：燕子的別稱。因牠的羽毛黑色，所以稱為玄鳥。玄，黑色。

⑤璇：美玉。

⑥赤澤水：指水呈紅色。

⑦封：大。

⑧沈：深。

⑨蜚：通「飛」。

⑩蟲：這裡指蛇。

蜚 蛭 清·汪紱圖本

　　蛭屬於環節動物，有好幾種，如水蛭、魚蛭、山蛭等。這裡所說的蛭有四隻翅膀，能飛。

琴 蟲 清·汪紱圖本

　　琴蟲長有蛇的身體和獸的腦袋，長於肅慎國，相傳肅慎國人居住在洞穴中，到了冬天就用獵物油膏在身體上塗抹厚厚一層，以此來抵禦風寒。

異國	風俗習慣	奇聞軼事
胡不與國	姓烈，吃黃米。	
肅慎國		有長著四隻翅膀，能飛的蛭。有長著野獸頭的蛇，名叫琴蟲。

山海經地理考

胡不與國	⋯⋯▶ 今黑龍江省友誼縣境內	⋯⋯▶ 即《漢書》中所記載的「挹婁國」，位於今天黑龍江省雙鴨山市友誼縣境內東南四十八公里處的鳳林村。
不鹹山	⋯⋯▶ 今東北長白山	⋯⋯▶ 長白山是中朝兩國的界山，位於吉林省延邊朝鮮族自治州安圖縣和白山市撫松縣境內。
肅慎國	⋯⋯▶ 今黑龍江、烏蘇裡江和長白山一帶	⋯⋯▶ 肅慎國的主要民族是肅慎族，是現代滿族的祖先。

【第十七卷 大荒北經】

2 從大人國到先檻大逢山
叔歜國，顓頊的子孫後代

原文

有人名曰大人。有大人之國①，厘姓，黍食。有大青蛇②，黃頭，食塵。

有榆山。有鯀攻程州③之山。

大荒之中，有山名曰衡天。有先民之山。有槃木④千里。

有叔歜（ㄔㄨˋ）國，顓頊之子，黍食，使四鳥：虎、豹、熊、羆。有黑蟲如熊狀，名曰獵獵（ㄒㄧˋ）。

有北齊之國，姜姓，使虎、豹、熊、羆。

大荒之中，有山名曰先檻大逢之山，河濟所入，海北注焉。其西有山，名曰禹所積石。

譯文

有一種人名叫大人。有個大人國，這裡的人姓厘，吃黃米。有一種大青蛇，黃色的腦袋，能吞食大鹿。

有座榆山。又有座鯀攻程州山。

大荒當中，有座山名叫衡天。又有座先民山。有一棵盤旋彎曲一千里的大樹。

有個叔歜國，這裡的人都是顓頊的子孫後代，吃黃米，能馴化驅使四種野獸：老虎、豹、熊和羆。有一種形狀與熊相似的黑蟲，名叫獵獵。

有個北齊國，這裡的人姓姜，能馴化驅使老虎、豹、熊和羆。

大荒當中，有座山名叫先檻大逢山，是黃河水和濟水流入的地方，海水從北面灌注到這裡。它的西邊也有座山，名叫禹所積石山。

【注釋】

① 大人國：就是前文所說的大人國。
② 大青蛇：可能指的是蟒蛇。
③ 程州：可能是國名。
④ 槃木：盤旋彎曲廣大千里的樹。

獵獵 獵 清·汪紱圖本

　　獵獵這種野獸生長在叔歜國內，牠的毛色漆黑，體型如熊。

獵獵　清·《禽蟲典》

異國	風俗習慣	奇聞軼事
大人國	前文所提的大人國。	詳見第九卷《海外東經》。
叔歜國	吃黃米，能驅使虎、豹、熊、羆四種野獸。	有一種如熊狀的野獸。
北齊國	姓姜，能驅使虎、豹、熊、羆四種野獸。	

山海經地理考

先民山	⋯⋯➤	具體位置不詳	➤	大約是東北的山脈，具體所指不詳，待考。
北齊國	⋯⋯➤	具體位置不詳	➤	可能是西周初年的齊國。
先檻大逢山	⋯⋯➤	今山東半島某山	➤	依據先檻大逢山是河水和濟水的入口處，海水也從北方流到這裡，可推斷出在今天的山東半島。

【第十七卷 大荒北經】

3 從陽山到北極天櫃山

九鳳，九首人面的鳥神

原文

有陽山者。有順山者，順水出焉。有始州之國，有丹山。

有大澤方千里，群鳥所解[1]。

有毛民之國，依姓，食黍，使四鳥。禹生均國，均國生役采，役采生修鞈（ㄐㄧㄚˊ），修鞈殺綽人。帝[2]念[3]之，潛為之國，是此毛民。

有儋（ㄉㄢ）耳之國，任姓，禺號子，食穀。北海[4]之渚中，有神，人面鳥身，珥[5]兩青蛇，踐[6]兩赤蛇，名曰禺彊。

大荒之中，有山名曰北極天櫃，海水北注焉。有神，九首人面鳥身，名曰九鳳。又有神，銜蛇銜操蛇，其狀虎首人身，四蹄長肘，名曰彊良。

譯文

有座陽山。又有座順山，順水從這座山發源。有個始州國，國中有座丹山。

有一大澤方圓千里，是各種禽鳥脫去舊羽毛再生新羽毛的地方。

有個毛民國，這裡的人姓依，吃黃米，能馴化驅使四種野獸。大禹生了均國，均國生了役采，役采生了修鞈，修鞈殺了綽人。大禹哀念綽人被殺，暗地裡幫綽人的子孫後代建成國家，就是這個毛民國。

有個儋耳國，這裡的人姓任，是神人禺號的子孫後代，吃穀米。在北海的島嶼上，有一個神人，長著人的面孔鳥的身子，耳朵上穿掛著兩條青色蛇，腳底下踩踏著兩條紅色蛇，名叫禺彊。

大荒當中，有座山名叫北極天櫃山，海水從北面灌注到這裡。有一個神人，長著九個腦袋和人面鳥身，名叫九鳳。又有一個神人，嘴裡銜著蛇，手中握著蛇，他的形貌是老虎的腦袋、人的身子，有四隻蹄子和長長的臂肘，這名叫彊良。

【注釋】

①解：指鳥脫換羽毛。

②帝：天帝。

③念：憐念。

④北海：泛指北方偏遠之地。秦漢時也指裡海、貝加爾湖等大澤。

⑤珥：耳飾品，這裡用作動詞。

⑥踐：踩；踏。

九鳳 明·蔣應鎬圖本

　　九鳳，即九頭鳥。長有九個腦袋，這九個腦袋之中有一個是主頭，其餘八個從左上方重疊長出，每一個腦袋都是人的面孔，頸部以下是鳥的身子，是人們崇拜與信仰的鳥神。

儋耳國 明·蔣應鎬圖本

禺彊 明·蔣應鎬圖本

強良 明·蔣應鎬圖本

異國	風俗習慣	奇聞軼事
毛民國	前文所提的大人國。	綽人的子孫後代。
儋耳國	姓任，以穀米為主食。	神人禺號的子孫後代。

山海經地理考

| 丹山 | ⟶ 今內蒙古赤峰 | ⟶ 有人認為丹山以出產朱丹而得名，可能位於今天內蒙古赤峰，山體呈紅色。 |
| 北極天櫃 | ⟶ 今具體位置不詳 | ⟶ 可能在今俄羅斯境內。 |

4 從成都載天山到相繇

相柳，共工手下的惡臣

原文

　　大荒之中，有山名曰成都載天。有人珥兩黃蛇，把兩黃蛇，名曰夸父。后土[1]生信，信生夸父。夸父不量力，欲追日景[2]，逮[3]之於禺穀[4]。將飲河而不足也，將走大澤，未至，死於此。應龍已殺蚩尤，又殺夸父[5]，乃去南方處之，故南方多雨。

　　又有無腸國，是任姓。無繼[6]子，食魚。

　　共工臣名曰相繇[7]，九首蛇身，自環[8]，食於九土。其所歍[9]所尼[10]，即為源澤[11]，不辛乃苦，百獸莫能處。禹湮洪水，殺相繇，其血腥臭，不可生穀；其地多水，不可居也。禹湮[12]之，三[13]仞三沮[14]，乃以為池，群帝因是以為臺。在昆侖崑崙之北。

譯文

　　大荒當中，有座山名叫成都載天山。有人的耳上穿掛兩條黃蛇，手上握兩條黃蛇，名叫夸父。后土生了信，信生了夸父。而夸父不衡量自己的體力，想要追趕太陽的光影，直追到禺穀。夸父渴了想喝黃河水解渴，不夠喝，準備跑到北方去喝大澤的水，還未到，便渴死在此處。應龍在殺了蚩尤以後，又殺夸父，後來到南方居住，所以南方多雨。

　　又有個無腸國，任姓。他們是無繼國人的後代，吃魚。

　　共工的臣子名叫相繇，九頭蛇身，盤旋自繞成一團，貪婪地霸占九座神山而索取食物。他所噴吐停留過的地方，立即變成大沼澤，而氣味不是辛辣就是很苦，百獸中沒有能居住這裡的。大禹堵塞洪水，殺死了相柳，牠的血又腥又臭，使穀物不能生長；那地方又水澇成災，不能居住。大禹填塞它，屢填屢陷，於是把它挖成大池子，諸帝就利用挖出的泥土建造了幾座高臺。諸帝臺位於崑崙山的北面。

【注釋】

① 后土：相傳是共工的兒子句龍。

② 景：「影」的本字。

③ 逮：到，及。

④ 禺穀：又叫禺淵，傳說太陽落下後進入的地方。

⑤ 又殺夸父：先說夸父因追太陽而死，後又說夸父被應龍殺死，這是神話傳說中的分歧。

⑥ 無繼：即上文所說的無啟國。無啟就是無嗣、沒有子孫後代。但這裡卻說無腸國人是無啟國人的子孫，顯然是有繼，而非無繼。這正合乎神話傳說的神奇詭怪的性質。

⑦ 相繇：即上文所說的相柳。

⑧ 自環：身子纏繞在一起。

⑨ 歍：嘔吐。

⑩ 尼：止。

⑪ 源澤：沼澤。

⑫ 湮：阻塞。

⑬ 三：表示多數，屢次。

⑭ 沮：敗壞。這裡指塌陷、陷落。

相柳　山東沂南漢畫像石

　　相傳相柳為了吃人而不被人發現，豢養了一班凶人，專門替他在百姓中選擇身寬體胖之人，供他吞食。

　　同時對於那些瘦瘠的百姓施之以恩惠，可以搏得一般瘦瘠之人的稱譽，以掩飾他擇肥而食的殘酷，可謂一舉兩得。不知道相柳底細的人，以為不過是共工孔壬的臣子而已。其實，雍州以西地區的早已民怨載道，大禹治水之時，才被誅滅。

相柳　清・汪紱圖本

相柳　清・蕭雲從《天問圖》

異國	風俗習慣	奇聞軼事
無腸國	個子高大，肚子裡沒有腸子。吃過食物不消化直接排出體外。	由於排出的還是新鮮食物，富貴人家多將排泄之物收好，給僕人或是自己下頓再吃。

5 從岳山到黃帝大戰蚩尤

黃帝女魃，所到之處皆旱

圖解山海經

原文

有岳之山，尋竹生焉。

大荒之中，有名山曰不句，海水入焉。

有系昆之山者，有共工之臺，射者不敢北鄉[1]（ㄒㄧㄤˋ）。有人衣[2]青衣，名曰黃帝女魃[3]（ㄅㄚˊ）。蚩尤作[4]伐黃帝，黃帝乃令應龍攻之冀州之野；應龍畜水。蚩尤請風伯[5]、雨師[6]，縱大風雨。黃帝乃下天女曰魃，雨止，遂殺蚩尤。魃不得復上，所居不雨。叔均言之帝，後置之赤水之北。叔均乃為田祖[7]。魃時亡之，所欲逐之者，令曰：「神北行[8]！」先除水道，決通溝瀆[9]（ㄉㄨˊ）。

譯文

有座岳山，一種高大的竹子生長在這座山上。

大荒當中，有座山名叫不句山，海水從北面灌注到這裡。

有座山叫系昆山，上面有共工臺，射箭的人因敬畏共工的威靈而不敢朝北方拉弓射箭。有一個人穿著青色衣服，名叫黃帝女魃。蚩尤製造了多種兵器用來攻擊黃帝，黃帝便派應龍到冀州的原野去攻打蚩尤。應龍積蓄了很多水，而蚩尤請來風伯和雨師，縱起一場大風雨。黃帝就降下名叫魃的天女助戰，雨被止住，於是殺死蚩尤。女魃因神力耗盡而不能再回到天上，她居住的地方沒有一點雨水。叔均將此事稟報給黃帝，後來黃帝就把女魃安置在赤水的北面。叔均便做了田神。女魃常常逃亡而出現旱情，故想要驅逐她，便禱告說：「神啊，請向北去吧！」事先清除水道，疏通大小溝渠。

【注釋】

① 鄉：通「向」。方向。

② 衣：穿。這裡是動詞。

③ 女魃：相傳是不長一根頭髮的光禿女神，她所居住的地方，天不下雨。

④ 兵：這裡指兵器、武器。

⑤ 風伯：神話傳說中的風神。

⑥ 雨師：神話傳說中掌管雨水的神。

⑦ 田祖：主管田地之神。

⑧ 北行：指回到赤水之北。

⑨ 瀆：小溝渠。

 清·汪紱圖本

立於江邊的赤水女子獻，疑即黃帝女魃，汪本的赤水女子獻並非傳說中面貌可憎的怪物，而是一個形象可親的普通女子。

蚩尤 清·汪紱圖本

相傳蚩尤原是南方一個巨人部族的首領，他和他弟兄共八十一個，個個都身長數丈，銅頭鐵額，猛勇無比。後來是炎帝手下的一員大將，多次與黃帝展開激戰，最終兵敗。被黃帝斬首。

黃帝女魃 明·蔣應鎬圖本

山海經地理考

岳山	→	今具體位置不詳	→	大致位於山西霍州市西南的霍山。
系昆山	→	今具體位置不詳	→	大致位於陰山山脈。
冀州	→	今山西南部、河南東北部、河北西南角和山東最西的一部分	→	九州之首，中華民族發源地。

6 從深目民國到無繼民

以空氣為食的無繼民

圖解山海經

原文

有人方食魚，名曰深目民之國，盼姓，食魚。

有鐘山[1]者。有女子衣青衣，名曰赤水女子獻[2]。

大荒之中。有山名曰融父山，順水入焉。有人名曰犬戎。黃帝生苗龍，苗龍生融吾，融吾生弄明，弄明生白犬，白犬有牝牡[3]，是為犬戎，肉食。有赤獸，馬狀，無首，名曰戎宣王屍[4]。

有山名曰齊州之山、君山、鬵山、鮮野山、魚山。

有人一目，當面中生。一曰是威姓，少昊之子，食黍。

有無繼民[5]，無繼民任姓，無骨[6]子，食氣[7]、魚。

譯文

有一群人正在吃魚，名叫深目民國，這裡的人姓盼，吃魚類。

有座鐘山。有一個穿青色衣服的女子，名叫赤水女子獻。

大荒當中，有座山名叫融父山，順水流入這座山。有一種人名叫犬戎。黃帝生了苗龍，苗龍生了融吾，融吾生了弄明，弄明生了白犬，這白犬有一公一母而自相配偶，便生成犬戎族人，吃肉類食物。有一種紅色的野獸，形狀像普通的馬卻沒有腦袋，名叫戎宣王屍。

有幾座山分別叫做齊州山、君山、鬵山、鮮野山、魚山。

有一種人長著一隻眼睛，這隻眼睛正長在臉面的中間。

一種說法認為他們姓威，是少昊的子孫後代，吃黃米。

有一種人稱無繼民，無繼民姓任，是無骨民的子孫後代，吃的是空氣和魚類。

【注釋】

① 鐘山：山名，具體所指不詳，待考。

② 赤水女子獻：即上文所說的被黃帝安置在赤水之北的女魃。魃，旱神。

③ 白犬有牝牡：一說指白犬一身兼具雌雄兩性；一說只有一雄一雌兩隻白犬。

④ 戎宣王屍：傳說是犬戎族人奉祀的神。

⑤ 無繼民：國名或部族名。

⑥ 無骨：一說是國名或部族名；一說意為身上沒骨頭。

⑦ 食氣：古代一種通過調整呼吸來攝取空氣中的營養物質的養生術。

戎宣王屍　清・汪紱圖本

　　戎宣王屍是一種渾身紅色的野獸，牠的外形像我們日常生活中最常見的馬，腦袋被砍下，不知去向。

犬戎　明・蔣應鎬圖本

少昊之子　明・蔣應鎬圖本

戎宣王屍　清・《禽蟲典》

國家或民族	風俗習慣	奇聞逸聞
深目民國	姓盼，吃魚類。	
無繼民	無繼民姓任，是無骨民的子孫後代，吃的是空氣和魚類。	人面獸身。

山海經地理考

| 犬戎 | ⟶ | 今陝、甘一帶 | ⟶ | 中國古代的一個民族，活動於今天的陝西、甘肅一帶，是殷周西邊的勁敵。 |

【第十七卷 大荒北經】

7 從中輴國到燭龍

神人燭龍，以風雨為食物

原文

西北海外，流沙之東，有國曰中輴（ㄅㄧㄢˋ），顓頊之子，食黍。

有國名曰賴丘。有犬戎國。有神，人面獸身，名曰犬戎。

西北海外，黑水之北，有人有翼，名曰苗民。顓頊生讙頭，讙頭生苗民，苗民厘姓，食肉。有山名曰章山。

大荒之中，有衡石山、九陰山、灰野之山，上有赤樹，青葉赤華，名曰若木①。

有牛黎之國。有人無骨，儋耳之子。

西北海之外，赤水之北，有章尾山。有神，人面蛇身而赤，身長千里，直目正乘②，其瞑乃晦，其視乃明，不食，不寢，不息，風雨是謁③。是燭九陰④，是謂燭龍。

譯文

在西北方的海外，流沙之東面，有個國家叫中輴國，是顓頊的子孫後代，吃黃米。

有個國家名叫賴丘。還有個犬戎國。有一種人，長著人的面孔獸的身子，名叫犬戎。

在西北方的海外，黑水的北岸，有一種人長著翅膀，名叫苗民。顓頊生了讙頭，讙頭生了苗民，苗民人姓厘，吃的是肉類食物。還有一座山名叫章山。

大荒當中，有衡石山、九陰山、灰野山，山上有一種紅色的樹木，青色的葉子紅色的花朵，名叫若木。

有個牛黎國。這裡的人身上沒有骨頭，是儋耳國人的子孫後代。

在西北方的海外，赤水的北岸，有座章尾山。有一個神人，長著人的面孔蛇的身子而全身是紅色，身子長達一千里，豎立生長的眼睛正中合成一條縫，他閉上眼睛就是黑夜、睜開眼睛就是白晝，不吃飯不睡覺不呼吸，只以風雨為食物。他能照耀陰暗的地方，所以稱作燭龍。

【注釋】

① 若木：傳說中的神木，生長在日落的地方，青葉紅花。

② 乘：據學者研究，「乘」可能是「朕」字的假借音。朕：縫隙。

③ 謁：據學者研究，「謁」是「噎」的假借音。噎：吃飯太快，導致食物堵塞咽喉。這裡是吞食、吞咽的意思。

④ 九陰：陰暗之地。

燭龍　明·蔣應鎬圖本

燭龍是中國神話中的一位創世神，又是鐘山的山神。其身長千里，人面蛇身，通體赤紅；眼睛豎著長，閉起來就是一條直縫。祂的眼睛一張一合，便是白天黑夜；祂不睡不息，以風雨為食。傳說燭龍銜火精以照天門中，把九陰之地都照亮了，所以燭龍又稱燭九陰、燭陰。

犬戎　明·蔣應鎬圖本

苗民　清·《邊裔典》

傳說古時候天上的神和地上的人可以自由來往通信，後來由於地上的苗民違背了和上天定下的盟誓，顓頊便命天神重、黎斷絕了天地之間的通道，從此人與神便不能直接溝通，人不能上天，只能通過巫師做法與天神交流。

異國	形態特徵	飲食習慣
中輪國		以黃米為食。
苗民國	有翅膀但是不能飛翔。	以肉類為食。
牛黎國	有筋而無骨，膝蓋反長，腳底向上彎曲。	即無骨民。

山海經地理考

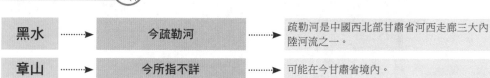

黑水	⟶	今疏勒河	⟶	疏勒河是中國西北部甘肅省河西走廊三大內陸河流之一。
章山	⟶	今所指不詳	⟶	可能在今甘肅省境內。

【第十七卷　大荒北經】

第十八卷

海內經

《海內經》所涉及的地理範圍十分廣泛，
包括今甘肅、新疆、四川、青海、
貴州、湖南、河北等地。
其具體內容十分雜亂，
很多內容在海內四經和大荒經中都出現過。
《海內經》與前幾章不同的是，
介紹了更為豐富的中華民族起源。
比如說其中介紹了殳發明了箭靶，
鼓、延二人發明了鐘，
創作了樂曲和音律，
番禺發明了船，
吉光最早用木頭製成車子等。

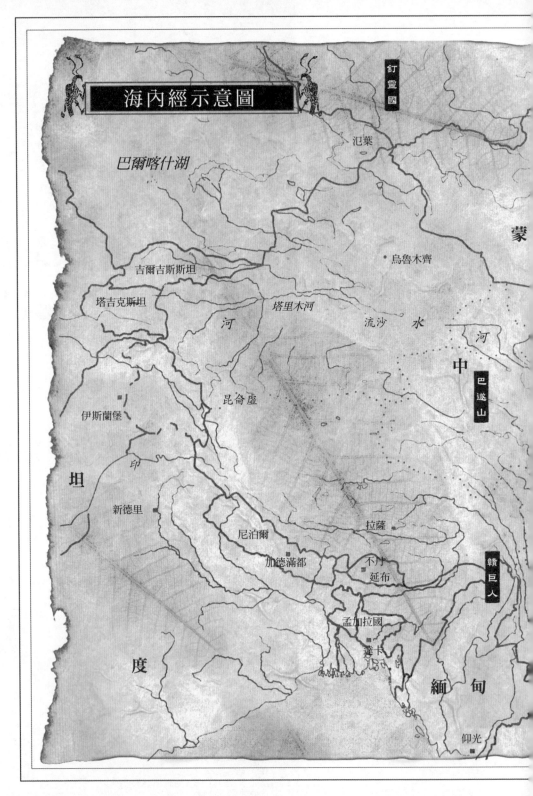

海內經示意圖

釘靈國

巴爾喀什湖

汜葉

蒙

烏魯木齊

吉爾吉斯坦

塔吉克斯坦

塔里木河

流沙　水　河

中

河

巴遂山

昆侖虛

伊斯蘭堡

印

坦

新德里

尼泊爾

拉薩

不丹

贛巨人

加德滿都

延布

度

孟加拉國

達卡

緬　甸

仰光

本圖根據張步天教授「《山海經》考察路線圖」繪製，圖中記載了《海內經》中出現的國家地區及山川河流所在的位置。

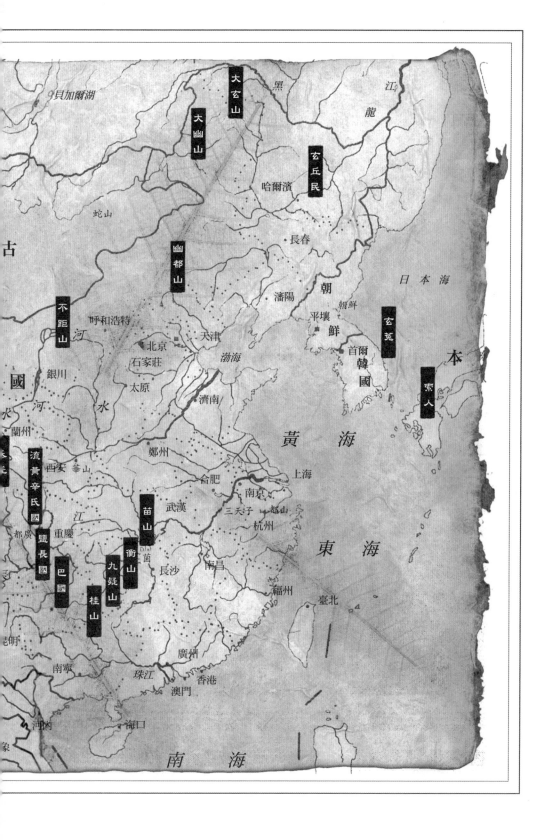

1 從朝鮮到鳥山
傍水而居的天毒國人

原文

東海①之內，北海②之隅，有國名曰朝鮮③；天毒④，其人水居，偎人愛之。

西海⑤之內，流沙之中，有國名曰壑市。

西海之內，流沙之西，有國名曰氾葉。

流沙之西，有鳥山者，三水⑥出焉。爰有黃金、璿瑰、丹貨⑦、銀鐵，皆流⑧於此中。又有淮山⑨，好水⑩出焉。

譯文

　　在東海以內，北海的一個角落，有個國家名叫朝鮮。還有一個國家叫天毒，天毒國的人傍水而居，憐憫人慈愛人。

　　在西海以內，流沙的中央，有個國家名叫壑市國。

　　在西海以內，流沙的西邊，有個國家名叫氾葉國。

　　流沙西面，有座山叫鳥山，三條河流共同發源於這座山。這裡所有的黃金、璿玉瑰石、丹貨、銀鐵，全都產於這些水中。又有座大山叫淮山，好水就是從這座山發源的。

【注釋】

① 東海：水名，這裡包括今黃海和東海。

② 北海：水名，這裡指渤海。

③ 朝鮮：就是現在朝鮮半島上的朝鮮和韓國。

④ 天毒：據古人解說，即天竺國，有文字，有商業，佛教起源於此國中。

⑤ 西海：水名，可能是今甘肅的居延海或新疆的羅布泊。

⑥ 三水：三條河流。

⑦ 丹貨：不詳何物。

⑧ 流：淌出。這裡是出產、產生的意思。

⑨ 淮山：山名，一說是祁連山和崑崙山的古稱。一說是進新疆境內的桓山。

⑩ 好水：水名，一說是進甘肅境內的疏勒河或黑河；一說在今新疆境內。

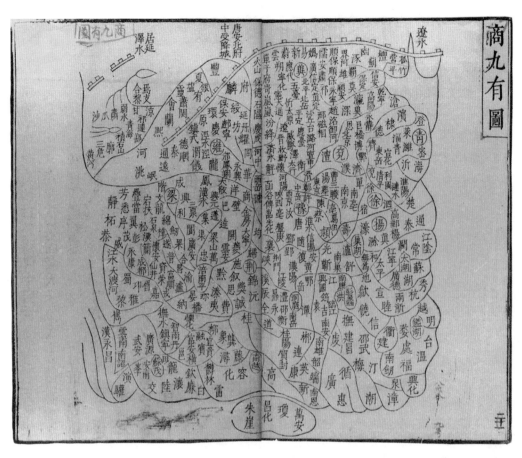

歷代地理指掌圖·商九有圖

稅安禮 宋·雕版墨印 縱30cm×橫23.7cm 北京圖書館藏

　　這幅圖選自《歷代地理指掌圖》，其反映了始自帝嚳，迄於宋代的各朝地理情況，圖雖較粗略，卻是歷史地圖的草創。「商九有圖」在宋朝疆域的底圖上，表示了商代九州的方位地域。

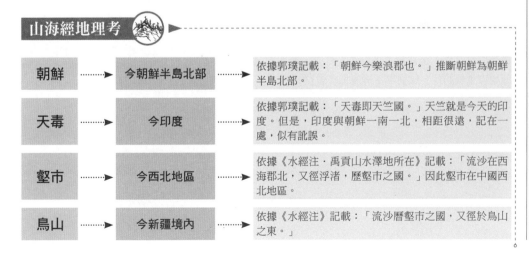

山海經地理考

朝鮮	今朝鮮半島北部	依據郭璞記載：「朝鮮今樂浪郡也。」推斷朝鮮為朝鮮半島北部。
天毒	今印度	依據郭璞記載：「天毒即天竺國。」天竺就是今天的印度。但是，印度與朝鮮一南一北，相距很遠，記在一處，似有訛誤。
壑市	今西北地區	依據《水經注·禹貢山水澤地所在》記載：「流沙在西海郡北，又徑浮渚，歷壑市之國。」因此壑市在中國西北地區。
鳥山	今新疆境內	依據《水經注》記載：「流沙歷壑市之國，又徑於鳥山之東。」

2 從朝雲國到都廣野
長有麒麟身的韓流

圖解山海經

原文

　　流沙之東，黑水之西，有朝（ㄓㄠ）雲之國、司彘之國。黃帝妻雷祖[1]，生昌意。昌意降處若水，生韓流。韓流擢[2]（ㄓㄨㄛˊ）首、謹[3]耳、人面、豕喙[4]、麟身、渠股[5]、豚（ㄊㄧˊ）止，取[6]淖子曰阿女，生帝顓頊。流沙之東，黑水之間，有山名曰有死之山。

　　華山青水之東，有山名曰肇山。有人名曰柏子高，柏子高上下於此，至於天。

　　西南黑水之間，有都廣之野，後后稷葬焉。爰有膏菽[7]（ㄕㄨ）、膏稻、膏黍、膏稷[8]，百穀自生，冬夏播琴[9]。鸞鳥自歌，鳳鳥自儛，靈壽[10]實華，草木所聚。爰有百獸，相群爰處。此草也，冬夏不死。

譯文

　　在流沙的東面，黑水的西岸，有朝雲國、司彘國。黃帝的妻子雷祖生下昌意。昌意自天上降到若水居住，生下韓流。韓流長著長長的腦袋、小小的耳、人的面孔、豬的長嘴、麒麟的身子、羅圈著雙腿、小豬的蹄子，娶淖子族人中叫阿女的為妻，生下帝顓頊。在流沙的東面，黑水流經的地方，有座山名叫不死山。在華山青水的東面，有座山名叫肇山。有個仙人名叫柏子高，柏子高由這裡上去下來的，直至到達天上。在西南方黑水流經的地方，有一處叫都廣野，後后稷就埋葬在這裡。這裡出產膏菽、膏稻、膏黍、膏稷，各種穀物自然成長，冬夏都能播種。鸞鳥自由自在地歌唱，鳳鳥自由自在地舞蹈，靈壽樹開花結果，叢草樹林茂盛。這裡還有各種禽鳥野獸，群居相處。在這個地方生長的草，無論寒冬炎夏都不會枯死。

【注釋】

①雷祖：即嫘祖，相傳是教人們養蠶的始祖。

②擢：引拔，聳起。這裡指物體因吊拉變成長豎形的樣子。

③謹：慎重小心，謹慎細心。這裡是細小的意思。

④豕喙：豬嘴。

⑤渠股：即今天所說的O型腿。

⑥取：通「娶」。

⑦膏菽：這裡是味道美好而光滑如膏的意思。菽，豆類植物的總稱。

⑧稷：穀子。

⑨播琴：即播種。這是古時楚地人的方言。

⑩靈壽：即上文所說的椐樹，所生枝節像竹節，粗細長短都正好合於拐杖枴杖，不必人工製作，所以古代老人常利用這種天然枴杖。也有一種說法，認為靈壽是一種生長在崑崙山及其附近地方的特殊樹木，人吃了它結的果實就會長生不死，所以叫靈壽樹。

 清·汪紱圖本

柏子高又叫伯高，是肇山上的仙人。傳說他是黃帝身邊的大臣，通曉采礦和祭祀山神的禮儀，黃帝升仙後，柏子高也跟著升了仙，侍立在黃帝身邊。

 清·汪紱圖本

汪本的韓流長有長長的腦袋，小小的耳朵，人面豬嘴麒麟身和人的手足，做站立狀。相傳他娶淖子族女子為妻，生下功勳卓著的帝顓頊。

異國	風俗習慣	奇聞軼事
都廣	野物產豐富，出產各種美味的食物。	草就算是寒冬也不會枯死，四季常青。

山海經地理考

| 若水 | ⟶ | 今雅礱江 | ⟶ | 四川雅礱江與金沙合流後的一段，古時也稱為若水。 |

3 從若木到九丘

蜒蛇，以樹木為食物

原文

南海①之外，黑水青水之間，有木名曰若木，若水出焉。

有禺中之國。有列襄之國。有靈山，有赤蛇在木上，名曰蜒（ㄩㄢˊ）蛇，木食。

有鹽長之國。有人焉鳥首，名曰鳥氏。

有九丘，以水絡②之：名曰陶唐之丘、有叔得③之丘、孟盈之丘、昆吾④之丘、黑白之丘、赤望之丘、參衛之丘、武夫之丘、神民之丘。有木，青葉紫莖，玄⑤華黃實，百仞⑥無枝，上有九欘⑦（ㄓㄨˊ），下有九枸⑧，其實如麻，其葉如芒。大（ㄊㄞˋ）皞⑨（ㄏㄠˋ）爰過⑩，黃帝所為。

譯文

　　在南海以內，黑水青水流經的地方，有一種樹木名叫若木，而若水就從若木生長的地底下發源。

　　有個禺中國。又有個列襄國。有一座靈山，山中的樹上有一種紅色的蛇，叫做蜒蛇，以樹木為食物。

　　有個鹽長國。這裡的人長著鳥一樣的腦袋，稱作鳥氏。

　　有九座山丘，都被水環繞著，名稱分別是陶唐丘、叔得丘、孟盈丘、昆吾丘、黑白丘、赤望丘、參衛丘、武夫丘、神民丘。有一種樹木，青色的葉子紫色的莖幹，黑色的花朵黃色的果實，叫做建木，高達一百仞的樹幹上不生長枝條，而樹頂上有九根蜿蜒曲折的枝枒，樹底下有九條盤旋交錯的根節，它的果實像麻子，葉子像芒樹葉。大皞憑藉建木登上天，黃帝栽培了建木。

【注釋】

① 南海：指水名或者地名，所指因時而異。先秦時，有時指東海，有時指南方各族的居住地，有時指南部的某一海域。西漢後始用於指今南海。

② 絡：環繞。

③ 叔得：人名。

④ 昆吾：這裡指諸侯名。

⑤ 玄：黑。

⑥ 仞：古時以八尺為一仞。

⑦ 欘：樹枝彎曲。

⑧ 枸：樹根盤錯。

⑨ 大皞：又叫太昊、太皓，即伏羲氏，古史傳說中的上古帝王，姓風。他開始畫八卦，教人們捕魚放牧，用來充作食物。又是神話傳說中的人類始祖。

⑩ 爰過：一說指通過這棵樹上天；一說指經過這裡。

鳥氏　明·蔣應鎬圖本

　　鳥氏就是古書中所記載的鳥
夷。鳥夷是位於東方的一個原始部
落，那裡的人都是鳥首人身。相傳
這種人鳥合體的形象，屬以鳥為信
仰的部族。

螨蛇　清·汪紱圖本

　　螨蛇身體呈赤紅色，牠的性情溫順，經
盤繞在樹上，以吃樹木的枝葉為生，絕對不
害鳥獸。

異國	形態特徵	奇聞軼事
鹽長國	個個長著鳥頭、長喙、圓眼。	人稱鳥氏。相傳是顓頊後裔大廉的後代。

山海經地理考

列襄國 ········▶	**今川貴邊境** ········▶	可能是夜郎，大體位置在今天的四川與貴州的交界處。
鹽長國 ········▶	**今四川境內** ········▶	大致在今四川省內，因為產鹽所以得名。

4 從窫窳到贏民
見人就發笑的贛巨人

原文

> 有窫窳，龍首，是食人。有青獸，人面，名是曰猩猩。
> 西南有巴國。大皞（ㄏㄠˋ）生咸鳥，咸鳥生乘釐，乘釐生後照，後照是始為巴人[1]。
> 有國名曰流黃辛氏[2]，其域中方三百里，其出是塵土。有巴遂山，澠（ㄕㄥˊ）水出焉。
> 又有朱卷之國。有黑蛇，青首，食象。
> 南方有贛（ㄍㄢˋ）巨人[3]，人面長臂，黑身有毛，反踵[4]，見人笑亦笑，脣蔽其面，因即逃[5]也。
> 又有黑人，虎首鳥足，兩手持蛇，方啖[6]之。
> 有贏民，鳥足，有封豕[7]。

譯文

　　有一種窫窳獸，長有龍一樣的腦袋，能吃人。還有一種野獸，長有人一樣的面孔，名叫猩猩。

　　西南方有個巴國。大皞生了咸鳥，咸鳥生了乘釐，乘釐生了後照，而後照就是巴國人的始祖。

　　有個國家名叫流黃辛氏國，它的疆域方圓三百里，這裡出產一種大鹿。還有一座巴遂山，澠水從這座山發源。

　　又有個朱卷國。這裡有一種黑顏色的大蛇，長著青色腦袋，能吞食大象。

　　南方有一種贛巨人，長著人的面孔而嘴脣長長的，黑黑的身上長滿了毛，腳尖朝後而腳跟朝前反長著，看見人就發笑，一發笑而嘴脣便會遮住他的臉面，人就趁此立即逃走。

　　還有一種黑人，長著老虎一樣的腦袋禽鳥一樣的爪子，兩隻手握著蛇，正在吞食牠。

　　有一種人稱作贏民，長著禽鳥一樣的爪子。還有大野豬。

【注釋】

①始為巴人：指成為巴人的始祖。

②流黃辛氏：國名，具體所指不詳，待考。

③贛巨人：梟陽。

④踵：腳後跟。

⑤因即逃：因贛巨人嘴脣遮住了眼睛，人可趁機逃走。

⑥啖：吃。

⑦封豕：大豬。

黑人 明·蔣應鎬圖本

　　黑人脖子上長著老虎的腦袋，腳上長著禽鳥的爪子，兩隻手都拿著蛇，並以吞食毒蛇為生。黑人可能是居住在南方的一個開化比較晚的古代部族或群種，持蛇吞蛇是他們的信仰與生活方式的重要標誌。

贛巨人 明·蔣應鎬圖本　　　　　　　　　　**嬴民** 明·蔣應鎬圖本

異國	主要動物	奇聞軼事
巴國		巴國人是後照的子孫後代。
流黃辛氏國	出產一種大鹿。	
朱卷國	出產長有青色腦袋的黑色大蛇，能吞食大象。	

5 從苗民到蒼梧丘
延維，得之者可稱霸天下

原文

有人曰苗民。有神焉，人首蛇身，長如轅①，左右有首，衣②紫衣，冠③旃④（ㄓㄢ）冠，名曰延維⑤，人主⑥得而饗⑦食之，伯（ㄅㄚˋ）天下。

有鸞鳥自歌，鳳鳥自舞。鳳鳥首文曰德，翼文曰順，膺文曰仁，背文曰義，見則天下和。

又有青獸如菟⑧，名曰菌（ㄐㄩㄣˋ）狗。有翠鳥⑨。有孔鳥⑩。

南海之內，有衡山，有菌山，有桂山。有山名三天子之都。

南方蒼梧之丘，蒼梧之淵，其中有九嶷（一ˊ）山，舜之所葬，在長沙零陵界中。

譯文

有一種人稱苗民。這地方有一個神，長著人的腦袋蛇的身子，身軀長長的像車轅，左邊右邊各長著一個腦袋，穿著紫色衣服，戴著紅色帽子，名叫延維，人主得到祂後加以奉饗祭祀，便可以稱霸天下。

有鸞鳥自由自在地歌唱，有鳳鳥自由自在地舞蹈。鳳鳥頭上的花紋是「德」字，翅膀上的花紋是「順」字，胸脯上的花紋是「仁」字，脊背上的花紋是「義」字，牠一出現就會使天下和平。

又有一種像兔子的青色野獸，名叫菌狗。又有翡翠鳥。還有孔雀鳥。

在南海以內，有座衡山，又有座菌山，還有座桂山。還有座山叫做三天子都山。

南方有一片山丘叫蒼梧丘，還有一個深淵叫蒼梧淵，在蒼梧丘和蒼梧淵的中間有座九嶷山，帝舜就埋葬在這裡。九嶷山位於長沙零陵境內。

【注釋】

①轅：車轅，車前駕牲畜的兩根直木。

②衣：本義指衣服，這裡做動詞用，穿的意思。

③冠：本義指帽子，這裡做動詞用，戴的意思。

④旃：純紅色的曲柄旗。這裡只是紅色的意思，與前一句的紅色相對。

⑤延維：即上文所說的委蛇，就是雙頭蛇。

⑥人主：君主，一國之主。

⑦饗：祭獻。

⑧菟：通「兔」。

⑨翠鳥：即翡翠鳥，形狀像燕子。古人說雄性的叫翡，羽毛是紅色；雌性的叫翠，羽毛是青色。實際上，翡翠鳥的羽毛有好多種顏色，不止紅、青二色，所以自古以來就做裝飾品用。

⑩孔鳥：即孔雀鳥。

延 維 清・汪紱圖本

延維又叫委蛇、委維，或委神，是水澤
之神。相傳誰看見他誰就能稱霸天下，所以
他不是一般人所能見到的。傳說齊桓公在大
澤狩獵時，曾經看到了延維，後來果然成為
春秋五霸之一。

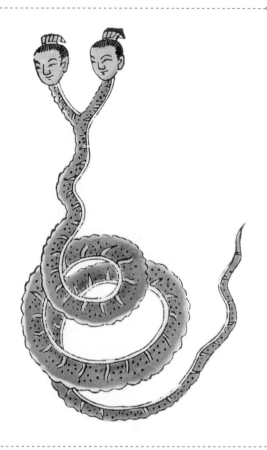

蒕狗 清・汪紱圖本

山海經地理考

南海	今地點不定	古時南海具體所指因時而異，先秦有時指東海，有時指南方各族的居住地，有時指南部的某個海域，西漢後開始固定指今天的南海。
衡山	今湖南衡山縣境內的南岳衡山	根據《晋書地理志》記載：「今衡山在衡陽湘南縣，南岳也，俗謂之峋嶁山。」
菌山	今湖南岳陽洞庭湖中的君山	位於今天岳陽市區的西南方，水程12公里，總面積0.98平方公里，與千古名樓岳陽樓口隔湖相望。
桂山	約在今廣西境內	因桂山多桂樹，依據《神農本草經》記載：」菌桂出交趾，圓如竹，為眾藥通使。」可推斷出在廣西境內。
蒼梧	今湖南九嶷山以南、廣西賀江、桂江、郁江地區	蒼梧歷史悠久，人傑地靈，上古為虞舜巡游之地，秦漢已建立郡縣之制。
長沙	今湖南長沙	長沙因為有萬里沙祠而得名，秦朝設置，漢為長沙國，明朝改為潭州府，又改為長沙府。今為湖南省省會。

6 從蛇山到幽都山

幽都山上的黑色動物

圖解山海經

原文

北海之內，有蛇山者，蛇水出焉，東入於海。有五采之鳥，飛蔽一鄉，名曰翳鳥[1]。又有不距之山，巧倕[2]（ㄔㄨㄟˊ）葬其西。

北海之內，有反縛盜械[3]、帶戈[4]常倍[5]之佐[6]，各曰相顧之屍[7]。

伯夷父[8]生西岳，西岳生先龍，先龍是始生氐羌，氐羌乞姓。

北海之內，有山，名曰幽都之山，黑水出焉。其上有玄鳥、玄蛇、玄豹、玄虎、玄狐蓬尾。有大玄之山。有玄丘之民[9]。有大幽之國。有赤脛之民[10]。

譯文

在北海以內，有座山叫蛇山，蛇水從蛇山發源，向東流入大海。有一種長著五彩羽毛的鳥，成群地飛起而遮蔽一鄉的上空，名叫翳鳥。還有座不距山，巧倕便葬在不距山的西面。

在北海以內，有一個反綁著戴刑具、帶著戈而圖謀叛逆的臣子，叫相顧屍。

伯夷父生了西岳，西岳生了先龍，先龍的後代子孫便是氐羌，氐羌人姓乞。

北海以內，一座山，名叫幽都山，黑水從這座山發源。山上有黑色鳥、黑色蛇、黑色豹、黑色老虎，有毛蓬蓬尾巴的黑色狐狸。有座大玄山。有一種玄丘民。有個大幽國。有一種赤脛民。

【注釋】

① 翳鳥：傳說是鳳凰之類的鳥。

② 巧倕：相傳是上古帝堯時代一位靈巧的工匠。

③ 盜械：古時，凡因犯罪而被戴上刑具就稱作盜械。

④ 戈：古代一種兵器。

⑤ 倍：通「背」。背棄。

⑥ 佐：輔助帝王的人。

⑦ 相顧之屍：也是上文所說貳負之臣一類的人。

⑧ 伯夷父：相傳是帝顓頊的師傅。

⑨ 玄丘之民：古人說是生活在丘上的人物都是黑的。

⑩ 赤脛之民：古人說是從膝蓋以下的腿部全為紅色的一種人物。

玄豹 清·《吳友如畫寶》

相傳周文王在與商紂王一戰中慘敗，被囚禁於監獄，周人覺得受到了奇恥大辱。文王手下有一名賢臣叫散宜生，一天他在懷塗山得到一隻玄豹，帶去向紂王進獻，紂王得到玄豹非常高興，才下令釋放西伯。

翳鳥　明·蔣應鎬圖本

玄狐　清·吳文煥圖本

國家或民族	形態特徵	奇聞軼事
氐羌族	西部游牧民族。	商末曾追隨武王伐紂。
大幽國	膝蓋以下是紅色的。	穴居，不穿衣服。

山海經地理考

蛇水	今克魯倫河	可能位於今天內蒙古自治區內的黑龍江上游。
氐羌	今陝西、甘肅、青海、四川西部	中國古代少數民族，可能分布於今天的陝西、青海、甘肅、四川西部等地。
幽都山	今燕山及其以北諸山	可能位於今天山西、河北北部，具體位置大約在燕山及其以北諸山附近。

7 從釘靈國到羿扶下國
解救世間苦難的後羿

原文

有釘靈之國，其民從㬎（ㄒㄧ）①以下有毛，馬蹄，善走②。

炎帝③之孫伯陵，伯陵同④吳權⑤之妻阿女緣婦，緣婦孕三年，是生鼓、延、殳（ㄕㄨ）。始為侯⑥，鼓、延是始為鐘⑦，為樂風。

黃帝生駱明，駱明生白馬，白馬是為鯀⑧。

帝俊⑨生禺號，禺號生淫梁⑩，淫梁生番禺，是始為舟。番禺生奚仲，奚仲生吉光，吉光是始以木為車。

少暤⑪生般，般是始為弓矢。

帝俊賜羿彤⑫（ㄊㄨㄥˊ）弓素矰⑬（ㄗㄥ），以扶下國，羿是始去恤⑭下地之百艱。

譯文

有個釘靈國，這裡的人從膝蓋以下的腿部都有毛，長著馬的蹄子而善於快跑。

炎帝的孫子叫伯陵，伯陵與吳權的妻子阿女緣婦私通，阿女緣婦懷孕三年，這才生下鼓、延、殳三個兒子。殳最初發明箭靶，鼓、延二人發明鐘，作了樂曲和音律。

黃帝生了駱明，駱明生了白馬，這白馬就是鯀。

帝俊生了禺號，禺號生了淫梁，淫梁生了番禺，這位番禺最初發明船。番禺生了奚仲，奚仲生了吉光，這位吉光最初用木頭製作出車子。

少暤生了般，這位般最初發明了弓和箭。

帝俊賞賜給後羿紅色弓和白色矰箭，用他的射箭技藝去扶助下界各國，後羿便開始去救濟世間人們的各種苦難。

【注釋】

①㬎：同「膝」。

②走：跑。

③炎帝：即神農氏，傳說中的上古帝王。

④同：通「通」。通奸。

⑤吳權：傳說中的人物。

⑥侯：練習或比賽射箭時用的箭靶。

⑦鐘：古代一種打擊樂器

⑧鯀：相傳是大禹的父親。

⑨帝俊：這裡指黃帝。

⑩淫梁：即上文所說的禺京。

⑪少暤：即上文所說的少昊號稱金天氏，傳說中的上古帝王。

⑫彤：朱紅色。

⑬矰：一種用白色羽毛裝飾並繫著絲繩的箭。

⑭恤：體恤，周濟。

釘靈國　明·蔣應鎬圖本

嬴民　明·蔣應鎬圖本

異國	形態特徵	奇聞軼事
釘靈國	這裡的人膝蓋以下有毛，長有馬蹄。	跑得飛快。

山海經地理考

釘靈國	今俄羅斯東部貝加爾湖一帶	釘靈又名丁令、丁零等，依據《漢書·蘇武傳》記載：「匈奴『徙武北海無人處，……丁令盜武牛羊』。」可以得知漢武帝時，丁令人活動在北海（今貝加爾湖）一帶。

8 從創制琴瑟到禹鯀布土
發明世間工藝技巧的義均

原文

帝俊[1]生晏龍，晏龍是為琴瑟。

帝俊有子八人，是始為歌舞。

帝俊生三身，三身生義均[2]，義均是始為巧倕，是始作下民百巧。后稷是播百穀。稷之孫曰叔均[3]，是始作牛耕。大比赤陰[4]，是始為國。禹、鯀是始布土[5]，均[6]定九州[7]。

譯文

帝俊生了晏龍，晏龍最初發明琴和瑟兩種樂器。

帝俊有八個兒子，他們開始創作出歌曲和舞蹈。

帝俊生了三身，三身生了義均，這位義均便是所謂的巧倕，從此開始發明世間的各種工藝技巧。后稷開始播種各種農作物。后稷的孫子叫叔均，這位叔均最初發明使用牛耕田。大比赤陰，開始受封而建國。大禹和鯀開始挖掘泥土治理洪水，度量畫定九州。

【注釋】

①帝俊：這裡指帝舜。

②義均：就是上文所說的叔均，但說是帝舜的兒子，這裡卻說是帝舜的孫子，屬神話傳說的不同。

③叔均：上文曾說叔均是后稷之弟臺璽的兒子，這裡又說是后稷的孫子，而且和前面說的義均也分成了二人，神話傳說分歧，往往有所不同。

④大比赤陰：意義不明。也有學者認為可能是后稷的生母姜嫄。「比」大概為「妣」的訛文。妣：母親。「赤陰」的讀音與「姜嫄」相近。據古史傳說，後后稷被封於邰地而建國，姜嫄即居住在這裡，所以下面說「是始為國」。

⑤布土：傳說鯀與大禹父子二人相繼治理洪水，鯀使用堵塞的方法，大禹使用疏通的方法，都需要挖掘泥土。布即施予，施行。土即土工，治河時填土、挖土工程。

⑥均：平均，均勻。引申為度量、衡量。

⑦九州：相傳大禹治理了洪水以後，把中原劃分為九個行政區域，就是九州。

三 身 國　清・郝懿行圖本

　　郝懿行圖本的三身國國民一首三身六手
六足，正面的手舉於胸前，側面四手向左右
平舉，六足同時著地作站立狀，而汪紱圖本
的三身過只有三身和三手。

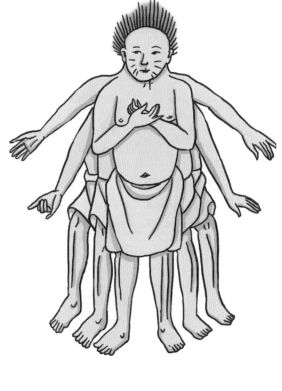

三身國　清・汪紱圖本

異國	形態特徵	奇聞軼事
三身國	國民一首三身六手六足，一說三身三手。	帝俊生三身，三身生義均，是世間工藝技巧的發明者。

山海經人物考

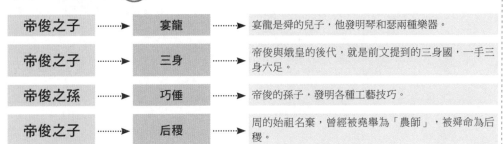

帝俊之子	⟶	宴龍	⟶	宴龍是舜的兒子，他發明琴和瑟兩種樂器。
帝俊之子	⟶	三身	⟶	帝俊與娥皇的後代，就是前文提到的三身國，一手三身六足。
帝俊之孫	⟶	巧倕	⟶	帝俊的孫子，發明各種工藝技巧。
帝俊之子	⟶	后稷	⟶	周的始祖名棄，曾經被堯舉為「農師」，被舜命為后稷。

從炎帝譜系到禹定九州

大禹治水定九州

原文

　　炎帝之妻，赤水①之子聽訞（一ㄠ）生炎居，炎居生節並，節並生戲器，戲器生祝融。祝融降②處於江水，生共工。共工生術器，術器首方顛③，是復土穰④，以處江水。共工生后土，后土生噎鳴，噎鳴生歲十有二⑤。

　　洪水滔⑥天。鯀竊帝之息壤⑦以堙（一ㄣ）洪水，不待帝命。帝命祝融殺鯀於羽郊。鯀復生⑧禹。帝乃命禹卒布土⑨以定九州。

譯文

　　炎帝的妻子，即赤水氏的女兒聽訞生下炎居，炎居生了節並，節並生了戲器，戲器生了祝融。祝融降臨到江水居住，便生了共工。共工生了術器。術器的頭是平頂方形，他恢復了祖父祝融的土地，從而又住在江水。共工生了后土，后土生了噎鳴，噎鳴生了一年中的十二個月。

　　洪荒時代到處是漫天大水。鯀偷拿天帝的息壤用來堵塞洪水，而未等待天帝下令。天帝派遣祝融把鯀殺死在羽山的郊野。禹從鯀的遺體肚腹中生出。天帝就命令禹最後再施行土工制住了洪水，從而能劃定九州區域。

【注釋】

①赤水：一說指黃河名；一說指黃河。

②降：流放；放逐。

③顛：頭頂。

④復土穰：指通過翻耕土地來使農作物豐收。

⑤生歲十有二：指把一年劃分為十二個月。

⑥滔：漫。

⑦息壤：神話傳說中的一種能夠自生自長、永不耗損的土壤。

⑧複生：相傳鯀死了三年而屍體不腐爛，用刀剖開肚腹，就生出了禹。「復」即「腹」的同聲假借字。

⑨布土：規劃疆土。

維護黃河堤壩

　　歷史上黃河氾濫頻繁，三年兩決口，百年一次大改道，給兩岸人民帶來過重的災難。治理黃河是一場曠日持久的戰爭。歷代先民們為治理黃河水患進行了長久不懈的努力，在實務中積累了豐富的治河經驗，圖中的一些河工正在修築堤壩，整治黃河。大禹治水的決心和勇氣也正在他們的內心激揚著鬥志。

大禹生平大事考

傳奇的出生	┄┄┄▶	鯀治水失敗後，祝融殺鯀在羽山郊野，大禹從鯀遺體的腹部生出來，接替了鯀的治水大業。
成功治理水患	┄┄┄▶	足跡遍布黃河流域，以及長江流域的涪江、岷瑤江、川江流域，其間三過家門而不入。後來終於成功了，封禪泰山。
在諸侯中樹立威信	┄┄┄▶	召開諸侯大會，拉攏並觀察各路諸侯，檢討自己的過失，消除諸侯對自己的疑慮。
劃分九州	┄┄┄▶	夏朝初年，夏王大禹劃分天下為九州，冀州、兗州、青州、徐州、揚州、荊州、梁州、雍州和豫州。並令九州州牧貢獻青銅，鑄造九鼎。

《西山經》記錄了以錢來山、鈴山、崇吾山及陰山為首的四列山系，其豐富的物產及山間出沒的各種異獸給人留下深刻的印象。

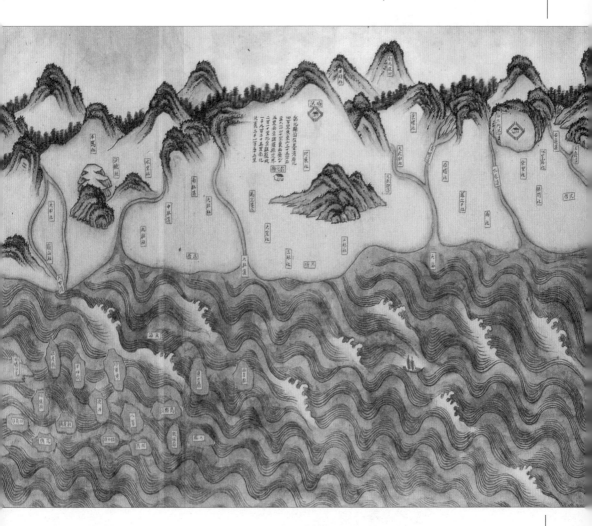

臺灣地理全圖 清 彩繪 縱39.5cm 橫726cm 北京圖書館藏

　　臺灣因與中國距離遙遠，自古就被賦予某種神祕色彩。這幅臺灣地理圖是中國現存最早的手繪臺灣地圖之一，圖中重點表現出西部的地形、水系及居民地，還標示了炮臺等兵要內容，使地圖兼有軍事用途。

國家圖書館出版品預行編目（CIP）資料

圖解山海經 / 徐客編著. -- 新北市：西北國際
文化, 2014.10
　　面；　公分
ISBN 978-986-5975-63-0（平裝）
1.山海經　2.研究考訂
857.21　　　　　　　　　　　　　103015199

圖解山海經

編　　　著：徐　客
總 編 輯：吳淑芬
主　　　編：蕭亦珊
文 字 校 對：沈心潔、尹維宗
內 文 排 版：徐雅雯
封 面 設 計：林志鴻
法 律 顧 問：朱應翔　律師
　　　　　　　滙利國際商務法律事務所
　　　　　　　台北市敦化南路二段76號6樓之1
　　　　　　　電話：886-2-2700-7560
法 律 顧 問：徐立信　律師

出 版 發 行：西北國際文化有限公司
地　　　址：235新北市中和區中山路二段350號5樓
電　　　話：886-2-2226-3070
傳　　　真：886-2-2226-0198

總 經 銷：昶景國際文化有限公司
地　　　址：236新北市土城區民族街11號3樓
電　　　話：886-2-2269-6367
傳　　　真：886-2-2269-0299
E - m a i l：service@168books.com.tw

歡迎優秀出版社加入總經銷行列

本 版 發 行：2014年10月
定　　　價：請參考封面

香港總經銷：和平圖書有限公司
地　　　址：香港柴灣嘉業街12號百樂門大廈17樓
電　　　話：852-2804-6687
傳　　　真：852-2804-6409